最是梧桐暖

（上）

马艳芬 著

中国出版集团
现代出版社

图书在版编目（CIP）数据

最是梧桐暖/马艳芬著. --北京：现代出版社，2017.7
ISBN 978-7-5143-6303-6

Ⅰ. ①最… Ⅱ. ①马… Ⅲ. ①长篇小说—中国—当代
Ⅳ. ①I247.5

中国版本图书馆CIP数据核字（2017）第174599号

最是梧桐暖

作　　者	马艳芬
责任编辑	李　鹏
出版发行	现代出版社
地　　址	北京市安定门外安华里504号
邮政编码	100011
电　　话	010-64267325　010-64245264（兼传真）
网　　址	www.1980xd.com
电子邮箱	xiandai@vip.sina.com
印　　刷	三河市京兰印务有限公司
开　　本	710×1000　1/16
印　　张	32
版　　次	2017年7月第1版　2020年1月第2次印刷
书　　号	ISBN 978-7-5143-6303-6
定　　价	79.80元（全两册）

序

爱，人们追求灵魂慰藉的归宿，始终绽放着绚烂的姿彩。她在数千年的演绎过程中，缔造了不胜枚举的神话般的传说，成为人们生活的重要精神支柱。由爱生怨，因怨成恨，爱的表现形式也更多地从其反向展现出来，使爱这一主题，由曾经的神圣、纯洁、自由走向了脆弱、复杂、多变，也使很多文人墨客施以浓重笔墨去追随渲染生活，用有限的文字去诠释无限爱的变幻。

作者马艳芬的长篇小说《最是梧桐暖》，从四个年轻人之间的爱情经历起笔，引出两代人、三个家庭的历史渊源和现实生活；通过跌宕起伏的亲情、友情、爱情的交织演化，给读者一个小视角窥视大爱情的新视界。

作品中，辛娆娆去吉州投奔北欧以为是爱情，不料却是一段“剪不断理还乱”的亲情；吴剑光本深爱辛娆娆，却因为辛娆娆的卑微出身自毁爱情而移情别恋；于轩视辛娆娆为终生之爱，念及同窗朋友间的兄弟情谊，却因为难言的特殊经历而害怕失去亲情，不得不将爱深埋而备受煎熬；北欧、吴剑光、于轩由兄弟变成情敌路人，三双大手再握到一起需要艰难的等待……

当白珊花与于胡源当年的爱情追逐以吞噬青涩的爱情苦果为代价而夭折的时候，爱及爱的果实便成了恨与报复的砝码；当吴志国曾经为自私目的娶白珊花的时候，北欧和辛娆娆竟成为他终生幸福无忧的障碍；当北欧与辛娆娆这对被抛弃的童男幼女，在孤儿院相识相依，并渐渐亲恋不分的时候，同母异父的现实击碎了辛娆娆对纯洁爱情的梦幻；当于胡源不能与所爱的人走到一起，心中始终横亘着对初恋的悔恨无法解脱的时候，林媛只能是默默地守候，用宽容和等待浇灌心中的梧桐……

爱的创伤，让两代人品尝到苦涩的滋味，这并不是他们追求的，但却是他们制造的……

抚平爱的创伤，不只需要时光，还需要更博大、更厚重的心灵慰抚。经历了年少的懵懂、青春的冲动、成熟的沉淀，他们在各自的人生拼搏中收获了不同的阅历，也收获了唯一一份相同的精神归宿——爱。正是由于这份爱的根深蒂固，博大宽厚，燃烧不熄，他们释怀了过去，放下了恩怨，治愈了伤疤，用爱圆了一个梦。就算这个梦还有残缺，还有遗憾，可或许这样的爱才算完美，才更真实。

而于轩这个人物，则是作者特别种植的一棵“梧桐”。在他身上，不仅具有女孩子心目中男人形象的完美，还集中展现了我们今天社会中青年所拥有的大爱情怀。

作者倾心打造的这部长篇作品，情节的跌宕，情感的复杂，情绪的多变，跟随文字行走其中，无不令读者深感揪心，又倍感欣慰；抽离于现实生活的爱的精髓，无不给人以深刻的心灵启迪。可见，字里行间不但浸透着作者的汗水和辛劳，浸染着作者的情愫与理智，更看出作者深厚的文字功底和结构的把控能力。或许这样的爱情故事鲜见于生活现实，但却存在于无所不容的客观世界，相信每一位有思想的读者，都会从中受到不同的灵魂震颤，得到不同的思想净化，获得不同的情感升华，这正是作者呈现给读者好作品的真正目的。

“江山文学”网长篇小说编辑　张东明

2016年12月

01

吉州是个晚到的城市，是南蜀有名的梧桐树世界。无论大街小巷，或是新建交通大道，两旁的行道树几乎全是姿态各异的梧桐树。梧桐树有个特别之处，它不同于很多先发叶后开花的树，反而先开花后发叶。春夏之时，本不算茂密、略带心形的叶子中间，会悄悄开出一些除非用心，否则不易见到其倩影的淡黄绿色的小花。花谢过后，会很快发出新叶。于是，梧桐树迅速蓬蓬勃勃，魅力无穷，人们常以为它极易生长却是从不开花的。然而，梧桐树虽然极易生长，而且只要落地就可生根，但它却只能在南蜀，不，在长江边上的吉州才显得格外有生命力。这不，虽然已到冬天，别处的天气一天天冷起来，但吉州是一块仙源福地，人们走到哪里都会感受到一股温暖之气，故而它心形的叶子绿色依旧，茂盛依旧，虽然这是一个应当比较寒冷的季节。

果然，今天太阳又慷慨出来巡视，梧桐叶更加阳光，一个劲儿地将绿色荡漾在温暖之中，令“青年之家”举办的“梧桐之梦”联谊活动生出翩翩美丽联想。自然，参加的对象全是年轻人。

为了参加这个“梦”活动，辛娆娆专门去了一家高级发廊做头发。发型设计师在她指导下折腾来折腾去，都快九点了，才完成这项工作。辛娆娆回到出租屋，又一次打理完毕，还不放心，临走时，还要对着穿衣镜看了又看。镜中的辛娆娆青丝直发分成两半，一对蓝色珍珠圈分别扎住它们，发梢从两肩滑下来，搭在胸前。一件带帽的白色夹克衫里，套了一件黑色的紧身薄羊毛衫，露出嫩白的颈部，意外的是没有扎小方巾，却佩了一串用金黄硕大的麦粒穿成的项链。下穿一条浅色牛仔裤，一双运动跑鞋。她这个打扮显然与那些追求时尚的同龄女孩不同，但不同中正好彰显出她的独特个性和审美态度。

是的，天然的美丽配上独具匠心的打扮，显得无比清新自然，活力而不失妩媚，端庄而不失妖娆，效果非常好，真应了这样两句话：美是一种意识，一种个人的意识；美是一种情趣，是一种感受。辛娆娆终于满意地点点头。最后，她从一只精致的盒子里小心地拿出那枚北欧哥送给她的戒指戴在无名指上，暗暗祈祷，希望这枚戒指今天能够帮助她实现心底最美好的愿望——北欧哥当众向她求婚，宣布婚约！

已经给他打过电话，他不会失约的！辛娆娆十分自信。

忽然，桌上那枚胸针不甘寂寞而开始熠熠生辉。她没多想，赶快拾起胸针放在手心仔细端详，小巧、玲珑、好惹人爱啊。她忍俊不禁，正要把胸针别到胸前，突然想起这枚胸针是吴剑光上回从省城回来后送她的，急忙把胸针扔到桌上，好像刚才放在手心的是一只毛毛虫！为这枚胸针，北欧哥曾和她生了大气，而且厉声质问胸针是从哪里来的。她知道北欧哥不喜欢吴剑光，自然不敢说是吴剑光送给她的，只好支支吾吾回答是从南蜀商场买的。北欧哥认真地审视她，眼神里流露出怀疑的目光。其实，她也不知道当时为什么要这样回答，反正在她的潜意识里，认为只有这样回答才是最好的。

现在想想真笨，你就应该明明白白地告诉他，吴剑光当时送我的不仅有胸针，还有心形玉坠项链，正因为考虑到你不喜欢人家，我才只接受了胸针而谢绝了项链。再说，一只胸针有什么嘛，人家是我的老板，即使人家对我有什么别的想法，我也不能太拂了人家的面子啊。幸好北欧哥没有再追问下去，如果他当时要知道这枚胸针是吴剑光送的，他不马上和她翻脸，夺过胸针狠狠甩到吴剑光脸上才怪！或者他真去南蜀商场看看，那里没有怎么办？难道说自己记错了？过去这样说，当然是可以了，现在辛娆娆可不敢！要知道，她从小爱北欧哥，可在乎北欧哥的感受和态度呢！天啊，这哪里是爱？分明是一种宿命式的崇拜！要不这时谁问她，到底爱北欧的什么，她一定说从小北欧哥对我像妹妹一样疼。也许这正是辛娆娆的可爱之处。

辛娆娆很庆幸，幸好没接受吴剑光的心形玉坠项链！辛娆娆摸摸自己颈上项链点点头。还是这串麦粒项链好——据说麦粒串起的项链能够避邪，周妈妈在她上小学时，为了保她平安无事，费尽周折到处寻找，才找到一百多颗饱满颗大粒圆的麦粒精心穿制而成。惹得北欧哥好羡慕！从此，她一直带在身上，不是特殊情况从不示人。今天可不一般，全社会都在追“梦”，她也要追“梦”，何况这个“梦”对于她来说并非一天两天的了。哪怕人家说自己生怕嫁不出去，厚着脸皮去追一个男人太不值价都没关系！她曾主动向北欧哥表示过几次，他却认认真真地说不和她恋爱，只做兄妹。她不愿意，难道说从小积累的情感能说了就了了？不，辛娆娆不是随便就放弃的女孩，只要他北欧哥没有女朋友，她辛娆娆就要等待，死心塌地地等待！看来，辛娆娆爱北欧爱得很辛苦。可是，她为什么不认真想想，北欧为什么说他不要和她做恋人，只要做兄妹？其中到底有什么原因没有？他们之间会不会只能有一个无言的结局？

辛娆娆放下漂亮的胸针对着镜子笑笑，拿上手袋出了门，一步一抖擞离开了出租屋。

刚走出楼门口，一辆黑色奥迪连响两声，停在辛娆娆面前。随即，一个男人从车内出来，高颀身材，满脸阳光，没有西装革履，上下运动装，脚穿平板鞋。要是一般男人这身打扮，辛娆娆绝不会感到奇怪。因为别人会认为他可能即将去爬山或跑步锻炼，这样穿着舒适方便。重要的是，她不喜欢刻意造作，就喜欢朴实自然随意。这种状态让她看着才舒服，才符合她的心境，才不会去猜测对方到底是什么身份地位。

可是，从车内出来的男人不是别人，是北欧哥的老板于轩！辛娆娆惊疑道："于总，您，您哪去？"

于轩没有回答，却用欣赏的目光上下打量她，好像从来没有看到过她如此打扮："呵呵，令我惊鸿一瞥！"辛娆娆的脸刷地红了，她庆幸于轩和自己有共同的审美情趣，但她却不敢有半点得意，一时低头失语。人家虽然年轻，可是吉州城的大老板，她一个人微言轻的小女子凭什么在人家面前得意忘形？

辛娆娆对于轩很敬重。自从来到吉州那天晚上的第一眼，于轩给辛娆娆的感觉就是稳重，有教养，爱为别人着想，细心周到，而且对人对事总显得那么合情合理，绝不会给人盛气凌人的印象。特别从北欧哥看他的目光中就可知道，他是个受欢迎的人。想想也是，北欧哥可不是一般人，连他都敬重的人，能差吗？所以，辛娆娆从来只跟吴剑光饶舌，而对于轩则像一个学生对老师那样毕恭毕敬。

此时，辛娆娆不敢像平时跟吴剑光那样直白洒脱，反而小声说："于总，取笑我了。"嘴上说着，心里却怀疑：于总平时不苟言笑，与她也少有说话，为什么今天来到这儿对她溢美赞誉？

于轩继续赞赏道："不，我说的是真话！我估计，今天一定有人欢喜有人愁了——告诉我，是北欧，还是吴剑光？"

辛娆娆越发拘谨，哪里好意思承认？她再次小声问："于总，您到这里有事吗？"

于轩笑了笑，说："哦，没其他啥事，我是专门来接你的。我想亲眼看看今天你这只'凤凰'到底要落哪株梧桐树上。"

辛娆娆脸红了，说："于总，别笑我了，我是只'乌鸦'，凤凰才会落到高大的梧桐树上……"

于轩一面说一面进车，似乎开玩笑说："呵呵，是吗？那我只要一只跟你一样的……'乌鸦'！——上车！"

辛娆娆脸上的旧红还没褪去，又添了新红，粉润粉润的，不由得她再去想什么，一声喇叭鸣响，她只好钻进了后车座。一个开车，一个望向车外，都没说话。辛娆娆悄悄看一眼于轩头上方的镜子，他没了刚才的风趣和笑容，十分专注地看着前方，转动方向盘。她开始不自然起来。第一次坐奥迪，更是第一次坐于轩的车，真有点受宠若惊。她反复想：自己凭什么值得吉州市最有名的建筑公司大老板亲自开着车来接呢？

觉察到辛娆娆如此害羞失色，于轩倒有些不好意思了。他原以为辛娆娆见他亲自来接，肯定像很多爱慕虚荣的女孩那样，高兴得手舞足蹈，抑或滔滔不绝，叽叽喳喳，现在看来他想错了。他不由自责，觉着应当对她说点什么致歉的话。但想想，还是不说的好，好多事情或心里想法，并非一定要马上说得明明白白，那样反倒显得生分。还是以后再说吧。

看不出一点寒冷迹象。宽阔街道两旁的人行道上热热闹闹的，人来人往，川流不息。街口高楼悬挂电视屏幕，上面正播放以"中国梦"为主题的电视节目，清新柔和的电视画面与和谐优雅的音乐阳光般洒向过往行人。街道上除了小车来来往往，免费公交车也花枝招展，停在站牌面前，让满是欢乐劲的人们上上下下……

辛娆娆一言不发，反倒有些惭愧了，应当说点什么才好。可她想啊想，到底应当说点什么才合适？人家是大老板，一个小女子和人家到底能有什么共同的话题呢？忽然辛娆娆想起什么，说："于总，听说您公司和市政府搞了个慈善工程，叫'幸福怡乐广厦'？完工了吗？"

于轩没料到辛娆娆竟然关心这个，笑道："快了！怎么，你想住进去？"

辛娆娆一愣，又讪讪回答："要是十年前，也许我就能住进去。现在……不敢想！"

于轩继续看着前方说："娆娆，以后别叫我于总，就跟北欧一样叫我于大哥好吗？娆娆，其实你我都很幸运。"

于轩的后一句话如若不仔细玩味，任何人都不会听出话中有话的。果然，辛娆娆真没有听明白，说："不行，因为，要是没有您和吴总，还不知我和北欧哥现在在哪里混……"

于轩没有回答，他不想听辛娆娆说这样的话。他想提醒她，再这样说他可就要生气了，但他把要提醒的话吞下肚子，他担心辛娆娆受到惊吓。他想，她哪里知道我过去并不比她和北欧强到哪里去，只是比他们的际遇来得早些，帮助别人也是在感恩社会，或者说他建造"幸福怡乐广厦"更是在回馈吉州，如果没有父亲提供的条件和理解支持，他又能做什么呢？

接下来又是沉默。也许辛娆娆认为不该沉默，又搭讪道："于总，听吴总说你们要搬家？"

于轩随意回答："哦，今天已搬过去了。"

辛娆娆没话了，只好又朝车外看看。其实，读到这里，所有人都大概明白于轩为什么亲自来接辛娆娆了，只是辛娆娆根本没想到，而且从来没有去想过罢了。于轩自然不会说出来。

将到滨江广场，行人更多了，辛娆娆不敢多话，直到小车换了一条车道驶出去，她才又问："咦？于总，北欧哥为啥没有和你一块儿来呢？"说话间，辛娆娆不知不觉将"您"换成"你"。

于轩两眼直视前方，不敢掉以轻心，含混回答："哦……他跟朋友……"

辛娆娆却皱起眉头，很不放心地问："朋友？男的，还是女的？我认不认识？"

于轩依然看着前方没有回答。一定是刘妍，辛娆娆心里不免酸酸的不自在。辛娆娆在省城读书时见过刘妍，她曾说如何喜欢北欧哥，还说一定要帮助北欧哥去省城发展。想到这些，辛娆娆的脸马上黯然了。

于轩看着前面不经意地问："哦？你刚才说什么？"

辛娆娆不管于轩明不明白，就将北欧曾经托刘妍给她带豆腐干的事说出来，然后说："我一点也不喜欢她。你可能不知道吧？人家有个舅舅在省里当什么经贸厅副厅长，从你那儿出来不久，她回到省城就去那儿工作了。看她得意的样子，一定混得不错，还把我教导了一番，我真是受益匪浅……"

辛娆娆说的于轩何尝不知？

他早就领教过刘妍的放纵、卖弄和吹嘘，最看不惯的就是她总拿她舅舅袁罡正怎么怎么说事，好像哪个男人离开她就会走向毁灭似的。若不是杨老师写来条子，他当初才不会让她进公司呢！嗨，也不知道杨老师跟她什么关系！现在他真有点担心北欧，因为在他看来，北欧在管理财务方面可算强将，哪个公司用上他，哪个公司就会得益。他去省城，本也没什么，只要他收敛一点性格上的固执、偏激，与人好好相处，也许会发展得很好。但刘妍不是个好"导游"，就怕北欧在刘妍的撺掇下去走歪道。与其这样，不如就在他的公司里独当一面，既能锻炼他本人，又能得到实惠！何况于轩已经把对他的打算透露给他了！

于轩心里说：唉，怎么做就看他自己了，谁也代替不了谁。不过，这些话他不会对辛娆娆说，他不想在她心里留下一点阴影，再说，他也不喜欢在背后议论别人。于是，他侧过头，郑重地说："娆娆，别想那么多好吗？"

辛娆娆犹豫片刻后点点头。可是她并不知道，于轩看见她点头的时候，心里却莫名的高兴！至于为什么，只有于轩自己知道，他喜欢辛娆娆，而且不是一般意义上的喜欢！但他绝不会告诉北欧，也不能让娆娆知道。因为一是怕影响了辛娆娆的情绪，二是怕伤了热恋辛娆娆的吴剑光，三是怕伤了与北欧的兄弟情谊！

忽然，于轩突兀地问了个“为什么”？然后又莫名其妙加了一句：“你爱上了北欧？”没等辛娆娆回答，他居然大叫一声“糟糕”！辛娆娆吓了一跳，于轩用力拍一下脑门，自责道：“我为什么没想到把我爸和林妈带来，也让他们参与参与年轻人的活动？”

辛娆娆似乎明白：“哦……”

于轩笑道：“哦什么？其实你什么都不知道。”

辛娆娆眨眨眼：“难道你还想让他们这个年纪的人也玩玩我们年轻人的‘梧桐之梦’？让他们也来相相？”

于轩若有所思地回答：“是啊，我爸和林妈早该……”

辛娆娆理解错了，着急起来：“啊哟哟，别别别，千万别让他们‘老’燕分飞了……”

02

滨江广场地处老城区，当然坐落在长江之滨，头顶蓝天，俯视江面，眺望连绵横琴山林，大气恢宏，是吉州城市改造中的第一个公众活动场所，也是一项惠及吉州百姓的民生工程。建成后，这里举办过许多大型活动，今天的“梧桐之梦”将是这里的收官之作，以后的大型活动举办地将改在新城区的“万人广场”，所以，今天人们都从四面八方赶来，特别热闹。人多车多乐音袅袅，无疑是年轻人的世界！缤纷五彩，凤凰飞翔图、各种车型、各式衣着，构成了“梧桐之梦”的主色调！特别是广场两侧依然蓬勃泛绿的梧桐树为活动渲染了更为鲜活的生命气息！

可是，于轩的车刚要进停车场就被堵着了。两个车头对峙着，前面有车过不去，后面有车退不了。双方急得直摁喇叭，停车场保安更是急得满脸通红，脖子上的青筋特粗，大声叫着："大家退一点，退一点，大家好有个回旋的地方……好，好，就这样……"

于轩低语一句什么，摇摇头。辛娆娆为于轩捏了一把汗。又等了一会儿，两辆车才好不容易有了回旋之机，双方车主微笑点头，你让让我退退，道路终于通畅。奥迪紧跟着过去停好后，于轩和辛娆娆急忙下车走进广场。

两人正四处张望，却见李佳靓从人群中挤出来，满脸通红，恰好看见辛娆娆，她着急叫道："娆娆姐，娆娆姐，你怎么才来呀？大家都等急了。"

李佳靓突然看见于轩，难为情地伸伸舌头，小声对辛娆娆说："老板让我来找你，我让他打电话，他不肯，偏要我来找你们，我只好来了……"

辛娆娆和于轩同时吃惊问道："啊？他什么时候回来的？"

李佳靓来不及回答，拉着辛娆娆就往前挤，辛娆娆也急忙拉着于轩，跟在李佳靓后面去和吴剑光会合。

吴剑光的衣着打扮和于轩截然不同，但并非标新立异，只是和时下"后哥"们基本一致。他的身材没有于轩高大，但长相很帅气，特别是他高高的鼻梁和浓眉下的那双大眼特别讨女孩的注意，若不是他那副总是傲视一切的表情给人一种拒人于千里之外的感觉，不知道会有多少女孩蜂拥而来。然而，只要见到辛娆娆，他的这副表情就会瞬间改变。这不，看到辛娆娆，他马上流露出欣赏赞许的目光。于轩看得出来，吴剑光和他一样，对辛娆娆用心很深，只是吴剑光对辛娆娆的渴望比于轩来得直白许多，只要一有机会就要表露出来，而他却尽量把这份心意珍藏在心中。

于轩装作没在意，用责怪的口吻说："剑光，为什么伯父回来也不打个电话？我们也好去哪个车站接一下嘛！"

吴剑光这才将目光收回，看着于轩，说："老兄，他哪里行？我是租了医院的救护车慢慢开回来的……"

“老板，伯父情况还好吧？”辛娆娆将手搭在李佳靓的肩上，嘴里说着话，眼睛却向别处张望，似乎在找谁。

吴剑光见状有点不快，摇摇头，声音变得伤感：“唉，还算好吧。医生说，一定要好好护理，要使他心情快乐，不然，他的时间不会太多……”

于轩动情地说：“伯父一生不容易，你要好好对他。”

大家一时不知说什么好，只有哀哀地看着他。吴剑光知道自己的情绪影响了大家，马上提起精神略显歉意地说：“好了，只要我今天抱得美人归，他老人家就不会有事……对了，北欧怎么没有来？”说完用意深深地看了辛娆娆一眼。

辛娆娆没有察觉吴剑光的目光，也许是吴剑光的无心之问，但她听后也够宽慰了。她踮起脚四处望望，有些着急和懊恼：“说好的时间，怎么就不见人呢？”

正说着，北欧来了，果然，身边跟着花枝招展的刘妍。北欧仍旧穿着辛娆娆给他买的那件棕色皮夹克，皮鞋、牛仔裤，头发支棱着，浑身上下看不出有任何多一点的准备。可刘妍就非同一般了，她身着一袭墨绿色着底，牡丹花盛开的旗袍，肩搭一块稍厚的绒巾，发髻高耸，金黄发亮，发髻边沿缀着几颗白色珍珠，耳坠纯金大耳环，颈上垂下一条粗大的金项链，胸前别着一枚闪着银光的胸针，脚上一双前些时候十分流行的尖高跟皮鞋——浑身上下打扮精心，不过搭配烦琐，加上她的红唇，显得有点不搭调。突然，一个愣头小伙子闯过来，从北欧和刘妍之间插过去，似乎想故意把刘妍撞到地上。

“你急什么呀？”北欧想抓住愣头小伙，人家已经溜了。他连忙把刘妍扶起来，任她靠着自己娇憨呻吟，让人一看，很像一对恋人。辛娆娆恼了，刘妍分明是做给她看的，北欧哥也是，这算什么嘛？

忽然，刘妍胸前那枚胸针引起了辛娆娆的注意，她下意识叫了声：“北欧哥……”

"娆娆，怎么啦？"北欧顺着她的目光看过去，问道："你说胸针？不是……"

辛娆娆急忙用手指掩唇，看着他们，眼睛流露出深深的不满。"什么事啊？谁怎么你了？"吴剑光挤过来，站在辛娆娆身后，问得有点做作。

北欧马上把脸扭到一边，随手轻推刘妍站稳。刘妍脸上极不自然，但又不能不说话，只好给于轩、吴剑光打招呼："于总、吴总，你们好啊！"而对直视她的辛娆娆只是点点头，神情十分矜持和傲慢。

辛娆娆装没看见，于轩名为称赞，实为一语双关："哎呀，刘小姐好漂亮啊！看来今天是有备而来啊！"

吴剑光也审视刘妍一番，不怀好意地说："我想，刘小姐一定沾了女航天员刘洋本家的光，今天会一炮走红啊！"说完，故意看一眼北欧，对于轩指李说桃，"老兄啊，你不担心人家把你的人弄走啊，还是求求人家手下留情吧！"

刘妍却看看辛娆娆，暧昧地笑笑："我是想啊，但要看北欧有没有定力……"

北欧冷着脸看一眼辛娆娆，大声呵斥："什么屁话？你以为你真是刘洋一家子？"

刘妍脸上滑过一丝不悦，鼻孔里轻轻"哼"了一下，把脸朝向别处。

北欧放松表情，故意看一眼吴剑光，转头对辛娆娆叮嘱道："娆娆，今天是很热闹，但不可放任哦。"

辛娆娆明白了北欧看吴剑光的那一眼，也听出北欧话中的"放任"其实是"放纵"，言外之意是告诫她别与吴剑光靠得太近。娆娆暗自多心，北欧哥，难道你不知道我心里只有你吗？为什么总是对我说千万别与吴剑光怎么怎么的？我能和他怎么的？人家是老板啊！她看刘妍紧紧挨着北欧，心有不爽，接着他刚才的嘱咐回答道："北欧哥，我从小跟着你……你看我是放任的女孩吗？"

北欧才感到刚才的话说得有点过分，悄悄对她说："娆娆，对不起……"

刘妍见状，马上向辛娆娆做出一副友好姿态：“娆娆，你哥他都向你道歉了。”

辛娆娆无所谓刘妍给她说什么，但对北欧如何对待自己的态度十分在意。

她听话地点点头，主动挽起北欧的胳膊，温里带柔地问：“北欧哥，你看我今天打扮可以吗？”

北欧似乎缺乏审美眼光，很随意地点点头：“还好，还好……”

辛娆娆不满意北欧的评价，瞟一眼刘妍十分肯定说：“什么还好？同别人比，总还有区别的！”

北欧明白了，他刮一下辛娆娆的鼻子，逗她道：“你呀，真是小孩子……”

刘妍正想说什么，辛娆娆却朝北欧指指吴剑光，小声说了句话。北欧会意，缓慢伸出另一只手拉了拉吴剑光，礼貌性地摇摇，算作招呼。不料，从不放过任何发表意见机会的吴剑光，却不买北欧的账，或是有意或是无意将北欧的手打回去，北欧的手骤然停在空中。他的脸马上变了，要不是辛娆娆使劲捏他一把，他一定会马上跟吴剑光发难——北欧点点头终于忍了。

吴剑光却浑然不觉自己刚才的行为是否欠妥，他将目光滑向刘妍，反而问北欧：“怎么？北欧，我从来没见过你身边有过除娆娆以外的其他女性，今天这是怎么啦？换了新观念了？”

北欧到底生气了，指着吴剑光厉声冲撞：“吴剑光，告诉你，我已经忍你很久了，虽然你是娆娆的老板，但是却管不着我，你少狗拿耗子多管闲事！明白吗？”

吴剑光并没有意识到自己已经伤了北欧，更没料到北欧对他的几句玩笑话竟有如此强烈的反应，他爱讥讽的性格再次体现出来：“你，我是管不着，不过，你也是个从不服管的人。你知道吗？一个从不服管的人最终的结果，不，下场是什么？你知道吗？”说到后一个“你知道吗”的时候，他故意将音贝提高几个。

北欧马上扬起头，学着吴剑光的样说：“你知道吗？姓吴的，你是在对谁说话？你想教训我？”

于轩急忙拦着吴剑光：“好啦，兄弟们，都少说一句吧。”

吴剑光没说话，北欧有气消不下来：“谁和他是兄弟？”

近处的人们听见吵声，纷纷扭过头朝这边看。辛娆娆发蒙了，急忙把目光移到别处，心里却难过得直想哭：北欧哥，你为什么要这样？你为什么不替我想想？她忍不住叫道：“北欧哥，今天是什么日子，你知道吗？”

北欧本来不喜欢吴剑光，要不是那天于轩劝他，要不是看在辛娆娆小声求他的份上，他今天是绝对不跟吴剑光套近乎的。现在吴剑光居然趾高气扬，居然对他连讽带挖苦，他自然不高兴。见辛娆娆难过，他忍住不悦说：“什么日子？狗屁‘梧桐之梦’！娆娆，哥只知道，档次低的人自然只有低档次的生活方式，这个场面不适合我，我不会影响任何高贵人的情绪！刘妍，我们走！”

北欧说罢丢下辛娆娆就走，走了几步又回转身，对辛娆娆说：“娆娆，你如果还认我是你的哥，那你就得听我的话，把眼睛擦亮了，看准才做决定！”说罢迈开大步，欲钻进人群。刘妍向辛娆娆迅速送去一抹炫耀目光，急忙转身跟上，挽着北欧的胳膊依偎着像一对深情的恋人朝另一个方向走去。

辛娆娆懂，北欧哥这是在向她下通牒令，如果她和吴剑光好，那么他和她连兄妹都做不成！吴剑光莫名其妙，不知北欧的话是什么意思，想问不好问，冷笑道：“神经病！”

一直在旁边观察而没说话的李佳靓，这时踊跃地附和老板说：“就是嘛，真像吃了枪药！素质太低了！”

“佳靓，你别……”辛娆娆更难过了，但强忍着不让泪水涌出来。本来今天全是为了北欧哥才来的，没想到他和吴剑光竟然这样，更没想到他居然丢下从小一块儿长大心里一直爱着他的娆娆妹妹与刘妍一起走了。她想悄悄取下无名指上的戒指，却又怕大家看见，只好作罢。

聪明的李佳靓过来善解人意般挽起娆娆的臂，看一眼吴剑光，流露出一抹复杂情绪：“老板，看娆娆姐伤心得……”

吴剑光这才明白自己刚才做得是有些过分，不免自责，但他绝不会为此做出检讨，只好眼睁睁地看着北欧离去，嘴里嘀咕道：“为啥要伤心？真是道不同不相为谋啊。”

于轩心里叫苦了：糟了，本来大家高高兴兴来参加“梧桐之梦”，北欧走了，娆娆伤心了，大家心里也不痛快。唉！剑光呀剑光……

李佳靓站在老板一边，在辛娆娆耳边说了句悄悄话：“老板没错！你的北欧哥要是大气点就好了。”

辛娆娆不喜欢听，但又不好反驳李佳靓，更不敢开罪吴剑光老板，她装没听见，将目光投向别处。李佳靓猜出辛娆娆心里想的什么，不想说破，便提醒道：“娆娆姐，你看咱们该进去了吧？活动该开场了……”

辛娆娆已经毫无兴致。本来一切都是为了北欧哥，现在闹成这个样子，真让人心里不是滋味：“你们去吧，好好玩，我不去了……”

是的，辛娆娆哪有好心情呀。她本来想借“梧桐之梦”，以纯朴自然的美丽在大庭广众之中等待北欧哥的赞美和追求，让在场的所有人能为她和北欧的心恋作证和祝福，哪怕北欧哥真的只把她当作妹妹，她也心甘情愿！可是她又错了，北欧哥什么也没说什么也没做就走了，而且还有那个女人。

见辛娆娆神情恍惚，李佳靓急忙叫吴剑光：“老板，你，你看娆娆姐……”

于轩、吴剑光一看，辛娆娆眼里全是泪水，她强忍着，但泪珠还是像断线的珠子一颗一颗滚落下来。吴剑光急忙拉起她的手握着说：“娆娆，对不起，都是我的错。”

于轩见娆娆难过很心疼，但见吴剑光这样说，真有点惊讶。在他的记忆里，吴剑光很少向人认过错，今天能当着他的面给娆娆承认是他的错，说声对不起，实在是件不简单的事。若今天难过的不是辛娆娆，而是刘妍，他是断然不会说自己有错的。由此可见，吴剑光真的爱着娆娆。于轩赶紧收起那份本不被人知晓的心意，劝娆娆说：“娆娆，活动马上开始了，不难过了，好吗？”

辛娆娆用力抽出手来，擦干泪水，不说话，将身转到一边。见吴剑光有点尴尬，也担心他的希望落空后可能表现出来的伤人言行，于轩迅速改变主意，急忙说：“剑光，我看咱们不参加这个活动了，还是到你家去看看你父亲吧！”说罢向吴剑光使劲摆了下头。

辛娆娆摇摇头：“你们去吧，我想回去休息休息。”说完就朝来路走去。

吴剑光会意，说：“行！老兄，以后再说吧。李佳靓，你坐于总的车回去，我送娆娆。”

李佳靓急忙上前拦住辛娆娆。辛娆娆本来不是个特别任性的女孩，她顺从地转过身。几个人上了车，一会儿，两辆车一前一后驶出了车场，带着深深的失望离开滨江广场，但“梧桐之梦”的序幕已经拉开……

03

老城新城接合部，有一个很大的园林生活小区叫“菊香园”。这个名称之所以名副其实，全在于秋冬时候，整个园区里黄、紫、白各色菊花鲜活盎然，香飘沁人心脾。现在虽然菊花早已开谢，也看不到嗅不到那些美菊花开香飘的妖娆和清香，但人们只要进到这个园区，就会自然而然想象到当初那些微翻灰白的菊叶绕着因势由形的开阔地、水池边、假山下如何袒胸露怀，尽情展示美姿和放射香气的壮观美景。尽管这一切都只有等待来年，现在却还能欣赏到墙边那一片片幽幽的竹林、一棵棵高大的银杏树，还有几十年的黄桷树。

深深的绿色庭院在冬日淡淡的阳光下显得格外层次分明。在那深浅不同的绿色之中，错落有致的别墅在略有冷意的风的吹拂下，不时隐现。一切都显示出自然美景建筑之间的那种相依相恋之情。

然而，有一栋别墅显得略有不同，前后除了高大的银杏树，幽幽的竹林，大门前居然有两株高大蓬勃且经过精心修剪的梧桐树。在冷风之中，梧桐树与其他树竹都发出同样美妙的音响。

别墅客厅里，于轩和父亲于胡源及林妈正在共享第一天住进新家的乔迁愉悦。电视开着，新闻放着，于轩却在给两个老人介绍“梧桐之梦”以及今天的不快。两个老人既要看电视，又想听于轩说什么。

于胡源盯着电视嘴里却在问：“怎么？闹别扭了？”

于轩沉吟片刻，微微笑答：“其实，也不算别扭，就为北欧和吴剑光老撞火，娆娆生气要走，我们只好跟着走了。”

于胡源终于把注意力完全转移到于轩这边问：“为什么他们两个老是撞火？”

于轩略显无所谓地回答：“互相看不惯呗！”

林妈看一眼于胡源小声问：“他们俩生气，跟那个娆娆有什么关系？”

见于轩没有回答，于胡源却来兴致了，说：“哦，会不会两个家伙都为那个娆娆才撞火啊？”

于轩摇摇头说：“不知道……”

于胡源看出点苗头，一追到底：“轩儿，你是不是也喜欢那个叫娆娆的？”

于轩一愣，暗自感到脸上发热，赶快回答：“爸，你说什么呢？”

林妈笑了附和说：“还不是经常听你说北欧、娆娆……”

于轩不想再议，马上转移目标，戏说道：“林妈，你总是跟爸一唱一和的，今天真应当叫你们去参加‘梧桐之梦’……”

林妈又看看于胡源，嗫嚅问：“啊？”

于胡源瞪儿子一眼，语气不容反驳：“胡说八道！”

于轩虽然不服气，但不敢太大声顶撞：“那有什么嘛？活动又不分男女老少……”

是啊，在公司是老总，在家是儿子，他实在没有勇气对两个老人指手画脚，何况只有自己知道，他本不是父亲的亲生儿子，从小到大之所以有今天，完全靠着父亲和林妈，他有什么资格对他们吆五喝六呢？在于轩的心里，父亲五十多岁，正是壮年甩开膀子干的时候。可是为了吉州的城市建设，说喝过洋墨水的人一定比土专家干得好，坚持把公司交给从美国留学回来的他，自己跑到成立不久的慈善协会去当志愿者，天天和那些残障智障人士嘘寒问暖打交道。

为此，于轩心里着实不忍，所以每每公司有什么情况，或遇到什么问题，他总是第一个向父亲汇报，征求父亲的意见和建议。但父亲却说：我已经落伍了，再说，我花了许多钱送你出国深造，就是让你用现代管理手段打造公司，建好吉州这座城市，只准你干好，不准你干坏，以后有需要我跑路的事再对我说吧。父亲话是这样说，但于轩自从接了公司后，却从来不让父亲操烦过心。他下决心不辱没自己在国外的留学及工作经历，要让父亲对他放心。

见父亲正要往楼上去，于轩忽然下意识招一下手想说什么，不料张开的口又迅速闭上。于胡源问：“有事说事，鬼鬼祟祟干什么？”

于轩忙把目光移到林妈身上，又看看父亲。于胡源明白了，眉宇间迅速显出勉强，侧脸对正跟他上楼的林妈说：“小轩，你不用暗示我——林妈，办证的事，以后再说吧。对不起，今晚你就住下面吧……”

“啊？”于轩好惊愕，父亲原来把林媛都叫“小媛”，现在怎么改叫“林妈”了？而且说好搬家后就去办证，现在却说不去了，还让林妈在楼下住，难道他又像过去那样总是反悔？

林媛像被于胡源施了魔法，生生定在楼道第二级梯子上，嘴张着，脸上表情急剧变化，难看极了。恰时，墙上的时钟不知趣地响起来，但她依然定在梯子上一动不动。钟声只有十下，却显得好久好久。她，终于默默退下，缓缓走过偌大的客厅，恍恍惚惚走向那间未来可能永远属于她的房间。于胡源依旧继续上楼，似乎他刚才并没有说过什么，但动作却明显缓慢多了。

于轩好心疼林妈，忍不住质问父亲，而且语气略带有责备："爸，为什么要这样？"

于胡源没回头，于轩虽然没有看见他的表情怎样，但听得出声音底气不足："唉，我累了，别烦我……"

于轩忍不住竟然由着自己心里所想，再次高声质问道："爸，你怎么能这样？出尔反尔，你该不是那种薄情男人吧？"

于胡源恼了，霍地转过身，瞪大双眼，声音不高，但斥责意味很浓："你小子，你说老子我是怎样一个男人？"

林媛急忙回头制止说："小轩，不能这样对你爸说话。你爸怎样说就怎样做。"然后又回过头对于胡源说："老于，小轩也是为我好……"

"本来嘛……"于轩听话地放低音量嘟哝道，"多少年了？对林妈公平吗？"

林媛的求告带着颤音："小轩……"

于胡源没再接腔，只是长而重地哀叹一声，再度转身，但步履更慢了，仿佛是个老态龙钟的耄耋之人。他扶着栏杆一级一级上了平台，缓慢朝里走去。不一会儿，重重的摔门声震得于轩心里"咯噔"一下。林妈不说话，默默进了客房。于轩想不通，他为林妈感到委屈不平，二十多年了，为什么对林妈还这样？

在于轩的记忆中，林妈人非常好。二十多年前，一个漂亮女人领着他走到父亲面前，成为父亲的儿子。可是叫花般的生活经历使他早早懂事，他明白自己早已没了父母，是个流浪儿。那个送他到这里来的女人也不是他的亲生母亲，因为亲生母亲是不会对自己的亲生骨肉那样冷漠的，所以他从来没有过对这个女人的思念。林妈虽然也不是他的亲生母亲，但他从林妈身上感受到了浓浓的母爱之情。父亲对他不错，他虽然有点陌生，但他从不说破自己的身世，他愿意成为这个家庭中的一员，并珍惜这样一个机会一直努力着，直到今天！

林妈走进于家，本是父亲安排照顾他的，但林妈把他当作宝贝，含辛茹苦带着他长大，对他或许比那些父母对待自己的亲生儿子还要亲。所以，于轩虽然没有亲妈妈，但他从来都没有感到没有亲妈妈的痛苦和孤独！同样，他亲眼所见，林妈对父亲无微不至，父亲的衣食住行、身体、工作，多年来无论哪个方面，林妈无不考虑周全，照顾周到，把一切都料理得井井有条。一切一切的解决，才使父亲再没了后顾之忧，他才可以放下一切驰骋在偌大的房地产市场上。否则，哪来如今这么大一个公司？哪来这样的别墅？虽然他不知道林妈什么时候成了父亲的女人，但他愿意把林妈当成亲妈，直到永远！

记得小时候的一天早上，他发现自己并没睡在林妈的房间里，急忙爬起来，往林妈的房间跑去，正好看见父亲从林妈房间里出来。他抓住父亲衣袖问：“爸，林妈不要我了吗？”

父亲蹲下来看着他的眼睛问：“轩儿，你说林妈做你的妈妈好不好？”

他诚实而天真地说：“好啊，林妈就是我的妈妈。”

父亲用力亲了他一下，说：“那好，以后，你就睡自己的房间……”

他似懂非懂，又问：“爸，以后你跟林妈睡吗？”

爸爸伸出食指戳他额头一下，笑着说：“机灵鬼……”

对于父亲和林妈一直没有正式结婚一事，开始他并不知晓。不过，他曾无意中问过，林妈嫁给爸怎么没有个像样的婚礼。林妈却接过去说没关系，只要于轩认她，有人爱她，有没有婚礼算不了什么。父亲常说他还小，这不是小孩子操心的事情。他很是不解，却似懂非懂地“哦”一声。

待林媛离开，父亲问于轩林妈好不好，他没有一点迟疑，说林妈好。父亲激动得哽咽了，夸于轩好儿子，懂事。父亲又问于轩曾经在乡下的生活情况，他却不乐意回答，弄得父亲满脸都是哀哀的。随着年龄的增长，于轩终于知道父亲一直没有和林妈去民政局办证，不算合法夫妻。已经懂事的他明白，办证虽然是个形式，但是婚姻关系受法律保护，也是对林妈的尊重……为此，于轩心里很是不安，他已经完全站在林妈的角度考虑问题了。

于轩临出国留学的时候，当着两人的面对他们说："爸，林妈，你们早已生活在一起，还是去民政局把结婚证办了吧！"

林妈高兴极了，她羞赧地看看父亲，眼里闪动着渴望的光辉，热切地等待他点头。可是父亲冷冷的，没有看她一眼，片刻后才一本正经地说："办什么证？年纪都这么大了，也不嫌丢人，就这样过了吧！"

于轩搞不明白了："怎么丢人呢？你们都是单身，办证结婚是理所当然的嘛！"

林妈低下头，好一会儿才对于轩说："小轩，我们的事你就不用操心了，你走后，你爸有我照顾，你就放心吧。我都听你爸的……"

但于轩感觉得出来，林妈心里有苦。她肯定乐意和爸办证结婚，见父亲不同意，只好这样说了——她从没认为这对她是极为不公允的。

于轩在国外读书时，每每电话都要询问两个老人生活情况，而且猜测两个老人早已步入婚姻殿堂。谁知道，几年前回来，于轩又问起这件事，他们的身份竟然还是单身男女！现在，他们对外名义上还是老板和职员、主人和管家的关系，虽然人们都愿意相信他们已是一对恩爱夫妻，可总也等不来象征婚姻的喜糖喜酒！

于轩不明白他们之间到底有什么东西隔着，总是迈不过这道坎！于轩突然感到父亲要么是薄情男人，要么还有什么隐衷！

于轩猜测林妈一定在自个屋里难过，他轻轻走过去打开门，果不其然，林妈正在抹眼睛！于轩走过去，站在她面前，轻声叫道："妈妈……"

林妈依在于轩怀里，无力叫声："我的儿……"话音刚落，止不住的难过从她低泣中泄泻出来，微微单薄的肩膀轻轻地抽搐着。

于轩紧紧抱着林妈，抚摸着她渐渐增多的白发应声道：“妈妈……”

为了这个家，为他的成长和父亲的事业付出全部心力，从二十来岁的精干泼辣到现在已经奔五的徐娘半老，让她尽情地哭吧。于轩心里不断埋怨：爸爸，你是不是太薄情了？是不是太自私太虚伪了？为什么同床共枕二十年的今天，不但不给林妈名分，还把她赶到原本应当是客人住的卧室？

林妈哭够了，擦擦哭红的眼睛，看着于轩说：“小轩，以后你不要再问你爸办证的话了，好吗？他不喜欢听……”

“为什么？”

林妈迟疑了好久才说：“他，他还爱着，爱着你的亲妈……觉得对她有愧……”

于轩一惊，脑海里忽然浮现出当年那个漂亮女人的面容，迫不及待地问：“我的亲妈？她在哪里？既然还爱着，他们为什么还分手？”

林妈回答：“我见他这几年经常看你妈妈的照片……”

也许于轩只对林妈有感情，他问：“可是，你也是他的女人，为什么他宁可爱一个已经远去的女人而忽略你的存在呢？”

林妈躲闪着：“你说什么？我，我不知道……也许……”

于轩沉默好久，又问：“林妈，难道父亲以前没有说过要和你去办证？”

林妈长长舒口气说：“说过，但每次说了不到几天就变了……上个月他非常认真对我说，只要搬了家，他一定和我去办证……可是刚才……”

啊？难道父亲并不爱林妈？

当年，那个女人把他送到父亲跟前时，他想说实话，但是，他实在太渴望有个家，有个既有爸爸，又有妈妈的家，那样，他就不会再去流浪！随着年龄的不断增长，关于自己的身世问题，他越来越不敢面对，更不敢对父亲说出真相，何况在父亲和林妈面前，他从来没有过不当他们亲生儿子的想法。现在，父亲和林妈的事就是他的事，他必须既为林妈，也为父亲，更为这个家付出一个儿子应当付出的努力！

04

窗户没关上，夜风从窗外吹进来，力道有点大，冷意很浓。于胡源盖着被子半躺在床上，正就着明亮的灯光仔细端详手心里那张已经发黄的照片，上面是当年的漂亮姑娘白珊花。旁边还有一本户籍簿，翻开的第一页上自己那一栏的“婚姻状况”里写着“未婚”两字。

白珊花是于胡源的第一个女人，但虽然不算妻子。

三十年前，山区青年于胡源在吉州师范学院毕业前夕，被派到宜南一所农村中学当物理实习老师，任一个高二班的物理课并当见习班主任。他高大英俊，书生气很浓，又多才多艺，能说会唱，把班上的活动搞得丰富多彩，深得同学们的喜欢，因而他的物理课也特别受欢迎。每次测验，班上的总成绩都在年级前列，如果不是两个女生拉后腿，他的平均分就会是年级第一名，为此，他很头疼。这两个女生一个叫白珊花，一个叫林媛，每天上课的时候明明看着她俩在认认真真地看着黑板听他上课，记笔记，但下课后却对他说：于老师，我们没有听懂。

既然没有听懂，于胡源就只好再给她俩讲一遍，并且一边讲解，一边演示，直到她俩都说听懂为止。课后，她俩作业也做了交了，也全都对了，但是，每次测验她俩的成绩还是很差。于胡源着急了，赶快把她俩找来问问清楚，可她俩红着脸你看着我，我看着你什么也不说。问她们做笔记了吗？她俩点点头。于湖源要她俩拿出来看看，她俩却死活不给。于胡源只好趁她俩不在教室时悄悄去拿来看看，一看惊呆了，上面写些什么呀？全是两个人的秘密对话！

白珊花："于老师一表人才。"

林媛："没有第二个！"

白珊花："喜欢他？"

林媛："你喜欢，我就喜欢！"

白珊花："可不得争风吃醋吗？"

林媛："我才不会！"

白珊花："约定：谁最先得到他，另一个务必自觉退出，我一定要成为他最爱最放不下的女人！"

林媛："我愿意把他放在心中成为他最离不开的女人！"

于胡源吓了一跳！天啦，那个时候，师道尊严才刚刚恢复，如果师生之间产生恋情，甚至越轨，首先老师就会受到开除教师队伍的处分，学生也会被劝退回家。于胡源明白，这件事不是自己的错，如果把两个女生的行为报告学校，她俩一定会被开除——不过于胡源不愿这样做。

他左思右想，找来两个女生，轻言细语地说："你们两个真不懂事，这个年龄正是学习的黄金时期，想什么不好，为什么去想这些目前并不属于你们该想的事情？这事情到此为止，否则我会把你们的事报告给学校……"

两个女生你看看我，我看看你，有些惶恐。长相一般的林媛低下头诚恳认错："于老师，我们错了，以后再不敢了。"

漂亮的白珊花却昂着头，眼睛十分大胆地看着于胡源说："于老师，你要告就去告好了，爱你又不犯法，反正我不想上学了。"

于轩严肃批评："什么是爱？你懂吗？不想上学？你以为农村孩子上学容易啊？好吧，这事就烂在肚子里，以后不许再提！"

林媛千恩万谢地点头鞠躬，发誓以后再不这样做了。而白珊花丢下一句"我就这个样，看你怎么办"转身就走。

说心里话，从小寄人篱下的于胡源，十分珍惜这个实习机会：好不容易考上师范学院，实习期间，千万别出错！虽然他并没有像许多家景好的城里学生那样，可以靠这个、那个关系寻找到更好的工作单位，但他相信凭自己各个方面都优秀的条件，以后分个好学校是没有问题的。不过，他还真有点暗暗得意：两个单纯的女生，竟然把青春期的躁动和情愫投向了他。然而，得意归得意，他很快意识到这种苗头十分危险，他绝不能拿自己的前途开玩笑，他只能是两个女孩的实习老师，今后与她俩必须保持适当的距离。

但是，他越是这样想这样做，两个女生越是不时找各种理由接近他，特别是白珊花，常常一个人跑到他的寝室做这做那，弄得他提心吊胆。幸好，他马上要回学校参加毕业考试并等待分配了。在临走的前一天晚上，班上学生们邀他到长江边举行篝火告别晚会。晚会上，两个女孩主动拉着他在全班同学面前演唱了《年轻朋友来相会》。林媛还算规矩，而白珊花却总是有意无意将身体向他靠近，惹得好多男同学尖叫起哄，吓得他心惊肉跳。

第二天一早，于胡源悄悄离开了实习学校，回了师范学院。

本以为这样神不知鬼不觉，自己终于解脱了。哪里知道正当毕业分配，于胡源正在为自己能分到哪里担着心的时候，传达室的人到宿舍告诉他，说家里的妹妹来找他了。他暗吃一惊：我哪有妹妹啊！他怀着狐疑出了校门一看，原来白珊花站在校门口，正盼着他呢！

于胡源慌了，明知故问："是你？什么事？"

白珊花乐了，就像见到恋人那般忸怩："不是我是谁？没事就不能来找你啦？"

于胡源想起那笔记本上写的对话和她的表现，生怕别人知道，更怕在这分配在即的时候，有人会借此乱说，影响他的分配。于是他恼了："就是不能！"

"那你告我吧！"

于胡源赶紧把白珊花带往城边一个小旅馆。一路上，于胡源木着一张脸恶声恶气，大有责备的味道："你马上要毕业了，为什么不在学校好好读书？"

白珊花红着脸不说话，把身体扭了又扭，一副妩媚的美态。好久好久，她才小声说：“人家，人家想你……”

于胡源心里叹气，无奈地摇头，嘴上恨恨说：“你，你，你真要害我呀……”

白珊花闪着一双水灵灵的大眼睛俏皮地说：“他们都不知道，就是林媛也不晓得。”于胡源无可奈何，见天色已晚，只好先把她对付过去再说。

到了旅馆，于胡源到柜台开房间，值班人投来暧昧的目光问他们要一个房间还是两个房间，白珊花不等于胡源回答，就抢着说要一间，值班人怀疑他们关系不正当。经于胡源不断解释说白珊花是他的妹妹，值班人只好相信了于胡源的话，便给他们开了一个房间。

在值班人怀疑的目光下，两个人进了房间。刚进门，白珊花双臂一揽，圈住于胡源的脖子，得意极了，吓得于胡源赶快把门关上。于胡源仔细打量白珊花，只见她面如胭脂，眼像丹凤，樱桃小嘴，已经发育成熟的身体勾勒出美丽的曲线……他年轻体内不由一阵躁动，但他终于忍住了心中的渴望，把她轻轻推开。然而白珊花却又扑到他怀里，小手击打他的胸，她哭了，叫道：“你带我走吧，你带我走吧，我就是不想读书了……”说完把自己的一张小照片塞进他的上衣口袋里。

或者是一时的糊涂，或许清醒着呢，反正这天晚上于胡源没有回学校，拥着白珊花在一个小床上睡到天亮。虽然他认为自己什么也没干，但白珊花脸上却露出甜蜜的笑容……

……于胡源想到这里，非常羞愧地自问：要是当年不给她希望的行为，就不可能有后来的事发生，如果没有后来的事情发生，又何来他当年的落魄凄凉？

唉，想抹去当年的印记谈何容易？于胡源翻来覆去地睡不着……

于胡源的态度，给了白珊花极大的希望，但也使于胡源多了一份内疚和担忧：自己已经二十多岁，白珊花刚刚十八岁，何况自己曾是她的实习老师？虽然他对她并没有什么实质性的行为，但到底和她睡在了一个床上，一直到了天亮。这件事如果让学校知道了，无论他有多么优秀，最终还是肯定会受处分，说不定连分配的希望都没有。现在他必须让白珊花知道：他和她都错了！这件事必须到此为止！

他轻轻地抚摸白珊花的脸，哄她说："珊花，你听我说，今天你赶快回学校去，千万不要让别人知道你来找过我，更不要对人说起我们在旅馆住了一夜。要是别人知道了，我肯定会倒霉的！"

白珊花偎在他的怀里，还沉浸在甜蜜满足之中，小脸上红扑扑的。听了于胡源的话，她噘着嘴不情愿地说："不嘛，我愿意，是我来找上你的……"

于胡源板起脸，不高兴地说："你要不听话，我就不理你了……"

白珊花眨着丹凤眼，撒娇说："要是我听你的话，那你理不理我？要是你以后不要我怎么办？"

于胡源笑了，给了她一个吻，慢慢地劝她说："你真是个小女孩！你听我说，我当然喜欢你，只是现在我们不能这样做，特别是我目前正处在学校分配的关键时刻，如果让一些不怀好意的人知道了我们的事，就会大做文章，跑去告我一状，那我就一辈子都抬不起头来。到那时，我拿什么来喜欢你呀？"

"那好，你再亲我一下，要不，我就不回去！"白珊淘气地要求道。

于胡源哭笑不得，只好再次亲吻她那稚嫩的红唇。没想到白珊花却像一只刚刚发情的小母猫，在他怀里乱撕乱咬，乱嚎乱叫……

随后，于胡源胡乱给了她几块钱，送她上了一辆货三轮去车站。

本以为做得天衣无缝，没想到隔墙有耳。于胡源和白珊花的对话，被旅馆值班人全听见了。待他们走后，他马上通过电话把这件事报告了师范学院的领导，并且描绘得有声有色，有动有静。自然不用说，学校领导和毕业生分配办公室开始了里里外外的调查取证，学生科长张晓天和办公室主任齐帮贵亲自到实习学校调查。结果，师生们一致反映虽然两个女生几乎天天同于胡源在一起，却不知道他们关系近到什么程度。

张晓天和齐帮贵去询问白珊花，她竟坦坦白白地说：“是啊，我喜欢，不，我爱他，我去找过他了，还睡在一个床上了，你们想怎么样？”说完还大大方方在谈话记录上签上自己的大名。

两人又去调查林媛，林媛吃惊之余，却说：“我什么都不知道！是的，我们天天和他在一起，那是因为他是我们的实习老师……白珊花乱说，于老师挺自重的！”自然，林媛也在谈话记录上签下自己的名字。

于胡源坚决不承认同白珊花有事，并且理直气壮地提出：“你们说话要有根据，拿证据出来！”

两个调查人员马上拿出被调查人的谈话记录。于胡源一看，傻眼了：除了林媛，其他证词对他都十分不利。特别是白珊花的证词无疑给他雪上加霜！他气愤极了，暗暗下定决心，务必收拾这个对他落井下石的小女人！

还好，正因为林媛的证词，于胡源的错误减轻了一半，可以参加毕业分配了。但是分配之前，于胡源被全校通报批评，受记大过处分！分配了，那是一个什么学校？一个穷山沟小学校，除了几丛竹子，只有三五间教室，十几个高高低低的小学生，然而，老师只有他一个。从此，他不仅要给孩子们上复式班课程，还要种菜，做饭，敲钟……

于胡源疯了，他跑到山上歇斯底里地叫喊：“白珊花，我饶不了你……”然而在这穷山沟里，除了还算枝叶茂密的竹丛被震得晃动几下外，哪有白珊花的影子？于胡源绝望了，他恨恨地咒骂白珊花：“不要脸的，你别让老子看见，否则，我绝不放过你！”

05

说曹操，曹操就到。没有一个月，白珊花果然背着一个包来到穷山沟这所小学校，投奔于胡源来了。于胡源看她那得意向往的神态，暗暗下了决心好好收拾她。于胡源看也不看，厉声道：“你来干什么？滚！”

白珊花嬉皮笑脸地回答：“你答应过我，要娶我的。”

于胡源气得七窍生烟：“妄想！我的一生都让你毁了！”

白珊花看看对面的山顶，再看看几间教室，点点头：“嗯，我一人做事一人担，从今后，你上你的课，我帮你敲钟种菜做饭……”

于胡源吹胡子瞪眼：“你，你，你……”

就那天晚上，于胡源先是毫不客气地揍了白珊花一顿，打得她哭爹叫娘，于胡源却丝毫没有恻隐之心，何况在这山沟里没有人，谁能听见？

白珊花哭过叫过后，她还是要朝于胡源的怀里拱。于胡源伤心地哭了，不由得紧紧抱起白珊花，用力把她扔上床，剥下她的衣裤，疯狂地作践……白珊花受不了，但以为自己得到了梦寐以求的爱——她终于成了于胡源的女人！才刚刚满十八岁啊，不管爱不爱，就死心塌地地跟她喜欢的男人在一起了。可白珊花万万不会想到，几个月过去，于胡源却悄悄弃她而去，几年后携金带银来到吉州成立公司。

于胡源自然也无论如何没有想到，白珊花居然给他生了一个儿子，几年后突然间将儿子送还于他。于是，从来不知后悔为何物的于胡源有了些许内疚和遗憾，但仅仅是些许，白珊花“永远”地走了，他却没思念过白珊花。

他把照管儿子的事托付给林媛，不为别的，仅仅因为他帮过她，信任她，直到后来让林媛停下公司工作，去自己家专职照管轩儿。林媛解决了他的后顾之忧，他除了感激和信任，就是需要，一种孤单寂寞的需要，谈不上爱。他还没有和林媛成为夫妻的打算，但和林媛成了不是夫妻的夫妻。林媛明知于胡源并不爱自己，却爱他胜过爱自己，心甘情愿地接受了他，每天尽着一个妻子应当尽的义务。可是后来这种关系到底被人知道，而且就因为这种关系，于胡源被认为生活作风有问题，他的省级“劳动模范”光荣称号被取消了。

但他没有离开林媛，而且从这时起和林媛开始了彼此的默契和牵挂。

不过，林媛希望和他结成正式夫妻，他便以“都一样天长地久”来加以搪塞，于是林媛不再提及。随着相处的时日增加，感情也在与日加深，他渐渐爱上了林媛。他本想趁儿子出国留学之际，同林媛去办证结婚，谁知突然间想起与白珊花的那段恩怨，油然而生内疚自责之心。他感念白珊花给他养育了个好儿子，他很想知道白珊花现在在哪里，过得好不好，需不需要他帮助。他决定一定要找到白珊花，亲自向她请罪认错，得到她的宽恕后，再和林媛办证结婚不迟。

几年寻找不停，消息杳无，直到轩儿回国。自觉已愧对白珊花，再不能愧对林媛了，他必须先解决好与白珊花的感情旧债，才能以崭新的心境完全接纳林媛的爱。谁知寻找白珊花的事情没有眉目，矛盾的心情却时而浮现。他数次向林媛承诺尽快办证结婚，却又数度失言反悔。虽林媛不怪，但他自觉不安！上个月，他向林媛提出搬到别墅后两人就去办证，林媛高兴极了，盼望着这一天赶快到来。然而就在今晚，他再次失言反悔，原因还是一个：白珊花是他一生中最对不起的女人，他不能在不知道白珊花的情况下和林媛去办证……

于胡源想起这一切，心里涌起深深的自责之情，他不知道，当初的作法和现在的做法，到底哪一种是错的，哪一种是对的？他不想辜负林媛，也不想在不知道白珊花下落的情况下，和林媛正式结婚。至少现在要知道白珊花在哪里，过得好不好。是啊，如果没有白珊花，哪能有于轩这样优秀的儿子？

看着林妈欲罢不能欲说还休的神态，于轩猜测，发生在几个大人之间的事情一定不会那么简单，但林妈却无论如何也没有把埋藏在心里多少年的事情告诉他。于轩只好带着深深的遗憾回自己的房间。

孤灯只影，林媛看着窗外，思绪回到二十多年前……

林媛说不上长相不好，但和长相漂亮的白珊花比，那就逊色多了。然而命运偏偏捉弄人，要把长相一般的林媛和特别漂亮的白珊花安排成十分要好的同桌和好友，想什么做什么都会在一起，就像左拉的短篇小说《陪衬人》里写的那样，二者互衬，美的更美，不美的自然就丑或更一般。对“爱情”这俩字眼，两人的理解虽然一样，但是往往因长相的美与不美而采取的方式和得到的结果不同。林媛虽然知道自己不美，但在那个年代，哪个读过书的女孩不想在自己豆蔻年华之时憧憬自己倾心的梦中王子？更别说白珊花了。因为漂亮，所以非常自信，但她的自信必须要和林媛一起才能展示——她俩都是农村女孩，家境都差不多，这种比较往往不着痕迹。

她俩在班里算大的，家里人知道她们学习成绩很差，断定她们不是可造之材，因为家里都比较困难，即使她们还在读书，也不得不公开为她们做谈婚论嫁的准备。于是，她俩互相鼓励，绝不接受父母给安排的命运，她俩要自己选择书上所说的爱情。正好于胡源来到他们班，她俩竟然同时爱上了年轻的物理老师，长得漂亮的说要主动献身，长相一般的说要一辈子默默地守候，然后迅速定下只有她俩才看得明白的规则：谁最先得到他，另一个不得插足，更不能挖墙脚，必须迅速退出。白珊花不放心，要林媛说话算话。林媛知道自己条件不如她，也只有点头信守承诺的份。

即使如此，林媛暗中也在积极地想办法接近于胡源，要么问问题，要么反映情况，要么请帮她一个小忙……但每一次都会遇上白珊花以及她那得意的目光，或者总会有其他老师、同学在场。林媛再怎么鼓起勇气，可能因为自愧不如，始终没有走近于胡源，直到他回到了师范学院。

白珊花时常朝林媛扬起那张漂亮的脸蛋，与其说是向她炫耀，不如说在向她示威。她怀疑白珊花暗中已经与于胡源约会了，说不定什么时候还要给她一个出其不意，于是，她便很快冷却了与白珊花之间的比拼之心，游离一旁暗中注意。果然，于胡源走后不久，白珊花真给了她一个出其不意，突然跑出学校，第二天才回来，为此受到学校的严厉批评。她追问白珊花是不是去找于胡源去了，白珊花只是神秘笑笑，什么也不说。尽管如此，她还是从珊花的眼神里看出得意和狡黠。不用说，他们肯定做下那事了。为此，她有些难过，埋怨自己为什么放弃。

不料，于胡源学校很快来人调查他的作风问题，她又立即为自己的愚笨暗中庆幸，但她不希望这次调查对于胡源有任何不利的说词。所以，她尽量说于胡源的好话，否定了白珊花的证词，而且她很生白珊花的气，从此与白珊花渐渐疏远，但心里还想着于胡源，希望他不要因为这件事影响到毕业分配。

高二刚结束，白珊花悄悄离开学校，再没回来，她猜测白珊花一定会去找于胡源。终于，毕业前的某一天，她意外见到了于胡源，知道白珊花果真去了穷山沟。她记得，当时于胡源对她说，白珊花毁了他一生，他们之间不会长久。由此她猜测，也许于胡源以后要离开白珊花。临分手时，于胡源希望她以后千万别荒废时间，一定要好好读书，给自己创造一个好的未来。她十分感动，决心听于胡源的话，于是又开始暗中关注于胡源的所有信息了。

不久，她听说于胡源丢下白珊花一个人走了，白珊花哭天恸地，没有办法，只好回了娘家。她想去看看，可又不知道白珊花的家在哪里，后来又到底去了哪里，于胡源又到底去了哪里，不过，她已经知道自己以后应当走一条什么样的路。从此，她开始发愤读书。高中毕业，林媛考上了宜南市一所财会中专学校。不知是不是因为于胡源的原因，反正她入了中专校门，更是把一门心思放在学习上，从此不再游戏人生，直到三年后中专毕业。

哪知毕业后不包分配！为找工作她东奔西走，宜南各处的大小公司她差不多都跑了个遍，就是没有一家公司愿意用她这个本地财会学校毕业的中专生。她深感走投无路，只好怀着几乎崩溃的心情来到吉州市，走进一家刚成立的建筑公司人事部，竟然看见了几年不见的于胡源。她怀着莫名的疑虑拿出自己的毕业证书和学校档案，递到于胡源手里，趁于胡源看她的资料的时候，她偷偷看他一眼，就这一眼，林媛的心又被撞出了火花——她这才明白，于胡源在她心里是无人可替代的——她希望自此能永远默默地守候在他身边。

她轻轻问："于……于老师，那次见过后就再也没见过。这些年，你过得好吗？"

于胡源哈哈大笑："好啊，四海为家，建起高楼一幢幢，却没有我于某的一间栖息之所，这不，来吉州了！林媛，看来我们师生真有缘分，到底走到一起来了。"

"到底走到一起来了"，林媛不知于胡源这话有何意思，但她喜欢听："于老师，你，你录用我啦？"

于胡源爽朗地说："录用了，我与'老师'无缘，以后就叫我于总或者于胡源吧。"

从此，她就改口叫"于总"，不再叫"于老师"了，她成了于胡源的得力干将，从会计到财务科长、总监、助理，与于胡源肩并肩共同打拼天下四年有余，把公司搞得红红火火——于胡源成了吉州市家喻户晓的大人物，林媛也成了于胡源不可或缺的搭档，自然，公司也成了吉州市有名的利税大户。

06

不过，林媛知道：任何人的内心都有脆弱阴暗的一面，于胡源也不例外。可不，于胡源总是忘不了当年的分配之辱，他曾对她说："分配之事犹如韩信当年的‘胯下之辱’，韩信能受，我却不能受！我一定要做出一番成绩，让当年师范学院那些整我的人看到我的出现和崛起，我务必讨回公道！”

于胡源暗中调查得知，那张晓天可是个了不得的人物，竟然早已从师范学院一个小小学生科长调任吉州市地方税务局局长，成了吉州市呼风唤雨的人物，而那个齐帮贵后来得到提拔，当上了师范学院管后勤建设的后勤主任。但社会上对这两个人的评价极差，特别是同行业的很多人都说他们“上面有人”，可以“任意搜刮民财”。

于胡源暗喜，他一定会找机会收拾他们！

她虽然不太赞同于胡源的观点，认为那是一种报复行为，但是，如果当年整于胡源的人本身正如他所说的那样，是个搜刮民脂民膏的家伙，她林媛愿意在“报复”机会来临之时全力帮助于胡源。

果然，有一天张晓天来到公司直接找老板谈话，于胡源一眼认出了他，于是不动声色布置下录音器材，问有何贵干？张晓天早把当年整于胡源的事忘记了，自然没有认出于胡源。他趾高气扬责问于胡源几年来有多少偷税漏税行为，于胡源心中无愧，却故意问如果有了如何处罚。张晓天以为真的抓住了于胡源的软肋，便暗示于胡源只要给他低一半价格购买两套单元楼房即可私了。于胡源不同意，当即将张晓天告到纪委，并拿出当时的录音带。纪委以此为契机，查出张晓天几年中大量贪污受贿的事实，张晓天终于得到应有的处罚，被判十年徒刑。

林媛至今还记得于胡源说过的一句话：“是苍蝇始终要寻找诱物，我还得耐心等待另一只令人厌恶的苍蝇！”

她以为于胡源只是说说而已，便笑说：“你怎么知道那只苍蝇会飞到你面前？”

“你耐心等着吧。”

的确在一年后，齐帮贵通过吉州市政府来公司联系扩大校区事宜，同样没认出于胡源。于胡源本不想把齐帮贵怎么样，既然人家送来工程，就尽量把生意谈成即可，于是就与他们进入商谈过程。没想到齐帮贵果然也不是什么好东西，竟然私下向于胡源讨要百分之十的“回扣”，否则不给工程。于胡源十分反感，但又希望得到工程，便回应师范学院工程款全部到位，校舍竣工后才能办理。原以为齐帮贵不会答应，哪知他利欲熏心，傻到竟然要于胡源写下一份“承诺书”做依据，于胡源也不客气，把“承诺书”写成一式两份，要齐帮贵在上面签下自己的名字，一份给齐帮贵，一份留自己，否则不予承认。齐帮贵不知是计，只好照办。签完“承诺书”后，于胡源把林媛介绍给齐帮贵，并当着齐帮贵安排她全权负责师范学院的扩建工程事宜。

一年后，扩建工程完成，竣工典礼后，齐帮贵要于胡源兑现承诺，于胡源当即拿出“承诺书”，严辞拒绝，声色俱厉地要将“承诺书”复印多份送达各个地方和部门，齐帮贵这才知道自己犯了一个严重的“错误”，急忙偃旗息鼓，求于胡源千万别声张。可“若要人不知，除非己莫为”，虽然于胡源并没告发齐帮贵，却因为同样的事情东窗事发，齐帮贵仍然受到法律的严厉制裁。当然，这是后话！

林媛好佩服，说：“于总，你真行！”

于胡源说：“林媛，你可别认为我这样做仅仅是为了报复，你想想，如果他们是个好鸡蛋，我就算一只苍蝇，能盯到蛋的里面吗？我当年的问题算什么？可他们，却是国家的蛀虫！”

林媛深为于胡源的智慧和决断而折服，再次决定从此与于胡源共同进退，把于胡源默默放进心里，绝不产生任何非分之想。然而，两人的年龄渐渐大了，婚姻问题成了人们关注的话题，于是好多热心人都来为他们分别牵红线。奇怪的是，只要人们向他们提起，他们都一致婉绝，就像事先商量好的。而且他们之间，除了工作上的共同话题，再无别的。虽然一个曾经情愫涌动，一个感念当初，一个未嫁，一个未娶，都默默地过着苦行僧般的生活。

有一天，于胡源突然问她："小媛，你也不小了，为什么还不成家啊？"

"小媛"？于胡源的称呼突然改变引起她的注意，但她平静地反问道："老于，你也不小了，为什么也不成家啊？是不是……"

于胡源吃惊道："老于？我比你老吗？你说什么？"

林媛还是关心那个老问题："是不是还想着白珊花？"

于胡源激烈否认："没，没……"

林媛试探地问："她的情况怎样，为什么不去打听打听呢？"

于胡源瞪她一眼，制止说："算了，我不想再提这一段……"

林媛以为从此可以高枕无忧了！可是阴差阳错，本以为根本不可能的事到底发生了。

一天，白珊花居然带着一个八岁左右的呆呆的小男孩突然出现在林媛和于胡源面前，她指着小男孩冷冷地告诉于胡源说是他的亲生儿子。于胡源吃惊了，目不转睛看着孩子，想确认真假。林媛更吃惊，心里慌了，她悄悄问依旧很漂亮的白珊花："珊花，你们，你们真有孩子啦？"

白珊花扬扬漂亮脸蛋，十分肯定地点头，然后很不客气反问："怎么？不行啊？他丢下我的时候，我才发现怀了他的孩子，现在我把孩子还给他……呵呵，林媛，你以后不用生孩子就可以当妈了……"

林媛看看左右，怯怯地制止道："别乱说……"

白珊花却不管这些，还是大声说道："怎么？我说错了？"

林媛没有计较白珊花的态度，心里却担心于胡源要和白珊花重归于好，试探说："你，现在还想和，和他好吗？"

白珊花当着于胡源的面撇撇嘴："不了，这种男人无情无义，不值得我要！"

突然，林媛看到于胡源目光中的痛苦，虽然只有那么一闪，但她看见了，而且看得十分真切。于胡源拉过孩子，低声问："叫什么名字？"

小男孩文静回答："于轩……"说完胆怯地看一眼白珊花，样子十分拘谨。

于胡源把于轩搂进怀里，似是对小男孩，又是对白珊花说："这些年，你们受苦了……"

白珊花冷冷回答："是我们命苦！"

于胡源说不出话来。好久，于胡源对林媛说："小媛，你带小轩去买几身衣服吧。我和她谈谈。"

白珊花尖刻地叫道："哟，都小媛小媛地叫开了！看来情分不浅啦！"

林媛不敢应声，听话地接过于轩，正要离开，白珊花却走过来，把林媛拉到一边恶狠狠地问："林媛，告诉我，你们，是不是一起过了？"

林媛松了口气，摇头："没有……我可没你那么勇敢……"

白珊花像宣布大赦似的说："那我相信你。从现在开始，你可以主动去追他了。"

林媛惊慌了："啊？"

白珊花脸上现出鄙夷，讥笑说："啊什么？现在是我不要他的，你如果喜欢，那就归你吧。"

林媛赶快牵着于轩走开。一路上，她心里直打鼓：他们要说些什么呢？他们会不会……待她牵着于轩回来，映入她眼帘的是于胡源的落寞和白珊花的冷眼，她看出于胡源对白珊花的愧疚。于胡源把于轩抱进怀里，疯狂亲吻，那种爱绝不是一个父亲对儿子所能体现的——她忽然明白，他们一定说了什么，但白珊花绝没有原谅于胡源，而于胡源以后也可能不会忘记白珊花。

"林媛！"白珊花的招呼令林媛浑身发抖，好像在惶恐中等待命运的宣判，只要白珊花不走，她就得马上卷起铺盖卷离开于胡源的公司一般。还好，白珊花没说别的："林媛，我们饿了，要吃饭……"

林媛手忙脚乱，更是语无伦次："哦，珊花，我给你买去！"

白珊花又尖刻地嘲弄道："怎么？你是不能当他的家，还是舍不得请我吃一顿好的？”

还能说什么呢？林媛告诫自己，千万小心，别惹这个受过伤害的女人，她只能永远暗暗喜欢眼前这个男人，默默陪伴他，绝不能越雷池一步。于胡源叫林媛马上从银行提取二十万现金送来，自己则主动请白珊花和儿子一起去餐厅吃饭。吃完饭后，白珊花留下于轩，拿了钱再没回来，直到今天。林媛忘不了白珊花丢下于轩离去时那种快步如飞的情景，差点怀疑于轩是她的亲生骨肉。过后一想，白珊花是做给于胡源看的，是希望于胡源以为她根本不喜欢他的种！

林媛提醒于胡源是不是有必要去做个 DNA 检测，于胡源却说：“我相信白珊花，孩子肯定是我的亲骨肉。”

他说他曾向白珊花表达过深深歉意，希望能和她破镜重圆，但遭到白珊花严厉拒绝，说只要于胡源给她一笔钱，她就把儿子还给他，永远不会在他面前出现。

林媛小心问：“她真要二十万？”

于胡源却说：“没有，但就是她不说，我也得主动提出……”

林媛安慰于胡源说：“如果，她真的这样想，也许，也许是件好事……”

于胡源略显为难地说：“小媛，有件事你得抓紧时间办。”

林媛不解，问：“什么事？”听于胡源说完，她这才知道，因为白珊花是未婚先孕，除了交罚款，于轩是上不到户口的。她知道户口的重要性，便爽朗地说：“这事交给我了，没问题……”

因为有了于轩，于胡源的生活节奏全打乱了。还是公司的人想得周到，他们再次建议于胡源娶了林媛，大家共享天伦之乐。没等她想好，于胡源却把提这建议的人批了一通，林媛只好无语。本以为于胡源会马上找个保姆照顾于轩，没料到于胡源竟然叫她暂时停止工作，工资照领，以后就以管家身份在家里带于轩，做家务，绝口不提嫁娶之事。

林媛有些不高兴，于胡源讥讽道："你不是说过，愿意一辈子默默地守护我吗？原来不是真话。"

林媛很吃惊，没想到于胡源还记得那么清楚——这句话还是读书时她和白珊花写在日记本上的。本来她就没有想过要不要嫁给他，现在见于胡源为了儿子，竟然拿她曾经的幼稚话语搪塞，她伤心了。可转念一想，那何尝不是自己的心愿？于是，她答应了于胡源的要求，放下公司工作，进了于胡源的家，开始每天一门心思做着一个保姆所做的事情。

然而时间一长，两个单身男女本来互相依存，后来又天天耳鬓相厮守，虽然不言，但各自都会意到彼此的情感和需要。终于在一个寒冷的夜晚，于胡源走进林媛的房间，把于轩抱到另一个房间后又回来，低着头向她提出，希望她能陪伴他度过孤独和落寞的长夜，她没有拒绝。从此后，她和他便开始了不是夫妻的夫妻生活。本以为一起生活久了，于胡源一定会正式娶她的，谁知许多年过去了，她向他提了两次，他要么支支吾吾搪塞，要么说了总是不算数。于是她不再提，除了每天照顾好轩儿外，就是默默守候着他归来。直到于轩已经担起公司重担，也没有听他说起什么时候办证结婚的事情。不过，林媛一点也不后悔，一辈子能守着这个她爱了多少年的男人，死了也值了。可是，上个月他明明说得很清楚，等搬了别墅无论如何都要和她一起去民政局办证结婚，可今天刚住进新家，他不仅反悔了，还叫她住到楼下的客房里！

林媛再度问自己：难道这真是命吗？

07

送走刘妍，北欧心情很矛盾。

北欧对刘妍的过去不是很了解，但对刘妍曾经到于轩公司来工作一事非常清楚。当时，她通过于轩以前的高中老师介绍来到公司，属于那种自我感觉良好，喜欢追求刺激，过度自我的女人。说她是女人，主要指她的行为表现处处都给人一种经历过风情濡染，离不开男人的印象，女孩是没有那种痕迹的。

当时，北欧悄悄对于轩说："于总，这个女人好像后脑勺还长着一对眼睛，不简单啊，还是不要吧？"

于轩为难地说："唉，也不知道她为啥认识我高中时的数学老师，这不，写了张条子让我给安排一下，说干不长的。"

北欧不屑地说："这种女人就像花瓶一样，需要经常换水才行，稍有怠慢就会给你脸子看。"

于轩笑笑，说："呵呵，你看女人还真准！别以后沾上她哦。"

北欧不屑一顾："哼，谁要是找到这种女人，不吃亏才怪！不过，她也不会看上我！"

果然，刘妍来到公司，对打工的北欧根本瞧不上眼，北欧对她也视若无睹，即使同住在一幢公寓来来去去经常照面，两人也从来不会主动招呼对方。上班没有几天，她主动去追求于轩，于轩不理她，见了她就绕道走。不久她又去追吴剑光，可吴剑光指着她的鼻子警告她，不准她靠近，并威胁她以后再这样，他就要叫她从于轩的公司滚蛋。本以为她会马上收手，没想到她终于把目光对准了原本根本不看好的，而刚刚升上财务总监的北欧。

北欧本来反感刘妍，后来更加反感她对感情的忽东忽西了，但没料到她会把目光聚焦在自己身上。吃惊归吃惊，他仍然不理她。不过，在后来好长一段时间里，公司里居然见不着她，倒让北欧感到奇怪。还是于轩说，刘妍可能又跑去找他那个高中老师去了。虽然于轩并没给北欧说他那个高中数学老师是何许人，但直觉告诉北欧：这个女人真有些不简单。

其实，刘妍的不简单已超出北欧的直觉好多倍！

那次，吉州市为纪念北京奥运会成功举办八周年开展"全民健身日"马拉松赛，各机关单位和大小公司都必须选派两名运动员代表参加。于轩得知吴剑光和辛娆娆将作为他们公司代表去参加，便也要北欧和他也代表公司去参加，没想到刘妍不愿意，说老板小瞧她的能力，非要换下于轩自己去参加不可。于轩看她一副娇滴滴的样子，害怕出事，好生劝说，却一点用都没有，只好答应让她去参加，并嘱咐北欧给予一些关照。北欧以为她只想出风头，心说不管，又不好不答应。临上场的时候，吴剑光见了刘妍只鼻子哼了哼，一句话不说。北欧忽然想起于轩的嘱咐，便问她能不能坚持下来，辛娆娆也问她能不能吃得消。说了没有两句话，刘妍突然弯下身子捂着肚子叫疼。

辛娆娆马上去扶她，她却不让，吴剑光看出门道，说了句“咸吃萝卜淡操心”，拉着辛娆娆走了。北欧不满吴剑光的熟视无睹，以为刘妍真的生病了。看她那痛苦的样子，北欧只好放弃参赛，迅速陪着她去医院看医生，给她拿药，买饭，送她回公寓休息。完后北欧要走，刘妍拉着他求他留下来陪她说说话。北欧本不愿意，但见她一脸可怜兮兮的样子，只好坐下来。

不知是有心还是故意，刘妍对北欧说了很多情况：父亲死了，母亲丢下她去了国外给舅舅的妻儿当管家一去不返，自己一个人过着孤寂的生活；舅舅在省里当大官，可在她毕业以前，舅舅根本没有管过她；大学毕业后，舅舅把她安排在一个部门工作，但该部门的领导贪恋她的美色，意欲对她不轨，被她强力反抗，致对方恼羞成怒，威胁说除非她滚出省城，否则要揭发她舅舅徇私枉法行为；她很害怕，又不敢把这事告诉舅舅，只好连夜离开省城来到吉州……

看她一把鼻涕一把泪，北欧居然相信了，而且有点同病相怜，便安慰她几句，告诉她以后只要有用得着他的地方，他一定帮忙。

就这样，一来二去，两人渐渐走近。于轩提醒过北欧，要小心刘妍利用他，辛娆娆也提醒说刘妍不是个简单的女人，目前跟他亲近完全是利用他填补内心的空虚。自然，在此期间，刘妍说了吴剑光许多坏话，甚至还说吴剑光曾经想从她身上寻找乐趣。北欧本不相信，但他又希望吴剑光就是那样一个纨绔子弟，所以听了刘妍的话后，他反倒说吴剑光就是那种人。于是，刘妍主动向北欧表示，只要他愿意和她继续交往，等她回到省城，她一定竭尽全力说服她舅舅帮助他到省城发展。

对此，北欧并不相信，也知道不该与刘妍走得太近，但潜意识中他喜欢听刘妍说吴剑光这里不好，那里不如他，而且总不能忘记她的舅舅是省里大官这一事实，心想今后真有什么事如果离开大官就办不成，只要和刘妍保持联系，和她继续交往，说不定真还有可利用的地方，于是他没有表示可否，其实是默认了。后来刘妍回省城了，果然很快给他来电话，告诉她的工作变动和工作情况，并频频电话继续他们以前的话题。

至此，北欧把刘妍当成了朋友，一个可以发牢骚，可以利用的朋友。

本来他不喜欢吴剑光，虽然他也不想与吴剑光过不去，但是只要见到吴剑光，或听到吴剑光说话，他就浑身不自在，就想与他针锋相对。他对辛娆娆不听他的话进了吴剑光公司一事，很不高兴，见事已至此，只好默认。后来他听了刘妍的提醒，果然发现吴剑光对辛娆娆确存有非分之想，更不喜欢吴剑光了——一句话，他对吴剑光极无好感。如果不是辛娆娆多次向他表示她对吴剑光绝无那个意思，如果不是看到辛娆娆那哀求的目光，如果不是听了于轩诚挚的劝说，他才不会去参加什么狗屁的“梧桐之梦”!

北欧一直认为，像“梧桐之梦”“星座之约”“玫瑰之约”这类花里胡哨的活动，与他是毫不搭界的。他是什么人？一个连父亲是谁，母亲至今在哪里都不知道，只能算个孤儿出身的男人，怎么能去追求那种虚无缥缈的浪漫新潮和无病呻吟的风花雪月？他要的是实在，要的是现实！自然，刘妍以前给他的一切不良印象也烟消云散，化为乌有了。

近来，他在刘妍的撺掇下，严重的不平衡犹如滚滚的长江水，一直在心里汹涌撞击。前几天，刘妍的一个电话再次重重地拨动他的心：她已经说动舅舅帮助他进省城发展！他很激动，也很相信。他虽然不知道刘妍怎样对她舅舅介绍他，但他觉得刘妍帮助自己完全是真心实意的，而且凭他的能力完全可以在省城大展拳脚，何况他的以往经历就是他未来发展的重要财富！

大学期间，北欧从事过许多勤工俭学的工作，不仅解决了几年里学习、生活中的费用问题，而且极大地培养了他的能力，在同学中产生过极大的影响，受到老师和同学们的大力热捧。大学毕业后，他曾去当地一家大公司财务科当小职员，他拼命工作，试图得到老板重用，没想到老板完全把他当成一个廉价的打工仔，对他总是横挑鼻子竖挑眼，呼过来唤过去。出于一时激愤，他炒了老板的鱿鱼，背起背包就回南蜀，意外遇到外出寻找人才的于轩。

自从进了于轩的公司，凭着他的能力，无论在生活待遇、工作职位、工资报酬、平等相处上，都得到于轩的重视和提升，直到当上公司的财务总监。为此，他特别欣慰，除了为自己的成功跳槽感到骄傲，也对于轩产生了感激敬重之情——“感激”“敬重”两个词在北欧短短的人生中可以说到目前为止是绝无仅有的！

但时间一长，他心里渐渐产生异样，特别在刘妍的煽动下，心情越来越不平衡。刘妍说得对，于轩跟自己差不多大，竟然经营着如此庞大的企业，而他北欧在吉州城里上无片瓦，下无寸地，一日三餐吃着公司的饭菜，每天晚上住着公司提供的公寓，连家具、用品都是公司的，拿什么去和于轩比？虽然于轩是个好老板，但公司是人家的，自己再怎么干还是打工仔。于是，他向于轩透露了想要辞职的想法，于轩不同意，要他尽快打消这种消极的想法，他会给他其他任何地方都不可能给得了的好处。他虽然感动，也不想辜负于轩，可心里总是放不下，何况还有一个整天跟着于轩老兄长老兄短，对娆娆怀有不良企图的吴剑光总在自己面前晃悠？他想把娆娆带走，永远不要吴剑光那小子对着娆娆虎视眈眈！

北欧感激于轩，却强烈反感吴剑光！

他算个什么呀？仗着从父亲手里接过来的设计公司，就以为得了多大的天下，一天到晚对人指手画脚，说话大句小句，甚至尖酸刻薄，真叫人受不了！每每这时，北欧总要顶撞他几句，让他下不来台，于是两人间经常发生语言上的摩擦，不断打“口水仗”。为了这，于轩提醒过他好多回，说吴剑光从小被他父母娇惯坏了，养成了目中无人的毛病，别和他计较。

北欧却不这样看！他认为吴剑光这种从顺境中走出来的“成功人士”，总是唯我独尊，就是缺乏做人的基本理念，对他就是不能客气，否则他就会得寸进尺，乃至骑到别人头上。因此在最近，北欧只要见吴剑光看辛娆娆的目光不对，他的火气就不打一处来。他严肃警告辛娆娆，如果要嫁人只准嫁于轩，绝不准嫁给吴剑光，那种人一辈子靠不住！而且他把这话还告诉了于轩，明确希望于轩以后娶了辛娆娆，搞得于轩很不好意思。

虽然默认了，但北欧还是对刘妍说等他再想想。没想到刘妍却不想等下去，昨天竟然一大早来吉州城动员他，正好碰上“梧桐之梦”。滨江广场上发生的不愉快，使刘妍的巧舌鼓动大获成功。刘妍的话令北欧完全折服，他甚至认为刘妍将是他未来成为“有业人士”的“贵人”。他终于明确答应了刘妍。

刘妍走后，他左思右想，再次走进于轩的办公室提出辞职。

于轩也再次拒绝了北欧的辞职，重复了前次当着辛娆娆说的话，递给他一份刚起草的协议，题目是《股权……》。北欧看了大概内容，和于轩口头说的差不多，心里着实高兴了一把。于轩探询似的问他怎么样，他没有表现出喜悦，只淡淡说先拿去看看，想好后再给答复。于轩自然没说什么，但心里并不舒服，心想：我在帮你，你怎么能这样呢？但碍于脸面，他只好答应让他想想。

见北欧要走，于轩又说：“对了，我父亲请你什么时候去家里坐坐……”

北欧随口答道：“好啊，我一定去……”忽然又想起什么，再问：“对了，老板，你拟的这个，他老人家同意吗？”

于轩笑笑，说：“这正是他提议的，否则，我怎么能擅自主张呢？”

北欧好一阵感动："哦，请你代我谢谢他老人家啦。"

于轩诚恳邀请："北欧，还是你亲自去谢吧。"

北欧想了想点点头，说："好，以后我一定去。"

回到办公室，北欧摊开协议，再次怀着异样的心情一字一句默读。从本心说，一套三室两厅的住房，一年百分之二的干股——这份协议无论从文字、措辞、自己的既得利益，哪个方面都写得清清楚楚，滴水不漏。只要在上面签上两人的名字，双方各执一份，自己马上就成了小有财富的人。住房不说，就这百分之二干股的财富会一年一年地递增，干到最后，比起于轩来，也少不到哪里去——这不正是自己梦寐以求的好事吗？到那时，自己这个当哥的也不会比任何人差，即使辛娆娆没有嫁个有钱人，自己也能做到她要什么有什么了。

可是北欧很快产生了疑问：他们为什么要这样做呢？为什么他们不每个月清算？难道仅仅就是为了不让自己离开公司吗？

北欧迅速冷静下来，他觉得自己的认识太肤浅了，一套住房和百分之二的干股，那些财富可是需要用一生的时间才能实现的啊！现在呢？我为什么不能利用刘妍的舅舅？为什么不用极短的时间获得最好的效果却偏要用一生的时间去追求？我看刘妍说得对，还不如先到省城去看看再说，做啥倒在其次，只要她舅舅做后盾，就算暂时给人家当马仔有何不可？也许他们的用意是好的，但是民营企业全靠自己，现在可以，以后怎么样真是很难说；刘妍说得好，民营企业就像不足月的婴儿，先天不足，要是公司以后出现财务问题，那就糟透了。虽然现在说得再好，也签了协议，可是要真到那个时候什么都没有了，不仅自己是"水中捞月，镜中看花"，就连老板可能也自身难保了！就算把人家告上法庭，自己也什么都得不到，还能把人家怎么样？那样的话，不如自己当老板！

必须到省城去闯闯！

北欧将文件丢到一边，毅然做出他生命中的第一个错误决定，也是令他后悔终生的决定：坚决辞职杀去省城，独闯一片新天地！

忽然，电话铃响起，提起一听，原来是辛娆娆的。北欧皱皱眉头，以为她又是要说那个老问题，对着话机就说：“娆娆，我给你说过多少回，你怎么还不明白呀？你要不听话，我就不理你……”

虽然话说来有点凶，但听来却叫人感到亲切。辛娆娆说话似乎不高兴：“北欧哥，我是问你签了于总给你的协议没有哇？我看还是签了好，那样会有保障……”

北欧眉头皱起：“我的事我知道，你还是多操自己的心吧！”

辛娆娆说话有些冲：“本来我是想操自己的心，可是有人却不想让我操自己的心哪。”

北欧不耐烦：“好啦，你说吧，我听着呢！”

辛娆娆赌气说：“算了，不说了，反正我在你心里算不了什么，只是一只小狗小猫，饱饿没有人管！你要听晚上就到我这里来……”说完挂了电话。

刚放下电话，铃声又响起来，北欧以为又是辛娆娆，原来是刘妍，北欧表现出一丝不快：“告诉过你不要把电话打到这里来，我会给你电话的，你就是不听。唉，你们女人呀，真是爱意气用事！”

刘妍竟在那边甜甜地叫道：“欧啊，还有哪个女人呀？人家有事和你说嘛！你到底想得怎么样了？我已经和我舅舅说好了，他说只要你真的和我好，他就想办法让你到这边来，可以考公务员，可以自己创业，也可以与人合伙做生意……我告诉你啊，今天我把你的事和几个最‘铁’的哥们儿说了，你猜他们说什么？”

北欧心里一动，但他还是十分平静地问：“说什么？”

刘妍学着说：“考什么公务员？那几个死钱，够谁花？如果真想挣，就和我们一起跑汽车生意得了！——你觉得怎么样啊？”

北欧的心又动了，但他还是担心地问：“是吗？会不会是走私汽车啊？”

刘妍以一种嘲弄的口吻说："瞧你说的！人家都是正儿八经的进出口生意，而且他们都是省里高干的子女，哪个都比我强。对了，昨天我买了一辆小车，刚进来的奥迪最便宜的价……好了，你还是赶快来吧！我舅舅答应的事，一般都没有问题……"

"一般？那怎样才有问题？好吧，让我想想，今晚告诉你我的决定……"他丢下话机，不禁骂了句："他妈的，还一般二般，真把我当成马仔了。哼！"

忽然，北欧愣了一下，想想，对，还有一件重要的事情没有去办，他赶快去了南蜀商场……

08

东门沿江大道有一溜古城墙，方方青石被千百年的岁月冲刷过，可那些青石的缝隙中正向外涌动着簇簇碧绿、黄绿、嫩绿、草绿、藤绿、瓷绿……其中就有梧桐树的再生枝叶，就像一页页嵌入历史的文字记载；然而看过去，几乎平行的，一律斜伸的，全是向上的，间距差不多的，霍霍升腾的，与古城墙下江边那延绵不断、层次交错、俯仰生姿的绿色生命中的绿色花朵一起，竟像是绿色火焰！

的士里很快响起一支歌曲，北欧冷冷说："吵死了，关掉！"

司机不知趣地说："关掉？这可是有名的《绿色火焰》！"

"关掉！不关我就下车！"说罢他做出马上下车的架势。

司机看看他只好关了。是的，北欧很心烦，他想趁回家清理东西的这个空档，反复思考应当如何对待辛娆娆说谎的事，不仅不想听歌，甚至连沿江美景看着也心烦。

刚才他走进南蜀商场，信步走到卖首饰及饰品的柜台，想看看那里有没有胸针之类的饰品，没想玻璃柜里全是玉器金品，手上戴的，耳上穿的，颈上挂的……就是没有胸针。他问柜台小姐有没有胸针卖。那小姐说他们从来没有卖过胸针。

北欧十分气恼，心里憋着一口气，只好走了。

辛娆娆是个极为单纯又特别可爱的女孩，对人热情，对谁说话都是直白洒脱的，从来没有防人之心。他从小喜欢她，把她当成亲妹妹，希望她毕业后能留校工作。不料她竟然放弃母校的优厚待遇来到吉州投奔他，说是要嫁给他。他好不生气，不仅警告她对他别抱任何幻想，而且马上要她回省城去。可是她坚决不走，说将来非嫁给他不可，甚至不征求他的意见，更不听他的话就进了吴剑光的公司。

自从知道辛娆娆一心要嫁给自己，他苦恼了。他不需要妻子，只需要妹妹！妻子是可以换的，妹妹永远是妹妹！尽管辛娆娆说自己从小就爱他，说哪怕他今后失魂落魄，穷困潦倒，她还是把他当成希望，当成终身依靠！她说她失去他，就像失去父母一样。可北欧仍然不愿意，每每总是躲闪回避辛娆娆那热情的目光。他承认喜欢辛娆娆，但那只是从小那种唇齿相依的情感——完全不是男女之间的那种，是一种兄妹情，手足情！面对辛娆娆的主动，北欧时刻提醒自己：我不能给她丈夫的胸膛，只能给她兄长的肩膀！再说，我现在是个一无所有的男人，没有房，没有车，我需要的物质财富，娆娆面容的美丽和精神的愉悦换不来。我现在需要的不是睡在怀里的女人，而是一片任我驰骋的天地。

最初发现辛娆娆对自己存在那份心意的时候，他并没有放在心上，以为辛娆娆接触的男孩很少，随着年龄的增长，她会转移这种幼稚心理。可后来见她越来越表现出对自己的依恋，他有些慌了，他郑重告诉她：他只能永远是她的哥。可是辛娆娆不听，反而变本加厉，“梧桐之梦”前一天，居然给他电话说，她要戴上他送的那枚戒指，接受他的承诺，将来一定娶她为妻！幸好刘妍来了，要不，他真不敢出现在她面前！

说起那枚戒指北欧就摇头。

那回两人路过金店，娆娆要他给买个礼物，他问她要什么？她竟然指着戒指说要这个，还说一定要两人一人一枚。他说他是男人不需要，于是给她买了一枚。可是她乐得据说几晚上都没睡好。唉，娆娆，你只能是哥的妹妹，你在哥心里，比任何东西都宝贵，你可千万别对哥抱任何不切实际的想法！可你为什么要对我撒谎呢？

嗯，还得和她好好聊聊，现在不去娆娆那里，他得好好睡一觉晚上再去。想着想着，不由又想到刘妍。

唉，一个除了算计什么都不是的女人，却因为有个舅舅在省里当大官，就可以想来就来，想去就去，想要什么就能得到什么。可不，回到省城，在对外联络处的事干了不到几个月，又到海关去检查那些大大小小的货柜，说不定哪天就成了握有实权的女官员！唉！真是“人有人不同，花有几样红”啊！她有靠山，有手腕，这是自己完全不及的。可为了今后，必须很快去省城……

天有点冷，但梧桐树很精神。

忽然，北欧透过玻窗，看见车道边的斜坡上有两个老人，男的坐在轮椅上，女的在后面使劲往上推。幸好今天天气好，出了太阳，路上也不滑，要不这两个老人可就遇到麻烦了。可是，那女的无论怎样使劲，轮椅就是不听她的话，一动不动地硌在路上。大概车上的男人想下来，那女人张大嘴喊着，一定是不让他下来。北欧心里不禁一动，请司机马上停下，付了钱，急忙下了车，然后跑过去。

一看，男的很老，少不了六七十岁，身体不好，穿得臃肿，但十分干净，女的只有四五十岁的样子，人很精干漂亮。她用手使劲顶着轮椅后档，脸涨成酱红色。但轮椅不仅上不去，反而一点一点地往后滑。再不用力往前推，轮椅就会倒退推倒那女人，很有可能偏离道路撞到路边的梧桐树上，或许会出人命。北欧急忙上前伸出大手，稍微用力一推，轮椅便顺顺当当上了坡。来到平地上，两个老人向北欧道谢。

那老头说话声音很低，但还清楚："小伙子，谢谢你啦，没想到你下车来，专为帮我们……"说话间，淡淡的雾气从高领围巾冒出来。

那女人居然出了汗，她一边擦着额，一边感动地说："老头子，这个年轻人跟我们的儿子一般大，心可好了，在家一定是个孝子，以后会有好报的！"

"两个老人怎么这样冷的天出来转啊？"北欧忍不住问。

"这有啥呀？要不是他腿脚不利索，再冷的天他都会在沿城路跑上两圈呢。"说话间，老女人亲昵地摸摸老头子，可以想见，她现在对老头子这么心疼，老头子身体好的时候就不用说了。

那女人似乎看出北欧在想什么，居然得意地说："别看我老头子现在这样，当年他可是咱们吉州市工商联主席，商界抗灾救援的重要人物呢。"

"提这作啥？"

"哦？真了不起！"北欧不由赞叹起来。真的，在他心里，能这样做的人一定会有一个非常好的家庭。可是，这样冷的天气，老人的儿子却放心让他们出来，要是出了事，他岂不要伤心难过一辈子？要是我，一定不会这样做。忽然在他的脑海里浮现出一个人——竟然是吴剑光！对，就是他，只有他那种人才会这样对待父母！见那女人已经歇过气来，他关切地问："伯娘，这么冷的天，你怎么就自己一个人把伯父推出来了？你看，这路好陡，要是一不小心，是会出危险的！"

女人笑得很好看，她说："年轻人，今天真的谢谢你，要不是你，我可惨了啰！"说完又朝北欧笑笑，一口整齐的牙齿白白的，和老头全然不像夫妻，倒像一对父女。

忽然，北欧感觉好像在哪里见过这个女人。看她现在的样子，就知道她年轻时候一定十分漂亮。那眉眼，那鼻梁，那嘴唇，那肤色，跟电影明星向梅似的，只不过比向梅矮些。但这丝毫不影响她的美丽。用“徐娘半老”形容她有些过分，用“风韵犹存”更为贴切！女人见北欧不转眼地看着她，以为他也在想妈了。

她笑着问北欧：“年轻人，你的父母都还好吧？”

北欧一惊，心里马上翻腾起恨的浪花。他咬着牙说：“没，没有，他们都死了！”

女人一时说不出话来，北欧和她一起推着轮椅，慢慢向上走，想着心事。女人问北欧：“你叫什么名字，家住哪里？”

北欧不回答，上了坡停下来，让女人自己推着走。他嘱咐说：“伯娘，你儿子呢？以后不要一个人推着伯父出来了，那样危险！”

女人和悦地说：“他呀，一天到晚忙个不停，他说了好几次，要给我们请个保姆，但老头子就是不干，说是不方便，硬要我一个人伺候他。唉，一辈子把我磨惨了……”说的是埋怨话，现的是疼爱情。

老头却不高兴了，嘟嘟囔囔说：“哼，你要对我负责到底，否则，我死了都要来找你……”

“你听听，多不讲理呀！”女人又笑了，看得出，这老两口真的很是恩爱。

“再见！”北欧把轮椅推到一边，顺手给椅上的老人盖好棉被。然后招招手，跑步离去。但北欧却不知道，这个女人一直看着他离去的背影，想起了什么，轻而长地叹了口气……

老头又嘟囔道：“哼，又想起来了，叫你回去看看你就是不听……”

女的转过头说：“唉，只怕是我想看也看不见哟……”

09

一切就绪，北欧上了火车，找到座位，把行李箱放到行李架上，坐到窗前裹着羽绒服闭上眼睛什么也不管了。看起来像是睡觉，其实他并没睡着，内心一直在翻腾他那从未对人说起过的家事……

北欧没有父亲，但不能说没有母亲。他依稀记得，母亲长得很漂亮，但到底漂亮到什么程度，却又感到十分遥远和模糊。因为直到现在，二十九岁了，在他印象里，仅仅在小时候与母亲一起生活过一段时间，他的童年基本上是跟外婆和舅舅度过的。

许多碎片似的生活画面经过整合，北欧感到母亲非常恨他，有几件事他永远也忘不了……

那时他还很小，每天天不太亮的时候，他就被一个年轻漂亮的女人吼起床，接过她手里一只装有饭食的碗，被她命令赶快吃完里面的东西。碗筷收拾好了，他又被她严厉告诫在家里必须怎样不准怎样，然后被她关锁在屋子里，一个人独自对着窗外飞过的小鸟发愣。饿了，他就会爬到桌上去吃留给他的饭菜；拉屎撒尿，自己一个人跑进茅厕，有时来不及就把屎尿全拉在裤子里，臭得满屋子无处躲藏，直到下午。他一边挨打一边听哭骂，最后被抱着在哭骂声中睡着了……

外婆心疼他，总是说那女人的不是，但每次都以吵架结束，而他总躲在外婆身后，睁大恐惧的眼睛，瞪着那个虽然漂亮却很恶毒的女人。他没有叫过漂亮女人“妈妈”，也没有被她叫过“儿子”，很长时间，他都没能分清“妈”和“儿子”之间是什么关系，只知道漂亮女人是外婆的女儿。

记得什么时候漂亮女人拉着他到处转了一圈，在来来回回的路上多次打他，哭着骂着。回到鸡叫山不久后，那漂亮女人丢下他走了。从那以后，他没有再见过她。

五岁那年的一天，他从外面回家，质问外婆："外婆，我的爸爸妈妈呢？"

外婆吓了一跳："狗根，你说什么？"

他大声吼叫："你知道人家说我什么吗？——说我没有爸爸，是妈妈也不要的野狗根！"

外婆底气不足："他们乱说……"

也许以前太小，也许感受不深，或者根本没有感受，如果不是外婆亲口告诉他，他还不知道那个吼他起床，给他饭食，整天锁他在屋子，一边打他一边哭骂的漂亮女人就是他妈妈……

他大吃一惊："她？她就是我妈妈？"

外婆难过地说："狗根，你妈是个苦命的女人，年纪轻轻就被人抛弃，生下你无法养育，只好出去帮人，天天挑着菜担子去菜市场进菜卖菜……"

他受到外婆的感染，带着哭腔问："为什么到现在她还不回来？"

一天，外婆把他扔给住很远的舅舅舅妈走了，去什么地方他也不知道。舅舅对他不错，送他去上学，但舅妈却对他不冷不热，只要舅舅不在的时候，就会骂他"有娘生没娘养"!

后来，他跑回了鸡叫山，原来的破草房已变成了二层楼，还有一个极大的院子，更令他意外的是外婆回来了。他发火了，质问道："外婆，你不是说她要回来吗？"

外婆为难地说："你妈回来过又走了。她去挣钱去了，你看这新楼房，就是她给你挣来的！"

他哭着跳着，大声喊："我不要新楼房，我要妈妈！为什么她不回来？她知不知道她还有个儿子在这里？你告诉我，她哪里去了？我去找她！"

外婆哭了，求告他："狗根，别，以后你长大了就知道了。"

突然，他问外婆："外婆，我的户口在哪里？"

外婆大吃一惊："户口？"

他吼道："人家说我是黑娃，没有户口！"

外婆赶快阻止说："哪个坏蛋说我狗根没有户口？我找他去！"

他却冲口而出："是舅娘说的！他说我有娘生没娘养，是个野娃没户口！"外婆听了开始破口大骂，他却偷偷地跑了，幸好被外婆发现及时寻他回来。

倔强的性格决定了他一定要去找妈妈。十二岁那年的一天，他假装去上学，终于跑出去了。但他根本分不清东南西北，竟然一路讨要食物不屈不挠越走越远，走到什么地方他也不知道。结果妈妈没找到，却遇到同样迷路的辛娆娆。他带着辛娆娆一路打听，终于把辛娆娆送到正在四处寻找娆娆的孤儿院周妈妈跟前。周妈妈听了他的叙述，特别同情他的身世，便把他和辛娆娆一样对待，让他和辛娆娆一起好好玩了几天，才请人把他送回学校。

回到家，外婆正满世界找他，见到他，一把揽进怀里抱着痛哭。外婆拿出一个本本给他看，说有他的户口，问他到底去了哪儿，他就是不说。外婆没有办法，只好叮嘱他以后做什么一定要小心，他点点头。从此，他就经常来往于孤儿院和鸡叫山之间，视周妈妈为母，辛娆娆为妹。而且，他再不提"爸爸妈妈"两个词，也从不问涉及这两个词的话题，只是拼命读书。

但是，他的性格渐渐变得独立而偏执！小学、初中，外婆、舅舅忙，不想去学校，高中，更没有人去为他开家长会。老师问他，他就说父母亲都死了，外婆老了，外出不便。于是，在高考前，他在档案表的家庭成员一栏里写上"孤儿"，高考后他回到鸡叫山，把所有留有他痕迹的书本、照片全部销毁，准备一旦考不上，他就外出打工，再不回鸡叫山了。谁知因为成绩好，顺顺当当考上了外省一所财经大学。班主任老师十分看重他，主动替他办一切手续，才知道他并不是孤儿。他只说自己考上外省一个大学，却没有告诉外婆到底是哪个省的哪所大学。外婆是乡下人，任他说是哪里就是哪里，反正走时给钱就行。他再次收拾干净所有留着自己痕迹的东西，住了两夜拿着外婆给的几千块钱走了。但从此后，他便像断了线的风筝，鸡叫山再也看不到他的身影，外婆也不知道他到底在哪里读书。

随于轩来到吉州，他便决定把人生的第二站停留在这里，待他带着辛娆娆去看望外婆舅舅后回到公司，没有再回过鸡叫山。他没有告诉过外婆舅舅他以后将在哪里工作，也没问过母亲到底在哪里，而且虽然他有他们的联系方式，但他从没有给他们去过电话。

先前他以为自己之所以来到吉州，只是因为遇到一个好公司、好老板，离鸡叫山和孤儿院又近，后来他才发现，他之所以执意要回南蜀，不仅仅因为公司好老板好，也不仅仅因为离外婆、舅舅、辛娆娆、周妈妈近，还有一个他死都不愿承认的秘密，就是想暗中寻他那可恨的母亲和无情的父亲！他之所以不告诉外婆、舅舅他到底在哪里工作，就是不想让那两个给他生命的人知道他的任何踪迹！

这事他谁都没说，自然谁也不知道他这段心事。后来，辛娆娆来投奔他，他才决定，有了娆娆妹妹，他不想再找他们了，找到又如何？他能对他们好吗？现在，他为了与人比个高低，为了出人头地，要去省城发展！只要刘妍把他引进那个圈子，他就会腾飞的！

娆娆，你不该对哥撒谎，你知道你的撒谎对哥意味着什么吗？一只小小的胸针确实算不了什么，但是你又为什么要接受它？希望你走好，你应当有属于你自己的幸福，但是，绝不是我，更不是吴剑光，而是于轩！

这天晚上，不知什么时候下起雨来了。看窗外，灯光中漫天小雨洒落，化作沙沙柔声，像一支催眠曲。是不是所有的人都在催眠曲中安睡了？目光从雨帘缝穿过去，远处蒙蒙的，格外幽深。出租屋里，淡淡的橘色灯光，令屋里半明半暗。床侧已打开的手提电脑、对面二十寸的液晶电视机……都在灯光里忽悠，原本不大的房间，辛娆娆突然间觉得好空旷。

弃“梧桐之梦”而走，无疑在辛娆娆心里留下了阴影。从滨江广场回来后，辛娆娆很不高兴。她埋怨北欧，也不高兴吴剑光——本来是一件皆大欢喜的好事情，被他们两个你一句我一句一搅和，全没了兴致，只能泡汤。一个不甘人后，总想出头，一个锋芒毕露，总是咄咄逼人。为什么他们俩那样的水火不相容？难道他们前世就注定今生必须这样吗？

吴剑光也是，你凭什么总要跟北欧哥过不去？为什么你就不能为人谦和一些？你的条件好，你优越，你就可以这样目中无人，唯你独尊吗？如果说你的性格就是如此，为什么你对于轩哥却不这样？看来你是对人不对事的。北欧哥，无论人家怎么看我们，只要我们的人格并不低贱，有气质和气度，管他是谁说什么并不重要，重要的是我们自己！你何必总是耿耿于怀呢？而且我早就向你表明我爱你，为什么就不能给我这个机会？

这几天，辛娆娆除了上班哪也没去，她总也不会忘记北欧哥走前她去找他的情景……

那天，辛娆娆站在公寓大楼旁的梧桐树下等候北欧，想强迫他收回辞职报告，可是左等右等他还没回来。她只好两手揣在衣袋里，冷着脸，一脚一脚往树干上踢，震得树叶不断晃动。忽然她停下来，抽出两手，抱着刚踢过的梧桐树，嘴里说着什么。她这怪异举动被刚回来的北欧看见。

大概北欧猜出她为什么到公寓来，为什么有如此一些举动，脸上显出一些难过。她并不知道北欧已经为那枚胸针专门去了趟南蜀商场，以为北欧心疼她，便心里说道：哼，如果你真心疼我，那就赶快去拿回辞职报告！然而，她哪里知道北欧心里正怨气冲天？她不说话，扬了一下脸，自己先上楼了。她想只要北欧上楼来，她就先发制人，质问他为什么不和她商量？

不料，没等她上到平台，北欧却在下面大声命令：“下来！有话这里说！”

她不理他，继续上楼。他三步两步追上平台，眼一瞪，双手一拦：“你要干什么？你还有理了？”

她也立着眉毛，两眼冒火反击道：“你的理在哪里？为什么要背着我辞职？人家对你哪点不好？你到底想做什么！”

北欧一点不让，叉着腰针锋相对：“我想做什么？你先告诉我，你为什么说那胸针是南蜀商场买的？为什么商场里没有？我的话你为什么不听？”

她一听傻了！她前来兴师问罪，完全是因为于轩给她电话，说北欧写了一份辞职报告放在他桌上走了，希望她能制止他。现在见他并不提辞职一事，反而为胸针的事质问她，不由得气焰低了一半，她故意不知道这回事说：“什么胸针？不知道你说什么！”

北欧见她装糊涂，直截了当地问：“回答我，胸针是不是吴剑光那小子送给你的？”

她理屈回答：“一个小小胸针值得你大动肝火吗？比起你辞职这事，还算事吗？”

北欧却严正警告她：“娆娆，哥今天把话说到前头，赶快把胸针还给他，如果你不听，哥就永远不当你是妹妹！”

她也不甘示弱：“我现在也对你说，你要不收回辞职报告，我也不认你这个哥，再说，我也从来没有把你当成是哥！”

楼道上两人的争吵声传得很远，公寓的人都好奇地围在楼道口，北欧觉得很没面子，大吼一声：“兄妹俩吵架，有什么好看的？滚！”

“谁和你是兄妹？”辛娆娆更是伤心，说完这句话就冲下楼道，挤出人群，丢下北欧在那里发愣……

本以为北欧会再来找她，可他不但没来，反而连个电话也没有。意外的是，第二天快中午时，于轩来了电话，说北欧走了。还没下班，她没给吴剑光打招呼，就急忙跑到公寓，只见门上贴了一张纸，上面写道：娆娆，我已离开吉州，勿念，过段时间我会同你联系。北欧哥。

唉，辛娆娆一直睡不着。好不容易睡着了，却做了一个梦……

她正在工作，突然电话铃响了。接起一听："我是吉州市公安局，你是北欧的妹妹吗？"

她好不惊骇，急忙问："是，有，有什么事吗？"

"北欧参加走私贩卖国家财产被捕，现需要家里人提供配合，要他老实交代所犯罪行，你是他妹妹，来公安局一趟吧。"

她正要问什么时候，对方却把电话挂了。吴剑光走来说："你知道吗？你的北欧就是我告给公安局的，我就要让他吃够苦头，看他还嚣张不！"

她恨得咬牙切齿，说："吴剑光，你也不是什么好东西，将来会有人收拾你的！"

吴剑光却哈哈大笑，声音特别刺耳……

恍惚间，她走进关押所，老老实实坐着等待北欧出来。正想着见面后应当说点什么的时候，北欧双脚拖着铁镣缓慢地过来了，见到她竟然转身对狱警说："这个人我不见，我要回去！"

她急忙站起来，叫道："北欧哥……"

北欧眼里眩出冷漠的光，说："你是谁？我不认识你！"

听着脚镣的金属碰击声，她大声哭喊："北欧哥……"

辛娆娆惊醒了，全身都是汗水……

10

第二天早上，辛娆娆拖着无力的双腿回到公司，不喝水，也不去吃饭，独自在办公室里，面对着墙壁，不仅生气，而且相当难过：北欧哥，难道你真不明白我当初不愿留在省城而未经你同意就来到吉州城的原因？难道你真不明白我离不开你并希望和你厮守永远？你为什么要辞职离开吉州城？为什么要离开我？难道真是受了刘妍的蛊惑？想到这，辛娆娆的眼泪止不住冲出浓黑的睫毛，像决堤一样往下流。她完全控制不住情绪，“哇”一声扑到办公桌上痛哭起来！

李佳靓吃完饭回来，路过辛娆娆的办公室，见她如此状况大吃一惊！猜测刚才一定发生了什么事情，于是进来问：“娆娆姐，怎么啦？到底怎么啦？”

她止住哭泣，摇摇头：“没，没什么……只，只是，心里难受……”说完拿起桌上的杯子，咕嘟咕嘟喝了好几口水，然后长长吸口气。

李佳靓见状，急忙接过水杯放在桌上，小心问：“娆娆姐，出了什么事？能给我说说吗？市电视台首发我市运动会吉祥物那天，你也是这样。”

辛娆娆想起来，那天傍晚，吴剑光为庆祝运动会吉祥物诞生，带着她和李佳靓及几个同事去翠金街吃烧烤，一路上大家嘻嘻哈哈，好不热闹。还没到地方，就遇到北欧和于轩从对面走来。北欧见她和吴剑光有说有笑，马上变脸，不管不顾地从吴剑光身边拉走她，并当众让吴剑光下不来台，说吴剑光黄鼠狼给鸡拜年，对她不安好心，严重激怒了吴剑光，非和他拼命不可。要不是于轩一旁左右呵斥，两人大打一架的可能性很大。结果，烧烤没吃成，大家不欢而散。娆娆说北欧太莽撞，不分青红皂白胡乱闹。北欧却说她不理解他，一气之下冲走了。那天娆娆也是痛哭不已……

辛娆娆拉着李佳靓的手摇摇头说：“没事……”

刚说完，吴剑光风风火火冲进来，手里拿着一只饭盒，脸色不爽，冲辛娆娆大声说：“娆娆，为什么不去吃饭？一个不注意自己身体的人，能工作好吗？”说罢把饭盒重重放在辛娆娆面前，命令道：“马上吃饭，下午还有重要工作！”

对于吴剑光，辛娆娆的感觉跟北欧不同，一是因于轩哥和吴剑光从小是同学，如果品质有问题，于轩是不会与他成为朋友的。二是自从娆娆来到他的公司，他对娆娆的确很好，除了工作上的关照和信任，再就是生活上的关心了。时间长了，一切便成了自然，大家相处很是随意，说话也随便。虽然她也自问过，吴剑光对她这样好，是不是对她有点意思。但她不愿往这上面想，因为人家毕竟是个老板，家境非常好，要找个什么样的没有？为什么对自己好一点，就要胡乱猜疑？何况他对李佳靓不也不错吗？再说，自己不是早把一门心思放在北欧哥身上了吗？

也许习惯了吴剑光的关照和命令，娆娆倒无所谓了。她把饭盒推到一边，从旁边架子上拿过一沓纸张摊在办公桌上准备工作。吴剑光却急了："你到底怎么啦？不吃饭，也不理我，看来你倒是我的老板了！"

李佳靓急忙提醒："老板……"

"李佳靓，只有你还知道我是老板！我到底怎么啦？别人谁都叫得动，就是她辛娆娆，一点不把我当回事！"吴剑光说着，又把饭盒往辛娆娆铺好的纸上重重一放："今天你不吃饭，就什么也别干！"说完两手叉在腰上，两眼直定定地看着辛娆娆，似乎她不马上吃下这盒饭，他是绝对不放过她似的。

可辛娆娆还是不动，李佳靓担心了，拉拉辛娆娆的衣袖："娆娆姐，吃点吧，别饿坏了自己。"

辛娆娆听见了吴剑光重重的喘息声，才知道他真的生气了，心想：唉，你要是对北欧哥也这样，该有多好啊！可她只对李佳靓小声说："现在我不想吃，留到晚上吧。"

没等李佳靓回答，吴剑光发火了："辛娆娆，你是不是看我对你好，成心要和我过不去？"

辛娆娆看了吴剑光一眼，话里有话地说："吴老板，您这话我可受不起！我们算什么呀？不过就是给人打工的，哪敢对人瞪鼻子上脸的？谢谢您，以后我一定规规矩矩……"

吴剑光诧异了："你这是什么话？我哪点得罪了你？也只有你才敢跟我大

声说话，我什么时候在你面前摆过老板的架子？”

辛娆娆终于站起来冲着吴剑光发声了：“是啊，你对我是没有，但你是如何对待我北欧哥的？为什么你在他面前总要摆出一副高高在上的样子？为什么你对他总是趾高气扬？你不过就是条件好，可条件好就可以盛气凌人吗？”辛娆娆越说越快，越说越激动，甚至脸都红了。

李佳靓吃惊了，她可是从来不敢在吴剑光面前这样的，看来他们俩的关系真是不一般啊。吴剑光也愣了，他从来没见过辛娆娆如此激动过，更没听见她这样大声对他训斥过。不过，他完全明白了，解释道：“哦，原来你是为这个啊！那你就小题大做了。对，我是不喜欢他，处处跟我过不去，可你没见，只要我和你在一起，他就胡子不是胡子眉毛不是眉毛的？好像我是个衣冠禽兽，对你总不怀好意！其实，当我听说你到吉州来是因为喜欢他，他却装模作样不同意的时候，从那时起我就不待见他……”

李佳靓看他脸涨得通红，心里马上泛起一阵心疼和酸楚：“老板，别说了，等我走后再说好吗？”

吴剑光却像冲出去一时收不了脚的跑者，并不看李佳靓一眼，继续说：“他害怕我追你，害怕你喜欢我！可是，凭什么我就不能接近你，凭啥我就不能喜欢你？他越是反对我喜欢你，我越是要喜欢你……”

李佳靓终于忍不住，跺了一下脚，颤声说：“娆娆姐，你们说吧，我忙去了。”

辛娆娆听出李佳靓说话的异样，马上抬头，李佳靓已经迅速出了门。看着李佳靓的背影消失，她猜出李佳靓一定喜欢吴剑光，然而他却并不知晓。她目光清纯地对着吴剑光，见他眼里的真诚一览无遗，心里想：老板，你为什么忽略了李佳靓的感受？她才是你的真爱呀！再说，就是你喜欢我，也得我答应啊！

吴剑光没感受到李佳靓的异常反应，也不知道娆娆心里想什么，很快放缓语速，盯着辛娆娆的眼问：“娆娆，告诉我，我哪一点比不上北欧？为什么我就不能喜欢你？就不能爱你？”

辛娆娆的脸又红了，她有些发窘，但很诚恳地说：“老板，你不知道我和北欧哥的过去，我和他的关系在十八年前就决定了。”

吴剑光先是一愣，随后皱眉摇头：“嗯，如果这样，你们的感情应当是兄妹，而不应当是恋人！”

这简直跟北欧说的差不多！辛娆娆最最害怕。她瞪人眼问：“你这是什么逻辑？”

“因为恋人间的爱是瞬间火花的碰撞，就像我在火车上与你的偶然相识所产生的奇特感觉。而你们，相处时间虽长，却是保护与被保护的关系……”

辛娆娆不承认这种说法，更不想再继续下去，问：“老板，我该吃饭了。”

吴剑光见辛娆娆下逐客令，不好再纠缠，只好离开。可刚走到门口，又马上转身问：“现在北欧在哪里？”

辛娆娆稍稍松口气：“老板，他已经辞职去省城了。”

吴剑光果真没有料到，一连问了几句：“啊？跟刘妍走的？什么时候的事？”

辛娆娆倒显得很平静：“大概前几天吧。”

吴剑光很是不解：“我听说于轩和他父亲不希望他走，还给他分干股吗？”

辛娆娆叹口气，无可奈何地摇摇头说：“我不知道，但他真的走了……”

吴剑光这才感到自己没有顾及辛娆娆的感受，他十分诚恳地道歉：“对不起，娆娆……”

办公室静下来，吴剑光看看辛娆娆，试探地问：“娆娆，这几天我让李佳靓到你那里住几个晚上吧？”

这话无疑给了辛娆娆不小的安慰，她点点头，戏说道：“好啊，你让她男朋友可别总到我那找她就行了。”

“娆娆，你说什么呢？她呀，等你出嫁了她才找男朋友……”吴剑光好像在为自己说话似的，没有半点做作，显得十分自然。

“哦？”辛娆娆这才觉得心里好过多了，故意惊奇：“你一个老板，怎么知道她心里想什么啊？”

吴剑光打趣道：“因为爱你的男人多啊，你总不能都嫁给他们吧？只有你嫁了，她才有明确的目标嘛！”

“是吗？要是我一直不嫁，她该怎么办呢？”

“没问题，以后我帮她物色……”吴剑光说完这话，不由得双手在头上重重地抓挠。

11

几天来，辛娆娆似乎忘了北欧的离去带给她的难过，心里居然阴霾全扫，话也多起来。洗完澡穿好衣服，辛娆娆打量正脱衣服的李佳靓，眼里出现惊叹：“啊哟，佳靓，你的身材好美哟，以前我怎么没发现啊？”

李佳靓急忙跑到墙边，仔细看穿衣镜里面的自己：“娆娆姐，你说什么呀，我哪能比得上你呀？”

辛娆娆真诚地赞美：“真的，佳靓，我说的是真话，你呀，对对，和我们的老板，简直绝配！”

李佳靓惊呆了，她没想到辛娆娆会这样说！她拼命摇头：“你说老板？娆娆姐，你再别这样说，羞死我了。谁都看得出，他现在喜欢的是你，除了你，谁也别想得到他！”

辛娆娆凑近李佳靓，闻她身上那股淡淡的香气，做出入迷的样子：“佳靓，你的名字取得真好，我断定，将来你一定是老板夫人！”

李佳靓瞪大双眼，拼命摇头：“娆娆姐，你不会拿我寻开心吧？你看他的眼神全跟着你转，哪有看我的时候？”

辛娆娆抿着双唇，看她一会儿才开口：“你不要看一时，得看一世。你别急，以后你就相信了。”

李佳靓愣住了，十个指头紧勾着，看着窗外，好专注的神态！辛娆娆知道她已经进入憧憬美好未来的状态中，急忙拉她，转移话题：“别想了，一会凉着了，快去洗吧。”

李佳靓顺势倒在辛娆娆怀里，撒娇道：“娆娆姐，如果真有那一天，我真得感谢你。”

辛娆娆知道李佳靓的意思是什么，急忙把她推进了卫生间，说：“佳靓，我们是闺密，你放心吧……”

“哦，我们应当成为闺密！”李佳靓关上门，心里乐滋滋的：好啊，只要你不接受他，他一定是我的啦！

辛娆娆听着卫生间传出的水声，很快冷静下来：也快，一个星期很快就过去了，北欧却没有任何消息。到底他在哪里？为什么还不来电话？她忽然想起早上李佳靓的话：“娆娆姐，凭我的第六感觉，我看出于总也喜欢你哟，要是没有北欧哥，你会跟他吗？”

“怎么会？”辛娆娆根本不相信，“于总那样的身份，什么样的女孩找不到，会喜欢我吗？”

也许青春花季的女孩并没有这样想过，但如果非要去设想一下也未尝不可。辛娆娆从来就不怀疑自己将来一定是北欧的，同样觉得吴剑光、于轩也十分优秀，是众多女孩理想中的爱人，虽然她从来没有想过自己会喜欢上他们中的哪一个，但于轩哪里会喜欢她？

也许现在想想如果没有北欧哥，我会喜欢他们中的哪一个，的确是件有趣的事情，可是……

两人都是公司老板，吴剑光大大咧咧，锋芒毕现，于轩宽厚平易，细致周到。虽然她都愿意与他们接近，但她却时刻不忘她和他们之间的差距有多大。如果没有北欧哥，跟吴剑光也许还有可能，可于总那样一个令人仰视的男人，她绝不敢有任何非分之想，最多只能把他当成兄长，就像那天，能接受他一点小小的帮助，与他自然交流，聆听他说话就够了。还好，自从有了北欧哥，她的心已被装得满满的，完全不可能去想那些并不属于自己的幸福。只要他们愿意，她是乐意与他们交往的。所以，如果北欧哥不在，就算陪李佳靓吧，虽然常和两个男人在一起玩耍，但仅仅是享受两个男人给予她们的温情和照顾罢了。也许正基于此，她先前只收下吴剑光的胸针，而拒绝接受那串心形玉坠项链，就是出于她的内心只有北欧哥。至于还不还吴剑光的胸针，她还没想过。

但是辛娆娆并不知道，密切的交往常常令人不由自主把一些模模糊糊的暖意表达出来，吴剑光是这样，于轩也是这样，但她也只察觉到吴剑光滚烫的目光，对于轩，她却从来没有也不敢去察觉，只能远远崇拜仰视了！

辛娆娆再次想起“梧桐之梦”那天于轩亲自开着奥迪接她的事，又想起北欧哥好久前说的话，心里有些不自然。北欧哥说：“于总真的不错，要是把你托付给他，以后你们成一家人，那将是你终身的幸福……”

辛娆娆说：“不可能的事……你心里只有于总，总对吴剑光抱有成见。”

“哼！我不喜欢吴剑光，太公子哥派头，太张扬，太目中无人，我不希望你和他走得太近，他是老板，你是职员，只需要好好工作就行了。以后要有机会，还是换个公司比较好。”

当时辛娆娆好笑，以为北欧是在嫉妒吴剑光，是在乎自己，他随后一定会向自己承诺，心里很高兴。果然北欧说：“我看见他和你在一起就来气……”

她却调皮地说：“那你就爱上我呗！”

北欧马上一脸严肃：“尽说胡话！我永远是你的哥哥。”

辛娆娆不高兴，想刺他一下：“要是我爱上于轩，你反对吗？”

没想到北欧却十分认真地说："那好啊，你跟他我才放心呢！嘿嘿，他一定尊重我这个大舅子。"

辛娆娆终于知道他说的是心里话，不由气恼，原来自己在他的眼里，充其量是个小妹妹的角色。其实她早就应当明白，她和北欧哥是不会有任何结果的，从北欧哥当初遇到她那时起，就已决定她和他只能永远是兄妹，可是直到现在，她还被自己蒙在鼓里。

忽然，辛娆娆意识到什么，她迅速反思以往自己在于轩和吴剑光面前行为表现上的模糊暧昧，警告自己以后必须注意，她必须回避吴剑光的火辣目光，拒绝再收他的任何礼物，否则她真的只能永远做北欧哥的妹妹了。除此而外，别无他想！现在，辛娆娆多想找北欧哥谈谈，希望他给自己一个明示，她到底应当怎样做，他才肯接受她做他的恋人而不仅是妹妹？

"娆娆姐，"不知什么时候，李佳靓早已从卫生间出来，从上到下焕然一新，见娆娆沉思好深，便提醒说，"还有两天就是双休日了，咱们到哪里去玩？咱们要不要去问问老板？"

辛娆娆猜出李佳靓想借机接近吴剑光，便打趣说："佳靓，你想老板了吧？要是真想，那你就大胆去找他。"

李佳靓不说话，显然默认了，脸上却十分为难："要是他不理我怎么办？"

辛娆娆想想，竟然想问李佳靓一个难以回答的问题："佳靓，你和老板有在单独一起的时候吗？"

"啊？"李佳靓误会了，"你是说我和他约会吗？没有，没有！我好几次约他去看电影，他都借口有事拒绝了。"

辛娆娆理解李佳靓的心情，启发她："他就没有和你一起讨论讨论某些话题？"

李佳靓想想，点点头："有啊！有次说到读书，他说我大专学历太低，应当去读读本科，或者平时多读点有用的书，要像你一样刚从学校毕业就能独立完成设计上的重大任务。”

辛娆娆肯定回答：“哦，我知道了，他喜欢勤奋好学的女孩，我说啊佳靓，你平时别总想着玩，听他的，多读书，或者明年去参加成人高考，提高学历。”

李佳靓显得很幼稚，问：“真的？那样他就会喜欢我？”

辛娆娆像个经历了许多的中年人一样回答：“是的，你还小，你得想法提高自己的知识素养。”

李佳靓咬咬唇，坚定地点点头，然后问：“行，那我还去找他问出去玩的事吗？”

辛娆娆想想果断地说：“不问了。双休日城里人太多，如果你愿意，咱们到南高乡下去玩吧？我的周妈妈在那里。”

李佳靓不明白：“周妈妈？”

“哦，佳靓，我想回一趟南高孤儿院……回来后，我可以帮你选选本科艺术设计类的有关书籍。”

李佳靓高兴得跳起来，拍着手说：“行啊，到时写张字条放老板桌上，我陪你去，让他着急！”

看得出李佳靓对吴剑光入情很深，辛娆娆不好再说什么，便关心询问她的家庭：“佳靓，你能告诉我你家里的情况好吗？”

可是李佳靓的脸马上暗下来，说：“娆娆姐，其实我的命运比你好不了多少……”

辛娆娆听完李佳靓的介绍，才知道她也是个命运不济的女孩……

李佳靓也不是吉州人，她来自西蜀一个小县城，随母姓李。父亲姓荀，老家在东北，很小来到蜀地求师学艺，二十来岁就是西蜀小有名气的帅气厨师；母亲是个能歌善舞的漂亮幼儿教师，是当地“一枝花”，父母的独生女儿。他们的婚姻缘于李老师去餐厅吃饭。因为两道菜菜式漂亮味道鲜美，李老师便要求餐厅再炒两份同样的菜肴带回家给父母吃，可是同样的食材没有了，李老师十分遗憾。正在这时，苟厨师从后厨出来，想对客人做些解释，不料被李老师纠缠，竟然异想天开地提出要苟厨师日后休息时亲自购买同样食材，按照她给的地址亲自去她家操作的要求。

苟厨师本不愿意，但见李老师漂亮动人且如此真诚，心中一动，就答应了。那天，他趁休假时间带着食材找到李老师家，受到李家父母的客气接待，而且不时受到李家父母的严格审视和详细询问，包括七大姑八大姨是干什么的，都得过什么病。苟厨师很奇怪，心有所疑，只是不好问为什么，只好有问必答。最后，李家父母问了个令苟厨师深感意外的问题："你为什么姓苟呢？这个姓可不好叫……"

苟厨师总也想不明白，自己是个炒菜的，怎么关心起我的家里情况？好像对我的苟姓不太满意？他没多想，准备做完饭菜后就走，既然这个姓惹人烦，以后就不再来了。原来，李老师那天回家后告诉父母说她有了男朋友，是本城最出色的大厨师，某天他会自己来家给老人看看。父母听说是个厨师不太高兴，心想等人来了再说。等了几天，苟厨师果然进了李家门。父母亲一看，苟厨师个头高大，身体健壮，帅气敦厚，便客气让座倒茶，然后像机关调查般把苟厨师的家里情况问过来问过去，最后竟然问人家为什么姓苟。可待亲眼看见他麻利的准备工作和精湛的炒菜功夫，还没品尝味道就已经满心满意，心说可以了，只待宝贝女儿回家订下这门亲事。

几个色香味俱全的菜肴摆到桌上后，李老师回来了。虽然从未沟通，两人见面却竟然都红了脸，父母一看就明白。见苟厨师要走，李老师急忙拉过他给父母介绍说苟厨师是她的男朋友，并要他向父母鞠躬。苟厨师才明白李老师在搞"拉郎配"，但他愿意按照她的要求做。席间，老老少少气氛融洽，配着格外赏心悦目合心合口的菜式菜品味道，根本看不出两个年轻人竟然是第一次深度交往。

不久，他们结了婚，苟厨师入赘到李家成了上门女婿，与两个老人一起组建了一个幸福和谐又美满的家，李老师很快有了身孕。苟厨师主动提出，不论生男生女，都姓李，不姓苟。两个老人自然非常高兴，只等着抱孙子。不幸的是，九月分娩之时，李老师难产血崩，生下佳靓后死去。这一重大变故，令李家父母悲伤过度，心力交瘁，相继去世。佳靓在父亲的精心养育下，一天天长大，但正值壮年的父亲却拒绝所有来提亲的人，他说在他心中，只有佳靓的妈妈的位置，他要终身守着她……

因为父亲总是思念母亲，照顾女儿，劳累过度，身体每况愈下，终于在李佳靓高中那年不能坚持上灶，只好病退。父女俩只靠着一点积蓄和退休工资生活，李佳靓牵挂父亲身体，不能安心学习，到高考时，本科无望，只好读了个专科……

辛娆娆十分同情李佳靓的处境，关切地问："吴剑光知道你的情况吗？你向他表白过吗？"

李佳靓迟疑片刻后点头："他知道一点，我也向他表白过，可他说他现在只想搞好公司，不想考虑婚姻。"

辛娆娆安慰她说："你要有耐心，不论怎样，只要你爱他，你就得为他付出！起码在时间上要能等待。"李佳靓点点头。

12

南蜀这片地方，虽说现在还是冬季，但是，原野上除了一汪一汪水田透出迷蒙的灰色以外，那山顶、坡上、平地上，大多依然呈现出一片一片的绿意。绿意中时不时现出一两幢大气清亮的农家别墅，别墅前后都有蜿蜒或笔直的水泥道路，甚而路边停有大小车辆、摩托电动车……看来，现在农民的生活确实不同以往，除了生活上可能超过城里人外，就连住房和出行都有可能比城里人强了。

宽阔的公路两旁，梧桐树与梧桐树的间隔之间，竟然有序排列着一棵棵生命力极为旺盛的美人蕉，也叫状元红。眼看着一片片宽大的绿叶陪衬着大朵大朵火红、柔紫、金黄的花儿，色彩格外鲜艳，心都柔了。花儿们在略有冷意的风儿轻轻吹拂下，丰满地向天张扬着，尽情显示南蜀的美态。辛娆娆和李佳靓并排坐着，眼睛却一致往窗外看。那些花儿似乎牵动了她俩的心，目光时而兴奋，时而忧郁，时而奔放，时而多思，人随车行，心随花动……

去南高的公交车上人不多，大多是从城里到乡下放松的老年人。他们见两个漂亮女孩和他们同坐一辆车，高兴极了，好像她俩的亮丽青春感染了他们，使得他们也变得年轻起来。辛娆娆很是感慨：乡下越来越美丽，难怪许多人一到过节，不论长假还是短休，总爱朝乡下跑，有的人家干脆在乡下租下房屋，定期去住段时间，然后回城里。现在和过去真不同了，过去乡下人总往城里跑，现在城里人却总往乡下去了。真是时代在变，人也在变啊！

一个大妈问辛娆娆：“乖女子，你们是到乡下还是回乡下？”人家连问了三次，两人才收回目光，但不知所以。还是李佳靓先回过神来，她不明白，“到乡下”和“回乡下”有什么不同，不由得拉一下辛娆娆。

辛娆娆也回过神，温声暖语地说：“伯娘，我们既是到乡下，也是回乡下！”

“怎么讲？”大妈不明白了，她看着辛娆娆，希望她说得清楚些。

辛娆娆笑了，说：“大妈，我们是城里人，自然是到乡下，但是我是从农村出来的，所以又是回乡下……”

大妈听明白了，“哦”了一声说：“是啊，过去农村人总想进城，现在，城里人倒一心想着去农村，哪里分得清怎样才是农村人，怎样才是城里人……那你回哪里呀？”

“南高孤儿院！”辛娆娆的回答，令所有的人都把目光投向她，好像“孤儿院”是南高多么了不起的品牌佳所，或者“孤儿院”是现在这个时代一个多么遥远的名词。

一个大爷挑起大拇指，夸奖说：“女子，你们一定是去做善事，了不起！”

辛娆娆不好意思红了脸，但是她的眼睛湿润了：“我回家，那里曾是我的家……”

“啊？你，你是……”大爷没把话说完，看来他怕伤了辛娆娆的自尊心。

大娘问得格外小心：“女子，那，那里还有你什么人啊？”

辛娆娆笑得很勉强，说：“有我的周妈妈，以前孤儿院的阿姨！”

“周大姐啊，我们认识她，多好的人呀，听说生了病，起不来床了……”一个老太太说。

“啊？”辛娆娆顿时感到晴空霹雳，“万一周妈妈有个三长两短，我怎么对得住她老人家？幸好今天我们坐上了车……”此时此刻，她希望车跑得更快些，她要亲自给周妈妈喂水喂药，还要亲自给她老家洗身换衣服……

车上的大爷大妈开始议论起周妈妈来：有人说她一辈子做了许多善事，有人说她生病前为了建一个农村“怡老院”，带人到处化缘，虔诚的心感动了许多公司大老板，他们纷纷大方出手，不到一年，果真就在孤儿院旁边建起了一座“怡老院”。可是心愿完成了，周妈妈身体也垮了……人生美德众口传，辛娆娆并不感到吃惊，因为在她心里，不论对公对私，周妈妈就是这样一个人！

辛娆娆清楚地记得，那年她扁桃体脓肿，全身发烧，一晚到亮都在咳嗽，但是喉管里的脓痰就是咳不出来，憋得她直翻白眼。急得周妈妈团团转，终于她俯下身子，将一根软管放进娆娆喉头，然后一下一下往外吸，随着她一阵咳嗽，脓痰终于顺着软管流进周妈妈的嘴里……

辛娆娆从包里拿出麦粒项链，泪眼迷糊了双眼，仿佛看到周妈妈在昏暗的灯光下，在铺开的麦子中仔细挑选颗大饱满的麦粒……

辛娆娆和经常来看她的北欧哥住在周妈妈家里，享受着有妈的生活。有一回，北欧竟然赖着不走。辛娆娆上学，只要放假回来，周妈妈总是做了好饭好菜在大门外等她。多少年啊，多少个三百六十五天？辛娆娆不愿去想了，她想哭！忽然，她想起应当给北欧哥电话，让他知道周妈妈病了，看他能不能马上到孤儿院去看望一下。辛娆娆拿出手机，拨了北欧的手机电话。电话通了，可是没有人接。

忽然，一个大妈的话传进辛娆娆耳朵里："你们不晓得，咱吉州有个建筑公司大老板建了个很大的'幸福怡乐广厦'，很快就要入住了，我准备从乡下回来后，就去登记排队，以后儿女不在身边，我就去那里面养老……"

哦，于轩！辛娆娆赶快给于轩电话，着急问："于总，你有北欧哥的消息吗？"

于轩吃惊问："娆娆，今天放假，本想约大家出去玩，却听剑光说，你们去乡下了。出什么事啦？"

辛娆娆哽咽着说："没，没有，我找北欧哥，没人接电话……"

"哦，他呀，给我来了一个电话，告诉我他现在一个人在外到处转转……"你不用担心……"

"不是，周妈妈病重，我得告诉他……"

"那好，我马上给他去电话……"

果然，不一会儿，北欧来电话了："喂，我是北欧。周妈妈病得很重？你在车上，马上就到了？可是，现在我还在外地，这样吧，你先去看看她老人家，我马上就去，你在那里等我，明天我一准去！一定！"

李佳靓好羡慕："娆娆姐，你们好新潮，都用上手机了。"

辛娆娆这才想起，她这手机还是于轩买给她的，是于轩给北欧哥买手机的时候顺便也给她买了一部，同时把他的电话号码也输进去了。辛娆娆记得当时她好高兴，并使吴剑光后悔了几天，总拍着自己脑门说："人家说我聪明，其实呀，我太笨！"

辛娆娆拍着李佳靓的手说："手机很快就便宜了，到时买部好的……对了，给老板说说，让他给你买一部。"

来不及再看一眼孤儿院，更来不及看一眼怡老院，辛娆娆和李佳靓飞也似的朝周妈妈家跑去。她一边跑一边叫着："周妈妈，周妈妈……"

周妈妈正躺坐在小青瓦下面的堂屋竹椅上，精神很好，看到辛娆娆，十分高兴，想坐起来。辛娆娆扶住她，不让她起来，然后坐在她的身旁，哭着说："周妈妈，您病了，为什么不给我说一声，只需要一个电话，我就马上来照顾您……"

周妈妈抚着辛娆娆的脸，笑道："娆娆，你长大了，周妈妈也放心了，北欧可好？"

辛娆娆停止哭泣说："北欧哥不知道您病了，出差去了，他明天一定赶来……"

周妈妈点点头。旁边照顾她的张三姐对辛娆娆说："周妈妈今天好像知道你要来，一早起来就特意叫我给她梳洗一番，说是让你看见她像鸡婆似的不好看……"

辛娆娆问："吃药了吗？为什么不住院？"

张三姐说："刚刚吃过药，也喝过水了。已经住过院了，可她非要回来不可，说她要回来，还有好多儿女要来看她……"

周妈妈摆摆手："住够了，住够了……"

接着张三姐告诉辛娆娆，这十多天来，过去从孤儿院出去的人，好多都回来探望过周妈妈。但是她老人家总是不断地念叨着，娆娆和北欧怎么还不来啊？这下辛娆娆来了，她开心了。

周妈妈抬起手制止张三姐再说下去，小声问辛娆娆："你和北欧的事情……现在怎么样了？"

辛娆娆不想李佳靓听见，叫李佳靓和张三姐一起到外面买点吃的回来。然后一边给周妈妈倒水洗脸洗手，一边把她和北欧以及北欧与剑光、于轩之间的事情一五一十地告诉周妈妈，老人听得十分安详。当说到北欧已经辞职去了省城很可能去投奔刘妍，也有可能离开自己的时候，辛娆娆又哭了，问："周妈妈，我该怎么办呢？"

周妈妈睁大了眼睛，对辛娆娆说："如果……北欧愿意跟你相爱，并且……永远厮守，那倒可以，如果……不是这样，娆娆别强扭，有合适你的就大胆……去爱吧！"

"周妈妈，真的，我不想离开北欧哥，但是……"辛娆娆说不下去了。

过了一会儿，她又说："不过，周妈妈，您放心，如果他不接受我，我也一定做他永远的好妹妹！"

周妈妈点点头，闭了一会儿眼睛，然后又对辛娆娆说："娆娆，你上学走后，其实有个女人，大概是……你的亲生母亲……到孤儿院里找过你。我问她有何凭证，她说在你肩背上……有一个月牙形的胎记，我……就相信了她，但听她……只想悄悄看看你，并不想认你，就说没有你这样一个女孩，更没告诉她……你的名字……她泪流满面，看来，她是你的亲生母亲，挺漂亮的……"

辛娆娆大吃一惊："我的亲生母亲？她没说为什么抛弃我？"

周妈妈抚摸她的头，微微摇头没回答。

辛娆娆撒娇问："周妈妈，为什么您后来不告诉我？"

周妈妈有气无力回答："我，怕影响你……"

辛娆娆又急忙问："周妈妈，那你记得当时我是什么人送来的吗？"

周妈妈回忆道："不是年轻女人，是一个五十多岁的老太婆送来的……当时她说是她捡的，没地方搁，只好放到孤儿院了……你本不姓辛……你的名字……是我取的……是想……以后，你找到……父母，要饶……饶恕他……他们……"周妈妈怕辛娆娆不明白，又攒了口气说："'辛'，代表'新'，你，你是女孩，还是叫‘娆娆’好……”

辛娆娆取下麦粒项链，动情地说：“周妈妈，您还记得吗？这是您送给我的珍贵项链啊，看见它，我就想起您……”

周妈妈眼睛亮了一下，无力地笑笑：“傻女子，许多年了，你还保存着？”

辛娆娆用力摇摇头说：“不，周妈妈，您永远是我的好妈妈，这条项链，我要一辈子带在身边……”说完，辛娆娆脸色苍白，无言地叹息流泪，让甜水苦水在身体里汹涌激荡。

“你一定要找到你的妈妈……我累了，想睡睡……”周妈妈喃喃自语，闭上眼睛。

第二天快中午，北欧赶到周妈妈家，周妈妈已经处于弥留之际。北欧哭喊着：“周妈妈，周妈妈，您睁开眼看 看我，我是北欧啊……”

他伏在周妈妈身边，全身抽搐着。辛娆娆和李佳靓无法控制情绪，也跟着痛哭起来。哭声一个接一个，周围团转的乡邻们都自觉地从四面八方赶到周妈妈家，孤儿院退休的老伙伴们也一个个步履蹒跚地来了，辛娆娆和李佳靓迎接着每一个人，给每个人下跪，就像周妈妈的女儿一般接受人们的安慰。

忽然张三姐叫道：“周妈妈醒了，醒了……”

北欧猛一抬起头，正好和周妈妈昏黄的目光相遇。北欧抓住周妈妈干枯的手，叫道：“周妈妈，我，我是北欧，来，来看您了……”

周妈妈扯了扯嘴角，好想笑一笑，但是她已经没有力气了，昨天她已把力气用得差不多了，还有一点力气留给北欧吧。她无力地捏捏北欧，像有话说，北欧急忙将耳朵送到她的嘴边，听她低得不能再低的声音：“小……欧，我，我最，最放不下……心的就是你……，不要走歪路……”

大概只有北欧听得见她说了些什么，只见北欧不断点头说：“周妈妈，您放心，我一定做到……”

“那……那……好……”随着最后一个字，周妈妈终于安详地闭上双眼。

北欧扯着大嗓喊:“周妈妈……”

辛娆娆迅速起身跑过来,扑到周妈妈身上,放声哭叫:“妈妈……”

李佳靓赶快扶起她,跟着抽泣。可周妈妈已经听不到北欧和娆娆的哭叫声,她终于完成了在世间的重任,去了另一个世界。为别人的儿女操劳一生,又为别人的老人竭尽全力的周妈妈就这样离开了人间。

突然,一阵告白活人、传递亡灵信息的鞭炮声噼噼啪啪响起来,北欧和辛娆娆全身披麻戴孝……

13

大家坐在墓地边,想起许多关于周妈妈的往事,娆娆和北欧都难过得流泪。李佳靓想起辛娆娆给她讲过的故事……

离南高孤儿院十多里远的翠竹林里有一古老的尼姑庵叫翠竹庵,庵里老老小小的尼姑七八个,大家每天本本分分做着分内的事,香火虽然不旺,但是大家相安无事,生活还算过得去。

有一天,庵门外忽然跪下个怀身大肚的年轻女子,悲切哭着哀求老尼姑收下她当尼姑,如果不同意她就一直长跪不起。众小尼姑担心她在庵里分娩血腥会污秽庵堂,纷纷表示不同意收留。心地善良的老尼姑深知不到万不得已,红尘间女子万不会轻易遁入空门,此女怀身大肚,竟然如此,想必一定满腔冤屈苦水。如果收留,可能麻烦事多,如若不救,可能大小两命不保。老尼姑很快制止徒儿们非议,并叫徒儿迅速将孕女扶进庵门,沐清浴,更素衣,吃斋饭,把她带进自己卧房,紧闭房门与之交谈,后留宿自己房中。

第二天早上,众尼们听见房中传出呱呱哭叫声,孕妇生了个女儿。从此母女俩就在翠竹庵里住下来,母亲当了尼姑,女儿也随母亲当了小尼姑。至于她们的前身后世，翠竹庵里从来没有过飞短流长，所以她们以前的故事谁也不清楚。

——这是周妈妈曾经讲过的故事，虽然周妈妈没有说故事的主人公是谁，但聪明的辛娆娆和北欧早已从周妈妈的神情中看出来了……

后来因为“破四旧，立四新”，翠竹庵首当其冲成了被摧毁的封建堡垒。年轻尼姑们被戏谑批判之后，纷纷自找出路，或寻亲，或嫁人。周妈妈的母亲拒不离开老尼姑，在承受了种种欺凌之后，与老尼姑双双死在庵后的翠竹林里，丢下可怜的周妈妈。从此，周妈妈小小年纪便开始在生产队从事繁重的体力劳动，直到国家政策向好，农村开始发生变化，政府在南高成立孤儿院，周妈妈得以举荐，才离开生产队成为孤儿院的第一个保姆阿姨，从此孑然一身，视孤儿们为骨肉，直到离开人世……

——这是一直跟在周妈妈身边的张三姐早上告诉他们的。辛娆娆差点不能接受这个事实！

读小学以前，辛娆娆一直把周妈妈当成她的母亲，一直把周妈妈叫作“妈妈”。从嗷嗷待哺开始，每天米汤、稀饭、肉末……周妈妈亲力亲为把她带大。读幼儿园，周妈妈每天接送一回，读小学，周妈妈每周接送一回，读初中，周妈妈每月接送一回……直到高中，才由辛娆娆自己来来去去……周妈妈给她亲手缝衣服，织毛衣，做鞋子，甚至连辛娆娆身体发育时期需要准备的任何东西都一点不落地由她操办。辛娆娆知道，周妈妈并非只对她一个孤儿这样，但是她依然愿意相信，周妈妈只对她和北欧哥好！

辛娆娆记得读幼儿园那年得知周妈妈并不是她的亲妈妈后，伤心极了，趁人不注意一个人悄悄跑到竹林里躲起来不让人发现。不久，她听见了周妈妈苍凉的呼喊声，听见周妈妈沙哑着声音向路人打听看见她没有，她想心疼周妈妈，又想离开周妈妈，最后没有回答。她想，周妈妈不是我的亲妈妈，我不要回到她身边去，我要去找我的亲妈妈……周妈妈的声音越来越远，她的心也越来越远，终于她跑了。她到处跑，没水喝，就去茶馆要水，肚子饿了，就去人家要……不知道走了多久，也不知道走了多远，没人问她从哪里来，要到哪里去……终于精疲力尽，倒在路边的石坎上睡着了，要不是遇着同样偷跑出来寻找妈妈的北欧哥，还不知道她会出什么事情。

北欧很快与她同病相怜，根据她的描述，吃了不少苦头，终于把她送回孤儿院。这时，周妈妈正为没有找见辛娆娆而生病，见到她突然从天而降，喜得合手直念“阿弥陀佛”，然后抱着她喜极而泣：“鬼女子，你跑哪去了，你要周妈妈的命啊？”

她搂着周妈妈的脖子哭了：“妈妈，我再也不跑了，你就是我的妈妈……”说得在场的人都流下眼泪。

从那时起，她发誓再不离开周妈妈，而且从那时起，她更加亲近周妈妈，并和北欧哥一起，经常缠绕在周妈妈身边，笑声不断，来自不同背景的三个人竟像融融乐乐的一家人。现在周妈妈就这样走了，她真的后悔，也不甘心！她还没有报答周妈妈的养育之恩啊！北欧见辛娆娆痛苦，把对她的不满全扔到一边。

他安慰她说：“娆娆，别哭了，还有哥呢。”

辛娆娆的眼睛流露出极不信任的目光，责备道：“北欧哥，如果不是周妈妈出事，你可能再不会和我见面吧？”

北欧挠挠头，为难地说：“别埋怨哥，哥有哥的想法，以后你就知道了。”

辛娆娆摇摇头：“什么想法？你以为我不知道？可你为什么一定要跟刘妍混一起？”

北欧生气了：“娆娆，什么是混？我只不过想利用她在省城的关系去闯一个属于我自己的天地罢了。说得多难听。”

辛娆娆试图再争，李佳靓马上劝道：“娆娆姐，北欧哥比我们都大，看人看事一定比我们老道。既然他这样认为，还是让他去试试吧。北欧哥，虽然我不了解刘妍这个人，但那天我看她的表现确实有些担心，怕你上当……”

北欧笑了：“李佳靓，我知道自己在做什么，也知道自己该怎么做……以后，我不在，你多陪陪你娆娆姐吧。”

辛娆娆嘟起嘴，小声嘀咕：“要早知道今天这样，当初我就不应当来吉州。”

声音虽小，但北欧却听清楚了，他发恨说道：“谁叫你当初跟着人家跑到吉州来，我走了不是更好吗？”

辛娆娆看一眼李佳靓，马上像受了伤的兔子朝前一蹦，昂起头大声质问：“啊？你又在说吴剑光？告诉你，我从来没想过。不相信你问问佳靓！只有她才知道我心里想的啥。”

北欧哪里会去问李佳靓？他仍然顾着自己的情绪说出连他自己也不相信的话：“你没想过别人也不想？好啊，既然这样，我们结婚吧，然后去省城，省得我总担心。”

果然，北欧的话令辛娆娆和李佳靓好不惊心，她俩都不相信北欧说的是真话。辛娆娆看一眼北欧，见他很认真，暗暗高兴，但脸上却很冷漠：“说了不许反悔啊，另外，结婚可以，但你不能去省城。”

“啊？”北欧先是一愣，随即说出几句让辛娆娆发堵的话：“我就知道你不喜欢省城，可我也不喜欢吉州，你说怎么办？”

李佳靓听他们说要结婚，竟然松了口气，但对他们没说到一块又感到不解：“你们说什么呢？娆娆姐，北欧哥，你们结婚后，一同去省城多好啊，可别演《双城记》呀！”

北欧冷笑两声，说：“可不是吗？可她舍不下吉州啊。”

辛娆娆听出他的话味不正，皱着眉头问：“北欧哥，我能说出你不喜欢吉州的原因，你能说出我不想离开吉州的原因吗？”

北欧见辛娆娆针锋相对，很想生气，但又怕生气会使事情更难办，急得团团转，不断抓挠头发。

李佳靓见他们你一句我一句谁也不让谁，心下有些怀疑，着急问：“北欧哥，你真要和娆娆姐结婚？”

北欧横了李佳靓一眼，却对辛娆娆说：“什么蒸的煮的？你马上辞职，收拾好马上跟我走……”说完将头拧到一边，大有命令不可改变的意味。

辛娆娆真生气了，但只能算第二次吧。她说：“对不起……佳靓，咱们回吉州。”说完拉着李佳靓头也不回地朝前走了。

“娆娆……”北欧急忙跟上。

在回吉州城的路上，一路景色依然，但辛娆娆再也感觉不到它的美丽。她和佳靓依偎着，微闭双眼睡着似的，但她的心里很清醒。北欧坐另一边，微低头，也在想什么。直到吉州城，三个人都没有说话，似乎彼此是毫不认识的路人。不过，没说话并不代表他们心里不想什么。

北欧心里很烦，他自知此去省城不会再回来，但确实放心不下娆娆。他从内心深处想把娆娆带去省城，但不可能和她结婚，他只能是她的哥哥。然而，他想在省城大展拳脚，创出一片属于自己的天地，离开刘妍万万不行，特别在创业之初更是离不开刘妍，否则只是瞎子一般到处乱撞。既然刘妍对他在省城的发展十分重要，他就得考虑刘妍的感受。可是刘妍一直以为娆娆是她的情敌，多次审问过他，这回如果真把娆娆带到省城，无论如何刘妍都不会接受这个事实，那么他的事就可能会泡汤。可是，刚才自己冲口而出说要和娆娆结婚，娆娆可能信以为真了，要是她真要和自己去省城，这事又当怎么办呢？他偷偷看看娆娆，她的脸上却一片冷峻。

辛娆娆还在生气，你真要和我结婚吗？我怎么不相信呢？如果是真的，为什么你还要坚持去省城？刘妍是什么女人，我第一次见她时就看出她不是什么正经女人，为什么你还那么相信她？我看你是被她迷惑了。再说做生不如做熟，于轩对你完全没有说的，你去哪找这样的老板啊？我能跟你去吗？反正不管你跟不跟我结婚，我也不会跟你去省城的。

李佳靓心里左右彷徨：天啊，他们这个样子是要结婚吗？该不会让我空高兴一场吧？求求你们结婚吧，那样，吴剑光才可能和我相处，我才有可能嫁给他。不管你们去不去省城，我就是希望你们赶快结婚，只有你们结婚了，我的心才踏实！唉，娆娆姐，对不起，你别怪我自私，因为我实在比不过你。

突然，司机大声喊："吉州到了，下车下车！"

几个人仿佛从梦中惊醒，瞪大眼睛左右看看，除了他们三个，别人都下了。大家急忙下了车。刚从车站出来，就听见有人在远处喊："北欧——娆娆——"

侧头一看，原来于轩正从远处在向他们快步走来。可能刚才过于激动，或者是走得太快，他的脸色稍红。

"于……老板……"北欧有点迟疑，但很快伸出手紧紧抓住于轩的手，看看周围。

"大哥，怎么在这里？这里有公司业务？"

"我去问问公司上市的事。"于轩拍拍北欧的肩，又笑道，"你这家伙，我还以为见不着你了呢。怎么？舍不得我，又回来了？"

北欧不好意思："哪能呢？我在外瞎逛，娆娆的周妈妈去世，就赶了去……你问到了吗？公司能不能上市？这可是个大事，你得抓紧。"

"哦，"于轩看看辛娆娆说，"娆娆，请节哀顺变！——申请上市要做的事很多，如果你不走，我会轻松多了。可我的庙子太小，你看不上……"

北欧听了，脸上不太自然，说："大，大哥，千万别这样说。我真想跟着你干，但你知道我是个不撞南墙不回头的人，否则就不是我北欧了。"

于轩听了点点头说："明白，明白。我随时欢迎你回来……"

北欧不再回应，看了辛娆娆一眼。于轩不知道辛娆娆和北欧生气的事，一半玩笑一半认真地说："好啊，娆娆，你舍得北欧走吗？别难过了，北欧走后，你的事就是我的事，当哥的一定全力以赴！"

辛娆娆意外地没有像以前那样张嘴就笑，显得沉默，没接于轩的话茬，只问："于轩哥，你公司真要上市吗？"

于轩察觉到辛娆娆的异常，忙回答："有这个打算，但不知能不能忙过来，要做的事情太多了。对了，北欧，走，去我的家里，正好我父亲想见见你。"

北欧有些为难："我……我……"

于轩却推他一把，说道："我什么？你离开公司去省城的事我还没有告诉他老人家，这下好了，还是你亲自给他讲吧。你不知道，他很关心你。走！"

北欧开始不想去，见辛娆娆不高兴，才想到应当亲自去谢谢于轩的父亲才对头，于是马上回答："好的。我正要好好谢谢他老人家呢。"

辛娆娆马上像小孩子一样笑开了，北欧瞪了她一眼，她也不在意。其实她心里正想，要是能在于家父子的劝说下，北欧哥改变想法有多好啊！李佳靓心有不爽，称她还有事，谢完于轩就要走。辛娆娆急忙拉着她，在她耳边悄悄说了什么，李佳靓不断点头，很快脸上布满笑容，红晕延至耳后。北欧和于轩好奇怪，李佳靓不等他们问，飞也似的跑了。

虽然北欧在公司干了几年，但从来没有去过于轩家，更没有见过于轩的父亲，所以，无论于轩怎样阻止，上车前，北欧仍然坚持买了大袋小包的水果和其他礼物，与辛娆娆一齐去"菊香园"于家别墅看望于轩的父亲于胡源。辛娆娆为北欧的慷慨举动暗自高兴，急忙从北欧手里接过水果袋，叫他坐前面。

14

不到二十分钟，“菊香园”到了，大家下了车。

说实话，北欧长这么大，住过外省的大酒店，还真没进过什么高级住宅区，更别说辛娆娆了。踏进“菊香园”，他和辛娆娆感觉走进化外之境，一切都感到新奇，不由得东张西望。

北欧有些疑惑：“老兄，我在吉州也干了不短时间，怎么不知道还有这样一个宜居美园啊？”

丁轩坦诚说：“嗨，别说你不知道，就是我也不知道啊。这个小区可是我父亲的代表作，可那时我还在国外呢！要不是父亲说他留了一套别墅，我还真没来过这里。”

北欧两眼睁得好大好大：“啊，时间不短啊，可见他老人家的眼光超前啊！”

“谁说不是呢？要不，怎么说他是‘吉州三雄’啊！”于轩骄傲地说。

辛娆娆吃惊了：“吉州三雄？”她掰起指头，“酒业、药业、建筑业，原来老板的父亲就是‘吉州三雄’之一的地产王呀，真低调，一会我倒要看看这个地产大腕是个什么样的人物！”

北欧很少称赞人的，也情不自禁地点头：“确实了不起，不说别的，单就这个小社区的园林设计就大气低碳环保……”

于轩听了自然高兴，但随后却对两人说：“我父亲是个严肃的人，年纪不算老，却总是老气横秋，不喜欢人家说他这好那好……”

北欧失笑了：“呵呵，现在还有这样一个不喜欢别人赞美的人？”

辛娆娆瞟瞟走在前面的北欧：“我也是个不喜欢别人赞美的人。”

北欧转身瞪了她一眼，鼻子“哼”一下，没说话。

“还有，我父亲和林妈都是单身，一会儿说话……”

辛娆娆伸了一下舌头：“天哪，我还以为他们是一对夫妻呢，你要不说，到时我真可能……”

于轩笑了：“好了，请上去吧。”

辛娆娆和北欧穿过树林，来到两棵梧桐树下，北欧伸手在树干上拍拍，树干一动不动，倒是梧桐叶在自由荡漾。随着于轩的指点，两人朝上看，一方小牌映入眼帘，上写“于胡源”，在于轩的礼让下，娆娆按响了门铃。林媛打开门，娆娆、北欧向她问好，并做了自我介绍。

林媛慈眉善目，干净利落，亲切和蔼。她把大家迎进客厅，正准备倒茶，忽然楼上转来轻微的脚步声。于轩向上叫道：“爸，你不是老早想见见北欧吗？我今天请他来了。”

随着于轩刚落的话音，楼上的脚步声加速了，“噔噔噔”，很快楼阶上下来一个矍铄的老人——其实并不算老人，最多算个中年人——北欧、辛娆娆知道，他就是于轩的父亲，这栋别墅的主人于胡源。看他红光满面，笑容可掬，哪里有于轩说的老气横秋？

于胡源老远就打着招呼：“哈哈，你们来了？小轩，愣着干什么？赶快泡茶啊，呃？我的云香茶呢？”说着走着找着，突然停下，把目光定在北欧脸上，搞得北欧有点难为情。

北欧连忙鞠个躬：“伯父，我是北欧，您好！”

于胡源居然忘了欠身回礼，目光依然停留在北欧脸上，直到娆娆向他问好，他才清醒过来说：“哦哦，我的云香茶呢？”

“在我手里呢，”林媛早拿出来了，对年轻人说，“老于只喜欢蜀地茶，说什么西湖龙井、洞庭碧螺春、普洱茶……他都不喜欢，只有这蜀地云香茶，才是他的命……”

于胡源打断林媛的话："你呀，是不是平常没人和你说话，现在有说话对象了，简直说个没完啦！泡好茶，你忙去吧……"

林媛不好意思，看了于胡源一眼。她这一眼，北欧、娆娆看得真真切切，有那么点特别，但到底里面包含着什么，也许经历太浅，也许从没见到过，他们一时半会还品不出来。只有心思缜密、知晓内情的于轩，才懂得那目光里的内涵。

辛娆娆同样盯着于胡源看，他慈祥笑笑说："女子，你盯着我做什么？你是说这蜀地云香茶名气不大？其实呀，茶的好歹只是个名气，主要还在心境……"

"呵呵……看不出……"辛娆娆怀着敬佩的心说，"您就是'吉州三雄'之一呀！"

于胡源也呵呵笑开了："怎么，不像吗？"

辛娆娆左看右看，摇摇头说："跟平常人差不多嘛。"

于轩和北欧都笑起来。

北欧说："伯父，您听听，只有她才能说出来。"

于胡源看着北欧，点点头说："我喜欢，我喜欢……"

林媛动作麻利，给大家一一泡好茶，紧赶着去了厨房。于胡源则急忙将茶杯和水果直往北欧、娆娆面前推，动作慌乱，略显失态。他这表现，不仅引起北欧、娆娆的不解，更引起于轩的惊讶：父亲今天是怎么啦？怎么在客人面前有失风度？

年轻人的惊讶令于胡源忽然意识到自己失态，很快自我解嘲，笑道："你们看，你们看，刚才我还说林妈呢，自己也这样了。是啊，平时家里很少有客人，我和林妈整天没有多话，见到客人就像见到救星一样，看来，以后是得到外面多走走。"

于胡源的话反倒让客人不好意思，娆娆连忙陪笑："哪里哪里……是我们突然来访……”

只有于轩心里明白，父亲刚才的失态，一定有什么原因。但到底是什么原因，他一时说不清。该不会是和林妈吵嘴了吧？不会，他们偶尔争执几句，从来不会有异常表现，于是说：“爸，你说的不对吧？明明你经常外出……”

“就你多话！”于胡源说是责备，实是亲昵，脸却朝着娆娆问，“你叫娆娆？姓什么？”

辛娆娆扬脸说道：“于伯父，我，我姓辛，孤儿院长大……”说着在空中把辛字写画了一遍。

于胡源理解般“哦”一声，又说：“知道了，以后常来我家，要知道我正缺一个女儿呢。”说完将茶杯端给她，像父亲一样拍拍她的肩。辛娆娆赶快接过茶杯，表情却有些为难。

北欧竭力怂恿道：“对，以后你要在吉州，你就可以到这里，看于老伯多喜欢你……”

于轩有些忌妒：“爸，你是不是不公平啊。”

于胡源慈爱地笑笑：“你呀，别不满足……”说完，于胡源朝北欧笑笑，又把目光定在北欧脸上。

北欧有点紧张，急忙说：“于老伯，喝茶……”

于胡源这才从凝视中回过神端起茶杯，缓缓问道：“北欧，你本来就姓北吗？”

北欧好奇怪，老板的父亲怎么关心起这个来了？他点点头说：“哦？是啊……”

“你母亲好吗？”于胡源自知这话问得有点突兀，有点莫名其妙，但他不得不问。

“她？哦，我的父母亲都过世了。”北欧没有察觉，自然地重复着过去的话。

北欧的回答，令于胡源有点失望："哦，对不起。我想说，我们南蜀地方竟然有北姓家族，第一次听说，第一次……"

忽然，北欧心里一动："老伯，您原以为我会姓什么呢？"

于胡源眯缝眼睛打量北欧："是什么姓就是什么姓，哪能由我去以为呢？"

北欧张张嘴想说什么，但终于没有说出来。

于胡源又问："小白（北）呀……你的老家在什么地方呀？"

即使南蜀口音与普通话有差异，几个年轻人都听出，于胡源把"小北"叫成"小白"，大家你看看我，我看看你。

于轩笑说："爸，还说你是师范学院毕业的，普通话太差了，怎么'北''白'不分呢？看来你这个师范学院毕业生不合格哟。"

于胡源第一次听"师范学院"几个字的时候，脸色有些不好，第二次听见的时候简直愤怒了："小轩，你别总提'师范学院'几个字好吗？我不想再听见这几个字！"

年轻人差点吓一跳，特别是于轩，从来没见过父亲为了这么一个小问题发这么大的火。大家不敢再说话。林媛从厨房出来，正好听到这段对话，不由得多看北欧两眼，忽然觉着似曾相识。她没往深处想，赶快打岔："老于，看来你与小北十分投缘，上次一听小北要离开公司，就非要小轩把他留下来……"

于胡源迅速醒悟过来，马上缓和气氛，再次自我解嘲："看来真是老了，脑子不听使唤了，让你们见笑。不说了，不说了。小北，现在公司做得满意吗？听小轩说公司准备上市，以后你得累了。"

北欧看看于轩，于轩急忙说："爸，我还没想好怎样对你说呢？北欧已经辞职了……"

"辞职了？"于胡源大吃一惊，端起茶杯停在空中，又定定地看着北欧，"怎么？你觉得公司开的条件不够好吗？"

北欧连忙赔礼道歉："老伯，不是，今天我就是来谢您老人家的。虽然我没去过别的公司，但是，在我眼里心里，您和于哥是我此生最好的老板。不过，也许来得太容易，不知天高地厚，我想出去独自打拼一下……”

于胡源再度看看北欧，点点头：“哦，有点闯劲……”

辛娆娆不愿意了：“于老伯，我不同意……”

于胡源关切地问：“为什么呀？不希望他离开你？”

辛娆娆脸红了：“不，我是怕他在外面出点什么不好的事。”

北欧不乐意了：“娆娆，我是你哥，说点尊重的话好不好？会出什么事呀？你说说？”

辛娆娆低下头，带着哭音：“我是怕刘妍……”

于胡源侧头问于轩：“刘妍是谁呀？”

没等于轩回答，北欧站起身，直通通地说：“于老伯，今天我得赶去省城，娆娆在您家吃饭，我走了，对不起……”说完噔噔噔走过去打开大门走了。

辛娆娆要跟上去，被于轩拉住。于胡源愣在一边，似乎不明白刚才到底发生了什么。北欧的突兀举动令所有人吃惊，特别令于胡源好久都没回过神来。他说不清吃惊的原因是什么，但他从北欧身上，确确实实看到了当年的自己。他不作声了，脸色立刻老气横秋起来。他谁也不看，只看着天花板，心里却只有自己知道的心事。

辛娆娆见于胡源生气，深感不安，赔着小心说：“于老伯，您千万别生气，他就是这么个人。”

于胡源不作声。

于轩低下头不满地嘟哝：“爸，怪你，问那么多干什么，娆娆也是，哪壶不开提哪壶……”话没嘟哝完，他马上闭嘴，小心地观察父亲的反应。

还是林媛看出门道，点出要害：“小轩，我看呀，小北的性格跟你父亲当年一模一样。那些年，他要干什么就干什么，要怎么干就怎么干，从来不听别人的意见。我们背后都说他‘恣意妄为’。”

于胡源收回视线，不悦地回敬："我有这样差吗？"

林媛笑笑点点头，带着欣赏的口吻说："也怪，每次他的决定最终证明都是对的，每次行动都会带来最佳效果。所以后来我们都干脆服从他的任何决定，什么也不说了。"

辛娆娆闪动目光，迟疑地看看于轩，却问："林妈，您的意思是说我北欧哥以后也可能像老伯一样？"

林媛看看于胡源，不知怎样回答好。于胡源摇摇头说："那可不一定，那些年是什么年月？现在又是什么年月？那时的人多守规矩，现在守规矩的人少多了！"

大家不再说话，厨房里电饭煲发出阵阵笛声，米饭蒸好了。

其实，于胡源最先听儿子说起北欧的时候，确实因为语音关系，他突然想到另一个人，那就是白珊花。他不断在心里问，为什么姓"北"呢？"北""白"之间会不会有关系？北欧会不会是白珊花的儿子？他想让儿子带着他去找北欧问问清楚，可又担心引起他的怀疑，只好等有机会再说。但从此后，只要儿子提起北欧，他就自然而然总要想起白珊花，总要问问北欧的各个方面。得知北欧能力很强，他又不免多了几分高兴。

有一天又问起北欧，于轩多心，忍不住说："爸，你怎么对北欧如此感兴趣？我都怀疑，我和他到底谁是你的儿子！"

于胡源，张口结舌，竟然回答不上来。于轩见父亲发窘，反而得意，却没想过父亲为什么这样。

那天小轩回家告诉他说北欧要离开公司，他以为儿子和人家闹矛盾，一问才知道什么事都没发生。他以为北欧嫌待遇低，于轩却说不是。他着急了，听儿子说这个北欧除了脾气怪点，为人有些固执，看问题有些偏激，可是个人才，以后公司要上市，离开这个人真不行。随即，他马上转动企业家的脑筋做出决定，以终生服务公司为条件，一套住房，每年百分之二的干股，令其永远留下。于轩自然愿意，马上要去书房拟协议。于胡源不放心，嘱咐儿子请北欧来家里做客，他要看看到底是个什么样的小伙子。

可是事情过去好多天，再没听见儿子说起这件事情。于胡源以为北欧一定接受了他们父子的好意，留在公司再不走了，可为什么就是没到家里来呢？现在终于见到北欧，才知道他什么都不要，已经离开公司走了，于胡源有些失望。

刚才，于胡源从北欧的眉宇间仿佛看到当年的自己。他不由自主再次想起白珊花，他真想明明白白问北欧，他是不是姓“白”？他的母亲是不是白珊花？可是，如果北欧真是白珊花生的，就是他于胡源的儿子，果真这样，那轩儿又是谁的儿子呢？两人一般大，只能有两种可能：一是白珊花当年为了惩罚他，“狸猫换太子”，留下真儿子，送还他的是假儿子；二是北欧和于轩本是一对双胞胎，白珊花养不起，只好自己留下一个，把另一个送还他于胡源。但是仔细看看，北欧、于轩两人几乎没有任何相像的地方。到底自己的猜测哪一个对呢？

听林媛叫吃饭，于胡源黑着脸走到桌前，拿起筷子却不知道该怎么用。辛娆娆终于又看到一张老气横秋的脸，认为一定是北欧的举动严重地伤害了眼前这个友善的老人，心里很是不安，又想说什么。于轩给她使个眼色，她忙低下头默默地吃饭。于轩与辛娆娆有相同看法，不过，他相信父亲不是个小肚鸡肠的男人，他不会计较北欧的不恭，而是担心北欧此去一路艰辛，耗费周折。现在，于轩对父亲今天的异常有了一个不算清晰的结论：父亲看到北欧后一定想起了另外一个人！这个人是谁呢？于轩不经意看看林妈，可是林妈却回避了他的目光，满脸都是沉思。

是的，林媛已经知道，于胡源内心实实在在想着另外一个人，特别当听到于胡源把“北”和“白”分不清的时候，林媛已经意识到于胡源想起了当年那个被他弃之不顾的女人——白珊花。而且，于胡源一直不愿和她结婚，趁搬家之际明确分居的真正原因还是因为白珊花。林媛知道，能不能和于胡源结成夫妻，只有找到白珊花才能下定论。

突然，于胡源盯着儿子问：“他去省城做什么？”

林媛惊了一下：“谁？”

于胡源把这两个字咬得很重：“北欧！”

于轩刚刚送进一口菜，知道父亲在问他，来不及细嚼就咽下肚，说：“他没说……”

辛娆娆小心地赔着笑脸：“于老伯，具体做什么他也没说，说去了后再看……”

于胡源冷冷说道：“他是不是有点好高骛远啊？现在社会处处有陷阱。我担心他会出事！”

几个人你看看我，我看看你，不知怎样回答好。

15

李佳靓离开辛娆娆后，果真按照她的吩咐赶去公司找吴剑光，谁知吴剑光不在。同事告诉她，老板出去办事了，不知道什么时候回来。李佳靓只好闷闷不乐地站在公司旁边的宣传栏下等待，直到公司的人都走完了，也没看见吴剑光的影子。她设想过一幕幕场景，不敢想象吴剑光得知自己的来意后会有什么样的表情。

她有些犹豫，也有些害怕。她犹豫的是作为一个女孩子，自己该不该为爱而不顾一切寻找答案，她害怕的是因此挨吴剑光骂，骂她不知自重羞耻。可人家娆娆姐说得也对，不论男女，如果真爱某人某人又不知道，你不主动告诉人家，能得到爱吗？说出来了，就算别人并不爱你，你心里不也得到解脱，自己也会活得轻松吗？娆娆姐不也因为爱北欧十分主动吗？可是，吴剑光不仅是个男人，更重要的他是你的老板啊。再说，连自己都能看出来，吴剑光一定爱上娆娆姐了，他拒绝你，而且说出一些难听话来，怎么办呢？

李佳靓走不是留也不是。

正想着，吴剑光的本田“嘎”地停在李佳靓面前，把李佳靓吓了一大跳。她后退几步，看见吴剑光从车上下来，随即关了车门，摁下遥控锁后准备进公司。吴剑光一抬头，看见李佳靓站在宣传栏下，以为她在等辛娆娆，马上阳光地招呼道：“佳靓，你们回来了？怎么你不陪娆娆多玩几天？哦，娆娆还在上面没下来？”说完他朝楼上望了一眼。

听吴剑光一口一个娆娆，一句一个关心，李佳靓的心抽紧了。可吴剑光却没有一点察觉，似乎辛娆娆真在楼上，他必须迅速跑上去，立即看到她。想着，他的脚马上迈开向前。李佳靓有些哀怨地看了吴剑光一眼，委屈叫道：“老板，难道我真不值得你待见吗？你以为我在这里就只能等娆娆姐不能等你吗？”

吴剑光停下来，转身面对李佳靓，不解地问：“佳靓，你是在等我吗？你有什么事？在这跟我说行不行？一会儿娆娆下来，我可没工夫陪你了。”

李佳靓更加委屈，两眼红了。但她忍住眼泪，装作若无其事的样子说：“老板，娆娆姐没回来，是她让我来找你……”

吴剑光高兴了，走到李佳靓跟前问：“是吗？她有什么话需要你带给我？说吧！”

李佳靓稳稳心，清清嗓子说：“老板，到我办公室说好吗？”

吴剑光以为辛娆娆要李佳靓带给他的话不宜被人听见，他看看周围，连连说“好”，跟着李佳靓上楼去了她的办公室。刚坐下，吴剑光迫不及待地问：“佳靓，娆娆要你给我带什么重要的话？你说吧，我听着呢。”

李佳靓难过极了，她不敢看吴剑光，也不敢让眼泪涌出来，只好闭上眼说："老板，不，剑光，不是娆娆姐给你带了什么话，而是她希望我对你说出我的心里话……"

吴剑光仿佛意识到什么，浑身很不自在，他指指李佳靓，然后指指自己说："辛娆娆希望你？对我说出你的心里话？"

李佳靓肯定地点点头，还是不敢睁开眼睛："是啊，因为她知道，她知道我爱上了你……"

吴剑光这回全明白了：李佳靓告诉辛娆娆她已爱上他，但不敢亲口告诉他，于是辛娆娆鼓励李佳靓主动找他表白，希望他接受她。吴剑光有些愠怒：娆娆呀娆娆，难道你没有看出来你在我心中的位置？为什么鼓励李佳靓找我表白？我承认，李佳靓是个好姑娘，但我爱的是你而不是她呀！现在李佳靓在我面前，我该怎么回答她？回答好了违背我的心愿，回答不好伤了她的自尊，你这岂不是陷我于无德吗？

办公室里清风雅静，李佳靓仍然闭着眼睛等待着吴剑光的回答，而吴剑光却咬紧牙关，再不说一句话。僵持着，僵持着，两人的呼吸都听得见。就这样僵持了十来分钟，李佳靓的精神差点崩溃，但她强立着，睁开眼，泪水终于喷薄而出。她再也控制不了自己，带着哭腔说："老板，对不起，是我不好，我不该来找你……"

吴剑光看到李佳靓如此难过，心里过意不去，他斟酌着词句："佳靓，你是个好女孩，既漂亮又独立，如果没有辛娆娆，我可能会喜欢你，但现在我不能骗你，自从辛娆娆与我同车来到吉州那天起，我就爱上了她……"

李佳靓忍不住告诉他："可你知道吗？娆娆姐马上要和北欧结婚了，这是我亲耳听到的。"

吴剑光"腾"地站起来，吼道："胡说，我绝不相信，他们之间永远结不了婚，你一定听错了！"

李佳靓干脆一股脑和盘托出："不，千真万确，他们不仅要结婚，而且还要一起上省城……”

“别说了！”吴剑光两眼发火，歇斯底里叫道，全身像一堆坍塌的泥，一头耷拉在办公桌上。

李佳靓从来没有见过吴剑光这种样子，而且为的是辛娆娆。她真的害怕了，她害怕吴剑光得了什么不能发怒的病，更害怕他突然死去。她抱着吴剑光摇着摇着，声声叫道：“老板，老板，你怎么啦？别吓我……”

吴剑光慢慢抬起头轻轻挣开李佳靓，迷蒙着充血的双眼看着她，无力地问：“佳靓，告诉我，你们出去到底发生了什么事？北欧怎么和你们在一起？他们是怎么说的？”

李佳靓只好把先前发生的一切情况告诉了吴剑光。吴剑光紧锁眉头问：“那周妈妈是什么人？为什么北欧也跟着去？安葬周妈妈后，怎么北欧却提出要和娆娆结婚？”

李佳靓急忙再将她所知道的尽可能地全部告诉了他，吴剑光渐渐平静下来，问：“现在他们去哪里了？”

“去于总家里了，据说于总的父亲想看看北欧……”

“哦？”吴剑光马上抓起手机，想给于轩电话，刚摁了一个数字，就马上停下来，吩咐李佳靓说：“佳靓，以后只要听说有关娆娆的事，请你第一时间告诉我好吗？”

李佳靓不安地问：“这样做合适吗？”

吴剑光安慰她说：“佳靓，我只想知道她的情况，如果她以后果真不属于我，我会给你一个交代。不过，以后你在工作之余，一定要多读点文艺和专业方面的书，我们这个工作，不多读书是不行的。”

李佳靓心里好过多了，她认真地点点头。

“你走吧……”吴剑光无力抬抬手说道。

李佳靓走后，吴剑光回到自己的办公室坐了很久。他从手机里翻出一张照片——辛娆娆的，是吴剑光趁她不注意的时候偷偷拍下来的。只要他没事，或是想她的时候，他总要翻出来欣赏，有时还要和照片上的她说上几句话。

现在他对着手机里的辛娆娆又说开了："娆娆，你冰雪聪颖，为什么就没察觉我对你的一片痴情？你知道吗？第一次见到你，我就喜欢你，当听说你与我同路，也是到吉州的时候，我欣喜若狂。同样，到达吉州的第一个晚上，听你同意到我的公司工作的时候，我的心都差点跳出来了……娆娆，你都听见了吗？"

吴剑光不能自已，他迅速将辛娆娆的照片定为手机桌面，认真端详……

可吴剑光浑然不觉，李佳靓在公司的另一端踌躇不已。她一会儿望望自己办公室方向，一会儿望望吴剑光办公室方向，她想离开却又迈不开脚，不离开又怕吴剑光发现，只好低着头在狭窄的墙隅里走来走去，心里不断转悠着几句话：娆娆姐……我按照你的意思表明了我的态度……但他却告诉我，如果没有你他会喜欢我……娆娆姐，我决定了，如果我以后做了什么对不住你的事情，请你谅解。谁让你什么都比我强呢？

忽然，李佳靓的沉思被引擎声打断，一看，果真是吴剑光的车慢慢腾腾朝前移动，渐渐地快了，越来越快，像在赶赴什么地方与什么重要人物见面似的。李佳靓看着小车远去，她摇摇头，缓缓朝向另一个方向走去。李佳靓后悔为什么不在大门口守候，也许，那样会有希望。此时此刻的李佳靓已经认为吴剑光应当属于她的了。她不光想象着与吴剑光在一起约会的各种美好，甚至想象着未来与吴剑光走上红地毯后那种全新的"上流社会"的生活。但她却根本没有去想，就算辛娆娆以后不去理会吴剑光，而吴剑光会不会放手辛娆娆？如果辛娆娆以后因为不反感吴剑光，且被吴剑光的痴情感动得一塌糊涂而接受了吴剑光的爱，到那时她会怎样面对这种局面？

以李佳靓的性格，很难说她不铤而走险，孤注一掷啊！

16

在“菊香园”里，于轩站在小亭子内，看着自家窗户里面的灯光，陷入了沉思。他想起刚才他和辛娆娆走出“菊香园”的时候的那段对话……

于轩试探问：“娆娆，如果北欧走了，你怎么办？”

辛娆娆摇头回答：“他说跟我结婚，让我跟去省城。”

于轩又试探道：“你答应了？”

辛娆娆失望地再次摇头：“以前说这事我还相信，现在有刘妍，我不太相信了。何况他一直都说把我当成妹妹，今天忽然这样说……”

突然，于轩打断辛娆娆的话：“你想和他结婚吗？”

辛娆娆看着前方的路，平静地回答：“我想，但我不希望他去省城……”

“因为刘妍？”

“嗯……”

于轩又问：“吴剑光爱你，你知道吗？”

辛娆娆一惊，接着摇头说：“哦，我看出来了，可是，我心里只装着北欧哥。再说，李佳靓和他才合适。”

于轩摇头说：“剑光现在不会和她的！除非事情会有转折性的变化。”其实于轩很想向辛娆娆说点什么。

“什么？”辛娆娆不明白了，“转折性变化？什么变化才是转折性的？”

于轩不好再说什么，想想只好说：“我和他从小一起长大，同学，知道他对人对事十分执着。他爱你，如果你不答应，他会发狂！或者另外发生什么事……”

辛娆娆还是不太明白，有点害怕，问：“他总不会强迫我做我不愿意的事吧？”

“不会，只是他要面子……”于轩只好这样解释。

于轩很快后悔刚才失言，但他又担心吴剑光埋怨他只当旁观者，于是又说：“我是说你同意当然好，如果不同意，你就要注意拒绝的方式，不要伤他的自尊……”

“哦……”辛娆娆没再说什么，但心里却想：吴剑光一定会有很好的家庭教养，他一定不会做出任何出格的事来。她赶快说：“于大哥，对不起，我得走了。”

“哦……”对于辛娆娆，于轩从第一次看到她的时候就爱上了，但因为北欧和剑光，于轩只能暗暗地爱。他不敢表露，而且必须随时直面辛娆娆对北欧的情感流露，直面剑光对她炽热火辣的目光。他必须这样，不仅因为他是他们的兄长，更主要的是他有与他们不太相同或完全不相同的人生经历。

于轩虽然一直说自己是于胡源唯一的儿子，但在记忆中，当年八岁左右的他完全记得，自己在那个女人领到父亲身边以前只是个到处流浪的叫花子。那时，他不仅知道自己没有家，没有父母亲，甚至记得自己在什么地方吃过一顿“完整”的饭食，在哪儿睡过一张“完整舒适”的床。是父亲和林妈给了他一个完整的家和读书的机会，给了他幸福的生活和成功的事业，更给了他处处为他人着想的品德……唉！如果有一天，自己能拥有像娆娆这样一个女孩为妻，那会是件多开心的事啊！但愿那不是痴想，而是一个美好的愿景！现在，他只能远远地看着辛娆娆，暗自欣赏……

北欧丢下辛娆娆冲走了，他主动向辛娆娆提出结婚的事也像风一样来得快，去得也快。自然，一直盼望能和北欧结婚的辛娆娆，也因为北欧的反常表现和无理要求变得索然无味，决定从此不再提结婚的事。

辛娆娆没有忘记，这次争论是她和北欧的第一次。北欧像决定大事一样严肃："娆娆，我想了又想，还是听周妈妈的话，和你结婚！但是，我们必须遵守一个约定：从现在开始，在婚礼举行前，我们双方不得和其他任何异性单独接触。如果你能做到，我就回到于轩的公司；如果做不到，我就马上离开吉州城，永远不再回来，今后我对周妈妈也有个交代。所以你好好想想。"

辛娆娆眼神里含着怀疑："啊？北欧哥，这是什么约定？你希望我除了你，不能接触任何男人？那我工作怎么办？"

北欧像早经过深思熟虑一般，沿着自己的思路说下去："你不是要我签于轩那个协议吗？我签。但你也不能在吴剑光的公司做，回家不再工作，我养活你……"

辛娆娆明白了，北欧哥是在给她下通牒令。她忍住不悦，打断了北欧的话："必须是这样？你要我成为笼养的金丝雀？"

北欧耐心地循循善诱："我对你负责，也要对我自己负责。如果你要做事可以，我们就一起到省城去发展，刘妍会帮我们……"

辛娆娆不听"刘妍"二字还好，一听北欧又提起她，眼前不由想起"梧桐之梦"那天，刘妍丢给的目光和神情——辛娆娆厌恶极了，反问道："如果我坚决不去省城呢？"

"那一切都免谈……"

辛娆娆咬咬唇，忍住泪水说："你去省城想做什么？"

北欧雄心勃勃地说："做什么？可以做进出口生意，自己做老板啊！"

辛娆娆惊愕："这要多少本钱？除非走私……"

北欧回避娆娆那对清澈的眼睛，略为心虚分辩道："什么走私？我们可以通过刘妍向银行贷款……"

辛娆娆更加惊愕："又是刘妍？她真的只为帮助你？"这时，辛娆娆的手机骤然响起，但她却像没听见，一动不动盯着北欧，希望北欧做出积极的回答。

北欧咬咬牙，皱紧眉头，似乎不喜欢这个铃声，马上冷下脸，直到铃声停止才说：“娆娆，我现在没话可说了，我还有事！”说完飞快走了。

然而，辛娆娆并不知道，她和北欧的这段争论，却被李佳靓听得清清楚楚。北欧从屋里出来的时候，正好跟正在偷听的李佳靓撞个正着。看他怒气冲冲的样子，李佳靓急忙闪到一边，等他走了，连忙赶去公共电话亭。

她拨了十一个数字，对方刚刚接到电话，她顾不上客气，气喘吁吁地说：“我是佳靓，刚才我听见北欧要娆娆姐答应一个约定才结婚，两个人大吵一架……”

“约定？什么约定？”吴剑光似乎在憋着一口气，听起来十分压抑。

李佳靓边想边说：“好像是婚前双方不得和其他任何异性单独接触；婚后娆娆姐离开公司，要么回家，要么跟他上省城发展，自己当……”

“浑蛋！”没等李佳靓说完，吴剑光骂了一句，“咔”地就没有了声音。

李佳靓看看话筒，心里越发沉重起来，她担心后面会出什么事，同时责问自己给吴剑光通风报信到底为了什么？

辛娆娆一个人在办公室里。

这就是久久盼望的爱？全和辛娆娆想象的不一样！她心情复杂地伏在办公桌上。忽然，吴剑光快步走进她的办公室，粗重的呼吸和脚步声令她像只受到惊吓的兔子，猛地跳起来扬起头，正好和吴剑光充满怒气的目光碰撞。辛娆娆脸色晦暗，目光黯淡，见吴剑光满脸怒气，想起于轩的话，不由站起来小心招呼：“老板……”

吴剑光站在她面前，霸道地瞪着眼睛，完全用一副命令的口吻：“辛娆娆，我告诉你，不准你和北欧结婚！”

吴剑光的吼声震得辛娆娆身体发颤，她惊恐地看着他，好可怜的样子。她说：“你说什么？”

吴剑光非常直接，重复刚才的话："不准你和北欧结婚！我听李佳靓说你要嫁给北欧，但是我不答应！你清醒一点！"

辛娆娆麻木地冷笑自嘲："哦？不答应又怎么样？这不是我早就希望的吗？"

"哪有他那种无理的约定？他以为他是谁呀？"厉声回应充满强烈的讥讽，"告诉我，到底怎么回事？"

"谁告诉你的？又是李佳靓？"辛娆娆踌躇好久，在吴剑光的逼视下，只好告诉他。

吴剑光还没听完，眼中喷出怒火，骂道："真他妈是个浑蛋！"随即脸上布满琢磨不定的阴云，不悦地质问，就像北欧在他面前一样："这哪是什么结婚？完全是约束人生自由！辛娆娆，这种人你能嫁吗？"

随着他越扬越高的声音，辛娆娆害怕了，她又想起于轩的话，马上意识到，再让他说下去，不知他还会说些什么，搞不好全公司的人都以为她和老板有什么了。虽然北欧有些不可理喻，但她也不愿意听吴剑光骂北欧哥一个字——她很明白，即使不嫁给北欧，她也要维护北欧的尊严，做北欧的好妹妹。她马上歉意地说："对不起……这是我的私事……"

吴剑光一副蛮不讲理的样子，吼道："什么私事？反正我不同意，你要不听，后果自负！"吼完悻悻地冲出去，丢下辛娆娆一个人在办公室里挣扎。

无数镜头一一从辛娆娆眼前晃过，好像是刚才发生的一样！吴剑光的极端也不过如此！想到这里，辛娆娆反而轻松平静了，好像遇到事的不是自己，而是别人。她拿出那枚戒指，脸上十分平静，她根本没想。这都一天了，北欧哥一直没露面，也不来电话，不知他是不是真去省城了，他是否省悟到自己过分了？辛娆娆不想给北欧打电话，倒是李佳靓，以为娆娆和北欧结婚已成定局，高兴得很，像是自己要结婚似的，一会儿撮合这，一会儿撮合那。

见辛娆娆坐在那一动不动，似乎在想心事，她提醒道："娆娆姐，你们不买新楼呀？要不要我陪你去看看？”

见辛娆娆似乎根本没有听进去她的话，还沉浸在对往事的回忆中，她又小心问：“娆娆姐，你喜欢什么风格的家具？咱俩去家私城看看？”

见辛娆娆还是不理会，她有些心虚了，马上坐到辛娆娆身边，抓着她的手娇声娇气地说：“人家说新人要交换信物，娆娆姐，你这戒指太老式，要不要到金店选个新式样？”

“哎呀，别烦了。”辛娆娆白了她一眼，不悦地说，“是你告诉老板的吧？”

李佳靓羞赧地低下头，辛娆娆才委婉地说：“佳靓，我说过，你只管去想你和老板之间的事，以后再别操心我的事了，好吗？”

李佳靓点点头，又马上摇摇头，翘着嘴仍照着自己的心思说道：“娆娆姐，你这是怎么了嘛？好像是我结婚似的！就是什么都不要，婚纱照总是要的吧？该不该去订件婚纱？”

辛娆娆烦心地制止佳靓：“佳靓，别说了，休息一会儿吧，现在我什么都不要。”

李佳靓埋怨开了：“你们这像要结婚的样子吗？人家男女还没结婚，亲密得恨不得马上睡到一起，而你们，哪里像恋人，完全像兄妹！我敢肯定，你们连个嘴都没有亲过！算了，不管你们了！”说罢甩开门上街去了。

李佳靓说得没错，别说他的身体，就连亲吻都不曾有过。真好笑，每次都是她在主动，都是她想嫁给他，却什么也得不到。这回倒是他主动提出来的，却提出那种约定！当全职太太……给自己当老板……搞进出口汽车生意……考公务员……于是，辛娆娆更加怀疑北欧真要和她结婚，而是用这些话语来搪塞她，要她作为妹妹跟着他北欧哥永远离开吉州城不再回来。原因就只有一个：他感到在吴剑光和于轩面前，永远没有出人头地的一天！他要在极短的时间内赶上他们！

“北欧哥，你真是这样想的吗？你怎么把事情搞得这样复杂？你为什么不能坦然面对我们的出身？”

娆娆下决心再不提这回事了，她第一次要对北欧哥说“不”！

17

“聚豪园”是吉州除“菊香园”外的第二个高级住宅小区。说它是第二个，不是说它的建筑质量、园林规模和设计比不上“菊香园”，而是说它的建筑名称过于张扬，有点哗众取宠的味道，不仅如此，而且还给人一种“暴发户”的感觉。正因为这样，它的氛围就没有“菊香园”那样大气厚重。这个高级住宅小区和“菊香园”建成时间几乎一样，但并不是于胡源公司建设的，而且于胡源一家搬进“菊香园”的时间远远落后于吴剑光家搬进“聚豪园”的时间。

吴剑光有气无力推开门，脸上板着，毫无光彩，不停地唉声叹气，在大客厅里转了一个圈，明明椅子、沙发就在眼前，却没找到落下他身体的地方。“这坐的呢？”他转着身体嘟囔着，这才看清椅子的位置，一屁股坐下去，又是唉声叹气。

两个老人诧异了，从来阳光普照，非常自信的儿子今天为什么这样垂头丧气？遇到什么他所不能解决的难事啦？吴志国两手转着椅轮，在儿子面前晃过去晃过来，希望儿子能马上给他说说为什么会这样；母亲莲莲则一面探询似的看着儿子，一面尽量不发出声音，小心地收拾着择菜剩下的叶屑。

“爸，你别在我面前晃过来晃过去好不好？求你了……”从来春风得意般的吴剑光哭丧着脸，竟然对生病的父亲大呼小叫。

吴志国没有生气，他温和地问：“小光，你今天到底怎么啦？总是哭丧个脸。发火是解决不了问题的。说给我们听听，看能不能帮你的忙……”

莲莲也小心试探着说：“是啊，小光，给我们说说，是不是发生了什么事情？”

吴剑光这才意识到两个老人说话好小心，生怕伤害到他一样，心里有些不忍。父亲有病，理应好好休息，继母照顾父亲，一天到晚忙个不停，自己却还像个不懂事的孩子，把本不该让他们操心的烦恼带回家来，成什么体统？于是，生性要强的他从椅子上蹦起来，在原地转了一个圈，脸上马上布满灿烂阳光，笑着说：“没有啊，你们看，我这不是好好的吗？”说完还在父母面前摆了几个潇洒的姿态。

两个老人不相信，同时以怀疑的目光看着儿子，好久好久。

吴剑光走到吴志国面前蹲下，非常心疼地问：“爸，现在感觉还好吧？需不需要到外面去透透气？我推你出去？”

吴志国摇摇头，还是不放心地看着儿子，但儿子已经恢复了先前的自信、阳光，像什么事也没发生过。他沉默一会儿，忽然问：“小光，是不是爸的病……”原来吴志国以为剑光唉声叹气，一定是他的病情恶化了！

吴剑光“噗哧”笑了，说：“爸，你想什么呢？如果你的病有什么，我唉声叹气有什么用？还不马上把你送到医院去？你老放心吧，没事！”

莲莲展开笑容，对吴志国说：“你不用去担心，一切有我们儿子……”转过头，还是求吴剑光说：“小光，你遇到什么事情给我们说说吧，要不你爸会疑神疑鬼的！”

吴志国看着儿子，点头微笑。吴剑光不好再拂了父亲的好意，但又不知该怎么说。他十分为难，搔搔头发，不好意思地说：“哎呀，你们真是，说不说你们都要为我操心。我拿你们真没有办法。好吧……今天下午娆娆告诉我，她准备结婚了，但男方提出约定，从明天开始，在婚礼举行前，双方不得和其他异性接触。你们说这是什么约定？我听了非常生气，说他们是男女朋友吧，我却看不到娆娆幸福的样子。本来他男朋友在人家于轩公司做得好好的，而且于轩已经承诺每年给他百分之二的干股，殊不知他像精神上有问题，就在需要他在协议上签字的时候，突然写了一封辞职信丢在人家桌上走了……今天中午，他们在人家家里，本来好好的，为了娆娆一句话，他竟然丢下娆娆跑了！你说气人不气人？”

莲莲冲口而出：“啊？娆娆和他男朋友去见于轩他爸了？”

吴剑光诧异道：“妈，你知道于轩的爸？”

莲莲看一眼吴志国，连忙掩饰说：“我不是常听你说吗，听多了就熟了。他们家住哪里啊？”

吴剑光没在意，随口答道：“我们在城东，他家在城西，一个城这么大，要不是同学朋友，是很难见面的。”

莲莲看一眼吴志国说：“难怪，那个于轩从来没有来过我们家里。”

吴剑光接上说：“是啊，我也没去过他们家。就连他爸，也是我在他们公司见了一面，是个了不起的人物！”

莲莲不屑地说：“哼！有你爸好吗？其实我真想看看娆娆是怎个样子，你也不带家来看看！”

吴剑光开玩笑了：“妈，您看谁的爸都不如我爸好，也是，我看谁的妈也没我的妈好啊！”

莲莲高兴极了，竭力怂恿：“小光，还是请娆娆到家让我们看看吧。我倒要看看她是什么样的女子，迷得我儿子神魂颠倒！”

吴志国摇头制止说：“算了，再好的女子也快是人家的了，别惹那个麻烦……”

吴剑光十分肯定地回答：“那可不一定——妈，您别着急，我想以后会有机会的。”

忽然，莲莲想起什么，问：“小光，你说娆娆的男朋友叫什么名字？”

吴剑光的脸又暗下来：“提他做什么？我怕提他的名字影响我的情绪。”

莲莲轻轻点头，不再问。

吴志国长长的呼吸终于使内心轻松下来，他知道儿子生气的不是辛娆娆的男朋友的约定是什么，而是从明后天开始，辛娆娆将可能不和他见面了。虽然没见过娆娆，但总听儿子提起，她一定是个好女子，儿子十分爱她。可“一家养女百家求”，几个男人同时爱一个女人的事多得是，关键是辛娆娆愿意接受哪个。他很替儿子惋惜。现在看来，儿子没有这个福，她也没有那个命！

他只好安慰儿子说：“小光，你千万别为这事难过，既然娆娆觉着她的选择没错，那你就祝福她吧，这才是一个真正男人的气度和胸怀！再说，不是听说还有个叫李佳靓的好女子总爱跟在你后面吗？”

吴剑光双手扶在轮椅把上，弯下腰低下头在父亲的耳边说：“爸，怎么能比呢？目前看，只有娆娆是独一无二的！我气啊，气的是结婚就结婚，为什么还要有那种约定？这叫爱情吗？”

吴志国偷偷看一眼厨房里的莲莲，沉思片刻说道：“……人是奇怪的动物，当他心里存在某种欠缺的时候，就会想方设法用什么条件来约束对方的行动，这样他才感到安全、踏实！其实，这正是对婚姻不自信的表现。”

吴志国之所以这样说，完全是他的切身体验。他怕莲莲从厨房出来，不想说得那么明白。好在莲莲只顾厨房忙自己的，并没有听见吴志国说什么。她忙过一阵出来，又接上来说：“娆娆是个好姑娘，听你的话，好像那个男的并不怎么样？娆娆到时可别后悔！算了，没有张屠夫就不吃黑毛猪肉了？什么时候你把那个叫李佳靓的带到家里来让我们看看……”

吴志国打断莲莲的话，埋怨道：“说什么呢？也不看看征候！”

莲莲自觉不好意思，赶快住了口。

“我倒希望她后悔……”吴剑光眼里流露出神往，带着情绪说。

“对了，剑光，你那个于轩如何？他喜欢娆娆吗？”莲莲忍不住又问，而且停下手里的事情，看似有意又像无意。因为在她看来，儿子看上的，于轩也一定看得上。

吴剑光老实回答："其实他也喜欢娆娆，只不过知道我爱娆娆后，他便全力成全我，从来没有向娆娆表露过。"

吴志国插进来说："于轩真是好样的。小光听话，你也应当像于轩一样，为人要有胸怀，做不了夫妻，就做朋友，也是一件好事……"

"爸，你是说我没有胸怀？"吴剑光不悦地看看父亲，小声答道。

莲莲却不高兴了，进了厨房又出来大声说："敢爱敢恨才是真男人，小光，你别听你爸的，那于轩哪能比得上我的儿子呢？"

吴剑光又看看父亲，没有答话。莲莲饶有兴趣地问："喂，老头子，你说那天在外面帮助我们的小伙子和小光天天念叨的于轩比，哪个更出色？"

"你真是，这哪能比？仅仅那么一会儿。不过，从外观来说，于轩出自温室，条件好，学识高，温文尔雅，而那小伙子，看来出身贫寒，条件差，敢于抗争……"吴志国带着诚恳的口吻说。

忽然吴剑光想起了北欧，说："爸，你说的小伙子倒像娆娆的男朋友……"

"是吗？怎么会呢？"莲莲代替吴志国自问自答，但没等剑光回答，又进了厨房。吴志国转动椅轮，朝厨房滚去，对莲莲小声说："小光妈，有件事我想了很久，我看你什么时候回家看看吧，你已经多年没回去了，虽然你不说，我却过意不去，唉……"

莲莲一怔，盯着吴志国看了好久，确定他说的是真心话后，故做勉强摇头说："唉……我不是不想回去，只是我不想回去看见我不想看见的人……"

吴志国劝说道："你呀，凡事过于认真，年轻时这样，老了还是这样。他们毕竟是你的亲人，还是改改吧！"

莲莲低下头，两眼红了。

吴剑光不解，问："妈，你老家在哪里？家里还有些什么人？怎么我从来没有听你说起过？"

莲莲看着窗外，脸上有些凄凉，但瞬间反应过来，回过头讪讪地说："家里还有你的外婆，七十多了，你舅舅入赘在外……”

吴剑光奇怪极了：“我怎么不知道？也没听你说回去看看！”

莲莲偷偷看了吴志国一眼，什么也没有说。吴志国满脸愧疚，诚心诚意地说：“小光妈，都怪我，二十来年了，你才回去过两回，真是苦了你。现在我已是这样了，你要是愿意，等剑光大周末休息时就回去看看吧？”

莲莲不说话，默默地做事，仿佛灵魂已飞越千里之外。吴剑光看看年近七十岁的父亲，又看看才五十岁的继母，一个因为生病而老态龙钟，一个因为辛苦操劳而红颜尽失，心里着实感慨。父亲和生母中年得子，对自己特别宠爱。生母死时，自己只有三岁。已经四十岁的父亲为了儿子，娶回只有二十多岁的继母。一晃，二十多年过去了，但是继母竟为了父亲和他，抛家别亲，仅仅回去过两次，到底图什么呢？吴剑光心里没有感动，竟想看清继母心里到底图的什么。他说：“妈，你回去吧！家里有我呢！钱财不会被人偷的。”

“小光，你说什么呀？”莲莲眼含泪水，无意间说出一句令人有些生分的话，“家里的一切都是你的……饭做好了，你们先吃吧！”说完进了楼下卧室。

18

吃过饭，休息一会儿，看着吴志国咽下药粒，莲莲把他推进楼下房间抱上床，自己侧一旁陪着他。吴志国非常自责地劝说道：“莲莲，我知道你难过，想他们，经常从夜梦中惊醒。都怪我太自私，一直霸着你，现在想后悔也晚了。你回去看看你的儿子，再问问你母亲，那个小女儿到底搁哪儿了。”

莲莲理解而动情地说：“志国，你再别说了，我知道你怕我不真心跟你……”

吴志国抚摸她消瘦许多的脸，说：“莲莲。我真的好害怕离开你，特别在我知道于胡源就是你的曾经时，我就怕你有朝一日离开我……”

莲莲任那双发凉的手在她脸上抚摸，温柔地说：“老头子，你别多想了，我永远是你的，无论他怎样风光，我都是你的……我一定守你一辈子！”说完流下泪水。

吴志国擦去她的眼泪轻声问道：“那个叫于轩的，不就是他的儿子吗？”

莲莲点点头，心有不甘地说：“是，没想到当年捡的小叫花子，到他手里竟然成了一块宝！”

吴志国躺下来，抓住莲莲的手不放：“是啊，你还认定说，他要遭报应的，一定会落得个穷困潦倒、失魂落魄的下场，没想到那家伙还真行，我服了他……”

莲莲却有点幸灾乐祸：“哼！如果以后要知道于轩并不是他的亲生儿子的话，岂不气得要死？”

吴志国再度劝说道：“好啦，都怪我太自私，还是回去看看吧，要是你儿子过得好不说，要是不好，就把他领进城，我们家现在这样，不也有你一份吗？说来人家怎么都不会相信，你离家多少年，竟然连自己的亲生骨肉是怎样情况都不知道。”

莲莲紧紧地抱着吴志国，满脸都是泪水：“志国，你别说了，不是我狠心，一切全是因为他！”

吴志国睡了，过去的情景就像放电影似的一幕幕展现在莲莲眼前……

她并不叫莲莲，这个名是吴志国给她起的，她的原名叫白珊花。白珊花很小就没了父亲，因为家里很穷，她还不到十二岁，母亲就要把她许给别人，说只要满了十八岁就可以出嫁。哥哥见妹妹聪明，不同意母亲的做法，坚持让妹妹读书，并说，不论她读到多高，只要能读，当哥哥的一定要把她供出来。没想到高二刚刚结束，她便从学校跑回来，说要嫁给于胡源。哥哥气得双脚直跳，威胁她说：“现在你只有两条路，一是跟了那个男人去永远不要回来，二是回学校继续读书。如果你要跟了那个男人，从此后别再回来；如果你回来我就不再认你，而且离开这个家，从此供养母亲的责任就是你的……你看选哪条路？”

母亲在一边伤心地哭，一句话也说不出来。对于胡源死心塌地的白珊花，毅然选择了前者，义无反顾地接过母亲给的两百元钱，说是作嫁妆，离开了母亲和哥哥，踏上了去穷山沟的羊肠小路……为了爱，她忍受于胡源一次次的毒打，讥讽，到处找柴，挖地种菜……什么她没干过？

然而于胡源对她像对待洗脚水，不，就像对待那些下作女人，想什么时候用她就把她提过来，不用就一脚踢开，还时不时地骂道：“你这个小婊子害得我不浅，如果不是你，我怎么会发配到这个穷山沟来？”骂了，打了，每晚上还要揉捏作贱她。

她不哭，忍了，谁让自己拼死拼活就是要跟他呢？可就是这样的生活也得不到保证。终于，才几个月，于胡源丢下她不明不白地走了，留下她在穷山沟里，还有肚里的种……

只有十八岁的她只好下山来，一路吐着，一步一步挨回家。哥哥真是说到做到，见到她回来，马上捆上行李，无论母亲和妹妹如何哭着求他，他还是走了，到他对象那里做上门女婿去了。她看着哥哥离去的背影，恨得咬牙切齿。见女儿如此惨状，母亲只好收留女儿，等待女儿肚子一天天长大。然后一边哭，一边骂，给没出生的孩子做这做那。

村里人纷纷跑来看她这个从来没有嫁过人的怀儿婆。她躲进屋里不敢出来，母亲独自一人承受了多少只有乡下人才说得出来的污言秽语？她生了，是母亲给她接的生，用那种最古老的接生手段，差点要了她的命！没想到她的命真大，从清早到半夜，整整挣扎了十六个钟头，婴儿才极不情愿地露出头，脐带还缠在脖子上。

虽是男婴，但过于年轻的她却无论如何也高兴不起来。看见他就像看见于胡源，想起于胡源就想起自己遭受的不幸，她恨不得将男婴摔到地上，或掐着他的脖子，让他立即死去。每回男婴哭得很厉害，她都无动于衷，两眼狠狠地看着前方，好像和自己没有丝毫关系。

母亲感到不好，马上抱起男婴送到她怀里。她极不情愿地抱过来，以致儿子饱一顿，饿一顿，一天到晚哼哼唧唧，天天哭闹。她讨厌这个男婴，已经一个多月了，还不给他取名。还是母亲心疼这个孩子，说她："你真是，孩子有什么错？你不要我要，干脆叫他'白根'吧。"

"不！"白珊花咬咬牙，"不能让他沾了我们白家的姓，小名叫'狗根'，大名就叫'北欧'，'北'和'白'音近，'欧'代表'殴'，这是纪念，以后除非不看见这个杂种，只要看见，我就会想起我所受过的一切苦难！"

母亲不好再说什么，只好用了"北欧"这个名字，平时就叫他"狗根"。

狗根渐渐长大，白珊花极为反感这个与她爱恨情仇有着千丝万缕关系的男孩。靠着母亲，靠着自己的忍耐力，一天到晚上山下田，累死累活，好不容易狗根长到三岁，她也满二十一岁了。其间好多人给她提过亲，但没有一个入她的眼。她对提亲者一概不客气，拒绝说："你们少操心了，我不嫁，要嫁就嫁有钱人……"

村里的人都笑她残花败柳痴心妄想，可她偏偏说到时就嫁个给人看看！母亲气得只好打主意让她离开村子。这天，母亲问她："花花，听人说现在好多人做生意都发了，你是不是到宜南城或吉州城去打听打听，那姓于的会不会在这两个城里做生意。按他那个性，说不定发了。你还是去看看吧，如果他回心转意……"

她恨恨地说："回心转意？就算他回心转意，我也不会吃回头草！"

不过第二天，她还是拉着狗根走了两天去到宜南城，到处问无果。又走了三天，又终于赶到吉州城，还是没有于胡源这个人，她只好拉着狗根往家走。一路上，狗根不听话，哭着要她背，可她就是不背，只要狗根哭叫，她就一巴掌打到他脸上，叫骂着。打着骂着，自己哭着，哭过后不忍心，背着狗根往家一步一步地挪。回到家睡了一夜，第二天一早起来，对母亲说："妈，我不想看见这个野种，我要去宜南城卖菜去。"

母亲含着眼泪什么也没说，给她收拾好东西，默默送她出了门。这回，意外的是她去了母亲屋里仔仔细细看了看还在酣睡的狗根，流着眼泪走了。

她一进城，就挑起担子买菜卖菜，但每天要吃喝，每个月要交房租、水电费，所余就不多了，而且太过于辛苦。这时有人介绍她到人家去当保姆，包吃包住，而且人口也不多，她答应了。谁知男主人是个好色之徒，喜欢她年轻漂亮。一天，乘家里人不在，强行抱着她上了床。她哭着辞了工，又回到那间凄冷的出租屋。

她又去卖菜，几个月后，才发现自己怀了孕。她不敢找人家理论，更不敢去告状，只好悄悄回到乡下，看一眼熟睡中的狗根后，向母亲哭诉。母亲无法，除了连连叫天，又害怕别人知道，马上背起狗根上儿子家，不管儿子同不同意，丢下狗根就跑了，随后马上和女儿回到宜南城那间出租屋，一边帮着卖菜，一边照顾女儿。

从此，她再也没看见过狗根——她的亲生儿子北欧。九月怀胎期满，肚子作疼，母亲赶忙把她送到医院，当天就生下女儿。但是钱已花得差不多了，她立即决定过两天就出院。

一切都那么痛苦！白珊花再也不愿想下去，但回忆的闸门却总也关不住。她十分自责：前几年，她去了南高孤儿院打听过女儿的下落，但一无所获；回到鸡叫山问母亲北欧在哪里读书，母亲摇头说他从来不给家里写信，更不知道他在哪个学校！她忽然明白：北欧在惩罚她！要叫她老后死不瞑目！她愤愤不平，从此再不过问北欧情况。现在，她想家了，心里在问：北欧，你长得怎么个样子？你是高、矮、胖、瘦？你现在在哪里？

19

白珊花终于决定回一趟鸡叫山。临走前，她千叮咛，万嘱咐，要注意什么呀，东西放哪呀，吃些什么呀，中药怎么熬呀……最后，竟然说：“要是实在做不来，就叫公司那个谁——”

父子俩抢过话茬异口不同声，一个说“李佳靓”，一个说“辛娆娆”，她才终于走了。

刚开始，父子俩面对面，你看看我，我看看你，冷不丁竟不知道该说啥该干什么。家里只有两个男人，这种情况几乎没有。平时一家人说说笑笑，不一会儿时间就过去了，现在少了女人，时间似乎停在那里，真难过去。吴剑光心里盘算着：今天天气很好，首先把父亲推到外面晒一会儿太阳，然后回到屋里听听音乐，看看电视，两个人再说说心里话，做饭吃饭，熬中药……几天后继母就回来了，不就几天吗？很快就过去的。按照计划一步一步地来，可现在时间不早了，应当先做饭炒菜，吃完饭再出去吧。但吴剑光从来不会干家务事，从来是饭来张口，衣来伸手，即使煮饺子或馄饨，他也没有亲自动过手。现在应该先从哪里做起呢？

他想起什么，忍不住笑了，征求吴志国的意见说：“爸，我把娆娆叫过来吧？”

吴志国摇头，提醒他说：“你不是说她男朋友不同意她和任何男的接触了吗？说不定他就是不希望娆娆和你在一起。儿子，你得知道，男人啊，心眼小的时候比针尖啊！”

“我怎么没有觉着？叫她和李佳靓一起来不就行了！”吴剑光不以为然地说，“难道她的老板叫她也不行吗？”

“不行！”吴志国很肯定地回答，没有回旋的余地，“不过，你可以让那个叫李佳靓的过来。”

吴剑光固执而干脆地把头一扭，说：“不，要叫就叫娆娆！”说完就要给娆娆电话。

“不！”吴志国见儿子的倔强劲来了，马上制止儿子，“小光，不能这样！”

吴剑光边打开冰箱边说：“好好好，不叫。可她还没嫁人，我为什么不能争取？再说，他俩能不能走到一起还两说呢。他们做兄妹倒可以，做夫妻就少了那么一点。”

“哪一点？就你知道得多！”虽然吴志国脸上不悦，但从语气中可看出，他的欣赏多于不悦，“记住，她只是你的员工，以后可不许去找人家！”

吴剑光越发得意忘形了：“爸呀，他们之间，多了严肃，少了浪漫！严肃好比咸盐，多了就苦涩，不多不少刚好。浪漫好比白糖，多一点少一点都是甜。我要是能娶来娆娆，我爱她一定胜过爱我自己！”

吴志国佯装生气：“但是你那脾气，不发倒好，要是发起来，六亲不认的样子不把人家吓跑才怪！”

吴剑光从冰箱里手忙脚乱地抓这样，抓那样，说：“好啦，到时候你再评价吧……爸，到底吃点什么？就吃西红柿炒鸡蛋，好吗？”

“行，就煮鸡蛋西红柿汤，简单方便。”吴志国慈祥地盯着儿子的一举一动，目光里全是爱怜和欣赏。拿出西红柿和鸡蛋，吴剑光从暖壶里倒了一杯中药递给父亲，讨好般地试探：“爸，昨天你们二老说话神神秘秘地，到底是啥意思呀？”

吴志国不解，不知道他指的是什么。吴剑光只好直说：“我知道妈今天回去，你嘱咐了她许多话，但有些话我就不太明白。”

吴志国故意把头偏到一边，说：“你想明白些什么？有些事情你没有必要知道……”

见父亲缄口不语，他更是怀疑。父亲越是不说，他越是想知道。他求告父亲说：“爸，妈家里还有些什么人？为什么我们从没去过？二十多年怎么才回过两次？给我讲讲吧！你要不说，我就永远不知道，将来妈妈要是遇到什么事，你叫我怎么办？”

吴志国觉得儿子说的也对，于是闭上眼沉思好久，才微微睁开眼慢慢地说出儿子想知道的事情。他说：“我和你母亲一直在吉州城做批发生意，你母亲很能干，她主外，我主内，采购之事一般都由你母亲去做。一天，我接到一个令人胆战心惊的电话，说你母亲去宜南城进货时出车祸死了。我非常震惊，马上带着你赶到宜南城处理后事。当时你母亲的遗体已经在医院太平间里，但我根本守不了她，我得到处跑，一是交警队，二是医院。你当时只有三岁多，不知你记不记得，你没人照顾，我又没精力，医院就帮我找了一个老人照看你——这个老人就是你现在的外婆，当时她正在医院照顾刚生完女儿的就是你现在的妈妈。”

吴剑光惊呼道：“妈有个女儿？我怎么从来没有听她说起过？”

“她不仅有个女儿，而且还有个比你大的儿子。”

吴剑光更惊讶了：“她的儿子叫什么？现在在做什么？”

“我问过她，但她就是不肯说，就连她的家在哪里，我也不知道。我想，她是想完全忘掉过去。”

“那她的女儿呢？”

吴志国摇摇头：“不知道。就这样，我们便认识了。”

吴剑光急不可耐地问：“爸，妈怎么不给你说？要是以后她的儿女找上门来，我们是不是不要管？”

吴志国没有搭理儿子，继续说下去：“处理好你母亲的后事，我到医院去接你，见你正和外婆玩得开心。我很感动，要酬谢外婆，她不要，说都是受苦受难的人，大家互相帮助是应当的。我好感激老人，提出以后她们如有需要我帮忙的事我一定帮忙。外婆听我说话实在，就把她女儿，也是你妈妈的不幸遭遇讲给我听。我才知道你妈妈刚生的女婴出身不好，但不知道外婆要我帮她什么——”

吴剑光打断父亲的话，问：“出身不好？什么意思？”

吴志国摆摆手，顺着自己的思路继续说：“我和你母亲是中年得子，虽然你不大，但我却四十多岁了，看起来很老成。外婆十分相信我，说她想把这个女婴拿去送人，希望我帮她拿个主意。我一听吃惊了：送人？不是太残忍了吗？我很难受，但反过来一想，一个来路不正的女婴长大成人，她和她母亲会遭受多少白眼和不幸？我只好默默地点点头——”

吴剑光再次打断父亲的话说：“天啊，来路不正？莫不是妈妈她作风——”

“胡说！”吴志国愠怒了，“你妈妈蒙着被在床上哭，外婆当着我心疼地数落她。我只好说要送就送可靠的人家。因为有我应允支持，由外婆经手，女婴送走了。至于女婴送了哪里，送给谁，我也不知道，而且再也没有听你妈说过。我本以为，你妈是未婚女子，却不知她十八岁就被男人抛弃，儿子比你还大点。因为她仇恨抛弃她的男人，就把恨意转嫁到儿子头上，儿子丢在老家跟着外婆和舅舅。我为她的不幸感到惋惜，对她十分同情，所以走时，我给她们留了些钱和联系电话就回了吉州城。”

吴剑光像听《天方夜谭》似的，惊讶道：“天啊！看不出妈妈背后还有这样多的故事……”

吴志国看着门外树林，继续回忆多年前的一幕幕：“你母亲死后三年多，我的精神受到很大刺激，但仍然坚持把生意做好。我带着你，风里来，雨里去，我辛苦，你也辛苦，你很懂事，从来不提要妈妈。”

“那时你快七岁了，正当读书的年龄。这时很多人劝我，为了你，还是赶快成个家吧！我想了又想，最后决定去趟宜南城，看看外婆那家人还在不在。没想到外婆先于我打来电话，说她有意要我做她的女婿，将她的女儿和外孙一并嫁给我。我同意了，不过提出两个条件，也是约定，只要大人，不要孩子；嫁过来后只寄钱，不能再和家里联系。原以为她们不同意，我的年纪比她大，再说谁愿意抛下自己的儿子嫁到人家去当后妈呀？不想你外婆却爽快地答应了，说只要女儿过得好，她一个老太婆带着外孙也可以！”

“我带着你赶到宜南城，见到你妈妈，我们谈妥了条件，给了外婆两万块钱，以后每年给她老人家寄一万块，作为一老一小在乡下的费用。当天，我们回到吉州城，你跟着外婆，我和你妈成了夫妻。几天后，你妈妈送你外婆回老家，再看看儿子……”

吴剑光终于听完父亲的回忆，心里什么滋味都有，但最苦涩的却是担心。他担心继母此次回去把儿子女儿带来，担心将来家里的财产会被莫名其妙的哥哥和妹妹瓜分。不行，他得维护自己的合法权益，他绝不允许任何一个外人入侵吴家，尽管继母二十来年含辛茹苦把他带大，他也不答应有半点损失！于是他试着问父亲：“爸，妈她儿子现在哪里？后来你们没有去找过她的小女儿吗？”

吴志国迟疑道：“我没问，她也没说。前几年，她专程去了南高孤儿院寻找，但没有任何消息……要是在的话，小女孩也满过二十二岁了。”

“哦，和娆娆一般大，对了，娆娆是在南高孤儿院长大的……她们不会是……”

吴志国白了儿子一眼：“哪有可能？要是那样，你妈早打听到了。”

吴剑光把父亲推进厨房，一边手忙脚乱做着饭，一边听父亲继续说他的继母……

“你妈本名白珊花，从乡下回来，我给她改名为‘莲莲’。我先前担心她不能真心为你，结果是我想错了。自你妈嫁给我，她严格遵守约定，从此不再提回家之事，也不提起她的儿子过得怎么样，而且平时从不跟我到外面应酬，也不去公司。每到年关，她就提醒我给乡下寄一万块钱回去，既是给你外婆，又是给她儿子。前几年她回去了，但没见着她儿子，说儿子上大学去了，她想看照片，外婆却说没有，全都让她儿子烧掉了。后来我们给外婆寄了八万块钱重新装修了楼房。总之，无论我以后在工作上或生活中遇到什么问题和困难，你妈都一如既往地履行着当年的承诺。”

吴剑光忽然想起几年前的北蜀地震，问：“爸，那年我已经上大学，听说你和妈大吵一架，是因为什么？”

吴志国一时想不起，问：“有吗？”

“怎么没有？好像你当时出了什么事，有人跟你过不去，妈妈却以为你外面有女人，跟你又哭又闹！”

“哦……”吴志国想起来了：那年北蜀地震，身为工商联主席的他因为自己公司运作上断了资金链，在万般无奈的情况下，把手伸进援震善款挪用了二十多万，心想待资金缓过劲来马上就还，没想到却被善款资金监事于胡源发现。于胡源电话找他几次都有莲莲在场，他当时不接，却跑到外面去给于胡源电话。莲莲一次次跟踪他，终于怀疑他在外有别的女人，于是又哭又闹。当时他害怕于胡源告发，急得到处找资金几天不理莲莲，直到于胡源自己拿出钱来补足善款，才终于风平浪静。他向莲莲说了事情经过，解释说误会来自于公司资金运作上出了问题，并赌咒发誓对她绝无二心，莲莲才善罢甘休。至于这件事，可是件秘密，除了于胡源和白珊花，没第四个人知道，绝不能说给儿子听。

见儿子还在等回答，他只好说：“唉，是因为公司的事，她误会了。”

吴剑光没有深究，却问：“爸，那个小女孩身上有什么特别的印记没有？”

吴志国回忆说：“听你妈说，小女孩的肩背上有一块月亮形的胎记。”

吴剑光长长呼口气：“我就怕突然间那女孩和她哥哥从哪个角落钻出来，站到我面前说，我们也是这家的，这个家里的财产也有我们的份！”

吴志国顿住了：“你问来问去，就为这个？剑光，你想多了吧？你妈要知道了，该多伤心啊！”

吴剑光不自然地回答：“哪里，我只是随便说说……”

吴志国看着儿子，咀嚼儿子刚才的话——但是，更多的却是反省。儿子，你可不能像我当年那样啊。当时如果自己能多替莲莲想一点，就不至于将他们母子长期分离，更不会用“约定”的形式使她二十年只回去过两次！太自私了，自私得近乎没有人性！真不知道自己那时候为什么只想到自己的儿子，就没有想过别人的儿子？人啊，为什么这样复杂？吴志国难过的心情完全表现在脸上，吴剑光只好不再说话，但心里却开始酝酿他从未有过的小九九。

20

老远老远，白珊花就看到了鸡叫山，仿佛听见鸡的叫声。鸡叫山下是月亮湾，湾里就有她的家。她又想到了那段永远离开之前的日子……

从宜南出了医院，白珊花没再回鸡叫山，干脆在宜南城做起批发蔬菜水果的生意，因为独木难支，所以情况一直都不好。母亲回到鸡叫山后，不时进城来看她。这回，母亲想把北欧从乡下接到城里，但她坚决不同意，因为她认为，目前的所有不幸，都是因为于胡源，因为有了北欧这个孽种。

母亲很难过：“可他是一个孩子，他是无辜的呀。”

她狠狠心，还是不同意：“他无辜，那就是我有辜了？反正我不想再看到他，看见他，就如看见那个负心人，我的心里一定会燃烧起熊熊怒火！”

母亲摇摇头：“花花啊，妈说句你不想听的话，不能光怪别人，如果不是你当年的任性，哪会有现在这个结果？”

她不说话了，但心里不得不承认：是啊，也应当怪自己，如果不是自己任性，于胡源不会分配到穷山沟的学校；如果不是自己任性，她就不会离开学校跑到穷山沟和于胡源在一起，受了许多罪不说，还怀上这个孽种；如果不是自己性任，于胡源也不会对她心生恨意，残忍地丢下怀上孽种的她，一个人出去闯荡。可是，我不是因为爱吗？为了爱，我宁可挨打受骂也不放弃，你于胡源真的不知道？不行！我绝不能把孽种接到身边。

她为难地说："妈，你替我想想，他到我身边，我如何做生意？"

母亲叹口气："花花，狗根，不，北欧六岁了，该上学了……"见她不说话，母亲更加动情地劝说："花花，你别不爱听，他是你身上掉下来的肉，你不能把他当作一件东西可有可无……"

她很不耐烦地大声回答："那就让他在乡下上学吧，给我说什么？"

母亲不悦了："你是他妈，不对你说对谁说？再说，他还没有户口啊。"

她马上转移方向："你说钱吗？我没有……生意不好做，你让我哪里弄钱去？"

母亲又叹口气："算了，算了，我以后让你哥想办法的！"

她撇撇嘴："他？哼！当年他对我那样，现在会对孽种好？"

母亲却说："你哥是个好人，当年他那样对你，也是你有错在先。你也不想想，当初他是怎样帮你读上书的？现在虽然他并不情愿，但还不是得把狗根送去上学？"

她有些理亏了："知道了……以后我有办法，会还他这个情的……"

这天夜里，母女俩说了很多知心话，白珊花抱着母亲痛哭一场，说了很多对不起的话。母亲忽然问："花花，你现在还在想着那个姓于的没有？"

她气不打一处来："想他？我恨不得把他碎尸万段才解恨！"

母亲张了几次口，终于问："花花，那就趁现在年轻，好好嫁个男人吧？"

她不相信自己的耳朵："啥？成家？我这样，谁要我呀？"

"让我想想看……对了，那个姓吴的大哥虽然年纪大点，有个儿子，但我看他还可以，你说呢？"

“他？我的事他全知道！人家会吗？你别异想天开了！”

“试试看嘛！”她犹豫好久，终于点点头。

白珊花记得，当时自己虽然点头了，但那段日子自己却是在忐忑不安中度过的，她想：我的情况人家全知道，人家会答应要我吗？就算人家要我了，能不能对我好呢？也不知道什么时候，母亲去大队部给人家打电话。不料，人家也正要打电话找母亲。吴志国迅速来到宜南城，母亲赶来安排他俩见面，商谈。当时的情景十分尴尬，她只说了一句：母亲给我做主吧，然后赶快离开了。后来母亲告诉她，吴志国希望她能答应嫁给他，但提出一点：为了以后避免家庭矛盾，不同意她带着北欧嫁入吴家，嫁过去后，不能经常和家里联系。

母亲问她意见，她连想都没想就满口答应——这正是她所想的，她要拿北欧报复于胡源！果然，几天后她拿着自己的“常住人口登记表”就嫁给了吴志国，进了吉州城吴家门，成了吴剑光的妈妈，可北欧从此却成了她不想再见的可怜弃儿。而且，她心里酝酿着一个计划：她要在吉州城到处打听于胡源，她要找到于胡源，要让他为自己的行为付出沉重代价！

于是，她背着吴志国，让母亲带着剑光，自己就在吉州城里到处转悠打听。真是得来全不费工夫，不到几天时间，她居然打听到一个建筑公司的老板就叫于胡源。她急忙找到这个公司，果然，她远远看到了于胡源——现在不同以前，已经是西装革履的有钱人模样，而且林媛就在他跟前！她首先想到的是：林媛已经跟了于胡源！原来于胡源并不爱自己，爱的是林媛！她恶狠狠地说：“爱吧，我要让你们今生今世欲爱不能……”

此时的她多了几分阴险和理智——把北欧还给他，要让他和林媛付出沉重的代价，讨回自己应得的赔偿！回到吴家，她告诉吴志国她得送母亲回家，同时处理一些事情，会很快回来，从此安心在吴家相夫教子。

第二天，她和母亲迅速回了家。一路上，她又突发奇想：如果把北欧就这样还给于胡源，岂不便宜了他？她要报复，不仅要叫他赔偿抚养和精神损失费，还要叫他老来无靠！回到家，她对母亲说想去三十里外杨村看望她的老班主任，实际上她是要请班主任给自己出出主意，母亲答应了她。

最后一班车到达学校，天已黑净。等人们都下去了，她正起来准备下车。不想却看到后面一个只有七八岁样子的男孩，睁着一双彷徨的眼睛紧紧地抓住她的衣角不放。司机对她说："这是个小叫花……"

她看这个孩子和北欧一般大，长得也有些挂相，便问："你叫什么？家在哪里？"

小男孩摇摇头，饥饿的眼睛死死地盯着她的衣袋。她灵机一动，把他带下车，先给他买了个烧饼吃，然后带着他去老班主任家。不料老班主任半年前就去世了，她只好带着孩子坐车回到鸡叫山。她已经想好：用这个孩子顶替北欧送还于胡源，这样不仅让他永远见不到，更得不到亲生儿子，而且还得要他拿出一大笔钱作为赔偿！这样到他老了以后，一旦发现儿子不是自己的骨血，不被气死才怪！正好外婆去哥哥家接北欧了，她急忙把北欧穿过的衣服给小男孩换上，给母亲留下一封信，说她回吉州城一趟很快回来。

进了城，她带着孩子赶往于胡源那里。路上她教孩子说："我带你去见你的爸爸，见到爸爸后，你千万不要说自己是小叫花，要说自己姓于，叫什么呢？……对，叫于轩。千万别说错了，要不，你爸爸会不喜欢你的。"

孩子天真地问："他真是我爸爸吗？"

她哄着说："你不要爸爸吗？你要的话，他就是你的亲爸。"

忽然孩子问："你，是我妈妈吗？"

她冷冷地回答："我不是，我是你阿姨，专门来找你的。可以后他问你，你得说我就是你的妈妈，要不，他不会要你的。"

孩子明白似的笑笑，而且十分懂事地说："哦……谢谢你……"

忽然她想起什么，又说："你要记住，以后你爸爸问你以前住什么地方，家里还有什么，你千万不能乱说话，否则，他们也会不要你的。"

孩子眨巴眨巴眼睛，点点头。

她不由得悲愤起来："林媛啊林媛，你竟然是个横刀夺爱的小人；于胡源，我要让你永世不得安生！"

果然，事情进行得很顺利，她对于胡源说，儿子一个，户口没有！她把于胡源给的二十万块钱装进一个破纸袋，在车站坐了一晚上，第二天回到家。母亲正为她不见北欧就走的事生气，她却为北欧已经去上学感到高兴。她把钱递给母亲，要母亲拿着这钱赶快兴土建楼房，作为以后北欧的家业，这样她就可以永远安心了。母亲也没多问，以为是吴志国给的，满心欢喜地筹备盖房的事情去了。

下午，她就回了吉州城吴家。从此，她不再抛头露面，在家一心相夫教子，做起吴家最好的妻子和妈妈。她渐渐忘记亲生儿子女儿，唯独始终不曾忘记暗中关注于胡源和林媛的一切动向。

白珊花以为自己窥伺于胡源和林媛的一举一动只有自己知道，殊不知吴志国却看得非常清楚！

那一天，吴志国走到她面前，脸上极不自然地说："莲莲，小光不在家，你告诉我，那个男人是不是于胡源？"

她异常吃惊说："啊？谁说的？"

"可我看你特别关注报纸和电视上关于他和他公司的所有消息，而且每次你都会沉思好久，而且情绪不定。"

她不愿承认，并辩解说："我不是从不看有他消息情况的电视报纸吗？"

"不看不等于不关注，再说他现在是'吉州三雄'之一，风光无限，关注关注也是对的。你刻意不去关注，恰恰证明你和他曾经有过关系！"

虽然没承认，但她恨恨地说："我恨他，我巴不得他倒霉透顶，落入万劫不复之地！"从此后，她不再刻意回避一切有关于胡源的任何消息，相反凡是跟于胡源有关的人和事，只要剑光不在身边，她都要发表意见。

抗洪救灾那年吉州选劳模，名额只有一个，见吴志国很想选上去省里开会，可如果不争取，这个名额很可能要被竞争对手于胡源拿去。怎么办？没让吴志国知道，她悄悄写了一封检举信丢进邮筒，说于胡源生活作风有问题，很快引来上级核查。虽然结果不了了之，但最终“吉州劳模”的荣誉证书真到了吴志国手里，劳模合影照至今还珍藏着呢。而且，就因为这个荣誉，吴志国被再次选为吉州市工商联的主席。为这，她高兴了很久，很为自己的杰作得意，并决定但凡今后有机会，她一定要再次收拾于胡源！

几年前，北蜀发生地震，蜀地和全国的人们都伸出双手，拿出物资和金钱踊跃支援灾区抗震救灾，吴志国和于胡源都是“吉州市抗震救灾援助中心”的骨干成员，整天为支援灾区东奔西跑，公司的事一点都顾不上。结果公司资金链出了问题，他挪用了救灾款，被于胡源知道了，一次次电话找他，坚持要他辞去工商联主席职务，然后自己拿钱让吴志国补上了救灾款的窟窿。当时吴志国不想让她知道，每每总到外面给于胡源电话，引起她怀疑，以为他在外面有了别的女人，与他大哭大闹，他才告诉她发生的这一切。

她庆幸于胡源并不知道自己嫁给了吴志国，否则，于胡源不得把吴志国送上法庭？

但是，吴志国却说：“莲莲，他害我，又帮我，我恨，又欣赏。”

她却恨得咬牙切齿，愤愤说：“他帮你？他是在为自己赎罪，这是他应当的！”

“说不定，他如今早后悔了。”

“哼！后悔？他和那林媛不知过得有多开心！”

“听说他要独家出资为吉州市建一个老养工程，就为这，我还是佩服他的！”

“你呀……”

自从嫁给吴志国，她深深感到一个女人被男人深爱是怎么一个滋味。她想忘掉过去，他就改名叫她“莲莲”。他爱她宠她，晚上总是把她抱在怀里，像哄孩子似的她喜欢什么就给她买什么。剑光不听话，总和她过不去，他规定儿子必须听她的话。不论早晚，只要离开家，他总要亲吻她后才离开，而且临走时，他还要关切嘱咐她注意多吃营养食物。

他生病了，竟然捧着她的脸说：“好了，乖乖，如果以后我走了，还有可能的话，你们和于胡源……”

莲莲恨得咬牙切齿：“不可能，永远没有那个可能！再说，林媛和他过得好好的。”

“他们不是没有结婚吗？”

“那是迟早的事……好了，睡吧……”说完，莲莲把吴志国的头枕在自己的胳膊弯里，抚下他的眼皮，要他闭上眼。

莲莲脑海里不断浮现出母亲和哥哥的身影，对了，还有亲生儿子，以及那个让自己蒙羞的肩背上挂着月牙形胎迹的小女孩！多少年了，莲莲从没有哪个时候有像现在这样急切的思念。近来，也许是自责，也许是宽容，也许是老了，只要她躺到床上，安抚丈夫睡着后，她就不由自主地想起从前，想起亲人，特别是那两个从小被她抛弃，而今不知在何方的儿女。儿子，你现在好吗？女儿，你在哪里？这些年，妈妈对不起你们，你们原谅妈吗？

21

辛娆娆好不容易找到吴剑光家，正好吴剑光把父亲从卫生间背出来。吴志国见了辛娆娆，十分难为情：“女子，让你见笑了。”

吴剑光不乐意，嗔怪道：“爸，她叫辛娆娆，什么女子女子的？老土到家了。”

吴志国辩解说："你呀，我们老辈南蜀人都是这样叫的。"

辛娆娆装没听见，说道："伯父，你家真难找。干啥叫'聚豪园'？我还以为你们小区跟于总家的'菊香园'一样文气呢。老板啊，为什么早几天不叫我？要是你今天不叫我，我还以为你出差了。"

吴剑光不高兴辛娆娆拿自家和于轩家比，不好说什么，只好自嘲说："出差，是在家里出差呀，你看，我妈走了，我不只好留在家吗？今天实在熬不住了，所以把你叫来了。"

辛娆娆却对吴志国说："伯父，你看，你有多好一个儿子，照顾你有多周到啊！"说完动作麻利拴好围裙就进了厨房。

吴志国见辛娆娆既漂亮又勤快，不禁赞赏地点点头。吴剑光见父亲十分满意辛娆娆，得意极了，眼睛看着厨房，却在父亲的耳边小声问："爸，你看她当你的儿媳如何？"

吴志国紧张地打儿子一下，警告他："人家都快结婚了，不准你乱想汤圆吃！"

吴剑光咧咧嘴，做个怪相说："我不准她和别人结婚！"

吴志国摇头，却掩饰不了心里的满意，不时朝厨房看看，暗夸儿子有眼光。

厨房里，辛娆娆打开燃气，把吴剑光要做的菜端到灶台上。吴剑光忙跑过去给辛娆娆打下手。两个人配合很默契，一会就把菜炒好了。还有最后一个西红柿鸡蛋汤，不料炒蛋的时候，娆娆被溅起的油烫了右手，疼得她咧着嘴直吸冷气。吴剑光慌了，急忙丢下手里的东西，抓起她的手放到嘴边不断吹，然后问："娆娆，疼不疼？对不起啊，让你受伤了。"

辛娆娆抽回手，摇摇头说："没事，没事，我没有这样娇贵……"

吴志国从心底觉得辛娆娆最适合做他的儿媳妇。吴剑光把父亲推到饭桌前，问道："爸，还可以吧？"

吴志国看看桌上的饭菜，满意地点点头说：“好好，你看，我说不要叫娆娆女子来，你就是不听，看把她烫得，不是给她添麻烦吗？”

吴剑光却淘气地说：“谁叫你不让请个保姆到家里来？要是有个保姆，不就没这回事了？”

吴志国自我陶醉地说：“我呀，这辈子就靠你妈了，难道保姆比你妈好吗？”

辛娆娆看父子俩如此亲近和谐，羡慕地笑起来，她用湿毛巾擦擦老人的手，把筷子递到他手上：“伯父，做得不好，你们吃吧。”

吴志国不好意思极了：“哪里，哪里，麻烦你了。你吃啊？”

“我吃过了……”

趁父子俩低头吃饭，辛娆娆悄悄走进卫生间，先将老人里裤上的脏东西洗干净，再打上肥皂，放到一边渍一会儿，然后把刚换下来的衣裤放进洗衣机里，倒上一点洗衣液，放上水，让洗衣机自动转去，最后将卫生间冲洗擦拭了一遍。不一会儿，辛娆娆将所有衣裤洗好了，向外叫道：“老板，老板，你家的晾衣架在什么地方？”

父子俩刚好吃过饭，看见辛娆娆手里拿着刚洗好的东西出来，一个不安，一个惊奇。吴志国不好意思，滚动椅轮过来：“娆娆女子，你是客人，怎么能让你做这个？”

辛娆娆真诚地说：“伯父，你说哪里话？老板平时对我很好，做这点事有什么？你们只要忙不过来，叫我好了！”

吴剑光顾不上说话，急忙跑去阳台又急忙进来，递给娆娆一摞晾衣架，与她一起把所有的衣物穿在衣架上。吴志国看他们配合很默契，心里着实感到好一阵高兴。衣物都穿好后，两个人又一起到阳台上，一个递，一个挂。如果不知道内情的人见到这情景，一定会认为他们是一对新婚燕尔的小夫妻。

忽然，吴剑光想起刚才爸爸说的话，问：“娆娆，你，你的周妈妈是南高孤儿院的阿姨？”

辛娆娆有点吃惊，不由盯了他一眼，说：“是啊，怎么你关心起这个来了？”

“不，我只问问，那里除了你还有其他女孩吗？”

“有啊，可是她们嫁人的嫁人，有的外出打工去了。”

“哦……”吴剑光赶快转换话题，小声问：“你到我这里他不会生气吧？”

辛娆娆知道他指什么，但她不愿意在剑光面前说北欧哥的这和那。她微笑着摇摇头说：“哪里！再怎么说他是个男人，当别人有求于他的时候，他怎么能袖手旁观呢？”

“我是怕，怕他那约定……”

辛娆娆不说话了，递给剑光最后一件衣服，她暗暗埋怨李佳靓多嘴多舌。

“你们定时间吗？什么时候办证？”吴剑光把衣服挂在杆上，侧脸看娆娆。

辛娆娆脸上极不自然：“不知道……一直没有看见他……不知道是不是去省城了……”

吴剑光惊讶极了：“他没有给你电话？”

辛娆娆红着脸摇头：“唉，这事，以后就别再提了，我想，已经不可能了。”

“啊？真的？太好了！”吴剑光可高兴了。他丢下挂竿，转过身体，看着辛娆娆，心里翻滚着，眼里全是期待。辛娆娆不知所措，不断往后退。两个人的目光对峙着，一个火热一个惊慌。他们中间只有一尺多的距离，彼此似乎能听到对方的心跳。辛娆娆明白吴剑光目光里期待什么，她害怕了，想和吴剑光保持更大距离，急忙向后挪，嘴里说道：“老板，你别……”

但是吴剑光却步步逼近，直到辛娆娆被墙挡住。

辛娆娆惊遽出声：“老板，不能——”

吴剑光的目光更像两团火焰：“为什么不能？你现在并不属于他！”

辛娆娆急中生智，马上把李佳靓抬出来：“不，这对佳靓不公平！她爱你……”

“不要提她，我只爱你！”说罢，吴剑光一把拉过她，紧紧拥进怀里，心疼地问：“嫁给他，你会幸福吗？”

感受到吴剑光的心跳，辛娆娆仰起头，看着他的眼睛，渐渐地，泪水模糊了她的视线……

几天以前，辛娆娆从来想的都是嫁给北欧哥。在她心里，北欧哥才与她般配，才是她终身可依的伴侣，因此，当初她才不顾北欧哥的阻拦，放弃留校的机会来到吉州城。不料北欧哥对她不仅没有这样的想法，反而说出那些她很不愿意听的话来变相拒绝她。她伤心极了，但伤心过后，令她没料到的是，伤心之后竟是格外的释然。她决意从此后再不提这事，愿意做北欧哥永远的妹妹。不过尽管如此，她也没有想过未来要和吴剑光这个公司老板有任何情感纠葛，这也是当初她不接受吴剑光送给他那条心形玉坠项链而只接受胸针的原因，何况李佳靓已经向她表示早就爱上了吴剑光。

平日里吴剑光对自己很好，以致李佳靓都有些妒忌，但她只是淡然一笑，反说李佳靓多想了。现在看来，吴剑光过去对她那么好，哪里仅仅是老板对下属的关照？

她想退却，躲开吴剑光的进攻，但没等她动，吴剑光已经用力裹紧了她。这时，吴剑光浑身颤抖，捧起她的脸，双唇对着她，轻轻地，轻轻地吻开她双屏落幕的眼帘和即将撒落下的泪珠珠。顿时，一股要命的电流传遍辛娆娆全身。她想挣脱，但经不起渴望的进攻，竟然情不自禁地积极回应着，享受着她有生以来最震撼心灵的初吻！真是阳光照耀大地，蓝天拥抱白云，海水洗礼沙滩，柳枝轻拂心田，雨露滋润绿叶……

大概这才是爱情之花开始绽放！

终于，辛娆娆晕眩了，全身无力，站立不稳，整个人软在吴剑光的怀里……吴剑光拥着她，像拥着一件珍宝！幸福中的男女往往嫌时间过得太快，但幸福一旦过去，随之而来的却是惶恐和无奈。辛娆娆终于从沉醉中清醒过来，她用力一把推开吴剑光，说："不行，我不能对不起李佳靓，而且我也没想过嫁给你！"

吴剑光还在沉醉当中，还没从幸福的旋涡中游出来。见辛娆娆这样，他喃喃地问："我没有给过她爱的承诺，你也没有对不起她！嫁给我好吗？我一辈子都这样对你好……"

辛娆娆忍不住哭出声来，扑进吴剑光的怀里，哭着说："不，我害怕……"

"小光，小光，你妈回来了，快出来呀！"吴志国似像兴奋，又像着急，不断地叫道。

吴剑光一惊，又不想放手。他有些恼火，怎么早不回来，晚不回来，偏偏这个时候回来？真扫兴！辛娆娆趁此机会欲挣脱出来，他迁怒地再次抓住她并在她脸上又重重吻了几下才放开，不耐烦地向外答应道："哎，来了，来了！"辛娆娆不觉诧异，看他一眼，正好看见他眼里的那抹不悦。没待她明白什么，已经被吴剑光推着，怀着莫名的心情回到客厅。

果真，吴剑光的继母莲莲——不，是白珊花正上上下下打量吴志国，高兴地说："老头子，你好像并没有少点什么……"随即她转过身，一眼就看到辛娆娆，顿时两眼发光。她快步上前，拉着辛娆娆的手直摇，说道："你就是小光天天念叨的娆娆吧？看到你，我真高兴，以后你一定要常来这里。"

吴剑光见白珊花满脸生辉，不由想起父亲前两天告诉他的秘密，再次生出不快，但是当着辛娆娆，他若无其事般戏谑说："哎，哎，别不把自家的儿子不当儿子，却把人家的女儿当女儿了……"说罢朝辛娆娆夹夹眼，闹得娆娆脸上一片红霞飞。

"呵呵，小光，不叫妈啦？"白珊花哪里知道吴剑光心里在想什么？她爽朗笑道，“哪能把我儿子丢下不管呢？我为我儿子有这么漂亮的女朋友高兴啊。对了，娆娆，小光送给你的那串项链怎么没戴啊？”

辛娆娆不好回答，还是吴剑光替她说话了：“人家不喜欢我，不要我啊。”

白珊花着急了，问：“娆娆，是这样的吗？我儿子可是世界上最好的男人哟！”

辛娆娆红着脸摇头不是，点头不是。吴志国好不容易插了个空：“莲莲……”

白珊花连忙走到吴志国面前，满脸红晕地打趣道：“哦哟，把我的老头子冷落了，对不起，对不起……”

辛娆娆感觉到吴剑光的爸爸妈妈感情非常好，这是一个和谐温馨的家庭，心里羡慕得不得了，心叹，要是自己有这样一个家多好啊！

吴志国从妻子欢声笑语中听出一个喜讯：她知道她儿子的下落了！但不知道她的女儿找到没有？吴志国猜得不错，白珊花这次回去，不但知道了儿子的下落，还知道了儿子处了个漂亮的女子。你说她高不高兴？

吴志国再次问：“家里如何？”

白珊花手一扬，掰着指头高兴说道：“好啊，好啊，现在我们那里，没有草房，更没有土打墙，全是排列整齐的农家楼房，比我们城里还要高级：园中有花草，门前有水泥道路，路边有摩托、汽车，近处有鱼塘，远处有果木林……嗨！这都是‘新农村建设’带来的巨大变化，不信？以后你跟我回去看看……”

吴志国打断她的话又问：“我是问你结果如何？”

白珊花还是没有藏住话：“都弄清楚了，不过，我妈和我哥要来，到时就能见面了。”

吴剑光有点紧张：“啊，他们要来？”随即心里一沉，想：果然要开始了！但他很快不露声色地问：“除了他们，还有谁？”

辛娆娆不知他们说的什么，愣愣地看着他们的高兴劲。白珊花没听出吴剑光的话外之音，看辛娆娆发愣，连忙说道："没有谁，就是我的老母亲和哥哥……很多年没见了，他们想来看看你和你爸爸……"

吴剑光暂时放心了，再次把目光对准辛娆娆。

辛娆娆极不好意思故意不理他，看着白珊花问："伯母，你怎么不多住些时日，这就回来了？"

"哪行呢？这家里的一老一少都在我的心里牵挂着呢！我对我妈说：'妈，我得回去了，要不是有那一老一少，我陪你住多久都行！'我妈说：'你去吧，过些时候我就去你那里，看看我那姑爷……别看我年纪大了，身体好着呢！'"

白珊花一边比画，一边说着，但绝口没提她从母亲嘴里知道些什么，她要留到晚上给老头子一个人说。吴剑光听出来，白珊花是在故意隐瞒什么，原因只有一个，不想让他和辛娆娆听见。他想：辛娆娆目前还算外人，可为什么你不能专门向我暗示一点什么呢？

辛娆娆见时间不早，拿上手袋说："伯父、伯母，时间不早了，我该走了……"

白珊花哪会让她走？她要好好看看这个让儿子经常挂在嘴上的漂亮女子，跟她聊聊。她把娆娆轻轻按到沙发上，对吴剑光说："小光，你得给我看着，要是她走了，我就找你要人！"

吴志国现在最需要的是白珊花，尽管不悦，也打趣道："小光才不想让她走呢，可是……"

可是辛娆娆还是坚持要走。一家人你看看我，我看看你，只好同意让她走。吴剑光怀着混乱而复杂的心情与辛娆娆一起出了门，上了车，两人没有说话，难道都在回味那一瞬间的激情涌动？或许辛娆娆还沉浸在那一吻的情景中，而吴剑光的脑海里却思忖着白珊花那一大家子人的神情模样，沉默而麻木地开着车。辛娆娆见他前后判若两人，不便多问，直到车停在出租屋楼下。

刚下车，吴剑光突然问：“我们……你，能嫁给我吗？”

“这？”辛娆娆无法回答。她下了车，正要走，不料吴剑光迅速打开车门，从那边冲过来，野蛮地扳起她的脸，张开嘴对准她的唇……

22

辛娆娆回到出租屋，慵懒地睡了一觉。说是睡，其实眼睛闭着，脑海里却总是翻腾着那两幅与吴剑光热吻的画面，自问：以前总想嫁给北欧哥，为什么从来没有渴望与北欧哥亲密热吻的冲动？难道仅仅是因为北欧哥勉为其难答应了和自己结婚？按说她应当伤心，但她现在却没有伤心，反而非常平静、释然，难道就是因为吴剑光？可是，北欧哥要知道自己接受了吴剑光的吻，他乐意吗？如果李佳靓知道这一切，会怎样看待自己？

辛娆娆决定，还是提前给北欧哥和李佳靓说说，那样自己心里好过些。

晚上，辛娆娆先给北欧电话，问他在哪里，她想和他谈谈。北欧以为她又想给他说结婚的事，便说：“到处乱转，有什么好说的？到时候结就行了，我们又不是富贵人家，还有那么许多讲究？”

辛娆娆连忙小心翼翼地说：“不，北欧哥，我不是谈结婚的事，而是想对你说，我想好了，还是永远做你的小妹妹吧……”她说不下去，赶快把电话挂了。

李佳靓正在犹豫告不告诉辛娆娆自己今天刚买了个二手手机的事，见辛娆娆挂了电话便问：“娆娆姐，你真想好啦？”

辛娆娆点点头，没有说话。李佳靓又说：“我早看出来了，你和北欧并不是同一类型的人，你浪漫，他现实，你追求完美，他追求缺陷……可是他高兴吗？人家不同意时，你怕追不上，人家主动提出，你又不同意。真不知道你是怎么回事！”

辛娆娆不由得佩服李佳靓，觉得她说的话有时可真精辟，自己反而……想起白天一幕，她自觉有愧：“佳靓，你骂我吧，我对不起你……”说罢将被子蒙着头。

李佳靓十分诧异：“娆娆姐，什么呀？你有什么对不起我的？”

辛娆娆依然蒙着被子，但她轻轻掀开一个缝：“佳靓，老板他……”

李佳靓似乎明白娆娆所说的“对不起”指的是什么，沉默了，呆呆地看着并不能看见的辛娆娆，辛娆娆不敢完全掀开被子，等待着李佳靓的发怒，指责，哭诉，那样，她的心里也好过些。但她并没有等来她所希望的反应。慢慢地，她掀开了被子，羞愧的双眸看着李佳靓，诚心地道歉：“佳靓，对不起……他……他亲吻我了……我，我也……”

李佳靓听明白了。自然她不会对老板怎样，但她必须对辛娆娆发火：“我说嘛，你对我为什么这样好，原来你口是心非，表面上说得好，背地里却什么都能做出来！”说完冲进洗手间，把门“嘭”地关上，好久不出来。

辛娆娆难过极了，她不怪李佳靓说得难听，谁叫自己克制不住自己？她掀开被子，面对洗手间，给李佳靓诚恳道歉：“对不起，佳靓，我错了，我没想到老板他……”

李佳靓从洗手间出来，她的目光很凌厉，没有一点收敛和掩饰。她说：“别说了，你以前说的都不是真心话……怪我太信你，我早就应当知道，他喜欢你……”说完，她咬紧唇低下头。

辛娆娆腾地坐起来，抱着李佳靓的腰摇着，看着她的眼睛：“不，佳靓，不管他喜不喜欢我，但我是无心的，也许，我从来没有和异性亲热过才没有把持住自己……才接受了他的……对不起……”

李佳靓心里很不是滋味。她虽然也明白，吴剑光并没有因为她的主动而接受她的追求，是因为他爱的是辛娆娆。虽然一个无心，另一个有意，当有意的那个发起感情攻势的时候，无心之人也完全有可能被动或由被动变为积极配合。如果自己遇到这种情况，可能也会冲动的，甚至比辛娆娆的冲动来得更猛烈，他们应当都没有错。但是，辛娆娆为什么答应并鼓励她？她不会放过辛娆娆的！刚才她已经用最隐蔽的办法对付娆娆。于是她很快压下心中的不平和愤懑，微微叹口气说：“娆娆姐，我不怪你，我知道他喜欢你……只是，只是我，我心有不甘……”

辛娆娆十分感激，理解地点点头说：“佳靓，谢谢你，要是你仍然爱他，就努力去追吧，千万不要考虑我的感受……”

李佳靓笑得很不自然：“他不是随意的男人，除了你，别人是追不上的……不过，以后只要有机会，我也会抓住不放的。娆娆姐，你可小心啊，到时你可别多心！”

“不会的！”

两个人刚睡下不到二十分钟，有人敲门了，李佳靓高声问：“谁呀，我们睡了……”

“是我，北欧……”北欧果真来了！李佳靓暗喜，马上转头看辛娆娆，见她张开的嘴巴成了“0”字形，心里想：原来北欧是经不起别人撺掇的！

两个人急忙将床上收拾好，赶快去开门。北欧一脸怒气站在门口，他不看李佳靓，却直视她背后的辛娆娆。辛娆娆没说话，低下头看着自己的光脚丫。

李佳靓招呼北欧：“你来啦？这么晚有事吗？”

北欧推开李佳靓，几步走到辛娆娆面前，命令似的说：“走！跟我走！”见辛娆娆不动，北欧冒火了，用力抓住她的膀子向外拖。

辛娆娆哭起来，哀求北欧：“北欧哥，你别这样嘛……我跟你走还不行吗？”北欧松了手，辛娆娆边流泪边拉正衣领。

然，一边的李佳靓看不下去了，她叫道：“北欧哥，哪有一个男人半夜三更到女孩子房里动手动脚的？即使辛娆娆罪有应得也不行！你怎么这样对待娆娆姐？还是一个男人吗？”

北欧怒气未消：“你……李佳靓，这，不关你的事……”

李佳靓知道北欧想说什么，但她不怕，她给北欧电话用的是变了调的声音，而且他不知道那个电话是她给他打去的。看看北欧，再看看辛娆娆，李佳靓心里升腾起一个念头：我赶快离开吧，要是他们能发生更进一步的亲密关系，岂不给自己追求吴剑光创造了条件？于是她说：“那好，你们就在这好好谈行吗？我回我那面……”

北欧放下辛娆娆，朝李佳靓点点头：“谢谢你……”

辛娆娆揉着胳膊，叫道：“佳靓，你别走……”

李靓佳还是走了，屋子里兀地没有了声音，死静死静的。大概北欧平息了心中的怒火，双臂抱胸，盯着辛娆娆问：“你告诉我，为什么给我那个电话？是早就想好的，还是今天下午才想好的？今天下午你到哪里去了，跟谁见面了？你们做了什么事？”一连串的问话像不断喷射的子弹飞向辛娆娆。

辛娆娆老老实实说：“北欧哥，我们都是苦出身，从小我就依赖你，把你当成我生命中唯一的亲人，发誓长大后一定要嫁给你，所以我毕业后坚持来吉州城。但我多次请求都被你拒绝，心里感到特别委屈，一直到‘梧桐之梦’夭折。后来你说我们只能做兄妹，提醒我不能嫁给吴剑光。其实我从来没有嫁他的想法，只是喜欢和他接近。但你只要见我和他在一起就发火生气。是的，这回你主动提出要和我结婚，但我知道你并非出于本心，所以你提出一个可笑的约定……说到底，你是不愿面对吴剑光和于轩的富有和地位！你觉得大家都一般大，凭什么他们能到国外深造，而你不能？凭什么他们年纪轻轻就能当上老板，而你只能是他们的打工仔？凭什么他们拥有别墅、轿车，而你没有？凭什么他们能指手画脚发号施令，而你不能？为了平衡你的内心，你想改变，你想出人头地，你暗暗做着各种准备……”

辛娆娆一口气说了这么长一段话，连她自己都感到吃惊！北欧更吃惊了，他像从来不认识辛娆娆似的看着她，目光那么陌生：这就是我从小认识的那个小女孩吗？她长大了，居然能猜透我的心思，看出问题的实质！但他死都不会承认！随之而来的却是恼怒！他大声呵斥："我不想听你这些，我问你，今天下午你到哪里去了？"

辛娆娆明明白白告诉他："吴剑光的妈妈回老家了，他父亲出了点事，叫我去帮忙……"

"还干了什么？"

"什么意思？"

辛娆娆一听，脸涨得通红，气愤极了，终于发火吼起来："北欧哥，你别太过分了，干怎么样，不干又怎么样？别以为你是哥，我就应当大凡小事向你汇报……"说罢痛哭起来，虽然声音不大，但是两肩抽搐得十分厉害。

不料辛娆娆的痛哭，竟让北欧乱了方寸，他连连道歉："娆娆，是哥的态度不好，你骂哥吧！谁叫我是你哥呢？"

辛娆娆还是哭，北欧又说："娆娆，你看穿了我，我是把你当成妹妹，我是觉着憋屈，我是不喜欢吴剑光，今天的事不提了，你跟我离开吉州吧！"

辛娆娆抬起头，目光模糊地看着他问："离开这里？哪个地方都是一样！你以为那个刘妍能平白无故为你赴汤蹈火？是因为她想利用你，想嫁给你。如果我和你真结了婚，她还帮你？别做梦了，我的北欧哥，求你，还是面对现实吧！"

北欧完全没了发号施令的威风，他难过地求道："娆娆，好了，既然你都说到这个份上了，我也无话可说。我只有一句话，只要有一点机会，我就要紧紧抓住不放！你听哥一句话，和我一起离开这里到省城去吧。当然，你不愿去我也不勉强，但从此后，即使不与于轩好，也绝不能嫁给吴剑光。只有我看得出来，他并不像大家所想的那样……"说到这里，他情不自禁地流下眼泪，哭出声来。

辛娆娆从来没有见过北欧这样伤心难过，她走到北欧的背后说："北欧哥，我，我对不起你……"

北欧转过身，紧紧地抱着她，流着泪在她耳边说："我提出和你结婚并非出自本意，完全是遵照周妈妈的遗言，她临死时对我说，要我娶你，要好好看护你……"辛娆娆想起周妈妈离去之时，和北欧悄悄说过什么。

她感动了，抱着北欧，两个人哭成一团……

屋外，李佳靓死死贴着门缝听里面的声音，但声音再大，在她耳中也只有嗡嗡嗡的盲音。突然，北欧从屋里冲出来，朝着黑暗跑去。李佳靓看北欧气势汹汹地冲走，猜测两人到底会做什么。她无限夸张地想象着两人在一起的情景，再也不能忽略辛娆娆和吴剑光的吻，马上闭上眼睛，任泪水溢出来，她贴着墙滑下来蹲在地上无声地哭泣……

北欧走了，李佳靓也没有再回来，辛娆娆一直睡不着。她后悔让北欧离去，为什么不留下他呢？那么晚了，一个人形影相吊，走在空旷的街市上，再回到冰冷的公寓，叫人多凄凉！这和吴剑光、于轩养尊处优的生活条件相比，实在是一个天上，一个地下！能让一个除了生活条件差而其他并不差的大男人不去想吗？敢于面对现实不是每个人都具有的勇气，为什么北欧哥必须做到呢？辛娆娆理解了北欧，也十分后悔接受了吴剑光的吻，她连扇自己几个嘴巴，为北欧抱不平：北欧哥，你去吧，也许我不该小看刘妍，你应当有更好的生活！

23

第二天，辛娆娆刚上二楼，看见吴剑光满面春风从楼上下来，急忙躲到一边。不料他却一眼看到娆娆，叫了一声，但没有听到回应，更没看到昨天他和她在阳台上深情亲吻后的红润和羞涩，反而脸色灰暗，眼皮浮肿。

吴剑光吃惊了，怎么啦？是哭过，还是没有睡觉？难道给她幸福和快意，却换来这样一个结果？一定发生了什么！正要询问，辛娆娆从他身边过去，像没看到他，吴剑光丈二和尚摸不着头脑。他急忙来到辛娆娆的隔壁办公室，朝里看看，李佳靓伏在计算机键盘上似乎在瞌睡。

他重重敲门，不悦叫道："李佳靓！"

李佳靓一抖，手里的笔差点掉到桌上。她稳稳心，做出若无其事的样子仔细观察吴剑光，似乎要从他眉眼间找出他和辛娆娆热吻后的痕迹。可他脸上冷冷的，哪里有获得亲吻后的得意和满足呢？她不由高兴。虽然心下对吴剑光充满哀怨，但毕竟人家是老板，她只好马上站起来，做出毕恭毕敬的样子，回答道："到！"

吴剑光自然不知道李佳靓为什么这样，也不知道昨夜她背后悄悄给北欧去电话推波助澜责难辛娆娆一事，更不知道她回到自己的出租屋后，为他与辛娆娆热吻之事难过哭泣，一直坐在床沿上胡思乱想到天亮。他看见她的眼圈发黑，大声问："你们昨夜没睡吗？怎么一个脸色灰暗，眼皮浮肿；一个眼圈发黑，精神不佳？"

"哦？"李佳靓上班来得早，没看见辛娆娆，听吴剑光一说，她马上肯定昨晚她走后，辛娆娆和北欧并没有亲热；相反，一定发生了不寻常的争论或争吵。见吴剑光关心自己，她心里多少有些安慰，虽然他关心自己是从关心辛娆娆那里延伸过来的，她也感到弥足珍贵。李佳靓并不知道辛娆娆刚才从吴剑光身边冷脸而去，还以为他到这里来是叫她去开常规会议，布置一周的工作呢。

于是，她像平常那样随意："老板，开会还没有这样早吧？"

吴剑光摇头说："不，还不到时间。我是想问，现在你还在辛娆娆那里住吗？"李佳靓乐了，原来老板还是在关心她啊！

她激动地说："谢谢老板关心，我在娆娆姐那里住，已经好多天了，这你知道啊。"

吴剑光不好意思挠挠头说："啊啊，我知道。我是问昨天晚上娆娆发生什么事情没有？"

"昨天晚上？"原来老板真正关心的不是她，还是辛娆娆。她心里又泛起一阵酸楚。李佳靓仿佛受了骗，她横了吴剑光一眼，坐下来，漫不经心地说："哦，昨天晚上我没在那里住，因为北欧来了，我怕妨碍他们，就回我那里了，不知道他们到底发生了什么事情……"

"什么？"吴剑光瞪大双眼，心里叫道，"糟了！到底发生什么事情，这不是明摆着的？为什么不对我说？"他气急败坏，失了风度，快步走出门。李佳靓好难过，原来自己在老板心中只是个提供"情报"的小人物。她拿出那个不算旧的手机，鼻子里"哼"一声说："就这一壶够你喝的！"

吴剑光旋风似的进了辛娆娆办公室，还没走近她，就发出质问："告诉我，昨天晚上你们发生什么事情了……"

辛娆娆还在为昨晚的事难过，见吴剑光门也不敲，冲进来就问，估计他知道了什么。她平静地说："什么发生什么了？"

吴剑光被她平静的神情镇住了，竟然不知道说什么。不过很快，他直奔主题："听说昨晚北欧到你那里去了？你们都干啥了？"

辛娆娆很不高兴他的质问，语气很不友善："你希望我们干啥？你以为我们能干啥？"又是一个反过来的质问！

吴剑光不想再去猜测，他希望辛娆娆能直接告诉他："他，他该没有对你怎么样吧？"

辛娆娆不仅生气，而且恼怒了，她站起来说："老板！这才是你最重要的问题吧？你是不是想知道他和我到底做没做你不希望出现的事情？"

一语中的，搞得吴剑光十分狼狈，他不知道说什么好。他只好离去，不过他留下一句话：“你记住，你是我的！谁也夺不去！永远属于我的！”说完噔噔噔出了门。

在后来的早会上，辛娆娆和李佳靓同时发现，吴剑光脸色很难看，安排工作的时候，远没有以前那样阳光灿烂，口若悬河。只几句话，把工作安排了，就一个“散会”，走了。

辛娆娆把李佳靓叫到自己办公室，问她对吴剑光说了什么。李佳靓委屈地将经过一一说出来，辛娆娆安慰她说：“你别多心，他忌恨北欧……”

李佳靓故意表现出担心问：“那你们谈得如何？”

辛娆娆边擦桌子边说：“还能谈得怎么样？我现在对谁都不抱什么幻想，公司待不下去我就走……”

李佳靓乐了，她已经感觉到辛娆娆对吴剑光严重不满，便欲趁热打铁。故意做出一副深想，忽然吓了一大跳的样子问：“娆娆姐，老板，老板怀疑你……你和北欧哥那个了？”

可辛娆娆“扑哧”一声笑了：“你说什么呢？怎么你和老板一样，总想着我和谁会怎么样？”李佳靓本想激起辛娆娆的火气，没想到她却一笑置之，不由气馁，赶快避开辛娆娆的直视，辩解道：“哪里，我是怕……”

“你怕？你不就怕我和老板的事铁板钉钉了吗？放心，你完全可以放心大胆去追！”

“我……我不……不敢……”李佳靓摇摇头，像是退缩了，其实在心里却说：“哼，你以为我会放手？”

于轩的公司在新城体育馆后面。这里有好多个公司在这里办公，同样也有建筑公司，但规模都没有于轩的公司大。这些公司里面也有跟本地土特产有关的，像酿酒、豆腐制作、鹅肉加工等，而且还有文化产业、教育培训、保险证券……不过，吴剑光的公司不在这里。

写字间的人们都走了，于轩从外面进来，刚刚坐到办公椅上。财务科长手里拿着一张单子，急得到处找北欧，就是找不着。于轩见他慌慌张张的样子，忙问他找谁，得知是找北欧，他心里有些不快，没有说出北欧已经辞职的事，只好说："他去了省城，一时回不来，你先搁在我桌上吧。"

财务科长嘀咕着："这个人总是神出鬼没的，好多天了，也不见人影……"

于轩苦笑，送走财务科长。对北欧，于轩认定他是个不可多得的干才，但他身上的毛病还是不少的。不要说财务科长说他神出鬼没，就连于轩自己有时也认为他是这样，而且常常喜怒无常，或者总像别人欠他什么不还一样，一会儿高兴，一会儿发火，一会儿又沉默不语。虽然他对于轩很哥们儿，但对那些下属，好多时候显得太没有风度了。一不高兴，就横挑鼻子竖挑眼，这不是，那不是，甚至把人家莫名其妙地骂一顿。

被骂的人经常到于轩这里发牢骚，有的还话里话外地说："他以为他是谁呀，还不是跟我一样，给人打工的，好像他就是老板似的。就是老板你也从来没有这样对待过我。大家说，如果长此下去，炒老板鱿鱼的不是我们，而是他……"

于轩虽然心里也不舒服，但面子上还是维护北欧说："你们可别这样说，这段时间我们是怎样忙的你们知道吗？可你们不是找这理由就找那理由，常常是跟不上我们的要求吗？他发火不对，但他也是为公司的发展着急，你们得理解。再说他虽然不是老板，但是我却没有把他当成打工仔……"

于轩嘴里说着，心里直叫苦：北欧，不是下面人说，实际你已经炒了我的鱿鱼！给你协议你不签字，反而莫名其妙写了一封辞职信丢在桌上走了，难道嫌一年给你百分之二的干股太少不成？我真不知道你在想些什么？

于轩知道北欧是个很能干的人，虽然自负、固执了些，对什么事情只知道认死理，但是他的业务能力很强，什么事情，他不是光在那里吩咐安排，而是亲自去做。这一点对很多人来说，都是缺点，是不会当官的表现，但于轩却认为这才是一个真正的管理人才的表现。一个一无所有的人，要想一步一步走到高处，只有先事必躬亲，才能知道各个工作环节的性质和特点——这是于轩在国外感受最深的地方！不一点一点从最基本的地方做起，今后又怎么能了解整个工作进程呢？

不过，于轩不喜欢北欧为人处世的态度，好像总是别人在和他过不去，一天到晚总用一种警惕的目光看待一切，只要有可能，他就必然挑刺，反击。特别对待吴剑光上，总是以牙还牙，寸步不让！他不喜欢吴剑光可以理解，因为吴剑光自身有很多必须克服的问题，但总对别人那样就不可理喻了。北欧，如果你的性格不改改，能有大的发展吗？

忽然，于轩想起，前几天吴剑光在电话里对他说，北欧要和辛娆娆结婚，却提了个什么“约定”。吴剑光说他心里像着火一样，决心要把辛娆娆抢过来……于轩听了“约定”的内容，心里着实沉了一下。但是，他是个宽厚而又会善解人意的男人，认为如果辛娆娆同意嫁给北欧，也愿意接受他的“约定”，外人还能说什么呢？他和风细雨地劝说吴剑光一番，吴剑光才安定下来。不过，于轩惊讶的是，北欧竟然没把决定和辛娆娆结婚的事告诉自己。他看着窗外，不禁在心里喊：“北欧啊，我真的很担心你啊！”

于轩喜欢北欧说话算话的风格，他有什么说什么，说了就决不反悔。可是，他曾两次亲口说要把娆娆嫁给自己，虽然自己并没有明确表态，但也够高兴的了。可是，还不到几个月，他却居然忘记了自己说过的话，准备和辛娆娆结婚了！

最近为了公司上市的事东跑西跑，每每回到家里就已经天黑了，好多天没有见到吴剑光和辛娆娆，不知道北欧走后，他们的情况怎样。辛娆娆和北欧的婚事准备得怎样？吴剑光是不是继续追着辛娆娆？

忽然，于轩心里竟然有种说不出的渴望，很想马上见到辛娆娆！如果他知道北欧和辛娆娆之间，吴剑光和辛娆娆之间已经发生了那么多不愉快，会不会高兴一点？

父亲和林妈还僵着，周末还是带着两老和辛娆娆到云台山去散散心吧！一来可以在山上的寺庙里吃斋饭，可以烧高香，可以捐香油，可以去抽签，更重要的是，能够和辛娆娆整天在一起，心情会好很多。然而，他又觉不安，要是吴剑光正追辛娆娆不止，或是辛娆娆正跟吴剑光一起享受二人世界，或是辛娆娆完全接受北欧的条件，现在除了北欧，她谁都不见怎么办？还是先和北欧通个电话吧。拨通座机电话，耳边却响着“你所拨打的用户已关机……”

他又给辛娆娆电话：“娆娆，你见北欧了吗？”

辛娆娆柔弱地回答于轩：“于大哥，他，他去省城了……”

于轩心里一动：“剑光和你在一起吗？”

辛娆娆似乎不想回答，过了一阵，她才说：“你说我们老板呀？这两天我没有见到他。”

于轩莫名其妙地放了心，小心邀约道：“明天周六，你有时间吗？我想去云台山游游……”

“云台山？”辛娆娆一下提起兴趣，高兴地一口应允，“好啊！我把李佳靓叫上吧，好吗？”

于轩稍稍有些迟疑，但马上回答：“哦哦，行啊……”

忽然，辛娆娆发问：“吴总，吴总去吗？”

于轩理解错了：“你和北欧的事，他没有什么吧？”

“于大哥，我和北欧哥什么事都没有……对了，你不把伯父和林妈带上吗？”

于轩高兴极了：“哦？好的！就这样，我马上给剑光电话。”

给吴剑光接通电话，于轩听他声音有气无力，看来正不高兴呢！但他还是说：“剑光，给你说了，明天早上八点我的公司楼下……”于轩不管他去不去，就这样说了。

24

已经快十点钟了，吴剑光还没来，只有辛娆娆和李佳靓手牵手地站在公司大楼下面，于轩一阵莫名的高兴。李佳靓一副靓女打扮，辛娆娆却除了脚上一双运动鞋，身上还是昨日那身衣裤。李佳靓十分被动地由辛娆娆拉着，满脸都是心事，倒是辛娆娆显得平静，而且有些迁就她。于轩将车停下，从车里出来，正要和辛娆娆招呼，她已把李佳靓推进车里连同自己一起坐到后面。

于胡源坐在副驾位上，侧头向辛娆娆慈祥笑笑，算是招呼。辛娆娆急忙应声道："于伯父……"

于胡源又笑笑："哦哦，娆娆，欢迎吗？今天老头子要和你们年轻人一起耍耍。"

辛娆娆问："伯父，林妈没来呀？"

于胡源打趣道："她不来。怎么？有我老头子不行呀？"

辛娆娆高兴了："好啊，到时让你老人家给我们讲讲云台山的道观……"

"是佛寺，"于胡源一边纠正辛娆娆，一边问车外的儿子，"轩儿，还有谁呀？"

于轩向来路望去，没有车往这边来，便向后座问道："娆娆，吴剑光来不来呀？"

辛娆娆却问李佳靓："佳靓，你说他来不来呀？"

李佳靓却像被击到痛处，回答得干脆有力："不知道！"

于轩听话听音，才省悟刚才问得多余，只好装没听见，还是向来路望去，可哪里能看到吴剑光的车影？"走吧……"于轩钻进车里，发动引擎，转着方向盘一会儿就出了城，上了国道。

一个小时后，出了分岔口，直上了盘山村公路。两个小时后，终于上了红石岩。红石岩是云台山的次峰，爬上陡峭的羊肠小路，穿过谷沟，才能上达云台山脚下，再经过努力攀爬，才能登上云台山顶。

于轩将车寄停在岩下老乡家门口，和大家徒手往上爬。开始还好，路稍斜较宽，可越走路越窄，越走路越陡。突然，路没有了，虽然很快到新的一年，空气还是有点冷。脚下、坡上全是怪石乱草，乱草下是红色土壤。但那些红土壤让人感到闹心的细腻、润滑，外加冷风吹拂，大家感到格外舒心怡人。大家手脚并用，努力向上攀援。于轩扶着父亲，抓住身边可抓之物，和父亲一步一步向上挪。辛娆娆这时顾不了许多，和李佳靓紧紧跟在于轩后面，轻一脚，重一脚，居然一点不逊色，还时不时在后面托于胡源一把。一助劲，全都上了山顶。近看，林木葱郁，远看全是绿色，铺过去铺过来。向远看，层层叠叠，在云雾中隐隐约约。向上看，天浅蓝浅蓝的，像一面倒着的湖水，人就像在湖水之下游览水底世界。向下看，果然“会当凌绝顶，一览众山小”！

李佳靓高兴了，反过来拉着辛娆娆绕着圈地奔跑，大声叫着，笑着，声音透出放松，没人能看出最近两人，特别是李佳靓的心情极度不好。于胡源呵呵笑起来，于轩见父亲深领其趣，颇受感染，心中的烦恼和郁闷亦随风飘散，目光随着辛娆娆的奔跑而移动，于胡源看在眼里不动声色。

跑过，闹过，笑过，几个人走近云台寺。别看云台寺山高路远，进香的人却很多。他们不辞辛劳从各个方向爬上云台山来，为的就是求个平安无事，求个无病无灾无祸，求个心想事成。寺门大开，正殿上现出各位菩萨尊容，外面阔地上，两排插烛的架子，三口插香的缸，人们先在架子前点燃红烛，插进架眼，然后将大把大把的长香、短香、粗香、细香送到烛火上点燃，开始了他们此行的终极目标。看他们烧香进果添油作揖磕头的认真样，就知道他们有多么虔诚。

于胡源似乎特别虔诚，他香火高举过头，闭上双眼，口中念念有词，一拜二拜三拜……敬完香，于胡源叫大家各自掏出一些钱币，纷纷投进菩萨脚下的“功德箱”，然后，再面向菩萨，跪在蒲团上，给菩萨连磕三个头。于胡源跪在千层垫上闭着眼睛，口中又是念念有词，但听不出说的到底是啥。

李佳靓忍不住问：“于老伯，您在给于总求个好姻缘？”

辛娆娆打她一下：“你就知道这些……”

李佳靓没有以前那样温顺，顶撞说：“本来嘛，到这总是要表达一下自己的心愿嘛。”

于胡源站起来微笑不语，看一眼两个女孩后说：“他呀，不需要我担心哦。”说完他面对远方放眼望去，神情格外愉悦轻松。

除了于胡源，三个年轻人又跑进正殿旁的右厢房，里面有很多人在求签。签的种类很多：事业的、婚姻的、家庭的、健康的、生死的……抽签的人在女师傅的指导下捧起装满竹签的筒子，摇摇，再摇摇，就那么一两支会从筒里跳出来落到地上，马上捡起想要的那支，先看看上面写着什么，不懂的话，就请女师傅解解上面所写是什么意思，于是各人就知道自己得到观音菩萨的什么启示了。

三个人兴奋极了，见人少了，什么也不说，但都不约而同求了婚姻签。

于轩签：“秀木一支逢春晚，如今还在暗中掩。宽心且待风霜退，还君娇娘迟姗姗。”

辛娆娆签：“孤女峰前不孤独，二八娇颜出众来。一凤三凰梧桐树，终究归宿嫁良才。”

李佳靓签：“徒生烦恼心生奸，性急不得好姻缘。自然水到渠来成，妒心去除了心愿。”

辛娆娆、李佳靓拿着签躲躲闪闪防着别人看见，各自咀嚼着签上的文字，你看看我，我看看你，就是不说自己签上写的什么。还是于轩，看也没看，就将签送到女师傅手里，求她给解解。女师傅念完二十八个字后，解道：“施主，此是中签。好坏各半。你的婚姻，成功的机会还需等待。虽然等待很苦，但有先苦后甜之象。建议暂时不动婚姻之念，姻缘一到，自然很快……”

于轩听了心中惊讶，仔细看看签上文字，暗诵后不动声色。辛娆娆听了笑笑，踮起脚跟凑上去看，李佳靓不断伸舌头。女师傅要给两个姑娘解，她俩直摇头：“不解，不解……”说罢将竹签恭恭敬敬插进竹筒里，于轩也顺手将竹签放了。

于胡源见几个还没出来，就进去找他们。李佳靓竭力怂恿于胡源：“伯父，您也求个签吧，可有意思啦！”

辛娆娆见于胡源摇头，开玩笑说：“伯父，你是怕我们知道你的秘密？”

于轩笑了：“娆娆，看你，我爸能有什么秘密？”

女师傅看于胡源一眼，劝说道：“施主，信则有，不信则无。还是求一支吧？”

于胡源本不信这个，但经不起大家起哄，便说：“好吧！”说罢跪到千层垫上，捧起签筒用力地摇动，竹筒发出“刷刷”的声音。

果然，一支签跳到地上，他急忙捡起来一看，心里一惊，默念道：“一生有能自闯荡，不意暮年心感伤。妻儿啜泣恨入骨，南柯又见一佳郎。”

辛娆娆不敢造次，于轩要看父亲的签，但是父亲不给，说道：“有啥看的！”便顺手将竹签扔进竹筒，但那二十八个字却已经牢牢记在心头。

大家出来，虽然都不说话，不过每个人心里都还在细细咀嚼签中所说到底有何“禅机”。忽然，辛娆娆说：“于大哥，我看，你那个签让我解的话，一定和女师傅解的不同。你相不相信？”

于轩笑了，说：“那你也可以到这里当女师傅了……”

“当尼姑？不行……你不相信？听我说：第一句说你各方面超群，没有人能赶上你；第二句说你含而不露……如果求财，利虽微薄，还是有点。问仕途，时机未到，还须埋头读书……你还是再到国外去读书吧！”说完她朝于轩夹夹眼睛。于轩知道被她耍弄，要上前去打她。但辛娆娆却躲到于胡源背后直说“于总，对不起，对不起”……

这时，寺里钟声响起，开斋饭了。于轩招呼大家：“走，吃斋饭吧……”

没等两个女孩回答，于胡源马上说：“我胃里不好受，你们去吧……”

几个年轻人刚离去，于胡源开始暗自琢磨刚才那二十八个字……妻儿？一佳郎？难道她为我生了一对双胞胎儿子？

于轩和辛娆娆吃完斋饭先出来了，两个人边走边拉闲话。丁轩故作无意地问辛娆娆和北欧的结婚时间，辛娆娆马上苦着脸说：“于总，不提这事好吗？”

“为什么？”于轩显然是明知故问。

辛娆娆将最近发生的事情和她对北欧的思想分析，以及周妈妈对她和北欧说的话毫无保留地全说给于轩听，然后问：“于大哥，你说，还有可能吗？”

于轩却说：“这有什么？这不是你的错，我想，你分析得有道理，他不光担心你爱上剑光，还有一种自卑心理，觉得与我和剑光之间距离太大。唉，他也是一个受过高等教育的男人，怎么思想有些狭隘呀！”

“不过他真是从小对我很好的！”辛娆娆补充说。

于轩又问：“娆娆，我想告诉你，剑光很爱你，你告诉我，你是不是也爱剑光？”说罢一双眼睛略带忧伤地看着辛娆娆。

辛娆娆想想才回答：“说不上，只是没有反感吧，可是他做人很张扬，太自我……常常不顾及别人的感受……”她没有说出接受剑光亲吻之事。

“既然这样，你自己应该有个判断，哪个是最适合你的就选哪个。……当然，当然，这里面也包括我……”最后一句话，于轩好不容易才挤出来。

“你？”辛娆娆第一次听于轩这样明确地表态，又想起李佳靓说的话，不由得深深地看了他一眼，希望从他的眼神里发现她所希望得到的东西，可是没有。她心里想，哪有可能？

25

他们尽情玩了一天，大家都感到筋疲力尽，但兴致还浓。还是李佳靓提议，不如大家在云台山下的农家旅馆里小住一晚，明天早上吃过饭后再回去。她这建议立刻得到大家一致拥护。不用说，每个人都想借这个机会整理一下自己不同于往常的思想和心境。

于胡源想借这个机会认真思考一下怎样才能尽快找到白珊花，看看她是否真生了一对双胞胎儿子！如果找着了，他该如何向她赔罪道歉弥补损失，感谢她的多年付出。如果找不着，他是否该和林媛恢复“夫妻”关系，甚至去民政局办证，给林媛一个永远安定的归宿。同时，他还想通过辛娆娆问问北欧的家庭情况。

于轩想借这个机会认真想想公司上市的事。在公司和家里虽然也能思考，但这里更能激发人的灵感。特别在北欧以后可能回公司的情况下，他更想全盘考虑如何组建一个上市班子，或者与父亲讨论一下，希望他老人家再度出山，待上市班子组建成后，他再悠闲也不迟，也许父亲会给他意想不到的好建议。再则他也想利用这个机会与父亲聊聊他的过去，聊聊林妈，尽可能地多为他们以后考虑。

辛娆娆本来心情不好，今天来云台山一游，心情居然好了很多。她希望能在清幽的夜色下，想清楚几个她不曾想通的问题：她和北欧之间在对金钱地位上的看法和态度为什么有很大的不同？平时虽然不常见面，即使见面也总愿意听他的教诲和批评，觉得他的话都对，从来没有反驳过他，难道真像李佳靓说的那只是兄妹之间的情感？为什么她一心一意要嫁北欧而北欧不答应，后来他却提出那个无理的“约定”？她不反感吴剑光，但她也从没想过要嫁吴剑光，可为什么吴剑光两次将滚烫的唇吻向她的时候，她竟然不但接受，而且热烈回应？是不是自己的为人处世和生活作风有什么问题？

李佳靓的想法更是简单，不管吴剑光跟辛娆娆之间发生了什么，为了自己利益最大化的幸福，只要他们还没正式结婚，她就要努力争取。今天晚上，她要和娆娆姐来一次正式交谈，表明自己对吴剑光的爱有多深，希望娆娆姐主动退出，给她机会，成全她，她将永远感激她。而且，她今晚务必要借娆娆姐的手机给吴剑光电话，还要娆娆姐给吴剑光亲口表态。

也许只有这样的地方，这样的时段，才能最好体现每个人的心境。各人怀着不同的心情和想法吃过饭，农家主人已分配好男女两个房间，大家洗罢脸，进了房间，开始按照自己的想法进入“工作”状态。

辛娆娆走前，李佳靓走后。刚进房间，李佳靓生怕有陌生人进来似的，急忙把门反锁上。辛娆娆不解地看一眼门锁，说：“现在还早，不用锁，说不定一会儿于总有事找我们……”

李佳靓眨眨眼睛却说：“不，今晚时间是我俩的，谁也不让进来……”

“我俩的？我们现在睡觉？太早点吧？一会儿我还得出去呢。我要看看这里冬天的夜晚是怎样的。”自然，辛娆娆没有告诉李佳靓想独自到外面一个人静静，仔仔细细想清楚她需要想的问题。

然而，李佳靓却表现出相当的固执，说：“不，娆娆姐，今晚上我要同你好好谈谈。”

“谈什么？”

“谈你，谈我，谈我们的老板吴剑光。”

辛娆娆笑了：“呵呵，我看你是想给我下最后通牒吧？我说过，你爱老板，你大胆去爱，跟我没关系，因为，我到现在还没有想嫁给老板的意思。”

李佳靓不相信，她把头摇得像拨浪鼓，问：“既然你没有嫁老板的意思，为什么要接受他的亲吻？”

这句话正好戳到辛娆娆的疼处，她“哂”了一声，说：“我也不知道啊，如果我想嫁他，我大可不必告诉你，给你承诺。”她庆幸没说自己如何回应吴剑光亲吻的情景，要是说了，真担心李佳靓受不了。不过，她决心再不会发生这种事，她想从此静一静。

李佳靓见辛娆娆不再说什么，以为她很自责，便直截了当地说：“我知道老板爱你，如果你没有爱他的意思，那么，我请你以后离他远点。因为我实在忍受不了他看你的那种目光，好像世界上根本没有我，只有你一样。”

辛娆娆认真点头，说：“行，佳靓，我听你的，以后我再不和他单独相处，你就放心吧。——对了，我来公司以前，他对你好吗？”

李佳靓脸上马上现出无比幸福和向往的神态，说：“他对别的职员都冷冷的，但他对我很好。自从你来了，他对我就不再那么好了，虽然没有像对你那样对我，但我能真正感觉到他就是我今生今世要嫁的男人！”

辛娆娆害怕她得了单相思，忍不住劝了一句：“佳靓，你大胆去追，但一定不能失了自我。”

李佳靓却笑道：“娆娆姐，你是饱汉不知饿汉饥呀，我发过誓，我必须嫁个帅气有钱的男人，绝不能像我妈一样，全城最漂亮的美女，却去找个做饭的！”辛娆娆这才想起，李佳靓曾经对她说起过她父母的婚姻，本当是一段佳话，可现在她的言语里带有很重的讽刺意味。看来她忘记了如果没有她的父母，就不会有她生命这一至关重要的东西！

李佳靓放心了，她和着衣服上了床，两手反托着头，看着屋顶，突然猛一下坐起来，问：“娆娆姐，你和北欧亲热过没有啊？”

辛娆娆没料到她会问这样一个自己也不明白的问题，迟疑一下便摇头说：“没有，他从来对我都是教诲和批评，我也老老实实地听，因为每个人的成长经历是不一样的，从现在起，我就把他当成唯一的哥哥就够了。”

李佳靓来兴趣了，翻过身伏在床上，两手撑着下巴，说：“我说你也是，他不亲热你，你也不会主动亲热他？不亲热还叫恋人吗？”

辛娆娆警觉了：“你说的亲热是指亲吻？没有，真的，我从来只想见到他，听他的声音，我们从来没有过那些举动。”

“哼，你那哪是爱，完全是依赖。”李佳靓重复一遍她曾经说过的话。

啊！李佳靓的话打开了辛娆娆心灵的天窗，她终于明白了：北欧和她之间真像兄妹！兄妹情感与恋人情感是完全不同的！她并不想嫁给吴剑光，却接受他的亲吻，而且积极回应，不是她的人生态度和生活作风有问题，完全是她渴望恋人间的亲密互动！辛娆娆觉得李佳靓在感情方面比她知道的多得多，不想和李佳靓再继续聊下去，因为她已经完全搞明白她曾不明白或模糊的问题。她害怕李佳靓再提出什么她难以回答的问题，得赶快去外面躲一躲。

辛娆娆快步走向房间门，李佳靓在后面喊她：“娆娆姐，你要到外面去？把手机借我用一下吧？”

辛娆娆看她神秘样子，猜出她要电话做什么，但她不说，掏出手机递给李佳靓，开了门正要走出去。“我给老板电话，一会儿你再给他表明态度好吗？”

辛娆娆不悦地瞪她一眼，出门后，将门重重关上。

辛娆娆走进忽明忽暗的夜色中，感到一股冷气从远处冲来，她抱紧双臂，坐到后院的秋千上一动不动，回味着刚才与李佳靓的谈话。忽然，前面不远处有两个人影，一高一低，正在说话。乡村的夜晚很静，哪怕细微的声音，都能听得十分清晰。果然，于轩和他父亲于胡源的谈话传过来了。辛娆娆想走，但好奇心又促使她想听个究竟。

正在争论！看来他们谈话时间已经不短了。于胡源十分不满儿子的质问，他低声辩解道：“你以为我不知道为你林妈着想？可是，你也得容我一些时间呀？”

于轩着急地提醒：“爸，你要多少时间，林妈跟你已经这么多年了，这时间还算短吗？”

于胡源很久不作声，于轩又说："林妈是个很好的女人，我也知道你爱她，但我就是不明白你为什么对人家这样！"

于胡源叹口气说："小轩，你要知道，爸当年对你妈有愧呀！"果然如林妈所说！

于轩轻声问："爸，你能对我说说当年发生在你和我妈身上的事吗？"

于胡源很久很久没回答，十来分钟后，他才怀着忏悔的心情，把当年他和白珊花之间的事情粗略地告诉儿子，然后说："小轩，你说我不罪过吗？是，当时我的前途全被她毁了，我恨她，不同她办证，没有婚礼，最后拍拍屁股走了，把她丢在穷山沟里，让她自生自灭，没想到她却怀了你。那时的农村，一个未婚先孕的年轻女子会遭受多少恶语诽谤中伤？她要承受多大的痛苦？可她却硬挺着生下你，养大你，最后把你送回我身边，从此不再出现。看到你现在这么优秀，你说我心安吗？你们得给我时间……"

"哦！爸，我替我妈谢谢你。告诉我，你找到我妈后，会和她复合吗？"

"孩子，这么些年了，她又那么能干漂亮，一定早就成家了。不过，即使她没有成家，我也不可能与她复合，因为当初我接受她就是为了报复。再说，我又怎么面对你林妈？"

"爸，需要我帮助吗？"

"不用，你用心公司的事情就好。对了，刚才你说你预测北欧将来可能回来？你凭什么这样想？"

"我觉得北欧非常能干，但他有致命弱点，就是自负，好高骛远，或者说，急功近利，如果他不改，以后会吃亏……"

"你说他栽了大跟斗就会回来？嗯，我也看出他有些浮躁。你说得对，不过，我倒是希望他很快回来。"

"爸，帮我几天吧，等我把上市的事情落实了，你再下来，而且以后，我再不麻烦你，好吗？"

“听了你的上市计划和安排，我觉得大轮廓还可以，不过还应当再周密考虑一些细节，人说‘细节决定成功’嘛，因为在我们吉州，目前准备上市的仅我们一家，我们得开好这个头。你小子，反正你不想让老爸轻松。”

“老爸？呵呵，你老吗？”

“哈哈哈……”

听了于家父子间的对话，辛娆娆非常震惊：于老伯竟然有这样一个过去！难怪在和林妈的关系问题上犹豫。同时她也十分羡慕，他们的父子关系多么融洽啊！那天在他们家，我看见于轩哥在父亲面前毕恭毕敬，还以为他们之间可能无话可说。今晚可不一样，难道是因为黑夜拉近了他们的距离，相互听到彼此的心声？对于他们的谈话内容，辛娆娆实在感慨不已：每家都有难言之隐，平民百姓如此，豪门大户亦如此……如果我是亲生父母无意丢失的，现在他们会有种什么样的心情？如果我是他们故意抛弃的，现在他们会不会像于伯父那样深深忏悔？北欧哥，如果你听到这些，听到于家父子对你的评价和期许，你会有什么样的感受呢？辛娆娆再看前面，黑暗中，云台山虽然若隐若现，但已经深深印进自己心中。她庆幸这次登高望远，庆幸寺中烧香祈祷，庆幸留宿农家，更庆幸刚才偷偷听了于家父子的谈话——一句话，值了！

李佳靓给吴剑光去了电话。吴剑光好像事先早背熟了，他噼里啪啦一口气把话说完：“娆娆，你终于来电话了？你要再不来电话，我可能会疯的……娆娆，我的好娆娆……”

李佳靓大惊，竟然张不开口。

吴剑光继续说：“娆娆，你怎么不说话？自从那天你接受了我的亲吻，我就决定准备我俩的婚事……”

李佳靓听不下去了，带着哭声说：“老板，我是，我是李佳靓……”

“啊？你是佳靓？娆娆呢？”

“不知道——”李佳靓狠狠挂了电话，将手机扔到床上，哭了起来。

待辛娆娆回到房间，李佳靓已经睡了，手机好好地放在她床上。

26

第二天吃过早饭，大家就上路往回城的方向赶。

公路一来一去，朝不同的方向长长地延伸着，中间精致花园的绿色带子联结着看似不同方向的两条跑道。两旁的铁栅栏沿着地形坡势一会儿攀爬，一会儿俯冲，栅后高高低低的绿树互相对视着……

辛娆娆感到人就是那么奇怪，上午从这里出城的时候，也许因为出城心切，也许是心情不好，竟然没有发现这般美丽的景色；现在心情好起来，这些本来非常普通的自然之物原来也是很美的。她指着窗外某一处要李佳靓看，可李佳靓却正闭眼摇晃着，睫毛间好像有湿珠，便猜测着……

其时，李佳靓在回味昨晚上吴剑光说的话，还有那支签上的文字，更有辛娆娆和他的那一吻！

“娆娆，你终于来电话了？你要再不来电话，我可能会疯的……娆娆，我的好娆娆……”——老板，如果这话我没听见，你吻辛娆娆的事我不知道，我完全可以不理会，完全可以按照我的想法去拼命地追你。可是我听见了，知道了，我见了你该说点什么？继续？已然知道你的心全在辛娆娆那里，不继续？我实在对不住自己苦心孤诣编织的美好未来。不行，我非得 PK 一回辛娆娆，不到山穷水尽我绝不放弃！

哼！什么“徒生烦恼心生奸，性急不得好姻缘。自然水到渠来成，妒心去除了心愿”？扯淡！凭什么我要“徒生烦恼”？为追求自己的美好未来想尽办法是“生奸”吗？何况娆娆不也大力支持我这样做吗？我的终身大事我不着急谁替我着急？什么“水到渠成”？幸福不会从天降，理想婚姻等不来！娆娆姐，别怪我，你能把老板吻你的事全都告诉我，自然希望我不要多想。既然这样，还需要我生出“妒心”吗？我不忌妒，只要公平竞争！谁能成为老板的新娘谁就有福气！

突然，辛娆娆凑过来，在李佳靓耳边小声问：“佳靓，你在想什么？”

李佳靓吓了一跳，像被人发现了秘密，脸红了。她急忙稳神，笑说：“我睡着了，在做梦呢。”

辛娆娆问：“做梦？梦里看见谁了？”

“看见我妈了……她问我，都这么大了，怎么还不找男朋友啊？”

“你怎样回答？”

“我说，我喜欢的人家不喜欢我……”

于胡源笑了，侧过头对后面说：“你们年轻人呀，别整天只想这个……”

于轩连忙打断父亲的话，说：“爸，您别总拿年轻人年老人说事，现在是什么年代了？”

刚进城，辛娆娆就接到北欧兴奋的电话：“娆娆，今天我给舅舅打电话，他说现在把外婆送进城来了，要到我的住处。你是不是来帮帮我啊？”

“北欧哥，你没离开吉州城？好啊好啊，我一定来……”辛娆娆听了，心里一扫对北欧的不满，非常高兴地对于轩说：“于大哥，北欧哥没走，你把我送到北欧哥那里吧，他外婆来了，我得去看看……”

“好啊！你见过他外婆？……”于轩一边答应，一边从反光镜里观察辛娆娆。看她一脸高兴，他不好再问下去。

李佳靓也竭力撮合：“是啊，应当去看看，应当！”

“我和北欧哥曾专门到乡下看过她一回。在他家后面那座山上，我听他说了好多他小时候的事情。真的，北欧哥的身世真苦得叫人不敢相信。他有妈妈，但是他的妈妈嫁人后，从来都不回来见他，他外婆明明知道却也不说。他在乡下过着非常孤独的生活！正是因为这些，所以他对他妈妈一点印象都没有。有一天，他悄悄跑出来找他的妈妈，结果妈妈没找着，却遇见了迷路的我……”

于胡源问：“怎么会这样？你也迷路了？”

“我那时很小，但也想知道我的妈妈在哪里，于是我从孤儿院跑出来，结果天黑了，找不到回去的路了，幸好遇到北欧哥。要不，还不知道你们今天能不能认识我。”

于轩开玩笑说：“看来你和北欧的身世挺有传奇色彩的。不过，为什么北欧的妈妈就是不见他呢？世上会有这样的妈吗？那外婆也是，为什么就是不说出女儿的下落呢？还有他爸爸呢？”

辛娆娆伤感地说：“不知道。他没说。”

李佳靓评论道：“难怪北欧性格那样，这和他的成长环境有极大关系，你们想想，一个没有父亲，本有母亲却遭母亲抛弃，靠外婆舅舅带大的男孩，在他的成长过程中，会受多少白眼和打击？他的性格不会受到扭曲？他唯一要做的，就是努力拼搏，改变一切，出人头地！所以，娆娆姐，我倒是希望你嫁给他！”

于轩侧过头，朝后惊叹道：“李佳靓，我听你老板说，你是个十分简单的女孩，今天听了你的话，我看不简单啊。”

李佳靓脸红了，努着嘴埋怨道：“老板背后议论人啊，他就不知道我学过哲学和心理学呀？”

辛娆娆没说话，但她很认可李佳靓的话。

“你们就不要瞎想了，我看，这里面肯定有说不清的原因。”于胡源猜测说，“家家都有本难念的经。”

辛娆娆立即想起昨晚偷听到的话，脸上微微发热。

于轩的手机响起来。马上接听，是吴剑光打来的：“老兄，我外婆来了，我妈说把娆娆接过来，让她老人家看看……”

“怎么？北欧的外婆来了，你的外婆也来了！怎么这么巧？”他挂了手机，侧过头问辛娆娆，“你看是先到北欧那里还是先到剑光家里？”

“怎么啦？”辛娆娆不解地看着反光镜里的于轩，好像刚才她并没有听见于轩在电话里说的话。

“刚才剑光来电话，说他的外婆也来了，他妈要你去他家让老人家看看。”

辛娆娆不悦道：“凭什么他的外婆来了，我就非得让她见啊？”说完她看一眼李佳靓。

李佳靓为昨晚上的电话，心里本不舒服，现在听说剑光的外婆点明要见辛娆娆，心里更是酸溜溜的，便半开玩笑说：“人家想你呗！哎呀，该别他俩的外婆是同一个人吧？”

辛娆娆又看了李佳靓一眼，奇怪她为什么这样想。便说：“佳靓，你这话怎么有点刻薄？”

可李佳靓却不理她这茬，仍然按照自己的心境说话：“我可不敢。娆娆姐，可能老板的妈妈把你当作未来的儿媳妇了。”

一直不说话的于胡源忽然问一句：“真的？娆娆……”

辛娆娆不高兴了，打了李佳靓一下说：“伯父，别听她瞎说！”

李佳靓却放声笑起来，声音有些异样。辛娆娆知道她为昨晚在电话中遭到吴剑光的拒绝，自己又不答应亲自在电话中向吴剑光表态而发泄不满，理解了她。可她也认为李佳靓的话并非无中生有，心里有些发紧：糟了，就因为那两吻，吴剑光肯定完全把自己当成是他的女朋友，所以一定要自己到他家里，让老人过目！怎么办？去还是不去？

见辛娆娆迟疑着，于胡源以为她真在脚踏两只船，一身二许呢！他转过身提醒说：“娆娆，你们年轻人做事可得注意分寸哟！我看北欧是个重情重义的男人，很好，你可别……”

于轩打断父亲的话说："爸，你知道什么呀？还是老古董！"

于胡源忙闭上眼，不说话了。李佳靓偷偷地笑起来，捅了辛娆娆一下，做了个鬼脸。辛娆娆笑着打她一下说："你这个鬼女子，到时候给你找个能收拾你的恶婆婆！"

"对不起，娆娆姐，我的心思你知道，还用我说啊？"李佳靓终于想起了签上千万不要有忌妒心的话，但不懂忌妒还叫人吗？

还是于轩考虑事情周全："娆娆，我看还是去一下吧。你给北欧一个电话，问外婆到了没有？如果到了，就先到他那里，如果没到，就先到剑光那里。不管怎样，大家都是朋友，就是你不愿意，见见也没什么呀！你说是吗？"

辛娆娆听话地拨通北欧的电话，但没有人接。铃声响了好久，终于接通了，没有听到北欧的说话，却听见周围人声嘈杂，好像有人在吵。对了，辛娆娆听见了吴剑光的声音："好了，无论如何，我们还是先把老人家接到我家去。不行？那就让外婆自己定吧！"

北欧也在叫："你凭什么？我的外婆到你家去？"

辛娆娆真正大吃一惊，一下惊惶失措起来："不好啦，于轩哥，怎么一个外婆，两个人都去接呀？这里面到底有什么原因啊？"

李佳靓也吃惊了："怎么？难道真让我说中了？"

于轩更惊愕了："真有这样的事？"

小车很快到了十字路口，于胡源叫把车停到路边，说："我看你们还是先去剑光家吧，我猜得不错的话，老人家一定会坐剑光的车……我回去了，娆娆，遇事要冷静！轩儿，你帮着点！"说完下了车，听儿子答应好，才朝家的方向去了。于轩掉转方向盘，直接朝吴剑光家——"聚豪园"驶去……

27

大家正好上午十点钟到达“聚豪园”吴剑光门口。

果然，于轩的车刚停下来，吴剑光的车也到了，随后北欧也打了个的士从后面追来。小区的保安追进来，喝问道：“你们是怎么搞的，为什么不让检查？也不给登记？”

见没有人理睬，保安嘟囔着：“哎哎哎，不管是谁，只要是外面的车，进来都要检查登记……”

还是没有人理他。不管是车内车外，除了保安，再没有人说话，车内的呼吸粗重，都从车窗逼出来了。瞬时，冷空气凝重，好像一不小心，就会聚拢变成一块沉重的铅块，立马要落下来。保安似乎感觉到气氛不对，左看右看，前看后看，终于认定在这里马上会发生一场大风暴，只是他还不能确定这场风暴的制造者到底是哪辆车里的人！保安赶快熄了火色，溜到一边，等候静观了。

车门，都没有开，车内的人似乎都在等待对方先开门下车，彼此都希望从蓝玻车窗里先看见对方的神色，好以此决定接下来应当采取的攻略。

还是于轩的车门先打开，先后走下于轩、辛娆娆，还有一个一心想看个究竟的李佳靓。接着，另外两车的门几乎同时打开，几乎同时从车上下来吴剑光、北欧。吴剑光横着眼，脸色铁青；北欧满脸凶相，满眼血红，咬着牙，鼻孔直出粗气，胸脯起伏。辛娆娆紧张地看一眼吴剑光和北欧，不知道自己应当站在谁的身边。李佳靓没有犹豫，迅速站到吴剑光身边，等待事情的发生。

只有于轩，面色平静地看着事态的变化发展。

吴剑光弯下腰，朝车里说着什么。北欧冲过来，一把推开吴剑光，朝车内叫道：“外婆——我扶你……”说着双手伸进去，很快把外婆扶出来，向出租车走去。吴剑光不依，冲过来拉着外婆要朝自家别墅走去。两个男人的力气都挺大，一个朝这边拉，一个朝那边拉，把个外婆不知道如何是好。白家大哥随后也从车上下来，有些茫然地看看眼前显得有些陌生的环境和人物，动作和表情下意识地机械了，不知怎么办好。

外婆“呵呵呵”笑道：“好啦，好啦，我看你们两个都快把我这把老骨头拉散架了……”

吴剑光和北欧只好松了松手，但仍十分警惕地防着对方，准备随时夺回本属于自己的东西！

辛娆娆连忙上前问候道：“外婆，你好啊！”说完主动拥抱了一下老人家。

外婆抱着娆娆，亲切地拍拍辛娆娆，说：“我的好外孙媳妇哎，我又看到你了……”

辛娆娆的脸红了：“外婆，你真是……”说罢眼圈红了，为难地走到一边。

吴剑光赶快去扶外婆，却被涨红了脸的北欧用力一把推开，呵斥道：“去去去，外婆，我们走！”说完搀着外婆就朝外走。

白家大哥突然眼睛一亮，来了精神，急忙托着外婆的腰，朝前一指说：“北欧，你看那是谁？”

北欧回头向上一看，别墅大门敞开着，一个漂亮的中年女人推着轮椅上的老头从屋里出来。白珊花两口子朗声笑道：“欢迎你们！妈，大哥——”

于轩朝女主人看去，简直不相信自己的眼睛！她不是当年那个领他走到父亲面前的年轻女人！怎么？她是吴剑光的母亲？霎时，剧烈的惊遽震撼了他全身，差点叫出声来！白珊花也看见了于轩，但表情没变，似乎早有准备。她向于轩轻轻点头又轻轻摇摇头，似在招呼，又在制止。于轩立刻站住不敢再动。白珊花再次将目光一扫，突然看到北欧，瞪大双眼蓦地吃惊，笑容突然僵硬。北欧更愣，她？他们不是街上遇到的那对老夫妻吗？

白家大哥不知内情，拉着北欧指着白珊花说：“北欧，她就是你的妈妈！

你的亲妈妈！——妹妹，他就是你日思夜想的儿子北欧啊！”

除了白家大哥和外婆，所有的人都吃惊了，都不敢相信自己的耳朵。吴剑光无比惊骇，大瞪的眼里却空洞无物，似乎一场世界大战即将来临！白珊花木头似的定在吴志国身后，脸上表情急剧变化，嘴里嘟哝着：北欧？那个在街上帮助过我们的年轻人？他就是我的儿子北欧？轮椅上的吴志国明白了，急忙说：“快，快，让大家赶快进屋来！”

没有人听他的。白珊花像刚睡醒的样子，对着远远的北欧低声喃喃：“你就是北欧？你就是我一看见就想起我的不幸的北欧？”一会儿，她丢下吴志国，慢慢转过身，缓缓向屋里走去，嘴里不停念着：“狠心殴打，弃我而去……狠心殴打，弃我而去……”

白家大哥扶着外婆再次招呼吴剑光，吴剑光没有理睬，然而身体竟像被人狠狠推了一把一连晃了几晃，差点没有站稳！李佳靓连忙向他靠过去贴紧他，以身体给他做支撑。吴剑光看看面前的北欧，再看看向屋里走去的继母，突然握起拳头，朝自己头上猛击，吼道：“笨蛋都能看出来！果然来了！”

北欧愣在那里，像一尊没有意识的石像。没听见什么，也没看见什么，更不知马上将会发生什么事情！于轩和辛娆娆似有所悟，你看看我我看看你，站在原地一动不动，想明白刚才到底发生了什么事情。

屋里，白珊花浑身无力，忽略了母亲和哥哥正从外面进来，也忽略了身体有病的老公还在门口的轮椅里坐着，脑海里却不停地翻着过去的事情，那一幕幕情景像发黄的纸片一样一样展开……

于轩和辛娆娆很快站到北欧身边，不知该如何改变这残酷的局面！

吴志国孤单地左顾右盼，吴剑光黑着脸赶快跑上去，想把父亲推进大门，吴志国不愿意，瞪了他一眼。他连忙俯下身对父亲说句什么。吴志国白他一眼，骂道：“放屁！”

吴剑光只好站在父亲身边漠然地看着眼前的场景，不再说一句话！

时间一点点过去，忽然，北欧痛心地号叫起来：“天啊，为什么……啊……啊……啊……”瞬间，像一座小山突然崩塌，像突然害了严重的疟疾病倒下，猛地蹲到地上，全身抽搐发抖，没有恸天的哭号，但嘶哑的呜咽令人揪心……

终于，辛娆娆明白了，她急忙扶着北欧，难过地说：“北欧哥，北欧哥……大声哭出来吧……”叫着叫着，自己竟然也伏在北欧背上大哭起来，好像遭遇此情此境的不是北欧，而是她自己。

吴剑光不禁皱皱眉头，恨恨地大声叫道：“娆娆——娆娆——”

辛娆娆突地转身，像不认识一样看他一眼，恼怒地咬咬牙，很快转过身去……

李佳靓没有任何表情，内心却幸灾乐祸，就像正在看一部美国大片，既惊险又刺激。吴志国向儿子指指北欧、娆娆的方向，吴剑光只好从石阶下来，迟疑地向北欧走来。北欧猛然抬起头怒目而视。吴剑光不屑地“哼”一下，迅速停下脚步，停在辛娆娆面前，再不肯向前移动一寸，牙紧紧咬着，脸上布满冰霜。辛娆娆很不满吴剑光的态度，马上将脸侧向一边。

于轩微微摇头，小声叫：“北欧……”

北欧蹲在地上一动不动，像块石头！

忽然，于轩想到一个同样严重的问题：啊！吴剑光的母亲当年把自己送给父亲，该不会北欧才是父亲的亲生骨肉吧？瞬间，他为自己这个大胆的猜测吓了一大跳！

白珊花再次从屋里出来，下了石阶，一步一步挪着，好不容易挪到北欧面前，“咚”一声跪下，连续几个头撞地，终于头磕地上好久不起。忽然，她悲怆地仰天哭喊：“北欧，我的儿啊，是妈对不起你呀！二十多年了，妈忍心丢下你不管，真是该千刀万剐啊……”

吴剑光别开愤怒的脸，看着远处，似乎一切与他无关。吴志国转动轮椅，将身一倾，差点从轮椅里滚出来。他叫道："莲莲……小光，扶起你妈妈……"

吴剑光没有反应！突然北欧腾地站起来，一双血红的眼睛凶狠地瞪着白珊花，双手指着，咬牙切齿地说："你这个坏女人，为了自己一个人幸福，竟然忍心丢下自己的亲生骨肉，到人家来寻欢作乐。我没有你这样的妈，也永远不要见你这个女人！"说完，拉着辛娆娆说："娆娆，我们走！这里不是我们待的地方！"

于轩死死拉着他俩，劝道："北欧，冷静点。"

"我冷静得了吗？二十多年里，我想妈的时候，她在哪里？别人骂我'有娘生，没娘养'的时候，她在哪里？人家的儿子是儿子，她自己生的就不是儿子啦？我倒要问问，天下哪有这样的道理？"北欧怒不可遏，蹦跳着向于轩一连串地轰来……

于轩一面安抚，一面劝阻。辛娆娆不忍心看北欧这样，无奈以目光求助吴剑光。可吴剑光躲闪着她的目光，但心里燃烧着腾腾火焰，牙根咬得鼓鼓响！

北欧再次命令辛娆娆跟他走，吴剑光马上抓住娆娆的手，强硬阻拦道："娆娆不能走！"

"别管我……"辛娆娆强挣着把手抽出来，躲到北欧身后。吴剑光再次抓住辛娆娆的手，北欧一拳挥过去，击向吴剑光。吴剑光胸部被重重一击，本能晃了几下，一屁股坐到地上，但辛娆娆的手依然被他抓得紧紧的。

"老板……"李佳靓跑过来，扶起他，迅速给他拍打身上的土屑。辛娆娆继续挣扎着，试图再次抽出被吴剑光紧抓的手，然而吴剑光就是不放。

白珊花跪在那里，依然头埋在地上，突然翻倒在地上。

"莲莲……"吴志国从轮椅里扑出来，从石阶上滚下，老泪纵横地哭着叫道："年轻人……不，北欧，不怪你妈，怪我太自私呀！我只关心我的儿子，我只想到我家的安宁幸福，不怪你妈，我才不是人啊……"

吴剑光见父亲如此撕心裂肺，不顾继母情况怎样，拉着辛娆娆就冲过来，扶起父亲，然后将手在空中一划拉，冲着北欧愤怒喊道：“吴家不是你撒野的地方！你妄想分上一杯羹，现在，带着你的妈给我滚——”

吴志国扬手用力一挥，重重打在儿子脸上，吼道：“不孝的东西，她也是你的妈呀！天啊，这是报应啊！”

白家大哥跑过来，扶起白珊花，说：“你们，你们这是干啥呀？”

于轩也跟着过来从白家大哥手里接过白珊花背到自己背上，快速上了石阶，从吴剑光身边擦过，进了屋里。外婆跟着从屋里出来，悲怆地大声喊：“狗根，听外婆的话，这事不怪你妈，全是外婆的错……”

然而北欧只看着天空，吼叫道：“姓吴的，你以为你吴家有几个臭钱就可以为所欲为？妄想！老子不稀罕！白送老子老子都不要！”

被吴剑光紧紧抓住的辛娆娆低声哭泣，很伤心，李佳靓走到她身边，一面轻轻拍着她的背，小声安慰着，一面将不屑的目光投向北欧。

场面十分阴冷惨烈。外婆又说道：“北欧啊，你把错都加在外婆头上吧，你妈当年受的苦够多了，全是你那没有人性的父亲造的孽呀……”

于轩从屋里出来，听明白了，一切都应当怪北欧的生父，要不是他的绝情寡义，一个家不会是现在这个样子。可他的生父是谁？不就是自己的父亲于胡源吗？自己是谁？一个曾经流浪在外，而今鸠占鹊巢的小叫花！

北欧不看外婆，指着屋里的白珊花说：“我发誓，如果你不说出生我的男人是谁，别怪我今生今世同你没完！”说完丢下辛娆娆，丢下所有人，像滚动的雷声一样走了。

辛娆娆向北欧大声喊道：“北欧哥……”

28

北欧走后，大家坐在别墅的客厅里，听几个当事人粗略地叙述发生在当年的事情。虽然没有指名点姓，但是事情的轮廓却十分清楚：北欧的母亲被人抛弃过后，卖菜帮人，生活困难，由母亲做主，改嫁吴志国；吴志国应允婚姻，但条件苛刻，只许她一人进门，以他子当己子，永不返家认子；外婆隐瞒，为的是女儿幸福……悔恨的诉说和痛苦的故事，交织闪现着破碎家庭的残酷历史画面，毋庸置疑，这种伤害不止涉及一个人，而是涉及在场的每个人！

吴剑光不说话，铁青着脸坐在一边，脸上肌肉完全僵硬了。李佳靓陪在他身边，不敢发声。辛娆娆和于轩站在一起，不时向外望望，她多希望能看到北欧哥的身影，然而，最终她低下头，谁也不看。

北欧的亲生父亲到底是谁？成了所有人关心的话题。然而，白珊花不说，大家自然不好问。辛娆娆潸然泪下，只有于轩看着白珊花好像担心什么。果然，白珊花并没说出她当年以捡拾孤儿于轩冒充儿子北欧还给于胡源的事。如果她把这一切都说出来，那就更乱套了。于轩松了口气，他从心里感谢白珊花给了他和父亲一个面子，但他绝不因此原谅白珊花抛弃亲生儿子结束苦难，追求个人幸福的行为！

这件事，出乎大家的意料——不能怪北欧！多年不见的母子，竟然在这种情况下见面，是谁都会难受，是谁都不能接受这样的现实。于轩很同情北欧，就连刚刚对着北欧大吼大叫，胡说八道的吴剑光也不得不点头认同，并且或多或少意识到自己多年来剥夺了北欧的母爱，父亲当时那种不近人情的做法的确令人蒙羞。但他仍然坚持说："……我爸作为一个男人，一个父亲，为自家想得多点，这是人之常情，何况事情的起因并不在他身上。所以该自省的不是我爸……”

谁都能听明白，该自省的是抛弃儿子的继母白珊花！

白珊花一味地指责自己，吴志国一直懊悔地摇着头。吴剑光不时向白珊花射出不满的目光，全然没了平时的亲近热络。于轩走到白珊花面前，想说什么，白珊花横了他一眼，并轻轻将他推开，一句话不说。于轩似懂非懂，心情很复杂，走也不是，不走也不是。他拍拍辛娆娆，同样，想对她说什么，可看她那悲戚的样子，便什么也没说，他知道现在最难过且最能够体会北欧心底痛苦的只有她。

辛娆娆的确不理解：北欧有母亲，而且母亲就近在咫尺，却犹如千里万里之遥，难道当母亲的就从来没想过要看一眼自己的亲生儿子？北欧有父亲，但是北欧的父亲在哪里？如果北欧的母亲知道，为什么不给儿子传递个信息，让北欧哪怕偷着看一眼自己的亲生父亲也好啊！外婆呢？竟然为了女儿帮着隐瞒外孙这么许多年，而让外孙饱受失去父母的痛苦！这些人都是辛娆娆最敬重的人啊！现在看来，他们究竟为了什么？

辛娆娆是个孤女，若不是周妈妈，她何曾尝过母爱的滋味？她本来喜欢吴剑光的妈妈，可今天看来，这个本当是北欧母亲的女人，这么多年来，却把伟大的母爱全都给予了别人的儿子，对自己的亲生儿子却不闻不问，这是何等的仇恨才使她这样做？白珊花当初给辛娆娆留下的美好印象立刻变成乌有，变成不齿。她本来喜欢北欧的外婆，现在她也不想喜欢了。至于吴剑光的父亲吴志国，辛娆娆不想去评论，让他去受良心的谴责吧！

白珊花还在流泪，外婆不断叹气，舅舅低着头满脸不安，吴志国自己滚着椅轮进了卧室。于轩和吴剑光走出大门说着什么，辛娆娆谁也不看，心里正在酝酿着一个重大而惊人的决定。

吴剑光和于轩从外面进来，对大家说：“天已不早了，我看咱们还是先吃饭吧！刚才我从外面叫了一桌饭菜，一会儿就到……”

可大家没有动的意思。突然，辛娆娆站起来，神情非常严肃地说："各位老人，各位朋友，我刚才做出一个重大决定：今天我就嫁给北欧！我要做他的妻子，分担他心中的创伤……"

"娆娆——"吴剑光大声制止，但显出无力和心虚，身体几乎虚脱了。

"老板，这是我刚才的决定！"

其他人也吃惊了，特别是李佳靓不相信自己的耳朵，急忙问："娆娆姐，你不是说你们已经不可能了吗？"

辛娆娆长长出了口气，说："是的，原来我这样认为，现在我决定了，而且，我只有和北欧成为夫妻，才能抚慰他那颗受伤的心……"

李佳靓看一眼吴剑光，一丝暗喜在她眼里闪动。吴剑光脸色铁青，想说什么，但于轩制止了他，他只好恨恨地"嗨"一声转身背对着辛娆娆双手撑在墙上，直喘粗气。辛娆娆知道他想说什么，便十分坦诚地说："老板，我知道你想说什么，也知道你对我好，但是你比北欧强多了，你什么都有，有爸有妈，有别墅，有车，有公司，可他什么都没有，我嫁给他，他就拥有了我……"

吴剑光突地转过身，很不情愿地叫道："你，不要说了！"他负气走到一边，胸部起伏，看着远处。

"对不起，我现在要到北欧那里去了！"辛娆娆没有单独和哪个人打招呼，说完就往门外走。

和刚才完全不同，辛娆娆脸上十分平静。她知道，事情已经到了这一步，恨谁？没有用！爱谁？只有再爱北欧！小时候和北欧一起相依为命的日子一幕幕浮现在她脑海。虽然她曾生过北欧的气，为他的自卑和自负，为他的偏激和固执，为他的妒忌和不满，为他的不近人意。但是，她现在不能丢下北欧，她要和北欧一起承受这不忍之痛，抚平北欧的心灵创伤，要和北欧走好以后的路！她要对所有人说，她不是心血来潮，更不是一时冲动，她说的全是心里话！

忽然，吴剑光的继母——不，北欧的母亲白珊花奔过来悲切叫道："娆娆，我，我，我谢谢你……小光，你去把那串项链拿来好吗？"

吴剑光恨恨地白了她一眼，没有回声，犹豫许久，才终于缓慢上了楼，又是好久才下来。辛娆娆看在眼里，一时分辨不清吴剑光的目光里到底含着些什么。吴剑光下楼来，手里拿着那条曾经被辛娆娆拒绝过的心形玉坠项链，怨恨地扔到继母手上。白珊花接过项链，看了一下，还是亮晶晶的。她叫道："娆娆，你过来，让，让妈给你戴上。"

辛娆娆的脸侧向一边，不断摇头，她不想过去，不想以任何身份走近她身边。但于轩推着她，她只好走过去。白珊花见辛娆娆的头发好乱好乱，想帮她把头发拢一拢，于是牵起她背后的大圆领子。忽然，她大惊失色，瞪大双眼叫道："妈，你过来看……"

大家一惊，不知道又出了什么事。外婆急忙走到辛娆娆身后，问："怎么啦？有什么不对吗？"白珊花快速揭开辛娆娆的大圆领，外婆伸过头，猛地看见辛娆娆肩背上有一个大大的月亮形胎记。

外婆瞪大双眼，失语片刻，惊惶失措叫道："天啊，怎么是这样啊？"

白珊花两眼呆滞，大而无神，一切在她眼里成了虚无的，只有那个月亮形的胎迹在她眼前晃过来晃过去，特别真切。

白家大哥吓了一跳，害怕母亲摔倒，连忙上前扶起老人家。于轩和吴剑光不明两个女人从辛娆娆身体上看出什么，怀疑地探询对方后，急上前两步，忽然意识到什么又马上后退，伸长脖子看辛娆娆。李佳靓挤到跟前，果然看见那个月亮形胎记。保安和几个路人猜出这一家人一定发生了什么事，干脆上来想知道事情的结果。吴剑光像吆喝牲口一样把他们赶走。

吴志国滚动椅轮从房间出来问："你们这又是怎么啦？把我吓得心跳都要停了。"

白珊花走到吴志国面前，呆呆地看着丈夫："志国……我……"她看看这个，再看看那个，茫然地摇摇头。吴志国重重碰她一下，她才有了感觉。她扑到丈夫怀里，号啕大哭起来。那边外婆老泪纵横，这边白珊花在痛哭，两个女人的哭声此起彼伏，只有辛娆娆漠然地站在中间一动不动，似乎一切与她无关。

于轩不由得浑身一震。吴剑光更看出来了，他紧抿双唇，脸上表情越来越纠结，脸色越来越青，目光迅速地变换着，死死盯着辛娆娆，足足盯了两分钟，好像他从来不曾认识辛娆娆，现在一定得把她刻在心中不可。随着，他张开双唇，差不多一个字一个字地蹦："你，就是她生下丢弃的女儿？"

"啊？娆娆姐，是真的？"

辛娆娆茫然不知所以，愣在那里。

吴志国抱着妻子，冲着莫名其妙的辛娆娆扫向大家，不知问谁："到底是怎么回事？"

辛娆娆将茫然的目光伸向门外，旁若无人地喃喃低语："跟……跟我有关系吗？我走了……"说着就往门外走，于轩急忙跟上。

突然，白珊花从吴志国怀里挣脱出来，不管辛娆娆愿不愿意，像刚才对北欧那样，又是"咚"一声跪在她面前哭喊道："娆娆，好孩子，你不能嫁给北欧啊，他，他……"

辛娆娆不看白珊花，整好衣领要向门外走去，还是那样喃喃低语："刚才不是说得好好的吗？现在为什么又不行了？"

李佳靓本来是看热闹的，对北欧是白珊花的儿子一事已经吃惊不小，现在居然辛娆娆也是白珊花的女儿，更是闪电霹雳了。她抓住吴剑光，生怕吴剑光扑上去。白珊花抱住辛娆娆的双腿，仰着脸哭着却语意清晰地说："你们不能结婚啊，你是北欧的亲妹妹，北欧是你的亲哥哥……"

"啊?!"辛娆娆终于醒了，脸"刷"地煞白，硬了全身，只有唇和手在不停地颤抖，一个趔趄，差点倒在于轩身上。于轩赶快扶着她，她抓住于轩转过身体，双眼死死盯着眼前这个最为可恶的女人！其他所有的人全吃惊了，一个个把惊异的目光投向白珊花……

29

空气越来越冷，保安不好再继续在门前观看，悄悄溜了。

白珊花身体瘫软了，两手撑在地板上，仰着头，边抽咽边哭诉："我记得很清楚，北欧的妹妹生下来后，我和外婆都看到她的肩背上有一块胎记，而且不是一般的胎记，那是月牙形的，非常漂亮……"

吴剑光担心她再说出点什么不好听的事来，想去制止她，但见她还是不断哭诉，他脸上显出厌恶，制止道："丢不丢人呀？别说了，你以为那是光彩事？好听吗？"

吴志国的脸上布了层霜，白煞煞的，他厉声制止道："小光——"

吴剑光十分委屈，很不情愿地吼道："爸……丢死人了……怎么我们父子俩摊上这种事呀？"说完将脸转到一边，将目光投向门外茫茫的天空。

白珊花没理会，继续哭诉："娆娆，我的女儿……是妈太顾脸面，太自私……"

辛娆娆突然转身惨笑几声，然后以愤怒的目光射进白珊花已不年轻的双眼，恨得咬牙切齿："不可能！我从来不知道自己肩背上有这样的胎记，凭什么要这样认为？"

白珊花企图再次抱住辛娆娆的腿，见辛娆娆否认，马上迎着辛娆娆的目光喊叫："娆娆，你真是我的亲女儿啊……"

吴剑光提高声音，朝继母愤怒吼去："还说什么？进房间去——败兴！"

白珊花异样地看着他，好久好久才喃喃低语："怎么？你觉着我这个妈给你丢人了吗？”

吴剑光已经疯了，吼道：“做了丑事，还能给你颁个勋章？”

吴志国慌不迭地制止道：“小光……莲莲……莲莲……”

于轩看出吴剑光的情绪异常，连忙推开他，扶起白珊花。而辛娆娆牙关咬得紧紧的，狠狠剜了吴剑光一眼，不再看任何人。对吴剑光的表现，吴志国看得清清楚楚，他顾不上许多，只是失望，难过……

白珊花又说：“娆娆，真的，你是我的女儿……”

忽然，辛娆娆想起，曾经周妈给她洗澡的时候，就对她说：“娆娆，你肩背上这块胎记可漂亮了，月牙形的，两尖朝上，要是以后你的亲妈看见它，就是不相信也会马上认你的……”从那时起，辛娆娆第一次知道自己肩背上有一块十分漂亮的月牙形胎记，可现在她无论如何也不愿意相信这个事实！她不愿跟这个可能是她亲生母亲的女人挨得太近，她朝边上走了几步，漠然地站着，似乎眼前发生的事与她没有一点关系！

白珊花继续说：“我们可以去做 DNA……”

辛娆娆终于爆发怒火：“DNA，DNA，现在你知道 DNA 啦？当初生下我的时候，你怎么没想到 DNA？既然不认我，当初就别生我，可生了我为什么扔了我？就算我见不得人，我也是一条生命！你们好狠心啊！”

显然，这个“你们”中不光指白珊花，还有……

所有人鸦雀无声，连呼吸都能听见。辛娆娆必须搞清楚一个严肃的真相：既然北欧哥的父亲丢下他们母子走了，那么我又是谁的女儿？她无法平静面对白珊花，恶狠狠地问：“你告诉我，我又是怎么来的？”

白珊花没想到辛娆娆会这样问，愣了半天才反应过来，她看看外婆，忽然双手捂脸蹲下身体，哭得伤心极了：“娆娆……不是妈不想说，而是妈实在说不出口啊。”

辛娆娆以为自己听出来了，冷笑道：“哦？原来是你……”

“辛娆娆——你有完没完？”吴剑光皱紧眉头吼着辛娆娆，厌恶地转过脸去，他实在不想再听下去，他想离开，但被于轩紧紧抓住。

“完没完跟你没关系……”辛娆娆也不客气地回敬吴剑光。

“就是有关系，这关系也完了！你以为你还是公主？”吴剑光毫不退让针锋相对。

“谢谢你……”辛娆娆再不看吴剑光一眼。

外婆打断辛娆娆的话，悲切地说：“娆娆，你以为你妈不守妇道？你错了！你以为你妈一个人在外求生活，遇到的都是好人吗？要不，她为什么不要你？为什么狠心丢下北欧？”

辛娆娆似乎听明白了，原来自己是个来路不光明的私生女，连知道自己亲生父亲的资格都没有！她睁大惊恐的眼睛不断摇头，不断后退，愤怒指着白珊花，跺着脚大声嘶喊：“当初你为什么要留下我？为什么现在一定认为我就是你生的？我不承认——”歇斯底里的叫喊震撼了大家的心，从来给人活泼可爱印象的辛娆娆竟也有如此般的刚烈！

于轩吃惊，吴剑光吃惊，李佳靓更是瞪着大眼睛！

一个如此漂亮美丽、聪慧可人，又有高学历的女孩竟然是来路并不光彩的私生女！大家把目光都聚向辛娆娆，希望得到最后的认定。吴剑光向天叫道：“天啦……怎么办啊？”他终于出了门，走到最前面的樟树底下，离得远远的，冷冷地看着这边，好像这一切都与他无关。于轩生怕发生什么不幸，不敢离开。

李佳靓暗自高兴，她赶快跟过去，既像是安慰，又像是挑动，说：“老板，别生气，他们的事与你无关，你没有必要把自己搞得很难过……”

吴剑光马上找到发火的对象，大吼一声：“滚一边去！”李佳靓吓得走到一边不敢再说话。

外婆全身无力，蹒跚地走过来拉住娆娆的两只手摇着：“娆娆，外婆记得很清楚，你的月牙形胎记十分特别，那就是两个尖朝上，我永远也忘不了啊……”

辛娆娆冷冷抽出手来，两眼逼人，直射外婆：“那你说，当初把我送到哪里去了？”

白珊花仍然伤心抽泣着。外婆说：“那天我把你抱出去，本想把你放到进城的大槐树下，等人家抱走，没想到这时来了我认识的一个姐妹，她听我说了情况后，主动要我把你给她，她说绝不会把你送到不明不白的人家去，一定要给你寻个好去处……”

“到底送哪儿了？”辛娆娆收回目光，看着地上，蓄足力气，声音提高了八度，悲怆苍凉，令人无不痛到心底。

“当时我把你给她后，我就回医院去了，不知道她到底把你送到哪里去了。好多年以后，我去找那个姐妹，她早就走了……再后来，我也到处找过，但就是没有找着……”

“后来就没再没找过？”辛娆娆厉声再问，但听得出，她已经没有力气了。

白珊花流着泪说：“我找过两次，还找过南高孤儿院。第一次是几年前，接待我的是个姓周的大姐……她说不知道这回事；这回我又去了，但那个周大姐已经死了，更没有人说得明白……”

“天哪！果然是这么一回事！”辛娆娆忍不住仰天大叫。她终于相信，北欧哥真是自己的亲哥哥，扔下北欧不管的女人真的是自己的亲生母亲！她不要，她坚决不要这个女人！这个女人太恶毒了，太残忍了。为什么这种女人还要受到人们的尊敬？她抓住玉坠项链，使劲一扯，恶狠狠地摔到地上，断了的链子躺在地板上，像一条小小的蝎蛇，那玉坠像一枚失去鲜血的心脏！

她要马上离开这里，这里不是她待的地方！她要去找她的北欧哥去！她冲出门去，于轩急忙拉着她，轻轻叫着：“娆娆，冷静点，好吗？”

辛娆娆声嘶力竭地吼道：“冷静什么？要是你们，能做到冷静吗？”

吴剑光见辛娆娆要走，才知道他将失去什么，他冲过来，想拦她，却被李佳靓拉住，他迟疑地叫了声“娆娆……”停下了。他心情复杂极了，他曾爱她若狂，现在，他又恨她为什么有那么一个肮脏的身世，而且一同带给他肮脏的竟然是他叫了二十来年“妈妈”的继母！他真不知道现在该是可怜同情辛娆娆，还是该厌恶不齿辛娆娆。突然间，他挣脱李佳靓跑过去拉辛娆娆的手。辛娆娆别开脸，将手一扬，她再不会理睬这个不仅剥夺了她和北欧哥快乐童年，而且居高临下向她和北欧，还有养育他二十来年的那个女人射出不齿、不屑“子弹”的男人，哪怕他曾经多疯狂地爱自己，给了她多么震撼心灵的吻，她也再不会跟他有半点情感上的纠葛！

于轩心疼地站过来，语气极为温和：“娆娆，别伤了身体……哥会帮你……”

辛娆娆眼泪涌出来，扑进于轩怀中，哭诉说：“于大哥，我……为什么会这样苦？周妈妈给我取姓‘辛’，说明我是新生孤儿，给我取名‘娆娆’，就是希望我学会饶恕弃我于不顾的女人，可是，我做不到啊！”

辛娆娆尽情地哭着，震得近前的梧桐树落下悲怜的叶子。吴剑光见他本来认定此生只属于他的辛娆娆竟是继母遭强暴后结下的苦果，不再有勇气也不想再有勇气给辛娆娆一副强有力的臂膀和宽广的胸怀，因为他感到恶心！自然，也绝不会想到他和辛娆娆以后还会有牵连。

于轩想起自己的身世，难过地拍拍娆娆，什么也不说，心想：这种苦味不是谁都能品到的啊！北欧现在一定正为自己不幸的事愤怒，如果他知道在同一地方又发生了一件关乎娆娆身世的事情，还不知作何反应！

辛娆娆哭够了，没有力气了，她低声说：“于大哥，陪我去北欧哥那里吧？”

吴剑光见于轩点头，也想表现一下“好合好散”的大度和宽容，但他底气不足，彷徨左右才说：“娆娆，我陪你去？”

辛娆娆冷漠摇头："不用……"

于轩向吴剑光摇头示意，然后向众人招完手，和辛娆娆出了门……

30

吴剑光、李佳靓站在门口，眼睁睁看着于轩、辛娆娆下了石阶，走过空地，进了车。李佳靓鼻子里发出轻蔑的"哼"声，撇了撇嘴唇："我还以为好了不得，原来……"话没说完，便随意挽起吴剑光的手臂。

吴剑光有些恼火，明明知道他好晦气，李佳靓还在这火上加油。他恼怒地甩掉李佳靓的手进了门，向父亲走去。李佳靓急忙跟去，额头却碰到门枋上，撞了个青包，虽然委屈，也强作笑颜，转身对大家说："外面冷，我还是关门吧？"

没有人理她。吴志国把吴剑光叫进卧室关上门，一会儿里面传出他的大声训斥："小子，你以为我没看出来你在想啥？告诉你，我很不满意你今天的表现！暂且不说事情的对错，如果你真爱她，你就不能这样当缩头乌龟，否则你会遗憾终生！"

吴志国继续训斥："同样，你是怎样对你妈的？你妈出那事，本来就是不幸，也不是她心甘情愿的，否则，她会把娆娆送人？她不就想忘记过去吗？二十来年了，你妈是如何对你的，你忘了？可以说，没有你妈，就不会有你的今天！今天的事，你妈肯定痛苦，你只有好好关心安慰你妈，否则，你就不是我吴志国的儿子！说到娆娆，更不能怪她，她有罪吗？你是爱她这个人还管她是什么出身？听见了吗？"

"听见了……"

"你好好想想吧……"

吴剑光从卧室出来，虽然不情愿，但还是点点头，像个听话的孩子，低眉顺眼地走到白珊花面前，极不自然地叫道：“妈，先吃饭吧？”

白珊花没作声，眼里却透出一抹寒心的目光。

虽然天并不冷，但是大家的心都凉凉的；虽然大家见面已经半天，但是此刻却依然显得十分陌生。谁都没有说话的情绪，每个人的心里都像压上了一块大石头，沉重极了。吴志国脸色十分难看，他努力控制住巨大的痛苦，一直沉默着。白珊花知道所发生的事情都是因她而起，苍白着一张脸。外婆不说话，白家大哥耷拉着头……

吴剑光表面上接受父亲的训斥，心里却认为父亲不应当把自己良心上的愧疚转嫁到儿子身上，所以心里很是愤愤不平。那是你们犯下的错，为什么要我来承担？北欧遭遇不幸，并非我所造成，难道也要我负责吗？他的固执、偏激，那样不近人情，难道也是我造成的？

倒是对辛娆娆，吴剑光心里真有一股说不出来的滋味——火车上的偶然邂逅，令他一见钟情，无论北欧如何阻拦，他都坚定信心一定要娶她为妻共老白头。哪里晓得她竟然是个令人唾弃的私生女！而且是养育自己二十来年，且为自己一直引以为豪的继母的私生女！前两天，他已经把决定自己终身幸福的热吻奉献于她，获得她的热烈回应，他终于尝到爱情的甜蜜滋味——但现在，他不再相信自己的最初感觉，那吻冷冷的涩涩的苦苦的，似乎虚无缥缈，来得匆匆，去得也匆匆。是的，这是一种莫名的耻辱，他不愿以后面对她的出身，无法保持对她由衷的爱慕，就别说共结连理了。很快，吴剑光下了结论：他不应当有这样一个继母，他的继母应当是清白的好女人；他不应当有一个来历并不光彩的爱人，他的爱人应当是冰清玉洁的好女子。

白珊花虽然不说话，但她心里却痛苦得像盛满了苦水的缸，倒了许多还是没法倒完。那剩下的又是什么样的苦味，只有她才知道。她的眼前，不断闪现出当年的情景：穷山沟的简陋学校和菜地，于胡源的拳头和仇恨目光，独守茅屋的凄凉，怀身大肚的艰难，乡邻们的讥笑嘲讽，宜南城的所有不幸……直到把儿子调包送还于胡源，进了吴志国的家门，她才过上了平稳幸福的生活。

多年来，她循规蹈矩，从不和外人接触，在家相夫教子，视剑光为亲生骨肉，一心一意尽自己做妻子做母亲的本分——因为吴志国爱她，一天也离不开她，她想要什么就买什么，老夫少妻却恩爱有加。剑光亲她，每天要她宠他，“妈妈、妈妈”地叫个不停。真是做到了一家人，谁也离不开谁，她成了吴家父子不能离开的主心骨。她特别珍惜这段婚姻，更不愿提起过去。她给了母亲哥哥更多的钱，求他们好好培养北欧直至上大学，求他们千万不要对北欧说起她的事，也不要告诉他妈妈在哪里。至于那个小女儿，就让她自生自灭吧，她再也不愿去想她。

白珊花满以为这样就能够使母亲和儿子过得幸福安逸，自己也可以忘记一切而心安理得地享受幸福。但是，随着剑光的长大成人，她渐渐老了，养尊处优的她想起过去，开始了对母亲和北欧，以及那个小女儿的思念，每个晚上很久很久都不能入睡。看着身旁丈夫惬意的睡相，她想知道，母亲身体好不好，北欧是不是听话，那个小女儿是不是还在……她想去看看，出去找找，但是又怕志国责怪，更怕失去剑光的尊重和理解，破坏了家里原有的幸福气氛，以致一直不敢提说。

直到吴志国终于提出要她回去看看母亲怎样，北欧好不好，她才回了一趟家。哪料她只看到母亲，却没有看到北欧，就连一张相片也没有。听母亲说，北欧从小学毕业开始照相起，就没有留过一张相片在家里，发誓“你对我不仁，我就对你不义”。这次回去，母亲告诉说北欧已经大学毕业，现在吉州城里工作，有了女朋友，十分漂亮。她非常高兴，哪里知道母亲、哥哥来了，一切全乱了……

白珊花猛然又一惊：北欧说过，如果不把他的亲生父亲是谁说出来，他会跟她没完。给不给他说于胡源就是他亲爹的事呢？如果说了，北欧又饶得了于胡源吗？那于轩又怎么办？不行，已经错了两次，这次再不能错，现在绝不能说！

吴志国内心的煎熬不比白珊花轻。他当年和先前那样做，太自私了。为了自己的幸福，却抓住别人的短处，提出没有人味的条件和约定，使白珊花一辈子成为他父子二人的私利品。近些年，他不是没想过让妻子回家看看，但他害怕那个从小没和娘在一起的北欧，害怕他变成什么都不是的人到他身边严重影响他一家的幸福和谐。失去前妻是他最大的痛苦，但白珊花抚平了他痛苦后的伤疤，他不能再失去白珊花，否则，他将活不下去。不过，他还是感到一丝欣慰，总算在他生命结束前让他们母子相认，不管现在怎样，今后情况一定会好起来的。而且要给白珊花和剑光说明白，娆娆是个好姑娘，既然她是北欧的亲妹妹，为了莲莲以后不受孤独和凄苦，就让她做我们的儿媳妇吧！我要在有生之年弥补自己的过失，让她充分享受到爱情和亲情……另外，不知白珊花怎样处理于胡源是北欧亲爹的事，但愿这回再不要错下去了，看看怎样对北欧和于胡源父子说明白才好——大概是罪有应得吧，近来体内时常发痛，但看妻儿既忙又愁，他简直不忍使他们分心……

外婆的心好像已经枯竭，脸上没有光泽，全是晦暗，眼里的泪水仿佛全部流干，昨天的眼泪，今天的枯井，可怜的一点水里映出过去的珊花和小欧……珊花不容易，北欧容易吗？婆孙俩相依为命，虽然有楼房、院子，但她总觉得一直过着四面透风的日子。虽有吃有穿，但小欧总说，我不要新房，我要妈妈……直到有一天，北欧知道自己在外婆家没有户口，他再不喊叫要妈妈了。

这是谁的错？是珊花，还是自己？要是当初做事考虑长远些，不就没有这些事了吗？真是个老糊涂！上次小欧和娆娆回来，那是个多好的机会！为什么不和他们聊天，把这些事情一点点地透露给他们？如果那样，现在接受起来不就容易得多啦！那回娆娆说她是孤儿，在孤儿院长大的时候，自己当时不是心里一动吗？为什么就没仔细问问？只知道女儿的幸福，却断了小欧的念想，叫小欧怎么不恨呢？她后悔来吉州城，如果不来，就不会发生这么多的事情，也不会让两个孩子那么痛苦。她又庆幸进城来，如果不来，亲亲两兄妹将会酿成怎样的大错？舅舅还是低着头，他正在为自己对妹妹的关心不够而懊悔！

只有李佳靓这时特别活跃，表情轻松，一会做这，一会儿做那，好像她是这个家庭中的重要成员。见她这样懂事有眼力，不说别人，就连吴剑光也感到欣慰。但非常聪明的他，却不知道，这个来自西蜀的女孩，心里正为辛娆娆是私生女一事高兴着呢！她认为，这是她准备登堂入室的第一步，现在必须借此机会博得众人眼球，为以后有可能成为吴家女主人下足工夫。

客厅里的空气越来越令人窒息，吴剑光越发感到心慌，再待下去，他会马上闷死。他站起来想出去，众人猛地抬起头注视他，脸上现出企盼，仿佛只要他走出去，大家会马上失去生的希望似的。

“剑光，你到哪里去？”吴志国脸色灰暗，紧皱眉头，使劲咬牙，似有忍受不了的痛苦。吴剑光刚站起来，他的眼睛马上眯条缝，有气无力地问。

吴剑光想躲出去，但他说：“我想到公司看看，快一天不在公司了，还不知道公司现在怎么样。——爸，您怎么啦？”吴剑光侧头一看，父亲真的好难受好痛苦的样子。

吴志国摇摇头，咬着牙说道：“你，你和我去看看北欧、娆娆吧。”最后一个“吧”字几乎是逼出来的，气息微乎其微。

白珊花慌了，摸摸他的头，把把他的脉。忽然叫道：“小光，你爸发烧……”外婆和白家大哥听了，急忙站起来。

吴剑光跑过去，搭手一摸，真的发烧。他急忙背起父亲，对白珊花说：“你马上拿上卡，到医院……”

“哎！”白珊花答应着上了楼进了卧室，一会儿出来，跌跌绊绊下楼来，急急忙忙跟吴剑光走。走到门口，她突然转过头，对外婆说：“妈，你和哥先在家里做点吃的，东西随便找，我到医院去了……”

白家大哥搓着两手，不知如何是好。外婆摆摆手说："你快去吧，我也没心思吃饭。唉，真是作孽哟！"

白珊花进了车里，把吴志国抱在怀里。吴志国拖着声气说："去……北欧那……"

吴剑光转过身求告道："爸，到医院吧……"

"不……我要去北……欧那……不答应……我下车……"

白珊花哭了："小光，依你爸，先到北欧那里吧。"

吴剑光黑着脸不看白珊花，却对着头上镜子吼道："你真狠啊，过去对你儿女，现在对我父亲！告诉你，你的债你去还！我们不去！"吼完欲发动引擎开走。

不知道吴志国哪来的力气，竟然挣扎着坐起来，伸出颤抖的右手，使尽全身力气对儿子骂道："忘恩负义的东西，今天你要不送我去北欧那，我宁可马上死在你面前……"话没说完，他竟一头扎进白珊花的怀里喘着气。

白珊花求吴志国："志国，别怪小光，都怪我……都怪我……"

吴剑光气恨恨地答应："爸，好……我依你……去北欧那里……"说完用力一踩油门，差点把两个老人腾起来……

31

天已经很晚，于轩和辛娆娆站在北欧宿舍前，敲过无数次门，但北欧就是不开门。于轩朝里说："北欧，如果你还是男人，就别这样躲着，事情总是要解决的。"

没回声，辛娆娆打着门，哭叫道："北欧哥……"痛哭伤人，她瘫软在地。

于轩想扶起她，但她站立不稳。

辛娆娆的哭叫声深深刺疼了于轩的心，他用力搀着辛娆娆大声说：“北欧！开门！你以为你才是天下最不幸的人，却不知道娆娆比你更为不幸！”

门突然开了，北欧充满恨意的双眼满是鲜红的血丝，他愣着眼神问：“于大哥，你说什么？……怎么回事？”

辛娆娆想挣脱于轩，站了几次都站不稳。她努力着，一只手紧紧抓住门框，积蓄一点点力气。于轩要去扶她，她不让，但抓住北欧，刚开口一句“哥……我的亲哥……”就说不下去了。

北欧急忙回应：“娆娆……你叫我什么？”

辛娆娆只是摇头，只是摇头，还是一句话说不出来，北欧十分着急。

于轩赶忙把娆娆扶进屋放到床上，把北欧叫到一旁，小声告诉他刚才发生的一切。北欧听着听着，眼睛睁得越来越大，嘴里连连倒吸冷气：“原来，原来，她……”他痛苦摇头，手指娆娆，可突然间手无力地下垂！

辛娆娆从床上滚下来，跪在北欧面前哭道：“哥，你不会不要我吧，我没有错，别丢下我……”

北欧终于明白娆娆的痛苦确实比他深得多！他蹲下身紧紧抱着娆娆，叫道：“妹妹，我的好妹妹……”说着与妹妹一起痛哭。

于轩被兄妹俩相拥痛哭之状震撼，急忙背转身擦拭眼睛。兄妹俩已完全沉浸在痛苦之中，他的心在剧烈地翻腾，他想马上告诉两兄妹另一个关于自己和北欧身世的事实真相。

“北欧，我……”他刚张开口，又马上闭上。不能，现在不能说！等到一切都平复后再说吧。于轩知道：两次撕裂，伤口正血淋淋的，如果马上说出另一事实真相，北欧会发疯！是啊，旧伤还没有好，无情的事实真相又将在没有长好的伤口上再撕开一条大口子——所以，还是先不说了吧。

突然，北欧瞪着血红的眼睛狂跳起来，大骂那个生了他而他却从没见过的男人，骂只会生他却弃他不管的女人，骂吴剑光和他的父亲吴志国，直到全身瘫软无力！

辛娆娆抓住北欧凄惶哀求："哥，不要这样，我害怕！"

北欧心疼地叫道："娆娆，我苦命的妹妹……为什么上天对我们这样不公平？我们该怎么办？你说，我们该怎么办？"

辛娆娆又一次跪在地上，叫着："哥，今生今世我们作最好的兄妹！幸好……"

北欧不想辛娆娆更为伤心，他压抑住内心的悲哀，扶起她："妹妹，你别怕，有哥，只要哥在，你就什么都别怕！"

兄妹俩现在唯一能安慰自己的，不是成为兄妹，而是在已经逝去的时光流水中，他们始终因为种种原因而没有跨越那个禁区，没有越过那条伦理线！

于轩莫名悲哀！真是幸好！否则他们会因为不应有的行为而走上极端，虽然那并不是他们的过错！

"北欧、娆娆，现在好啦！我们去吃饭吧。"

于轩和兄妹俩相互搀扶着，去"家庭小吃店"，从来不喝酒的几个人居然要了一瓶五粮液，啥话不说，只是闷闷地喝下一口又一口……

已经晚上十点钟，街上行人渐渐少了。北欧一路歪着，跌着，特别显眼。有人赶快上前搀扶他，但他却不领情，所有要帮他的人都被他甩到一边。刚才喝完酒，吃完饭，于轩要步行陪他回来，他坚决不肯，却坚持要于轩亲自送娆娆回去，因为，他唯一不放心的就是妹妹。

"别，别让姓吴的……小子纠……纠缠……"

"哥，不会，再不会……"

"不说了……过去了……"

终于要回到冷冷清清的"家"。说是家，其实就是两室一厅一卫，连做饭的厨房都没有——当初于胡源就是专为北欧这样的单身汉准备的，除了睡觉洗漱，其他一切都在公司进行。单身汉们如果要结婚，公司会另外给他们分配住房。按说工资不低，条件不可谓不好，但作为一个家，特别对北欧这样从小缺乏温暖的男人来说，就显得太冷清，太孤独！幸好上次他离开时没有退房，否则这次回来他连栖息的地方都没有。现在，这里虽然只能算是他的临时驿站，但也是他疗伤的避难所。他哪儿也不去，就在这里饿了吃包方便面，或者啃两个干馒头，渴了喝瓶纯净水，累了就倒在床上闭上眼睛，直到他把心里的伤疗好了，他才可能打开门到外面去吸一口新鲜空气，晒一把太阳光。

在辛娆娆来吉州之前，北欧深感孤独。虽然于轩对他很好，但毕竟有各走各路、人走茶凉的时候，平时除了和辛娆娆通通电话，其他时候他基本上不和工作以外的人打交道。他算是人群以外的男人，所以从来陪伴他的多是凄凉、孤独。若不是刘妍来了，他就可能窒息了。但刘妍又走了，他又陷于窒息之中。开始他以为自己渴望人群，可后来，他才知道他渴望的是亲情、亲人啊。

他的亲人在哪里，他又去哪里得到亲情？还是辛娆娆来到这个城市后，他才算有了些许生气和笑声，而且两人还时常去“家庭小吃店”吃吃饭，聊聊天，两人一起感受“家”的感觉。他本以为辛娆娆虽然是孤儿，但总算有周妈妈的母爱陪着她长大，在她人生的旅途中，不乏欢乐和笑声，谁知她的身世却比他更苦！他不能丢下妹妹不管，他是娆娆的亲哥，他要做娆娆的保护人！

北欧刚上楼，就看见白珊花、吴剑光和吴志国等在房门前。吴志国坐在轮椅上闭着眼睛，脸色微微发红，全是难受和无奈，白珊花紧皱双眉，透出羞愧和悔恨，吴剑光却目光漠然，熟视无睹般面对白墙眼珠子都不动一下。北欧很快猜出他们来做什么，但一切都无济于事，他根本不打算原谅他们，自然更不想再见他们。他旁若无人地从他们面前晃过，“嘭”！一脚踢开门冲进房间，蹒跚踉跄晃到床边，身子一歪，倒上床，然而，泪水像小溪般地流淌……

刚才喝酒的时候，吴剑光打了几个电话，他不接，娆娆不接，于轩要接，被他夺过手机，威胁于轩说：“如果今天你非接这个电话不可，那我们从此成为路人！”于轩只好不接，直到快九点钟，于轩才要送他回公寓，可他偏偏要一个人走回来。

吴剑光在外接于轩的电话，白珊花急忙推吴志国进门停在外面小客厅里，向着北欧的卧室求告道：“北欧，妈妈错了，你给妈一次机会吧，妈愿意用以后的时间弥补自己的过错！”

吴志国忍着巨大的痛苦断断续续说：“北欧……千错……万错都是……我的错，我……会把你和……娆娆当……成自己……的孩子的……”

吴剑光本对白珊花同意父亲来这里就有不满，现在听他们竟然这样说，更是不平，心说：哼，你愿意我可不愿意！想得美，我会求你原谅？简直痴心妄想！要怪只能怪弃你不顾的你的妈！与我何干？至于娆娆，她愿意嫁我就嫁，不愿意我还不伺候！天下出身清白的好女孩多的是！

十几分钟过去，仍不见动静。白珊花抽噎着说：“北欧，要是小光早把你的名字告诉我们，或者那天我们就知道你是谁，可能事情绝不会是这样……”

吴剑光真想吼白珊花几声！怎么扯上我了？谁让你当年发生那许多荒唐事？

忽然，里面传出推掀，砸碎东西的声音。随即，北欧怒吼道：“滚，你们都给我滚！今生今世我再不想见到你们……”

“北欧，你不理我，总不能不理你的外婆吧？”白珊花突然想到外婆，她想用外婆来打动北欧的亲情。

北欧不吃这一套，仍然吼着：“滚，我谁都不理，我不想见……”

吴剑光这时发声了，他对着屋内吼叫道：“走啊，好话已说了许多，人家不稀罕，还厚着脸皮说啥呀？你们不走？那我走！”

公寓里的人听见吴剑光的嚷嚷，有的轻轻开门来看，有的上楼来看到底发生了什么事，可一旦看见吴剑光吼叫的不是别人，而是门里的北欧，便悄悄缩头关门的关门，下楼的下楼，当不知道这回事罢了。

于轩陪着辛娆娆来了。于轩手里提着一箱牛奶，向吴剑光打完招呼，走进客厅。吴剑光跟过来要接牛奶，辛娆娆将手轻轻一推，只说了一句：“不用，你们走吧，这时候他是不需要你们的……”说完接过牛奶放到墙边，像没看见白珊花和吴志国，搞得吴剑光好不尴尬！于轩却知道，要不是刚才对她反复叮嘱，想来她现在是不会说一句话的。

北欧心里平静了许多，原来割舍亲情并不需要多大的勇气——这么多年来，他差不多就是这样过来的。虽然有外婆陪在他身旁，但是他需要的是父母的温暖，哪知母亲却丢下他爱别人去了，而父亲呢？至今不见踪影。他有亲人如同没有亲人，所以现在他有妈没妈并不重要，只要有娆娆妹妹就够了。至于娆娆以后，她能嫁给于轩最好，如果嫁给别人他不会有意见，就是不能嫁给吴剑光，更不能让娆娆和他家混到一起，那是不会有什么好结果的！他冲着外面对娆娆说：“娆娆，让他们走，我们和他们各不相干，就当谁也不认识谁……”

奇怪！北欧的说话声全然不像刚才，显得格外平静，好像从来没有发生什么不愉快的事情一样。然而，在这平静后面，到底包含了多么沉重的“哀大莫过于心死”，其他人都体会到这一点，只有吴剑光认为北欧只不过在粗野地发泄，发泄完就该向吴家索要这索要那了。他看一眼里面的辛娆娆，突然发现她今天特别美，美得像名画上的维纳斯，想起那天的吻，他忘记了先前对她的鄙夷。他到底没能放下辛娆娆，几步走进去，低下头向辛娆娆道歉：“娆娆，对不起……今天，我表现太差，请你原谅。”

辛娆娆面无表情，像突然间长了好几岁：经历了风霜雨雪，见识了人情冷暖，少了些许稚嫩，多了几分成熟。听了吴剑光的道歉，她只淡淡地回答：“老板，你没有必要为一个可有可无的员工说对不起！如果你反感我的出身，我可以马上从你的公司消失。”

吴剑光从来没有这样低三下四说过话：“对不起，娆娆，我错了，真的，我向你道歉。以后，我再不会了。”

“我们还有以后吗？”声音虽然小，但大家都听见了。

吴剑光抓住辛娆娆，急切地恳求：“娆娆，让我们回到过去吧，你不能离开我……”

北欧在房间里叫喊：“娆娆，你跟他哪有那么多废话呀？”

吴志国抬起头，声音微弱地说：“娆娆……你……没错，你妈……有错……我……有错……太自私……我现在不是遭报应了吗？”

白珊花制止道：“志国，你说什么呀？”

辛娆娆对一个重病在身的老人如此自责忏悔于心不忍，她说：“伯父，不关你的事，别想许多……保重……”

吴志国老泪横流，哀求道：“娆娆，别丢下你妈，还有小光……”

辛娆娆难过得背转身小声说：“你们，你们走吧……”

吴剑光只好推着父亲从于轩和娆娆身边过去出了门，大家都没有说“再见”，心情都很沉重。辛娆娆走到门边，看着过道里冷风中慢慢前移的几个人，心里涌起一股悲怆，对跟出来的于轩说：“于轩哥，人，为什么会这样？”

于轩正要回答，却听白珊花叫一声：“小光，你爸烧得更厉害了，我们得马上到医院！”

辛娆娆猛地一惊，急忙朝前迈了两步，但立即停下。于轩理解她的心情，拍拍她的肩说：“你一会儿自己回去吧，我去帮剑光……”

辛娆娆看着渐渐远去的背影，模糊了双眼……

于轩今天喝了好多酒，虽然他没说什么，但在他心里，与酒精一起燃烧的苦恼却在蔓延。现在见吴剑光需要帮助，他立马丢掉苦恼追上去。他同情北欧和辛娆娆，同时也痛恨自己：为什么不把自己并非父亲亲生儿子的事在很早以前告诉父亲？年少之时不懂事，已经成年就该说呀！如果早说了，父亲就可能很快去找白珊花，一一捋顺事实真相，可能事情早就解决了，哪会发生今天的事啊！可是，他太害怕失去温暖的家，这该不该算是罪过？可白珊花为什么不说？明明北欧才是父亲的亲生儿子，为什么她却要搞“狸猫换太子”的把戏，把自己送到父亲身边？于轩今天终于明白，白珊花当年不把亲生儿子的北欧送还父亲，而是把路上“小叫花”的他送还父亲，完全是为了一场绝情的报复！报复父亲辜负她当年的一片真情，报复父亲对她的抛弃！然而父亲却把不是亲生儿子的他当成真正的亲生儿子来抚育，培养，甚至不惜牺牲林妈的青春岁月！

忽然，于轩想起林妈的话：他，还爱着你的亲妈。对此，于轩曾经真的相信。如果不是那样，为什么不跟林妈去办理庄严神圣的结婚证而后举行哪怕极为简单的婚礼？可那天在农家小院的父子谈话，于轩才终于明白，父亲之所以与林妈同居多年却没有婚姻，不是因为不爱她，也不是还爱着白珊花，而是心中有一不为人知的隐痛——这便是当年狠心抛下已有身孕的女人独自闯荡，而数年后独享父子之乐带来的不安、自责和愧疚！而这个女人不是别人，正是白珊花——北欧的亲妈妈，吴剑光的继母！林妈，便成了这份隐痛的承受者。

于轩再次确信：父亲多年与林妈同床共枕，他是爱林妈的，可他至今不给林妈应有的名分，而且提出分居，是他对白珊花的那份隐痛，他必须要亲自向白珊花赔罪道歉，得到她谅解后方可履行同林妈的婚姻。

唉，殊不知，两人近在咫尺，却隔如天涯，二十来年竟从未谋面！是老天不作美还是人性在作祟？差点让这段鲜为人知的人间情债石沉海底不得偿还！幸好从云台山回来后父亲直接回了家，要不，一同过去遇到那种情形，该是一种什么样的尴尬？要不要电话告诉北欧，他的亲生父亲就是自己的父亲于胡源？要不要告诉父亲，北欧才是他的亲生骨肉，自己当年只是个沿街讨饭的“小叫花子”？如果说出实情来，又会发生什么样的状况？

白珊花站在车外，让于轩帮着把吴志国抬进车里，见他即将回公寓的时候，白珊花上前拉住他，转头看看，然后小声说：“于、于总，事情越来越复杂，那件事先别说吧。求你啦……”

于轩知道她说的“那件事”指什么，也向吴剑光方向看看，低头不语，但很快点点头低声说：“伯母，你和我爸的事我爸都给我说了，我听出他的意思是想马上见到你，求得你的谅解和宽恕……”

“现在我没心情说这，但我求你，在北欧和娆娆没原谅我以前，千万不要说出那件事。”

“你告诉我，能原谅我爸吗？原谅他吧……”

吴剑光按了几下喇叭，长长的声音发泄着不满：搞什么鬼？还不想让别人听见？白珊花刚张开的口马上合上，急匆匆离开于轩……

32

月的宁静让人感到冬日的夜还是凉的，但正因为夜凉，才让人倍加珍惜月的来临。

于轩躺在床上翻来覆去睡不着，为他一直萦绕于怀的“那件事”揪心。一夜的苦思冥想，还是睡不着，他只好穿上衣裤下楼来，打开客厅里所有的灯，孤影随人形地踱来踱去……

林媛披着睡袍从卧室出来小解，突然被明晃晃的灯光刺得睁不开眼：“怎么啦？半夜怎么开这么多灯啊？”她准备去关灯，却突然看见于轩正在客厅里打转，她的睡意一下全没有了，睁大两眼着慌道：“啊？小轩，你怎么不睡？哪里不舒服吗？”

于轩看见林媛，心里迅速涌起一阵冲动，他想扑过去，想对这个他一直视为母亲的女人说说刚刚发生的事，说说自己一直困扰于心的曾经。但是，事情似乎有些复杂，也许一时转不过弯来，或是一句两句说不清。于是他忍住冲动，向林媛笑笑：“嘿嘿，林妈，晚上喝酒了，睡不着。”

林媛更不放心了，怀疑地看着他道：“咦？你从来不喝酒，因为什么事必须喝酒呀？”

于轩故作轻松地耸一下肩说：“哦，北欧回来了，自然就喝酒了。”

林媛忽然想起那天从家里冲出去的小伙子，问：“北欧？就是那天到家来的小伙子？他到底辞职去了省城？真有些不知好歹哟。”

于轩赶快封口：“哦，哪里……”

林媛随手关了几只灯，打了个哈欠，转身要去洗手间，忽然又回身嘱咐于轩：“对了，小轩，你去看看你爸爸，从云台山回来后，他话也不说，饭也不吃，好像累着了。我想去看看，又怕他不方便。”说完又转身朝洗手间走去。

于轩随口回答：“有啥不方便？你们老夫老妻了，还有啥回避的？”

林媛突然停下，她实在没想到于轩会这样说话，她又慢慢转过身看着于轩发愣，张开嘴却说不出话来。

于轩马上想起那支签：“啊？会不会因为他摇的那支签呀？”

“什么签？”林媛干脆将睡袍穿到身上，指着旁边短沙发对于轩说：“等着我，一会儿坐坐，反正你睡不着，咱娘儿俩说说话吧。”说完匆匆进了洗手间。

于轩有些为难，但他看到林媛的坚持，后悔说出摇签的事，只好过去坐下来，等候林媛出来发话。林媛出来后果真问起摇签的事：“小轩，签是怎么回事？给林妈我说说。”

于轩只好简单说了一下在云台山上的事。可林媛听完后，并不感到满足，她问：“你爸的签上说什么啦？”

于轩为难了，他苦着脸说：“林妈，我也不知道，他不给我们看，而且趁我们不注意，就将签插进了签筒，后来就一直不说话了。”

林媛不露声色，心里却在想：到底是根什么样的签，竟值得他有如此之大的反应？一路不说话，回家来也不说话也不吃饭？林媛是一个多么聪明的女人，联系到分居的事，她马上认定这支签上所说的一定与白珊花或她有关，或者说白珊花以后会来到他身边，或者说他不能娶她……但无论林媛怎么想，却到底没有联系到于轩和北欧身上。林媛站起来，和蔼地说："好了，小轩，无论今后我和你爸爸是合还是分，只要你愿意，你就是我的儿子。睡吧。"说完拍拍于轩的臂，迅速转身走向她的卧室。

"林妈！"于轩突然有个强烈的渴望：他希望从林妈口里多知道一些关于白珊花和父亲当年的事，虽然他不敢肯定林妈一定知道多少，但知道一点说一点那也是好的啊。

"小轩，还有事吗？"林妈再次缓慢转过身来，看着于轩，轻柔地发问，似乎早就知道于轩叫她为了何事。

于轩反倒不好意思了，虽然灯光不再明晃晃地照着，但他的脸在发烫，身体也有些发热。在农家小舍时，爸爸向他坦诚说出很多情况，但他想知道得更多一些。他很快平静下来，待林妈重新坐到沙发上，他清清嗓子，不好意思笑笑，问："林妈，你当年就认识我爸我妈啊？"

林媛有些意外，现出一抹慌乱，再怎么想也没想到于轩会问她这么一个问题。她想摇头，又觉得为难，她想点头，还是觉得为难。看她为难的神情，于轩连忙说："林妈，我没别的意思，只是随便问问……"

林媛可不这样认为。她想，都这么多年了，于轩还是第一次问她这个问题，说明在他心中，是想着他妈的。如果拿话诓他，一是对不起他，二是对不起自己的良心。她决定回答关于他爸、妈的任何问题。她微笑说："小轩，你可问得不对，当年我和你妈不仅认识，而且是同学，你爸还是我们的实习老师。"

"啊？"于轩简直不相信自己的耳朵，"你和我妈同时认识我爸？"

林媛还是那么从容地回答："我和你妈不仅同时认识你爸，而且同时喜欢上你爸！"

于轩睁大双眼，却没有惊叫，说：“林妈，我想在你们三个中间，肯定发生了只有在电视剧里发生的故事……”

“也许吧。可是，因为你妈勇敢，我胆小，最终你妈得到了你爸生下你，而我，却在几年后才和你爸……告诉我，你想她吗？”

“这……”于轩没有正面回答，反而问，“……他们因为什么分手啊？”

“我也不完全清楚。”

林媛把她所知道的一切全都告诉了于轩，其中有部分父亲已告诉了他，但他还是静静地听着。林媛最后说：“小轩，林妈告诉你这些，并不是说你妈你爸谁对谁错，而是因为缘分，没有你爸你妈，就没有你……以后见了你妈，千万要孝顺！”

于轩点点头，又问：“林妈，你告诉我，你爱爸，爸爱你吗？为什么这么多年，他就是不和你办证，你无怨无悔吗？”

林妈抓住于轩的手，说出话来发自肺腑：“小轩，不管你爸爱不爱我，反正我是爱他的，无论他怎么样，我都没意见。”

于轩担心起来：“要真那样，你可怎么办呀？”

林媛脸上很平静，像是在回味曾经的拥有和满足：“一切都由你爸决定吧，这些年，我也知足了。”说完，林媛居然显得羞涩。

“你什么都没有，没有名分你也知足？那些年，为什么你不要个孩子呢？”

“哪里什么都没有？我不是有你，你不就是我的孩子吗？还有这些年你爸……”林媛紧抿双唇，尽量控制自己，眼泪还是不听指挥地溢出来。她急忙站起身，迅速往卧室走去。

“林妈！”于轩分明看见了林媛眼里从灯光里滑下的泪珠，他想抓住林媛，想对她说出关于自己身世的事，但终于站着不动，看着林媛关上卧室门，听着关门那一瞬间发出的微弱的响声。他在心里说：“林妈，不管以后怎样，你都是我的妈妈。”

于轩准备好在某一天向父亲和林妈和盘托出事实真相！

楼上平台上站着于胡源，刚才于轩和林媛的一席谈话，早被因失眠下床的他听得真真切切。他点点头，心叹道：知我者，小媛也……小媛，你别难过，我绝不会离开你……

林媛回到卧室，从枕头下抽出一个日记本，轻轻摩挲封面上的“守护日记”几个字，不断地想：小轩从来没有这样过，今天是怎么啦？到底发生了什么事情？

近来，林媛的心情有些沉重和矛盾，但在于家父子面前，她从来没有表现出来。从那天于胡源叫她晚上住到这间卧室起，除了白天收拾屋子，晚上她再没有跨进过他的卧室。好像从来如此，早上起来做好饭吃了后，她便外出买菜，回到家来又是洗衣做饭收拾屋子。于胡源早上吃了饭就出门，到该吃饭的时候回来，或者吃完饭就上楼回到自己那间卧室关上门，没有什么事就再不露面。于胡源对她没有更多的话，只有她还是一如既往地询问和关切，虽然他并不表现出积极的回应，她也竭力尽着一个家庭主妇应尽的责任和义务。吃饭的时候，小轩一会儿同父亲说话，一会儿同她说话，试图启动过去日子里的融融温馨，但往往达不到小轩的目的。

林媛知道，于胡源在想白珊花了，他一定觉得对不起白珊花，想当面求得她的饶恕。特别那天北欧来家里，林媛就看出，于胡源对北欧特别感兴趣，他把北欧和白珊花联系到一起——他的确是想知道白珊花在哪里！他们虽然没有正式结婚，但毕竟有个共同的聪明优秀的儿子。于胡源对白珊花确实有愧，应当亲自向她赔罪道歉！就算他想和白珊花复合，她林媛也应当理解，不能说半个“不”字！

不过，话是这样说，她何尝不想于胡源与她白头到老？何尝不希望自己也像白珊花一样主动，一样敢爱敢恨？但她做不到，她能做到的是“润物细无声”，“涓涓水长流”，她只能默默地恋着于胡源而已。如果于胡源不要自己，她只会默默地爱他守护他，绝不会主动发动情感攻势的！她就是她，不是白珊花！一晃二十多年，无名无分，连怀孩子都成了奢望，竟然无怨无悔。现在，既然于胡源提出和她分居，她是不是应当做另外的打算？

林媛合上日记本决定：还是先离开一段时间吧，让他先冷静冷静。

于胡源回到房间，倒到床上紧闭双眼，看着黑暗中各种莫名其妙的图案线条，星星在脑际闪烁划动，迅速排成四句话：一生有能自闯荡，不意眷年心感伤；妻儿啜泣恨入骨，南柯又见一佳郎。突然，他猛地坐起来！不用女师傅解说，他自己当时就解出来了。他非常惊讶，除非这是一支误签，否则二十八个字不可能说出他很久以来的经历和真实心境。

对林媛，他除了深深的感激，的确有爱，而且这爱是通过一天一天的情感积累才形成的。开始和林媛并肩奋斗的几年里，他已感觉到她的忠诚能干和魄力，和小轩的相处相融和对这个家的无私付出，他看到她的善良温柔娴静。随着时间的推移，他对林媛有了越来越深的认识。虽然林媛长相很平凡，但他认为她是他人生中遇到的不可多得且最可信赖的女人，她能为他赴汤蹈火也在所不惜，她能为小轩的健康成长付出不是母亲却胜似母亲的全部心力。

可既然爱林媛，为什么到现在还不给人家一个合法的名分？为什么签上会那样说？忽然间，一幅莫名其妙的图景出现在他的眼前……

白珊花指着他咬牙切齿地骂道："我恨你，你这个无情无义的家伙！"

他低着头，苦苦请求："珊花，原谅我吧，我愿意给你补偿……"

白珊花冷笑一声说："补偿？你以为你有钱什么都能做，我的青春你补偿得了吗？"

"珊花，看在我们的儿子分上，求你宽恕我……"

白珊花又冷笑几声："你说北欧？你妄想！你有于轩还不够，还想把我的北欧也拿走？"

他吃惊了，拉着白珊花问道："你说北欧也是我们的儿子？他们是双胞胎？"

"哈哈哈……"忽然白珊花把他推到地上，冷笑着走了……

于胡源睁开眼，才知道刚才自己迷糊之中做了一个梦，惊骇中他自问："难道北欧也是我的儿子？"

听见敲门声，于胡源一时没有回应，再响，他才清醒问话："谁？进来吧……"随即拉亮床头灯。于轩推门进去，于胡源已起身靠在床上，两眼毫无睡意地看着于轩，问："这么晚了，怎么不睡？你有事吗？"

于轩坐到他的身边，抓起他的手："爸，你不也睡不着吗？我想，我想和你聊聊……"

"聊什么？你喝酒了？"于胡源警惕地看着于轩，脸上显出一丝不情愿。

"喝了一点……"于轩显得十分随意，他笑笑，"爸，你不觉得你今天有些奇怪吗？"

于胡源抽出被儿子抓着的手，不悦道："你说说哪里奇怪？"

于轩摇摇头，做出一副神秘的样子："我想，一定是那支签！那签上写的是什么？"

于胡源捅了儿子一下，微露愠色："你小子到底想说什么？时间不早了，我要睡了！"

于轩不好再继续，只好换了第二个话题："好好，我不问。今晚上，我看见林妈在伤心难过。"

"她对你说了什么？"这回于胡源没有拒绝，但能听出他的关切。

于轩十分诚恳地说："爸，我想问，如果你能很快见到我妈，你能得到她的谅解吗？"

于胡源不知儿子为什么突然提出这个问题，说："哪有那么多如果？只要有可能，我必须想尽一切办法使她原谅我。”

“你不会回心转意吧？我是你的儿子，二十多年里，我相信你看得很清楚，林妈对我肯定比亲妈对我还要亲，对你怎样你不可能说不知道。现在你对她这样，我担心她会有想法。虽然我只是你的儿子，但我知道，作为一个男人，应当如何对待一个爱你到极致的女人？”

“什么回心转意？”于胡源的身体明显地震了一下，他认真看儿子一眼说，“轩儿，我知道自己在做什么，但我现在不能对你说。到必须对你说的时候，你不用催我我也会说……”

于轩将身凑到于胡源跟前，小声问：“爸，你是不是想我……我的……亲妈了？”

于胡源愣了：“你？在云台山下的农家不是对你说过吗？”

于轩无法直接回答，却又找不到合适的话，只好隐晦地说：“这……我突然想起……你那天见北欧后的奇怪……奇怪表情……和问话……”

于胡源想起刚才的梦，忍不住问：“对了，轩儿，你从来没有回答过我，当年只有你和你妈一起生活吗？”

于轩愣了，以为父亲知道了什么。他不想回答，而且从来没有回答的准备，便问：“爸，你到底想知道什么呀？这个时候，可能我说什么你都不会相信，我看还是等你找到妈后，让她亲口告诉你吧……”

33

于轩把车停下，马上来到公寓，见辛娆娆还在收拾北欧满屋的狼藉，便知道，在这间屋子里演绎了一段多么艰难的心历路程，这两兄妹经历了多么惨重的生死劫难！善良的于轩不免为不幸的他们再生同情之心，诚实的他该如何安慰他们？

于轩心里十分矛盾：要不要向他们说出自己心底最真实的想法和最原始的真相？看北欧铁青着脸大口大口抽烟，于轩微微皱皱眉头，犹豫不决。于轩知道北欧是从来不抽烟的，要在平时看见他这样，于轩真会毫不客气地给他几句，并迅速从他嘴上摘下烟头来。可是，今天于轩不会这样做，因为他知道，北欧之所以这样，完全是想用尼古丁来麻痹自己。若这时候要那样做，真是不近情理了。于轩只好对自己说：算了，还是让他先放松放松吧，至于真相，我还没有做好准备，还是等他们平静一点后再说吧。

于轩轻声问："北欧……你怎么抽开烟了？"

好久好久，北欧才好像从遥远的虚幻中回过神来，他急忙扔掉烟头，定睛看着眼前这个真正把自己当成兄弟的年轻老板，难为情地咧咧嘴，忍着难过将他从小的孤独和思念，他和辛娆娆的相识相处，他的孤独冷寂全说给于轩听……

辛娆娆停下手里的工作，坐到一边，静静地听。一切还没说完，北欧到底忍不住了，他用力捶着自己的头悲怆叫道："大哥，你知道这些年我是怎样过来的吗？"

仿佛悲怆的不是北欧而是于轩自己，于轩说："北欧，我知道……我感同身受……"

北欧抬起头，瞪着一双血红的眼睛，嘶哑地吼道："不——你不知道——那些年，我每天早上站在鸡叫山上……"

辛娆娆扑上去，抱着北欧呜呜哭了："哥……"

于轩轻轻拍拍辛娆娆的肩膀，无声地传递着他的情意，却向北欧说："兄弟，事情真相既然已经出来，我相信，以后事情一定会朝好的方向发展……"

北欧咬牙切齿打断于轩的话："我不需要！再好的发展也不能换回我和娆娆的童年快乐，也不能消弭我和娆娆二十几年的心理创伤……"

北欧的话重重地击打着于轩的心扉，他更加愧疚。二十多年他鸠占鹊巢，他正在享受家庭温暖和母爱的时候，北欧和娆娆却为着寻找妈妈流落荒野，似乎北欧、辛娆娆的痛苦经历全是他一手造成，他才是制造北欧、娆娆一系列不幸的罪魁祸首！一时血脉贲张，于轩真想酣畅淋漓地说出那个最原始的事实真相，但很快他又冷静下来。他知道就算自己早已准备好了现在也不能说，否则接下来的不仅仅是痛苦，而是疯狂！还是耐心等待事态稳定，北欧、娆娆心情平静后再说吧。

于轩想想才说："北欧，娆娆，不管怎样，我们都要珍惜自己，既然我们经历了那么多都挺过来了，为什么不能好好活着？我们谁也不知道什么时候会发生什么事情。不过，该发生的一定会发生，只不过或早或晚。所以，及早知道事实真相，我们还是要庆幸，否则我们会因为太晚知道事实真相而发生更多剜心剜肝的痛苦……"

北欧听懂了于轩的话意，点点头很感慨地说："大哥说得对，是啊，否则我和娆娆可能会处于万劫不复之境。大哥，谢谢你，我不会沉溺的。不过，原来我就想走，现在我更不想留在吉州城了，否则，我会无法面对一切。我必须到省城去，我要换一个地方，换一种活法，我要凭自己的能力去打拼属于自己的天地！也许只有这样我才会忘掉一切！"

于轩不安，也不希望。他看着北欧，诚恳地说出北欧并不全懂的话："兄弟，我不赞同你去省城，留下来吧，大哥需要你，公司以后更需要你……"

北欧倔强地摇头："不，大哥，你别劝我，我主意已定……"

辛娆娆不安地看看北欧，再看看于轩，好像想说什么，但终于没开口。于轩请求说："北欧，你应当留下来……"

北欧脸露决然，坚定地说："不！我一定去省城开创我的事业！我必须和这里的人和事做个了断。"

于轩做出不悦的神态："包括我吗？你和娆娆商量了吗？她怎么办？"

北欧坦白地说："大哥，在吉州城里，只有你和伯父对我真是没有话说，今后我无论走到哪里，我都不会忘了你们。至于娆娆，我想通了，她大了，要走要留我随她，但我真希望你以后娶了她，或者，就把她当成好妹妹吧。我把她托付给你了……"

辛娆娆红了脸，叫道："哥，你说啥呢？"

这时，北欧像个忠厚的长兄在哄娆娆："娆娆，听哥的话，要么跟哥走，要么以后听于大哥的话……"

辛娆娆背转身，赌气道："哥，我不要你走，我不要你去……"

于轩知道辛娆娆不要北欧去省城，是因为省城有刘妍。但他不好说什么，只好说："兄弟，既然你那么坚决，我就不勉强你，你什么时候走？"

"我明天就走，刘妍在那边等我呢。"

辛娆娆转过身，大声反对："我不同意，刘妍会害了你……"

北欧自信地挺挺胸："不怕！魔高一尺，道高一丈！"

于轩无语了，辛娆娆气哼哼地走到一边生闷气。北欧看看屋子各处，对于轩说："大哥，房退还公司吧？要不，让娆娆搬过来，这里比她那边安全。"

于轩看一眼旁边生着闷气的辛娆娆，说："可以啊，不过，兄弟，你要想好，开弓可没有回头箭……"

北欧的回答掷地有声："我决不回头！"

于轩这才从衣袋里拿出一张银联卡对北欧说："那好，兄弟，这里面有二十万，密码是你的生日，算我借给你的，什么时候用，什么时候提取……"

北欧犹豫片刻，还是接过银联卡，信誓旦旦地说："大哥，钱，我一定会还给你。"

见北欧接过银联卡，于轩心里好过一点，他拍着北欧的肩膀说："兄弟，如果不行及早回来，我和公司的大门随时为你敞开……"

辛娆娆一直没有说话。看看这间经过她收拾，已经焕然一新的屋子，对于轩说："于大哥，你坐，我出去买点吃的，一定要等我啊！"

于轩知道，北欧要走，辛娆娆还是有些舍不得。她需要和北欧哥多待一阵。以前是作为恋人、朋友，现在是兄妹，关系变了，感情内容也得变，她肯定希望北欧以后的路走得好，走出名堂来。理解这一点，于轩反而觉得自己在他们兄妹间显得有些多余。他向辛娆娆点点头，说："不了，公司里还有事，我得走了，你们兄妹小聚一下吧。"说完站起来，在他肩上拍拍，马上要出门。

北欧一把抓住他，对辛娆娆说："娆娆，你先去吧。我和于大哥说几句话。"

"哦……"

待辛娆娆下了楼，北欧才对于轩真诚说道："大哥，我和娆娆、吴剑光的事你全知道，真的，不管你和吴剑光关系怎样，但我信不过……"

于轩掐住话头说："北欧，吴剑光是有毛病，但大问题没有，否则，我也不会和他交往。"

"不，大哥，那是因为他是你的同学，而且他爸还在，羽毛未丰。虽然我自己不怎么样，正是因为这样，我才不看好他……你不信以后看吧。我走后，你一定关照娆娆，如果需要，就让她到你的公司去吧……"

于轩没想到北欧留下他是为这件事，只好为难地说："兄弟，不是我不答应你，我真喜欢娆娆，但感情的事不能强求……"

北欧高兴了，抓住于轩双手摇了又摇："大哥，只要你喜欢娆娆，就会为着娆娆，我就放心了，一定会的，一定会的！"

"再说，她在剑光公司干得好好的，我把她弄到我公司，剑光会怎样想？"

北欧一连说了两遍："我不管，反正我信不过吴剑光！"

于轩不知道北欧还会说些啥，赶快离开北欧追上辛娆娆。

一路上，两个人谁也没有说话。因为于轩明白，辛娆娆虽然不希望，鉴于目前状况以及北欧的执着，她也不会强烈反对北欧到省城去的。因为，一个心理受了严重伤害的男人，想在不改变环境的情况下完全平复内心的创伤是不可能的。

“娆娆，既然北欧已决定，就让他去试试吧？”

“现在这个样子，就是我不同意他会听吗？”

“也难怪……”

“是啊……”

于轩心里随即翻出许多画面……

北欧到处找母亲无果，有幸遇到因迷路而大声哭叫的娆娆；北欧暑假偷着跑到孤儿院，和娆娆一道去周妈妈家；北欧在暴雨中背起硬要跟北欧走的娆娆；北欧把所有照片全部烧掉，发誓不再照相；和娆娆爬上鸡叫山诉说对亲人的思念和仇恨；他们和周妈妈最后的离别……

见于轩一副思索的样子，辛娆娆便问：“于大哥，你在想什么？”

于轩被问住了，他看看辛娆娆，又想起签上的那几句话：秀木可惜逢春晚，如今还在暗中藏。宽心且待风霜退，还君依旧俏娇娘。

难道这与辛娆娆有关系吗？

34

于轩怀着满腹心事刚刚合眼。忽然，门外传来脚步声由近而远，略显沉重地下楼了。他猜出一定是父亲！这个时候了，他下楼做什么？去林妈房间？刚才自己上楼时，林妈已经紧闭房门，难道他有什么事情这时候必须出门？才下过雨，天又冷，路又滑，别……

于轩不放心，赶快起来穿好衣服。刚刚开门，见楼下灯光明亮，又听楼下父亲和林妈在争执。于轩疑惑了：怎么？不是分居了吗？什么事必须半夜三更不睡而在客厅争执？再说，老两口从来有事都是父亲说了算，林妈根本不会跟父亲争执什么，今晚到底为什么呀？他不敢出去听，但又想知道他们因为什么事非得争执不可。

于轩站在楼上房间门口，出不是进也不是，只好侧着耳朵听。声音很小，但能听清。父亲说话有些生气："小媛，你不走不行吗？你走了我和小轩怎么办？"

林妈要走？于轩很是吃惊，不由得往前走了两步，希望听得更清楚一些。

"小声点，别让小轩听见了，"林妈声音不大，但于轩还是听得出她的委屈，"我想一个人出去走走，你也清静清静……"

父亲压低声音，语气有些惊愕："啊？——小媛，你在怪我？"

林妈似乎很平静，其实很情绪："没有……我只想知道是不是因为白珊花？"

父亲的声音虽小，但听着很温暖，根本没有平日里的强势："你呀，我们多少年了，这还用问吗？我不说你都知道……"

林妈有点撒娇但很坚持："告诉我，你仅仅是想她，还是希望她回到你身边？"

父亲放缓语速，但声音又显出强势来："小媛，你说啥呀？自从小轩主掌公司以来，我时常想起过去，我总觉得对不起她，后来又对不起你。我想找到她把过去的事彻底了了，再和你白头……"

林妈似乎卸下了沉重的压抑，松了口气："那……你让我去外面散散心吧，正好我多少年都没有外出过……"

天啊，于轩竟然听出了父亲心中的可怜："小媛，你走了，我们咋办呀？"

林妈略带嘲弄嬉笑道："你们可以去公司食堂吃啊……"

父亲声音更小了，差点听不清："小媛，你，给我一点时间吧……"

"我出去就是为了给你一段时间想想……"

“小媛，我不想让你受委屈，也不想永远怀着愧疚之心。”

“可是……你为什么不给我说明白？”

“你呀……只有你明白我啊！”

声音越来越小，于轩不得不轻轻再走几步，想再听下去。忽然，灯光熄了，随着一阵窸窸窣窣的声音，客厅里没人了……

于轩笑了，以为父亲去了林妈卧室。正要回房间，突然黑暗中一声厉喝：“你干什么？”

于轩被惊得不敢出大气，他正要回答，廊道灯亮了。他看见父亲站在面前好生气，马上觍着脸笑说：“爸，我以为，您……”

“你以为？你以为是怎样就是怎样？我的事你少过问……”于胡源警告儿子，语气很是严厉。于轩不敢再作声，欲赶快进房间，可于胡源却叫住他问：“那个北欧情况如何？”

“啊？”于轩没有思想准备，只好先撒个谎说：“他，他去省城了……”

于胡源有些意外：“真还走了？为什么现在才说？”

于轩认真揣摩父亲的话，然后小心地说：“出了一点事，他非走不可。”

“和辛娆娆生气了？”

“不是……具体我也说不清……”

“你为什么不帮他一把？”

于轩只好说：“我，我借了二十万给他……”

“唉，真是好高骛远！搞不好这二十万会打了水漂！对了，最近我要出远门几天……”

于轩知道他想去做什么，但又不好明说他要找的人就在咫尺，根本不用出远门，只好委婉地劝阻说：“爸，北欧走了，公司里最近很忙，您帮帮我，等我找上人您再走好吗？”

“哼！”于胡源不高兴，瞪了儿子一眼进了自己的卧室。于轩很快做出决定：明天到吴剑光家去，亲自和白珊花好好谈谈。

于轩告诉吴剑光准备去看看他父亲、外婆和舅舅，可吴剑光却说他父亲住院了。于轩这才想起，那天的事把吴志国折腾得够呛，或许住院才能使他的病情得到缓解。他对吴剑光说他先去看看外婆和舅舅，然后赶去医院。

吴剑光嘱咐他说："老兄，家里只有那俩，你去了看看他们在干什么？乡下人没见过世面，随便动手动脚……"

于轩好吃惊说："啊？剑光，你怎么这样说？他们也是你的外婆、舅舅啊……"

"哼，八竿子只有一竿子打得着的外婆、舅舅，要没出这档事，我愿意把他们当成亲人，可现在，我感到好晦气！"

于轩不再作声。他看了吴剑光好几眼，真想看透他的心底到底有什么东西挡着。瞬间，于轩想起了自己的身世，想测测吴剑光会有什么反应，便问："剑光，我们俩从小是同学、朋友，要是我从小是叫花子、流浪儿，你会以我为耻吗？"说完，于轩紧紧盯着吴剑光，希望他脸上出现一星半点怜悯和同情。可是很快，他失望了。

吴剑光以为于轩在和他开玩笑，笑说："老兄，你说什么话？没有的事千万别假如或如果，不过，我想回答你，真要那样，我肯定不会跟你有半点交集……"

"哦……那么对娆娆呢？"

"她？无所谓！"

"你不是很爱她吗？"

"此一时，彼一时。我有事，你还是去我家看看吧……我不放心……"

于轩嘴上说着"好好好"，心里却在想，真没看出他竟是这么个人！一定要去，看看两位老人也是我的本分，说不定两位老人已经饿得前胸贴后背了，至于娆娆，以后再说吧。像并没意识到吴剑光还在眼前似的，于轩丢下他便走了。吴剑光摇摇头，自我解嘲般说："这个人怎么啦？恍兮惚兮的……"

于轩买好饭食、点心和水果，赶快去到吴家，只见外婆和舅舅还在那灰头土脸地一动不动地坐着，心中十分不忍。

外婆见于轩来了，不知道他是谁，连忙起身让座。舅舅很尴尬，站起来，手脚都不知往哪里放。于轩满脸笑容，把水果、点心和两盒快餐放到桌上，热情招呼："外婆，舅舅，你们没吃饭吧？来，先吃点东西。"说完把快餐盒分别推到两个老人面前，又说，"我本来想让你们到我家去，又怕你们不方便，只好委屈你们了。"

外婆、舅舅不好意思，坐着没有动。于轩给他们打开饭盒，催促几次，他们才开始吃饭。开始吃得很慢，但渐渐快起来。于轩看得出，他们一定早就饿了。

待他们吃完，于轩把饭盒装进塑料袋，放到门边，然后给他们倒了两杯热茶，递到他们手上，坐下来与他们说话。外婆很精明，猜出于轩是吴剑光的好友，感谢道："那天见过你，你真是好人，谢谢你啊。"

于轩自我介绍："不用，外婆，我是剑光的同学朋友，北欧的老板，应当的。"

外婆吃惊道："哎呀，这么年轻就当老板了？"外婆的话倒闹得于轩不好意思。

舅舅忽然说一句："嗨，妈，真不该来，好窝囊！"

外婆不满地瞪舅舅一眼说："什么不该来？幸好来了，要不……"

于轩知道外婆要说什么，便说："其实，外婆说得对，只是你们以前怎么也得常来看看，或许事情不会弄得这么糟。"

外婆无言地摇头，似有满腹辛酸说不出来。舅舅见状，劝道："妈，别难过了，都怪珊花任性！要是早让我们来，事情远不是现在这个样子！”

“现在还说这些做啥？今天我见小光吼你妹，那个脸色，那个眼神，那个声音，好像嫌弃你妹……我心里呀，那个滋味真不知是啥样！”

“哼，我也看见了，像只小狼崽！”

于轩虽无语，但不能不说话。他只好说：“外婆，舅舅，你们别多想，剑光自小就那样，其实他心里……”

“哼，都是珊花惯的，现在倒好，自食其果！”

于轩赶快岔开话，同时也想知道点什么，便问：“珊花？到底是怎么回事？”

外婆叹息道：“我女儿叫白珊花。当初我劝她把北欧送还人家，起码有个靠头，她也答应了，可是，后来我去接回北欧，她却再不提这事了，在家住了一晚，给了我二十万块钱说盖房子，就回了吉州城……”

舅舅说：“你不是说是吴姑爷给的吗？”

“是啊，除了吴姑爷，谁能拿出那么多钱啊！”

于轩明白了，也只有于轩才明白是怎么回事，但他没有说。他想更清楚地知道白珊花嫁给吴志国以前的情况。没等他问，舅舅却说开了：“珊花也是，读书就好好读，说不定还能读个名堂出来，最后倒好，书没读出来，却为个刚毕业的老师跑到山里面受穷受苦，最后还落得个大肚子被弃的命……”

“那娆娆……”于轩不得不问，“又是怎么回事？”

外婆擦把老泪，说：“珊花要强，一个人去宜南卖菜当保姆，被人……”于轩马上明白了，他很快把刚才和那天听到的全部整理出来，连缀成一个十分完整的故事，至于父亲的内疚就不难理解了：没有他的离去，就不会有白珊花的后来和北欧的现在！

他不再问什么，马上给吴剑光打个电话，要了病房号码，问他是不是回来安排一下，否则两个长辈可真要饿肚子了。其实他是希望吴剑光回来后，能好好和外婆、舅舅处处，自己也可以比较从容地同白珊花沟通。

35

这是一间单人病房，是白珊花坚持吴志国必须要住进来的。

待于轩赶到病房，吴剑光已经回家了。吴志国一脸苍白正在睡觉，输液管上下连着他的手背和金属架上的药液瓶。白珊花坐在一边满面愁容，目光始终定在吴志国的脸上，似乎在回忆往事。看见于轩，她吃惊不小，马上站起来。但她很快镇定下来，露出洁白的牙齿，朝于轩勉强笑一下。于轩礼节性点点头，仔细打量她，心里感叹：真的很漂亮，而且多了份雍容华贵，远不是我小时候看到的那样。

似乎早就知道于轩要找她，白珊花给吴志国迅速掖好被子，向外指了指，就径自向外面走。于轩跟着她出了病房。两人来到住院部外面的竹椅旁，于轩拂拂竹椅，见很干净，示意白珊花坐，然后自己也坐下小声问："伯母，伯父好些没有？"

白珊花稍稍拘谨，耷拉着眼皮坐下，沉吟片刻回答："他老叫疼，医生给他打了一针'杜冷丁'，才好些了，几天没这样睡过了。我担心他的时日不多了。"

于轩看看病房方向，有些不安："伯母，对不起，这个时候打搅您。"

白珊花说话直截了当："我知道迟早有这一天，你说吧。"

白珊花这样一说，于轩倒不好问了。迟疑一下，他才说："剑光，他对您好吗？"

白珊花一愣，问："怎么这样问？"

于轩只好说："那天，我见他情绪反常……"

白珊花笑了，说：“哦，都是我从小惯了他……”

于轩点点头，又说：“那是您爱他……”

于轩的话让白珊花着急了，她迫不待地问：“于……于总，你找我不会只为了跟我说这几句话吧？”

于轩也不客气：“哦……叫我于轩吧，我是想问，当初，您为什么要我冒充北欧？”

这回，白珊花一点不感到惊疑，她很好看地笑了笑，却不直接回答这个问题，反而说：“于轩，这个名字还是我给你取的，本来这个名我想给北欧的，没想到他没这个福气。”

“您还没回答我……”

“你要我怎样回答？”

于轩不喜欢她用这种语气跟自己说话，说：“那时我小，现在看来，我宁可永远是小叫花子，也不愿意欺骗任何人，特别是我父亲和北欧！”

白珊花暗自吃惊，不悦说：“于轩，你应当感谢我才是，没有我，你能有现在？”

于轩真的反感她的说话方式和态度，也不正面回应她的话，接上说：“哦？当年您不会为今天我感谢您才那样做吧？”

白珊花摇摇头，低头两眼看着自己两个膝盖说：“那，那我就没有什么话可说了。”

“其实情况都很清楚了，可是我今天来，只想知道您到底要怎样对付我的父亲……”

白珊花也不客气，恶声恶气说：“怎样对付？目前我还没有这个心情，慢慢来吧，反正我要让他身败名裂！”

于轩笑了，十分轻松，是那种讥讽的笑：“身败名裂？他既不是政府官员，也不想往上爬，最多算是年轻时有点荒唐，能败到哪里，裂在何处？何况对您有什么好处？对北欧和娆娆有什么好处？”

“哦？”白珊花听出于轩的来者不善，一时没说什么。沉默片刻后，她扬起头，看着于轩，冷着脸问：“那你要我怎样做才满意？”

于轩听她松口，便也换种口气说话：“伯母，我想，我和剑光及北欧都是好朋友，没必要搞得大家剑拔弩张，我就开诚布公地谈出自己的想法，好吗？”

白珊花抱着双臂，说：“你说吧。”

于轩也不客气，说：“我已听外婆和舅舅说了当初你和我父亲的事情，如果说对错，你们各自都有，只是我更能同情你一点。不管怎样，我父亲作为一个男人，应当有胸怀有担当，学会负责任，不应当一走了之……”

白珊花听于轩说得很合她的心情，对他有些刮目相看：“于轩，当初捡到你的时候真看不出今天的你有如此的见地，如果当初我不是为了报复，就不知道你现在该在哪儿了。”

于轩知道她要说什么，不等她开口，自己先说：“是啊，当初您就应当把北欧送还我父亲，至少今天北欧对您没有许多仇恨……所以……”

白珊花夺过话茬：“于轩，如果我把你不是于胡源的儿子的事告诉他，他会怎样对你？到时你什么都没有！”

于轩摇摇头，但很坚定地说：“不用您说，我已经准备离开于家和公司。可是我真不知道该不该告诉我父亲您就在吉州城里，现在是吴剑光的继母。我倒希望您亲自去找我父亲说清楚我的出身和来历，可是，要是北欧知道我父亲原来是他的亲生父亲，又会发生什么？您比我清楚。”

白珊花本来早想过这个问题，而且一直巴望着这一天。但是，她已经领教过北欧的脾气，真有点害怕他知道于胡源是他的亲生父亲后，会把人家怎么样。

好久好久，白珊花问：“那你说怎样做好？”

于轩看她转变态度，马上轻言细语地换了一个话题：“伯母，您有没有想过有朝一日回到我父亲身边？”

“为什么这样问？”

“因为我要为林妈考虑，这么多年，我父亲为了亲自向你赔罪道歉，为了得到你的宽恕，一直不肯和林妈办证结婚。我觉得，你们俩的事，跟林妈没有关系，但命运对她却极不公平，所以，我希望你答应与我父亲暗地见面，有事说事，有理说理，该怎样就怎样。如果你同意，就给林妈一个机会。如果不同意，我以后就是林妈的亲儿子，一同离开于家单过。”

白珊花笑了，带着极大的讽刺味：“呵呵，他们就只差一个证了吧？我早对她说过，于胡源是我不要的男人，就让给她吧。那北欧呢？”

于轩继续说出他的打算：“为避免节外生枝，暂时不告诉北欧我父亲是他的亲生父亲。我估计他在省城一定待不长，他回来后，一定还会回公司。那时，再告诉父亲实情，暗暗把公司交给北欧管理……”

白珊花吃惊了：“那你，不是真的什么都没有了吗？”

于轩真诚地说：“其实我得到的已经很多了，生活、学习、工作，父亲和林妈都给了我最好的，我已经很满足了。如果我不能再干其他的，我还可以在公司打工。”

“啊！”白珊花突然想起，“你父亲可能已经知道了。”

于轩瞪大眼睛：“知道什么？”

于胡源整理着北欧留下的资料，脸上却表现出心不在焉。北欧走了，于胡源感到莫名的惋惜，还有点生气，但毕竟说不出阻拦别人的理由，只好把不快放在心里。小轩求他来公司帮忙，暂时接替北欧的工作，他很不情愿，第一次在心里埋怨儿子没能耐留下北欧。但无奈北欧已经走了，公司不能没有财务总监，他只好答应来了公司。好在他才五十多岁，精力还旺盛，干起来并不感到吃力。

不过，于胡源不明白到底北欧要什么，把公司最重要的职位给他，而且，只要他终生服务公司，公司每年将给他百分之二的干股，可他根本不在协议上签字，竟然一走了之。对于北欧为什么要走，于胡源不太清楚，只听于轩说他不想老待在吉州城，想去省城创业，自己当老板。

他摇头，哼！可别创个头破血流！

不知道为什么，于胡源心里就是放不下北欧。想起昨天的梦，他问自己，难道仅仅因为“北”“白”音近，听见“北欧”就想起“白珊花”吗？想来想去，只好承认：是的，这是急于找到白珊花的想法引起的心理反应。既然人都走了，就没有必要再去想了。可是，有时偏偏不由自己，一想起还没找到白珊花，又不由自主想起了北欧，搅得他十分烦躁。

四年多以前他就想退下来，不为别的，就是想一心一意到处游走，去寻找他心中的隐痛——小轩的亲生妈妈，一个他薄情寡义伤害过的女人白珊花！他走过许多地方，凡是在他记忆中有印象的地方，他都去过。他去过宜南，去过南高，去过林海，去过白珊花曾经就读的学校，去过穷山沟，可找来找去，就是没能找到她的身影，也没有人知道有白珊花这个人。想问林媛，又怕她多想。为了不让林媛知道他到底干什么去了，他就说和几个老伙伴出去玩了。林媛说要跟他去，他说：“你给我当好后勤吧，别到时候我回来没有饭吃，我可离不开你。”林媛只好算了。

但天不遂人愿意，顾了这头顾不了那头，只好催已在国外工作的小轩赶快回来。小轩刚回家，他马上把公司部分业务交给他。开始他还不太放心小轩的能力，时不时还要去公司看看，想不到小轩却带着一帮子年轻人把公司搞得风生水起，他更加坚定地完全把公司交给了小轩。从此，他可以一心一意去找白珊花，对她说声“对不起”，请求她原谅。给予她补偿，然后和林媛正式结婚。

昨天晚上小媛说要出去走走，他有些害怕，害怕失去小媛，他必须得加快寻找白珊花的步伐，完成内心罪恶感的洗涤，为小媛披上迟到的婚纱，手牵手走进婚姻殿堂！

白珊花，你在哪里？还在世上吗？如果你已经去了另一个世界，能不能给我捎个梦来，让我看看你过去的样子？——这是他经常在梦中叫出的声音！林媛听到过，但他否认了。小媛，对不起，我已经对不起另一个女人，再不能对不起你，但是，我只有找到她，求她饶恕我，我才能心安理得地娶你爱你。小媛，你明白吗？

管收发的人伸进头来，说："老总，有你一封信！"

于胡源吃惊道："我的信？现在还有几个人写信啊，有事打个电话不就行了。拿来，我看看，是谁写的？"

信封上的字迹十分清楚，但写得歪歪斜斜，好像是本城来的。这是谁呀？于胡源怀着好奇抽出信笺，上面写着：

于胡源先生：

不必惊异，我系外来之人。今来信不为别事，就是告诉你，于轩不是你的亲生儿子，他本是孤儿，是你前一个女人路上捡来的。你的亲生儿子叫北欧，曾经在你的公司工作，现在已经走了。你要不相信，可以和他们去做个亲子鉴定！

署名是：知名不具，时间是：一月五日。看看邮戳上的日期，却是一月十五日。看来写信人将信写好后，近几天才寄出来。

于胡源两眼发直，两手发抖，两片嘴唇哆嗦。他不相信信里所说的内容，但是人家为什么要把一个不真实的信息告诉自己？还叫我和他们去做亲子鉴定？难道想获得什么好处？再看看信，字里行间没有一个字是关于敲诈的！这个"知名不具"是谁？看来此人十分了解我，所以不写名字。——这个写信的人一定在本城，而且一直在暗处默默关注着我！他是谁？

于胡源站起来，在办公室里走来走去，手里那张信笺随着他的快速转动扇起风，纸角不断地翻卷，仿佛证明它是千真万确的事实！忽然于胡源打开高柜，拉开抽屉，翻出北欧曾经手写的文字资料，将信件和资料一对，无论从字迹还是笔画，简直大相径庭，于胡源否定了此信是北欧所写的想法。

有人敲门，他想将信收到抽屉里。但门已经开了，进来的是于轩，他只好皱着眉头表现很不高兴的样子。于轩见父亲眉头紧锁，不知什么事情惹得他不快，便问："爸，怎么啦？谁惹你不高兴了？"

"啊，啊，是小轩啊！你吃饭了吗？"于胡源心虚，说话有些语无伦次。

"爸，都理好了吗？"于轩没有在意。忽然他看见父亲手里紧紧捏着一张纸笺，还有桌上那个信封，以及北欧曾经的文字资料，不禁怀疑父亲做了什么，便着急地问："爸，谁来信了，老家的人吗？"

幸好于轩提醒，于胡源才不自然地笑笑，掩饰地说："啊，不，是一个老朋友写来问候的。真是，打个电话不就行了，现在还有谁写信啊，还不是只有那些老家伙！"说罢急忙将桌上的信封资料收起来，和着信笺一并收进抽屉锁上，随手抽出钥匙。

于轩疑惑地看着父亲，心里着实不安。

36

天已经向黑了。

于轩回到家的时候，于胡源还没回来。林媛早把饭做好了，见回来的只有于轩一个人，感到有些奇怪：从来先回到家的都是老于，今天怎么反倒是小轩先回来了？于轩向林媛打过招呼，便一屁股坐到沙发上，好像很累似的，脸上也没有笑容。林媛出了门，下了台阶，向外张望了几回，就是不见于胡源的影子。林媛莫名其妙有些着急，马上几步迈上台阶，还没进门便问：“小轩，你下午没和你爸在一起？”

“在啊？我走的时候问过他为什么还不走，他要我先走，说他还有点事情要办。”

“什么事情不能回家吃过饭再办呀？”

于轩没有回应，心里也在纳闷呢。他始终忘不了他去父亲办公室的时候，那个反背伏在桌上的信封，父亲手里的信笺，父亲慌乱的神态和动作，那把好久没有用过的锁……

于轩怀疑，父亲一定有什么事情瞒着他，而且这件事是一定和自己有关系的，要不，父亲什么时候这样过？就算是老朋友来的信，以前就是自己不想看，父亲不也坚持要他看吗？

到底是谁给父亲写的信呢？啊！该不会是白珊花写的吧？上午在医院白珊花突然冒出一句：啊！可能你父亲已经知道了……问她知道什么，可她就是不说！没有办法！现在联系起来看，父亲知道的可能就是北欧才是他的亲生儿子，而自己根本不是！

林媛坐到于轩旁边，轻轻说：“小轩，我想出去走走，过些时候回来……”

于轩前天晚上就知道林媛要出去一段时间，可现在林媛一说，他还是本能地问一句：“啊？林妈，爸知道吗？”

“我给他说了，他不太乐意。”

“是啊，你走了我们怎么办呀？”

正说着，于胡源回来了。不知为何，于轩今天发现父亲没有精神，过去那种抖擞焕发的状态全不见了。他低着头上了台阶，不说话进了门，直到于轩叫他，他才发愣似的“哦哦哦”几声，好像刚从遥远的地方回过神来。

于轩忍不住问：“爸，你今天怎么啦？让人感到怪怪的，出什么事了吗？”

于胡源见林媛看他几眼，便苦笑说："什么怪怪的，难道人一老就会怪怪的？"

"你哪里老？我是说，你今天给人的感觉就是反常的。"

"胡说，饭好了？吃饭！"

林媛默不作声把饭菜摆上桌，看一眼于胡源，却对于轩说："小轩，吃饭了。"

几个人坐到桌前开始吃饭。不知为什么，于轩还是觉着怪怪的，林妈不说话，但时不时总要看一眼父亲，父亲呢？只顾低头吃饭，也不夹菜，好像多久没有吃过饭似的。于轩看不过去，便主动夹了菜放到父亲碗里，说："爸，怎么不吃菜呀？再不吃，到时林妈走了，你想吃都没的吃了。"

父亲突然抬头，好像第一次听见说林媛要走的事，问："走？走哪里？"

林媛忍不住笑了说："你装吧，心里有事就说出来，你不怕闷得慌？"

于胡源这回完全清醒了，说："哦，我想起来了，你是想回乡下老家还是去省城玩玩？"

林媛缓缓地说："先回乡下看看再说……"

"好，到时让小轩送你，那你一路小心，注意安全……"于胡源说完话，碗里的饭也吃完了。他起身走过去，在沙发上坐下来，看看门外，又起身来往门外走。

林媛收拾好，先进了她的卧室。于胡源意外地没有上楼。他又回到沙发前坐下，向于轩招招手说："小轩，你过来，我们父子好久没在一块聊聊了。"说完朝林媛的房间方向看看，好像现在他和儿子说话，是想让林媛全都听见。

于轩心里一沉，心虚地走过去，挨着父亲坐下。于胡源将手搭在他的肩上看着他的眼睛，好一会儿才说："小轩，这几天我老是做梦，梦见你妈妈说想见你。"

“我妈妈？”于轩万万没想到父亲会这样开头，他真知道了？于轩一时不知道怎样回答为好。他试着问：“爸，你是想妈妈了吧？”

于胡源不自然地笑笑：“哪里？哪里？我们是有缘无分，有缘无分！只是……”

于轩再次试探：“爸，如果你想妈妈的话，可以去找啊，我想她一定不会在很远的地方。”

于胡源无所谓地绕弯子：“以后再说，以后再说。对了，小轩，你告诉我，北欧到底为什么要走呀？”又绕回北欧了！

于轩想，看来父亲不一定知道，便说：“啊，怎么又问呀？”

见于轩这样，于胡源不满意了，他批评道：“这有什么？是什么就说什么，我只不过是想关心他一下……”

“这？”于轩有些为难，“我不是对你说了嘛，他想去省城发展……”

于胡源马上摇头，说：“嗯，先前或许是这样，以后，以后，不，我认为以后并非这样简单！”

唉，还是说了吧！于轩咬咬牙，提足精神如实说：“因为他见到了二十多年没见过的母亲，也不愿意接受他心中虽然思念但又非常怨恨的母亲……”

于胡源本是因为牵挂而问，怀疑而问，未料于轩的回答竟让他出乎意料！然而，他只在心里吃惊，脸上却未半点流露。马上，他想到了那封迟到的信，怀疑白珊花不会离他太远，信一定与她有关系！

于胡源平静地问：“小轩，你说了我不明白，到底怎么回事？快说给我听听，好吗？”

于轩起先摇头，后见父亲的目光不厉而威地盯着他，他只好将事情的来龙去脉原原本本告诉他，但叙述中，他从没提说哪里发生的事，也没提白珊花的名字，更没提吴剑光和他的父亲以及辛娆娆的名字。也怪，于轩说完这一切后，内心竟自然松了好大一口气。他想，另外的与父亲没啥关系，以后再说吧。

似乎早有预料，于胡源只“哦”一声，好久不再问话。

于轩猜测着父亲的内心活动，等待他下一个问题！过了许久，于胡源又问：“小轩，你想得起你来以前，是住在什么地方吗？”

于轩断定父亲什么都全知道了，他掩饰道：“爸，我只知道那里叫‘鸡叫山’，具体什么地方我也说不清楚。”

于胡源继续试探儿子：“哦，小轩，这些年你想你妈妈了吗？”

于轩心里“咯噔”一响，小心揣摩道：“想，只是，只是我想她一定不希望我们去打扰她。”

于胡源扫兴了：“哦，那就不说了。”

于轩松了一口气。忽然于胡源又问：“小轩，你说北欧去省城能行吗？”

父亲果然还是放不下北欧！于轩小心回答：“爸，他很能干，至于行不行，也要看他能不能得到机遇。”于胡源抓住于轩的手，用力摇摇，于轩感到父亲这个动作他好熟悉。他想起来了，北欧也有这样的动作。啊，遗传的力量真是神奇，从来不在一起生活的父子俩，居然有着相同的习惯动作！

于胡源以为于轩没感受到，又摇摇于轩的手，问：“小轩，你把北欧的所有事情都告诉我了吗？”

看着父亲的眼睛，于轩读出了他的担忧和怀疑。对北欧的事，于轩不想说完，怕父亲一下子接受不了。随其自然总能水到渠成，现在还不到完全向父亲说出事实真相的时候，所以关于吴剑光的妈妈叫白珊花，是北欧的亲生母亲，也是父亲的前一个女人，北欧和娆娆是亲兄妹，自己并不是他的亲生儿子的事，他认为还是先不说或是少说为好。因为太多事情一旦堆积在一起，可以说扯不断理还乱，势必牵涉到许多痛苦的回忆，更重要的是他于轩自己还没准备好，他还得需要点时间，等他能够全身而退的时候，一定向父亲和盘托出。不过他相信，真到了那个时候，也许根本不用他说父亲已经完全知道了。

他只好说："爸，我不是对你说过嘛，他先是想出去闯荡一下，后来，他不原谅他的母亲，也不愿意接受他的母亲，所以他坚持要走……"

于胡源不满足，又不好勉强，只好拍拍他的肩膀说："小轩，爸虽然接下了北欧的工作，但是也不能天天守在公司里，爸有爸的事情要做，你只有多劳了。"

忽然，于胡源见于轩头上有一根白发，叫道："小轩，你头上怎么有白发啦？来，我给你拔掉！"

于轩老实地低下头，任父亲在他的头发里寻找。突然，他"哎哟"一声，父亲居然从他的头发里拔了几根头发，有白的，也有黑的！他自嘲地笑说："真是，爸，说不定将来我的头发全白了，你的头发还黑着呢！"

于胡源心疼地看着于轩，不安地说："小轩，你别怪爸。"

于轩听父亲这样说，感觉到父亲的话里正暗指什么。他故作理解地说："爸，不要紧，我会自我调节好的。爸，我先上去了……"

于胡源看着于轩的背影离去，又看看手指缝里的几根黑白头发，苦涩地笑了笑。

37

吉州市人民医院门诊部。

熙熙攘攘的人们，要么朝医院里走去，要么从医院里出来。从神情上看，有的人高兴，大概自己或亲人的病情没有大碍；有的人满脸都是焦灼，大概自己或者亲人的病情不容乐观……这里不啻是个小社会，什么人都有，而且各自都怀着不同的心思，于胡源就是其中一个。

此时，他站在医院大门一侧东张西望。门外人很多，来来往往，一会有人跟他热情招呼握手问好，他却不知道对方是谁，一会有人从他面前走过，突然停下来凝视他，好像认出他就是自己记忆中的那个有本事的男人，竟然叫不出名字。不过，谁也没有注意到他为什么站在这里，他的举止有什么怪异之处，

于胡源不想招人注意，赶快走到大门口，看一眼医院的招牌，再看一眼进进出出的患者或他们的家人，急忙走到大门里面，站到一侧，迅速打开公文皮夹子，从里面抽出那封信。他小心翼翼从信封里抽出信笺，再朝信封里看看，他确信已看到他希望看到的东西后，又将信笺依原样放进信封，再放进皮夹子里，然后将皮夹子夹在腋下，再把鸭舌帽往下拉拉，逡巡两旁，正准备朝里面走，忽然听见对面有人叫他。抬头一看，吴剑光正向他走来。

对吴剑光，于胡源并不熟悉，也没交谈过，但知道他和于轩从小是同学。虽然相互间从来不到对方家里去，但吴剑光却总爱往于胡源的公司跑，所以一来二去，就认识了。见面打打招呼，如此而已。

吴剑光以为于胡源病了，吃惊地问："表叔，您病了来看医生呀？于轩怎么没有陪您来？"

于胡源尴尬极了，不知道怎样回答，只好说："没，没，我想来看个朋友……"

吴剑光以为真的，担心他找不着地方，又问："您朋友住院了？是哪个科的？哪幢楼？"

于胡源敲敲头，故作思考的样子，说："糟糕，我还真想不起来，你看，人老了，就是没用。"

吴剑光笑了："伯父，您哪里老，如果是别人，看见您和于轩走在一路，还以为你们是兄弟呢。"

于胡源可不想跟他开玩笑，他问："对了，你为什么也在这里？"

吴剑光的脸马上阴晦了："唉，我爸又住院了，我去给他买几样生活用品。"

“哦，你可得照顾好你爸，还有你妈……”其实于胡源并不知道吴剑光的父母是谁，只是顺便礼节性提醒一下，表示一点心意。

“哦，我知道……”

“这就好，这就好。哦，我想起来了，我朋友在消化内科。你有事忙吧，我也去那边买点水果……”于胡源指指点点说完，略显慌张地朝与吴剑光相反的方向走了。

吴剑光看他离去的背影，摇摇头笑笑说：“唉，哪还有‘古州二雄’的风采？”说完，便向另一边走去。

于胡源一路小跑进了水果市场，好像躲过了敌人的追捕，长长地嘘了口气。回想刚才，他不禁吓了一跳。他知道自己到医院来干什么，但他不想让人知道。所以当遇到吴剑光的时候，他像即将被人识破阴谋诡计似的，简直无地自容。他只好借口看望住院的朋友，借口去买水果而趁机跑掉。

现在，他十分庆幸：“唉，幸好我不认识他的父母亲，否则真应当去看看。要是那样，真不知该如何完成下一步。”

于胡源如何不慌张？他今天原本就是来医院找院长朋友给开个绿灯，悄悄给自己和于轩做个 DNA 检测的，一是想验证那封信上所说的事是否真实，二是想如果真实，他就要马上去省城找北欧。可是吴剑光的出现，打乱了他的计划。他不敢再进医院，更不敢再遇到吴剑光——因为他实在不想让人知道！

昨天，他略施小计，从于轩头上拔下几根头发，就是为今天准备的。

从晚上到天亮，为到底要不要去做这个“DNA”检测，他做了好久的思想斗争，直到今天早上出门之前他才拿定主意。走前，他意外地主动找林媛说话：“小，小媛，你还能不能想起，当年，当年白珊花送小轩来的时候，你有没有，有没有怀疑过小轩不是我的儿子？”

林媛睁大惊恐的双眼：“啊？你，你说什么？小轩？你听说什么啦？”

见林媛如此意外，他想想说：“没有，只是有时胡思乱想罢了。”

林媛松口气，嗔怪道："他跟你生活二十几年了，你怎么能够怀疑他不是你的儿子？亏你想得出！"

他不敢说出那封信的事，只好暗暗咽下本来应当说的话："那，我走了……"

林媛猜出他还有话没说出来，顿了顿问了句："你是不是又想起白珊花啦？"

他一惊，随之反问："你，怎么又想起问这个？"

林媛隐忍内心激动，用十分平静的语气说："老于，其实没啥，她是小轩的亲妈，小轩这么优秀，她是有功的，你想她也是理所当然的。只是……"

他担心林媛多心，马上接过话头说："小媛，你别多想，我会，我会给你一个交代的。只是现在不是时候。"

林媛平静说道："老于，没关系，这么多年我都过来了，还差最后的日子吗？我弟弟来电话要我先去省城，看看我的幺舅娘……"

"就是台湾那个舅舅的前妻？"

林媛点点头："是。听说台湾那个舅娘去世了，幺舅想回来看看。"

"什么时候走，让小轩送送你……"

"哦，我弟弟说他会给我电话……"

林媛知道，他更知道，这是他们不得不说的一段话，而且是关于小轩和白珊花的。对此，于胡源有些自责，特别对他准备去医院做他和轩儿的DNA检测一事，更是有些良心不安。他自觉无形中伤害了小轩，更伤害了二十多年培养起来的父子情。唉，即便北欧真是他的亲生儿子，他也会视小轩为亲生骨肉！现在，他决定再不去做什么DNA检测了，而且绝不能让林媛和小轩知道这件事，他要把这件事永远烂在肚子里。

于胡源转过身迅速出了医院大门，向来路走去……

不用猜，于胡源那封信是吴志国提前写好，前几天才发出去的。

去年五月份，吴志国隐隐感到自己身体不适，一个人偷偷跑去检查，医生告诉他可能肺部有问题，要他去省城做进一步检查。他很快把公司全部交给儿子，自己则一个人跑到省城华蜀医院再次检查，最终确认患了晚期肺癌。他怀着坦然和不安回到吉州，把情况告诉了白珊花，吓得白珊花直哭，求他赶快去省城做手术。他却认为生老病死，天经地义，不必大动干戈，既然为晚期肺癌，就没有必要去手术动刀了，花费这个工夫，承受这个痛苦，不如与妻儿多享天伦之乐，所以不让白珊花告诉儿子。

但他坦然之外还有一个不安，他担心自己走后，白珊花继续隐瞒于轩不是于胡源亲生儿子的事实，所以坚持要她同意把事情真相告诉于胡源，但白姗花无论如何都不同意。

后来，吴剑光得知父亲病情，不经同意，强行把父亲送到省城手术。结果手术效果不好，加上近段时间家里发生的事严重地刺激和影响了他的恢复，他再次倒下了。住院后，他十分明白自己的病情，又求白珊花听他最后一次，赶快写信告诉于胡源，白珊花只好依了他，帮助他写完信，几天后才把信丢进邮筒里。

这件事做完后，吴志国心里好过多了。他知道自己很快要离去，会对白珊花产生很大的打击！看着白珊花显得疲惫的眼睛，他十分心疼说："莲莲，你瘦了，受累了。"

尽管妻子本来就叫"珊花"，但他不愿意叫，而愿意叫"莲莲"，不是因为那个名字太土，而是因为"珊花"代表过去，"莲莲"代表现在。他真不希望妻子在他死后重回过去孤寂的日子，何况他已看出剑光自从那天表现出对莲莲的厌恶冲撞后，再没有好好和莲莲说过话？他想当着莲莲的面痛骂剑光，但一来是没有心力，更主要的是怕莲莲脸上挂不住会更加难过，所以把儿子叫到客房骂一顿后睁只眼闭只眼，准备等自己病情稳定后专门找时间好好训他一顿，好让他知错就改。现在自己还在，要是以后自己不在了，他会怎样对待莲莲呢？

他知道，这绝不是血缘的原因，是教育，完全是因为从小两口子总是溺爱、疏于教育的结果。那于轩也不是于胡源的亲生骨肉，可人家是怎样对待两个老人的？虽然没有亲眼看见，但见他为人谦虚沉稳的态度，就知道剑光和他大不一样。唉，莲莲呢？虽然剑光对她那样，但她还是关心着他，特别在北欧、辛娆娆无可逆转地对抗着她的时候，她还是一心一意对剑光好！她心里是怎样个滋味？只有他吴志国才知道，莲莲强势的背后是多么的弱小。

为了剑光，为了莲莲，无论如何我都得想想办法，而这个办法必须要娆娆才能实施。即使不行，我也得试试。

"唉，叫剑光去叫娆娆，不晓得娆娆来不来？"

"志国，小光去请了，我想她会来的。"

"真的？我怕剑光那个德性……"

"我估计剑光现在不会提那件事了……"

不知吴志国为什么，很快转了话题："哦……莲莲，你瘦了……"

白珊花摸摸自己的脸，又把吴志国的手拿过来放到自己脸上，尽量笑着说："没有啊，你好好摸摸，是不是比以前更胖了？放心吧，你的莲莲瘦一点比胖一点更好看。你说是吗？"

吴志国眼里浸着泪水，把白珊花拉近自己，疼爱地说："莲莲，感谢你这些年为我们父子无私的付出，剑光那样，北欧、娆娆又这样，真苦了你……"

白珊花替吴志国擦掉眼泪，俯下身体在他耳边小声说："志国，别这样说，我想他会知道的。你让我感受到做女人的美丽，我终身难忘你对我的爱。至于北欧和娆娆的事，只能怪我，怪那姓于的……"说完，她在吴志国的额上轻轻一吻。

吴志国也轻轻地回应着妻子的吻，深情地看着她："莲莲，不知道于胡源收到信没有？一是我的时间不多了，好让我离开人世之前能够安心。二是我不希望北欧、娆娆因为仇恨，永远不和你这个妈妈相认。三是我希望你能解除对于胡源的仇恨。你说呢？”

白珊花的脸白了，她很不情愿地说：“志国，前两条我同意，后一条我反对，我恨不得咬碎他的骨头，吃了他的肉！”

吴志国笑得很温柔，他摸了摸白珊花的脸：“你呀，人活几十年不容易，如果你觉得从我这里已经得到比与他多几十倍的爱的话，你就别再恨了。行吗？”

白珊花不禁泪流满面，看着眼前二十年来厮守的男人，现在为了北欧，为了她，为了那个负心的男人，竟然想着做着她本无意愿想和做的事情。泪水滴在吴志国的手背上，吴志国安慰她说：“我想，以后小光会对你好的，也会对北欧、娆娆好的。不过……”

白珊花没在意，随意问：“不过什么？”

吴志国生怕人家听见似的，看看门边，向白珊花招手。白珊花走到跟前，他深情地说：“莲莲，我是想，想问，我走后，如果于胡源愿意，你同意回到他身边吗？”

白珊花无比惊愕，她怎么也不会想到吴志国到现在还有这种想法！她断然拒绝道：“志国，你再别说了，我从你这里得到的爱我终身受用，今后无论在什么情况下，我都不会吃回头草，何况，人家林媛为他父子付出二十多年，他对不起我，也应当对得起林媛，否则，他还算人吗？”

“那，那为什么他到现在还不给人家名分呢？”

白珊花迟疑好久，终于将于轩到病房找她，希望她亲自去见于胡源并接受他的赔罪道歉，然后让两人去办证结婚的事情全告诉了吴志国。

吴志国听后，马上回答：“莲莲，你我都要学会宽容，哪天你去见一见他吧，别耽误了人家林媛。”

“你别说了，我是不会去找他的，除非他有本事找到我……”

“你呀……”吴志国听出白珊花的意思，“唉，这事你决定吧。现在我需要做的，就是要让娆娆成为我的儿媳妇。如果她答应，我就是死也闭眼了。”

白珊花急忙伸手捂他的嘴，说：“志国，你别这样说，你会好起来的。”

38

吴剑光进来了，后面真的跟着辛娆娆。白珊花激动得叫道：“志国，你看，娆娆不是来了吗？”说完她急忙奔过来，双手抓住辛娆娆的胳膊，兴奋地说：“娆娆，来，过来，让妈妈看看。”

辛娆娆冷着脸没动，只是点点头，就像对待不认识的路人那样，人家招呼她，她也礼节性地回应一下。她走上前，不太情愿地看一眼吴剑光，然后对吴志国弯弯腰，平静地问：“伯父，你好点了吗？”

吴志国满脸堆笑，亲切地说：“娆娆，来，这边坐。伯父一睁开眼睛就想见到你，现在见到你了，特别高兴。要是你能答应伯父一个请求，那么伯父到死都不遗憾了。”说罢，他定定地看着辛娆娆，恳求的目光令娆娆浑身一震。

“伯父，你说吧。”辛娆娆低下头，喃喃地说，“你说，我听就是了。”

吴剑光站一旁一声不吭，更无笑容，好像父亲说的这些话与他无任何关系，只是出于礼貌，他不反对罢了。看来，吴剑光真的对辛娆娆的存在无所谓了。当然，除了辛娆娆的卑贱出身，还因为那天在北欧宿舍里辛娆娆冷对他的那种态度，于是，他那“宁可我负天下人，天下人不可负我”的性格得到强力的张扬。从那天开始，他已经从心底不想再见到她了。

他原以为，辛娆娆虽然是孤儿，但从小在孤儿院长大，一切都应当是纯洁的，无瑕的，毫无牵挂的，嫁给他吴剑光后只能是他一个人的。没想到她竟然是继母当年来路不明的私生女，而且还是北欧那个家伙同母不同父的妹妹！两者都是他吴剑光万万不能接受的！何况当初辛娆娆为嫁北欧来到吉州，虽说北欧没有答应，但谁知道他们之间有没有过越轨之事？如果真是那样，他吴剑光算什么？就算他吴剑光什么都不计较和她结婚了，以后一家几口那样一种混杂关系，能有幸福可言？更可恨的是，辛娆娆明知自己已经不再是纯洁高贵的公主，却偏偏要在他面前摆出一副凛然不可侵犯的模样，对不计前嫌的他冷脸相待！

他哪里知道，正是自己内心世界的外部显露，令辛娆娆不再像过去那样对他！也不会再给他偷袭的机会！

今天一大早，父亲要他马上去请娆娆到病房里，说要和娆娆说说话。他不愿意，吴志国生气了，要自己亲自去娆娆那里。他害怕了，没办法，才不得已答应了。可是，辛娆娆竟然不愿来，他担心交不了差，只好装出低三下四的模样一遍遍地说，一次次地叫，恳求她到医院走一趟，她都不为所动，连看也不看他一眼。他只好说父亲病情复发不可逆转没有几天活头，每每总是念叨她，必须见她一面的时候，她才锁上门跟着他来到医院。

辛娆娆并不知道吴志国为什么一定要见她，会向她提出一个什么样的请求，她冷冷地等待着吴志国开口。

吴志国深深吸口气说："娆娆，你能嫁给小光吗？"

"啊？"辛娆娆惊了，她一时不知所措，看一眼吴志国眼中可怜的目光，她想说不同意，又怕伤害他，只好低下头一言不发。

"爸……"吴剑光也惊了，他不明白父亲为什么要提出这样一个根本没和他商量，他也不可能答应的问题！

但吴志国却瞪了儿子一眼，喝道："小光，你听好就是了。娆娆，以后伯父走了，你就搬到家里去吧，你就是不嫁给剑光也没有关系，就做兄妹也好啊。最重要的是从此陪陪你的妈妈。你别怪她，都是我不好……"

“不！”辛娆娆倔强地回答，谁也不看，把一个硬生生的“不”字蹦出来。

吴志国更温和地问：“娆娆，我知道，你和剑光是相爱的，是不是？”

“伯父，不是……”

“怎么不是啊？那天在我家，我见你们……”

“那……是误会……再说，李佳靓……”

“我们只要你。小光爱你……常常提起你……为小光，为你妈妈，答应我吧……”

吴剑光想发火了，但看父亲那个神情，只好说：“爸……求她做啥？天下好女孩多的是，为啥一定要找她？”

吴志国提高声音，斥责道：“什么不能这样？我的儿媳妇只能是娆娆！你们要想我多活几天，就答应我……”

白珊花好为难，一边是养子，一边是女儿，哪一边她都心疼：“志国……”

“伯父，我不合适……”辛娆娆说完，悄悄看一眼吴剑光，正好看到他眼中的不耻、鄙夷、不屑！

这目光辛娆娆至今不能忘记！那天，当知晓北欧的生母是白珊花、娆娆是白珊花的私生女那一瞬间，吴剑光的目光就是这样的！而且从此后，他的目光表情语言无不像一把刀子直戳人的心，不仅直戳白珊花，也戳她辛娆娆！对于白珊花，她辛娆娆可以恨她无情，吴剑光你有资格恨她吗？她抛弃亲生儿女，却把你当成宝贝一样照顾养大，对你来说，她是你最大的恩人！如今你这样对她，与白眼狼有何两样！

现在，吴剑光的阳光形象在辛娆娆心里黑暗了，她不屑与这种男人有感情上的纠葛！

“伯父，请您原谅……”

“小光……你说话呀？”吴志国急了，开始大口喘气。

“爸，你别逼我……随便她吧……”吴剑光看着父亲哀求的目光，把即将滑出来的话咽下去。

辛娆娆只听出吴剑光的负气，与吴剑光同时把脸别到一边，自然，都在猜测对方想的什么。

“伯父，别着急。”辛娆娆害怕了，急忙回过头想招呼白珊花。她正低声哭泣！忽然辛娆娆对眼前这个女人有了一点怜悯——她也曾是个不幸的女人！再看吴志国病入膏肓的样子，两眼正巴巴地看着自己，等待她明确回答。辛娆娆真不知道应当同意还是拒绝。片刻，她只好这样说：“……伯父，这件事……我，请给我一点时间……”

她没说明给她一点时间知道该怎么做，是嫁给剑光，还是搬到吴家陪伴白珊花，但就是这样的回答，吴志国已经很满意了。他气顺了，高兴地抓住白珊花的手不放，手是凉的，脸上却笑得布满桃红色：“莲莲，娆娆答应了，答应了！”

吴剑光好意外，他带着讥讽的语气对辛娆娆说：“你真想答应？那么你是想嫁给我还是搬到我家？”

“……”

“回答两个问题很难吗？”

辛娆娆还是不理他，吴志国见状马上打圆场说：“小光，你们以前总是说说笑笑的，今天怎么啦？过去的事情就让它过去了吧……别让我不放心……以后你和娆娆跟你妈好好过日子，以后有孩子你妈给你们带……”

辛娆娆不说话，吴剑光冷笑两声，故做热情地马上走到辛娆娆背后，两臂搭在她肩上，对吴志国说：“爸，你看，我们不是很好吗？你还有什么不放心的？”

辛娆娆对吴剑光的表现好别扭，但当着重病的老人，她不好怎样，她知道，接下来的是，她必须和吴剑光、李佳靓好好谈一谈。吴志国向外挥挥手说：“好了，你们走吧，我和你妈还有事情要商量。”

两个年轻人一走，吴志国动动还愣着的白珊花。她才从发愣中惊觉，摇摇头说：“难道，娆娆真答应了？”

“看你说的，没反对就是答应了！”

情况果真是这样吗？

辛娆娆现在的“家”，正是北欧曾经住过的于轩公司的公寓。

辛娆娆出了医院，不管吴剑光怎样质问她，她都不回一句话，反而丢下他转头回公寓。她要一个人静下心，好好准备同吴剑光、李佳靓的谈话内容。

该同他们说些什么呢？辛娆娆的心情难受而且复杂。

此时，她坐在床沿上，环视这套北欧哥住过几年的小屋，翻腾着许久以来似有关连又无关连的好多问题。她不是一个多愁善感的女孩，因为周妈妈培养了她活泼、热情、积极、谦逊、勤奋的性格，总把事情往好的方面想，不到万不得已的时候，她的乐观阳光绝不会从脸上消失。然而这段时间所发生的事情，使她让人一眼就看明白的面部表情，显得多么焦虑、迷惘。

烦了，和他们能说些什么啊？很快她的思绪又转向北欧哥。

她和北欧哥身份关系的突然转变，完全击破了她以前那个令人遐想的美梦。不过，她和北欧哥一样，都为以前两人没有做出蠢事而感到庆幸，但她深深担忧北欧哥的未来。她不是不想与北欧哥一道去省城，可知道北欧哥是去投奔刘妍的。然而，只要提起刘妍，她的心底就产生强烈的抵触。她不喜欢刘妍，可以说极度反感。刘妍漂亮、妖媚、富有，有为官省里的舅舅，有鲜为人知的海外关系，有为人不可多得的上层社会关系，有许多农村出来的女孩所没有的经济条件和社会地位。

刘妍随时都会显示一种优越感，对她看不上的人表现出傲气和鄙夷，在她眼中，别人都是垃圾，只有她才是精华；她可以任凭自己的喜好去追逐任何一个男人，当然也包括北欧、于轩和吴剑光，她可以利用一切机会周旋在他们中间，获取“优越”的快感。于轩和吴剑光不屑于她，她便把赌注下在北欧身上，而从小养成的倔强和自卑，使北欧哥不愿意面对吴剑光和于轩的富有，却愿意追随有家世背景、有社会关系的刘妍。

辛娆娆记得，第一次与接受北欧哥的托付来看她的刘妍在学校的林荫道边见面的时候，从刘妍的高谈阔论中，从刘妍与陪她一道来的男人眉目传情中，她就看出刘妍绝非是个可靠女人。可是北欧哥相信刘妍，把刘妍当作未来发迹的“贵人”！她实在怀疑，刘妍真的能使北欧哥在省城有好的发展。

辛娆娆叹口气，捏紧拳头击到床上，手被什么硌了一下，一看是那枚胸针。看见它，她又想起和吴剑光的那一吻，分明感到一阵莫名的恶心。她把胸针狠狠扔到地上，胸针一晃，不知跑哪个角落里去了。

虽然最初与吴剑光在火车上相伴而行时，她很喜欢吴剑光的外在形象，喜欢他的兴趣广泛和潇洒风度，喜欢听他浑厚的男中音和爽朗笑声；来到吉州，因为专业和对吴剑光的好感，她不顾北欧哥的反对，进了吴剑光的艺术装修设计公司。但北欧哥告诫她，吴剑光整天公子哥儿派头，总爱显摆有钱人身份，以后工作是工作，生活中不准和吴剑光走得太近。她虽然听进去了，但又感到暗喜和好笑。暗喜的是北欧哥在乎她，好笑的是他竟然把吴剑光看成了居心叵测的人！

所以，进了吴剑光的公司后，她还是愿意跟吴剑光说笑聊天，天南地北胡扯一通，然后嘻嘻哈哈，她喜欢老板与员工之间的这种和谐氛围。吴剑光对她的关心、照顾，开始她并没深想，后来她发现，吴剑光经常在言谈举止中向她暗示什么。她有点心虚，又不敢点破，却被一直暗恋吴剑光的李佳靓含沙射影指桃说李。她有点委屈，虽然她对吴剑光有好感，但绝没有攀高枝去嫁吴剑光的意思，因为当时，她心里只有北欧一个男人。所以为避免误会，只要吴剑光叫她去看电影或请她去吃饭，她准会叫上李佳靓。而李佳靓总要在吴剑光面前故意声明是“沾辛娆娆的光”，或说“老板偏心”，话里话外分明透出不满和忌妒。可每每这个时候，吴剑光只是笑笑，没有任何清晰的说明，她也只好装作不甚了了的样子。

直到四个月前，吴剑光从省城回来送她项链和胸针的时候，她才感到事态有点不妙，她一连拒绝了多次，但吴剑光却毫不妥协，而且非要亲手把项链给她挂到脖子上不可。没办法，仅仅出于礼节，她坚决谢绝了项链而接受了胸针，并笑着提醒吴剑光："你把项链送给李佳靓吧，她一定喜欢。"

"她？我以什么名义？"吴剑光不悦，马上冷着脸收起项链走了，一直没回头。

这个时候，辛娆娆才微微感觉到，老板的情绪变化好快，刚才还是春风化雨，接着就雷鸣电闪了！不过，她真没有要和老板恋爱的意思，他的情绪变化和她有什么关系呢？

她不是没有为李佳靓着想，但她能帮助李佳靓主动出击，却左右不了吴剑光把目光投向她。她不想对不起李佳靓，她为李佳靓想过办法，出过主意，鼓励过李佳靓主动去找吴剑光沟通，表达情意，但遭到吴剑光的谢绝，说什么如果与她辛娆娆不成的话，你李佳靓就是不二人选！这是什么话？于是，她向李佳靓坦白并承诺，虽然吴剑光在追她，但她绝没有嫁给吴剑光的一点点想法！

李佳靓信了，当听说北欧答应结婚的时候，她高兴极了，甚至比娆娆自己还操心，没想到冥冥中娆娆与北欧根本没有可能，终于不再提及结婚之事，李佳靓又开始担心了。她把李佳靓当成闺密，什么事都给她说，甚至把吴剑光吻她的事也说了，希望李佳靓谅解，可换来的却是李佳靓向她摊牌：要她打电话亲口拒绝吴剑光！自己呢？自己也是，吴剑光要她去家里帮忙，趁机将温暖激情的双唇压向了她。从来没有过异性亲吻神秘感觉的她，竟然忘记了李佳靓，忘记了北欧，瞬间的惶恐竟然被热情所代替，她震颤着身体热烈回应，忘情投入那虚幻刺激的奔放之中，俨然与吴剑光早已是恋爱中人。

过后她很内疚，觉得对不起北欧和李佳靓，她很想找机会再次道歉。不料一场意外的见面，和盘托出她和北欧的真正关系竟然是亲兄妹的时候，吴剑光的恶劣表现令她完全释然，同时相信从此与吴剑光之间再无任何情感上的牵连和纠葛。

谁知，吴剑光的父亲竟然以那天发生的“吻”事件为由，今天提出要她嫁给吴剑光。看着老人那张病态笑脸，知道自己的应允将是老人最后一线生命希望，她不忍心拒绝，但她又不能答应。拒绝了，老人可能马上失去生命，不拒绝，对不住自己，李佳靓又怎么办？自己的承诺只是空气？天啊，我应当和吴剑光和李佳靓说些什么？不，我什么也不说，以后再不去医院，不就啥事都没有了吗？可是，以后他们非要我去医院又怎么办？对，还是找于轩大哥说说，他理性、睿智、善解人意，看看他能有什么好的意见和建议！

不过，如果辛娆娆已经知道吴剑光因为她的出身，再不会像先前那样为她付出热情和爱意的话，她还会这样想这样做吗？

辛娆娆把该说的心里话都告诉了于轩：她不想与吴家有任何更进一步的关系，她必须立即做出决断，希望于轩能帮她想想如何对吴剑光和李佳靓说明这一切。

于轩摇摇头——能给娆娆什么好的建议和意见呢？他不知道吴剑光是不是爱过李佳靓，但他对吴剑光确实疯狂地爱着辛娆娆是深信不疑的。虽然前几天吴剑光说对娆娆的存在“无所谓”，但并不能表明他会放弃对娆娆已经产生的爱。既然自己都不想舍弃对娆娆的爱，吴剑光又想舍弃吗？

他只好以自己所知有限的经验再一次问：“娆娆，你能确定你对剑光没有一点爱的感觉？或就算你已经不爱，可如果他还是那样执着怎么办？你能说你从来没有爱过他？这事情还是你自己想想该怎样对他们说才好。”

辛娆娆抬起眼皮看着他，老老实实点头并回答：“是啊，今天他父亲求我，我真的好难回答。”

于轩又换了个角度，再问："你再告诉我，在你并不知道北欧是你亲哥哥的时候，你是愿意嫁给他们中的哪一个？"

辛娆娆闭上眼睛，十来秒时间后再睁开，回答道："我愿意嫁给北欧哥……"

于轩穷追不已："先前你对北欧的感情认识与对剑光的，有没有不一样的地方？"

这回辛娆娆回答得很迅速："有，对北欧哥有种执着的依赖，对吴剑光……有种新鲜冲动……"

于轩笑了，笑得很真诚："这不就得了？其实你已经回答了自己，你和北欧的是亲情，和剑光的是爱情，只有爱情才是新鲜冲动的。至少我是这样认为的。"

辛娆娆吃惊了，问："于大哥，你爱过吗？"

于轩避开了辛娆娆的目光，随意回答："你说呢？"

辛娆娆轻轻摇头："不知道……"

于轩又笑了，露出智慧的目光说："是啊，有时明明在爱着却连自己都不知道，而以为没有爱着却像魔术般地走到一起。所以你如何说，什么时间说还得你自己拿主意……不过，我看这事太刻意并不好，还是顺其自然吧。提醒你，如果爱吴剑光，就常去医院看望两个老人吧。"

辛娆娆听完，收起包站起来，向于轩告辞："于轩哥，我知道该怎么办了……"

"好啊，祝你顺利！"

39

星期日。好像有什么急事，吴剑光提着皮包从医院里匆匆出来，突然被人撞个满怀。抬头一看，是李佳靓，脸色很不好看。吴剑光见李佳靓精神状态欠佳，微微吃惊，以为她来医院看医生，急忙问："佳靓，怎么啦？身体不舒服啊？"

李佳靓本来心里正难受，见到吴剑光，鼻头发酸，眼里马上蒙上一层泪花。她正想回话，未料他却先发问，而且语气十分关切，她忍不住了，泪花聚成泪滴滚了下来。吴剑光见状慌了，忙问："怎么了？病了？挂号没有？要看哪科？"

一连串的问话终于把李佳靓焦灼郁闷的情绪牵出来，她毫无顾忌地哭出声来，说："我是来看伯父的，听说他病得厉害，来看看……我怕以后留下遗憾……"

吴剑光为她的动情感动了，一半夸奖一半埋怨说："谢谢你啊，可看你这个样子，还说没有病？"

李佳靓嘟着嘴微低头，眼睛看着地面，强辩道："我哪里有病？我老想着今天来看伯父，昨晚一点没睡好……"

吴剑光慌着走，没有再客气，马上说："这样啊，那你去吧，肿瘤28号病房，单间！对不起，佳靓，我得赶着回去接亲戚来医院看看，然后送他们回乡下……"

"亲戚？"李佳靓心里一顿，随意问："哦，是外婆、舅舅吧？他们要回家？才来几天就要走啊？"

吴剑光长长叹口气，说："可不是吗？真麻烦，这个时候了，他们一点眼色没有，住下就不走了。可是你看看，我家里没多余的人，医院离不了人，还得管他们的吃喝……唉！只有我两边跑，还得跑公司……所以只好送他们回去了。”

李佳靓听出吴剑光的嫌弃心，但她不点破，看吴剑光一眼，心里一动，迅速泛起涟漪，但说出来的却是：“你为啥不叫娆娆姐啊？这个时候，她该去你家帮忙，或来医院照顾伯父啊，她除了上班也没别的事情。”

“她？别提她了！一天到晚吊着张脸，好像我们吴家欠她多少债似的，我才不想求她呢。”

“怎么？你们闹意见了？”

“闹意见？要真闹意见倒是好事，关键是我连跟她说话的兴趣都没有了。”

“怎么会？上次我在农家乐给你电话时，你不是说只爱她吗？”

“嗨，此一时，彼一时，你知道，那天发生的事情，实在让人难堪极了，别说北欧，就连她，我也无论如何想不通……”

“是，他们之间的事情就是乱，这事谁也接受不了。”李佳靓理解似的点头，然后话题一转说：“老板，公司都传遍了，说你们要结婚了！既然这样，心情再不好她到你家帮忙也是理所应当的嘛。”

吴剑光不想在医院门口再提辛娆娆和家里的事，他想马上走，可李佳靓却偏偏抓住他不放，反说：“老板，你看我提这么多东西，手都要断了，你也发发善心帮我提一下，带我去伯父的病房吧？”

吴剑光这才注意到李佳靓左肩挎着皮袋，右手提着大大小小好几包，有各种水果，有麦乳精，有奶粉……全都是看望病人的东西。吴剑光连忙接过东西，带着埋怨和赞许说：“你呀，自己都不舒服还提这么多东西，叫我说什么才好啊……”

吴剑光说完走在前面带路，李佳靓急忙跟上他肩并肩。听吴剑光这样说，李佳靓有意睨了他一眼，说：“可不是吗？但老板的父亲病了，我能不来吗？

平时得了老板那么多好处，吃啊喝的，还看电影，这个时候再不来，真是忘恩负义了。”说完朝吴剑光甜甜一笑。

吴剑光忽然想起李佳靓主动向他表示爱意的事，心里“腾”的一下，反倒不好意思，说：“说哪里话？那都是你陪辛娆娆的，我又没专门请过你……对不起啊，佳靓……”

李佳靓抓住吴剑光的话把说：“那好啊，老板，以后你得专门请我才是……”

吴剑光迅速答应：“好啊，只要你喜欢，什么时候都行，到时让娆娆陪你一回。”

李佳靓却摇头说：“那不行，你得一个人请我。等你和娆娆姐真的结婚了，你们再一起请我！对了，老板，刚才你除了伯父，对其他人你总是你们他们的，这样不好。你面子上要做得好，特别现在对伯母更要注意，别让人家抓住话把……”

听了李佳靓入情入理的话，吴剑光顿时觉得她高大起来，更加感到对不起李佳靓，他小声说：“佳靓，对不起，过去对你有点冷淡，以后我改。”

李佳靓喜欢听，当然，她更知道吴剑光喜欢听什么，于是说：“老板，以后有事忙不过来就对我说，我什么事都会干……”

“好啊，到时你可别推辞。”吴剑光突然想起一个问题，侧头问，“佳靓，你好久没回家了吧？你父亲好吗？”

李佳靓表现出极大的感动回答道：“谢谢老板想着，我父亲还好……”

“你不是还有年假吗？什么时候回去看看吧，我给你报车船费！”

“好啊，老板，我怎么报答你呢？”

“随你吧……”

进了病房，吴剑光把东西放下，向父母介绍了李佳靓后，急着赶回家，临走时对李佳靓说："爸，你看，她买了这么多东西……佳靓，你陪我爸聊一会，我走了，先谢谢你！"

李佳靓大大方方地说："老板，你忙去吧，这里有我呢。"

吴剑光走了。白珊花见到李佳靓，想起她就是那天给她鄙夷目光的那个女子，心里很不舒服，她把脸侧到一边，打算不理睬这个在儿子面前讨好卖乖的女子。李佳靓似乎早忘了那天自己的表现，她先朝两个老人笑笑，甜声甜气一口一个"伯父""伯母"叫着，有笑有说地边削苹果，边询问病情，关心饮食，安慰情绪。她一会儿说这，一会儿说那，说话充满了乐趣和幽默，吴志国眯缝着眼睛打量她，白珊花不吭气，由她一个人自说自话。

李佳靓并不介意，她把削好的苹果分成两半，抽出两张餐巾纸，分别包着，先把一半递给白珊花，白珊花不要，她硬是塞进白珊花手里，另一半拿在手里，再拿出饭盒里的勺子，轻轻地挖出苹果肉沫，一点点喂给吴志国，闹得吴志国很不好意思。见她这样，白珊花看在儿子分上，态度开始缓和下来。

吴志国渐渐放松，接受着李佳靓的细心伺候，意外地比平时多吃了一点，居然吃完小半个。李佳靓随手抽了张餐巾纸在吴志国嘴上轻轻擦拭，一切都显得那么亲近自然。见白珊花还没吃完，她又四处看看，见地上有纸片，又朝两个老人笑笑，马上十分随意地提起扫把轻轻扫起地来。完后又迅速打开医院暖壶看看，她又朝两个老人笑笑，十分自然地说："我去打水……"

开水打回来，她又十分自然地给老人冲了两杯麦乳精。见白珊花吃完水果，她就去洗手间放热水将毛巾搓洗一遍，拿出来甜甜地说："伯父，来，我给您擦擦手。"说完，她动作轻轻地捏着吴志国的手，用毛巾轻轻地擦了又擦。白珊花见状，担心她也会给自己这样，赶快到洗手间把手洗了。

然后，她又在两个老人目视下去洗手间搓毛巾，冲厕所……

白珊花和吴志国在那天虽然见过李佳靓，也不知道她叫什么名字，但对她的印象不太好。今天见她不仅买了许多东西来看望，而且进了病房就做这做那，心里倒过意不去，只道她小不懂事，就从心里原谅了她那天的不恭和无礼。事情都做完了，本当坐下来休息休息，可偏偏她又坐到吴志国的病床前嘘寒问暖。闲话间，白珊花问李佳靓："小李呀，今年多大了？有男朋友吗？"

李佳靓不好意思，马上红了脸说："伯父、伯母，我比娆娆姐小两个月，差不多一样大……可是她都要和老板结婚了，我还没有主呢！"

吴志国很高兴，接上话茬问："啊？他们要结婚了？可她还没有肯定答复我们啊！"

李佳靓摇摇头说："不会吧？公司里的人都知道了……"

吴志国两眼发亮，差点手舞足蹈叫着："莲莲，你听见了吗？公司的人都知道了，那一定是娆娆答应了……"

自然，白珊花不用说多高兴了："老头子，看你，也不怕人家小李笑话！"说完亲昵地拉拉他的手。

李佳靓心里滑过一丝丝不悦，但嘴上却说："伯母，听老板说外婆、舅舅一会儿来看完伯父后马上就回乡下？要我说，既然来了就让他们多玩几天，在这儿过了年再走多好？"

白珊花深深叹了口气："小李，我也没办法！现在你伯父病了，离不开我……"

"你应当让娆娆姐到家来帮忙啊……"白珊花马上不再作声，看看吴志国。

吴志国会意，对李佳靓说："娆娆从小读书到大，都没有做过家务事，怕怠慢了我们。"

李佳靓何尝不知道个中原因？但她是绝不会说的，她十分体己地说："这样吧，一会外婆、舅舅来后，你们挽留他们，明天起，我跟老板请年假，加上加班时间，可能有十多天，我去你家帮忙吧？就不知道老板愿不愿，娆娆姐高不高兴……"

白珊花当然愿意，吴志国却说："小李，一会我们问问剑光，要行的话，就麻烦你了……”

李佳靓站起来，把包挎在肩上，又是甜甜一笑，说：“那好啊，行的话让老板通知我，我一定尽心尽力！”说完，摸摸小桌上的麦乳精杯子，大概不烫了，马上端起一杯递给白珊花，再端起另一杯，慢慢挨近吴志国的嘴边，笑笑说：“伯父，不烫了，喝点……”

本来吴志国不喜欢麦乳精的味道，但在李佳靓的热情驱动下，他竟然一口喝个精光。李佳靓把两只杯子拿到洗手间冲洗干净出来，回头又是一笑，才走出病房。

白珊花和吴志国看着她的背影消失后，我看看你，你看看我。白珊花不由得叹口气，说：“这个女子变化真快，那天那个样子，我真不想理她，没想到她变化不小。唉，要是我的娆娆像她这样，那该多好啊！”

吴志国不以为然，说：“她俩能一样吗？我看这个小李对我们剑光倒是多了一份心思……”

白珊花点点头说：“还算是个好女子，不过，我不希望她到我们家帮忙，娆娆知道会多心的……”

吴志国理解妻子，知道她心里想什么，便安慰她说：“那成什么话？小光是不会同意的。”

白珊花看了一眼吴志国，吴志国立即改口道：“小光知道什么该做什么不该做……”

白珊花这才高兴起来。

40

于轩在床上辗转反侧，一直睡不着……

闭上眼，平时严密封闭的影线这时奋不顾身从心的深处冒出来，闹腾一番，到底被阻在眼帘的黑暗里。它却不断跳跃，碰撞，射溅。可能累了，它才渐渐老实地合拢排列，最后整合成一个画面：辛娆娆投来询问的目光，走进画面问他："于大哥，你爱过吗？"

就这句话，令于轩回味了好久——他明白此"爱"非彼"爱"，而是男女间那种能产生魂牵梦萦效果或撕心裂肺感觉的"爱"！是啊，自己爱过吗？说来惭愧，已经三十岁的男人，家境好，人长得不错，能力也强，却真的从来没有爱过！不是他不懂得，而是他从来没敢去想过自己该不该拥有这种爱。

到父亲身边以前，于轩就知道自己的身世：当年，亲生父母带着他从西蜀到东蜀，从渝州到南蜀，到处帮人打工制作鞭炮，每次都不让他进去，总叫他在工场外边自己玩，直到他们干完活，才出来把他领到饭铺吃饭；不一会儿，他们又进了工场，直到晚上才出来，然后把他带到很远的地方，在一个用高粱秆什么东西临时搭建的棚里边架起小锅点上火做点饭吃。第二天天刚亮，他们就把他叫起来，用沟里的水随便抹几把脸，然后到街边或场口小面馆吃点东西，马上转移到另一个地方干活——每天都如此。至于自己的家到底在哪，爸妈也许告诉过他，但没有一点印象，他只能是爸妈在哪，哪就是自己的家，要没有爸妈，自己也就没家了。

可就这样最基本的"家"的概念，在于轩的脑海里也没能维持多久。

有一天，于轩正巴望爸妈从工场里走出来的时候，突然，"轰"的一声巨响，工场里发生了大爆炸，许多人被炸死了，其中就有他的爸妈！所有人被炸得七零八落，小于轩吓得直哭，奔过去不断叫喊爸爸、妈妈，可死者中到底哪一个是他的爸妈，根本认不出来。人家带他去医院做了个化验，后来他知道那叫 DNA，才确定其中两具尸体是他的爸妈。他太小了，面对两具黑乎乎的根本看不出人形的尸体，于轩哭不出来了，只好眼睁睁看着人们把他们送进火葬场，不久后递给他一只窑罐，说是他爸妈的骨灰。他吓得直往后退，不敢要，又不得不接着，一不小心小手一松，罐子落下地摔成几大块，灰白色的粉面面撒得到处都是。

几个民警叔叔翻开爸妈留下的包袱，除了几件衣服，里面什么钱呀，什么证件呀都没有。人家问他叫什么名字，多大了，是哪里人，他先是摇摇头，然后哭着说，他只记得自己叫牛儿，五岁，不知道自己到底是哪里人。后来民警叔叔问他愿不愿意去孤儿院，他摇头。趁人家不注意，他跑了，到处流浪两年多，最后被去找班主任老师的白珊花捡到，代替北欧来到父亲身边……

白珊花走后，面对陌生而长相堂堂的父亲，他害怕过，所以见到林媛，他非要跟着林媛不可。自此，他跟着父亲和林妈快快乐乐地成了一家人，过着幸福的生活。

他不想失去这个家和幸福生活，所以对这些，他严严实实地装在肚子里。一是他不敢说，他知道自己并不是父亲的亲生儿子；二是他不愿说，他害怕一旦说了，他将失去赖以生存而处处幸福的家，从此会没了父亲，没有了林妈。

也正因为这些，他才非常自觉和听话，而且下定决心一定要好好读书，将来一定要做有用的人，像父亲一样盖大房子，盖楼房，让那些没有子女，没有父母的老人和孩子都能得到一个幸福的“家”!

这是他的愿望，也是他的理想。

因为他知道自己将来要干什么，所以他从来对自己都十分严格：必须尊重父亲和林妈，听从他们的教诲，必须学习认真，考试优异——这个信念和决心不断支撑着他从小学、中学、大学、留学，一路走来踏踏实实，历久弥坚，直到学有所成归来。也正因为这样，他冷淡忽略了多少美女的目光传送，谢绝了多少热心友人的介绍，甚至在异国他乡，他一心钻研，从不关注花前月下，被洋妞叫作“无性男”。

吴剑光惊异于他的自制和毅力，也嘲弄他不懂生活，是个典型的“书呆子”，不属于这个时代的年轻人。他不好说什么，但心里想：人的经历不同，自然想法和做法也有所不同，为什么要人云亦云，趋之若鹜？

从国外回来接过父亲肩上的担子后，他更是把全部心力和智慧都用在公司生产、建设和管理上，很快摒弃了一些陈旧的管理理念，而且除了高质量建造商品房外，还设了一个专项建设项目：三年后务必投资在吉州市建造一座集养老、抚孤的，具有超前意识的管理先进的福利生活园。开始他担心父亲不同意，没想到父亲许多事情都能和他想到一块，还没听完他的话，便认真而果断地说："交给你了，就是你做主，别什么事情都问我，你决定的我都赞成！"

就这句话，让他吃了一颗大大的定心丸，于是他完全按照自己的想法干起来。现在好了，"幸福怡乐广厦"建成了，公司也正式向证监会申请上市了，于轩终于可以松一口气了。

然而，他还是没有想过那个非常实际的婚姻问题。尽管父亲和林妈提醒过他几次，可是他除了笑笑，还是没有正面回答。

终于，一个从来没有想过的问题，竟然在去年夏天见到辛娆娆的第一面时，他的心里突然闪现一阵激动，并迅速发芽长叶！辛娆娆，一个在孤儿院长大的，很平凡的，脸上总是满脸单纯、友善的女大学毕业生，再也不能从他心里拔去了！

按说以他和北欧的关系，接近辛娆娆很容易，以他的条件，辛娆娆不可以说不好。正当他想向北欧提出，或向辛娆娆表示的时候，他忽然间得知，原来辛娆娆来吉州是为了嫁给北欧，他只好隐忍了。又谁知北欧并没有丁点要娶娆娆的意思，而且告诉他，自己完全把娆娆当成妹妹，以后绝不会做任何伤害娆娆的事。他又升起希望，再次发现吴剑光看娆娆的目光好专情，好霸道，一问，才知道吴剑光在和娆娆从省城回来的路上的有趣邂逅中，已经对娆娆一见钟情了。

于是，他赶快收起爱娆娆的心思，把娆娆放进心的深处。尽管北欧向他说过几次，真诚希望他今后能娶娆娆，但他始终没有应允。原因是不能为了自己的终身幸福伤了和吴剑光的同窗之谊和兄弟之情，何况吴剑光看出他喜欢娆娆后恳求他放弃成全自己？

本来一件好事应当顺风顺水天作成，谁知北欧和娆娆的身世撕开了他们可怜的过去。这件事不仅牵涉了他们本人，而且牵涉了所有人，对，还有自己！

那时他十分不安，为娆娆，为北欧，为所有与这事有关系的人不安。原因很简单，如果当初送还父亲的不是自己，而真是北欧，那么北欧就不会有恨，性格就不会偏执，看问题就不会偏激，就不会同娆娆认识，就不会有娆娆来到吉州，也不会有吴剑光对娆娆一见钟情，也不会有白珊花和……

唉，于轩真是不安了！

辛娆娆的诉说，让于轩了解到她内心的痛苦程度，而她最为痛苦的便是吴剑光在最关键的时候表现出的那种“高贵人”才可能表现出来的鄙夷表情，他的鄙夷不仅对着白珊花和北欧，而且还对着辛娆娆！是的，于轩也认为吴剑光当时的表现很不妥，他太缺乏对不幸之人的理解，太自以为是！想想，如果他能换位思考一下，他会这样做吗？所以辛娆娆对白珊花的恨意和对吴剑光的不愿，理解起来就不难了。可是，吴剑光毕竟是疯狂爱过辛娆娆，或许辛娆娆也接受过吴剑光的爱的举动，吴剑光难道会因为辛娆娆的出身断了这个爱吗？辛娆娆会因为吴剑光的一时表现而坚持拒绝吗？

忽然，云台寺里那签上四句话又回响在他耳旁，如果那样，他于轩应当怎样做呢？

……

辛娆娆也不轻松，她正坐在小桌前，不停地在手提电脑上敲字——她在给吴剑光和李佳靓写信，准备写好后通过QQ邮件发过去。其实，吴剑光和李佳靓的QQ她几乎没用过，原因是她（他）们总在一起，有什么当面说了就是，没必要一定要像那些有钱的且见过世面的“00”后一天到晚总要拿着手机，先是“QQ”不断，后是“微信”不止，她还是习惯用电脑，特别是台式电脑，所以小桌上的手提电脑她除了必须在夜里加班构图，通常时候她是不用的。当然，今晚上例外，她必须尽快给吴剑光和李佳靓写一封信，主要告诉他们：鉴于目前状况，她不再去医院，希望他们原谅，同时希望他们能走到一起……

可总不能只写这两句话吧？什么原因？到底发生了什么事情？如果说了，也许吴剑光没有什么，但那李佳靓会怎么想？这不影响他们之间关系的发展吗？辛娆娆写写删删，删删写写，到底没有完成写信的事。

突然，手机响了，刺耳的响声显得好凄冷。娆娆以为是吴剑光的，一时没有反应过来而一动不动。可是手机仍不屈不挠地响着，娆娆只好起来，一看，竟然是于轩的。她急忙接听电话，刚刚“喂”一声，于轩没有说话。她只好再问：“于大哥，有事吗？”

于轩这才轻声说：“娆娆，你问我你和剑光的事情怎么办，我想了好久，觉得光一个‘顺其自然’并不能解决问题，过去的事已经发生了，跟你们相爱是没有必然关系的。既然已经是历史，就没有必要继续纠缠。所以，你和剑光都得主动坦诚向对方说出心里话，沟通取得一致意见，彼此间取得谅解而后成就婚姻。再说他的母亲也是你的母亲，以后一家人亲上加亲，也未必不是一件好事。你说呢？”

娆娆没有接话，心里说：于大哥，你把我的话题搞错了，我没有想过和吴剑光相爱，而是不想和吴家有联系啊。

好久好久，电话两头双方沉默着，似乎能听到对方的呼吸。娆娆不赞同于轩的意见，但又不好否定他的说法。她终于回答说：“于大哥，让你操心了，事情还是让我自己来解决吧。”

“北欧，北欧来电话了吗？”

“没有，我想，现在他可能连我这个亲妹妹也不想理睬了吧！”

“娆娆……”

“于大哥，还有事？你说。”

“哦，太晚，不说了……再见！”

辛娆娆看看手机，自言自语：“于大哥怎么啦？”

41

这是省城三环路边的一个花园小区，体育馆对面，名字很特别，叫“绿荷园”！想来想去，别无奇特之处，可能是取“出淤泥而不染”之意吧？这套九楼的电梯楼中楼，二百八十平方米，上下两层，让人联想翩翩：九九归一，十成八九，天长地久……可见主人十分希望这套楼房给他们带来美好吉祥。二百八十平米呀，要是把它放到北京、上海，少说也值两千多万。但在蜀地省城，价格却不高，只需花上几百万。不过话说回来，在省城，这套楼房就算只要三十万，也不是谁都能买得起的，何况几百万呢？猜得出，拥有这套楼房的主人一定是非富即贵之人！——由此看来，“绿荷园”这名字与“出淤泥而不染”的深刻内涵并无关联。

今天是周日，已是上午，女主人还在床上没起来，她睡得很甜，好像从来没有这样好睡过。虽是冬日，可阳光很温暖。透过粉红色纱帘，微光映在她慵懒的脸上，不知她正在做什么样的好梦。不用说，女主人就是刘妍！此时，她正闭目娇鼾，两只白皙的胳膊露在粉红色的绣花被上，脸上显出格外的满足。

忽然她醒来，顺手一摸，娇滴滴地叫道：“欧啊，你怎么起来了？嗯……欧啊……”

楼下，穿着睡衣的北欧已经打开大厅的落地窗，让外面的风吹进来，虽然略有凉意，但很柔软，似乎春天已经到了。北欧站在窗前向下看，似乎看到遥远的绿化区中的流连戏蝶，妖娆花草，冉爬藤萝……蜀中的冬天本不算冷，加之春节即将来临，更是煦暖胜春啊。但是，昨夜的温柔之乡并没让他感到温暖，相反却令他心里发怵发冷。昨夜的情景，他无法去描述他曾有过的激动和热血沸腾，仔细想起来，当时的情景和氛围如今令人好怪腻好怪腻。

人的经历往往会决定他的行为，何况北欧的经历更是许多年轻男人所没有的？所以昨晚的事对他来说，几乎是破天荒的，既意外，又滑稽，也可说不可埋喻！真的，到现在他还没有搞明白，为什么一向自以为品质毫无瑕疵，生活作风十分严谨的他，在刘妍的不屈召感下，竟然没有守住自己的道德底线？

是刘妍的色诱，还是自己的智弱？想来想去，突然，他吓了一跳，难道如人们常说的“鱼找鱼，虾找虾，乌龟找王八”？如真是这样，岂不是对自己莫大的讽刺？

刘妍不算什么，只能算是他到省城发展的引荐人！

然而这还不够吗？如果不是她有个省里高官的舅舅，还有官商圈子里的资源、关系，他北欧会把自己如出卖般迎合已经只能算女人的刘妍？尽管自己也推诿过，但那不是真的拒绝，因为从踏上开往省城的火车那一刻开始，他已经把自己给卖了，买家就是刘妍，他最多算个待价而沽的货物。娆娆说得对，刘妍找他是为了利用他，他也在利用刘妍。只不过现在北欧说得更为赤裸：刘妍利用他是为了填补以往的失去，而自己则想利用她去实现自己从此走进官商圈子的远大抱负！

想到这，北欧确实有些后悔，后悔自己这么没有定力，可有什么用呢？左脚已经迈进门槛，右脚还能缩回来吗？只要刘妍对得起他，他还是愿意把自己的一小半卖给刘妍的。

不过，要是娆娆知道他哥在省城的第一天就发生这样的事，还不知她有多么失望！

在这里，不得不提北欧刚到省城时候的事，也许正是那一瞬间或后来，北欧对刘妍产生了莫名的好感！

火车外，蒙蒙细雨还在飘，车在雨雾中无声地停下。车门打开，人们从车厢里下去。雨雾中，有人将手掌顶在光头上，东张西望，急切地寻找目标；有人打着伞，在雨帘中举起写有字的牌子，大声地叫喊着某人的名字。

火车走了，人渐渐少了。北欧才一手提着公文包，一手提着行李箱往前走几步，刚把行李箱放到地上抬起头，他一眼就看到雨中的刘妍光着头，从上到下全身湿漉漉的，原本蓬松而有型的头发也趴下，紧紧贴着脑袋。他感动而且过意不去，向她奔过去，叫着她的名字："刘妍……刘妍……"

刘妍听见了，在雨中转着身体寻找，忽然看到他，急忙迎上去，迅速接过他的公文包，闪着湿湿的眼睫毛，笑着说："真来了？我还以为你为娆娆，又放我的鸽子呢。"

北欧不自然地笑笑说："别乱想！"

两人冒着细雨快步走向检票口，刘妍引着他出了车站，高跟鞋发出清脆的响声——就这么简单！

北欧主动说话，态度十分诚恳："刘妍，这次我可是破釜沉舟，投奔你来了！"

"好说，咱们谁跟谁？客气个啥？"刘妍豪爽地说，随意亲昵地拉了他一下，北欧没在意，紧紧跟上。两人很快走到一部红色奥迪前，刘妍将手一扬，随着遥控一声响，刘妍打开后备厢，叫北欧把箱子放进去。然后走到前面打开副驾车门，像公关小姐似的向北欧嫣然一笑，做了个十分开放的手势，很淑女地说："先生，请上车。"

北欧迟疑片刻，忽然想起什么，迅速从皮夹克内袋里拿出手机——这还是于轩送给他的。他很快打开手机后盖，把卡抠出来，走向路边的垃圾桶，顺手往里一扔，然后把手机盖合好，若无其事地走向车边。

虽然他不说，但刘妍全看见了，她不问为什么，但嘴角却露出一抹不易被人察觉的笑意。待北欧进去，她优雅地关上车门，然后从车头绕过去，再打开另一道车门钻进去，坐在方向盘前，一边插钥匙，一边说："欧啊，你得赶快学开车，到时可没有人专门给你开车的……系好安全带！"

北欧笑笑，很内行地拉过安全带系好，说："安定下来再说吧。现在我们去什么地方？"

刘妍看着前方，没有转动车钥匙，也不说话，仿佛在想还有什么事情没做。

北欧不解问："怎么啦？"

"哦……"她像刚刚想起什么似的，连忙拿过皮包拉开链子，从里面拿出一部铮光乌黑的宽屏手机递给北欧，十分随意地说："知道你要来，前几天就给你买好了，刚出的品牌机，质量可以，已充了一千块话费，以后你就用这个吧。"

北欧不接，拿出手机给她看，有些不情愿地说："我有，挺好的，你这样做我不舒服。"说完将刘妍的手推回去。

刘妍是什么人？她微微提起眉毛，赌气说："好吧，那我也把它扔到垃圾桶去！"说罢马上抓住车门把手就要出去。

北欧知道她刚才看见自己做什么了，只好接过来说："我，我是想，既然离开吉州，那就彻底一点吧，所以……"

刘妍点点头说："我理解你的心情，不过，要是娆娆要找你怎么办？"

北欧不假思索地回答："再买张卡就行了。"

"不用，这手机是双卡的。"

刘妍说完，马上系好安全带，眼睛里面还有一只眼睛地看看北欧，讨好着说："现在先到我舅舅家去，我舅舅在家里等着见你呢！"

"你舅舅？"北欧突然想起，她舅舅不是省经贸厅的副厅长吗？"你对你舅舅说我要来？”

“哟，没有我舅舅同意，我能在你面前夸海口吗？”刘妍有些得意，令北欧多少有些不快，但从心底来说，还是浮起一阵感动。

刘妍转动方向盘，眼睛却不时看一眼上方的圆镜片。从她抿着的双唇不时张开不时吐露舌尖来看，她对镜中的男人不知想象过多少有趣的画面。突然北欧抬头，目光正好落在圆镜片中，与刘妍的目光猛烈撞击，似乎感觉到那不断吐露的舌尖正在向他暗示什么。他的脸奇怪地发烫了，再看一下，还好，没有发红。而刘妍却早已窥察到身边这个男人尴尬的心境，得意地笑了。

突然，刘妍侧脸问：“欧啊……娆娆没有阻拦你吗？我想她一定会又哭又闹的……”

提到娆娆，并且用这样的不屑的语气来说，北欧不高兴，说：“刘妍，以后，你别总是‘欧啊欧啊’的，我听了不舒服。”

刘妍哈哈哈笑起来：“啊哟哟，欧啊，我只在没人的时候这样叫你，何必不舒服呢？”

北欧无奈地摇头：“这样叫不好，让人听见像是……”

刘妍不管这么多，她就是希望北欧说出她想听的话：“嘻嘻，说，像是什么？夫妻吗？情侣吗？”

北欧不再说什么，侧脸看外面，一任刘妍带他去任何地方。

很快，车拐进一条两侧都是高大银杏树的大巷子，再往里走便是省府家属大院。这时，一辆黑色皇冠从对面开过来，像是故意不走右道，偏要朝刘妍的车撞过来一样，刘妍车速虽已放慢，却没有停下。

北欧急了，急叫道：“刘妍，停车，停车……”

刘妍没有任何惊慌，停下车来，正好黑色皇冠停在自家车面前。刘妍下了车朝对方车走去，站在对方驾座窗外，背对北欧，与对方说着什么。

大概有两分钟，刘妍才后退两步，向车内的人频频招手。然后车打向右方，徐徐开走。北欧想看看车内到底是谁，可车过的时候，对方已经闭了车窗，看不清里面是男是女。

刘妍过来进了车，朝北欧笑笑，便转动方向盘。北欧随口问：“是谁呀，这样放肆。”

刘妍突然脸红了，不自然地笑笑说：“一个哥们儿，说几天不见了，今天终于看见我的车，就……”

北欧还是随口“哦”一声，没有再问，心里却在想，一会儿刘妍的舅舅会怎样看自己呢？

最是梧桐暖

下

马艳芬 著

中国出版集团
现代出版社

图书在版编目（CIP）数据

最是梧桐暖/马艳芬著. --北京：现代出版社，2017.7
ISBN 978-7-5143-6303-6

Ⅰ. ①最… Ⅱ. ①马… Ⅲ. ①长篇小说－中国－当代
Ⅳ. ①I247.5

中国版本图书馆CIP数据核字（2017）第174599号

最是梧桐暖

作　　者　马艳芬
责任编辑　李　鹏
出版发行　现代出版社
地　　址　北京市安定门外安华里504号
邮政编码　100011
电　　话　010-64267325　010-64245264（兼传真）
网　　址　www.1980xd.com
电子邮箱　xiandai@vip.sina.com
印　　刷　三河市京兰印务有限公司
开　　本　710×1000　1/16
印　　张　32
版　　次　2017年7月第1版　2020年1月第2次印刷
书　　号　ISBN 978-7-5143-6303-6
定　　价　79.80元（全两册）

42

不知走了多久，小车进了省府大院，在一排老式楼房底下停下来。北欧朝窗外看看，这楼房恐怕已经有二三十年了。他想，这些省里的干部住的也够寒碜了，不是电梯，每天上下班，只有靠两只脚一梯一梯爬上爬下。不过，在今天攀比、炫富的社会风气中，省里干部真正做到清廉做官、清白做人，还住在这样的楼房里，真是难能可贵。

两人从车里出来，北欧问拿不拿行李箱，刘妍摇摇头，紧紧拉着北欧的手直接上楼。北欧上楼不费劲，但偏偏刘妍死皮赖脸地说她没力气，身体靠着北欧肩膀，非要北欧抱她上去。虽然北欧有的是力气，但就是不动。马上三十岁的男人，北欧何曾这样对过女人？他推推刘妍，想对她说自重一点，但不好说出来，他越是用劲推，刘妍越是黏得紧，北欧只好半推半抱地拉着她往上走，可她却故意沉着身体，干脆滑到北欧后面，伏在北欧背上，小声说：“欧啊，你背我上去……”

北欧好为难，正在这时，上面有人下来了，好像看明白了刘妍和北欧的关系，笑笑说：“小妍子，怎么？他不听话？”

刘妍急忙站直，淘气地说：“王阿姨，你笑我……”

“呵呵呵……”

见人家下了楼，刘妍又故伎重演。北欧想想，只好让她伏在自己背上，双脚离地，腾在空中，自己则快步往上登，很快在六楼停下。

这是最顶上一层楼。打开一面普通的防盗门，再打开一道木质门，啊，里外两重天！外面陈旧灰暗，里面竟然豪华亮堂，如果不是亲眼所见，谁也不会相信这里面住的是省经贸厅的副厅长袁罡正！

关上防盗门往里走，北欧更发呆了。打量客厅里的摆设，他说不好，只觉得那些只能从书上看到的“唐三彩”啊，“青花瓷”啊……说不完的，一层一层地摆放在紫檀木的架柜上，傲视来人，显示出它们的尊贵和价值。对了，还有墙上那几幅字画，一定出自古代名家之手。清雅氛围中，墙边的雕花紫檀圆架上，陈放着一只全由黄灿灿的金币镶成的“一帆风顺”大航船。唯一让人感到滑稽的是，大航船旁边居然不伦不类地放着一头圆滚滚的，浑身发光的金猪。金猪张着大嘴，一副憨痴痴的模样，真应了蜀地一句话——装呆吃顿饱。

此刻主人袁罡正斜靠在沙发上，默默地打量北欧。经过介绍，北欧第一次见到在他二十好几的岁月中从来没有见过的大人物，还是省里面的。他朝袁罡正礼貌地弯弯腰，叫声：“袁厅长。”

“嗯……”

对这个称谓，袁罡正心里很乐意接受，这正是他目前所需要奋斗的目标。但他脸上并没有表现出来，只是不冷不热地点点头，说道：“坐吧，今天家里没有其他人，只有我和妍妍两个，你随便。妍妍，饭菜好了，你端出来吧，吃了饭我还要去游副省长家。”

刘妍马上显出不满，噘着嘴嘟哝道：“哼，到时不知道还需要啥……”

袁罡正没听清楚刘妍说什么，便问：“妍妍，你说什么？”

刘妍伸出舌头看一眼北欧，赶快说："没，没说什么！我是问你们约好的？"

袁罡正对着客厅里的穿衣镜整理头发，看看镜子里的两个年轻人说："哦，那是，就为了吉州市的养殖业基地和他碰碰头，看如何解决资金问题。"

刘妍好像什么事情都晓得，她愤愤不平地说："一天到晚总是吉州市，肯定又是那杨廷玉求你的吧？光给他办事……"

袁罡正大度地说："人总是在互相帮忙的嘛，你这丫头，不关你的事，以后少问！"

刘妍再不说话，赶快去厨房。一会儿，她乐呵呵地叫着："哎，欧啊，吃饭了，今天的饭可是我舅舅亲自做的，算是给你接风吧！"

袁罡正没料到刘妍会这样说话，他白了刘妍一眼，马上顺水推舟道："小北，你看妍妍好淘气，在我面前没有一点自觉，以后你可不能这样……"

北欧傻乎乎地笑了，说："我不会……"

刘妍跑前跑后，一会儿桌子上就摆了七八个盘碟。她对北欧说："欧啊，一会儿你尝尝好不好吃。"

北欧暗暗瞪一眼刘妍，袁罡正本来没看，但他却像完全明了，说："小北，妍妍就是这样，她喜欢的人呀，从来没有叫过人家的本名……"

刘妍不愿意了，叫屈道："舅舅，我喜欢过谁呀？你说话可得对我负责。"

袁罡正知道自己说漏了嘴，连忙道歉说："呵呵呵……对对，我说错了，小北，你是妍妍喜欢的第一个，第一个……"

刘妍趁势问："舅舅，讨厌，不喜欢你了，对了，你给北欧安排的事呢？"

袁罡正不悦地看了刘妍一眼，说："这事你就别管了，我已经给有关方面打了招呼，具体做什么到时才知道。"他又对北欧说："小北，我知道你是中南财大毕业的，又有工作经验，所以我想你还是去财经口吧。不过，要考试的哟。我是领导干部，不能违反规定。考市财政正科员吧，先做好考试准备，随时应考。”

“考试？”北欧很吃惊。他看一眼刘妍，微露不悦，但当着袁罡正他不好说什么，因为，刘妍从来没有对他说过到省城来还要考试，而且他对考公务员实在不感兴趣。不过，他还是礼貌地问：“袁厅长，什么时候考试？”

“还有一个月吧。一家人说话，其实，考试只是个形式，这点你不用担心，有我和妍妍……”袁罡正坐到桌前，边吃饭边回答。

自此，再没人说话，大家一边吃，一边想着什么。实话，菜做了不少，但是北欧感到，这些菜的味道远不如吉州城里“家庭小吃”的味道好。他只顾闷着头吃饭，如果不是刘妍不时给他夹菜，那这顿饭可能他吃的全是白饭。

见北欧一脸窘相，刘妍笑了：“欧啊，你应当是见过世面啊，怎么像个乡下土包子似的，没吃过饭呀？”

袁罡正听了，筷子在桌上点着教训道：“妍妍，做人要低调，要低调，我对你说过不知多少回，你就是不听。这回要不是你哭天抹地地求我，我哪里会违反原则为你们做这做那。小北，话已说到这个份上，我就把话说到头里，一是不能对不起我们妍妍，二是不能对外人说起我帮你的事，三是要懂得感恩。”

刘妍朝北欧夹夹眼，直伸舌头。北欧直点头，其实，除了第三条，另两条他并不真正明白。他说：“刘妍帮我这样大的忙，我怎么会对不起她呢？只是……”

“只是什么？”袁罡正抬起眼皮，略有不满地问。

北欧的回答不假思索：“我不想考公务员，一个月就那点死工资……”

袁罡正不高兴，横了他一眼：“你懂什么？”

袁罡正吃得不多，他放下筷子看着北欧：“年轻人，别好高骛远，先从最基本的做起。你知道我为什么要让你先考公务员吗？以后妍妍会对你说的。”

北欧不敢再说话，只好老老实实点头。忽然，刘妍问：“舅舅，晚上北欧住哪里呢？总不能让他住宾馆吧？”

袁罡正一愣，看看刘妍极不自然的表情，会意道："过几天你舅妈要从国外回来，他住在这里不方便，要不，还是到你那里吧，你那里房间多，再来几个人都住下了。北欧，你看怎样？"

北欧心里想说不愿意，但看袁罡正一言九鼎的神情，知道他并不是征求自己的意见，只好点点头说："好吧，只不过就麻烦刘妍了。"

刘妍脸上显出兴高采烈："看你说的，麻烦什么呀？"

袁罡正又看了看刘妍，鼻子里"嗯"了一声不说话，刘妍的脸顿时红了，急忙低下头吃饭。

北欧有些别扭，总觉得自己在这里像是多余的，更像个小丑。但他没有多想，还是既来之则安之吧。对于自己并不想考公务员而想直接创业的事还是等会儿给刘妍说吧。这样一想，他心里舒服了一些，不免朝袁罡正谦恭地笑笑。

袁罡正临走的时候，对北欧说："我已经把资料交给妍妍了，你过去后，就认真准备。记住，年轻人，不在政府的人，做什么事都不方便。"

北欧似乎明白了袁罡正的话，点着头答应。刘妍把袁罡正推出去，说："舅舅，今天您怎么这么啰唆，快走吧……"

刚把门关上，刘妍两只眼睛放着光，红着脸向北欧点点头，像十七八岁的姑娘那般羞涩。北欧自觉地偏过脸，不看她。

"欧啊，你先看看电视，我把厨房收拾一下。啊？"

北欧点点头，没说话。忽然，他想起了娆娆，想起娆娆说的话："哼，她是想利用你……"

北欧心里冷笑道："哼，利用我，到时候看到底是谁利用谁！"

43

唉！

这一长叹，不知是后悔还是惬意！昨天自己还是处男，今天已是经历过女人的男人了。昨天他还在为是不是应当走进这大厅而踌躇，今天，他却为自己品尝到另一种生活而感慨：人啊，会有多少回徘徊在十字路口？又有多少次不以为意的失去？而每一次的失去，将会付出多大的代价？真是人生两重天！现在却被一个女人收到裙下！北欧问自己：这一步跨得太大了，昨天的我和现在的我到底是不是一个人？

他走到沙发前，略显疲惫地倒在沙发上，昨晚的情景在他的眼前晃来晃去……

他正在做梦，正在梦乡里游荡，找不到家，感到好凄凉。忽然，一个热乎乎的软体动物伏到他身上，他感到一种从没有过的体验。他信马由缰，忽然一阵热浪掀来，却不知所措。在软体动物的精心引导下，笨拙的他终于知道如何一展雄风让女人要死要活！迷迷糊糊睁开眼，影影绰绰之中，刘妍在对他浪笑……

她太熟练了——啊！她果然不是处女身！她和男人绝对不是第一次！她到底和多少男人上过床？她为什么不能保持一个女人的特行独立？他暗暗后悔来省城，但转念一想，我是男人怕什么？为了今后，先就这样吧。他原本就不是为她而来的，但要在省城立住脚跟，开创属于自己的事业，离开她还真的不行。

“欧啊，你怎么不睡了？”

刘妍穿着长袍睡衣，上露微白的软胸，下露藕节般的小腿，脚趿着一双红色的绣花拖鞋，手里举着一只盛了三分之一红酒的杯子，从楼上下来。看北欧躺在沙发上，看着天花板发愣，好像在想什么，她扬起酒杯，软声软语地叫了声："欧啊……"

"大清早喝啥酒啊？"北欧有些不悦，男人的自尊使他必须要这样说话。

刘妍走到他身边，将手搭在他的肩上，似乎在等待什么。见北欧不动，她便将酒杯递到他的嘴边，说："哪里是早上，已经到中午了。欧啊，这是昨晚上忘记喝的红葡萄酒，以后每天晚上高兴以前，我们都要喝一杯，一是对身体好，二是可以为我们……"

"别说了！"北欧大吼一声，差点震掉刘妍手里的酒杯。

刘妍回过神来，眉头一皱，迅速将酒杯扣在北欧的嘴上。北欧来不及反应，只好张开嘴，红色酒液随着"咕嘟咕嘟"的响声，来不及完全倒进嘴里，而顺着杯沿流下来，滴在睡衣上。刘妍得意地扬扬酒杯，怪笑着："欧啊，以后咱们说话可别这样粗声大气的……好没修养的……好吗？"

北欧差点呛着，完后，他迷惘地看着刘妍，心里却涌动着愤慨和不安，这个女人强奸了他的意愿，她到底能不能在短时间内帮自己实现创业理想，她忘没忘对自己的承诺？

刘妍好像明白北欧心里在想什么，她小巧的食指挠着他的脖子，轻声说道："欧啊，你放心好了，我舅舅的意思是你必须在政府部门站住脚，他可以帮助你提升地位，然后再外延发展，到时候，你想干什么事情干不成呢？你没听说过官商联盟吗？到时候你不但官越做越大，而且实业也会越做越强……"

"真的？"北欧两眼发光，似乎看见了前面金灿灿的大道不断向前延伸。

"不是蒸（真）的，是煮的。嘻嘻……亲爱的……"说着将身一软，掀掉睡袍，赤裸裸地投进北欧怀中。北欧怕她着凉，实则怕见她这个样，急忙将睡袍盖在她身上。

刘妍双手插进北欧胸膛，挠他全身，娇憨地喘气。北欧扳过刘妍的头说道："刘妍，我不想考公务员，那来得太慢了，我还是去从事进出口汽车生意吧？于轩已借给我二十万，我想自己当老板。"

刘妍眼里透出贪婪，两眼放光地说："二十万够啥？听舅舅的吧，只要你不离开我。"

突然，北欧感到阵阵酥麻，像生涩的情场新手，不知道如何对应，他只好像对小孩一样地哄她："妍妍，不会，我要以一生来陪伴你，一定对你好。"

刘妍看着这个已被她轻而易举就征服的男人，娇滴滴地问："亲爱的，你对我怎么个好法？是给我买房，还是买车呀？"

北欧摇头："你什么都有了，还用得着我买吗？"

"这房子是我舅舅的，车也是他给我钱买的……他常年一个人在家，需要找个帮手……"

"哦……你舅妈呢？"

"舅妈和表哥、表姐都在国外开公司，我妈去给他们当管家去了。现国内只有我陪舅舅了。"

北欧不解，问："哦？你舅舅、舅妈就这样长期分居？"

刘妍不以为然，撩了他一眼，笑得别有用意："你以为呢？他又不是和尚！"

"哦。"北欧这才明白，袁罡正的外穷内富绝不是装出来的，而是他精心设计出来的，但他的正经完全是装出来的。他不喜欢袁罡正的"正经"，却欣赏他的"外穷内富"。现在，他必须紧抱这棵大树。想罢，他起身将刘妍平放在沙发上，迅速脱掉睡衣……

刘妍拿出一把钥匙丢在茶几上说："欧啊，给你把钥匙，这里就是你我的家。"

北欧终于感受到一种特别的温情，他主动拉过刘妍，搂着她，小声玩笑说："妍妍，告诉我，我是不是你的第一个男人？"

刘妍突然发疯般生气了："北欧，你想说什么？我要找男人还专门等你？"

刘妍特别忌讳人家给她开这样的玩笑，因为她心虚。的确，刘妍很早以前就投进了男人的怀抱，品尝了第一个男人。

但她知道，绝不能让北欧知道她的过去，更不愿意听见北欧给她开令她心虚难堪的玩笑！

忽然，茶几上的手机响了，北欧一惊，急忙上前，一看，不是自己的，他马上拿起递给刘妍。刘妍说："这大周末的，是谁这么不懂事呀！"说完漫不经心地看了一下来电显示，慌了，立刻到楼上的卧室里接电话去了。

北欧的目光一直随着刘妍的身影，直到看不见。他心里不悦：什么事这么神秘？接个电话还不能让人听见？他坐到沙发上，等待刘妍打完电话出来。见刘妍还没出来，心下又添不悦，随即上楼向卧室走去。刘妍见他要进来，马上出去到她那间卧室还把门关上。北欧悻悻地换上衣服下楼，只听上面嘤嘤嗡嗡说个不停，有时还有笑声，声音很小，听不清楚她说了些什么。

又过了一会儿，刘妍才从楼上出来，看见北欧脸上不悦，有些不好意思地说："欧啊，你别这样，来，我向你赔礼道歉！"说罢在他脸上重重吻了一下，然后遗憾地说："欧啊，看来，今天只好委屈你了，有朋友在等我，有重要事情，要我马上去……"

北欧见刘妍如此看重，猜出一定是个大有来头的人。他没说话，见刘妍风一般上楼去，一会儿又风一样下楼来，外衣敞开着，提着那只精致的真皮包，趿上高跟皮鞋就想出去。北欧虽然不高兴，但是看她那慌里慌张的样子，估计事情肯定不小，还是从心里原谅了她，开了个玩笑说："什么人那么重要，丢下男人就跑？"

刘妍顾不上回答，奔到门边，突然想到什么，说："对了，冰箱里有吃的，如果我还没有回来，你就自己弄着吃吧！"

北欧摇摇头说："你走吧，我知道……"

"那好，钥匙在茶几上。"说罢匆匆走了，把北欧一个人丢在偌大的客厅里。

北欧忽然感到一股凉气从脚底慢慢浸到头顶，他有点想吉州，想娆娆，想于轩了……

44

北欧走后再无消息，就像从人间蒸发了一样！辛娆娆打过他多少回电话，可每次都是"用户已停机……"她想给刘妍电话，但自尊心不允许她这样做。她很生北欧的气：好好的停什么机呀？你恨这个恨那个，也不能恨辛娆娆我啊！我的出身再不好，好歹也是你的亲妹妹，何况我有什么错呢？你是这样对待妹妹的吗？

自从搬进于轩的公寓，她和李佳靓除了上班见面外，下班后各走东西，少有联系了。昨天，她去征求吴剑光一个设计上的问题，正好碰到李佳靓从吴剑光的办公室出来。李佳靓主动告诉她刚才向老板申请了年假，说要回老家看父亲，可能十天半月后才回来。辛娆娆想，自从来到吉州，李佳靓一直像个小妹妹围着她转，凡大小事，包括暗恋吴剑光的事都对她说。虽然好久以来，她在有些事情上做得是过分，特别那天在自己正处于痛苦中的时候，她不仅没有安慰过自己，反而跟在吴剑光身后装模作样。不过，看在她也是不幸家庭出来的女孩子份上，辛娆娆还是上街跑上跑下买了好多补品送到她办公室，真诚叮嘱她回家后不要到处游逛，一定在家好好陪陪老人，不要惹老人生气，好像她比李佳靓大了多少似的。

可是，桌上的大堆补品，要是在过去，李佳靓一定喜出望外，但今天她却只是淡淡地看了一眼，然后再淡淡地说了句："以后你不用对我这样，我怕以后还不了你这份人情……"

娆娆没在意，反而问："佳靓，钱够吗？要不要从我这里拿一点？"

李佳靓用一种奇怪的目光看着她，说了句令人费解的话："不用，老板说给我报销车船旅费，现在我才知道，老板对我真好！"

"哦，哦……好啊！"李佳靓怎么说，吴剑光如何对李佳靓好，她本不在意，而且她也没有在意的必要。可是，她感觉到了李佳靓的异样，神情、目光、说的话，都让人觉得今天的李佳靓不再是以前总跟在她屁股后面的李佳靓了，好像已经变了身份，变了个人。

辛娆娆无话可说，知趣地离开。刚走到门口，李佳靓又说了句："娆娆姐，公司里怎么在传你是老板的妹妹？你还和老板结婚吗？"

辛娆娆生气了，她转过身郑重地对李佳靓说："佳靓，我的身世并不重要，重要的是我不想嫁给老板，而是老板的父亲要我嫁给他！"说完她快速去到洗手间，放开水龙头，一捧一捧往脸上浇水，一直浇到差点出不来气才停止。抬起水淋淋的脸，看着镜子里面的自己，脸色好苍白！她想哭泣，却无声，肩膀沉重得动不了。

对于嫁给吴剑光的事，她本没有答应，也想给吴剑光和李佳靓写一封信，表明自己不同意的态度。未料，于轩打来电话，她犹豫了，决定还是等等再说，结果信没写成，也不想再跟吴剑光说什么了。幸好，吴剑光再没像以前那样一天要主动见她几次，反而几天也不见他来找自己。

现在，辛娆娆心里很平静，生活没有什么纷扰，就这样该有多好？可听了李佳靓说的话，她又烦躁起来：先前传这，现在传那——说这些话的会是吴剑光？不会！又是谁呢？辛娆娆想到了李佳靓，只有她最清楚！

她有些悲哀，要是周妈妈在多好啊，现在，北欧哥也走了，再没有更亲近的人了，好孤独啊！本以为还有李佳靓做伴，可自从那天自己的身世曝光，李佳靓对她再没了以前的亲昵和甜语，生分了许多，就连吴剑光看她的眼神都十分异样。刚才，李佳靓想告诉她什么？是想表明她与她辛娆娆的不同，还是想表明吴剑光现在在意的不是辛娆娆而是她李佳靓？从李佳靓身上，辛娆娆稍稍感到一些些世态炎凉！李佳靓尚且如此，吴剑光能免吗？于轩又如何？

那天跟着吴剑光去了一趟医院，在病房待了不到十分钟，说了不到三句话，她就离开了，到现在也没去过第二次，而且吴剑光也没再要求她去。对白珊花——本应是她的亲生母亲，虽然也令人同情，但只要看见或想起白珊花，她就立即产生一种本能的反感和恨意——她认为，现实中的母亲是不会那样做的，被强暴本值得人们同情，但抛弃儿女的行为一定会遭到社会善良人们的强烈谴责！就算当初被逼不得已，作为母亲的，就不想想被弃儿女长大后得知真相后的切身感受？她白珊花可以恨令她付出全部感情和心力最后弃她而去的男人，可以恨那个曾强暴她的男人，却不可以二十多年不闻不问自己的一双儿女。

公司里正在传她的不幸身世！

辛娆娆的心冷了，要说她刚开始不理解北欧哥执意离开吉州要去省城的想法，那么现在，她是彻底理解北欧哥因遭受亲情遗弃非离开吉州不可的心境了。目前，辛娆娆需要考虑的是，她要不要也像北欧哥那样离开公司，离开吉州？

吴志国今天精神还好，居然多吃了些饭菜，他随意问白珊花："这菜好像不是你做的，是外婆做的？味道真不错。"

白珊花脸色不太好看，没说话。吴剑光知道她不高兴，有看法，但病急乱投医，说："爸，我也才知道是李佳靓做的。"

吴志国用奇怪的眼神看一眼儿子问："她真去了？你事先不知道吗？"

"我不知道。早上，我正要去上班，她就提着大包东西来到家里，我很吃惊，她不是请假回家吗？结果你猜她什么？她说：‘是伯父、伯母让我来家里照顾外婆、舅舅的，领他们转转，给做做饭……’我不相信，正要问她为什么这样做，可她已把外婆哄得乐不可支。我只好先走了……”

白珊花担心李佳靓十几天都在家里，会生出事端。说：“志国，还是让我妈我哥回乡下吧，他们在这里也起不了作用……”

吴志国却说：“不，他们多少年都没来过我们家里，还是让他们多住些时日吧。”

白珊花知道吴志国没看出她的心思，不好再说什么，只好对吴剑光说：“小光，我看出这个小李对你有意思，要不，她绝不会主动向我们提出到我们家，你也没说同意，她怎么就来了？娆娆知道吗？”

“就你，总把别人往坏处想，你怎么不想想家里有人你让我怎么办？人家想得到才这样……”吴剑光抢白继母说，“你也是，她和娆娆是好朋友，说不定是娆娆让她来的。”

吴志国不悦，说：“小光，别对你妈这样，她还不是想着娆娆。”

“想有什么用？该来的还是不来……”

白珊花无语了，吴志国也不好再说什么，只觉着这事有些唐突。

这时，吴剑光的手机响了，是于轩打来的：“剑光，我顺路给你家送了几袋好米，你回来一下吧。”

吴剑光暗叫“糟糕”，立即对爸妈说：“不好，于轩给家里送了几袋大米，一定碰上李佳靓了，我得赶快回去。要不，他会怪我的。”

白珊花不明白，但帮着他说话：“他怪啥？给他解释一下不就行了。或者就说是娆娆让她去的。”

吴剑光却说：“解释有什么用？就怕李佳靓不说是娆娆让她去的，她对我不说是你们让她去的吗？这个李佳靓，我才知道她要搞什么鬼！”

忽然，吴志国郑重问道：“小光，你和她之间没有什么吧？”

吴剑光着急了，赌咒发誓地说：“她是找过我，而且是在娆娆鼓励下找的我，提出要和我好，但我绝对没有答应她。”

白珊花点点头说：“我知道了，这个丫头想生米煮成熟饭，我们不同意也得同意！”

吴志国严肃地问儿子：“小光，你好像对我说过，如果没有娆娆，你可能会和她好，是吗？”

“是！我也对她说过，但你不是要我娶娆娆吗？”

“怎么是我要你娶？你们不是相爱吗？”吴志国觉得不妥，生怕儿子脚踏两只船，认真提醒，“本来她和娆娆可能是好朋友，就因为你这话，她可能会把娆娆当成情敌，会想方设法与娆娆争斗……告诉你，我和你妈只看好娆娆，除非她不愿意，否则，你是不可以找李佳靓的！”

白珊花也说：“小光，娆娆是我女儿，固然身世不好，但她没错。你嫌弃我可以，绝不可嫌弃她。就算你不再喜欢她，也得尊重她。”说着说着，她的眼红了。

吴志国心疼妻子，也不想过分责备儿子，便说：“小光，我已经说得够清楚了，该怎么做，我想你是知道的。”

吴剑光知道继母还在为那天的事多心，马上说：“爸，我知道错了，我现在回去，让李佳靓走。”

吴剑光急忙跑了，老两口这才不再说什么，白珊花轻轻叹口气，吴志国心里打个哽……

45

吴剑光回到家刚刚露头，一眼看见于轩和辛娆娆站在小车旁边，李佳靓苦着脸站在大门口，外婆、舅舅在客厅里没有露面，门前大包小包的东西散落着。于轩神情凝重，辛娆娆也板着脸，看样子，刚才一定发生了争执。看见吴剑光，李佳靓连忙走下石阶，委屈地指着吴剑光对辛娆娆说：“娆娆姐，你问问老板，是不是他让我来帮忙的？”

吴剑光吃惊了，这个李佳靓怎么编瞎话胡说八道？我什么时候要她到家里帮忙啊？当着于轩和辛娆娆，他不好反驳李佳靓，只好含含糊糊回答：“怎么，为了这事你们生气了？李佳靓见我家忙不过来，出于好心来帮忙……”

辛娆娆冷静得很，她口齿清楚地说道：“老板，我并没有说她来帮忙不对，关键是她应当正大光明对我说，为何她对我说她请假回老家看她父亲，要十多天才回来。我念着姐妹一场，平时跟前跟后的，还给她买了大包小包的东西，你看她不是送到这里来了吗？我满以为她真回家去了，谁知她的家却在这里，是老板的家。还不知道她是怎样向你们家表白的呢？”

吴剑光只好责备李佳靓说：“佳靓，你真这样说？”

辛娆娆听吴剑光这样问话，很是失望，她又对李佳靓说：“你口口声声说我们是好姐妹，彼此之间无话不谈。我做到了，你做到了吗？你忘记了吧？你告诉我你喜欢老板，我是怎样支持帮助你的？”

于轩见辛娆娆越说越激动，越说越远，制止道：“娆娆，别说了，小李也不是有意针对你，只是为自己想得多一点，又怕你阻拦。”

吴剑光赶快转移目标，问于轩：“你们怎么都来了？”

于轩说：“工人从乡下买米回来，告诉我说这大米很好，我想伯父生病，这米正好可以熬稀粥，所以就送了三袋去你公司，结果你不在，我想干脆送到你家里来。娆娆看见我，说趁中午休息这个空来看看外婆、舅舅，就这样，她俩见面了……”

辛娆娆不想再说，噔噔上了石阶叫道：“外婆、舅舅，我走了。”

外婆赶忙出来，带着歉意说：“娆娆，别生气啊，小李满勤快的，照顾我们很周到，你就放心去工作吧。啊？”

辛娆娆看一眼李佳靓，说：“于轩哥，我们走吧。”

突然，李佳靓哭开了，说：“娆娆姐，对不起，我错了，你骂我吧……”

辛娆娆也不坐车，一个人走了。

她的心堵得慌，她想哭，想向人倾诉。但她明白，这一切都来自于那个久远而荒诞的故事，而自己就是那个故事中的可怜虫。过去周妈妈可怜她，北欧哥可怜她，谁知每人都有伤痛，每个人都需要可怜。既然这样，只能同病相怜。她和李佳靓应当同病相怜吧。自己从小虽然有周妈妈一心呵护，也没缺了母爱，一路读到高中，考上重点大学，虽然是个弃儿，来自于罪恶的生命，现在连周妈妈也去了另一个世界。李佳靓虽然有父亲，而且她还是父母恩爱的结晶。但母亲却在生她的时候难产死了，父亲痛苦之余拼命挣钱，拖拉滚爬把她养大，落下一身病痛，一直生活在郁郁寡欢之中，她也因为父亲的多病而未能考上理想大学，毕业后只能屈人之下。

两人都有不幸，为何不能同病相怜？辛娆娆是做到了，李佳靓开始做到了，现在却没能做到，也不想做到，所以她才撒谎，把辛娆娆平日里对她的好忘得一干二净！李佳靓，你就算不能与我同病相怜，也该对我以诚相待吧？明明我已经明确对你说过，无论他吴剑光对我多好，只要你喜欢他，爱他，你大可不必顾虑我的感受，大胆去追他，或者，你明确对我说，你一定要得到吴剑光，我一定不会生气，因为我到现在都没有回复他！可是，你却用撒谎的手段置我于不屑之地，叫我如何能忍受如此之不堪？

辛娆娆一路疾走沉思，却没注意于轩开着车一直远远跟在后面。

吴剑光见辛娆娆气愤离开而欲追不追，于轩叫过他，问他到底怎么看这个问题。他老老实实告诉于轩：李佳靓其实是个好女孩，漂亮，工作努力认真，心眼活络，目的为向他靠近，这是辛娆娆让她那么做的。辛娆娆呢？自从发生那件事，性情变化很大，不能宽容，气量狭小，令人无法接近，以致与他渐行渐远。

于轩听了皱起眉头，问：“剑光，你这样比较，想说明什么？”

吴剑光为难地咧咧嘴说：“没想说明什么，像刚才，她是在指责李佳靓，不也是在指责我吗？我可不想与她天天这样面对……”

于轩见吴剑光还算实在，便真诚地劝他：“剑光，前面发生的事情，对你和李佳靓来说，也许算不了什么，但对辛娆娆来说，那就不同了。所以，你得理解她，安慰她。主动和她谈谈吧。”

吴剑光直叫苦：“谈什么？我们之间还有话谈吗？我在她心里，已经是个十恶不赦的坏蛋，好像她和北欧的灾难都是我吴剑光一手造成的！鬼才晓得她遗传了什么人的基因！”

于轩不悦反问：“什么意思？”

“不知道他们非得留下来做啥？尽给我找事！”吴剑光没有正面回答于轩，反而瞟一眼不远处的外婆、舅舅，沉着脸嘟哝说。

于轩对吴剑光的态度心里很不舒服，但他装没听见。看来吴剑光和辛娆娆以及李佳靓之间的相处及其分寸得由他们去把握，于轩不好再说什么，拍拍吴剑光，赶快开车去追辛娆娆。

吴剑光回到屋里，见李佳靓正在给外婆剪指甲，黑着脸说道：“你真是，让他们回去不就结了，非要当好人……”

外婆大概听出吴剑光的话音，脸色变了，说：“小光，你别指桑骂槐，要不是你父亲打来电话，我们早就走了。要怪你就去怪你父亲吧，别拿小李说事！”

吴剑光没有答话，气冲冲上楼回了自己的房间。刚躺到床上，手机响了，一看，是父亲打来的。

父亲声音很弱："小光，你赶快把娆娆叫来医院……"

吴剑光还在气头上，没好气地问："你，你又要做什么？"

父亲声音还是那样弱："我，不行了……她还没有答复我……"

吴剑光害怕了，难道父亲自我预感不好？他连忙翻身起床，换回柔软语气说："爸，刚才娆娆也到家来了，她和李佳靓闹翻走了。"

"他们……不是……好朋友吗？怎么会？"

"哎呀，一句半句说不清……"

"哦，我明白了。你怎样处理？"

"现在，我真有点怕，怕娆娆……"

"你是怕她，还是心有变化？"

"这……"

吴志国的语气虽然还是很弱，但严肃地叮嘱吴剑光："吴剑光，那天……我说得很明白……你不怕老子走得快，就折腾吧。"后面两句话，老人竟说得很流利有力。

吴剑光再没说第二句话，但这个时候，他决定必须听父亲的话，去找娆娆，求她原谅。

这时，李佳靓则轻手轻脚上楼来，站在吴剑光房门前正犹豫敲不敲门的时候，吴剑光出来了。看见她，吴剑光无可奈何地说一句："你呀，真害死我了……"

听了吴剑光这句似恨又别有意思的话，李佳靓竟然妩媚一笑，说："人家还不是为了你……"

见辛娆娆依然一路往前冲，大有不达目的绝不停下的势头，于轩没有叫她，马上加快车速跑到前面下了车，顺着林荫道向她对面走去。果然，被她撞个满怀。

“你在想什么？也不注意安全！”

“现在，我要马上离开吴剑光的公司！”辛娆娆的第一句话竟是这，而且斩钉截铁！

“啊？就因为李佳靓到剑光家？”

“不，我不想跟吴家有一丁点牵连！”

于轩很吃惊，问：“什么时候决定的？”

“不，几天前初步决定，只是犹豫，现在下了决心。”

于轩心里好一阵不平静，但冷静下来，他却为吴剑光开脱：“娆娆，你是怪李佳靓骗了你进了吴家？她到底怎样，我不了解。但吴剑光对你怎样，不用我说你也知道。”

辛娆娆摇头冷笑：“于轩哥，你的心太善良了，过去我也这样想，现在不这样想了！”

于轩不好再劝她，心想，还是等她平静下来再说吧，只好说：“现在还是上班时间，你先去上班吧。”

车到吴剑光公司楼下，于轩停下车来，辛娆娆下了车转头说：“于大哥，你等我一下，我上去拿上东西马上就下来。”说完就跑向公司大门。

于轩不安，等她进了大门，他马上给吴剑光电话，告诉他刚才辛娆娆做出的决定。吴剑光一听，大为光火：“啊，她还要向我示威？”

于轩制止说：“剑光，别发火，你赶快来，现在她刚上楼去拿东西……”

“好，你一定要等着我，别让她走……”

在这个时间缝隙里，于轩不得不猜测辛娆娆离开吴剑光公司后将去哪里。去省城？想到省城里有刘妍，于轩摇摇头；到自己公司？自己公司是个以建筑为主的房地产，她来后干什么？售房？不行，会计，更不行？唉，先不想了，等吴剑光来了再说吧。

正想着，吴剑光的车来了，这边辛娆娆抱着一只纸箱也从公司大门出来。

吴剑光下了车，正好和辛娆娆四目相遇。辛娆娆开始不太自然，但很快笑着开口：“老板，我最近心情不好，想休息休息，我那份工作你就找其他人做吧。”

于轩松口气：还好，没有把话说断。

吴剑光为不引起公司其他人的注意，也顺水推舟地说：“好啊，先休息休息吧。”说完，他帮助辛娆娆把箱子放进于轩的后备厢里。

吴剑光放下车盖，反问说：“难道李佳靓不是你让她到我家的？”

辛娆娆没看他，摇头说：“我为什么会那样做？”

吴剑光看看前面，威胁道：“你别再高高在上了，以为我会求你？”

辛娆娆一怔，但没有回答，看了吴剑光一眼，匆匆打开前车门就钻进去。正要关车门，吴剑光伸手拉住车门，对她说：“娆娆，我爸请你去医院。”

辛娆娆的声音变得很冷：“不去。”

吴剑光看看于轩，用哀求的语气说道：“娆娆，不论你多么不愿意，还是去一下吧，他是个要死的病人啊。”

于轩不知道前面吴剑光对辛娆娆说过什么，这时也附和着说：“是啊，要不，他怎么能安心呢？”

辛娆娆不看吴剑光，只顾给自己拉上安全带，这才说：“好吧，过几天去……于大哥，走吧。”

于轩招呼一声吴剑光，然后蹬上油门走了。

“哼！”吴剑光看着远去的车子，走到自己车前，一拳落在车门上，重重地“嗨”一声，猜不出是怨恨还是后悔。

于轩随辛娆娆进了公寓，刚坐下，便问：“娆娆，你到底为什么？”

辛娆娆忙着给他倒水，看着他喝下第一口以后才说：“哦？没为什么，就是不想去医院，不想和吴家有任何联系。”

“娆娆，你是怕老人再提出……”

辛娆娆苦笑笑，说：“我就是怕，怕生命垂危的老人向我苦苦哀求……怕我在老人面前心软。”

于轩郑重看一眼辛娆娆，说：“娆娆，善良是应当的，人生也是不易的，答应什么不答应什么，都得对自己负责，对别人负责。不能一会儿这，一会儿那……”

辛娆娆点头说：“我知道，一旦答应，就不能反悔！”

于轩还是没能知道辛娆娆的全部心思，诚恳劝说：“你可真得想好，这可不是儿戏！不过，如果仅仅因为他母亲，你大可不必想得太多，剑光那天的反应固然不对，但任何人都是有毛病的。”

“唉，再说吧。或许他不会再提呢？”

“这事你会问北欧吗？要不要我替你问问他？”

“我打过好几遍了，但说他停机了……”

没有北欧的干预，事情会简单得多。于轩只好说：“不管你怎样，我都会支持你。如果你愿意，过几天陪林妈出去玩玩吧？”

辛娆娆眼睛亮了一下，回答：“好啊……”

46

夜里，吴志国一直昏睡，只要醒过来就念辛娆娆的名字，吴剑光急得一会儿给辛娆娆电话。辛娆娆要么不接电话，要么接了电话，任吴剑光说什么，她就是不说话。吴剑光气得跳脚，只好求助于轩。

于轩急忙连夜来到病房，听见吴志国直叫着“娆娆”，知道他放心不下剑光的婚事。对这，于轩不想再过问，一切都让人家自己去解决最好，何况他已经给娆娆说得很明白。

他对吴剑光说："剑光，娆娆会来的，你还是继续给她打电话吧。"

"于哥，还是你打吧，你的话她听。"

于轩对吴剑光诚恳地说："剑光，以后你得改变一下，看人别总是居高临下。"

吴剑光有点醋意，说："哦，娆娆对你说的？老兄，她可啥都给你说啊。"

于轩不在意，说："没有，是我感觉到的。我是你哥，听我的没错。"

"好吧。"

怎么办？吴老伯危在旦夕，他又怎么忍心不搭上一把力呢？于轩只好急忙给娆娆电话。可刚说完第一句，于轩便劝道："今晚不来？看在老人喜欢你的份上，来吧，否则，你以后可能自责的。"

辛娆娆又是好一阵没说话，两分钟后，她才回话说："于大哥，我现在来……"

白珊花十分感激，红着眼睛对于轩说："谢谢你……"

吴剑光却不以为然，说："爸也是，为什么一定要她来？没有她，我们就不过了？"

吴志国不高兴，翻开眼皮看一眼儿子。白珊花会意说："小光，按你爸说的做！"

于轩很同情白珊花，他对白珊花，同时也对吴剑光说："你们不用着急，娆娆会来。"

吴志国又昏睡了，吴剑光和继母在病房里守着，于轩坐在过道的椅子上，在昏黄的灯光下闭目想着心事。

其实，今天回家后，也许是受娆娆的影响，于轩的心情很不好。一是因为娆娆，二是因为自己。他知道，娆娆心地太单纯，太善良，也很柔弱，任何值得同情的事，只要她面对，绝对不会失去怜悯之心。他估计，如果吴志国今天以垂危之身再次向她提出请求，哪怕是要她马上嫁给吴剑光，她也有可能在犹豫之后推翻自己原本坚决反对的立场而点头答应。这是于轩心里最不能，也最不敢放心的！虽然在娆娆面前他很镇定，但对娆娆很可能从今天起将成为吴家未来儿媳妇的事，他心里的忐忑不安不亚于恐惧。

说到底，自从发生一系列意想不到的事情后，于轩对娆娆的心疼越来越多，越来越重，越来越深。他分明体验到对娆娆有的已经不仅仅是爱，而是一种难以形容的眷顾和保护。他总想向她表达，可是碍于隐藏于内心的秘密，碍于吴剑光，碍于大哥的身份，他实在没有勇气去争取可能属于自己的幸福。

吴剑光坐立不安，一会儿看看父亲，一会儿看看门外，心情急切而彷徨。唉，娆娆到底来不来病房？来后如果父亲再次向她提出那个请求怎么办？如果娆娆不答应父亲会怎么样？如果她答应了自己又怎么办？虽然现在他已完全没有娶娆娆为妻的热情和欲望，但为了父亲的生命，他只好沉默。只好耐心等候她的光临！

白珊花伏在吴志国身旁，恍惚的神志主宰着她的大脑。北欧的离去和辛娆娆的不理睬，像插进她心里的两把刀，要多痛有多痛。白天，面对清醒的吴志国时，她脸上全是笑。夜晚，每当夜深人静时，她却睡不着，往往独自一人坐在病房外的座椅上，在昏暗的灯光下，翻来覆去地想曾经她不再想的往事。北欧恨她，走了，可能再也不回来。娆娆怨她，会来吗？剑光因为那段历史，向她投来反感鄙夷的目光。她知道，丈夫之于妻子，吴志国之于她，意味着什么？失去丈夫等于失去依靠，失去爱。如果吴志国真走了，吴剑光靠得住吗？那时她该怎么办？

忽然，吴志国醒过来了，他睁大眼睛，左右寻找："北欧……北欧……娆娆……怎么不来呀？"

于轩迅速从外面进来，与吴剑光迅速走到床前。白珊花站起来，见他满头是汗，忙用毛巾给他轻轻擦拭。吴志国扫视一下，皱着眉头问："娆娆没来吗？”

白珊花轻声说：“快了，快了，你再睡一会儿吧，她很快就来了。”

吴志国摇摇头，他不想再睡。因为只要闭上眼，他的脑海里全是北欧的愤怒。他对北欧有愧，他愿意忏悔，愿意告诉北欧的亲生父亲是谁，他希望北欧能够在他还在世的时候认了莲莲。他爱莲莲，但他不能永远拥有她，她还年轻，她还有好长一段路要走，他本想亲自哀求于胡源陪伴她走完以后的路，现在看来是不可能了。只有一件事，他要趁活着的时候，娆娆能亲口向他承诺一定嫁给剑光。如果同意，就趁着他还没有咽气的时候把婚事办了，那样他们就可以永远和莲莲在一起。至少，莲莲的晚景将不再凄凉，所以，他不能不在死前亲眼看到儿子成亲！

辛娆娆下了的士，动作迅速走上去住院部的水泥路。要不是看在于轩面上，今夜她是不会来的。昨天于轩走后，她一直处于郁闷当中。在她心里，只有北欧哥、于大哥是她的亲人。虽然她也知道白珊花是个苦命的女人，但她绝不会原谅她的过失，甚而不会承认她为自己的亲生母亲！来医院后到底会发生什么，她太明白了。不过，她已经想好，如果吴志国一定要她答应嫁给吴剑光，她即便不会大声反对，也能保持沉默——这是一种最好的反对方式！

辛娆娆刚进病房，就听白珊花颤着哭音叫喊医生，原来吴志国突然呼吸困难。医生赶来，迅速听听他的心脏，然后给他戴上氧气罩。对所有人说：“情况不是很好，你们千万不要刺激他，他有什么要求都答应他吧。”

辛娆娆听了心里不由“咯噔”一下响，走到病床边，见吴志国骨瘦嶙峋，满脸苍白，紧闭双眼，心里一软，一阵难过，眼泪“叭叭叭”直掉，肩膀轻轻抽动着。于轩、吴剑光都不说话，只向她点点头，白珊花就那么呆呆地看着吴志国轻声哭泣。

吴剑光不满地小声训道：“就知道哭，不能让爸安静一点？”

白珊花赶快擦干眼泪，瞪了吴剑光一眼，抓着吴志国骨瘦如柴的右手颤抖着。

吴志国终于醒过来，完全不同于刚才，眼睛竟然睁得老大，很明白很清醒的样子。他看见了娆娆，嘴角马上露出一抹笑容，伸出另一只手去拉她。辛娆娆有点害怕，下意识将手背到身后往后缩。于轩猜测吴志国的大限即将来临，便轻轻推娆娆过去，拿起她的手递到吴志国手里。

辛娆娆顿时感觉到那手好冰凉好冰凉，心里万般不愿也不忍心抽出手来。她小声说："伯父，我，我来了……"

吴志国两眼定定地看着她，虽声音微弱，但很清晰流畅地说道："娆娆，谢谢你！告诉我，嫁给小光吗？"

"爸……"吴剑光哭喊道，"你别操心了，我们会的……"

吴志国不理儿子，还是定定地看着娆娆，温和并微弱地请求道："娆娆，答应我好吗？把你妈还给你，以后你妈就靠你们了……"

瞬间，所有人都明白了吴志国的最终意思：一切都是因为他爱白珊花！

"爸，爸，为什么呀？"

"为你和娆娆……为了你妈……"

娆娆无声流泪，看一眼于轩，不知该怎样开口。于轩知道她心里开始矛盾，只好提醒她说："娆娆，想想我的话……"

辛娆娆抽噎着点点头说："知，知，知道了……"

吴志国似乎生怕娆娆跑掉，捏紧她的手又问："你答应吗？求求你……"

辛娆娆这回横了吴剑光一眼，回答说："伯父，我，我……"

"嫁给……他好吗？"

"答应……嫁给他……"

辛娆娆话音刚落，吴志国两眼迅速放光，脸上居然泛出红润，对白珊花说："莲莲，你听见了吗？娆娆不会离开我们了……我要活，活好……马上举……举行婚礼……”

辛娆娆大惊，吴剑光没有半点激动，只有于轩的心里涌动着出说不出的滋味，好在他很快压抑下来，俯下身对吴志国说：“伯父，这回你放心了吧？你要好好活着……看着他们结婚生子……”其实说这些话的时候，于轩心里犹如打翻五味瓶。

辛娆娆和吴剑光脸上没有半点喜悦，于轩只好问吴志国说：“伯父，接下来做什么？”

“办证……结婚……办酒……”吴志国精神好了许多，居然口齿十分清楚。

白珊花凑近吴志国的耳朵，小声说什么，只见吴志国不断微微点头。然后白珊花说：“小光，你爸让你和娆娆明天去民政局办证……”

“慌什么？”吴剑光不满地回答。

“啊？”辛娆娆这才知道那份承诺的重量！

于轩不得不帮白珊花说话：“剑光，伯母说得对，把证办回来，放在伯父面前，好让他老人家放心，办酒的事以后再说……”

娆娆只好点头，吴剑光也没反对。

第二天上午，两人一路疙疙瘩瘩办好证后赶回医院，把鲜红的结婚证放在吴志国面前。吴志国的脸被结婚证映红了，病似乎全好了。他催促说：“赶快办吧……”

白珊花不放心，建议说：“志国，先让他俩给你磕头吧？”

吴志国点点头说：“磕吧，我怕来不及……”

由白珊花张罗着，两个并不心心相印的年轻人只好木然地跪在两个老人面前，连磕了三个头。吴志国笑了，虽然瘦，却满脸红光。他伸手示意辛娆娆起来到他身边，小声说：“乖娆娆，叫我爸……”

辛娆娆哪里叫得出？她为难地低下头，张不开口。吴剑光瞪着眼看着她说："怎么？叫声爸还辱没你啦？"

于轩不悦，制止道："剑光——"

辛娆娆在众目睽睽下默默走出病房，好像结婚的不是她，而是别人。吴剑光想发火，还是吴志国说："算了，别难为她了，小光，你那脾气要改改……"

吴剑光不再说话，气哼哼地跟了出去，于轩也跟着白珊花来到病房外面。白珊花异想天开地对吴剑光说："小光，你们现在已经办了结婚证，已是法定夫妻，不如今天晚上就叫娆娆住到家里吧！"

吴剑光看一眼不远处的辛娆娆没作声，于轩心里涌起一股难以形容的情愫，见白珊花进了病房，走到娆娆身边问："娆娆，你认为呢？"

"不，我没有准备……"

吴剑光不耐烦地说："你说什么时候准备好吧？我怕我们等得父亲等不得……"

辛娆娆脸上毫无表情地说："慌什么？反正都是你的人了，难道还跑了不成？"

吴剑光不想这时生气，便把请求的目光递给于轩。于轩只好劝辛娆娆说："娆娆，既然你已答应了婚事，也办了证，从法律上说，你就是吴家的儿媳妇，吴剑光的妻子，那么，从今天起，你就得尽义务和责任，要么你去伺候老人，要么去他家做饭，让李佳靓离开……"

辛娆娆却无所谓地说："这……让李佳靓在那好了……"

"你不去家里？"

辛娆娆眼一横说："举行婚礼我才去……"

"你以为你还是公主？我会像以前那样宠你？"

"不需要！"辛娆娆从嘴里蹦出三个硬邦邦的字，马上往外走。

于轩担心这样下去以后对娆娆不好，便说："都别耍孩子气了，为两个老人想想吧。"

没料到吴剑光再也忍不住了，指着病房里大声说："为谁？全是为了她……今后是啥样还不知道呢。"

"她"是谁？绝不是辛娆娆，于轩忍不住了，斥道："剑光，别太不像话！她是谁？是你母亲，养育你二十多年的母亲！"

"我还以为有家庭教养……"

吴剑光恼怒地瞪一眼娆娆，那眼神，让辛娆娆感到好悲哀。她说："你可以对我不恭，但你不可这样对她，虽然我也恨她……对不起，我没有办法……"

"没办法？你没办法就别答应！"

"答应了不可以反悔？"娆娆说完就朝过道另一边走去。

吴剑光更为不满，大声丢下一句："反你个头！"然后，直奔病房而去。

丢下一个于轩站在那里，走不是，不走也不是。他叹口气说："娆娆，你何必……"

47

吴剑光受了父亲的严厉训斥，只好从病房里出来，见辛娆娆还站在过道深处，十分孤单，准备耐着性子过去试图亲热缓和一下气氛。不料手刚一拉，辛娆娆却冷冷推开他，像一尊仅仅看着美丽的冰雕女。

其实，辛娆娆也并不想对吴剑光这样，既然答应了人家，又办了证，人家为什么不能亲热自己？何况曾经和他不是没有亲热过！但现在她就是不肯！难道她忘了吴剑光当初对她的一见钟情，忘了吴剑光疯狂吻她时全身的颤抖？

怎么能忘呢？当时虽然处于被动，但她也自觉不自觉地融进了吴剑光的热情和疯狂里，感受着吴剑光带给她的惊涛骇浪。虽然她并没有确定自己是否真接受了吴剑光如火的情感，而且事后还向李佳靓表示了歉意，但当时的激动，当时的晕眩、当时的燃烧，直到现在还那么真真切切地印在心里。但是，她忘不了吴剑光伤害她和白珊花的目光！

这，就是辛娆娆答应嫁给吴剑光又不肯亲近吴剑光的最好的理由！只是，于大哥说得对，既然答应了，就不能反悔，何况办了证？

辛娆娆现在确实不喜欢吴剑光变了味的亲热，很想远远离开他。但是，她还是决定先静下心多往好处想想！或许等过些时日，时间是最好的心灵疗药！只有等时日像江水般滚滚逝去，她才可能平复内心对吴剑光的不满，才可能慢慢消化掉对白珊花的成见，才有可能真正融入吴家的生活圈子。

辛娆娆再次想起北欧哥！

北欧哥，你现在到底在哪里，又在做什么？我给你去了好多电话都说你停机，你为什么要停机？不想理睬别人，难道连妹妹我也不想理睬了吗？既然这样，到时你可别骂我！

心软办了违心事的辛娆娆虽然一再为自己找不愿亲近吴剑光的正确理由，但她如果得知吴剑光早就不愿意和她继续爱情，而为了父亲多活几天或开心离去，只好与她完成结婚手续的话，辛娆娆就不会劝自己静下心来设想许多可能了……

当然，吴剑光不了解辛娆娆的内心想法，反以为她在耍弄自己，他恼怒了。干脆一不做二不休，不管于轩是否就在近处，病房的门是否开着，他大吼一声，使出蛮劲强行搂抱辛娆娆，拼命去咬她的唇。辛娆娆拼命挣扎，鼻息和喉咙发出痛苦的声音，但终于被吴剑光紧紧搂进怀里，唇被他的唇死死压着，舌头钻进她的嘴里，甜腻腻的。

于轩只好听见了装没听见，看见了也装没看见，内心十分沉重地赶快走进病房。忽然，李佳靓从外面走进过道，突然看到这个情景，张大嘴巴，急忙退了出去，随后脸上布满怨恨，眼里充满敌意。

过道深处，虽然辛娆娆挣扎，吴剑光还是终于从辛娆娆身上感受到一种前所未有的征服感和报复感……

李佳靓靠在过道外的墙上，紧闭双眼，泪水从眼帘中溢出来……

上午，她买菜回到吴家，听外婆说辛娆娆已经答应嫁给吴剑光，并且两人已经去民政局办了结婚证。她不信，连忙赶到医院，想落实外婆说的不是真的。没料到，果然眼睁睁看见吴剑光、辛娆娆在光天化日之下拥抱亲吻！原来今天他们办证的时候，正是她遐想无穷的时候：她想象着以后与吴剑光相爱的情景，想象着以后和吴剑光儿孙成群的滋味……什么都想到了，就是没有想到辛娆娆居然同意嫁给吴剑光，而且还迅速领了结婚证！

李佳靓恨得咬牙切齿，她多希望现在吴剑光怀里的人是自己，吻的更是自己！

虽然那天她被辛娆娆很不客气数落一番，但见吴剑光并没有对她的去留发表任何意见，便认定吴剑光已经喜欢上她了。她没有必要去考虑辛娆娆是否愤怒，自己这样做是否得体，反而希冀因为她的原因，辛娆娆会马上知难而退，再不会和吴剑光有什么纠葛了，哪里料到辛娆娆和吴剑光现在已经是合法夫妻了。

哼！辛娆娆，别高兴得太早，我会让你来得快，去得也快！

李佳靓气恼地飞跑出医院，招了一辆的士，坐上就跑回吴家。外婆看她那样鼻子不是鼻子脸不是脸的，诧异问道："女子，怎么啦？出什么事情了吗？"

李佳靓像输了赌注般，出言不逊："我还以为老板有多大能耐，原来是个只顾自己快活的男人！"

舅舅不明白："佳靓，你说剑光？他怎么啦？"

李佳靓没好气说："什么怎么啦？刚才我去医院看望老人，却不料看到老板在外间和女人亲热！老人病得不知道哪天就走，他还有心思亲热！匪夷所思，匪夷所思！”说来好像对吴剑光不满，实际她是在发泄对辛娆娆的醋意和不满！

可外婆却不知道那个女人是谁，想想也觉着吴剑光不好。她摇摇头说：“他不是要娶娆娆了吗？怎么会？是不该啊，是不该啊……”

还是舅舅想得多点，问：“佳靓，你说那女的是谁呀？”

李佳靓嘟着嘴，鄙夷地说：“谁？我哪知道是谁？反正不是我！”

外婆、舅舅互相看看，不再说话。

李佳靓正在准备晚上的菜，吴剑光兴高采烈哼着歌回来了。外婆小心着问：“小光，你爸病好些了吗？明天让你妈回来一下，我和你舅舅想走了。”

吴剑光一改以前的秋风黑脸，说：“你们呀，要走早走呀，现在马上过年了，我马上要结婚，等我办完婚事再走吧。”

外婆眼睛睁大，看一眼李佳靓问：“这事你妈电话告诉我们了，不过，你父亲病没好，可能不准备大办了。”

吴剑光撇撇嘴，不屑地说：“她说了算？为什么不能利用这事为我爸冲冲喜？”

外婆明白了，点头赞同说：“哦，这倒是啊……”

李佳靓装作不明白，随口问：“老板要结婚？和谁呀？”

吴剑光没有察觉李佳靓的神情不对，扫她一眼，轻描淡写地说：“和谁？娆娆啊……”

“哎哟！”李佳靓叫一声，小刀把手指划了一条大口，“哎哟哟，流血了，流血了……”

吴剑光马上过去，果然看见李佳靓的手指不住流血。外婆直叫：“小光，赶快，赶快找东西给包一下。”

“好好好，别急，我上去找。”说完，吴剑光就往楼上跑。

李佳靓却叫得更厉害了："哎哟，哎哟……"

吴剑光又急忙折身下来说："算了，走，跟我一道上楼去敷白药……对，还有创可贴！"说完就奔向李佳靓。

吴剑光捏着李佳靓的手指，扶着李佳靓上楼。李佳靓似乎疼得厉害，一面唏嘘，一面苦着脸倚着吴剑光上了楼。

两个人上楼去很久很久，都不见下来。外婆、舅舅只好自己动手……

待李佳靓缠着纱布与吴剑光从楼上下来，天已经黑了。外婆、舅舅已经把饭菜做好，端到桌上。李佳靓要帮着盛饭，吴剑光不让，说："你照顾他们几天了，今天你受伤，就歇歇吧。"

李佳靓顺势说道："外婆，现在家里和菜市都熟悉了？我也没几天休息了，我还是回老家看看我的父亲，你们自己做着吃吧，好吗？"

外婆早想这样了，只是她不好说。因为她看出李佳靓不喜欢娆娆，更不希望娆娆和剑光好。可娆娆是谁？是北欧的妹妹，自己的亲外孙女啊。娆娆能嫁给剑光，那是件好事。她走了也好，免得以后天天听她说这说那，满脸不高兴。

外婆捅一下儿子，说："好啊，以后你就管买菜，我就管做饭……"

舅舅自然知道什么意思，连忙点头说："妈，你放心，我不仅会买菜，也会炒菜，不比城里人差。"

李佳靓心里好不生气：好啊，吃我几天的饭菜了，居然连个谢字也没有，还说三道四的。但她不会说出来，反而笑盈盈地说："这几天照顾不周，请两位老人多多包涵。"

"你真要走啊？"吴剑光把饭碗放到各人跟前，随口问道。

李佳靓抬起伤手，看着吴剑光说："你都说伤得不轻，我何不趁此机会回家？"

吴剑光沉思片刻，点点头说："回去看看也好，谢谢你。"

李佳靓俏皮地笑笑说：“谢我？用什么谢？要不，你请我喝点啤酒吧？好久没喝了。”

“好啊，现在喝！”吴剑光马上下桌去储藏室拿出撬瓶器和一箱青岛啤酒，将瓶盖一一撬掉，全摆在李佳靓面前，戏说：“喝吧，今天让你喝个够！”

李佳靓摇摇头说：“不，哪能我一个人喝？你不是要和娆娆姐结婚了吗？人逢喜事精神爽，一是谢我，二是庆祝。我喝一瓶，你也得喝一瓶，谁也不能装孙子。对不起，老板，现在我们是平等的，不准耍赖！”

吴剑光斜着眼瞟瞟李佳靓，高兴答应：“好，今天就算我请你，咱俩一醉方休！”

不知李佳靓到底有多大的酒量，她什么也不吃，就着瓶嘴，竟一连喝下两瓶不带眨眼睛。

天有些凉，外婆怕她喝急了受不了，忙劝道：“女子，可别喝多了，吃亏！”

吴剑光却不管这，他举起空酒瓶扬扬说：“看看，我也喝了两瓶！喝喝，看谁先趴下！”

李佳靓面不改色，又拿起一瓶，仰脸“咕嘟咕嘟”很快全部下肚，但这时她显出有些醉意。吴剑光随即也一瓶下肚。外婆着慌了，急忙说：“快，快吃点菜，你们喝得太急了，会受不了的。”

确实喝得太急，喝第四瓶时，李佳靓显然速度慢了，她催吴剑光：“老板，喝，你是男人，我是女人，你喝酒一定要比我强。”

吴剑光也不示弱，点点头说：“是，我一定比你们女人强！”

两人什么也不说，她一瓶，他一瓶，一会儿，把一整箱啤酒全喝完了。

不一会，两人竟然伏在桌上一动也不动了。外婆、舅舅一见不妙，赶快给白珊花电话，告诉她家里发生的事情。白珊花叫外婆、舅舅赶快去医院替她，她回家来处理。外婆、舅舅急急忙忙出了门。

48

等白珊花赶回来，只见满桌菜没吃多少，人却不见了。她在楼下找了半天，没有，上楼又找了半天，还是没有。她自言自语：“都哪去了？难道出去了？”

她连忙去吴剑光房间，见床上乱七八糟，便想顺手把被子叠一下。刚好翻起被里，一看，被里居然有血迹！她好担心，难道这是李佳靓那丫头手上的血？怎么到了被里？半个小时后，还不见吴剑光回来。她马上给吴剑光打电话，可他手机关机了，只好又赶往医院。

也许永远是个秘密。只要李佳靓和吴剑光不说，只能是秘密。其实李佳靓的酒量远远超过吴剑光，吴剑光醉了，她却清醒得很。别说她被刀割破手指的事，就是今晚喝酒的事也是她早就设计好的：她要趁娆娆成为吴剑光新娘之前，今天先得到吴剑光，自然她得手了。

至于酒后会做什么，李佳靓当时倒没想那么多，但外婆、舅舅的离开却给了她意外的惊喜！

吴剑光与辛娆娆不太一样，虽然他也不愿意和娆娆结婚，但他为了满足父亲的心愿，让父亲高高兴兴地走完最后一段路，只好完全按照父亲的安排完成结婚的第一步程序，其实心里是不满的。他不想理睬娆娆，却又反感辛娆娆对他的无所视之的态度，所以当父亲训斥他不去亲近娆娆的时候，他便借着这个机会，使用强力搂抱亲吻了娆娆，既让父亲放了心，又制服了娆娆。虽然娆娆并不配合且拼命挣扎，但他做到了一个男人所必须做到的第一步。虽然这一步曾经有过，但此时不是彼时——只有这样，他吴剑光才是个响当当的男人，所以回家时才兴高采烈！

可是，毕竟娆娆和他心里都有很大的芥蒂，彼此还并不真正属于对方，自然，李佳靓的用心设计，对吴剑光来说，肯定是一用一个准！

外婆、舅舅刚出门，李佳靓起身摇动吴剑光："老板，老板，我要走了，你醒醒……"

吴剑光被她推得晃来晃去，似乎还有神志，问："你要走？走哪里？"

李佳靓半倚半抱地说："回家呀，回我那里。"

吴剑光又确实醉得糊涂，眯缝着眼睛说："回家？这里不是家吗？"

李佳靓心里明白着呢，她说："这是你的家，不是我的家，要不，你送我回去，这么晚了，我一个人害怕。"

吴剑光站起来，身体晃得厉害，他将手搭在李佳靓肩上，说："我喝酒了不能开车，我送你打'滴滴'。"

李佳靓巴不得他跟自己走，便哄他说："好好，你把我送上'滴滴'，你就回来……"

天下无是才生非，两个人互相拥着，亲亲热热地出了门。可是当"滴滴"来到面前后，李佳靓什么也不说，先把吴剑光推上车，自己则紧挨他坐在车后，告诉司机地点，不一会儿就到了出租屋。这时吴剑光全然不知东南西北，任李佳靓把他带到任何地方。而李佳靓顺势摸出他的手机，连同自己的手机，迅速关了电源……

第二天早上，吴剑光醒来，发现自己并没睡在自己家里。一看自己，光溜溜的身体，下体异常，浑身困乏。他大吃一惊，紧接着李佳靓端着一只热腾腾的碗进来放在桌上，笑眯眯地说："醒了？起来了，穿好了，吃了这几个荷包蛋吧，我爸说，荷包蛋可补人了。"

吴剑光明白自己上了李佳靓的当，他大怒道："李佳靓，告诉我，这是怎么回事？"

李佳靓害羞似的低下头埋怨：“你问我，我问谁？说是送我上‘滴滴’就走，却非要跟我走不可……再说，在你房间咱们已经那样了，还多现在吗？”

吴剑光偏着头想啊想，好像并没有这回事：“不会吧？在我房间，我们已经……没有理由这样啊！”

李佳靓哭了，掀起衣领，跺着脚大声说：“你说我胡说？要不你看看，你把我抓成什么样了，还有，”她掀开被子里，“你看，这是什么？”

吴剑光一看，瞪大双眼，无论如何也不敢相信那几团红红的血迹是第二次留下的凭证！他慌了，赶快起来穿上衣服，说：“真的？那你疼吗？”

李佳靓娇羞地红了脸，嗔怪道：“怎么不疼？昨天在你家就……回来后你又……”

“对不起……佳靓……你让我说什么好呢？”

“只要老板你对我好……”

“以后别叫老板了……”

“嗯，你永远都是我的老板嘛……”李佳靓不慌不忙走到吴剑光面前，将饱满的胸紧紧贴在他的胸前搂着他的腰，闭眼享受从未体验过的滋味，心里说：“辛娆娆，对不起，李佳靓我捷足先登了……”

吴剑光吻着她的脖子，温柔地说：“佳靓，我和辛娆娆已经领了证，以后怎么办？”

李佳靓仰头说：“剑光，我不怪你，她嫁你，我愿意做你的情人，她不嫁，我就嫁给你，行吗？”

吴剑光看着她的眼睛，似乎清澈，似乎浑浊，他不安地问：“要是娆娆知道了怎么办？她一定不愿意！”

李佳靓摇摇头说：“只要你不说，我是不会让她知道的。而且，我只要你一丁点儿爱，以后你每周来我这里一次就行了……”

吴剑光听了，十分感动，想起昨天在自己房间，想起昨夜可能表现的情景，身体不禁又有了反应……

白珊花回到病房，冷静得让人生疑。她让母亲和哥哥回家，母亲和哥哥很惊疑，希望从她眼睛里看到答案。可是，她没有回答，而且看得出，她在回避什么。吴志国估计可能不会有什么好事，示意一下白珊花，对岳母大舅子说："妈，大哥，天黑了，你们先回去吧。这两天我还可以，你们就不用操心了。莲莲，你送他们回去吧。"

外婆看得出，女儿女婿一定有什么事要商量，便很知趣地说："不用，不用，我们会打的的。我们走了。"

白珊花对吴志国说："我送送他们，马上回来。"不到十分钟，白珊花回来了，脸上布满忧郁。

吴志国这才问："说吧，到底怎么回事？"

白珊花不想在这时给吴志国添烦心的事，便摇摇头说："没什么，我让老母亲和大哥明天回乡下去。"

"为什么？现在乡下又不忙，让他们多住些日子，最好等小光、娆娆结婚后走不好？"

白珊花摇头说："志国，算了，让他们走吧，免得我操心……"

吴志国只好点点头，问："小光在家吗？"

"我在家里到处找，都不见他们的影，估计出去了，想等等他，可半个小时过去了，他还没回来。"

吴志国不安了，又不愿意深想，问："会不会到李佳靓那里去了？"

白珊花摇摇头说："不知道。如果仅仅是聊聊倒没什么，可问题是他们喝了十二瓶啤酒……"

吴志国最不愿意说的话还是说出来："你怕他们酒后胡来？"

白珊花摇头没回答，但在心里却说："不是怕，而可能已经发生了。"她很想把在剑光房间看到的情景告诉吴志国。但终于没有说出来。

“你没给他打电话？”

“打了，关机……”

吴志国意识到事态的严重性，急了，叫道：“把手机给我。”但效果还是一样，都是“用户已关机，请稍后再拨”，气得吴志国将手机狠狠扔到病床上。

白珊花担心他生气，连忙安慰他：“不会有事的，小光已是有老婆的男人，他不会胡来。”

吴志国长长叹气，倒在病床上，有气无力地说：“那个李佳靓不简单，就看小光有没有定力了。唉，我可别害了娆娆啊……”

白珊花征求吴志国意见说：“好在那李佳靓明天就走了……”正好，病房关灯时间到了。白珊花给吴志国压好被子，躺到另一张病床上，睁大两眼，看着黑暗中各种古里古怪的图形，不时听见吴志国的叹息声。

天刚亮，白珊花一睁开眼就打电话回家，问吴剑光回来没有，哥哥说：“没有啊，昨夜我一直听着门，都没有声响，刚才我上楼仔细看了，也没见到小光……”

“妈，你和大哥回乡下吧，你的枕头下，我已放了五千块钱，你们拿着上街给亲戚们买点东西，然后坐车走吧。志国有病，我就不送你们了……”

外婆答应着好好好，然后挂了电话。

白珊花见吴志国精神状态很不好，不想把吴剑光一夜没回家的事告诉他。吴志国也不问，其实他已经猜出小光昨夜在哪里。

九点多钟，吴剑光神采奕奕来到病房，朗声问道：“爸，昨夜睡得好吗？”

白珊花看看吴志国表情没有异常，回答道：“哦哦，你爸睡得不太好……我也，也没睡好。”

吴剑光这才仔细看看两个老人，问：“怎么啦？还是不习惯？”

吴志国冷不丁问："小光，昨夜你在哪里过的夜？"

吴剑光虽然一震，却随即做出不明白的神情，问："哪过的夜？爸，你这话问得有点怪，不就在自己家里吗？昨晚上我喝多了，一睡睡到大天亮。"说完，还向父亲调皮地笑笑。

吴志国生气了，斥责道："你撒谎的毛病怎么就不彻底改一改？昨晚你妈回去到处找你都不在，打电话你关机，你到底在什么地方的家里过的夜？"

"关机？我没有关机呀。"吴剑光好委屈，拿出手机一看，果然黑屏，再度摁通电源，才亮了屏。他有些气恼李佳靓，明白了昨夜所发生的事完全是她一手设计的。但他不能说，要是娆娆知道就糟糕了。他心里暗暗发誓：坚决不能说！突然，他恍然大悟般拍一下自己的脑袋，说："哦，对了，我送李佳靓上车后，想起公司还有事，就去公司了。见时间太晚，就把手机关了在公司办公室睡了一夜……"

白珊花一旁抹桌子，没有说话。吴剑光低下头，一句话不说。吴志国也没再问，马上命令道："你马上给娆娆电话，我有话对她说。"

吴剑光吓了一跳，问："爸，你又要对她说什么？别无中生有好吗？"

白珊花委婉地说："小光，你爸想在最近几天把你们的婚事办了。但还是要亲自对娆娆说。"

吴剑光这才把心放下来："这样啊，那好吧。"

吴志国又说："那个李佳靓就别让她来了……"

吴剑光感觉出他们已经怀疑自己和李佳靓之间的关系，不由得脸红了，但绝不"此地无银三百两"，便说："那好，我给娆娆打电话。"

吴剑光很快拨通了电话，把父亲的意思转告了辛娆娆，希望她在电话中亲口答应父亲的请求。然而，辛娆娆却说："不了，我现在正在外地。请你转告一下，我现在还没有这个心理准备，再等等吧。"

吴剑光忍着不满说："啊？你什么时候出去的？我怎么不知道？不能马上

赶回来吗？”

辛娆娆只说了个“不能”，就挂了电话。吴剑光只好告诉父亲娆娆早上去了外地，还有几天才能回来。吴志国没办法，让他先去找于轩商量一下。

吴剑光只好点点头，暗里观察一下白珊花，见没有什么，才放心地走了。

49

吴剑光问过于轩，才知道辛娆娆陪林妈去竹海玩，三天后才能回来。吴剑光不由得埋怨于轩不为他考虑。于轩也自觉唐突，人家快结婚了，这个时候却让娆娆去陪林妈，实在说不过去。他赶快道歉：“对不起，剑光，早上林妈向我要娆娆的电话，说想请娆娆陪她出去走走。”

吴剑光问：“你林妈想出去，你爸陪她去啊，为什么一定是娆娆？你没说我和她就要结婚了？”

于轩再次道歉说：“剑光，实在对不起，这几天我公司离不开我爸，林妈心情又不好，先说要去省城，后又说从竹海回来后再去。我以为娆娆不会同意，没想到林妈一句话没说完，她便一口就答应了。不过，只有两三天的时间，很快就会回来……”

吴剑光不再说什么，心里却有些郁闷。于轩试探性问道：“剑光，你要真想见她，我马上去个电话，让她们明天一定回来吧？”

吴剑光却摇着头，用愤懑的口吻说：“算了，就是回来，也不会给人好脸看，还不如不看！”

于轩从吴剑光眼里看出点什么，关切地问：“怎么？闹不愉快了？”

吴剑光知道于轩喜欢娆娆，便没好气地说：“哎呀，要知道现在是这样，还不如当初你上我退出……”

“什么时候了，还说这种话？既然已经领了证，就想着以后如何相爱才是。”

吴剑光只好点头，心里却在想：你要知道我和李佳靓的事，可能就不这样说话了……见于轩好像在等他表态，便沉吟道：“唉，我跟娆娆之间正式相处的时间太短，谈不上山盟海誓，要不是我父亲，我才不愿意这么快就结婚。”

“已经这样，就别说什么了。时间定了吗？”

“定了，父亲要我们马上办事。”

“你告诉她了吗？娆娆什么意见？”

吴剑光很不满地回答：“别提了，就两个字‘不能’！”

于轩心里也“咯噔”一响，但还是说：“我想，自从北欧走后，她的心情不好，你就多体谅她吧。吴老伯现在这样，估计婚事也不会大办，你就多操一点心，说不定明天她就回来了。”

“又是北欧，他不在，就不嫁给我了？”

“好了好了，别胡说八道。”

吴剑光不以为然，心里在想：我才不会胡说八道，她回来后听话就行，如果不听话，对不起，就别怪我做人不地道！他心里想着，嘴上说着：“老兄，我还要照顾我父亲，这事还得你帮忙……”

于轩却安慰他说：“好吧，反正现在是冬天，再说，公司里有我的父亲在那里坐镇，我就把你的事情当成我的事吧。”

吴剑光笑笑，但笑得很是勉强，和过去的阳光相比，简直判若两人！于轩安慰他说：“你是我的同学、朋友加兄弟，放心，我会尽心的！”

事情还没说完，父亲于胡源来了电话，叫于轩赶快回公司，说市里来了几个当官的，要和他谈话。

“什么？我好像从来没有和哪个当官的有过来往……”

吴剑光却提醒他说：“怎么没有？我们的老师杨廷玉不就到省里当官去

了？你没有和他来往过？”

于轩笑了，摇摇头说：“话是这样说，但他当官后，我并没有和他来往。”

“你忘了？前年，刘妍不就是拿着他的‘手谕’进了你的公司？”

“哦……”

于轩这才把曾经的事情从很远的地方拉回来，因为在他的记忆中，在吉城上完高一就去美国了。在此之前，在林妈的严格管束下，他一天到晚除了上学回家，最远的地方就去过“第一山”，见过最多的便是吴剑光，就是从来没有和政府官员打过交道，也不喜欢和他们打交道。如果吴剑光不提起，他真的忘了自己曾经的数学老师现在是当官的！

“他们找我做什么？”于轩好像在问父亲，电话却已经挂了，问吴剑光，却又像在问自己。

吴剑光也正想知道这个为什么，于是带着酸味问：“大群当官的到你公司，会不会要你请他们吃饭？”

于轩沉思片刻摇摇头说：“以前倒是可能，现在中央有‘八项规定’，他们可能不敢……”

“哼！鬼才信呢？”

“没凭据的话别乱说……”于轩不得不回去，临走时向吴剑光承诺，一定争取两天之内把事情安排好。

于轩急匆匆赶到父亲办公室，于胡源正和几个官员模样的人喝茶说话，他急忙上前。果然，其中那个五十岁模样的男人正是他高中时的数学老师杨廷玉。没等他开口，对方叫了他一声：“于轩，怎么？你不认识我了？”

于轩一激令，马上叫出口来：“哦，是杨老师……怎么是您？您不是去省上了吗？”

杨廷玉态度十分平易近人，笑道：“是啊，本以为就在省上了，没想到上级非要我来吉州不可……”

于胡源马上说道：“可不能叫杨老师了，应当叫杨市长……”

于轩这回真是吃惊了：“真的？老师，对不起，上回您托我暂时安排刘妍到我公司，结果她不满意干了不久就走了，我也没有向您汇报……”

杨廷玉大人不记小人过似的招招手说：“于轩，反正她是待不长的，这事过去了就别提了。不过，我对你有点意见，就是你从来没有去看看我。”

于轩不好意思，挠挠头说：“弟子这厢给您赔礼了！”说着真的抱拳鞠躬道歉，逗得所有人都笑起来。

于轩哪里会不记得杨廷玉？只是他不太喜欢他罢了。

杨廷玉是他高一时的数学老师，但在于轩印象里，他的数学教得一点也不好，每天照本宣科，把每堂课四十五分钟挨完算数。于轩记得特别清楚的是杨廷玉每每上完课后，总要说上几句牢骚话。要么是“你们呀，以后千万别当老师，太苦太累，收入太少”，要么是“有本事的在这里上课，没本事的都去当官”，更甚者居然是“靠山吃山，无山自担，老师只有吃粉笔灰了，我要是当官，一定要改变这一切”……

于轩虽然喜欢老师对学生推心置腹，但确实不喜欢杨老师对学生总说一些消极的话，何况本来喜欢数学，而且初中数学成绩拔尖的他竟然听不懂他的课？所以，他只要回到家，就缠着父亲找学校把他调到别的班去。所幸的是上完高一以后，杨廷玉就调到市里哪个部门吃“皇粮”去了。为此，全班同学高兴得不得了，特别是吴剑光居然向空中作揖念念有词：“感谢上苍让我们得到解脱。”同学们给杨廷玉下了一个共同的结论：教书不行的终于去当官了。至于他到市里去干什么，干了多少年，什么时候调到省里，于轩一点没有关心过，他从来没有想过自己的生活会和杨廷玉有什么交集。

按于轩的想法是，你当你的官，我读我的书，井水不犯河水，可以老死不相往来。没料到去年春节后，刘妍拿着杨廷玉一张条子，要他帮忙暂时安排在公司工作，他才想起这个当年最差的数学老师是省上的干部，说不定什么时候会到哪里去当一把手二把手，他不好驳杨廷玉的面子，又见刘妍能说会道，还有工作经历，没有问她的任何来龙去脉，就马上安排她去公关部搞公关工作。可万万没料到刘妍的“情商”太高，整天不是追他，就是追吴剑光，见不受欢迎，又去追北欧。虽然这不关别人什么事，也没给公司造成什么不良影响，但是，北欧离开公司不能不说是她的“功劳”。杨廷玉果然从省里来吉州任市长。于轩心叹道：真行，去省里时间不长，现在真来吉州当市长了！

随行的两个是市政协、统战部的，还有两个是公司所在“碧水社区”的行政人员，其余的就不知道是干什么的了。

于轩暗叫道：“哟，真是前呼后拥！”

杨廷玉还保持着以前良好的体形，而且红光满面，气宇轩昂，不仅有领导干部的风范，而且很有男人味。如果不是年纪大了些，真可算是个帅男人。杨廷玉招呼说：“老于、小于，我回到吉州听说这些年来，你们对吉州的贡献可大了，不仅是吉州市的利税大户，还出资建了个‘幸福怡乐广厦’，以后更得支持我的工作哟。”

“这些年”?“听说”? 好像他从来没有在吉州待过，更不是吉州人似的！看来，一个人一旦有了地位，想端官架子也是容易的，为什么作为吉州市偌大建筑公司老总，于家父子从不知道端架子呢？

于轩急忙转移话题，极为谦逊地说：“各位领导，说真的，我从来没有和你们这样的大人物近距离接触过，真是有些诚惶诚恐。幸好杨市长是我过去的老师，要不，我真不知道该说什么好啊！爸，安排饭了吗？”

杨廷玉直摆手，说：“不行，不行，我们一会儿就走……”

于轩只好说：“那，恭敬不如从命，请原谅。不知道今天各位找我有什么事，请直说。”

说完他坐得端端正正，两手搭在膝盖上，真像一个听话的学生。于胡源对儿子的表现十分满意，他对杨廷玉说："杨市长，您看他是不是比过去能说了？"

杨廷玉以欣赏的目光打量眼前当年自己的学生，听了于胡源的话，满意地点点头，说："到底出去见过世面，不仅会说了，而且这么帅气……在我们吉州市可不多见……"

于轩红着脸回答："哪里，比起杨老师差远了。"

杨廷玉忽然想起什么，眨眨眼睛问："于轩，当年你考的托福？"

于胡源代替儿子回答："我一个远房亲戚在美国，由他作保，小轩去上了一年预科才考上的。"

于轩补充说："吴剑光才厉害，人家在西蜀大学学的装潢设计。"

"你们都是好样的！吉州是个新兴城市，现在你们这样的人才不是多了，而是少了，我们还希望多有几个你们这样的人才！"

杨廷玉夸奖说，"没想到你们也不麻烦政府，从父亲手里接下公司，时间不长，却搞得不错！听说你公司准备上市？"

于轩点点头说："是的，我们正在争取上市。不过要实现，谈何容易！"

"好啊！和你父亲比，真是长江水后浪推前浪啊！"杨廷玉拍掌赞同。

于轩不好意思，谦虚道："杨老师，不，杨市长，我这是纸上谈兵，八字一撇还没写出来呢。"

那个统战部的突然严肃地问："小于，你在美国待了多少年？读的什么专业？"

于轩有点不悦了：怎么，你们这是查历史呀？但他还是回答说："我在美国读书四年，工作一年，回来五年，一共十年，主攻建筑。这不，马上就三十岁了。各位不是对我在美国的情况有所怀疑吧？"

杨廷玉笑了，说："不，这样，我还是把今天来的目的给你说说吧。两件事，一件公事，一件私事。公事就是：现在年底，市里要进一步发展经济，人手不够啊！于是我们提前作一些调研工作，想亲自了解我市从国外回来多少年轻知识分子，然后从你们这部分人中，择优选拔到我们市的各级领导岗位上挑重担。结果一查，我们吉州只有你一个是完成学业并有外国工作经历的。”

于轩终于明白他们来的目的，从来无意官场的他急忙说：“杨市长，你饶了我吧，我不行，你还是去找剑光吧，他行，他行……”

“他不行，没有留过学。”杨廷玉边说边站起来，其余的人也马上跟着站起来，“你不是说，你们想上市吗？这也正是我市未来工作中的几个重点之一。今天先向你通个气，以后有关部门会很快找你谈话。”

“哦，那……”于轩想问那私事是什么，但张了张口，到底没有问。

杨廷玉向其他人扬了一下手，示意他们离去，然后拍着于轩的肩膀，和于胡源一同来到于轩的办公室，再把他们来的目的又说了一遍，见于胡源没有表态，笑了：“老于，公事说完了，你们考虑一下。该说私事了，听说于轩现在还没有对象，今天我来当个红娘，你们看怎么样？”

于胡源不明白，看一眼杨廷玉，又看一眼儿子，一时没有醒过神来，问：“啥？”

杨廷玉直言不讳：“女孩就是我的女儿杨岚，刚刚在省城大学读完金融硕士研究生，我动员她回吉州市发展。人嘛，如果你觉得我还长得不怪，那么她就不用说了……”

没等杨廷玉说完，于轩身上就冒出冷汗——他万万不敢和为官之女缔结婚姻的，再说，他心里还有辛娆娆呢。见他满脸恐慌，杨廷玉猜出他的心理，大笑起来说：“于轩，这事行就行，不行拉倒，我这是老丈人挑女婿，对眼了，还没有给我女儿说呢……不过你考虑一下吧，我静候佳音。老于，我走了，再见！”

送走杨廷玉，于轩想看看父亲，不料父亲正看着他，父子俩都不知该说什么好。忽然于轩又想起云台寺摇签上几句话。他对父亲说：“爸，杨廷玉刚才说的两件事我都不同意……”

于胡源意味深长地笑笑：“嗨，知子莫若父啊，我早猜出来了。”

于轩大惊，冲口而出：“爸，你一定得支持我……”

“行啊……”于胡源乐呵呵忙自己的去了，可于轩却只有苦笑，又想起辛娆娆。

50

这里是非常有名的“竹海”，与吉州城只相隔几十公里，是南蜀有名的风景观光胜地，而且十几年前已经先后成为省级、国家级风景区。

竹海延绵万顷，顺延山势碧波荡漾。虽然现在是冬季，但这里山清水秀，绿意盎然，碧色的绿竹一望无际，并不因为还是冬天而变得死气沉沉。只要走进去，你就会觉得春天气息迎面而来。那些绿竹生机勃勃，个头挺拔高大，风一旦吹过，马上会发出一片沙沙的响声，仿佛在弹奏一支美妙的乐曲。而且，竹海里不光有竹子，还有许多景点：墨溪、观海楼、忘忧谷、观云台、翡翠长廊、仙寓洞、仙女湖、七彩飞瀑……

这两天，辛娆娆陪着林媛玩得十分开心。她们除了吃饭睡觉，差不多时间都在游览中度过，一切烦恼，都在游览中消失。

第一天，她们在翡翠长廊流连忘返，经不住观海楼的诱惑而登高望远，随后滑过观光索道，去到墨溪，进了诗竹园，体会“竹林七贤”忧国情怀；第二天，坐上观光车去了观云台，领略了忘忧谷的无限诗意，又进了龙吟寺烧香，登上鸡冠岭倾听雄鸡歌唱；第三天，去了迎风湾，在照映潭水中划着小船观赏了七彩飞瀑，最后还上了古战场倾听战马的嘶鸣……

两天不停地转悠，只能走到哪歇到哪，好在竹海中山庄宾馆很多，还有农家客栈，什么都不缺，什么都不用担心。整个玩下来，两人的心情都格外亮堂！

如果不急，还可以再去石海观看溶洞的神奇和美丽！但林媛却急了，她要赶着回家去收拾收拾，然后还得去省城探望多年不见的舅舅、舅妈。娆娆虽然不说，但她知道迟早得回去面对自己和吴剑光的婚事。

所以，她俩决定明天就回吉州。

刚刚吃完饭，辛娆娆又像前两天那样，给林媛端来一竹盆热水泡脚。林媛不好意思，非要娆娆先泡不可。但是辛娆娆却说："林妈，于大哥把您交给我，我就得对您负责，再说，我年轻，身体比您好，自然应当先就长辈。"

林媛脱了鞋感动地说："娆娆，你真是个好女子，天天照顾我，叫我怎好意思？"

辛娆娆调皮地笑笑，然后弯下腰，给林媛脱去袜子，把她的脚放进竹盆里，边洗边揉，直到把林媛泡出微汗，自己才把脚放进盆里。老少两双脚紧挨着，大家用脚你给我搓搓，我给你搓搓，竟然十分谐调，彼此产生了心灵的高度相通。

林媛一直不知道新近所发生的许多事情，问："娆娆，听说你有个周妈妈？"

辛娆娆点点头说："是啊，她走了，但我永远忘不了她。"

"哦，"林媛理解地回应，"你就从来没有想过你还有亲人没有？"

辛娆娆沉默了，她低头看着自己的脚尖，脸上表情随之而晦暗。林媛以为自己不该提说这些话，马上抓住她的手说："对不起，娆娆，林妈不该提说这些伤心事。"

辛娆娆还是不说话，但表情好多了。她默默地抬起林妈的脚，用毛巾擦干，然后，又放到自己大腿上，双手轻轻地按摩，眼睛却看向别处。林媛猜出她心里有事，便轻声问："娆娆，那天你接了电话后很不高兴，有什么事吗？"

辛娆娆回看林媛一眼，没有说话，只一个劲地按摩，林媛感觉她的力道渐渐加重，便抽出脚穿上鞋，然后抬起她的脚，给她擦干，辛娆娆还是不说话。林媛要去倒水，突然，辛娆娆开口了："林妈，您能不能告诉我，如果一个女子是母亲被人强暴后生下的私生女，后来母亲为了脸面，把她抛弃了。二十多年后，她又和母亲见了面，她应不应当相认？"

林媛吓了一跳：什么"如果"？分明说的就是她自己！要不怎么会这么沉重？但她还是放下盆回答说："娆娆，一个女人被人强暴已是一件非常痛苦的事。如果这事在现在，在城里，大可不必将孩子生下来。但那是过去，是在农村……所以，我想这个女子不要恨她母亲，应当体谅母亲的不幸……再说，这个母亲也很难原谅自己……"

辛娆娆想想点点头，又换了个话题说："林妈，如果一个女人很爱一个男人，共同生活一段时间后，这个男人一走了之。那么，生下的孩子是细心养着，还是因为恨那个男人，以后为重新寻找自己的幸福而弃孩子二十多年只给钱不见面？"

林媛不禁暗暗惊讶：天啊，年纪轻轻的，怎会如此沉重？到底她在说什么？但她还是平静地回答道："除非这个女人对那个男人有着刻骨的仇恨。"

林媛突然想起于胡源与白珊花，又说："而且还得知道这个女人是否明白那个男人为什么要离开她？是不是也恨她入骨，才采取一走了之的态度？"

"不知道。"辛娆娆摇摇头，停了好久好久。显然游玩的好心情完全被刚才说的那些事破坏了。

林媛十分后悔自己不合适的关心，她想弥补，同时也想帮娆娆从困惑中走出来。林媛轻声问："娆娆，我听小轩说，你要结婚了？不是北欧？"

辛娆娆再度低下头，默默地穿上鞋子，过去上了床，两眼却透出无神的雾光。林媛随即上了床，偎在娆娆身边，搂着她默不作声，分担着她的心情。

辛娆娆靠在林媛怀里，不用林媛问，像说故事那样把自己和北欧的身世完完整整地还原出来，听得林媛心里紧一阵痛一阵。忽然，林媛问：“娆娆，听说北欧找到了他的母亲，他的母亲在城里吗？”

辛娆娆点点头嚅动唇，声音好微弱：“林妈，我和北欧哥有同一个母亲，在城里，是吴剑光的继母……”

“啊？”林媛的心更紧了，“北欧的爸爸呢？”

辛娆娆无力摇头：“只有白珊花才知道……”

“啊！白珊花？”林媛惊恐了，怎么这么巧？林媛的大脑迅速转动，“你说白珊花是你和北欧哥的亲妈妈？”

辛娆娆一时没有反应过来，看着林媛惊恐的眼睛好一会儿才问：“林妈，您，您认识北欧的妈妈？”

林媛不知道该怎样回答。说认识，竟然不知道她是北欧的亲生母亲，说不认识，她和白珊花可是高中同学，两个人曾在暗中争夺过于胡源！辛娆娆肯定是白珊花被强暴后生下的女儿，可是，如果北欧是白珊花的亲生儿子，那于轩又是怎么回事？既然亲生儿子不是于轩，白珊花为什么当年送还于胡源的不是北欧而是于轩？

林媛见辛娆娆还在等她回答，只好做出轻松的样子说：“我高中时有个同学也叫这个名，只是二十多年没见了，所以，猛听见这个名，感到好吃惊！”

“哦？”辛娆娆相信了，但不太明白，“于轩哥和吴剑光是好朋友，这些年您没有见过他母亲？”

林媛只好如实回答：“我们两家一个在城东，一个在城西，知道他俩好朋友，但两家大人却从没来往过。”

“我说嘛，”辛娆娆如梦方醒般说，“可能不是一个人了。”

林媛忍不住问：“娆娆，你恨你妈妈吗？”

“怎么不恨？对我，我知道她没办法，但对北欧哥，她就太狠心了。”

林媛心里折腾开了：天啊，要真是这样，问题可就严重了；要么北欧不是于胡源的亲生儿子，要么白珊花一直在编织一个天大的谎言，用了“调包”的办法……于胡源知道吗？如果知道了他会怎么办？如果北欧真是于胡源的亲儿子，那小轩又是怎么回事？林媛不敢想下去，但又不得不继续问：“娆娆，那你还同吴剑光结婚？”

“本来不会，谁知我一看见他父亲可怜的目光，听到老人家哀求时，我心软了，结果不仅答应还办证了。现在催我结婚，但我不想——唉，不说了！林妈，我全都告诉您了，您能说说您和于伯父吗？”

看着辛娆娆已经清澈的双眼，林媛把二十多年来和白珊花、于胡源之间的感情纠葛讲给她听……辛娆娆越听眼睛睁得越大，乃至最后，张开嘴巴竟合不上。但林媛没有提说白珊花和于胡源的名字，好像完全是她和另一个女人与同一个男人之间发生的事。

辛娆娆感叹道：“林妈，您刚才说的完全够得上写部小说了。那么你们相爱吧？”

“一起过了二十来年，老夫老妻了，但到现在还没有和我领证呢。”

“哦？为什么？”

“他，他总觉得当年对小轩他妈太过分，特别对丢下小轩他妈一走了之的事一直心怀愧疚，总想当面给她说对不起，希望得到她的原谅。只有这样，他才可能心安理得跟我去领证……”林媛一边斟酌恰当的措词，一边说。

辛娆娆十分佩服于胡源的为人处世之道，说：“林妈，于伯父是个真男人，知道自己错了，或者并不全错，但他至少怀有愧疚之心反省自己。他值得您守候！”

“可是，可是……”林媛说不下去了，她怕说得太多，引起辛娆娆怀疑，但不说她心里就像有只秤砣压得慌。

忽然，辛娆娆像发现了新大陆，说：“林妈，您发现没有？于伯父的情况与北欧哥父亲的情况有多相似！”

林媛暗里叹服辛娆娆的聪明，但此时的她只能装糊涂，说：“怎么会呢？”

辛娆娆点点头说：“也是……于伯父有于轩哥，怎么会呢？”

林媛马上决定：必须赶快回去给老于好好谈谈，或者自己先去见见白珊花，听她怎么说再决定下一步吧。她说：“娆娆，回吉州后，你带我去看看你说的那个白珊花，看看到底是不是我的同学，好吗？”没等娆娆回答，她又马上转过话题，问：“也不晓得你北欧哥现在到底怎么样了。”

辛娆娆却迟疑地点点头说：“好吧，可是，我只能把你带到医院或她的家门口，我不想见她……”

林媛理解她的心情，说：“好吧。”

辛娆娆再不说话，脱了衣服上了床，一直看着天花板。看着看着，她自言自语：“是啊，也不知道北欧哥现在怎么样了？”

51

不过，林媛感觉，她和娆娆两天来谈话中的主要内容，除了吴剑光及其一家，就是北欧，竟然极少提处处关心爱护并心中默默喜欢她的于轩。

林媛虽然不是于轩的亲生母亲，但是把他当成亲生儿子从小培养教育成长起来的，对于轩成长过程中的点点滴滴，她都记得很清楚。在她眼里和心里，于轩是当今年轻人中近乎完美的佼佼者，可他一点不骄傲。在工作上就不说了，即便对人方面也是无可厚非。无论对谁，他都平易近人，非常厚道，凡事总替别人着想。

从美国回来以后，他把精力全都放在公司建设和发展上，除此而外，就是利用一切可能闲暇的时间在家陪两个老人聊天，或坐到电脑前打开网页，了解世界房地产现状和各国金融股市情况。即使偶尔与吴剑光或北欧聚聚，时间也不会太久，更从来不在外面纵情声色。唯一令两个老人不满的，都快三十岁了，竟然还没有结婚生孩子的打算。

林媛和于胡源满以为儿子接受的是西方教育，对婚姻之事并不看重。林妈提醒他，于胡源批评他，他却只是笑笑，说："你们以为我是独身主义者？不，是没有合适的，什么时候你们在家听我经常提说哪个陌生女孩名字的时候，那可能就是我想结婚的时候……"话都说到这个份上，林媛和于胡源还能再说什么呢？只好耐心地等待和期待了。

终于有一天，于轩从外面兴冲冲地回来，第一次在两个老人面前提说了"辛娆娆"这个名字！开始他们并不知道这是谁，是男孩还是女孩，可听得多了，他们发现于轩每每提说"娆娆"名字的时候，不仅脸上放光，而且眼里总流露出那种由衷的欣赏和向往，知道轩儿已经喜欢上那个叫"娆娆"的女孩子，终于有了属于自己的那种情感了。他们轮番问，是不是爱上了那个叫"娆娆"的女孩？可令他们没想到的是意外！

先前他说："这个娆娆是为嫁北欧而来的，你们别多想……"

不久他又说："娆娆进了我同学剑光的设计公司，北欧不高兴，总是提醒娆娆不要和剑光走得很近……"

再后来他又说："我同学剑光喜欢上了娆娆，可是北欧极力反对，他不喜欢剑光……"

终于，林媛忍不住了，问他："小轩，我记得你曾说过，只要你经常提说一个陌生女孩名字的时候，就是你想结婚的时候，现在你每天回来总是娆娆长娆娆短的，莫不现在就是你想结婚的时候？"

于轩一愣，随即便说："是啊，我是说过，但娆娆人家已名花有主，怎么能联系得上我想结婚的事？你们呀，希望我结婚真是想尽办法。"

坐在一边的于胡源看一眼儿子，慢声慢语地说："行了，你别哄你老子，人家是名花有主了，但并不等于你不喜欢人家……"

于轩“嘿嘿”笑了，自我解嘲般说：“还是知子莫如父呀！不过，我喜欢归喜欢，但不能因为我喜欢而伤了兄弟朋友间的感情，所以我得把我的喜欢藏进心里，不论娆娆跟他们中哪一个结婚，我都祝福她……”

林媛担心地问：“那你就该重新考虑考虑了吧？”

于轩摇摇头说：“还是放一放吧，等娆娆嫁人后我再考虑不迟，你们别催我……”

“要是人家一直不结婚呢？”于胡源不放心。

“那我就一直等下去，直到她结婚为止。”

林媛和于胡源摇摇头，还能说什么呢？

……

想到这些，林媛为于轩感到些许不值，同时也疑惑于轩为什么不把近来发生的许多事情特别是白珊花的事给她说。她决定今天找机会给于轩电话说说这些事。

是啊，娆娆为什么从来没有想过曾经在她面前几次流露情感的于轩和她才是最合适的爱情搭档？

娆娆要是稍稍回忆一下就不难记得：吉州市举办“梧桐之梦”活动那天，于轩开车去接她，当第一眼看到她令人赏心悦目的打扮时说的第一句话：“呵呵，令我惊鸿一瞥！”就为这句话，她拘谨了好久，但没有深想；而后，她问于轩是不是有事，于轩笑了，说：“哦？没事，我是专门来接你呀？我想亲眼看看到底今天你这只凤凰要落哪家梧桐树？”她脸红了，赶快说自己只是一只乌鸦，也没有深想；这时，于轩半开玩笑说：“呵呵，是吗？那我只要一只跟你一样的……乌鸦！”当时辛娆娆脸虽然旧红还没褪去又添新红，但她只把于轩这些话当成善意的玩笑，绝不敢去想于轩这样留过学有本事的大老板对她会有什么意思，何况她当时正处于两难之中呢！

还有那次在云台寺抽签吃罢斋饭后，于轩和她有一段对话。交谈中，她向于轩说出对北欧和吴剑光的不同感觉，于轩希望她作出应有的判断，认定谁适合自己就选谁，最后竟然从口中挤出一句话——“当然，这里面也包括我……”她听了特别吃惊，想起李佳靓的话，深深地看了于轩一眼，希望从他眼里看到她所希望的东西，结果于轩不再说下去，她哪里还敢往深里想？

娆娆只当于轩随口说说、乐乐而已。现在她想的就是如何做才能平复自己的糟糕心境，尽量改变对吴剑光一家的反感，顺顺当当地嫁给吴剑光就行了。至于北欧哥，相信他能把握自己，不出乱子！

现在已是下午，本当和林妈赶快回吉州，但当听说竹海镇晚上要举办一场别开生面的“蜀戏”专场演出，整个南蜀都轰动了，很多家庭和个人都纷纷订了票，吉州市就在近邻，自然来的人很多。吴剑光是来不了，对了，于伯父、于大哥能来吗？问问林妈，如果他们父子来，岂不增添许多乐趣？

于轩呢？显然考虑的事就更多了，整个下午，他的思想都被一些事缠绕着……

他既牵挂娆娆，又歉意父亲，还不放心北欧，更甚者，杨廷玉竟然半路杀出踩上两脚：一脚是要他应聘市政府，另一脚居然是亲自拉红线，要把他的女儿许给他！这事情要搁在以前倒没啥，可现在是什么时候？

应聘市政府的事，于轩从来没想过。在他心里原本只有一个想法，自己离开家放弃公司财富虽然是必需的，但并不意味着他一定要离开公司，只不过到那时他在公司的身份已经改变。但无论如何，他是从来没有打算去市政府的。现在，杨廷玉的话无疑给他的未来又增加了一条路：去市政府未必是一件坏事！只是，如果杨廷玉没有提出把自己的女儿介绍给他的话，去市政府就名正言顺了！

根据过去对杨廷玉的了解，于轩不由得怀疑他的动机！——因为自己是人才，还是因为自己可能是他的未来女婿？或是人才而成为他的女婿，或是他的女婿而成为人才？

从来在父亲教育影响下远距官场的于轩不由得问：为什么杨廷玉要这样？

刚刚把这件事想出个眉目，正准备回家，林妈来了电话，她告诉了于轩关于娆娆的事，批评他既然喜欢娆娆已久，为什么不直接向娆娆提出，如果提出，或许而今娆娆不会处于两难之中！同时，林妈还直接指出了他做得最错的一件事，就是明明知道最近发生的一系列事情，居然只字不漏，一直瞒着两个老人！林妈问于轩："小轩，如果娆娆不对我说，难道你就一直瞒下去？"

于轩有口难辩，只好说："林妈，我错了……"

于妈放缓语气说："你呀，我看到时候怎么向你父亲交代！"

"……"

刚刚放下电话，父亲推开门问他："小轩，下班了，还不走？"

"爸，我还有点事，我想再等一会儿……"

"好吧，我先走……"

于轩居然破天荒地没有按时回家，让父亲一个人回去在家里孤孤单单没有着落，自己一个人在办公室里走来走去，不时长吁短叹，好像一座大山即将向他压过来，或者自己正被关在囚笼里想出去又出不去。

娆娆和吴剑光的婚礼迫在眉睫，但从吴剑光的话语中，于轩了解到，吴剑光全然没了以前爱娆娆的那种热情，说是因为北欧，其实全是因为几家人那段令人无法释怀的历史！因为那段历史，吴剑光感觉自己受到莫大的欺骗和侮辱，他不再认为辛娆娆是一只纯洁骄傲的凤凰，而是一只低贱肮脏的野鸭！他娶她是在做好事，她嫁他却是高攀门楣。他本已决定顺其自然，和娆娆好合好散，没想到他父亲吴志国却特别追悔那段历史，认为自己应当负一定的责任，决心要弥补曾经的过失，更是为了白珊花的晚年，非要儿子马上娶娆娆不可！吴剑光本不愿意，但他现在只有父亲一个亲人，他必须听从父亲的安排，以后到底怎样，将来再说！为了父亲多活几天，他只好答应和娆娆结婚。

于轩则为娆娆抱不平：娆娆是个善良的女孩，在对待与吴剑光结婚这一事情上，显得过于软弱。本不想同意，却可怜同情吴剑光的父亲，还想着吴剑光以前对她的好。不得不说，于轩很不同意她这一做法。但有什么办法呢？他总不能说："娆娆，还是跟我结婚吧，我一定对你好！"再说，里里外外那么多事，怎么能只顾自己呢？

林妈肯定已经知道白珊花是娆娆和北欧的生母，也是吴剑光的继母，刚刚的批评，他只好无言！怎么说？说了后又会发生些什么意想不到的事情？他没有说，不是他不想说，而是他还没有思想准备。他并不贪恋财富，只是想和父亲、林妈多生活一段时间，待思想准备充分了，他会离开家放弃公司财富的！但是父亲又会怎样？告诉他北欧才是他的亲生儿子，自己不是？父亲会不会承受得了这个打击？所以，千想万想，于轩认为，还是剥茧抽丝那样慢慢来，彼此都有个回旋的余地。

再说，北欧走了，自己如果马上宣布放弃公司股权和职位，到时候公司怎么办？总不能轻飘飘地说"爸，钱我不要了，公司还给您，您自己去搞吧"，那还算什么人？

于轩的太阳穴涨得生疼，握紧拳头，往额上狠击几下，似乎好点……

忽然，电话铃声再次惊刺刺响起，于轩很不情愿地接听："喂……"

电话里响起于胡源不满的埋怨："小轩，怎么还不回来？你林妈不在，你也不回来，把我一个人丢在家里，算怎么回事？"

一听是父亲，于轩连忙打起精神，解释说："爸，我马上就好，马上就好，就回家，就回家……"

于胡源还不高兴，批评道："今天怎么这样？再说，我下班时，也没听你说公司到底还有什么事情没做完呀……"

于轩急忙拿起公文包，说着："爸，这就回来了，你等我回来做饭……"

“不用了，我已经做好了，你赶快回来吧。”

刚刚关上办公室，手机又响了，一看，是林妈的号码。林妈说：“小轩，我们可能今天晚上吃了晚饭才回来……”

于轩不解，问：“为什么？”

林妈说：“娆娆说……不，还是娆娆跟你说吧……”

很快娆娆接上了话，说：“于大哥，是这样的，今晚这里举办蜀戏专场，我想看了后再走……”

于轩不忍，便说：“那，我开车来接你们吧？”

“不了，这里正好有吉州来的许多车，我们跟他们说好了，演出结束后，我们跟他们一起回……”

于轩忍不住问：“那，剑光知道吗？”

“不知道，不想告诉他！”

“啊？”于轩心里好一阵心疼，但无法表露出来。

52

很快就要过年了。

北欧用了不长时间翻资料，自觉公务员考试没有问题。然后他又把中外一辆辆名车的各个方面都装进了心里，就等着刘妍给他带来好消息。但事情似乎没有进展，于是，他像被囚在笼里的困兽，总是十分烦躁地在客厅里走来走去。刘妍好像也不太顺利，出去两天也没有回来。其间给他来过电话，说她为了他，现在正在外面四处奔波，希望他在家里耐心等待。他只好努力地控制自己，一天三顿吃“康师傅”泡面，然后焦急地等待消息。

他曾想象过刘妍在外面如何为他奔波，如何看人白眼，如何被人拒绝，却从来没有往负面情况上想……

“唉，早知这样艰难，我就不该来省城……”

今天他实在忍不住了，想出去走走。忽然，他想起离开吉州城已经好久，到现在还没给娆娆电话。该给她电话了，免得她牵挂。于是他把专为娆娆买的电话卡换到手机里——这部手机还是于轩给他买的，这只手机只为娆娆一个人用！

刚刚将手机放到耳边，电话还没通，只见刘妍风风火火进了门，很不客气地质问：“你在干什么？给你电话也不接……”

北欧解释说：“我正想给娆娆打电话——”

刘妍突然冷下脸来，像训孩子般地训开了：“娆娆，娆娆，你就知道娆娆！几天不见，就想得慌了？我在外面为你跑得要死要活，你倒好，却在家里打电话找女人……”

北欧一听不是味，十分气愤地关了机，将手机用力扔在沙发上，瞪着她吼道：“你放什么屁？娆娆是我妹妹！”

见北欧发怒，刘妍心虚了，连忙换张笑脸，放缓语速：“好啦！我不管她是不是你妹妹，现在你马上跟我下去，跟人家见面，能不能做小车生意，就看人家今天的感觉……”说完上楼进屋，一会儿下来，换了一件质地高档的高腰黑呢双排扣斜领大衣，系一条红色丝带，下穿一条紧身黑短马裤，脚蹬一双紫红色高跟统靴，别有一番风姿。

她见北欧双手抄在皮夹克口袋里一动不动，压下心中的不满：“欧啊，你不换件衣服吗？”

北欧不再理论刘妍的不是，拍拍皮夹克，说：“就这了，我特别喜欢，穿上也暖和。”这件皮夹克还是娆娆给他买的，他特别珍惜，每当深秋开始，他就穿上它。只有他才知道，穿上这件皮夹克，就像娆娆在他身边一样。刘妍左看右看，觉得挑不出什么，便点点头，相继出了门。

电梯很快把他们送下楼，刚出电梯门，一个看样子不到四十岁的男人正在电梯门前焦急地走来走去。看见刘妍，他马上就叫：“快点，关长等急了！”说罢，拉着刘妍一路小跑朝小区外奔去，刘妍的鞋跟太高，几次差点崴到脚。她一边跑，一边转身叫北欧快点，似乎不快点就错过了一餐绝好的盛宴。北欧在后面紧跟着，但没有半点慌张。

赶到红色奥迪跟前，那个男人丢下刘妍，径直朝前面一辆黑色皇冠走去。刘妍坐进奥迪，见北欧正在犹豫，她把这边的窗玻璃摇下去，探过身体大声叫北欧上车。北欧有点不明就里，只好坐到前面，问：“你们这是演的哪一出啊？”

刘妍朝前努努嘴，北欧马上看见前面那辆黑色皇冠，与刘妍的车挨得很近，好像为刘妍的车开路，不紧不慢的。北欧小声问：“刚才那个人是谁？”

“跑腿的！”刘妍转着方向盘，两眼看着前方，看似面无表情，却闪出一抹不屑。

北欧顾不上在意，又问：“今天见的是谁呀？我好有个准备。”

这回刘妍瞟他一眼，玩笑说：“真是个土老帽！”

北欧本来不悦，不听则罢，一听就火：“你是洋老帽，我不去了，你自己去吧。下车！”说罢马上做出下车状。

刘妍以为北欧在拿捏她，又担心他真使性子，马上服软道：“我的老祖宗，真拿你没办法。好了，是游关长，他说要亲自和你见见面。”

北欧松了口气，不以为然地说：“哦，游关长？怎么这么个名？他是谁？见个面还搞得这么神秘紧张？”

刘妍忍不住“扑哧”一声笑起来，说：“你以为这是一般的见面呀，游关长是谁你知道吗？是海关的头头游家同！这几天我忙的是什么？你呀，真不知道说你什么好。只知道你那娆娆……”说到这里，刘妍伸一下舌头，赶快住口。

“哦，是海关的关长，姓游，叫家同……”北欧当然不知道其实他见过游关长，就是那天进省府大院小巷时，刘妍下车去和人家聊了半天的黑色皇冠男人，只是他没有看清楚。他自然不知道游关长曾是刘妍的第一个男人，更不知道这两天刘妍就和游家同吃住在一起，但是他却知道海关是干什么的。今天这个关长见他难道是为了小车生意？他迅速猜测着见面的过程，猜测着见面时人家可能会有什么样的问话，自己应该怎样回答，想着想着，不由得兴奋起来。

黑色皇冠停下来，刘妍也将车停下。北欧往外一看，旁边是一幢大厦。刘妍落下车窗，向外招手，喊一声：“游关长，哈啰……”叫罢，她马上下了车急奔向皇冠。

即时，对方车门开了，里面伸出一个油亮亮的头来，三十多岁的样子，笑容可掬地朝这边招招手，同时下了车，向刘妍走来，轻轻抓住刘妍的手，神秘而小声说：“妍妍，刚才你走得那么急干什么？你把我想得都快发疯了。”

幸好声音不大，只有刘妍才能听到。刘妍急忙回头看一眼北欧，顺手关好车门，趁势握住游家同的手，用力捏了一下，大声说：“游关长，今天可要麻烦你了……”那笑容没有半点轻佻，完全像一对老熟人许久才见般的热情。

见北欧过来，刘妍给游家同作了介绍，说：“游关长，这就是我的男朋友北欧先生，从吉州市来，希望你多多关照！”

游家同握着北欧的手，眯着小眼上下打量，好久好久，然后点点头，用大人物的语气说：“小伙子，你的名字真特别。妍妍，耳听为虚，眼见为实，真是一个帅哥。以后互相关照，互相关照！”

妍妍？好亲切的称呼！北欧第一次见权力部门的大人物，听游家同这样热情和他说话，有些受宠若惊，急忙说：“哪里，哪里，能和游关长这样的人物交往，是北欧我一生的荣幸！”

游家同却开玩笑说：“哪里，今后你交往的圈子宽了，说不定就不屑于同我这样的人交往了。哈哈哈！”

北欧一时说不出话来，只好悄悄打量游家同，心里叹道：这个关长好年轻，只比我大几岁吧，怎么像对小孩一样地跟我说话？

随即，游家同一声命令："上车！妍妍，你坐我的车吧，当然也不让你的车闲着，"然后叫过刚才那跑腿的，"友才，我开这辆车，你去开刘小姐的车，带着北欧先生到处逛逛，一个小时后，我们在龙虎山庄会合！我和刘小姐先去接两个重要客人，这两个人对于北欧先生十分重要！"说罢钻进车，又突然出来，脸朝北欧笑笑，说："小北，对不起，我先借你的妍妍用用！"说罢挤了两眼，叫刘妍上车，又钻进车里。

刘妍打开车门，对愣在那里的北欧招招手说："北欧，一会儿见！"

北欧只好进了车，但心里又涌起一股莫名其妙的翻腾：妍妍，好亲切的称呼！

刘妍坐在游家同身边，有些愠怒地说："你呀，永远不知道满足，刚才你做得有些过分！"

游家同一边发动引擎，一边说："难道你跟我就不行吗？为什么一定要找这么个土老帽？"

刘妍反击说："那你呢？既然爱我，为什么又要和别的女人结婚，同时还找那么些女人？"

游家同涎皮吊脸嬉笑说："谁叫你当年太不宽容，男人嘛，遇到女人的诱惑就是动物！精力过旺只有女人才能解决。我比起那些古代帝王好多啦，至少对你是不能忘情的。再说，你跟我，得到的好处还少吗？"

刘妍轻佻地瞟游家同一眼，似娇似柔地说："你呀，看来我一辈子都躲不掉你了！不过，我现在只求你一次，北欧的事情你得办好……否则我死都不答应！"

"遵令，亲爱的，没有问题。只是我担心他不是善茬，怕他发现我们俩的事后翻脸，赔了夫人又折兵。所以，你也不能对他太抱希望！另外，做汽车生意，那可是掉脑袋的事哟！”说完最后一句话，游家同脸上表现出少有的严肃。

刘妍不太相信，揶揄眼前这个手眼通天，又食色好性的男人说：“瞧你说得像搞毒品似的！”

游家同认真地说：“那也差不多，搞不好完蛋的不仅是他，可能还会牵涉上上下下大大小小许多人！”

刘妍相信了，正色道：“是吗？那得叫他今后小心点。”

游家同嗤笑一声：“哼，还不知道人家看不看得上呢。”

刘妍赶快转移话题：“对了，家同，你快转正了吧？我舅舅说他听你父亲说的。”

游家同故作惊讶地说：“是吗？我怎么没听我父亲说起？看来我这个儿子还不如他的部下呀！”

刘妍见他发酸，便挖苦说：“行了，谁不知道你呀，什么都是老谋深算，哪像我们这种人，诚心待人，却常落个不是。以后当一把手了，你可不能落下我们！”

“好啦，好啦，我的小宝贝，向你请罪行吧？今天一切开销都是我的好了吧？”说完侧过脸又开始他的嬉皮笑脸，“来，亲我一下……”

刘妍心头一热，伸手在他脸上拧了一把，娇嗔地说：“当然是你的啦？谁叫你的老子是副省长呢？”

游家同没把刘妍当成外人，在她面前什么都说：“妍妍，你知道吗？那个杨廷玉已去吉州了，为了当个市长，没少跑关系，把我老爸烦得不行。”

刘妍有些愤愤不平，说：“哼！爬得真快！不知道给了多少人好处！”

“这不，才去没几天，就派人给我老爸送来一大包东西，要我老爸给他们市想想办法，能不能给他们市拨一笔‘黑猪养殖基地’扶助款，我老爸觉得黑猪养殖确实是他们市农村的发展重点项目，于是就点了头，一再对他们说，一定要专款专用，绝对不能以养黑猪为名义，随意挪用。”

“哦，好啊，到时让你老爸也帮我一把……”

“帮你？你想做什么？”

“我啊，想去偏远地方锻炼锻炼，以后再回来……”

“嘿嘿，你想去镀金，以后也像杨廷玉？”

“那是……”刘妍没有多说什么，看来只是说说而已。

“妍妍，看来你对那个杨廷玉很了解嘛，你们……”

“别乱说……”

随后刘妍告诉了杨廷玉的发迹和上升之路。别人可能不知道，可刘妍熟悉得不能再熟悉了。

当年，杨廷玉还在中学当数学老师的时候，趁放暑假带着妻子去省城玩。可能是因经济条件不好，去省城后，也只好住在条件不算好的小巷子客店里。但是小客店很多方面就不如大宾馆那样什么都很齐备，于是遭到妻子的不停埋怨，说他活得窝囊，外出旅游住的地方还不如吉州乡下的条件好。杨廷玉本来一直以为自己怀才不遇，妻子的话让他自尊心受到伤害，于是想在妻子面前充一回老大，拉着妻子就走。妻子问他做什么，他说去住大宾馆。妻子要他退了住宿费再走，他却说，既然出来旅游，就算小费潇洒一回，去府城河大酒店住几天，也品品有钱人的滋味。

那天天气很热，府城河上有好多人在划小船悠哉悠哉，他和妻子正好一边走一边看一边说着羡慕的话，忽然，近前一个人掉进河里，随着有人直喊“救命”。杨廷玉本不想管这事，可听见有人在叫：“袁主任……袁主任落水了……”

水性好的他二话不说就跳下水，很快把人救上来。

原来掉下河的不是别人，竟然是曾经的南蜀地委副书记、省经贸办副主任、刘妍的舅舅袁罡正。这天袁罡正和他老婆也到府城河边玩，可能注意力过于集中，把目光全放到河中的小船上，不小心滑下堤坎，落进水里了。还好，河边水浅，袁罡正并无大碍。上来后，杨廷玉见他浑身是水，干脆好事做到底，马上打开行李箱，找出干净的毛巾衣裤，送他去公厕换了，再把他送回家……

自然，袁罡正很是感谢杨廷玉舍身相救，听说杨廷玉夫妻刚从吉州到省城旅游，要去府城河大酒店订房间，马上热情邀请他们夫妻住在自家，也好了解了解下面的情况。杨廷玉好不高兴，也不和妻子商量，便先提了个条件，如果同意他们全部承担住宿期间的购物花销和做饭家务活计，他们就住下来，否则，他们受之不恭。袁罡正见杨廷玉如此活络，不由对他多了几分喜欢，便点头答应。

当晚，妻子向他表达不满，他却说妻子眼光太近，然后在被窝里给她细说其中道理，妻子不再作声。整整三十天，杨廷玉夫妻像儿子媳妇又像下人一样把袁罡正两口子伺候得安安逸逸，直到刘妍进得城来看舅舅，见证了这一切。从此，杨廷玉便成为袁罡正的贴心豆瓣，两人间无所不说。袁罡正得知杨廷玉不想教书，便慨然许诺几个月之内，趁吉州撤县建市之际，把他调进有关单位。

果然，回到吉州不到一年，他就调进了市审计局，不到两年，他就成了吉州市审计局的副局长，又过几年，他又调进省里……

游家同虽然不知道这些根根连着根根的事，但他觉得杨廷玉能耐挺大的。想想也是，以从政经历看，他不如许多人，从背景看，他更谈不上，可是他却能像坐火箭一样从地上直接冲到空中，又能像飞船那样平稳落地。他断定，这种人，要么成为官场精英，要么成为耍弄权术中的人渣！只是，他从来没想过自己到底是精英还是人渣！

他伸手捏了捏刘妍的手说："对，你舅是管农村这一片的，看来，你舅舅这件事情还是做对了。"

刘妍娇嗔地抽出手打他一下，说："那你的意思是说我舅舅还有做错的事情？"

"算了，我不说，你不说，别人就没有人说吗？光是上次，杨廷玉给你舅舅那包东西是什么？你能说给我听吗？所以，你舅舅还是小心点为好，我怕他们拿着你舅舅批的款子，不用到正道上。"

刘妍警告他："你可别胡说！否则我以后什么话都不给你说了。"

"好，好，好，我俩是谁跟谁呀！你不对我说烂在心里不发霉呀？"

53

北欧的车慢慢向前走着，路两边除了高楼大厦好像就没有什么值得看的了，北欧显得很无聊。忽然他问叫友才的司机："师傅，你是省城的人吗？"

"不是，我的家在北面六百公里外。"

"你来省城多少年了？"

"已经十来年了，最近才跟游关长跑腿的。你过去没来过省城吗？"

北欧猛地惊醒，有些底气不足："来过，只是没有像现在这样专门出来逛逛。"

车慢慢走着，街景慢慢向后退去，但北欧并不知道哪是哪，只觉得人多，很热闹。终于走到一条更热闹的街道，听了司机介绍，他才知道这是省城最繁华的街，人称省城一条街，其实名叫春来路，它商业繁华、人群熙来攘往，一派盛世景象，四通八达，每天的人流量达几十万。

北欧知道，省城气候宜人，历史深远，物产富饶，是个宁静、悠闲、充满情趣的旅游胜地，是我国历史文化名城之一，深得古代文人骚客喜爱，进而无限深情地讴歌过这座风姿独具的城市。的确，这是一座既宁静又繁荣，既有深厚的文化积淀，又有优美自然环境的城市——能在这样的地方成就事业，正是北欧求之不得的。想罢，他不由得感激刘妍，回味他和刘妍共同生活这段时间的点点滴滴。

他却根本不知道，今天刘妍通过游家同给他拉来的，竟然是活跃在两广和秦蜀的走私头子战勇和他的助理尹媚。当然，刘妍只知道战勇是秦地最人的贸易公司总裁。至于尹媚，则是他的助理，抑或是情妇。这有什么？自己如今不也是那样的女人吗？只要北欧以后不敢这样就行了，否则她会撕他来吃了！不过，知道战勇、尹媚是两广秦蜀的最大走私头子一事，已经是她蹲在只看见四角天空的高高围墙内的时候了。

终于，车停下来了，一大片开阔地过去，便有一座建筑，大概这就是所说的“龙虎山庄”吧。人不多，但看得出，他们都是有钱男女。北欧下来，却不知刘妍他们在哪里，看看周围，甚觉无聊烦躁，只好上车耐心地等待。过了十几分钟，刘妍和游家同从“龙虎山庄”里出来，大概以为北欧还没来，两个人从石阶上下来，一路打闹着。北欧远远看见脸红了，把脸侧到一边。游家同小声问：“妍妍，怎样？我比北欧谁厉害？”

刘妍的脸更红了，骂道：“真是不要脸的东西，得了便宜还要卖乖。”

游家同不生气，还将头凑过来：“不，我是老实人，我是问你们那样没有？”

刘妍的脸红得像块红布，没有一时半会儿绝对褪不下去：“有你还不够？”

游家同突然问刘妍：“妍妍，你真想去下面锻炼？要不要我跟我父亲说说？”

“游副省长？不……我是开玩笑的……”刘妍吃了一惊，她万万没想到游家同这时会提说这件事，她连忙摇摇头，“算了算了，我以后还是跟北欧好好过日子吧，只要他有本事，我也就满足了。”

游家同皱皱眉头，想想说：“没有我你真能满足？我看呀，到时说不定你又后悔了……”

“我不会后悔……”

“其实我跟我爸都很欣赏你，说你能干，有魄力……”

刘妍更慌了，问：“欣赏我？我有什么值得你父子俩欣赏的？”

游家同只好笑笑说：“那还不是因为我欣赏你，他也就欣赏你了。再说，我要他办的事他敢不办？”

“干脆你去当副省长吧……”刘妍这才放下心来，暗想：哼，都不是什么好东西！

游儒贤为老不尊，趁着舅舅要靠着他往上爬的时候，他竟然不顾她是儿子情人的份上，强力要挟她与他同床共枕。她不答应，老东西就威胁：你不怕你舅舅爬不上去吗？没我在，他连现在的官位都保不住！——哭过以后，她只好答应，给了他老牛吃嫩草的机会。不久，舅舅真的升了官，换了地方，她便向游儒贤提出从此断交，不再来往。而游儒贤却说要走可以，但得等他有了“下家”后她才能走。可是，她就怕游家同发现。果然有一次老家伙正要和她做事，恰好游家同回来了，幸好她躲进柜子里，要不事情就败露了。这一回，她吓得赶快跑了。去初恋男友那里，人家已经成了家。她知道自己身上到底发生了多少难以启齿的事，不想再回省城，只好跑去吉州。在吉州时，她突发奇想，居然希望在吉州寻得真爱，求到终身依靠，于是动开了脑筋。

去找杨廷玉说明来意，杨廷玉果然给她找了个既能工作又能吃饭的落脚地方——于轩的公司。去后她看出于轩的公司很不错，又得知于轩还是单身，十分高兴。她看上了于轩，但于轩不理她。她又把目标锁定在吴剑光身上，可吴剑光不是善茬，对她从来没有好气。最后她降低了条件，便寻找机会接触北欧，没想到北欧果然跟他们不一样。一阵抵触之后，终于因为她的家庭背景和社会关系和她接近了，而且很相信她的话，大有开创一片新天地的欲望。正好，她见辛娆娆每天有事没事总找北欧，心下警惕性很高，生怕娆娆把她比下去，最后丢了北欧。于是，她向北欧拍着胸脯大包大揽，鼓动他以后离开吉州去省城发展，以后的事没她刘妍做不到的。然后，她努力撺掇北欧，两人终于敲定，刘妍先回省城游说舅舅，待舅舅答应后，北欧便立即去省城。

就在这时，游家同给她来电话了，说他不会丢下她不管的，希望她马上回省城，同时知道了游儒贤已经有了“下家”，在一阵讨价还价之后，刘妍答应马上离开吉州。走前，刘妍与北欧达成了基本共识，这才放心地走了。当然，回到省城后，刘妍为北欧的将来真是煞费苦心，只不过，她还是钻进了游家同编织的粉色之乡，再度成为游家同除妻子外的另外一个女人。可人家的父亲是副省长，是自己舅舅的顶头上司，她又有什么办法呢？

前面她说想去下面锻炼的话本是开玩笑，只是信口说说而已，没想到游家同还真当回事了！然而，就目前来说，她最需要的是把北欧安排好，赶快挣大钱结婚，以后舒舒服服地过日子。

唉，走一路看一路吧，谁知道以后的事情呢？

北欧转过脸，却不见了刘妍，只有游家同一个人走过来。见到北欧，游家同让友才搭车回去办点事，然后邀北欧到龙虎山庄里去坐坐。北欧本不想去，但见游家同用命令的目光看着自己，只好跟着他进了山庄。

“现在时间还早，他们还要一个小时才到，我们先泡脚休息着等他们。对了，北欧，我告诉你，等会儿他们来了，你要自然，要放开，千万别像陈焕生刚从乡下进城来的样子。见面后，如果他们说有急事要立马赶回去，你的事就没希望，如果他们提出要吃饭，那你的事希望就大了！”

北欧感激地笑笑，没作任何表示。这时游家同眼里闪出一丝不易被人察觉的光，说："因为你是妍妍的男朋友，我才帮你这次忙，以后，你可不能以怨报德哟。"

北欧听明白了，他是在暗示自己什么。他马上说："游关长，你放心，我是个知恩图报的男人，无论发生什么不愉快，我也绝不会翻脸无情。"

游家同点点头，说："有你这句话，我相信你了！"

刘妍正好走过来，见两个人正说着什么，她随口问道："你们在说什么呀……"

"聊聊。"北欧掩饰说。

游家同马上摆手说道："好了，现在我们进去泡脚等他们。"

游家同对刘妍没经过他同意，就把北欧弄到省城，而且明确说是她的男朋友一事很不高兴。他以为，刘妍应当永远是他的，除了他，没有第二个男人可以睡她。可是刘妍就是刘妍，偏偏不听。他很想马上翻脸，但想到前前后后刘妍一直跟着他混，知道他的事情太多，更加上她确实比自己的老婆会来事，她是他这种男人根本少不得的女人，所以见北欧来了，只好忍耐。刚才他问刘妍真是出自内心，既然她不能属于他一个人，那么，还是走得越远才越好。没想到她还真想嫁个男人好好过日子啦！说得容易！绝不能让她心想事成！

北欧和游家同躺在两边，刘妍躺在中间，三个木盆，一屋香气。三个漂亮姑娘使尽全身力气将客人的脚这里捏捏，那里揉揉，真是服务到家了。北欧感到一种前所未有的舒服，他完全放松了身体每个部位的神经。游家同躺在床上，眼睛时不时看一眼刘妍，同时和脚下的姑娘说上几句荤素不分的话，惹得刘妍直笑。忽然，北欧见游家同坐起来，伸手摸一把脚下姑娘的胸。刘妍看见了，尖叫起来，就像母猫发情似的，听得北欧心里一阵阵发冷。游家同马上倒到床上，斜着眼看着刘妍，脸上微露不悦。北欧从没享受过这种待遇，也没见过这种情境，他嘴上不说，心里直为几个姑娘惋惜：怎么就像风尘中的女子？

北欧没有注意，他脚下的姑娘放下他的脚，来给他按摩了。她抬起他的胳膊，从腕到肩膀，一点点地捏，大概是累了，她将北欧的胳膊贴到自己的胸前，北欧突然感到一种弹性在诱惑自己，他生怕刘妍看见。他从姑娘臂缝中看过去，姑娘正紧贴在游家同身上不断地揉捏，而刘妍的一只手正在游家同手里。

北欧赶快闭上眼睛，他实在不愿意看到这样丑陋的场景……

时间只有不到一个小时，但他像看到太多太多的丑陋！难道这就是刘妍的生活环境？这就是人们梦寐以求的生活？他不想再待在这里，但是自己已经走到这个地步，再回过头可能已是万难。“好马不吃回头草”，既然已经这样，那就得走下去，至于刘妍要做什么就做什么，似乎她做什么都与他没有什么关系。

电话响了，游家同对刘妍说：“来了。”

刘妍好奇地问：“他们不进来吗？”

“不，他们都是些神出鬼没的人，办事情从来只讲游戏规则，不讲地方。”

几个人刚走到山庄的右侧，一辆灰色轿车“嘎”一声停在面前。北欧一眼认出那是保时捷。游家同招了一下手，车里马上钻出来一男一女，都戴着墨镜，男的西装革履，身体臃肿，头上发丝油光水滑，女的衣饰精致，身材苗条傲人，特别那条红色的丝巾在风中飘逸。

两人走过来，取下墨镜，北欧才看清那男的足有五十岁，女的可能不到三十岁。男的很黑，脸上疙疙瘩瘩，就像刚出土的地雷，女的白净，脸蛋红润漂亮。两人不说话，只向游家同招招手，顺着游家同的指引，两人迅速将目光从刘妍扫向北欧。北欧接受着目视。从他们的派头上，可以看出他们绝不是一般的人物，不是大老板就是总代理——唉，有钱人就是大不同！北欧心里佩服得不得了！

在游家同的介绍下，刘妍和北欧认识了秦地贸易公司总裁战勇以及助理尹媚。刘妍悄悄伸了下舌头，暗说："天呀，这么年轻就当……"

北欧急忙向战勇伸过手去，嘴里说道："幸会，幸会……"

然而战勇矜持地点点头，只微微抬了抬右手，丝毫没有握手的意思。北欧的手悬着，显得十分尴尬。刘妍见状，马上主动上前拉着尹媚的手直摇，好像遇见一个多年不见的好姐妹，而且嘴里不停地说："我听游关长说你有多漂亮，有多能干，把我羡慕得巴不得马上见到你，这下果然见着了，才知道游关长说得远远不够，这下我真是佩服得五体投地……战总裁，您有了尹助，无疑是虎背添翼，天马行空了……北欧，从今后，你跟着战总有得学头了！"说完，她马上热情地拉着战勇的手，"战总，我们绝不会忘记您的提携……"

北欧马上回应："是啊，是啊……"

战勇任刘妍握着他的手不放，眼睛却看着游家同，实际在对北欧说："是的，年轻人还是很精神的，但不知道你对我们这一行是不是吃得进。——以前你都干过些什么呀？"

北欧马上将就读过的大学，以及在吉州城的工作经历一一道来，前后不过六七分钟，却非常清楚地勾画出他短暂的人生经历。战勇点点头，说："还不错。钱谁不喜欢？但要有敢冒风险的意识，否则一事无成！"

北欧听战勇说"敢冒风险"，以为他说的是决策果断，行动迅速……于是信心满满地说："战总，您放心，我到底如何，您会看到的，我不会令您失望的！"

刘妍十分赞赏北欧刚才的表现，她将游家同拉到一边，在他耳边小声说："怎么样？他值得我爱吧？"

可游家同却不这么看，他也小声地说："到底行不行不能光看床上功夫！出水两腿泥，你还比较不出来吗？"

刘妍的脸微红，马上走到北欧身旁，对战勇嫣然一笑，说："战总，您放心好了……"

那尹媚始终没有说话，但两只眼睛却一眨不眨地盯着北欧，仔细观察北欧的一举一动，似乎要把他里里外外看个清楚。见战勇征询的目光看着她，她马上点点头，不说一句话。

战勇不再说什么，也把游家同叫到一边嘀嘀咕咕，一会儿点头，一会儿摇头。五六分钟后，才一起走到北欧面前，由游家同对北欧说：“北欧，就这样，先跟着战总见个面，看看情况再定下来，这样，对大家都好。妍妍，行不行？”

刘妍和北欧没想到只是这样一个结果，但也只好无可奈何地点点头，同时说：“谢谢！谢谢！”

然后刘妍说：“战总，今天请您赏光，在‘龙虎山庄’吃一顿便饭吧。”

没待战勇发话，那个尹媚倒先开口了：“好啊，谢谢，我们也好享受一下蜀地的美景风光了。吃完饭我们跟你们学蜀地麻将好吗？”

战勇愣了，无可奈何地看游家同一眼。游家同只好点头，吆喝大家跟着上去。

54

“龙虎山庄”是个高消费的场所，生意非常好，几乎每天都有桌席，老百姓是从来不到这里来的。所以现在在这里消费的人很少，今天就只有游家同以刘妍的名义在这里宴请战勇和尹媚。可是，今天就因为搓麻将的事，一顿饭竟然搞得差点不欢而散。

原因很简单，就是北欧从来没有搓过麻将，刘妍想让他露露脸，在客人面前表现得好些，可是北欧却以不会搓麻将为由，屡次拒绝上桌，而且还说了句不该说的话：“吃饭就吃饭，还搓什么麻将？有搓麻将的工夫，不如大家坐下来好好聊聊，我以后到底应当做些什么……”

他说了倒不打紧，可惹恼了游家同。他问刘妍：“妍妍，今天的事到底是你拿主意还是他拿主意？要想在这个圈子里混，就得明白游戏规则……”

刘妍何尝不明白？

她虽然知道北欧心里急，巴不得很快钉是钉，铆是铆，三下五去二谈完事情心里有底，可他哪里知道生意场上的游戏规则？你是下家，就得接受上家的安排，求人家就得拿出诚心，人家要做什么就得顺着人家的心意做什么，何况搓麻将正是现今最好的交流方式，而且这种“麻将外交”并不是所有人都有幸得到的，有人还巴不得有这样的机会笼络人家呢！你再急也不能这样用言语冒犯，何况人家尹媚已经迫不及待坐到桌前，直叫大家快上呢。

她马上给北欧示意摇头，说：“欧啊，今天就是陪战总和尹助玩玩，工作上的事到时会给你说的，现在急什么？”

偏偏北欧不买账，还说：“我不急，我怎么不急？我都来了多少天了？到现在一点准信都没有！”

游家同更不乐意了，质问道：“说什么呢？你是个男人，让女人整天为你东奔西跑，到处求人，你还委屈了？今天这个麻将你不会搓也得搓，要不是因为妍妍，你有资格到这里来吗？”

北欧本来对游家同一口一个“妍妍”深感不满，现在他居然用这种教训口气同自己说话，心里很不舒服。刘妍见他这样固执，忍不住叫了声：“北欧……”

还好，听到刘妍的叫声，他终于压住了火气，便口气生硬地对刘妍说：“刘妍，你上吧，你把客人照顾好，我去外面走走……”

刘妍略有苦涩地朝战勇、尹媚笑笑，说：“战总，尹助，他很耿直，你们别多心，我来陪你们，一会儿，我好好说他……一定……”

游家同没有说话，战勇面色很是冷淡。他迟疑片刻，小声说：“小伙子脾气够大，以后怎么与人共事？”

刘妍直说好话：“战总，别多心，他没见过世面……”

幸好尹媚打着圆场说：“哎呀，就那么一两句话，值得小题大做吗？战总，以后你好好调教不就行了？”

见尹媚没有生气，游家同和刘妍放心了，那战勇还是不动。刘妍估计他后面还有事，不想搓麻将，但他一定不敢得罪尹媚。果然，战勇只好过来坐到桌前，三对一，开始和刘妍进行“麻将外交”。

也许是刚才不愉快的影响，或是尹媚的手气太臭，无论刘妍怎样想方设法地给她点炮，可不是战勇和，就是游家同和，最后，却只能和刘妍一人，而且只能和一翻。搓了没有几圈，尹媚将麻将一推，说：“不好玩，不玩了，吃饭！”

自然大家的心情都不太好，一听尹媚说如此，便顺水推舟，洗了手，准备吃饭。可是，却不见北欧的影子。刘妍心里很是埋怨北欧，为了尽快让他进入“商业圈子”，她竭尽全力东奔西走，左右周旋，因为，无论怎样说，现在北欧才是她真正想托付的男人，无论今后她想做什么，或到什么地方去，她都得先把北欧的事办好，再说。一个女人，不为自己喜欢的男人奔走一切就不能算个好女人，何况她这个女人无论从哪个方面来说，都有愧于北欧呢？

可是，北欧懂得她的心吗？

还好，桌上刚刚摆好，北欧从外面进来，向大家点点头，好像刚才并未有不愉快的事情发生。

偌大的大圆桌摆满了各种蜀地菜式，大家端起酒杯站起来，却也没了喝酒的兴趣。这回北欧倒是顺从，可是，除了刘妍，别人都没有再正眼看他……

刘妍热情招呼战勇和尹媚：“战总，尹助理，今天承蒙赏光，聊备几杯薄酒，请二位赏光……”

尹媚矜持地笑笑，嘴唇蜻蜓点水似的沾了点酒沫，马上坐下，不动筷子不动菜。刘妍讨好般饮下这杯酒，随即又倒一杯笑盈盈朝向战勇，殷勤地说：“战总，小女子敬您一杯酒，望战总海涵……”

“小刘，不过我丑话说在先，像今天这样为人处世，以后出事的概率是很大的！”

“他改，他改……”

北欧急忙站起来，有些手忙脚乱地端起酒杯，诚恳地说：“战总，尹助，北欧从未见过这种场面，也从未到过这种地方，坏了大家的雅兴，这里向二位道歉，并自罚三杯！”说完脖子一仰，唱下后迅速接连倒了两杯，一一喝下。

战勇、尹媚对视一眼，同时面对游家同。刘妍发现，游家同微微点了点头，什么也没说。

战勇向尹媚耳语片刻，马上站起来，对游家同说：“老游，我们还有急事要办，现在就先走了……”说完后又向刘妍、北欧点点头，便离开了座位。

紧接着，游家同黑着脸，什么也没说，快步向山庄外走去。

一顿昂贵的饭局就这样草草收场了。

一路上，刘妍冷着脸一句话没有。北欧知道自己有错，只好装作什么都没看见，老老实实受刘妍白眼。回到家，刘妍用力扔下车钥匙，发疯般向北欧吼叫：“北欧，我说你到底是怎么回事？明明一件寻常人都难以碰到的事，到你的手里就变成了垃圾，一句非常好听的话到你嘴里就成了喷粪！”

北欧惊了，他使劲看着一眼刘妍，说：“你好好说话不行吗？你现在不是喷粪吗？我知道自己今天错了，但已经这样了，我以后改还不行吗？至于这样？”

刘妍的气可没发完，她指着北欧说：“北欧，还有以后吗？看你那德行，真是没见过世面的土老帽，你别瞪眼，说你土老帽你别不高兴，其实你是打烂壶嘴的大茶肚，没有好嘴，只装一肚子的不满牢骚！”

“好好好……你看不上了，你有姓游的了，嫌我在这给你丢人现眼了，我走！”说完就要上楼。

刘妍没想着北欧会来这一出，问：“你走？到哪去？回吉州？”

北欧气哼哼地回答：“除了省城和吉州，我一个大男人就没有饭吃？笑话！”

刘妍慌了，连忙上前拉着北欧的衣边，流泪了，可怜地说：“欧啊，别怪我，我这也是急的，要知道，我把你当成以后的靠山，真希望你马上能在省城创下新天地，但要这样就得求别人，就得看人家的眼色，就得按人家的意志办事。如果你真不合适跟他们做，那就只好听我舅舅的，老老实实去考公务员……”

北欧“唉”一声，转过身来，说：“刘妍，我知道，但是今天我真的急了，我巴望马上落实下一步的行动……”

刘妍靠近北欧，抱着他的腰，温柔地说：“亲爱的，我何尝不知道？可这也不是能急来的事，要学会慢工出细活……”

北欧拍拍刘妍问：“今天这事还有救吗？”

刘妍抬起头看着北欧，说：“亲爱的，我们还是做两手准备吧？”

“哪两手准备？”

“一是按我舅舅的想法先考公务员，有他老人家替你想办法，应当没有什么问题；二是我再去活动活动，看看有没有转机……”

北欧感动了，用力将刘妍抱起来，吻了她一口说：“妍妍，谢谢你，以后无论什么情况和场合，我都会三思而行的，你放心吧。”

“好啊……”刘妍第一次得到北欧如此的主动亲近，高兴极了，她趁势搂紧北欧，嘟起嘴唇往楼上点点。

北欧明白了，马上抱起她，三步并两步上了楼……

完事以后，两个人靠在床头上，再没说话，都在想着以后的事……

对“龙虎山庄”的事，北欧本来十分反感，但现在他不想反感了。因为他已经明白，这就是腐败，不过，今天这些腐败只是小菜一碟，真正的腐败肯定比这更严重。他已经知道，在吉州时的那种“清水”式的生活已经一去不复返了，在今后自己的人生中，只要想着挣大钱，这些事情一定不会少，甚至有过之而无不及。他提醒自己以后一定要保持清醒的头脑，做到“出淤泥而不染”，任何时候，都不能超过道德的底线。至于对刘妍，他现在不愿意再去想许多，只要自己以后进了官商大圈子，她愿怎么样就怎么样吧。

而刘妍呢，就想得更多了！

她已经得出基本判断，北欧的性格和处世方式与她简直太不一样，但是要想让北欧完全改掉这种待人接物的习惯，几乎是不可能的。她以后必须过一种正常的女人生活，必须有正常的家庭，那就是永远不离开北欧。既然已经决定一辈子和北欧生活在一起，她现在不能不另想办法，除了给自己一个安定的未来，也得给北欧的未来创建一个坚实的后方基地！她决定明天先回去求舅舅继续为北欧成功考取公务员做好前期工作，再求游家同为北欧进入战总公司打开大门，最后趁参加组织部于绍林副部长新婚大喜之时，悄悄溜去游儒贤那里提出去阿凉地区锻炼之事，至于在游家父子间还会发生什么事情，只能听天由命吧！

55

于胡源白天在公司忙来忙去，真没有时间想工作以外的事情，可是只要到了晚上，先前想做的事情便一一回到脑海里。于轩也是这样，他总想趁林妈不在家的时候找时间向父亲坦白他不是爸亲生儿子的事，可就是一直忙不停，两个人总不能同时到家，自然吃饭不在一起，就别说谈心了。

这天倒巧，父子俩一同到家，相帮着煮了两碗汤面吃了，收拾好一切，意外地没有立即上楼回房间或去书房，而是对坐在沙发上你看看我，我看看你，欲言又止，好像都有话向对方说。

也许已经察觉，于轩赶快给父亲冲了一杯牛奶递过去，而于胡源则下意识拍拍沙发，似乎想把上面的东西拍掉，然而沙发上除了靠背其他什么都没有。于轩看着父亲反常的举动，以为他又想林妈了，只是还不知道怎样开口。可是自己想对父亲说的，不仅是林妈，更是自己的身世。

终于，于胡源接过牛奶喝下，然后正襟危坐，两手搭在腿上，看看儿子，张开口又马上合上，到底忍不住，讪讪地问："小轩，这都好多天了，你林妈怎么还不回来呀？她不是要去省城吗？"

一改平时同父亲说话很随意的习惯，不仅注意说话时的语气语调，而且特别注意措词用语的分寸。这不，他小心翼翼地问："爸，您想林妈啦？"

于胡源多看了儿子两眼，发现儿子的狡黠目光，忍不住埋怨道："你呀，怎么这样说你爸呢？我什么时候不想你林妈了？现在是她不想我了。"

于轩心里早做好准备，不过还是小心地问："您到底要拖到什么时候？会不会有别的想法？"

于胡源泄气了，举起免战牌："好啦好啦，你们年轻人，哪知道我们这辈人的想法？等你林妈回来，我一定给她一个时间承诺，再不会无限地拖下去。"

听父亲这样一说，于轩更害怕冲撞父亲。可是，他担心吴剑光的父亲走后白珊花会再度跟父亲恢复关系，那样林妈怎么办？的确，在这件事上，他是为林妈想得多一点。他边想边说："爸，对不起，上次您同我说过，您想当面向我妈道歉，求得她的谅解，然后与林妈结婚。本来这无可非议，可是，如果您找到我妈后，她又是孤独一人，那时您将怎么取舍两个对你一生都十分重要的女人？我担心到时您还会伤害到林妈，那您岂不是永远活在内疚痛苦当中？"

于胡源坦白内心最真实的想法：“小轩，你说的没错，别怪你爸，我和你妈的事一句半句说不清，我不会对不起你林妈。但只有找到她，把一些事情说清楚，我才能给你林妈最安全的保证。还有，别总‘您’呀‘您’的，累不累呀？”

于轩如释重负点点头，说：“爸，但愿你以后能处理得很好……”

于胡源好吃惊：“怎么？你从来不想你妈？”

于轩没做正面回答，看着父亲急剧变化的表情，他摇摇头，抑制住内心狂澜，但终于没有控制住，心潮奔涌而出：“爸，有件事我早想告诉你，我并不是……”

于胡源突然用手挡住于轩即将说出来的话：“小轩，你什么都别说，我也什么都不想听……”

于轩睁大双眼，露出惊愕：“爸，你知道我要说什么？”

于胡源平静地点点头，说：“我早就知道了，因为有人写信告诉了我……虽然我不愿意相信，但我知道写信人说的是实话……”

父亲的回答于轩听得明白，但如果是别人，是很难从父亲的话里明白信中“实话”是什么。

于轩还是很惊讶，但同样模糊地问：“有人写信告诉你？是谁？什么‘实话’？”

于胡源眼睛看着地面：“我想，一定是她，当年把你送到我身边的那个女人！”

“她？那些‘实话’是关于我的吗？你知道我到底是谁吗？”

“我不想知道。”于胡源轻声回答后再不说话，思绪好像忽然飘到九天之外。

好久好久……于轩以为父亲一定在想北欧，便试探道：“爸，你怪我吗？”

于胡源皱起眉头，摇着头说：“怪你？我怪你什么？”

于轩有些崩溃，不由站起来大声说：“爸——你知道我到底在说什么呀？”

于胡源却十分温和地笑了，满脸都是慈祥。他说：“小轩，我不想知道你要说什么，但我要告诉你的是，爸有你，自豪！”

于轩连忙靠着父亲坐下来，问：“爸，你想不想他回来？”

于胡源不想把话说破，十分平静地说：“唉，恐怕难了……唉，都怪我……小轩，不说这好吗？”

父子俩的这段谈话，完全是在一种模模糊糊中结束的，就好像两人对话之间隔了一层薄薄的轻纱，一个想撕，一个想捂。儿子想坦诚交代真相，父亲却不愿撕开历史的伤口；儿子想继续深入地谈他以后的去向，父亲却不希望他说以后准备离开。虽然他们都曾想把一些事情说得更明白，但更多的时候深厚的父子感情主宰一切！开玩笑，二十多年了，说断就能断？

于是，接下来，于胡源将话题转移了方向，问：“小轩，我们投资兴建的‘幸福怡乐广厦’春节后能入住吗？”

于轩兴奋地回答：“现在正进行大厦外面的绿化环境建设，可能还要一个月时间……我已经问过市政府，他们说正在甄别核对全市上报的孤寡老人。”

于胡源点点头，叮嘱道：“还不光是孤寡老人，还得有那些失去父母的孤儿，你得加快进度，还得做好预算，大概一年得用多少钱，除了政府需要拿多少钱，更主要的是我们公司得出多少钱。这可是我们于家给吉州一件大礼，将来我和你林妈老了，也一起到里面养老。”

于轩笑了，心情一放松，说话就幽默了：“爸，可别，你老人家还是给吉州的福利事业节省一点吧，何况，你以后可是儿孙满堂啊！”

于胡源大笑起来，调侃说：“你小子，别现在说得好听，到时你却让老爸睡到街边上去！”

于轩委屈地叫开了：“爸，你说什么呀？真有那种时候，睡到街边上的也应当是我呀。”

于胡源眼睛湿润了，看着儿子，眼前出现了他从第一天到现在的许多镜头，不禁联想到北欧这些年到底生活在一种什么样的环境，白珊花为什么不在他的身边！于胡源甩了一下头，想拼命把对北欧成长经历中的图景想象赶走。虽然他力止于轩提起身世真相，但于轩却准备自觉放弃公司位置，接受政府的人才招聘。

于轩抓住他的手，问："爸，那天杨市长说的话你没忘吧？这几天我想了很久……"

于胡源怎么会忘呢？但他却不愿意儿子去市政府，于是他再次佯装不解，问："是他女儿的事？那不过说说，你还当真了？"

于轩跺一下脚，说："爸，你又打岔，我是问你同不同意我接受市政府的人才招聘？"

于胡源明白儿子要做什么，马上封口，正色道："不行，你走后公司怎么办？"

于轩找出一个最正当的理由说："不是还有你吗？"

于胡源有些愠恼，说："我？我早都交给你了，再说，现在都是些新玩意儿，我能对付过来吗？不行，肯定不行！"

于轩低下头，努力争辩："可我，还是想去……"

于胡源拿出父亲的威严，瞪着大眼提高声音说："你想都别想！除非你不是我于胡源的亲生儿子！"

于轩惊了：爸，正因为我不是你的亲儿子，所以我才要离开呀！我走后，北欧才能回来呀！你总不能让北欧在外漂泊不定，应当让他认祖归宗，继承家业呀！

但于轩不能说得这么清楚明白，因为父亲本来什么都知道，他现在这样说，同样是他早就想好的。

于轩无语了，只好就杨廷玉女儿的事继续这场谈话。于轩郑重其事地说：

“爸，杨廷玉说他女儿的事，你帮我推了吧，别说她是官员的千金，就是一个百姓的女儿，两人从来不认识，根本没有可能。”

于胡源奇怪了，问：“小轩，你是留过学的，她也是个研究生，不是正好吗？”

于轩摇头，咬咬牙说：“爸，我不看重这个，我看重的是情感和人品，一个我并不了解的女子，我没有更多时间去了解她……何况我对杨廷玉并无多少好感。”

于胡源想想点头说：“你说的也有道理，我明白……”

于胡源忽然想起：“小轩，你是不是还在喜欢娆娆啊？可她不是要嫁给北欧吗？”

于轩有些沮丧地说：“这……我喜欢有什么用？她是北欧的亲妹妹，很快要和剑光结婚了。”

于胡源惊讶极了，不由提高声音问：“什么？她是北欧的亲妹妹？这是什么时候的事？我怎么没听你说过？”

于轩只好耐着性子给父亲简单陈述，但没提白珊花的名字，更没说与吴剑光有何关系。听他这一说，于胡源全明白了：他走后，白珊花一个人顶着伤风败俗的名声独自闯荡宜南城……这时，他更想马上找到白珊花了。

见父亲沉默，于轩知道父亲的心里还有许多解不开的疙瘩，他不想说得更多，也不能说得更多，还是让时间令他更从容些吧。

56

一夜说来无事，整栋别墅静悄悄的，可于家父子俩却在床上演绎着或许只有心灵网络中才有的穿越大战：从于胡源吉州师范学院毕业前去宜南某中学实习开始，到于胡源受调查，被处分，遭“流放”山区小学；从当年的“小叫花”到处流浪乞食，到后来白珊花捡拾“小叫花”，到取名为“于轩”，送到于胡源身边，叫陌生的于胡源一声“爸”；从白珊花丢下亲生儿子去宜南闯荡受难生下娆娆，到她成为吴剑光的继母；从于胡源一走了之到去深圳打拼立业，到毅然回吉州遇到林媛，从此一起奔波；从原本的“小叫花”一夜间成为老板的儿子，从此享有父爱，享有曾经想都不敢想的浓浓母爱，并考取国外留学；从对白珊花的强烈憎恨，到功成名就之后对她的深深歉意，渴望寻找；从娆娆原本为嫁北欧来到吉州，到两人竟然是一母所生的亲兄妹；从吴剑光深爱娆娆遭到北欧强烈反对，到于轩将爱娆娆的心压在“箱底”，到北欧竭力主张她嫁给于轩……

所有画面不管是真实的，还是虚拟的；不管是完整的，还零碎的；不管是父亲的，还是儿子的，都在父子俩的梦境中穿越。说是眼睛闭着，但没睡着，说是睡着，眼前却闪着各种各样的画面，而且，从昨晚到今早的六个多小时中，父子俩竟然把二十多年来发生的主线故事演绎个清清楚楚！

直到深夜，于胡源才迷迷糊糊地入睡，而于轩却意外的一点睡意都没有。他两眼紧盯着窗户，渴望见到林妈和辛娆娆。忽然，他想起林妈和娆娆今晚会回来的事竟然忘记给父亲说！

“浑蛋，这也会忘？”他骂完顺手狠狠敲一下额头，迅速起身下床奔过去掀开窗帘，打开窗户，伸出头望望灯光里梧桐树下的镶石大道。小区里静悄悄的，哪里有人？他在心里继续骂自己：唉，你怎么会忘了呢？就算自己不能去接她们，也应当给她们去个电话啊！真是什么事把你冲昏了头？

他马上进屋看看手机，已经凌晨二点。急速摁了几个数字，又马上摁灭屏幕：这样晚了，她们会不会住在竹海没有回来？如果那样，半夜三更去电话会不会惊扰她们的睡眠？他有些气馁，无奈地回到床上躺下，强迫自己紧闭双眼，好久好久，他终于有了睡意……

忽然，于轩似乎听见楼下有人走动和说话，他以为一定还在做梦，便想让梦延续。可是，楼下的走动、说话的声音仍在继续，他这才认定刚才听到的不是梦，而真的是林妈和辛娆娆回来了。他迅速掀被起床，趿着拖鞋就冲出房间门跑到楼栏边，并没有看见林妈和娆娆，就向下叫道："林妈，你回来了？娆娆呢？"

话音刚落，林媛立即现身，抬头仰视，急忙将右手食指放到嘴边"嘘"了一声说："小声点，别弄醒了你爸……你看她是谁？"

于轩赶快轻轻下了楼，恰好看见娆娆，顿时心情为之震动，不由叫道："娆娆，真是你吗？欢迎你……"

娆娆从来没见过于轩这种精神状态，略感意外，说："于大哥，打扰了，林妈说天太晚，要我和她先到这里……"

于轩走到辛娆娆身边，讪讪地说："娆娆，对不起，我还以为你们今晚不回来……"

林妈说："怎么不回来，不是给你电话说了吗？"

于轩不好意思地挠挠头诚实地说："我忙得昏天黑地，早把这事忘了。对不起啊！"

林妈笑了，说："好，知错就改就是好儿子……"

于轩想再度向娆娆表示热情欢迎，才发现自己上下穿的还是睡衣睡裤，脸发热了，一声"对不起"后急忙折身又跑上楼，换好衣服下来。

他见娆娆要走，他急了："怎么？这就要走？"

辛娆娆一面收拾东西，一面微笑说道："我们的车太晚了，现在还早，你们休息吧，我请林妈去我那里……"

"就在这住一晚，天亮后再走不行吗？"于轩说完皱皱眉头，显然不情愿。

娆娆却固执地摇摇头说："不，还是走吧……"

于轩不悦了，心疼似的批评说："娆娆，你这就不对了！林妈去你那里和你留在这里有何不同？难道你与你哥我还生分不成？”说完，于轩的眼睛竟然有点潮湿。

娆娆看一眼林媛，林媛便说：“既然娆娆要走，就依她吧。”

“那……我送你们！”于轩不由分说，马上要去鞋柜前换皮鞋。

突然，就像多年不见似的，林妈一把抓住于轩的胳膊不放，而且深深地看着他，似乎怕认错了。于轩以为林妈好多天没见到他而想他，却不知道林媛是因为知道了他的身世而格外垂怜看重他。见于轩明里批评娆娆，暗里心疼娆娆，林媛对他俩不由升腾起一股疼爱之情。她动情地说：“娆娆，你于大哥不是外人，吴剑光不会介意，北欧也高兴。时候不早了，还是先吃点东西吧？”

娆娆有点迟疑说：“好吗？”

于轩附和道：“什么好不好，就算吃最麻烦的，也不过是碗‘燃面’啊。好在我昨天去菜市买了水叶子面、碎花生、碎米芽菜，家里还有辣椒红油……”

“好啊，我来做‘燃面’吧。”辛娆娆马上帮林妈把行李提到屋里，出来后卷起袖子就进了厨房。

忽然，楼上传来于胡源的声音：“呵呵，你们终于回来了？”“终于”——好像他盼得有点发疯了。原来，他在梦中看见林媛回来了，高兴得要去提林媛的行李箱，惊醒了自己，随即便听见楼下几个人的说话声，就赶快起床跑出来了。

辛娆娆笑了，对着楼上故意开玩笑道：“于老伯，您是想我还是想林妈呀？”

于胡源不好意思，只好模糊地打着“哈哈”声说：“都想，都想……”说完他马上进了房间穿好衣服下了楼。

拿出所需东西，辛娆娆麻利地做了几盘吉州有名的“燃面”，几个人洗漱完毕，便各端一盘，围坐饭桌，看着嗅着欣赏着，竟然没有一个先动筷子。于胡源很惊奇辛娆娆的手艺，挑起几根面条，开玩笑问道："娆娆，这燃面手艺只有你林妈会，你是哪里学的？"

辛娆娆自豪地说："'燃面'不仅吉州有，整个南蜀都有啊，而且我做的'燃面'可真能燃起来的哟！所以呢，林妈会的，可能我都会，只是我呀，平时真人不露相罢了。"说完俏皮地向于轩夹夹眼笑笑，显出以前的活泼可爱。

于轩心里一动，感念道：终于回到先前，娆娆，希望你以后永远这样。

他拿起筷子，夹起黄里透红的面条送进嘴里，边吃边对辛娆娆赞不绝口："好吃，真好吃。林妈，你小心娆娆的手艺以后超过你了。"

林妈爱昵地看着于胡源父子的吃相，打趣说："啊哟哟，我想怕不是娆娆的手艺好吧，好像是我走这几天，你们都没吃饭嘛！看来我真不能离开这个家了。"

于轩偷偷看一眼父亲，看出他的难为情，便回答说："林妈，岂止离不开？你走后，我们都过得没滋没味，你简直就是我们家的主心骨！"

林妈朝于胡源看去，搞得于胡源极不好意思，热了脸，说："看我做什么？说你是主心骨你就当仁不让嘛。"

辛娆娆感受着和乐的气氛，特别感动，心想：要是以后我和吴剑光的家有这样的气氛就好了——但愿于老伯真娶了林妈。不料，林媛收起笑容，向两个男人正色说道："对不起，现在我还不是你们的主心骨，等天亮后，我把事情办好回来再说吧。"两个男人异常诧异。

于轩说："林妈，您今天要办什么事情呀？我不能替你办吗？"

辛娆娆则神秘地夹夹眼睛说："不行，这是我和娆娆的秘密。"

林媛在辛娆娆指引下找到吴志国的病房。

还没进门，林媛就听见里面传出似曾熟悉的说话声。走进病房，见白珊花正伏在吴志国的身边说："志国，你再别这样说了，以后你再说我可要生气了。”

吴志国伸出干枯的手摸着白珊花的头，用微弱的声音说：“莲莲，别生气，我是担心你嘛，要是他愿意，你就跟了他吧，你们不正好有个共同的儿子北欧吗？”

白珊花却十分决绝地回答：“你再说我就不理你了！我早就对你说过，走过的路，我再不会回头！”说完，她做出十分生气的样子，一转过身，却看见林媛就在她身后。白珊花异常吃惊，连忙向后退，一直退到吴志国的床前，手摸索着叫道：“志国……”

吴志国努力睁大眼睛问：“莲莲，怎么啦？”

林媛微笑着走过来，将大包小包东西放到吴志国的床头，站到吴志国面前，俯下身体，温和地问：“吴总，您不认识我啦？当年我们还在市政府一起开过会，却不知道我的老同学、好朋友白珊花就是您的爱人，您的保密工作做得太好了……我听说您生病了，来看看您……”

吴志国一时想不起林媛是谁，白珊花走过来，在他耳边小声说了什么，吴志国清楚了，欲起身，林媛急忙制止他：“吴总，您躺着，我站着听就是了。”

吴志国只好听话地微微点头说：“哦，我想起了，你是林总监，谢谢你还记得我。现在你们好吗？”

“哦？”林媛看看白珊花，不知道怎样回答才好，想想才说：“哦，好啊，我已经好多年不在公司干了，只在家里做点家务……”林媛绝口不提于胡源的名字，她知道，在这种时候这种地方，最好不提，免得令人尴尬。

还是吴志国明白林媛到这里来绝不仅仅为了来看他，肯定是知道白珊花后专程来到病房找她有事。他不便询问，便对白珊花说：“莲莲，我想睡觉了，你和林总监到外面去说说话吧。”

白珊花流着泪点头，肩头有些抽动。她给吴志国掖好被子，温柔地说：“你先睡一会儿，我去去就来。”

待吴志国闭上眼睛，白珊花转过身冷着两眼先自个儿走出病房，林媛相跟着出来，把门轻轻关上，然后跟着一起走到外面，在门诊部和住院部之间的草坪边竹椅上坐下来，一时大家都没话说。这时，一股带着冷意的风从两楼间的缺口中吹进来，两个女人同时感到一股凉意，而且同时将臂抱住前胸，谁也不看谁。

两人似乎相同的落寞表情引起来往的患者或家属的注意，他们以为这两个女人可能生对方的气而不得调解，于是站在她俩不远处，准备随时上前劝阻两人可能发生的过激行为。可看了好一会儿，除了她俩不说话，并无大的不妥。林媛感觉到了他们的善意，连忙向他们露出微笑招招手，他们才放心地离去。

还是林媛先开口，但她的声音很低：“珊花，这么多年没见你，还以为再也见不着你了……”

白珊花像一只不能忍受欺负的老母鸡，扎起羽毛，扑腾双翅，厉声斥问：“这不是你们希望的吗？现在看到了吧？看见我男人很快要死了，你们是不是很得意？”

林媛十分理解白珊花的气急败坏，便好言劝说：“哎呀，都五十岁的人了，还那么爱激动。我俩是同学，当年又是朋友，我难过都来不及，怎么得意呢？”

白珊花翻一下白眼，将头转到一边，负气说道：“别黄鼠狼给鸡拜年了，这些年，你可如愿以偿了。怎么样？嫁给他你该满意了吧？”

林媛差点要走，但很快想到自己今天来是为了什么。她稳住自己，平静而诚实地说：“还好吧，不过……”

白珊花问：“不过？还有什么不如意的吗？”

林媛不再绕圈子，直截了当地说：“珊花，请你不要用这种口气给我说话。你要清楚，虽然当年我们都争着要跟他好，但最终是你占了先，跟了他，还给他生了孩子。后来他那样对你，与我一点关系都没有！至于说后来，我和他都是单身，就是结合也是正大光明的事。可是因为他觉着对你有亏欠，一直想亲自对你说声对不起，以求得到你的谅解。哪里晓得，找了多少年都没找见你。于是他不但不跟我办证，还和我分居，说只有亲耳听见你接受他的道歉，得到你的原谅后才和我正式结婚……”

林媛一席话，白珊花听得一愣一愣的。那天多多少少听于轩说起，她没认真想，现在亲耳听林媛说起，才知道林媛和于胡源之间到底发生了什么。她显得底气不足，色厉内荏地说：“那能怪我吗？要是你是我，你会怎样做？还让我天天让他看见不成？”

林媛没有理会她，继续说下去：“再说，你恨他，为什么要捎带着你和他的亲生儿子北欧？于轩没有妈妈却有我，北欧却是有妈不能见，跟孤儿一样。人家的儿子是儿子，自己的亲骨肉就不是儿子啦？唉，真不知道，你这当妈的，怎么这样狠心！”林媛没有提说娆娆，她知道，白珊花的心里也很痛苦。

白珊花痛哭了好一阵，然后抽噎说：“我，我是想，想报复他！谁知道，却报复了我自己！呜呜……还有我的娆娆……”

女人最容易动情，林媛难过了，她抱着白珊花说：“珊花，其实我也不想这样说你，但我真希望你原谅他，不是为我，而是为了我们大家。想想，哪个人年轻时没有任性过？你和我不也任性过吗？要不是高中毕业前得到他的鼓励，我也绝不会再去读书，也不会再遇见他，更不会有我的现在……”

白珊花抬起泪眼咬牙切齿：“不，我永远不会原谅他！”

林媛长长叹口气，说道：“你可以好好想想，不管是他来找你，还是你去找他都可以，我衷心希望你们摒弃前嫌，为了孩子们……”

忽然，白珊花问：“他知道于轩和北欧的事吗？”

林媛摇摇头说：“没听他说过，我也是才知道不久。这几天，我和娆娆旅游去了……”

白珊花明白了，说：“今天，是她，娆娆带你来的吗？是她把事情全告诉你的！可是，她从来不理我……”

林媛点点头说：“是，娆娆是个好姑娘，你要有耐心，以后她和剑光结了婚，你要多关心她。”

白珊花似乎没听见，她自言自语：“志国可能不久于人世，我怕，怕他过不了春节……他不是本地人，没有其他亲人，只有剑光一个儿子……可是，剑光又怎么样呢？”

林媛能再说什么呢？只好说：“不关事，有我们大家呢……最近，我要去省城看望我的舅娘，你最好抽空见见老于吧……”

“不见！”白珊花说得斩钉截铁，看见林媛殷切的目光，马上低下头。

“珊花，我知道你这些年心里恨，但恨总不能解决遗憾啊。”

白珊花站起来，准备回病房，忽然她想起什么，对林媛说：“今天见我的事你不能告诉他！我怕他跑来，志国受不了……”

林媛点点头，目光随白珊花的身影消失后，忽然看见辛娆娆在远处一晃，不见了……

57

不知辛娆娆躲到哪里去了，林媛东看西看再没看到她的影子。林媛以为辛娆娆一定有事去了，只好耐心地等她。可左等右等，哪里看得见她？林媛不想在这里待得太久，她想马上离开，又担心辛娆娆找不到她，林媛只好再等等。

看着那些由亲人或朋友扶着慢走，或坐在轮椅上由护工推着前行的病人，林媛不禁为白珊花担心，要是吴志国真走了她该怎么办？会不会真像她刚进病房时听吴志国说的那样，为了北欧，白珊花会再回到于胡源身边？林媛心里不由得发出喟叹：珊花啊珊花，你我怎么总是在于胡源身上出现交集和矛盾？要是于胡源知道你和他近在咫尺，二十多年里为了避开他，竟然极少抛头露面，他会有什么感想？要是我不告诉他，我的良心会安吗？要是你和他今后生活在一起，守着轩儿、北欧，还有娆娆，那会是一种什么样的场景？

奇怪的是，多厚道，多聪慧的女人，林媛竟然没有想到，果真出现那种场景，自己该怎么办？

糟了！轩儿又是谁的孩子？那年白珊花送他来的时候，他已经七岁多，不能说对自己的过去，以及当年送他的白珊花没有印象，何况近来为了娆娆，他已去过吴家多次，说他不认识白珊花，简直不可能！而且，他不仅认识白珊花，还肯定知道北欧就是白珊花和于胡源的亲生儿子，而他自己，则是白珊花不知从哪里弄来报复于胡源的！这一切为什么从没听他说起？难道他也有不好说出的心结和矛盾，或者在做不想让我们知道的准备？

林媛心疼于轩，急于和他见面，正要抬脚走，辛娆娆出现了，但脸上却像抹了一层冷霜。林媛知道她为自己隐瞒了她而不快，马上觍着笑脸逗她说："怎么啦？美女，生林妈的气啦？好啦，别生气了，我怕你不带我来，所以只好那样做了。其实你不都全看见了？我和她当年的确是同学是朋友，而且同时爱上你于伯……"

见林媛如此坦白，辛娆娆急忙柔和了表情，略带埋怨地说："林妈，其实您对我说也没关系，没有必要瞒着我。所有一切，我都全明白了——不过，好像你们谈得不怎样！她什么都告诉您，原谅于老伯了吗？"

林媛确定娆娆没有听见她和白珊花的谈话内容，回答说："没有，看来以后只有你于伯伯亲自找她了。不过，她是个聪明人，知道以后该怎样做。"

可辛娆娆并不放过关键问题："那，如果那样，北欧哥岂不是于伯伯的亲儿子？于大哥又怎么办？"

这正是林媛不愿去深想的。林媛点点辛娆娆的额头，笑骂一句："机灵鬼！他没说，你也别去问。"

辛娆娆点点头，把那场“风波”的所有情况全说给林媛听。林媛听完皱着眉头，一时竟没有话说。辛娆娆以为她生于轩的气，懂事地说：“林妈，您别怪于大哥，他一定有说不来的苦衷……可是，于老伯那里您怎么说啊？”

林媛拍拍辛娆娆，说：“我想这个时候，你于伯伯也会在公司，干脆你给你于大哥去个电话，约他到江边古城墙去，我在那里等他。然后，你去病房看望剑光的父亲……这个时候，你应当知道怎样做……”

辛娆娆点点头，忽然想起什么，问：“林妈，要是今后于伯伯……您怎么办呢？”

林媛知道娆娆没有说出的话，便笑笑说：“这个时候了，我还能想什么？顺其自然吧……”

古城墙外的滨江路口游人不多，但都很惬意，不过，大家看见林媛一个人孤孤单单站在那里望着江面目不斜视，都很奇怪，个个向她投去关切的目光。

林媛终于收回目光，看看古老的城墙，忽然感受到那些目光的关切，急忙露出微笑，做出悠闲状坐到休闲椅上。可是她表面上十分平静，内心却忐忑不安，她不知道刚才想的对不对，更不知道如果一切都如刚才想的那样，她会失去些什么？如果一旦失去，那可不是一天两天付出的代价，而是二十多个三百六十五天付出的代价啊！

她多想和轩儿好好聊一会儿，除了想听他说说他的心结和矛盾，还想听他对自己刚才想法的意见——此时此刻，林媛把自己和于轩的未来联到一起了，他们是一对不是亲生胜似亲生的母子！即使白珊花以后和于胡源再度走到一起，只要拥有轩儿，她也感到无怨无悔了！但林媛不知道一会儿轩儿来了，自己的第一句话该怎样说，也不知道轩儿会不会说她太不值得。

林媛转过身，再次面向宽阔长江，注视着缓缓流动的清澈江水，不禁想起这次旅途中读过的一篇散文《情为何物》，里面有这样几句开篇语：你从西飘逸而下，你的冰清玉洁属于伟岸的唐古拉山，你的处子深情属于最富有的沱沱河；然而为了剔透蓝天、莹莹白云、清新空气、绿意青山，你没有沉湎彷徨，依然飘逸而下……

林媛的眼有些湿润了，她悄悄擦一下眼角，回过头面对古老的城墙，目光从左到右。穿过层层绿意，在一片绿色梧桐之上，一溜古城墙过去，方方被岁月冲刷过的，早已被历史嵌入精魂的青石缝中，似乎正向外涌动着簇簇碧绿、黄绿、嫩绿、草绿、藤绿、瓷绿……看过去——几乎平行的，一律斜伸的，全是向上的，间距差不多的，霍霍升腾的，就是古城墙下那延绵不断、层次交错、俯仰生姿的绿色生命中的绿色花朵。簇簇片片，火焰般的绿色，给浸漶了沧桑历史的古城墙，涂抹了崭新的生命颜色。

这时，一阵悠扬、悦耳的胡琴声令林媛收回了思绪，她很快感到一种平和、恬静，如沐春风，如饮甘霖。仔细一看，原来江边石阶上有人在专心拉动胡弦。

林媛细心品味，没有低沉哀怨的哭诉，没有富贵得意的张狂，只有那平静如水的乐音，缭绕着淡淡悠长的韵味飘向江面。林媛十分羡慕拉琴人的豁达心境，不由得站起来伸伸胳膊抬抬腿，开始活动筋骨……

“林妈！”

不知什么时候，于轩已来到林媛身后，大叫一声，把林媛吓了一跳。看着于轩平静的笑脸，林媛一时倒不晓得该怎样开场了，只好慈爱地笑笑，说：“你来了？”

林媛知道，这句话是多余的。但于轩却没在意，他关切地问：“林妈，有什么事非得到江边来说？家里说不得了？”

林媛没马上搭话，而是拉过于轩的手走过去坐到休闲椅上。她先看看天，再看看手表，平静地说：“快中午了，趁人少，我们就在这里说话吧。”

于轩和林妈从来没有在外面单独聊过天，上次去云台山，本来希望她跟父亲一起去，可是她顾虑多，无论怎样劝，她就是不去。今天是怎么啦？有什么重要事情不能在家里说吗？当然，于轩无论如何想不到林妈已知道一切！“轩儿，坐下，看着林妈的眼睛听我说。”林媛的话十分温和，简直让人感受不到她此时心里的不平静。

于轩听话地坐下看着林媛的眼睛，顺从地说：“林妈，您说吧，我听就是。”

林媛问：“轩儿，你告诉我，你早知道北欧的妈妈是谁，是吗？”

于轩大吃一惊，嘴张成个“○”形，一时不能合上。他只有老实地缓缓点点头。林媛又问：“你再告诉我，你早就知道自己不是你父亲的亲儿子，是吧？”

于轩低下头，脸上红一阵白一阵，这回他迅速地点头。林媛舒口气，站起来，说：“轩儿，我不问你为什么不说，因为我相信你一定有不说的理由……”

“林妈——对不起，我早知道自己不是爸的亲儿子，我不说是怕失去爸和你老人家的亲情；我和剑光虽是好同学好朋友，但我从来没去过他家，要不是那天北欧的外婆来城里，我也不可能见到她；我不想现在说，不是怕失去财富地位，而是希望事情来得不那么突然，再说，剑光的父亲已没有多少日子了，我想等以后……”

林媛激动地打断于轩的话：“你是想等吴剑光的父亲走后再告诉我们，让事情解决得更顺理成章？”

于轩急了，争辩说：“不，我是想等他们都心平气和后再告诉你，事情可能解决得更顺当点。”

林媛看着眼前这个跟自己长大的不是儿子的儿子，心里称赞他心地善良，嘴上说：“轩儿，我没有责怪你的意思，我是想说，这件事你可以先不告诉你父亲，但应当告诉我，我们好商量怎样处理好他们之间发生的事情。因为虽然我现在和你父亲已有夫妻之实，但是他们之间发生的事与我没关系。你知道吗？”

于轩明白自己考虑欠妥，便把事情的有关情况全告诉了林媛，然后问：“林妈，你说现在怎样办好？”

林媛说：“我已经找过北欧他妈，她虽然很后悔过去的做法，但很恨你父亲。看来这事暂时不能对你父亲说，这也是我为什么把你约到这里来说话的原因。另外，我知道你喜欢娆娆，但她已与吴剑光办了证，你只能当好大哥。你一定要做好娆娆的工作，让她学会理解，当好人家的儿媳妇，尽量多去看望吴剑光的父亲……因为，你说话她是很听的。”

于轩点点头，忽然问：“可是北欧还不知道呢？”

林媛迅速回答说：“你们不是不知道他的电话吗？现在先不说也好，得提醒吴剑光和娆娆，还是等适当机会吧。”

于轩欲言又止，终于说：“林妈，我想问，如果以后……你怎么办？”

林媛知道于轩的心思，她回答说：“一切由天命，事情真到那一步，我也无话可说！轩儿，你是怎样打算的？”

于轩没有犹豫，爽朗地回答：“父亲已经知道我的真实身份，虽然并不同意我离开公司，但我已打定主意接受市政府的聘用，所以，现在我要加倍工作，尽快把公司的事情做完。到时候，我会一身轻松地离开公司离开家，去走我自己的路！”

林媛抓住于轩的手摇了摇说：“轩儿，如果那样，我会跟你一起离开的，那时，你就是我的亲儿子……”

“妈妈——”于轩动情地抱着林媛，大叫一声，远处听见的人不由得向这边张望，母子俩对视微笑……

58

正如林媛说的，凌晨之时，她还不是于家父子的主心骨，难道，今天晚上她就是于家父子的主心骨了？会不会有什么大的变化？这些都是说不定的。不过，林媛和于轩分开后，本想按计划先回老家看看——自从父母十年前相继去世，林媛每年春节前都要回去看看父母的坟，顺便再看看哥嫂侄儿侄女。可想想最近左左右右出了许多事，都关系到于家，而且和她也有或多或少的关系，她不太想回去了。

她想给哥嫂去个电话，谁知没带“本地通”，她只好用公用电话告诉哥嫂自己一时回不去，希望哥嫂替她去父母坟前烧点纸，然后替她前去省城看望生病已久的幺舅娘。不料，哥嫂在电话里告诉她，在这之前五分钟，他们接到县里一个通知，说林媛母亲的幺弟——林媛兄妹的幺舅，已从台湾来到省城探望守候他几十年而未嫁，现正生病住院的老妻了；幺舅年龄大了，希望林媛兄妹年前去省城看望他们，大家在一起过个年。

林媛很高兴，也很着急——她听母亲说过，有个幺舅是国民党兵，撤退时跟随部队跑到台湾去了，一直没有音讯，“文革”时，母亲因此被斗瞎了双眼。可到底幺舅在哪里？重新成家没有？一切都不知道。现在他终于找回来了，可母亲早已去世，她和兄长必须代替母亲去省城看望，以尽血缘之情，而且，她可以借这个机会在省城多住些时间，让于胡源亲自去见白珊花的面，何去何从，由他们决定。她不想为难于胡源，也不想为难白珊花，只想一切顺其自然。

她决定去毓秀林，本着淡然、良心，好好想想未来的事。

果然，已到晚上九点钟，林媛才回到家里。她的出现，给了正在着急的于家父子一个大大的惊喜。林媛进了客厅，只点点头，直接进了自己的房间。于胡源不解，看一眼于轩问："小轩，你林妈怎么啦？"

于轩回想一下，没有觉着他离开林妈后会发生什么事情呀，估计林妈之所以这样，一定有她的原因，他摇摇头。于胡源轻轻走到林媛的房间门口，轻轻敲了两下，问："小媛……你怎么啦？有什么事吗？"

"没事，我在找衣服呢！"

"你怎么不接电话？把我们急死了。"

"哦，我没带'本地通'。"

于胡源松口气，又看儿子一眼，说："你没吃饭吧？我们吃的面，给你煮俩鸡蛋？"

"没事，我吃过了……"

于轩好高兴，父亲又叫林妈"小媛"了，今天晚上一定是个甜蜜夜。见林妈不吃东西，他猜出林妈一定还是为下午说的那些事而忧心，便大声说："林妈，我给你煮，你洗完就可以吃了。"

于轩话音刚落，林媛开了门，臂弯里搭着睡衣睡裤，十分平静地朝两个男人笑笑，径直朝卫生间走去。

于轩连忙去了厨房，于胡源则十分纳闷，联想到早上出去时候她的神情话语，他总觉得林媛一定有什么事情瞒着他。他想问于轩，又觉难以启齿，只好坐到沙发上耐心等待林媛出来。平时林媛洗澡不过几分钟就结束，可今天却十多分钟还不出来。于胡源有点沉不住气，想去敲门，于轩又在眼前，他只好站起来，在偌大的客厅里走来走去。

于轩已给林媛煮好两个醪糟荷包蛋，盛进碗里，放了点红糖，端上桌，朝向卫生间叫道："林妈，醪糟蛋煮好了，你赶快出来吃了吧，一会儿凉了。"

林媛在里面回了一句："知道了！"

于胡源不得不承认，林媛虽然五十岁了，但声音听起来绝对没有五十岁的沧桑，清脆而亮堂，让人听了很觉悦耳暖心！今天不知怎么啦，于胡源总想跟林媛说说掏心窝子的话，亮出最真实的感受和心情，但林媛就是不马上出来。于胡源一看墙上时钟，已经快十点了，见于轩关上厨房门，没有上楼的意思，不想再等。

上楼之前，他看一眼卫生间，小声对于轩说："小轩，你告诉林妈，我上去了，让她去楼上吧。"

于轩吃惊了，但他确实明白了父亲的意思：分居结束了。可他却装不明白说："爸，我怎么说呀？当初是你说的，现在还是你说吧。"

于胡源瞪于轩一眼，正要说什么，卫生间的门开了，林媛满脸白里透红，手里拿着洗好的东西出来了。于胡源再瞪于轩一眼，对林媛搭讪说："小媛，我先上去了……"

下半句没说出来，但聪明的于轩马上猜出——"你一会儿上来吧"。

于胡源正迈上第一个台阶，林媛马上转头说："不，老于，你等一下，我有事情说……"

于胡源只好止步，特别柔软地说："什么事情一会儿上来说吧，我想睡了。"

林媛坚持道："不，就在客厅里说，对，还有小轩。"

于胡源只好收回脚步，回到客厅，坐到沙发上等。父子俩一直等到林媛晾好衣物，吃完荷包蛋，洗好碗。也许洗的时间长了些，也许热水温暖了身体，林媛的面容一直白里透红。于胡源竟悄悄自问：我怎么好久没见她如此娇好？于轩知道父亲心里想什么，便打趣说："爸，你看林妈，哪里像五十岁的女人？要是在外人面前，别人很可能把我看成是她的弟弟……"

林妈的脸更红了，一直到耳根，她嗔怪道："小轩，不准这样说，没大没小的。"

于轩故意制造温馨气氛，对父亲说："爸，我说错了吗？"

于胡源自己反倒不好意思了，自我解嘲地说："小轩，你没说错，是爸老了……"

林媛赶快制止这种尴尬局面，坐下来说："你们别逗了。是这样的，最近，我的幺舅已从台湾回来看望幺舅娘，要我们兄妹去省城和他二老过年……"

别说于胡源，就是于轩都很吃一惊："林妈，怎么下午没听你说起？"

于胡源更惊异，问："小轩，你下午跟你林妈在一起？"

"这……"

林媛没等于轩回答，迅速说："我原本想回乡下老家住一段时间，谁知却得到这个消息，我的父母早就不在了，只有我们做小辈的代替父母去看看……"

林媛说得合情合理，父子俩自然没有话说，何况于轩还以为林妈之所以这样说，是为了暂时回避父亲和白珊花，给他们认真思考的时间。于是他趁热打铁："爸，林妈，我也有件事情要说，年前，娆娆和吴剑光举办婚礼，你们也去吧？"

林媛点点头说："按说应当去，但我有特殊情况，就不去了，还是让你爸去吧。老于，行吗？"

于胡源想到娆娆是北欧的妹妹，不去不好，便点点头说："行，我去……那你什么时候走？"

"'本地通'不方便，我想先去换个手机。等我哥嫂来了再走吧。"

于轩马上说："不，林妈，我去给你买部华为手机，都说这个牌子好。"

"没关系，只要能用就行。"

于轩又说："林妈，把我那台手提电脑带上吧，有时没事，只要有'万能通'就可以上上网……"

林媛不要，于胡源却说："怎么不要？你又不是不会，拿着方便些，就拿我那台吧，反正我也不爱用。”

于轩别有用意，带有责备的口吻问：“爸，你又不老，好像已经老态龙钟怡享天年似的，以后你要做的事情多了呢。”

于胡源没听出于轩话里的话，便打趣说：“有我儿子就够了。”

于轩不得不说了：“对了，春节后，公司的上市团队就组建好了，上市的事也差不多了，我想，既然市政府需要我，我还是为吉州这地方尽点力吧。”

于胡源依然吃惊，说：“小轩，你还是要离开公司？那不能啊，你走了我怎么办？”

于轩抓住父亲的手说：“我说过，爸，你很年轻，再说我不是还在吗？如果有什么事情可以找我呀。”

于胡源真的不高兴了，林媛也不太放心，说：“小轩，你真这样决定了吗？什么时候去呀？”

于轩笑了，说：“看你们着急得，还有好长一段时间呢，办好可能得春节‘两会’过后吧。”

林媛不再说什么，但于胡源却“蹭”地站起来，大声说：“我不同意！除非你不是我的儿子！”又是这句话！于胡源哪知道，就是他这句话的时刻提醒，于轩才执意要走的。

于胡源忽然意识到自己犯下一个大错，他马上改口大吼：“不，除非你不愿做我于胡源的儿子！”吼完，他气哼哼地冲上楼，那种力道和速度，哪里像五十多岁的男人呢？于轩和林妈相视而笑……

入夜两点，“菊香园”里到处静悄悄的，只有那些尽职的路灯一晚到天亮忠实守护着园中的人们。在于家别墅里，透过外面洒进来的微光，从楼上轻手轻脚下来一个人影。他走到林媛的房门前，伸出手，欲敲门，但又马上把手缩回去。想想，还是伸出手，刚敲第一下，门竟自动开了。人影麻利地进了房间，赶快关上门。

林媛并没睡着，听见门声细响，她没吱声。忽然，她觉得耳边一股十分熟悉的热气向她扑来。她知道是谁，却不说话，只将被子一掀，人影迅速钻进被里……

59

这回可好，辛娆娆陪着林妈旅游，出去玩了三天，真玩了个痛快，心情好多了！可回来后，不知道是不是心情的原因，辛娆娆自从没有打通北欧的电话，总感觉天气一阵冷一阵热，穿多穿少总是不好把握，所以只想自己一个人静静地坐在屋里读读书，听听音乐，要么睡觉，总之不想出去，也不想和谁见面，也懒于梳洗打扮，自然，浑身上下也没了阳光气。

真是，以前那个活泼可人的阳光女孩不知哪里去了？

是的，从竹海回来后，她没有主动给吴剑光去电话，倒是吴剑光知道她回来，很快打了电话来告诉她父亲希望马上结婚的事。对此，她没再表示什么不同意见。虽然她和林妈在竹海时，从吴剑光的电话中已经得知他们必须在春节前举行婚礼，心里不高兴，几句话就把吴剑光打发了，但心里却知道，春节前结婚是不可逆转的计划了。

本来嘛，既然已和人家领了结婚证，嫁给人家不是一件应当而且自然的事么？所以她对电话那头的吴剑光说：“你们定吧，我照办就是了。只是，我不放心北欧哥，我想知道北欧哥现在到底怎样了……”

本来这样一句平平常常的话，绝不会伤害谁，没想到，吴剑光突然吼一句：“北欧，北欧，整天就是北欧，难道没有他你就不嫁人啦？”

辛娆娆绝没料到吴剑光到这时还这样对北欧哥极度不满，她也想发火，但是转念一想没有必要，于是她挂了电话，怔怔看着窗外，脑海里竟然一片空白。

回过神来，她决定一定要赶快联系上北欧哥，或者去一趟省城，弄清他的情况，或者向他说明结婚之事，好得到他的祝福。于是，她又拨了北欧以前的电话，可是里面还是送来那句话“你拨打的用户已停机……”

辛娆娆气得真想扔掉手机，但想想，还是给于轩去了个电话：“于大哥，北欧哥的电话停机了，怎么办？我想和他聊聊，告诉他我要结婚的事，希望得到他的祝福，再说，我也想知道他去省城后的情况……”

“哦……他早就停机了，我本想给刘妍去电话，可又觉唐突，要不，你给刘妍去个电话吧，她肯定知道北欧在哪里……”

“哦，我也不想，只是，只好这样了……”

“娆娆，别窝在屋里，还是出来走走吧，听说，听说剑光的父亲可能不行了，你去看看吧，不管怎样，你应当去尽尽心……”

辛娆娆有些感动，说：“好，于大哥，我听，听你的，晚上打吧。”

自从和吴剑光办证后见过一次，到现在没有再和吴剑光见过第二次。人不想见，电话不想听——她害怕看见吴剑光那已经让人感到不可捉摸的目光，害怕听见他那带有审问意味的话语，也不想两人见面时看见白珊花和李佳靓。就是于轩，她也没想过跟他联系，刚才给他打电话，也是迫不得已。

说来说去，辛娆娆还是后悔答应并和吴剑光仓促领取结婚证一事，因为她心里的疙瘩还没解开，还不知道以后的路该走向何方！她恨白珊花，不满吴志国。但她善良而且心软，看不得悲伤的场景，听不得悲切的话语。那天看见吴志国濒临逝去时的那种痛苦和迫切渴望她嫁给吴剑光时的那种哀求，她到底于心不忍，忘记了事先征求北欧哥的同意，忘记了以后将如何与他们相处，仅仅凭着善良的天性答应了老人。但是，如果她要知道李佳靓和吴剑光已经上床的事实，肯定不会答应，而且就算答应了，现在也会马上提出分手。

唉，要是北欧哥还是不同意怎么办？不过，看在吴剑光过去对自己好的份上，只有跟北欧哥好好恳求了，想必北欧哥的思想会有所改变的！

辛娆娆只做了简单收拾便去了医院。病房里只有白珊花和吴志国，她走到病床前问候吴志国："吴老伯，最近您好多了，我来看您了……"

吴志国睁开眼，亮了一下。他轻轻摇着头，干枯的脸上蜡黄蜡黄，深洞一样的眼睛瞪着，仿佛要把这个世界看个透。他拿起娆娆的手，辛娆娆有点害怕，她害怕吴志国的冰凉，害怕他这个时候死在自己眼前，但她又不敢抽回手，只好任由他抓着，让冰凉从她全身浸过……

见了娆娆，白珊花更高兴了，不管娆娆脸色怎样，她都十分殷勤地端茶削水果，然后讨好般递给娆娆。娆娆不忍拂她的心境，便说："不想吃，你别忙了。"

白珊花见娆娆脸上淡淡的，知道她并没从心里认自己这个妈，便知趣地说："哦，那你随便，随便……"说完走到一边规规矩矩站着。

吴志国的精神不如前两天，脸色苍白，像身体里的血即将被抽空似的。他努力瞪大眼睛，朝着白珊花说："莲……莲……，小，小光……"

白珊花马上过来，俯下身体迁就地说："他，他说公司里今天有事……"

吴志国不满，微微摇头说："都年底了，还有多少事？他呀……娆娆，以后，以后你要管好他……"

辛娆娆不知该点头还是摇头，抽出手，说："伯父，您喝点水吧……"

吴志国却再次抓住她的手，两眼盯着她说："娆娆，该叫……叫我一声'爸'……"

辛娆娆害怕了，她从来没见过濒临死去的人如此模样，但她知道，这是吴志国的最后心愿，而这个心愿的达成，全靠她辛娆娆！她轻轻地清一下嗓子，正要叫，吴志国的老眼挂着两滴浑浊的泪珠，又说："娆……娆，别……怪我自私，为了你妈……嫁给小光……叫吧，叫一声'爸'和'妈'……"说完将娆娆的手放到白珊花的手上，嘴角流露出一抹喜悦。

辛娆娆这才完全明白，老人哀求她嫁给吴剑光的根本原因，并不仅仅因为他的儿子，或因为她和他的儿子真的相爱，更重要的是因为身边这个曾经抛弃儿女嫁给他的女人。到此，辛娆娆感动了！她分明体会到老人对老妻的一片真情，一片爱意！同时仿佛看见老人年轻之时以及生命无恙之时，对这个舍掉一切嫁给他的女人是多么疼惜爱怜！一个女人得到如此长时间、如此厚重的爱，是多么幸福！

尽管这种以牺牲后辈幸福为代价的爱不值得肯定崇尚，但辛娆娆也不愿再去指责什么，相反，她愿意去接受去承担！

辛娆娆任手在吴志国和白珊花手里攥着，顺从地一动不动，眼泪却止不住地流下来，她低下头，闭上眼轻轻叫了两声："爸……妈……"

两个老人答应着，白珊花哭得很伤心。此时此刻，她很想告诉娆娆——自己的亲生骨肉：吴剑光与李佳靓已经同床同枕。但她又不敢说，因为她相信娆娆得知这一事情后，绝对不可能再嫁给吴剑光。可那样一来，吴志国生前的最后一个愿望就会落空！她怎么能这样做呢？但不这样做，她又怎么能问心无愧呢？

矛盾的心——一边是心爱的丈夫，一边是亲生的骨肉！该何去何从？实在难为了白珊花！很快，她决定先送走吴志国，然后择机告诉娆娆，至于怎么办，一切由她决定！于是她停止了哭泣，抬起头问吴志国："志国，你不是说定好办喜事的时间吗？趁娆娆在这里，你说吧。"

"哦，娆娆，三天……三天后……我要回去……回去参加你们的婚礼……"

辛娆娆和白珊花同时哭出声来，既有同一悲哀，又有不同苦涩……

吴志国终于放了手。娆娆眼睛看着他，心里想着北欧哥，她要赶快把自己要结婚的消息告诉北欧哥，希望北欧哥能为她祝福！可是越想越急，越想越听不到手机的声音。她走到一边，想看看手机是不是漏掉了北欧哥的电话，忽然她看到有一个未接电话，不知是什么时间的，是谁的。她以为是北欧的，马上拨了过去，可对方说“该用户已关机”，没有办法。她急忙翻出手机里的“联系列表”，还好，这个没有名字的号码一定是刘妍的。她拨了过去，不错，果然刘妍接了电话。

也许刘妍并不知道这是娆娆的电话，说话很柔媚的：“喂，我是刘妍，请问，有什么事吗？”

娆娆试探着小心问：“刘妍姐，我是娆娆，我想问问，北欧哥在不在你那里？”

刘妍马上停顿，一改媚柔的声音吃惊问：“北欧？他不是你的吗？怎么会到我这里呢？”

辛娆娆哀求说：“刘妍姐，你别开玩笑了，他是我的亲哥，我想知道他现在怎么样了……”

刘妍哈哈笑起来，口气很放肆：“他呀，你就放心吧，他很快会时来运转的。不过，你知道吗？他已经是我的了，你得叫我嫂子！”

“你们？”辛娆娆虽然并不意外，但依然很吃惊，“不会吧，他才去多久啊？”

但刘妍这回不像开玩笑：“多久？第一天我们就成了恩爱夫妻了……哈哈哈……”

辛娆娆生气了，提高声音：“他现在哪里？我要和他通话！”

“我现在外面，他在家里，我回去叫他给你打电话吧……”刘妍很不耐烦地挂了电话。

辛娆娆真不敢相信自己的耳朵，刘妍说的是真的吗？可他为什么不对我说一下呢？难道他真不要妹妹了？顿时，辛娆娆心里像塞了棉花一样不透气，她真怕自己像吴志国一样一口气上不来……

辛娆娆提着一只暖壶刚刚从茶水房出来，一边走，一边低头想：只有三天了，到底是长还是短？突然，一双皮鞋站在她面前，她惊得立马抬头，正好看见吴剑光发黑的脸——他一脸怒火，憋着一股气，瞪着双眼看着她，一言不发！她想绕开走，但吴剑光却挡着她的去路，她走哪边他挡哪边，反正不让她走掉，她只好站在原地不动。

吴剑光的鼻子“哼”了一声说：“你还知道来医院？我看你早就忘记自己是谁的婆娘了！”

辛娆娆不客气回敬：“我忘记了不要紧，总还有人不会忘记的！”

吴剑光一听，气得吹胡子瞪眼，他叫道：“好啊，这是你说的，到时候你别后悔！”

辛娆娆把脸一扭，说：“我为什么要后悔？与其今后后悔，不如现在后悔！”说完赶紧离开，往病房去了。

正好白珊花从病房出来，看见娆娆满脸憎恶，直出粗气，猜到出了什么事。她很心疼，便噔噔朝外走，果然看见吴剑光站在过道外大口大口抽烟。

她好吃惊问：“小光，你什么时候抽上烟了！”

“与你有什么关系？”

白珊花瞪一眼吴剑光，说：“小光，我不想说你的不是，但过去的事情就过去了，如果以后还发生那种事，别怪我事先没有提醒过你！”

吴剑光知道她所说的“那种事”指的是什么，心中不免愤懑，语言上立马充满攻击性：“什么那种事？你想说什么？随便你说，我不在乎！哦，是啊，我还忘了，辛娆娆可是你抛弃的私生女，看来，我以后的日子不好过了。”

白珊花听出吴剑光的不恭，再次想起“风波”那天他的目光和表现，她寒心了，说：“不会，以后你们结婚了要好好过日子，你爸走了，我回乡下去，不会在你眼前晃的。”

吴剑光自觉不妥，但并未真诚道歉说：“我没有其他意思，只是随口说说……”

白珊花平静地回答道：“外婆他们走了，这里有娆娆，你忙去吧。”

“好吧，李佳靓来电话说她在家生病了，让公司给她借点钱转去……我去银行……”

“又是李佳靓？娆娆知道吗？”白珊花不安地问。

“李佳靓怎么啦？你少在娆娆面前胡乱说！”说完，他像一阵风般走了。

白珊花看着他已经远去的背影摇摇头，但又无可奈何！

60

早上，吴志国喘着粗气对儿子说：“小光，我怕……等不及，……你赶快去……告诉娆娆，你们……”

吴剑光害怕了，连忙回答：“好，爸，我马上给娆娆打电话……”

白珊花拉着吴志国的手说：“志国，不会不会的，你走了我怎么办？”

吴剑光急忙走出病房给娆娆打电话，没想到，娆娆此时关机。急得吴剑光跺脚挥拳，直骂：“混账，为什么关机？难道我要吃你吗？”

可骂有什么用？还得亲自去公寓把娆娆找来。吴剑光一阵风回到病房，俯在父亲面前说：“爸，我去接娆娆……你一定要等我们……”

吴志国眼里紧紧抓住目光，微微点头，再次紧紧抓住白珊花的手不放。

吴剑光一面开车，一面朝车台上看，这时他非常希望娆娆能给他电话。可是手机睡在车台上没一点动静。吴剑光很是恼火，不由冲口而出：“哼！好看不好吃！到时我会让你吃不了兜着！”

他再次想起李佳靓的温顺和多情，不由心说，看来还是李佳靓不错！

忽然，手机响了，一看，是于轩的！

像得到救星，吴剑光赶快求助于轩：“老兄，我爸不行了，怎么办？”

于轩一愣问：“什么时候的事？”

“刚才，早上……”

“娆娆在吗？”

“就是不在，我打电话，她关机……爸想看看她……”

“哦……你现在？”

“我去接娆娆……”

“这样，你回医院，我去接，很快就到！”

“不，我自己去接！我倒要看看她要怎样！”

“剑光，别这样……好，你去接，我去公司安排一下就去医院……”

于轩心情很矛盾。他既希望辛娆娆嫁给吴剑光，也希望她拒绝吴剑光。个中的原因他心里最清楚：他爱辛娆娆！每到晚上，他睡不着觉，除了惦记父亲和林妈的事，那就只有辛娆娆了。只要合上眼睛，辛娆娆就浮现在他的脑海里挥之不去。实在没办法，他只好又来到楼下客厅来来去去地踱步，不断驱逐辛娆娆的音容笑貌，弄得筋疲力尽，直到睡意来临他才再次上楼回到自己的卧室。可躺在床上刚闭上眼睛，辛娆娆的身影又浮现在脑海里。于轩只好努力回想他和吴剑光从小建立的朋友情、同窗谊……

刚才听吴剑光那样说娆娆，于轩很是心疼，也很不满，他很想说吴剑光几句。但他从来是个善良和宽容的男人，很快他做出决定，先抛开自己对辛娆娆的情感和对吴剑光的不满，一会儿赶快去医院。

迅速把公司的事安排好后，于轩急忙驱车来到医院。

刚走进病房过道，只见几个人围在病房门口，一个个朝里面望什么。于轩的心猛跳，预感大事不好。他快走几步，拨开围观的人，挤进去一看，吴剑光不断叫着“爸爸”，白珊花伏在床沿痛哭——吴志国的脸灰白，眼睛紧闭，双唇发紫——已经死了！辛娆娆一脸苍白，木然地站在吴剑光身后，看着床上的逝者，看着看着，眼里直流下两行清冷的泪水。

忽然，于轩看见了在一旁的父亲于胡源！于胡源也看见了他！父子俩惊疑地直视对方足足两分钟，虽无言，但一切尽在不言中！于胡源看一眼还在痛哭的白珊花，拍拍于轩的肩膀，一言不发地走了。

于轩无暇多想，立即帮着吴剑光料理老人的后事……

来殡仪馆的人不少，大多是吴剑光公司的人，还有吴志国曾经的合作伙伴与朋友，场面很热闹。那个杨廷玉，看到“讣告”后就赶到殡仪馆，送上挽联花圈，然后握着吴剑光和白珊花的手说：“对不起，对不起，刚才知道……节哀顺变，节哀顺变……”

在众多的花圈中，于轩看见有只花圈特别大，挽联上写着“吴兄走好，源弟送安”，没有落款。于轩明白那是父亲送的，只有他才会用这种特别方式表达对死者的特别心境。杨廷玉见辛娆娆一直跟在于轩左右，以为辛娆娆是于轩的女朋友，忙把于轩拉到一边小声埋怨：“她是你的对象？怎么不对我说实话？我真是白操心。”

于轩只好不情愿地压低声音说：“不，她和吴剑光很快结婚了……”

杨廷玉这才高兴了，说：“哦，那就好，什么时间你到我家里来，到时给我打电话。”

于轩只好点点头，若有所思地送他走出殡仪馆。于轩很郁闷，他不明白父亲怎么去了病房，什么时候送了花圈。见娆娆还跟在自己身边，便想问娆娆，但很快打消了这个念头。他小声说：“娆娆，听于大哥的话，办过丧事后，你还是去剑光家吧。北欧那里以后我去对他说。”

辛娆娆委屈得像个受了伤害的小孩子哭起来，一句话不说。于轩劝说道：“既然你已经和剑光领了结婚证，现在老人又走了，我看这婚宴的事就算了，以后再……”

辛娆娆边哭边点头说：“好吧……不过……于大哥，到时你得送送我……”

于轩难受极了，但这时候，他只能拍拍娆娆的肩膀，似乎为了给她送去力量。

只用了一天时间，在除夕来临之际，丧事终于结束。

看着连连守孝未歇的辛娆娆，于轩满心说不完的心疼。他理解吴剑光，但更同情辛娆娆。他不同意吴剑光“一天到晚只想着北欧”的说法，劝他说：“千万别以为娆娆做得太过分，如果你能站在她的角度想一想，就会明白，你妈二十来年中，对你怎样？而对她和北欧如何？有幸的是她和北欧从小认识，而且感情深厚，这是你所不能比得了的。再说，他们的身世真相就是他们共同的缺失，对他们是多大的伤害？何况是你妈对不起他们在先，所以我劝你一定要设身处地为娆娆想想……”

吴剑光虽然不同意于轩的说法，但没有说什么。

腊月二十八这天，于轩和辛娆娆下了车，并排朝吴剑光家走去。辛娆娆目光呆滞漠然，没有特别的打扮，跟平时一样，甚至还简单些。一路上她不说话，一任跟在于轩身后，全然没有过去的活泼阳光。于轩提着娆娆的皮箱走前面，不时停下回过头看她掉到后面没有。

吴剑光家也未做过多的装点，只在门上贴了个大红“囍”字。

于轩把辛娆娆刚刚送进吴剑光家门，李佳靓突然从里屋出来，对着娆娆叫了声：“娆娆姐，祝你幸福！”说完便给辛娆娆别上“新娘”红花，辛娆娆似有不愿，看了吴剑光一眼，见他胸前已经有花了，才任李佳靓把花给她别上。李佳靓脸上没有特别的表情，辛娆娆没理她，似乎从来不曾认识。

于轩很奇怪：她不是回家了吗？怎么大过年的，又从家里赶来？他有种不祥的预感：这个李佳靓会不会给娆娆使什么绊？他不愿想下去，只好叫李佳靓摆上水果、糖果、干果，喜茶、喜烟、喜饼，打出一个个电话，把自己和吴剑光两个公司的几个中层干部请来，举行一个小小的仪式，以此祝贺娆娆正式走进吴剑光的家门。

忽然，他想起早上他请父亲参加娆娆的婚礼，却不知道他哪里去了。他连忙给父亲去了个电话，可父亲却说他头疼去医院拿药而回绝了。于轩明白父亲的心情，也就没有勉强，顺手把娆娆的皮箱送上楼。

人们陆陆续续来了。

大家坐在客厅里互相寒暄，脸上表情十分复杂。原因十分简单，刚刚死了老人，现在又要迎媳妇进门，两件事，一白一红，如何拿捏分寸，大家心里都没有底，只好“不以物喜，不以己悲”了，随机应变吧。

客厅正中墙上挂着吴志国的遗照，两边各有一张合影。一张是吴志国和白珊花过去照的，两人眉眼间透出满足和幸福，一张是吴剑光和辛娆娆昨下午才照的。也许心情不好，从他们的表情上只看到漠然。白珊花坐在相片下面的沙发上，两眼发愣，直视前面，没有一点生气和喜悦。吴剑光别着“新郎”红花，与李佳靓客客气气给各位来客端茶倒水，辛娆娆的“新娘”红花不知什么时候掉了却不自知，站在门外，好像新娘并不是她而是李佳靓。总之不管是婚事当事人还是贺喜的客人，似乎全都与这场婚事无关，自然，整个客厅里的气氛显得格外压抑。

白珊花没有言语，她时而看一眼门外的娆娆，心里直懊恼：娆娆，为什么你就不能单独与我说说话？妈妈多想告诉你小光和李佳靓的事！唉，现在说什么都不起作用了，但愿这个秘密永远压在心底，小光从此不再和李佳靓有啥瓜葛……

于轩见时间差不多，站在中间，清了清嗓子，面带笑容说话了：“各位，今天请大家来，不为别的，就是为了庆贺吴剑光和辛娆娆喜结良缘。这事本来早就应当办的，但因为吴老伯重病住院，一直不能如期举行婚礼。如今老伯遗憾离去，为让他老人家含笑九泉，心受抚慰，我们特地选择这个时间迎娶辛娆娆进家门……大家鼓掌！……现在，请新郎牵手新娘，给两个老人三鞠躬！”

辛娆娆穿得单薄，站在冷风中有点哆嗦。吴剑光出门拉过辛娆娆，突然看见她胸前红花没了踪影，咬咬牙，压抑心里的不满，板着脸问：“你的花呢？”

辛娆娆迟疑地摇头，浑然不知吴剑光在说什么。吴剑光提高声音，同时用手在辛娆娆胸前划拉一下：“我问你花呢？”

辛娆娆这才注意到自己胸前什么都没有，她毫无目标地东张西望。“在这儿呢。”李佳靓举起红花不知从哪里出来，朝着吴剑光嫣然一笑，说：“对不起，可能刚才没别好……”

吴剑光夺过李佳靓手里的花，命令似的说：“别上！”说完两眼死死盯着辛娆娆，生怕她再丢掉花一样。

辛娆娆在众目睽睽之下，完全被动地接受着这一切，她颤着双手，努力将红花往胸前别，可是越急越别不上。于轩看着辛娆娆无助的神情，多想牵上她的手，然后刮一下她的鼻尖，低下头迎着她的唇，将心里的情意全部传递给她，然而，现在，只能眼睁睁地看着她受委屈。

花终于别好了，吴剑光再次拉过辛娆娆冰凉冰凉的手，在她唇上淡淡吻一下，转身一步，两步，三步……走进屋，向父亲的遗像，向白珊花走去……于轩见白珊花脸上没有一点表情，忙说：“伯母，您坐好了，您儿子媳妇给你们老两口鞠躬来了……”

白珊花看看吴剑光，再看看辛娆娆，脸上挤出凄凉的笑容。忽然，她站起来抱紧辛娆娆，呜咽着说：“娆娆，我的女儿，我的儿媳妇，我的心肝，我的宝贝……”

辛娆娆完全被动地接受这一切，吴剑光皱皱眉，情不自禁把目光落在一旁的李佳靓脸上，李佳靓顿时红了脸。于轩看在眼里，急忙说道：“好了，等会儿我们都走了，你们一家人再亲热吧……来，站好了，二拜宾客——一鞠躬，二鞠躬，三鞠躬……进入洞房……”

大家鼓起掌来，在掌声中，吴剑光半拉着辛娆娆向楼上“洞房”走去。在座的人除了李佳靓和公司个别人，多数人都不清楚新近发生在吴剑光家里的事，还以为真像于轩所说的那样，是为给刚死去的吴志国完成心愿呢！大家放松了，捡起喜糖，你一言我一语，为吴志国的死去感到惋惜，向白珊花说完节哀和祝福的话便先后走了。

李佳靓也走了，只有于轩继续陪着白珊花。

大白天进“洞房”，这是于轩有意安排的，为的是让吴剑光和辛娆娆能赶快修复受伤的心灵，尽快进入夫妻的角色，开始正常人的生活——也许辛娆娆不明白，但吴剑光是十分明白的。为此，他非常感谢于轩老兄在关键时刻替他想得如此周到，可他哪知道于轩心里有多难受啊！

吴剑光虽然失去父亲的痛苦并不那么容易消去，辛娆娆也不令他满意，但现在马上要进“洞房”了，不免感到得意。他想：哼，看你能够厉害多久！辛娆娆有些惊恐，她暗暗使力后退，使得吴剑光拉着她有些费力。

吴剑光冒火了，刚进房间门，便恶狠狠将辛娆娆紧紧顶在门板上，疯狂地亲吻，辛娆娆差点出不来气。她试图挣扎，吴剑光越发不肯放手，而且喝道：“我看你跳个什么名堂？”

辛娆娆脸上涨得绯红，身子却在发抖。她仰起头，口出大气，乌黑的睫毛闪动着愤怒。吴剑光无视辛娆娆的情绪，狠狠箍着她的头，说：“哼，今天我要怎样就怎样！有本事你就跳！”

说完将嘴贴上去企图翘开她的嘴。辛娆娆拼命挣扎，大声说：“我，我还没准备好……”

“还准备什么？今天你就是我的！我要怎样就怎样！”

吴剑光横着眼睛，目光中闪着邪光，表现出穷凶极恶！辛娆娆终于挣脱开来，两眼发直，双手握成拳头，就像面对一个敌人，一动不动地对峙着。

吴剑光压低声音咬着牙问："告诉我，你是不是真不想嫁给我？"

辛娆娆不知道该说什么好，扭头竟然说："不知道！"

"对不起，那就不是我的问题了！脱！上床！"

辛娆娆无声地看着这个曾经说爱她的男人，可现在，这个男人却狰狞地强迫她做自己不情愿的事。唉，她悄悄叹口气，只好听天由命地放开拳头，闭上双眼，脱了外衣坐到床上，等待进入人生角色人转换的那一刻。

吴剑光胜利了，他准备像玩小猫小狗那样玩这个他曾追求不已的漂亮女孩，他要用一种玩世不恭的行为教训眼前这个曾被他看作高傲公主的私生女。

娆娆闭着眼睛，吴剑光将唇用力压在她的唇上，重点，再重点，就像很久没吃过一顿美餐似的力量越来越大，呼吸越来越急……辛娆娆不敢睁开眼睛，十分恐惧地体验着吴剑光的心跳，品味着自两个人交往以来的第四次亲吻！然而，吴剑光动作越来越粗野，辛娆娆的身体本能地越来越僵硬。猛地，吴剑光将辛娆娆按倒在床，像野兽捕到猎物那样狂叫不已，声音好刺人。辛娆娆尽量说服自己赶快进入角色，但她不知道应当怎样做才算合适，只好任由吴剑光摆布。

忽然，一曲优美的《梁祝》音乐悠扬响起，两人一怔——是辛娆娆的手机响了！辛娆娆伸出手去拿，吴剑光强行阻止她，任美音缭绕，辛娆娆只好不理会。《梁祝》终于停了。然，夫妻生活还没开始，《梁祝》又一次响起来，而且不屈不挠，一直不停，这回辛娆娆一定要接这个电话了，吴剑光不许。

辛娆娆只好求他道："你让我接了这个电话吧！一会我都依着你……"

吴剑光还是不答应，压着她，紧贴她温软的头发一句话不说。乐音还在响，辛娆娆恼了，她鼓足劲用力推开吴剑光说："你让我看看是谁的电话好吗？我只看一眼……"

"说好了，只看一眼，不管是谁，都不能接……"吴剑光只好松开她。

辛娆娆趁机起身顺手拿起手机，摁一下，好像见过这号码。她看一眼吴剑光，怀疑地将键摁下。吴剑光急忙伸手去夺，辛娆娆躲闪一下，马上接听。“喂，我是辛娆娆，你是谁？”

没料到手机里的声音差点震聋了辛娆娆的耳朵：“我是谁？是你的北欧哥！现在你在哪里？你告诉我，你在哪里？”

辛娆娆吓了一大跳，差点叫起来。她急忙捂住手机，双眼惶恐看看吴剑光。手机里北欧正在大声叫着，震得手都在发麻。她赶快对着手机喊道：“北欧哥，你怎么现在才打电话来啊？可把我急死了……”

吴剑光大惊，急忙直起身体，想听北欧说些什么。但辛娆娆把身体侧到一边。

“你告诉我，你现在在哪里？”北欧的叫声太大，连吴剑光都听清楚了。

吴剑光一屁股坐起来，恼怒地要抢娆娆的电话——他想教训这个自以为是的家伙！

“我，我……”

辛娆娆急忙绕开吴剑光，一口气说下去：“北欧哥，我结婚了，对，你为我祝福吧！这是我自己愿意的……”

吴剑光瞪着一双大眼狠狠地瞪着辛娆娆。

“混账，祝福个鬼！我不是告诉过你，不准你嫁给他吗？你为什么不听？你真是气死我啦！”从来不骂辛娆娆的北欧居然不管三七二十一了。

辛娆娆一边哭，一边说：“可你为什么不接我的电话，也不给我来电话……你叫我怎么办？”

“好啊，既然你要嫁给他，那你就不再是我的妹妹了，我们谁也不认识谁！”

娆娆正想接话，北欧“滋”一声电话挂了。

辛娆娆看着手机，嘴唇打着哆嗦，顿时没了主意，痛哭起来。她能不认妈，也不能没了北欧哥！吴剑光咬咬牙，用力夺过手机狠狠摔到地上，手机开成两半。他却装作没事人一般说：“他呀，属于天性压抑的巨蟹座……”

辛娆娆突然像个泼妇似的，大吼起来：“他为什么天性压抑？是谁造成的？他是个什么人啦？是我的亲哥哥！是你妈抛弃的孤儿！我是什么人啦？是你妈的私生女！”

吴剑光惊愕了！他从来没有见过辛娆娆撒泼的样子，即使他曾要求她提前搬到家里和他生活，她的态度也没有这样恶劣！本来想饱餐一顿的情欲突然消失得无影无踪，不屑道：“哼，虽然他是你哥哥，但他非常自私，他想在意念上占有你，想尽一切办法来约束你。他阴晴不定，难以捉摸，妒嫉心很重，谁要得到你，他就恨谁！”

辛娆娆毫不退让地反击：“你胡说！你才是这样的人？”

吴剑光终于难以忍受，他拼命地捶胸顿足揪头发，两眼通红，歇斯底里像火山爆发似的吼叫：“什么也别说了！你滚，你给我滚，我不要你这个野娘们！”说完倒下去一动不动。

辛娆娆迅速擦干眼泪穿好衣服，提起皮箱开了门……

61

于轩和白珊花脸色忧郁，正小声地说着什么。见辛娆娆手里拖着皮箱，神情愠怒地从楼上冲下来，皮箱碰在木梯阶上，发出很大怪响。他们对视一眼，一句话没问，就知道这是刚才楼上大声吼叫的结果。

于轩还没有发问，白珊花就急忙站起来问：“娆娆，娆娆，你这是干什么？”

辛娆娆提起皮箱，快步下楼来，没有回答，不理于轩，更不看白珊花。见娆娆这样，于轩严肃地提醒："娆娆，伯母问你话，你这是要干什么去？"

辛娆娆一改以前对于轩的谦恭，很不客气地回答："要干什么去？我能干什么去？我连前前后后发生的事到底为什么都弄不明白，我还能干什么去？"

于轩一怔，他从来没有看见过娆娆真正生气的样子，也没亲耳听见过她如此对自己说话，心里明白了，刚才一定是发生了相互都不能忍受的事情，便过去指着她的皮箱说："那你提皮箱……"

辛娆娆继续向外走，怒气冲冲地说道："人家叫我滚，我还赖在这里做什么？我回公寓去！"

白珊花急忙拦着她，不放心地问："小光叫你滚？不会吧，一定有什么事……"

于轩自然更不放心，着急地问："走能解决问题吗？你总要说说因为什么事嘛？"

辛娆娆还是谁也不看，依旧往外走："没什么，大概是我们的经历太不一样，好多事情无法面对，所以，我现在决定先到省城看看，只有看到北欧哥安定了，我才能决定我以后要干什么……"说完她已走到大门边。

忽然，白珊花冲过来，"扑通"一声跪在辛娆娆身后，抓住她的腿苦苦哀求道："娆娆，你别走，和小光好好过吧，都是因为我！我走，我回乡下跟你外婆过。我不在你们面前，你们就会好过得多。我知道，我犯下的罪孽太伤你们了，这是我罪有应得……"

于轩看见娆娆的身体一侧，猜测她心里肯定不忍，便叫了一声："娆娆……"

辛娆娆提着皮箱站在门口，冷风吹进来，扬起她头上的乱发。于轩急忙过去扶起白珊花，显然，语气中含有责备："娆娆，有天大的事也不能这样！老人刚刚去世，大家心情都不好，就不能坐下来好好沟通一下吗？"

"娆娆……我的女儿……"白珊花几乎伏在地上紧紧抓住皮箱，哭喊着。

辛娆娆心里一阵阵绞疼，她不是一个心硬的女孩，但吴剑光给了她致命一击，迫使她坚强起来！看到脚下苦苦哀求她的女人，她咬牙痛恨：正是因为她的过错，造成了今天的局面。她不愿嫁给吴剑光，又不忍心吴志国的苦苦哀求；嫁给吴剑光，北欧哥也不放过她；现在她要离开，这个女人也不放过她。可是，她能放下北欧哥吗？她想：我们兄妹俩都是苦命人，为什么当妹妹的不能听一听哥哥的话，让他放放心心地出去闯呢？

她徐徐弯下腰，把抓住她的那双手重重拿开，像是对自己说："你别这样，一切都是你造成的。想想，如果我把自己生下的儿女，尽管是见不得人的私生儿女扔了，你会怎样看我？众人会怎么看我？只要你能正确解答这个问题，而且合情合理，那么今天我的决定就是错的！"说完，她终于走出大门，无论白珊花怎样哭求，她也无动于衷，扬长而去，皮箱的轮子在地上作响，同时划出两道细长的痕迹……

"娆娆……"花白珊看着远去的身影呼叫着，但没有人回答。

于轩连忙把白珊花扶到沙发上坐下，安慰她说："伯母，事已至此，你别想不开，以后您该做什么就做什么，他们的事您别再操心了……"

白珊花摇着头，靠在沙发背上，像瘫了一般，一点力气都没有。

于轩急忙上楼敲击吴剑光的门，叫道："剑光，剑光，你们怎么啦？娆娆走了……"

吴剑光在里面说："让她走吧……"

于轩推开门，见吴剑光头发乱糟糟地坐在床上，他脸色铁青，两眼紧闭。床上一片狼藉，看得出来，他和辛娆娆曾在这里经历了一场怎样的感情危机！这场危机很可能来自省城那个电话——北欧给娆娆电话前，先给于轩来了电话，从于轩口里他知道了今天辛娆娆嫁给了吴剑光，刚刚入了洞房，北欧一听，大发雷霆，愤怒责备于轩为什么不加以制止……

为此，于轩后悔极了，他不安地问："剑光，是不是北欧给娆娆来了电话？”

吴剑光点点头，于轩马上自责地说：“这事都怪我，北欧给我打来电话，我给他说了你们结婚的事，他马上发火了。”

吴剑光摇摇头说：“不怪你，真的，这样也好，反正我还没有动她，让她还是一个姑娘吧，我不欠她的……”

于轩像在自语，其实在对吴剑光循循善诱：“唉！我呢？害怕与女人亲密，也很少和女人推心置腹，常常成全他人，因此到现在还一人寂寞；北欧呢？特别敏感、多疑，虽然非常重感情，但总爱凭感觉，因此经常不自信；你呢？你有你的心思和世界，然而，这个世界不是那个人是不能够进去的，你太敏感了，人家一个眼神都有可能激怒你，一时的冲动就可能造成不可挽回的后果……”

吴剑光何尝不明白？他现在终于知道辛娆娆为什么狂怒，如果自己冷静些，能理解她一点，让她平静下来，事情就不会是这样的。但性格决定了他是一个容易冲动又不愿后悔的男人，何况这一切完全来自于继母白珊花的过去。现在北欧公然在自己已经举行婚礼进入“洞房”行夫妻大礼的时候，干涉起辛娆娆的终身大事！

吴剑光垂头丧气，说：“随她……她要离婚也可以。对了，李佳靓还在吗？”

于轩不相信自己的耳朵，问：“离婚？李佳靓？这时候了，怎么想这个？你不关心娆娆，怎么想着李佳靓？她走了！”

吴剑光没再说什么，于轩心里稍稍安了些。他想，也许是吴剑光随口问问，并没有其他意思，也就没有细想，便说：“你先休息一下，我去送送娆娆，她拖着一个皮箱，不知走出别墅小区没有……”

忽然于轩看见地上已成两半的手机——这还是他给娆娆买的！于轩明白了什么，拾起坏手机，伸到吴剑光面前，问：“剑光，你说你怎么这样粗暴？这下娆娆没了手机，以后怎么和你联系？”

“于老兄，算了，看来我和她真的是不能走到一起……告诉她，我吴剑光错了……她要马上去民政局可以，等心情平静后再去也可以……”

于轩知道再说下去会越说越远，便走出卧室，下楼来拿起公文包，想给白珊花打个招呼就走。可是白珊花已经昏睡过去。于轩知道好久以来，她为了丈夫，没有睡过一个好觉，而今，她累了，是该好好歇歇了。他从旁边拉过一条小毯子盖到白珊花身上，然后默默走了。

不一会儿，吴剑光放在桌上的手机响了。他看也不看，仍旧在床上坐着，嘴里却在说：“哼，你后悔了吧？我才不要马上接你的电话……”

可是电话一直响，看来要是不接，它会一直响下去。吴剑光忘了摔坏手机的事，不耐烦了，对着手机大吼：“你不知道自己回来呀？难道还要我去接？”

手机还是继续响着，吴剑光只好披着被子下床来，抓起手机就要往地上摔。他突然收回手，看一下，这才发现来电话的并非辛娆娆。谁的电话？突然，他想起北欧——顿时，他好一股怒火“腾”地升起，摁了接听键，马上对着手机愤怒喊道：“你想怎么样？不就是我娶了你妹妹吗？现在满你意了，她走了！如果你有本事，把你妈也带走！哼！”说完，把手机重重扔到床上。

可手机在软软被子面上竟然弹得好高。他气呼呼直喘粗气，被子已经拖到地上，他抓起被子又狠狠扔到床上，张牙舞爪怪叫几声，发泄着由来已久的愤懑。

很快，一个充满报复的邪念充斥着吴剑光的大脑，他迅速抓起手机给李佳靓电话，他要李佳靓马上来家里，今天他要李佳靓代替辛娆娆做他的新娘，他要和她入“洞房”，爱她个够！不料刚摁了第一个数字，手机却响了。一看，真是“心有灵犀一点通”，是李佳靓的，吴剑光别提有多高兴了。

他马上接听电话，还没有发问，便听李佳靓有气无力的软软说话声：“老板，刚才怎么啦？你骂谁？你吃了枪药啦？……你知道不，今天我好痛苦啊，可还得打起精神帮你……”

吴剑光急忙问：“佳靓，你在哪里？”

“我早回出租屋了，你以为我还能守着你们进‘洞房’吗？”

吴剑光赶快抓起衣服，一边往身上穿，一边说着电话：“佳靓，你到我家来吧！我等你！”

李佳靓很吃惊地问：“你家？我见了娆娆姐怎样说？”

吴剑光不得不说，但声音扬得很高：“她？她走了，也许以后不会再回来了。”

“啊，真的？”李佳靓一下提高声音，显然好兴奋。吴剑光不想隐瞒，说：“是的，因为生气，我们什么也没做，她就走了！你赶快来吧！”

李佳靓没有说话，好久，她才说：“老板，娆娆走了，她妈还在啊。还是你来我这吧。如果你嫌地方不好，以后你可以给我买新房啊……”

吴剑光并没感到李佳靓有什么不对，迅速回答：“好啊，好啊，你来了也不好面对她，以后我就去你那里好了……”

“亲爱的，我等你！”李佳靓语气语音恰到好处，令吴剑光好一阵激动。吴剑光从楼上冲下来，不理睬刚刚睁眼的白珊花，径直朝门口冲去。

忽然，外面下起小雨，吴剑光折过身，从鞋柜上抓起一把雨伞，撑开就往雨里冲。白珊花看着门外蒙蒙细雨愣了好久，突然像明白什么似的，转身跪在吴志国的相片前下面，再次哭得撕心裂肺！

62

屋里的一切都在旋转，北欧抱着头痛苦地哀号，雄性的吼声在偌大的厅堂里回荡，显得格外悲怆！一阵嗷嗷之后，他愤怒地扔掉手机，将桌上的书和笔全扫到地上。但这也不能泄尽他心中的愤懑，于是，顺势一脚，将沙发旁边的云竹踢得老远……

幸好刘妍不在，要是她看见了，一定会不乐意！但北欧哪里忍得住？只要提起吴剑光的名字，他就讨厌！他讨厌这个生下来就好命的少爷，讨厌这个刚死了娘就有另外一个女人为了嫁给他的父亲，心甘情愿抛弃亲骨肉把他养大的少爷！他憎恨，憎恨那个生了他却从不关心他，把他一丢就是二十多年的女人！憎恨那个只想着要女人，只知道疼爱自己儿子而不顾别人儿子死活的男人！他怨怒，怨怒小时候依偎在他的身边哭着说想妈妈的娆娆，如今成了人家的妻子，人家的儿媳妇！

“为什么不听我的话，偏要嫁给他？现在我还有什么？不就只有她吗？可现在连这唯一的妹妹都弃我而去！我还有什么资格在这里？”

“浑蛋！老子还没有教训他，他倒教训起老子来了！哼，气死我了！无耻之尤，无耻之尤！哼！有朝一日，我非教训你们这群浑蛋不可！”

一阵一阵的折磨像浪涛似的撞击在礁石上，哗啦哗啦纷纷瞬间撞个粉碎！

疯狂的搏命和嘶吼之后，北欧“轰然”倒在沙发上，一动不动。无形的伤痛灼烤着他的心，在体内蔓延着，肝、肺……全都火辣辣的，全都不能承重……他以为，娆娆一定会听自己的，哪里知道，自己才走几天，她就迫不及待地要嫁给那个张狂的男人了！难道天下除了他就没有了好男人吗？那于轩不比他好上十倍？

北欧的气，其实也不难理解。他本以为好好教训那家伙一顿，谁知却碰了个倒憋气！自从娆娆去到吉州城他身边，他一时多了好多疑虑和敏感，少了好多自信和安全。开始，他把娆娆当成妹妹，他担心别人怀疑他的真诚，就明明白白告诉娆娆，他只能是哥哥，希望她和于轩将来能够走到一起。然而娆娆不听，追着他不放，他差点退却了。终于那一天，他突然知道娆娆不再可能是他感情天平上爱和不爱的砝码的时候，他有些崩溃而释然了！崩溃的是他根本没想到一直追着要嫁他的娆娆竟然是他的亲妹妹；释然的是他终于有个与自己血脉相通的，打断骨头还连着筋的亲妹妹。尽管她是那个女人的私生女，但仍旧改变不了流淌在两个人身体里相同的血液品质！

在刘妍面前，北欧从不提起娆娆，也不提起曾经发生在吉州城的一连串事情，要不是今天刘妍走的时候告诉他，说娆娆打过她的电话找他，他可能永远不会在刘妍面前提起。当刘妍怪怪地笑问他“欧啊，原来娆娆真是你的亲妹妹呀，你们那个没有？”的时候，他恼怒了，嘴里骂着，手握紧拳头，差点向刘妍砸去，吓得刘妍赶快跑出门。如不给于轩先去电话，他哪里知道娆娆正和吴剑光进“洞房”？尽管骂了娆娆一通，但现在一切都晚了，他们的婚姻已经成了事实，还能改变吗？难道真是他的悲哀？北欧从柜里拿出一瓶啤酒，咕咕咕，不到一分钟全进了胃里，再拧开一瓶……再拧开一瓶……终于，他倒在沙发上。

刘妍回来，身后跟着游家同。一进屋，他们一眼看到满屋狼藉，酒瓶东一个，西一个，手机、书和纸笔躺在地上，花盆倒在一边，北欧整个人没了知觉，倒在沙发上就像个死人！刘妍失了好大的面子，看看游家同，冒火地叫道：“刚考完试几天呀？我出去的时候还好好的，为什么现在成了这样？北欧——北欧——”

但北欧“哼”了两声，挣扎两下，又倒下去。游家同非常理解地对刘妍说：“好啦，妍妍，男人都是这个德性，遇到不顺心的事，总爱这样，以酒浇愁，没想到却愁上加愁！”

游家同的话激起刘妍的无限愤怒，她叫道：“他有什么愁？有房住着，有女人睡着，有工作干着，有钱等着，难道还不满意？”说完拾起地上的手机，一看，辛娆娆的手机号在上面。她明白了，他刚才一定给辛娆娆打电话了，大概想起了过去，心里不好受，所以这样。

很快，一股酸楚的味道涌上刘妍心头，但她不愿在游家同面前表现出来，因而她无所谓。她一边收拾地上的东西，一边赌气说："随他啦，我已经尽到我能尽的责任……"可她心里却在说：欧啊，你会为我而醉吗？你以为为了你我能上通天，下通地？你知道这些年我失去的都是什么吗？如果你知道，你会为我的失去难过、痛苦、愤怒吗？这段时间的相处看得出，你来省城并不是为我，只是为了你自己，为了你的辛娆娆！

收拾好东西，刘妍提起精神，向游家同嫣然一笑："不管他，他睡死了，没法给他说！我们聊我们的。"

"聊什么？还是另找个地方吧。"

游家同看看左右上下，夹着眼睛示意说。"好吧……"

她明白了，和游家同并肩上了楼，去到自己的卧室。其实，北欧并没睡着，他知道刘妍回来了，也听到刘妍骂他的话。

对游家同来家里，他一点不感到意外，因为他一开始就看出刘妍和游家同的关系并不一般；对刘妍每次都说为了他的工作而一个人出去，甚至过夜不归，他先前还在意，后来就不在意了，因为她只是他的"贵人"，绝非他的"爱人"，他们在一起，只是互相利用！当然，他更明白，自己利用她更多些，他要利用她在省城站稳脚跟，进入政商圈子，从没想过要和她白头到老。

但是，今天游家同来，肯定找他有重要事情，因为游家同再怎样龌龊，也绝不会当着自己和刘妍厮混！前不久他参加完几项考试，本想把考试的成绩告诉娆娆，没料到却弄了个大不愉快！

听说他考得好，刘妍的舅舅袁罡正不痛不痒夸了他几句，但随后又告诫他："现在还早着呢！其实，要没有我，你考得再好也没有用，所以你要力戒张狂，千万别忘了这个机会是谁给你的。"

北欧只好毕恭毕敬点点头说："袁厅长，我记着了。"

袁罡正又说："马上要过年了，我要出去和刘妍的舅妈过年，过了十五才回来。你们就自己在家过吧。这段时间，千万别出什么事……"

北欧再次点头说："袁厅长，我知道了。"

北欧知道，袁罡正所说的"出去"，就是要到国外去；他们这些人，手中有权，袋里有钱，想去哪里岂不是一件轻而易举的事？可是，刘妍在他面前，也说个没完没了，所以，他只高兴一会儿，就感到无聊透了。

他实在感到自己在袁罡正面前就像一条被驯养的小狗，刘妍则是牵着他的那条绳子！他很想让刘妍和袁罡正明白，他北欧不是吃干饭的白痴，要知道，他到省城来，是刘妍自己提出来的，自己也是为了证明自己能力和价值才来的，否则他留在吉州，留在于轩的公司好了，来这干啥？他相信，只要自己进入了政商圈子，只要给他一个施展本事的平台，他何止看得上一个公务员？他一定能得到他所想得到的！他必须要证明给所有人看，他北欧，完全有能力开创一个只属于自己的世界！

可遗憾的是，上回见过战勇和和尹媚后，再没听见任何消息了。他问过刘妍，可刘妍却说他"吃着碗里的，还看着锅里的，永远不知满足"。不过，刘妍已从游家同口中得到可信的承诺，他一定会在适当时候给北欧一个展露头脸的机会，只是因为北欧要参加考试，到现在也没有把这个好消息告诉他。

北欧很不高兴：现在可好，闯天下的眉目没见影子，娆娆又嫁给了那个浑蛋。眼下，刘妍把游家同领到家里，到底要告诉他什么消息呢？北欧挣扎起来，重一步轻一步上了楼，看到刘妍的卧室门紧闭着。他悄悄过去，贴在门缝处，听里面的动静。

"妍妍，好几年了，你这还像以前的精致和细腻，我真后悔。"

"你后悔什么？把我搞成现在这个人不人鬼不鬼的样子，你还后悔？"

"好啦，我们这样不是很好吗？天天在一起没有味道，小别胜新婚嘛，再说，不是有他吗？他年轻，比我劲大多了……"

“去去去……你要是对不起我，我会把你杀掉的！”

“小宝贝，只要我有机会，一定不会放你的鸽子。”

“反正，你别把我惹急了，如果北欧有个什么事，我饶不了你……”

忽然游家同小声问：“上次给你搞的三部奔驰车出手没有？”

刘妍满不在乎地说：“只剩一部了，我舅舅说想给我留下，但是我已经有车了，还是以后再说吧！”

“听着，做走私这种事情可得小心些，知道的人越少越好，哪怕是自己最喜欢的男人和女人……”

“那你的事情为什么让我知道啊？不过，我舅舅说以后我们不能搞整车了，最好搞配件……”

啊？他们果真在走私车？而且，还有刘妍的舅舅！北欧有些紧张，不敢再听下去，赶快轻手轻脚回到客厅，照原来的样子躺在沙发上。过了一会儿，两个人回到客厅，坐在沙发上，天南地北地说着闲话。

北欧睁开眼，做出刚醒的样子。看见游家同，他马上坐起来，不好意思地笑笑说：“不好意思，游关长，喝了一点酒，就醉得不行！”

刘妍关心地问：“你给娆娆电话没有？如果没有的话，你赶快给她去一个吧，免得她着急……”

北欧没有撒谎，说：“去了……不过，我很生气，她不听我的话，非要嫁给那个吴剑光不可。”

刘妍眼睛一亮：“是不是于轩的那个同学？他很好啊，英俊潇洒，是俊才呀！”

北欧板起脸冷冷说：“我可不希望她嫁给这个人……”

游家同感兴趣了，急忙问：“娆娆是谁？”

刘妍瞪他一眼，但不得不说：“娆娆是北欧的亲妹妹，是个美人胚子，只要是男人，那一定是人见人爱……”

北欧生气了："有你这样说话的吗？也不怕别人说你素质低！"

游家同长了心眼，帮着北欧说了刘妍几句："北欧说得对，你怎么能这样说北欧的亲妹妹呢？不管怎样说，将来你可是她的嫂子，姑嫂之间还应好好相处嘛……"

刘妍没想到游家同会说这样的话，她瞟了他一眼，对北欧说："好好好，我错了，以后小姑子来，我一定好好伺候！这总可以了吧？"

游家同看看北欧，突然问刘妍："妍妍，听说你私下里找过我家老头子，想让他给你活动活动，去下面锻炼锻炼？"

刘妍脸红了，说："哪有私下啊，我是碰上他顺便提了一下，没想到他老人家却答应了，我还以为他只是说说而已。"

"你还不知道我家老头子，他可欣赏你了，说最近有个去阿凉的名额，准备让你去，以后回来再考一下……"

刘妍笑了："呵呵，真有这样的好事呀？那你就替我谢谢他老人家……"

游家同嘴上说着"行行行，谁让我们妍妍是个有本事的女人呢"？心里却想着："你知道的太多，还是走得越远越好……"

刘妍没料到游家同当着北欧夸她，红了脸说："唉，我一个女人，还是少些颠簸好，老老实实做好一件事总比担风险好。以后啊，我回来就跟北欧好生过日子了……欧啊，到时就看你的啦！"

北欧好久才反应过来，问："你下去锻炼，到哪里去？"

刘妍极不自然地说："现在还不知道能不能办成。"

游家同却说："只要妍妍发话，我家老头子敢不照办？嘿嘿嘿……"

刘妍的脸挂不住了，悻悻地说："你们聊吧，我要休息了。"说完欲上自己的房间。

游家同这才告诉北欧，年前和他去战勇在省城的分公司看看。他说："战总说，因为你从来没有做过小车贸易，又考了公务员，所以只能先给他当助理，过了年你要上了班，每周六周日只去两天，算是兼职……”

北欧想都没想就说：“我去给他当助理，那个尹媚愿意吗？”

游家同盯了北欧一眼，心说，这小子心眼真多，居然拿尹媚说事！于是说：“瞧你说的，你当助理的事正是尹媚提出来的。”

刘妍马上折回身，问：“那他们岂不天天见面吗？”

游家同讥讽道：“妍妍，怎么？你不放心北欧啊？”

刘妍则说：“如果你是我，对自己的男人天天和一个风情漂亮又有钱的女人打交道，你会怎么想？”

游家同有些尴尬，只好自我解嘲：“你这个假设不成立！”

北欧却说：“刘妍，如果我考上公务员，再去做汽贸袁厅长同意吗？我怕他老人家生气。还是征求一下他老人家的意见为好。”

刘妍满不在乎地说：“他生什么气，他有什么生气的理由？不给他添麻烦就是算不错了……你说呢，家同？”

刘妍不再叫“游关长”而改叫“家同”，虽然微妙，还是令北欧寻味，只是他不点破，他要听游家同怎么说。果然，游家同的手在下巴上捋了一下，说：“妍妍，这样，你们也不要对他提说这件事，等以后再说，我自有安排。”

北欧做出一副感激状点点头说：“那就谢谢你了，游关长。”

刘妍非常欣赏地看着游家同，赞道：“你真行，人家说我舅舅行，我看你比我舅舅更行！对了，北欧，我舅要去国外，过年时，叫娆娆来吧？”

北欧没点头也没摇头，看一眼游家同。游家同站起来，说：“好了，走，我们到外面吃点东西吧，肚子都饿了。”

北欧很知趣，又说：“真不好意思，本来该我招待你的，现在只好你们去了，我酒喝多了，头有点昏。”

游家同眯缝着眼看他一眼，似笑非笑地说：“好啊，你在家里休息一下吧，等会你的妍妍就完璧归赵了。”

“刘妍，你可得招待好游关长，否则我不答应哟……”北欧的一语双关让刘妍听后很不顺耳，但她没有表现出不悦，答应着和游家同出了门。

北欧心说：现在我可不得罪你们，将来未必。

北欧估计他们已经下到楼下，他马上走到窗前，正好看见他们俩亲亲热热相拥着走到车前。游家同给刘妍开了车门，刘妍吻了他一下，进去关了车门，随后游家同也进了车，车迅速走了。看到这种情景，北欧并不生气，他认为自己根本没有为刘妍生气的义务和时间。然而，他却放心不下娆娆，他连忙拿起手机，拨下于轩的电话号码，他想让于轩多多关照娆娆。

63

天空突然变得灰暗，空气也很冷，梧桐树冷得“簌簌”作响，全然没了一点生气——大概要下雨了。路上行人大多两手交叉抱在胸前一路小跑，为抵御风寒时刻准备着，却不时横穿车道。娆娆坐在后面，两手抱着头伏在膝盖上，特别一蹶不振，似乎很快就要坍塌。于轩不敢言语，把米花糖放下，小心转动方向盘缓慢前行，生怕有人横穿马路造成安全事故，或抖着娆娆。

终于在公寓楼门停下来。因为已到年关，公寓的人们多已回了老家或乡下，只有新来的看门老头守在那里。突然看见于轩的车，他好高兴，正要上前问好，却见于轩开了车门下来，反身打开后车门，从里面连扶带抱将娆娆从车里接出来。于轩动作好轻，一只手扶着娆娆，一只手护着她的头，生怕车门框磕着她的头，嘴里说着“小心，小心”。看门老头只知道娆娆住在公寓里，每天能看见她进进出出，也知道她叫辛娆娆，但不知道她和于轩是什么关系。现在见于轩对她如此细致入微，便猜测两人关系很不一般，不好再觍着脸去打扰他们。没想到于轩这时却朝他歉意地笑笑说：“大伯，对不起，我要送她上去，请你帮我把后备箱的皮箱拿出来。”

辛娆娆挣扎着要自己走，嘴里说：“我，我自己来……”也许受伤太深，她竟然真的站立不起，只好任于轩紧紧抓住她。

老头哪里会说什么？他赶快把皮箱拿出来，饶舌却关心地问：“于总，姑娘生病了吗？还是我帮您把箱子拿上去吧，好多天我看她总是闷闷不乐的样子……”

“谢谢老人家……”于轩没有过多回应，急将娆娆扶上楼去。

老头跟在后面，仍忘不了关切，说：“于总啊，这个姑娘可真不错，我看啊你们别再拖了，干脆趁放假时间，把婚结了得了，俩好不如一好……”

于轩听了哭笑不得，娆娆苦笑，心说：你知道什么呀？真是乱弹琴！

老头走后，于轩给娆娆脱了鞋，把她扶上床，再给她洗了把脸，然后才盖上被子。他摇摇水壶没有响声，又马上到外屋烧水处插上电源烧水。

“娆娆，你等等，水一会儿就开了。”

娆娆没有说话，两眼紧闭着。

于轩只好坐在一边，可目光一直没有离开娆娆，而娆娆一直双眼紧闭。于轩又觉不妥，马上站起来走到窗前向外看，心里却在整理近来发生的所有事情。

辛娆娆不敢睁眼，她愿意身边一直有一个大哥哥这样无微不至地关心着自己。对于轩为她所做的一切，她十分感激，但从来没有也不会往男女情感方面想。一个是她不敢想，更重要的是，如果她真这样想了，那就是对于轩真诚善良的亵渎！在她心里，于大哥比起北欧哥来，更注重体贴入微。如果蒙上眼睛，在不知道的情况下，两个大哥为她做同一件事，娆娆肯定会认为做得更细腻更周到那个一定是于大哥！至于吴剑光，唉，伤人，别提了！

水开了，于轩倒了半杯开水，一面摇，一面吹，直到水凉了，他才把杯子端到床边递到娆娆唇边。像心灵感应般，娆娆微微张开唇，接受着如甘霖般的营养，点点流进心头……

于轩把米花糖放到娆娆身边，想问自己能不能留下来照顾她，又怕娆娆误解说自己乘人之危，或者娆娆直接说不同意；更为担心的是，如果娆娆不反对，又真怕自己留下来再也不想走，那成什么了？

看着娆娆孤单，害怕她胡思乱想，于轩决定给家里去个电话，正好林妈接着。于轩问："林妈，你现在有事没有，如果没事能不能马上到公寓来陪娆娆？"

"娆娆？"林妈不知就里，吃惊极了，"咦？小轩，你不是说今天是娆娆结婚的日子吗？怎么现在还在公寓？"

于轩看看娆娆，不知道该如何开口。不料娆娆睁开眼说："于大哥，不要紧，有啥就说啥，林妈又不是外人……"

于轩见娆娆如此豁达，便半真半假地对林妈说："他们的事我说不清，要不要娆娆亲口告诉你？"

"不，你说……"

林妈果然在那头直叫"娆娆"，于轩急忙把手机递给她，她推却几次，还是接过手机，叫了声"林妈"，大概林妈在问她什么或者说什么，但她一直"嗯……嗯……嗯……"却没有任何一点解释和说明。也许林妈着急了，也许太担心娆娆，便在手机里大声叫着"小轩，小轩"，娆娆急忙把手机还给于轩。

林妈没有再问于轩更多一点的事，只说："小轩，你爸说让娆娆到我们家来……"

"你问娆娆了吗？"

"问了，她不说话。"

忽然林妈小声问："小轩，你还是喜欢她，对吗？"

"这……"于轩心里一震，虽没回答，却极不自然地看一眼娆娆，未料娆娆也在看他！忽然他感到脸上一阵发热。他挂了电话，迅速自我解嘲般笑笑，说："娆娆，我爸要你先去我们家吃点东西……"

辛娆娆坐起来，摇头说："不去，明天我要早起，要去省城找北欧哥……"

于轩以为她在回避父亲和林妈，便说："其实，他们喜欢你，也不放心你，还是去吧？否则，他们会批评我的。"

辛娆娆还是摇头说："不去麻烦了。"

正在于轩感到为难的时候，娆娆突然问："于大哥，于伯父知道我和北欧哥的关系吗？"

"应当知道了吧？剑光父亲逝世那天，肯定把所有事情都给我爸说了。"

"为什么要给他说呢？"

"因为，因为……"于轩竟然说不出口。

"不过，我感觉，事情远没有结束。"

"为什么？"

"因为那天，我从林妈和那个女人的谈话中感觉到。虽然听不清楚，但把断断续续听到的连起来，应当不会差到哪里。"

于轩发愣了，不知该点头还是该摇头。不等他回答，辛娆娆又说："也许你不是于老伯的亲儿子，而北欧才是！你说真是这样吗？如果是这样，你为什么不说？如果你早说了，或许就不会发生那么多的事情，如果你说了，或许北欧哥就不会去找刘妍。"

于轩能说什么呢？他无言地坐在一旁，看着娆娆平静的眼神，虽然她的话里没有恨意，也没有责备，但他心里却一阵又一阵地涌动着难以形容的悔恨和自责。

"娆娆，你的猜测是对的，可能除了你和剑光，还有北欧不知道，其他人全知道了！"

辛娆娆一点不感到意外，却说："于大哥，我不怪你，你没有马上说一定有你的苦衷，只是对北欧哥……”

从来不流泪的于轩眼睛湿了，他低下头说：“娆娆，你骂吧，只要你觉着好受点……”

辛娆娆于心不忍，急忙解释：“于轩哥，我没有责备你……要是，要是你回去能给于伯父好好谈谈，能不能把北欧哥找回来……”

于轩抬起脸拭去泪水，点头说：“娆娆，其实这些天我已经在做准备，我知道该怎么做，我爸也在做准备……对了，娆娆，你能否告诉我，那天我父亲怎么会在医院？”

辛娆娆摇摇头说：“我也不知道，我们去的时候，他父亲已经走了。只有他妈和于伯父正说着什么，看见我们就不说了，我好吃惊，可我看出，他在那里时间不短……哦，一定是林妈告诉他的……”

“娆娆，接下来你打算怎么办？要不，先不去省城，就到我家去过年吧，我爸很喜欢你。”

辛娆娆似乎早就想好了，不假思索地回答：“不了，我还得去省城，把这一切都告诉北欧哥。至于我以后的去向，去省城后再说。”

于轩不安地看看她，问：“我还是请林妈过来陪陪你，过两天她也去省城，如果可以，你们最好一同去……”

“怎么？她要离开伯父？”

“林妈很要强，她想给父亲留点思考的空间……再说，她去省城看望她的幺舅……”

忽然，辛娆娆问：“于大哥，你是希望林妈离开于伯父吗？你以后怎么办？”

“我希望？我当然不希望他们分开呀，可我说了不算。我还是离开公司，离开家，让北欧回来……”

“也离开吉州？”

“不，我虽然不愿意，但同样会接受市政府的聘用，为吉州百姓服务！”

辛娆娆听他这么一说，不由自主用一种特别的目光上上下下打量他，好像从来不认识似的。的确，她十分赞赏于轩的态度和境界，说：“于大哥，你是好人。”

于轩的脸红了，心里荡起一股温暖的涟漪，得马上走！他连忙说：“娆娆，你没啥了，我得赶快回去，你把米花糖吃了吧，一会儿林妈给你带吃的东西来。什么时间去省城告诉我，我送你……”

果然，外面下起了雨，虽然不大，但也拉直了线条，于轩就这样要走，娆娆一定要于轩拿上雨伞。于轩下楼来，正好接到北欧的电话。于轩告诉他前面发生的事，告诉北欧可能娆娆年前会去省城。北欧很高兴，说会给娆娆打电话，并一遍一遍嘱咐于轩一定要亲自把娆娆送到车站。

于轩自然一一听着。

64

雨下那么大！

于胡源和林媛不由得同时看着外面，大家脸上都十分焦急。林媛忽然想起什么，急忙走进厨房，可不多会又走出来，见于胡源还站在那里发呆，便轻轻走过去站在他身后，动动唇，好像有话对他说。于胡源十分专注地看着天和地的昏暗空间，轻轻叹口气，胸中似有无穷郁闷吐不出来，但到底没有发现林媛站在自己身后。

从那天晚上于胡源主动去了林媛房间后，林媛第二天便去了楼上，与于胡源同寝而卧，忘记了没有领证的烦恼。很快，两人做了心灵最为直接的沟通，说出了很多两人互不知道的事情，而且对双方接下来需要做的事情做了周密的安排。于胡源从医院回来后，除了吴志国托付之事，把吴志国的死，白珊花的哭，一一告诉了林媛，林媛听了很是难过。于胡源说完这一切，顿时感到十分轻松。

林媛非常理解吴志国的心情，也很同情白珊花的凄凉，但她却改变了原来的想法，只说了一句话："老于，我们虽然没办证，但已是名副其实的夫妻了。对这件事你怎样想，我不问，只希望你趁我去省城的这个空档，把事情处理好，同时也希望白珊花真的能原谅你！无论如何，她现在丈夫死了，我们都应当帮助她……"

于胡源何尝不明白？但从那天的情况来看，要让白珊花真正原谅他，而且以后接受他的帮助，谈何容易？

林媛又问道："对了，老于，老吴去世，我们虽然送了花圈，但没有亲临现场；今天娆娆出嫁吴家，我们更没有去，珊花会不会生气？"

于胡源摇摇头，看着外面的雨雾说："不是我们不想去，而是她说了不让我们去！如果我们去了，真让我们下不来台，岂不是很尴尬？到时孩子们如何应对？"

林媛想想也是，又说："倒是，真要去了，搞不好大家都会生一肚子气。"

于胡源转过身，又说："嗨，小媛，真谢谢你，那天要不是你留个字条，要我替你去医院看望一个生病的朋友，我可能永远不会知道白珊花就是老吴的妻子，吴剑光的继母……谢谢你！"

"嗨，如果我不说，你以后知道不骂死我才怪，要是我明说，我又担心会出什么意外，所以，就让你在突然之间看见珊花，再怎么都不会发生意外了。"

"是啊，我一进去，就看见白珊花，也才知道老吴要死了。"

林媛明白：吴志国一定当着白珊花的面向老于提出过什么要求，否则，老于不会多次在她面前欲言又止。到底还有什么呢？于胡源没有向她透露半点。于胡源又能说什么呢？那天他走进病房的第一眼看见白珊花，马上明白了林媛有意让他来看看她和她生病的老公，但根本没有想到她的老公就是吴志国，他好惊讶！

没有其他人，白珊花只是哭。吴志国断断续续说了一些话后，颤颤微微伸出一双骨瘦如柴的手抓住于胡源的衣边微弱地苦求道："老于，我，我对……不起……你……我……走……后……就苦……苦了莲莲，看在她……她是……北欧……娆娆……的亲妈……分……分上，你……就让……她回……你身边……吧……"

于胡源惊了，但他能说什么呢？

白珊花却叫道："不……志国……我有小光……"

"小光……靠不住……"

"还有娆娆……"

"我……我……不……放心……听话……让他们……结婚……"

吴志国咽气了，白珊花号哭一阵，抽咽着，骂着于胡源。这时候吴剑光和娆娆走进来了，看见两人若即若离的样子，于胡源正想说点什么，小轩进来了。他赶快趁人多的时候溜了！——因为他无法面对那个场境，更无法面对那许多人！本想等小轩回家后问问，可小轩却一直在吴家忙着。

吴志国的葬礼虽然他没有去，但他却在殡葬品小店买了一个最大的花圈，写了"吴兄走好，源弟送安"八个字，让小店老板送进去了。娆娆和吴剑光结婚，本是一件大好事，可于胡源不愿去，他实在不明白，为什么儿子的婚姻一定要老子来决定？即使为了自己深爱的妻子，也不能包办后辈的婚姻。否则，他们幸福吗？

现在，于胡源急着小轩回来，他要和儿子讨论一下这个问题。

看见于轩回来，于胡源十分殷勤地拍着沙发说："小轩，这几天你累坏了，来，坐下休息一会儿……"

于轩则一边收伞一边怀疑地问：“你们……你们没什么吧？”

林媛马上脸露笑容，看一眼于胡源说：“没什么，我正准备去娆娆那里……你们聊吧，我打的先过去了，明天见！”说完拍打拍打衣服，提着包就要走。

于轩马上拿起雨伞送到林媛手里，叮嘱道：“林妈，一会儿娆娆给你说什么你听什么，什么建议都不要给，让她自己考虑吧。”

林妈不解，问：“他们之间到底发生了什么事情？”

于轩不得已才说：“今天是她和剑光结婚的日子，正好北欧给我来电话，我就把娆娆今天结婚的事告诉了他，没想到北欧把娆娆好一顿骂……可能因为北欧相当反对，剑光接受不了……”

于胡源惊讶极了，说：“哦？怎么会这样？”

林媛却故意说：“要是娆娆嫁的是我们小轩，肯定不会出这种事。”

林媛这句话击中了于轩的要害，他连忙半推半就地说：“好啦，林妈，所有人家的儿子都不如你的儿子好……还是我送你去吧……”

“不用，我自己打的去。”

说完，林媛出门打着伞走进雨里，于胡源的目光随过去，好久好久才收回来。现在好了，林妈走了，于轩可以和父亲好好聊聊心，同时也把他的决定正式说出来。

没等于轩开口，于胡源小心问：“小轩，为什么他们一定要在父亲刚死后就举行婚礼？”

于轩双手压在父亲手上，说：“爸，这个我也不太清楚。听剑光说，他本来不十分情愿，但因为父亲，他只能听父亲的，三天时间，没想到他却没等到这一天。对了，当时你应当听见他爸死前不断念着‘结婚’两字？”

“听见了，我以为娆娆他们自己决定的。”

“哪里？听娆娆说，本来剑光追她不已，可自她和北欧的身世及他继母的过去揭开后，想法就变了。娆娆本来就不同意，但经不住剑光父亲的苦苦哀求。而他父亲之所以这样，一是以为两人好，二是为忏悔，三是心里放不下剑光的继母……”

“看来老吴对剑光的妈妈是很有感情的。也好，她也值了。”

于轩懂得父亲这句话，只说：“也怪我，只知道剑光曾经疯狂地爱娆娆，以为他们俩有感情基础，见娆娆不太愿意，反而还竭力促成他们。谁知……”

“你呀，这样的婚姻也幸福？你一个聪明人，怎么能那样？”

“我知道自己错了。”

“打算以后怎么办？”

“没想过。”于轩不想继续这个话题，“爸，那天你怎么去了医院？”

于胡源闭上眼睛，好久好久才睁开。然后拖着沉重的心情给于轩讲述了他到医院去的原因和经过……

前天，林媛去买菜，给于胡源留下一张字条，说她有一个曾经的老朋友正在医院住院，要他必须代她再次去看看。于胡源信以为真，既然是林媛的老朋友，理应当多多关心才是。所以吃过早饭，他立即去买了好多水果乳品之类的东西，根据林媛的提示，很快到了病房。

刚进门，便迎面出来了白珊花。两人四目相对，惊讶无比，同时说出：“是你？”

顿时，像时间突然被卡住，血液一下断了流通，于胡源和白珊花同时定在那里动弹不得，更无声音，只有两双眼睛流露出不同的含意。床上的吴志国突然大叫一声，然后呻吟着叫莲莲。白珊花迅速反应过来，丢下于胡源直奔病床，随即曲下腿俯下腰，呼喊“志国”。于胡源一听，有些敏感，急忙走过去，才知道病人是他曾经的熟人，曾经工作上的伙伴，曾经背后给他使绊的人吴志国。他惊讶了，一时没能说出话来。于胡源什么都明白了：林媛叫他到医院来，就是为了让他来看看病重的吴志国，更重要的是让他来和白珊花见面。

这时，吴志国好像从遥远的地方回来，摸索着，摸索着，渐渐睁开眼睛，看见了白珊花——他的莲莲！他的目光越来越清晰，他抓住白珊花，无力说道：“我差点……差点看不见你……你了……”

白珊花使劲抓住他的手摇着，逗他：“我就在你身边，怎就见不着我了？你看他是谁？”

于胡源连忙俯着身体向他问好：“老吴，我是于胡源，对不起，我不知道是你生病了，光听孩子们说起，却没想到是你呀！”

吴志国越来越清醒，他终于认出了于胡源，马上颤微微伸过手，给于胡源拉着，说：“是……是不可能……想到，再说，我们……不在一个……行业……”

于胡源亲昵地埋怨说：“老吴，那年，我们在政协开会，想和你聊聊，可你拒绝了……”

吴志国似乎这才想起身边的白珊花，他清晰叫道：“莲莲，不，珊花……我们——想忘……却总是……忘不了……了啊……”

白珊花哭了，她低着头抽泣着叫道：“志国，别说了……”

吴志国无力招一下手说：“来，你们……把床……摇高些……”

于胡源马上主动走到床这头，很快将病床摇高。可吴志国根本没有坐的力气，又说：“算了，还是……放下吧……”

于胡源又马上轻轻把床摇低，随后走到吴志国面前，安慰他说：“老吴，你要安心养好病……”

吴志国摇摇头，浑浊的眼泪从眼角流下，他说：“老于，那……那封信……是……是我写的……请……你原谅……”

于胡源还是抓住他发冷的手，急忙摇头说：“不，我知道……谢谢你……”

吴志国却微微摇头说：“老于，求你……一件事……”

于胡源诚恳地说：“别说求，啥事你说，我照办就是了。”

吴志国牵过白珊花的手，对于胡源说：“老于……我……我不行……行了……丢……丢下她……我不……不放心……你……和她有……北欧……还有……娆娆……就一起……生活……吧……”

于胡源没料到吴志国会说这些话，他看一眼白珊花，不知怎样回答。而白珊花此刻眼中却向他射出仇恨的目光，她制止吴志国说下去，说：“志国，你不用为我担心，我有小光，我会活得很好……”

“我……我担心，担心小光……靠不住……所以……”吴志国说起话来越来越困难，“听话，照我的话……去做……老于……同意吗……”

于胡源知道吴志国这时候说那么多，是在向他托付。突然想起林媛，他不敢答应，也不想答应，但他敌不过吴志国那双期待的昏黄眼睛，只好点头，回答说：“老吴，你放心，我答应你，会很好地照顾她的。”

吴志国笑了，虽然笑得很困难，但十分温暖。他努力睁大眼睛，看着白珊花，渐渐地，他目光散乱，眼皮合上，再没睁开……白珊花大声喊着“志国……”摸着吴志国慢慢发灰的脸，禁锢许久的痛苦和悲哀全部爆发出来，声音冲出窗户，冲进病房过道，直到吴剑光和辛娆娆迅速奔进病房……

于轩听完父亲的叙述，沉吟良久后问：“刚才这些你都给林妈说了吗？”

“除了吴志国的托付，其他全说了……”

于轩不想干涉父亲如何打算，但他担心父亲为了过去的错而丢下林妈。他思考片刻才说：“爸，你自己决定吧。林妈待我如亲生儿子，如果她不能和你在一起，那么，就同我一起生活吧，我会孝敬她老人家直到百年。”

胡源不悦了，说：“小轩，你说的什么话？我什么时候说要丢下你林妈？行了，你管好公司，其他事情不用你操心。”

于轩坐得端端正正，两手放在膝头上，郑重地说：“爸，请原谅我一直对你的隐瞒。不过，我早做好准备，只等这一天的到来——我准备春节过后，把公司的上市申请及资料交上去，运作团队组建好，就把公司交还给你！”

“啊？”于胡源眼睛瞪得很大，显然非常吃惊，“早做好准备？什么时候？”

于轩冷静回答：“从北欧要离开公司，你对北欧感兴趣那时起……”

“你要离开我？”

“爸，你把我养大，教我做人，让我读书，培育我成才，永远是我的父亲。不过，儿子长大了，总得有一个离开，我想，应当是我离开的时候到了。”

“我年纪大了，你走了我怎么办？”

于轩真诚地说：“爸，把北欧找回来吧。他很能干，他会把公司搞得很好的。”

于胡源没有表态，只问：“你会与杨廷玉的女儿见面吗？”

于轩摇摇头，什么也没说。于胡源点点头说：“我知道，你还想着娆娆……那是个好女孩，吴剑光怎么不知道珍惜呢？”

父子俩你看看我，我看看你，满眼都是不舍和信任！虽然外面的雨下个不停，可父子俩听来却像一曲美妙的乐音！

65

明天就是除夕。

要是往年，全城都能听到爆竹鞭炮噼噼啪啪的响声，这个年似乎有些冷清。为了安全，市政府发通知不让在城里放爆竹鞭炮。所以小孩子在大人的带领管束下也只能偶尔偷偷摸摸摔几个“二踢脚”，听点响声罢了。不过大街两旁的梧桐树上绕满了彩色的灯饰，挂了无数红红的小灯笼，等到晚上，树树开花，整个吉州市都会大放异彩，成为不夜城。

林媛早上回来说，兄嫂已经从乡下赶来，并给她带来年货，要人去接一下，然后林媛跟他们一起去省城看望舅舅、舅妈。于胡源一听马上要于轩送林媛走，顺便把年货拿回来。可林妈无论父子俩怎样催促，她非得先把年货处理妥当才走不可。说到底，就是要先把父子俩过年吃的东西全都做好，到时只微波炉温一下就可以吃了。于轩拗不过，只好载着两个老人一起去车站，与舅舅舅娘见了面，给了他们过年红包，还把他们送上了去省城的火车，说让他们放心，今天一定要林妈赶去省城。

自然，林媛又跟着回家来忙个不停。

趁父亲和林妈忙着，于轩便驾着车，先去手机专卖店给林妈和娆娆各买了一部手机，然后闷闷不乐地行驶在安乐大道上。说实话，昨天把决定告诉父亲的时候，他是那样镇静和豁达，可到晚上，他才知道这种镇静和豁达只是暂时的。说到底，他并不想离开家和公司，但他的不想离开并非贪图荣华富贵，而是想一直拥有那份难得的亲情和业有所成后的乐趣。如果北欧一旦知道自己才是父亲唯一的儿子后，一定不会放心他继续留在公司。因为他除了了解北欧的才华，更了解他的性格和心胸！如果他继续留在公司和家里，北欧能长久容忍他的“侵略”吗？

想到这些，于轩的心情有点灰暗，总想找人倾诉。但找谁呢？

现在走的这条路，是吉州城自改革开放以来建设的第一条具有现代气息的品牌大道——南蜀大道，能同时通过六辆大汽车，它标志着吉州市城市交通的巨大变化，引领着南蜀地区的城市建设发展，具有里程碑意义。但今天他并不想走这条路，可不知为什么，他又不知不觉拐上这条路了。原来在大道中段几百米之外，就是辛娆娆提过的，竣工不久的园林建筑——于轩亲手设计建造的“幸福怡乐广厦”。

广厦内部装修全部完成，所有房间、卫浴一应设施完备。广厦占地一百多亩，周围绿色成屏，犹如天然氧吧。广厦共有六层，电梯上下。墙体乳白色，窗沿淡灰色，玻璃蓝色，偶尔白色的窗帘从窗口飘出来，给人一种轻松愉悦。一排排空调排气箱全置于窗下的百叶后面，格外整齐、朴素、简洁。广厦前后地上，花园、苗圃、草坪、盆景、假山、水池，已经全部完成，看上去分布有致，动静相宜，色彩缤纷，生意盎然，相映生辉。广厦前面有个很大的运动场，场上安放有许多不同功能的老年、少年的运动器材，可供五十个人同时锻炼。广场边新植的梧桐树，虽然冷风在吹，但它仍然倔强挺立……

于轩设计之初，本想建个民营医院，以解决市民看病难的问题。后来，他改变了计划，而改建“广厦”了。于胡源问他为什么改变初衷，他回答：想为吉州市的孤寡老人和失亲孤儿们做点善事，使他们老有所靠，幼有所养。于胡源虽然没有问儿子为什么要这样，但他心里明白，儿子正在做他曾经想做的事，只是他的计划不会这么早实行罢了。于是，他同意了儿子的做法，并身体力行地为“广厦”做了许多联络工作。

于家父子的举动，极大的震撼了吉州市民，他们以实际行动积极响应，有钱出钱，有力出力，吉州市四大班子也借这个机会，无偿提供土地……经过两年半时间，广厦终于建成，整个吉州市所有登记在册的孤寡老人和孤儿，可望开春后正式入住广厦。

现在，他想到“第一山”去，想去那里再度思考一下接下来的两件大事——离开公司离开家去市政府，谢绝和杨廷玉的女儿见面。在他心里，他对去政府部门没一点兴趣，否则，他刚从美国回来的时候，他就到市政府“人才储备中心”登记了。原本在他心里有个庞大的计划，他要当个文化型建筑企业家：运营好吉州的房地产，积累雄厚资本，建设一支集设计、建筑、装饰、维修为一体的高素质的建筑队伍。他要和北欧一起，成立集团公司，把公司开到上海、北京、深圳……

现在看来，除了公司未来上市，当初的理想仅仅是个理想罢了！只要自己离开公司，一切都免谈！他对去市政府不感兴趣，也担心自己去后不能起什么作用，他的才华很可能白白浪费，何况听人说如今官场有许多潜规则？

唉，快去快回，还要送林妈走呢！

“糟糕！”突然，于轩想起娆娆：对了，她不也要去省城吗，我说过让她等林妈，送她的，她会不会已经走了？于轩懊恼自己不记事，担心娆娆生他的气。

忽然他从挡风玻璃里看到右侧前方一个熟悉的身影——扎着马尾发，背着旅行包，穿双白波鞋，快步向前方走去。看她急匆匆的样子，就知道她在赶时间。

他连忙给她拨去电话，才想起娆娆没有手机。不行！无论如何都得亲自送她上火车。于轩加大了油门，追上去，“嘎”地停在她的一侧，怕她不知道，于轩特意摁了两下喇叭。辛娆娆似乎一点不吃惊，好像她早就知道摁喇叭的是于轩。她停下来，侧脸看看开着的车窗，一句话不说。于轩从里面打开副座车门，她迟疑片刻，随即进去坐下关上车门。

于轩问她：“你怎么不等林妈？我说过送你的！”

辛娆娆十分平静，回答说：“没有电话，林妈说她还有事，要我别等她。再说最近麻烦你不少，我自己走就行了。”

于轩有点生气，看着前方开着车，带着训斥意味，提高声音说：“什么就行？你这样我很不放心！”说完从旁边拿出刚买的新手机递给她。

辛娆娆很惊讶，但很快接过手机说：“林妈还没有决定什么时间走。”

“卡装上了，现在有电，去省城后没电了就充十二个小时……”于轩赶快调整心态，问：“你告诉剑光了吗？”

辛娆娆没说客气话，只回答：“没有，不想说。”

“你不说，他会担心你的。”

辛娆娆冷笑两声说：“哼，他会担心我？你没看见，昨天差点把我给吃了！”

“你真不理剑光啦？”

“既然已经这样，有什么理不理的？”

“没有这样糟糕吧？”

“我们大家都平静下来后再说吧。”

于轩看辛娆娆一眼，试探性问道：“你去后，不会马上告诉北欧什么吧？”

“这个……我要看机会。我不想让刘妍知道。”

“什么时候回来？”

“不知道……”

“你们真没办法相处？”

“不是能不能相处的事，原来我以为和谁结婚是我的事。没想到婚姻关系到的不仅仅是我们两人，还有我的亲人。北欧哥是我的亲人，他不喜欢剑光，而我强和剑光结婚，以后我连一个亲人都没有了！我已经尝够没有亲人的滋味了，我不想再失去唯一的亲人！”

“你还有母亲……”

“还是别提吧。”

于轩十分理解辛娆娆的心情，也为她目前这种心态感到担忧，但他没办法说出来，也不好说出来。本来他想说：“娆娆，你别走吧，既为了你北欧哥，也为了我，你留下来吧。”但他怎能说出口呢？如果说出来，她愿不愿意？吴剑光知道了会怎样想？

“对不起，娆娆，我不该隐瞒我对你……”他眼里流露出伤感，没料到被娆娆发现了。

辛娆娆有些吃惊——于大哥想说什么呢？忽然，她又想起那次说起感情之事的时候，他玩笑式说要她也考虑考虑他的话，感到不可思议。怎么会呢？于大哥对她很好，是个十分理性的男人。他为人善良，总为别人，说话做事从来有分寸有理智，在她的印象中，从来没看到他有任何儿女情长的表现，在她面前，他是一棵高大伟岸、温暖的梧桐树，怎么能喜欢她这棵小草呢？

于轩很快调整好心情，没话找话说：“你刚才没有看到我的车停在路边？”

“看到了，也看到你在广厦前面，所以没有惊动你。”

“你见了北欧，如果说起身世，你可以告诉他，我已经决定离开公司。对了，娆娆，你说我要不要和杨市长的女儿见面？”

于轩又看辛娆娆一眼，希望她有所反应。他失望了，却又不甘心，又问：“娆娆，我问你呢？”

“我？”娆娆有点感动，便真心诚意地说，“我觉着没意思，也许我太清高，反正我不希望以后有个官员女儿做我的嫂子……”

于轩听了，若有所思地“哦”一声，明白了什么，他的脸红了，想到云台寺上那支签，想到遥远的未来……

忽然，辛娆娆叫道：“于大哥，走错路了，应当走……”话没说完，于轩急忙一个大转弯，差点撞到路边的防护栏上。

“啊！”于轩叫了一声，车停了下来。于轩看看车外，还好，没有交警，否则……于轩不知道今天自己到底是怎么啦？开车本不该说话，自己居然忘了！平时很熟悉的路，今天居然走错了，差点出大错……难道今天会出点什么事才算了结？他看一眼辛娆娆，将头伏在方向盘上，全身显得无力。

辛娆娆慌了，急忙欠过身体抓着他摇着叫道：“于大哥，你怎么啦？哪里不舒服？告诉我……”见于轩不动，她更慌了，想扶起他靠在车座上。

蓦地，于轩抬头睁开眼，眼里含着泪花，伤感地看着她，轻轻问道：“娆娆，你真要离开吉州城不回来了吗？”

辛娆娆第二次看到于轩这种眼神，心里有些迷乱，现在听他这样问，竟不知该如何回答了。突然，于轩倾身过来紧紧抱着她，颤声说：“娆娆，你别走，我不让你走……”

辛娆娆惊骇了，于轩奋不顾身吻向她的唇，想把震颤像电流一样的情意传递给她。辛娆娆想挣扎，但很快不动，她急忙闭上眼睛，将两臂合拢全身心地拥抱他，扭过头，眼里溢出泪水……

时间在一分一秒中验证这对男女的情感品质，一个本该冷静理智却火焰熊熊，一个本该火焰熊熊却冷静理智。突然，于轩像受惊的兔子，放开辛娆娆，紧紧抓住她的两肩，瞪着一双红红的眼睛，看着她惊问："娆娆，我这是怎么啦？"

辛娆娆没有回答，任眼泪放纵地流着。于轩害怕了，连连道歉："对不起，娆娆，我错了，你别哭，你打我几下吧。"

辛娆娆终于停止了哭泣，十分感激地看着这个把她爱得如此深沉，而她却以为从不敢高攀的男人！她弱弱地说："于大哥，不怪你……把我送到车站吧……"

然而，这一切，却被另外一双眼睛看得清清楚楚！

66

早上，吴剑光裹在李佳靓的床上，懒懒地不想起来，但是两眼却睁得老大老大。他扫视着空荡荡的出租屋，心里发酸：要是没有北欧，也没有发生那一系列事情，此刻在我怀里的不就是娆娆了吗？

其实，吴剑光的心情很复杂，可以说五味俱全。

本来想好好享受征服娆娆后的快感，结果却因为北欧一通电话，不仅弄得狼狈不堪，而且还差点鸡飞蛋打，现在却偷偷摸摸在这里和李佳靓鬼混！

之所以说是鬼混，说明他最终并不想和李佳靓结婚，而娆娆，只能是他人生途中一个匆匆过客。一句话，他既不想娶娆娆那种卑贱出身的女孩，也不想要李佳靓这种素质太低的小市民闺女。

是的，过去他多爱娆娆啊，每天都想见她，如有一天不见，如有一天不和她说话，他都会感到寝食难安。在他眼里心里，娆娆就是一个天使，一个美丽女神，一个他一生一世都爱的女人！可是，瞬间一切全无，一切的美好都变成了泡影！什么纯洁、美丽、可爱、高贵，都通通去见了鬼。他要的是纯洁无瑕，要的是绝对高贵！一切都变了味，他有一种上当受骗的感觉，有一种难以形容的耻辱！

失望和愤怒纠缠着他。

持续的时间越长，上当受骗的感觉越深，耻辱感越强！本来这一切感受只能他吴剑光特有，所有人，特别是辛娆娆，必须尽心力抚慰他受伤的心，求得他的宽恕。不料，反过来了，他们都没错，不仅不理解抚慰他，求他原谅，宽恕，反而憎恨他，错的倒是他吴剑光！

辛娆娆，既然这样，你为什么要答应嫁给我？既然答应我，为什么不顺从我？你以为你委屈？我才感到委屈！你千万别说嫁给我是看在我父亲的分上，难道你没看出来，我父亲之所以苦苦哀求你嫁给我，全是为了你妈？为了你妈以后不受我的欺负？我为什么不反对？因为我不希望我父亲死不瞑目！

对养我长大的继母——你的妈，我已经多久没叫过她“妈”了？我吴剑光有什么错？不就是享受了你妈多年的照顾吗？可是，她得到的是什么？是我父亲全身心的爱，和二十多年可能想都不敢想的富足物质生活！水有源，树有根，我父亲之所以成为你们母亲的帮凶，说到底，如果不是那个男人无情无义在先，你们的母亲狠心在先，我父亲会那样吗？

既然结婚，我总该享受一点丈夫应有的待遇吧？为什么因为北欧一个反对电话，就轻易放弃了做男人的机会，而发火把她赶走了？辛娆娆，你别回来，只要你回来，我绝对不能轻易放过征服你的机会！

昨晚的情景吴剑光历历在目。

不可否认，李佳靓并不是我所爱的女人类型！李佳靓长相不大气，说话做事显得小家子气，缺少知识女性的气质，真赶不上你娆娆，说到底，书读少了！但是，李佳靓的出身比你干净，而且知道我喜欢听什么，在意什么，而且有心计，善于迎合。有什么不能说的，或是听他说话不中听的时候，她从来都会放在心里，哪怕自己憋得十分难受，她也不会随便说出我不喜欢听的话，更不会给我脸子。而且她会在我需要她的时候，不论有无名分，她都会全力以赴，义无反顾。

辛娆娆，你太过清高，太过知性，太过自我，太过珍惜羽毛，却忘了自己的出身！

——吴剑光不断为自己与李佳靓厮混的行为寻找理由，他心里叹道：辛娆娆，不能怪我，是你把我推给了李佳靓，是她让我享受到了从来没体验过的男欢女爱……

李佳靓端回饭食，见吴剑光还赖在床上，想起昨夜他的疯狂，脸红了，温柔问："光，昨晚累了？睡了一上午，该起来吃饭了……"说完将饭盒放在桌上，向吴剑光偎过来。

吴剑光带着软软的口吻夸说："佳靓，要是娆娆像你就好了……"

"哦……还想她？"李佳靓嘴里说着脸上笑着，心里却不高兴，但她却没表现出来，而是娇柔妩媚贴在吴剑光脸上，撒着娇说："不嘛……你可不能吃着碗里的看着锅里的，要是当初你娶了我，现在你都当爸爸了……"

吴剑光将手伸进李佳靓的衣底，抚摸着李佳靓光滑的肌肤说："我可不想这么快当爸爸，娆娆也不会……"

"又是娆娆，可我以后有了怎么办？要不，和她离婚吧？"最后一句话李佳靓说得格外小心，同时仰头看吴剑光一眼，目光里含的内容太多太多。

离婚？吴剑光从来没想过！他说："哼，成了我的女人再说离婚不迟……"

忽然，李佳靓露出满脸神秘，把吴剑光的两只手拿出来绕过她的腰，放在脸前摩挲着，小声说："对了，我想……不知该不该说……"

吴剑光就是喜欢她这样，以为她又想那个了，便逗她说：“你不说我都知道……”说罢又蠢蠢欲动。

而李佳靓这回却十分认真。她转过身，双手搂着吴剑光的脖子，看着他的眼睛，说：“先说，你听了不准生气。”

吴剑光做出保证不生气的手势，说：“快说，不说我就动摇了！”

李佳靓马上把她刚才看到的并非完全真实的情况娓娓叙述一遍，还没发表意见，吴剑光“轰”地起身坐起，抓住李佳靓，厉声问：“你说的可是真的？”

李佳靓十分委屈，说：“我哄你干吗？我也是无意间看到的，他们的车停在路边……我本不想告诉你，又怕你受到伤害……”

“坏了！”没等李佳靓说完，吴剑光“噌噌噌”几下穿好衣服，就冲出门，惊得李佳靓许久没反应过来，一看，他的手机还在桌上。

吴志国走后，白珊花几乎每个夜晚都没有好好睡过觉。本来想小光和娆娆结婚后，今天和她一起送志国的骨灰盒下乡安葬，就算入土为安，以后大家商量一下未来的生活如何安排，然后自己就在乡下跟老母亲做伴。没想到这场寄托着志国生前愿望的婚礼竟然瞬间被破坏。娆娆走了，小光很可能去李佳靓那里了，偌大的别墅只有她一个孤独哀伤的女人守着。

虽然她不清楚他们为什么会吵架，也不清楚娆娆为什么愤愤离去，但她却清楚小光不再是以前的小光。从他看自己的复杂目光，从他再也没叫她“妈妈”，从他对她不客气的说话，从他和娆娆的冷漠关系，以及与李佳靓的谈笑风生，她便知道自己已经不属于这个家，娆娆以后也可能不会再回到这里。但是，把志国骨灰送回乡下安葬的事今天一定得做，即使小光不回来，她一个人也得抱着志国的骨灰回乡下。

小时候的小光特别受溺爱迁就，但凡什么事情都得征求他的意见，最终以他的意见为准，因而养成一种自负任性狂傲、目中无人的性格。但是，再怎样他也从来离不开她这个妈妈。只要一时不见，他总要到处寻找，然后抓住她要她保证永远不能离开他。因此，她把所有母爱亲情全都倾注在小光身上，而完全忘了乡下的亲生儿子和不知流落何方的小女儿。只有志国爱抚她以后，直到夜深人静，她才可能会在黑暗中想起乡下，想起她还有一双儿女……

志国爱她，那种爱是她至死都不会忘记的。

在小光面前，她是一个只知道付出爱心的妈妈，在志国面前，她却是一个惹人怜惜的孩子。除了小光和家务，其他什么都不要她操心，只要她高兴，志国愿意为她摘下天上的星星。每年年底不用她提醒，给老母亲的钱已经汇走，大额的过年钱任她花销。无论什么时候出差在外，总要给她带回昂贵的礼物，有时让已经长大的小光忌妒不已，吵着爸爸不公平。每年暑假，他必须带着她和小光到处旅游，北京、上海、广州、重庆，还有三亚……志国生病后，虽然不能像以前那样爱她，但小光因为对父亲的深情，也给了她更多的厚意。为此，她感到特别欣慰和满足，更是忘记了亲人。

可是老母亲来后的那场风波，完全使自己在小光心里大打折扣。对于志国坚持要小光、娆娆结婚的真实心意，白珊花最明白不过。志国爱她，希望自己走后她身边有北欧、娆娆、小光融融相伴，儿孙绕膝，阖家欢乐。同时也为提防小光不管自己，特别在他已经看出小光开始扭曲的变化后，他竟然借于胡源突然来病房看他的机会，当着她的面把未来托付给于胡源，希望她能和于胡源重归于好。对此，当时她没有说什么，但现在志国走了，如果谁要再提起这事，她一定会翻脸。因为他不相信于胡源，只有志国才能给她一生一世的爱！

昨天晚上，白珊花等吴剑光回家一直到半夜，可却不见影子。她去了几次电话，可他的手机却一直关机。她猜到吴剑光找李佳靓去了，心里好难过。已经十点过了，可吴剑光还不回来。她有些着急，连忙又给吴剑光去电话，这回电话通了，可接电话的却是李佳靓。

白珊花好吃惊："怎么是你？剑光呢？"

李佳靓笑得好甜，说：“伯母，他走了，手机却忘拿走……”

白珊花忍不住又问：“昨夜，他在你那？”

李佳靓笑得更甜，说：“可不是，叫他走，他就是不走，我也没办法。”

白珊花丢下电话，气得呼呼出大气，骂道：“这个李佳靓，真会找时候！”

正好吴剑光回来，看她脸色不好，以为她病了，随意问：“病了？”

白珊花忍不住没好气地说：“小光呀，本来说好一起下乡过年，安葬你父亲，这下可好，娆娆走了，你又去找李佳靓，到底你要干啥？”

吴剑光知道自己理亏，说：“干啥？还用我说吗？别以为她是你的女儿，你就什么都要过问！今天我赶着回来，是想问你一件事。”

白珊花见他又像小时那样，有些忐忑不安，怯怯地问：“什么事？”

吴剑光坐下来，盯着白珊花一眼不眨地问：“我突然想起，于轩的父亲好像从来与爸没有过来往，怎么那天爸走的时候，他却来了？”

白珊花惊慌了，以为他知道了什么。但她很快镇静下来，无所谓地回答：“你问我我问谁呀，我又不认识他，只有你爸才知道。”

吴剑光继续问：“如果说他们曾是好友，为什么给爸送葬时，他却没有来？而且我结婚他也没有来？”

白珊花彻底无语了，她没有接吴剑光的话茬，却说：“小光，我们赶快去乡下把你爸安顿好……”

吴剑光不想听她的唠叨，说：“我问你话呢！不说算了，你走你的，我过两天去……”

白珊花知道他为什么却无可奈何，只好装作没听见，提醒说：“小光，你爸走了，只有我们娘俩，你已结婚了，可别做出格的事哦……”

吴剑光脸露不悦，说：“什么出格的事？人不负我，我不负人！你马上走，我把你送到客运站！”

说完他抱起父亲的骨灰盒走出门，白珊花咬紧嘴唇摇摇头，只好提上行李箱跟在后面，顺手把门锁上。

67

几乎和于轩同一个时间，两条路统统向北，吴剑光把白珊花送向短途客运站，于轩把林妈送向长途高客站……

大巴车面前，白珊花忍不住对吴剑光说了一遍又一遍，直到上了车，她还在对吴剑光说："小光，你和娆娆千万别分手，一定要把她接回来，即使她还在赌气，你也应当忍耐，因为一切都是妈妈造成的。以后你和她好好生活吧……"

吴剑光很不耐烦，呛白说："行了，你以为她是良家女子？我有事走了！"说罢，他没有一点停留，扬长而去。白珊花只好闭嘴，看着吴剑光走向本田的背影长长叹气。

火车站在城南，客运站和高客站都在城北，处在同一平行线上，但是如果从城里来，则可以走两条不同的道路，一条在城西，一条在城东，相隔不远，而客运站和高客站又是相连的。不过，吴剑光如果只去客运站不去高客站，把人送到后就直接倒车回城罢了，没有必要再到高客站。可现在他必须去一趟高客站探个究竟，如果正当时，他必然给于轩和娆娆一个重击。

李佳靓的话，犹如一根导火线，点燃了吴剑光心头的忌妒之火。他相信李佳靓没有乱说，因为他的的确确知道，曾经除了他，还有于轩是爱娆娆的，只是因为所谓的同学、朋友、兄弟关系，于轩向他表示只做大哥，绝不会染指娆娆。吴剑光不但相信，而且十分敬重于轩的为人。

现在，于轩还值得敬重和相信吗？

对娆娆，吴剑光感到自己丝毫没错。他对娆娆不屑情有可原，而娆娆对他冷漠则不可原谅。现在，不仅娆娆居然很快忘记自己是个刚刚从“洞房”中跑出去的新娘，而且平时好得如亲兄弟般的于轩也乘人之危，搂着娆娆如入无人之境，在光天化日之下疯狂亲吻，娆娆也如依人小鸟般全心配合！

是可忍，孰不可忍！

吴剑光最不能忍受的，不管他现在与娆娆关系如何，有无感情，但在名义上，他还是娆娆的丈夫，是娆娆法定的丈夫，于轩难道不知道这点？就算娆娆和他已经完全分手，于轩也得考虑考虑他的情绪和感受！

什么同学、朋友、兄弟，完全是不择手段的强盗！

吴剑光的心火越烧越旺，他恨不得马上抓住于轩问他个为什么！他要谴责于轩，他要和于轩绝交！但是，他恰恰忘了自己为什么不能在新婚之时善待娆娆，凭着一时之气把娆娆赶走，跑去李佳靓那里同床共枕？这是一个刚刚步入婚姻的男人应当的做法吗？当然，吴剑光哪里会认识到自己的过错？现在他唯一所想的就是质问于轩，而且告诉于轩，辛娆娆现在还是他法定的妻子！

吴剑光忽然临时想起去年从省城回来，和辛娆娆在火车上相遇以及和于轩、北欧见面的情形，心里有些发酸……

吴剑光在看报，看着看着就睡着了。报纸盖在吴剑光的脸上，可他却一点没有感觉到。坐在对面的漂亮女孩十分好心地伸过手，想把那报纸拿开。可她的手指刚刚捏着报纸角，正要往回抽，却被机警的吴剑光牢牢抓住。

吴剑光一看，好一个漂亮女孩，心下一颤，打主意不放女孩的手，质问道：“呵呵，还很漂亮，你要干什么？”

女孩吓了一跳，想抽出手，但被对方抓得很紧，便结舌道：“没，没干什么，呀……”

吴剑光以为他见得多了，表情盛气凌人：“你不说清楚不行，说！”

乘警走过来，问：“发生了什么事？”

吴剑光仍然抓住女孩的手，得理不让人地告状说：“我在睡觉，她却趁机要拿我的东西……”

“你胡说！”女孩的脸涨得通红，眼里急出泪水，但说话却十分流利：“我看你睡着，报纸蒙在你脸上，一定会很不舒服，所以我想帮你把报纸拿开……就这样，你说该怎么办吧？”

旁边的旅客异口同声证明女孩所说完全正确。这回该吴剑光难为情了，他赶快放开女孩的手，赔礼道歉：“对不起，对不起，我不该误会你……”

女孩轻揉着被久抓的手，再不看吴剑光，生硬回答：“没关系……”

乘警看看女孩，委婉地批评吴剑光：“先生，不能随便怀疑人的……”

吴剑光红了脸，看着眼含泪花的女孩直点头认错：“对不起，我不应当这样，不应当。”

旁边的人松口气，有人递给女孩餐巾纸。女孩擦了眼泪，坐直了，将目光投向窗外风景，可吴剑光却一直在打量她。过了好久，车停了两回，旁边座位上已换了两拨人，可女孩还没下车。

吴剑光主动向女孩套近乎：“请问，你这是到哪里去？”

女孩还是不理他，后见吴剑光主动给她倒水，削苹果，才回答他：“去吉州市……”

“啊？”

吴剑光惊喜不已，左套右套终于套出女孩去吉州找她哥，而他哥就在于轩的公司，于是他决定对女孩表示更进一步的友好。但当他听女孩说她哥叫北欧的时候，他惊愕了，北欧那种人怎么就是女孩的哥呢？

至此，在他主动下，两个人话多起来，吴剑光知识广博，辛娆娆听得满脸生辉。不多久，吉州市火车站到了。下车后女孩坐上吴剑光的丰田，吴剑光先给于轩打了个电话：“于兄，我刚从省城回来，我在路上捡了个人，你叫北欧到我公司来认领吧。”

女孩略为吃惊：“你，你也是老板？”

吴剑光有点玩世不恭："怎么？我不像当老板的？"

女孩急忙摇头说："没，没，没……"

说话间，丰田在吴剑光公司楼下停下，于轩和北欧已在楼下恭候。女孩从车内出来，刚直起身，北欧跑过来，大声叫着："娆娆，娆娆，真是你吗？你真的来了？"

女孩急迎上去，也大声喊道："北欧哥，我说过要来，就肯定要来，你不欢迎吗？"

北欧抓住女孩抱进怀里，看看周围说："怎么不欢迎呢？你怎么找到这里？"

女孩从北欧怀里出来，指着吴剑光说："我们在火车上不打不相识，是他一路照顾我，送我来的。"

北欧看一眼吴剑光，微微皱皱眉头，说："你怎么不先给我打电话，我来接你不好吗？"

吴剑光听了很不高兴，顶了北欧几句："真是好心没好报，要是你，我才不费那么些劲呢。"说罢，马上要钻进车里。

于轩连忙说："你们俩啊，总是一个针尖，一个麦芒，谁也不让谁！北娆娆来了，首先要解决的是她住哪，在哪工作！"

北欧接过话头："老板，她不姓北。"

没等众人问，辛娆娆自我介绍："我姓辛，就叫娆娆！"

吴剑光和于轩同时吃惊了：怎么姓辛啊？可事情就是这样，娆娆真的姓辛，总不能让她姓别的吧？不过，吴剑光看见于轩在暗暗仔细观察辛娆娆，那种神情和目光不是陌生人有的。吴剑光突然问辛娆娆："娆娆小姐，你哪所学校毕业？你学的什么专业？"

辛娆娆朗声回答："西蜀大学，室内装修设计……"

吴剑光兴奋极了，邀请道："太好了，我是你的学长哦，到我的公司来吧，一定有你的用武之地！”

于轩赞同地拍拍手：“北欧，就让你妹妹去剑光公司，有利于她的发展……”

想都没想，北欧一口回绝：“不行！不准去！”

娆娆十分简单，说：“北欧哥，就去吴总公司吧，正好可以向学长学习很多书本上没有的东西……”

于轩也支持说：“我们在跟前，剑光不敢亏待她，就让她去吧。”

于轩如此助力，北欧不好再反对，只好点头说：“那……好吧，但你每天都必须向我汇报……”

“好！我才巴不得……”

可这时吴剑光并不知道娆娆是为嫁北欧而来吉州的。

……

现在想来，当时的心境和现在的心境根本不可同日而语，更何况那时的娆娆多么可爱。唉，娆娆，不是我变心，而是你真不应当有那样复杂而且令人不屑的身世背景！吴剑光开了车窗看看天，微微有一点风，不冷。他掉转车头向左，往高客站驶去……

路上的车不多，也许正是因为过年，开车的人感到好不容易有这么一个松弛的机会，还是开慢点好。所以在吴剑光眼里，无论大车小车，全都像蜗牛一样爬行。

突然，吴剑光身体一侧，目光不自觉地落到另一逆行车道等着前行的那辆车里，一男一女正热烈地亲吻！吴剑光浑身不自在，又想起李佳靓的话。他多看了一眼，啊，吴剑光惊呆了，那亲吻的男女不是别人，正是还没真正成为他妻子的辛娆娆和他最信任的于轩大哥！

李佳靓说得没错，他们怎么能这样？吴剑光差点窒息，忘了把住方向盘，要不是蜗牛般的车队，肯定会出事的。那不是辛娆娆吧？辛娆娆不会这样的，于轩是大哥，也不会这样做的。但刚才没看错啊，他们就是于轩和辛娆娆啊——一个应当是他的兄长，一个应当是他的妻子！

吴剑光气恼了，不断鸣笛，催促前面赶快前行。可前面的不买账，把脑袋伸出来，朝后大嚷："催催催，催你个头呀，你没看见前面堵得跟啥一样？"

吴剑光只好赔着笑脸，完后再看看于轩的车，却早没了影。吴剑光怀着极度郁闷的心情，等啊等啊，好不容易到了高客站。

高客站人不算很多，虽然大过年的，但外地来吉州打工的大多数人，就怕年关火车票不好买，早早就坐长途车走了。可对于吴剑光来说，人还是多了。所以吴剑光冒火了，咬牙发恨道："哼，要是我是市长，我一定得在吉州城建设一个像模像样的飞机场，非叫你们一个个都乘飞机不可！"

吴剑光把车开到停车场，从车上下来，向小卖部走去，打算买瓶矿泉水。忽然，他看到那个熟悉的车牌号——果真是于轩的车！他急忙丢下钱，随手拿起矿泉水，不待老板找钱，拧开瓶盖边喝边向那边跑去，他想看看于轩到底是不是和娆娆在一起！

啊！吴剑光脑袋"轰"地又一次要炸了！那不是于轩吗？正抚着一个苗条女人的腰，向售票厅走去……啊，那一定是娆娆！

这是于轩的所为吗？在吴剑光眼里，于轩不应当这样。他曾明明白白告诉过吴剑光：你既然爱娆娆，就希望你好好关照她，否则我于轩决不答应！于轩很喜欢娆娆，可说是爱娆娆的，只是他表现得十分含蓄，不像自己那么露骨。

没想到，现在他竟然在中间趁火打劫！吴剑光愤怒了，想马上冲过去，当面指责于轩，夺回娆娆，但他们已经检票，走向站台。自己没有车票，只好眼睁睁地看着他们走进去！吴剑光决定到于轩的车前等候，下决心非得问出点什么来不可。只要他的车在那里，他一定会到停车场来！他怀着一种不达目的誓不罢休的心情，站在离于轩的奥迪不远的地方……

过了十分钟，大概车走了，于轩终于从里面出来，一看他真是"人逢喜事精神爽”，满脸都是笑意和满足，吴剑光立刻感觉到一种欺骗。于轩走到轿车跟前，正要打开车门，吴剑光几步走到他面前，把他吓了一大跳，大声说：“唉哟，你这家伙，要吓死人，你什么时候来的？”

吴剑光红着两眼看着他，一眨不眨，好像有两股火马上要喷出来，没有一点善意。于轩有点紧张，更有点心虚，但他还是镇定地问：“你这么看着我干什么？难道想把我吃了？”

“你怎么到高客站来了？”吴剑光的语气咄咄逼人。

“我？我送林妈坐长途车去省城。”

于轩马上反应过来。“刚才你送出的不是林妈是娆娆吧？”

“我为什么要骗你？”于轩听吴剑光来者不善，心下吃了一惊：吴剑光一定把林妈看成是辛娆娆了！他心下说：幸好真是林妈，要不真麻烦了。

吴剑光脸上放平和了些，听于轩说：“本来林妈早上准备坐火车走的，但她偏要给我和父亲把菜做好……这不，没买到火车票，我才送她上了长途车。”

“你爸为什么不陪她一起去呢？她方便吗？”吴剑光稍微放下心来，想想李佳靓说的和他刚看到的事实，两者相差了好多时间，而且他刚才一定看错了，于轩既然这样说，那就一定是这样了。

吴剑光不由得暗暗松口气，但他没想到，于轩虽然没有骗他，但辛娆娆确实是于轩送走的，只不过坐的是火车。但于轩已经后悔自己对娆娆的莽撞举动，也庆幸娆娆没有接受他亲吻的意愿。

原来于轩在送辛娆娆的路上，接到父亲的电话，说林妈没订到火车票，让他赶快回去送林妈到高客站坐长途车。于轩急了，说自己正往火车站赶呢。父亲问他到火车站干什么，他说送娆娆。于是父亲只好让林妈打了一辆出租车赶往高客站等他。送娆娆上了火车，于轩急忙赶到高客站买好票，送林妈进站。

过去，于轩从来不为和娆娆在一起感到担心和惊惶，但从现在起，他真担心惊惶了。原因不说也知道，过去的娆娆虽然被吴剑光爱着，但不算名花有主。吴剑光可以爱她，于轩也可以追求她，吴剑光不能怪他。但现在娆娆和吴剑光要分手，但婚姻关系还在，人家还是合法夫妻。今天自己的行为已经超越了应有的界限。幸好娆娆十分理智地回避着，尽管自己已将隐藏在心中的爱通过亲吻完全传递给了她。

于轩十分后悔自己的轻率举动，不断责备自己怎么如此缺乏控制力。

于轩自觉有愧，主动拉着吴剑光，两个人走到候车厅外的窗前聊起来。吴剑光直截了当地问："我来车站前在路上看见你在车里与一个女的亲热，那是谁呀？"

于轩吓了一跳："哦，好久的事，怎么会呢？再说你怎么能看见我？我们走的不是一条路，不可能相遇啊。"

吴剑光想想也是，便有些难为情："哦，是啊——我一定看错了。"

于轩只好说："以后别吓我……"

吴剑光则摇头说："其实你爸早就该和林妈结成夫妻，都二十年了，何苦呢？"

"还用说？我巴不得呢！"

吴剑光忽然问："对了，你爸和我爸很熟吗？以前我怎么不知道？"

"我也是才知道，而且北欧才是我爸的亲儿子！"

"啊！"吴剑光这回更是惊呆了，"那你……"

"我不是……他们都走了，去和我爸一起过年吧？"

吴剑光本想今夜和李佳靓一块出去吃火锅，就当吃团年饭吧，可不知怎的，他突然改变了主意，很想见见于胡源，于是他点点头说："好吧。"

两个人各自上了车，向着城里的方向，车屁股后面冒着尾气，快速地驶去，心里却想着各自的事情……

68

这是西城的临江大道，靠江一面，有一恢宏的“观景台”。可听江声，可观船帆，可赏江堤斜坡花与枝，可览洲间渔排滑水面，可感秀色沙洲盈盈绿，可等满荡清风徐徐来……大道对面，是“锦绣广场”。广场中央，一座宏伟的地标性建筑“勇往直前”直插苍穹，显示出吉州市改革开放的发展主题。再过去是“民生”体育馆，馆门前有一花瓣形的巨大音乐喷水池，亮柱般的喷泉在优雅的音乐中频频冲上天空，循着音乐的强弱韵律划出不同高度的弧线……再往东去，便是吉州市的“新工业园区”、滨江新城，一座座高楼，一片片绿园，一家家商店，一所所学校幼儿园……

临江大道直通吉州市的“未来之门”!

——二十一年前，这里只有一条小西街，在吉州城最边上，说是小青瓦房，其实很矮，很是破旧不堪。街道很窄，地上铺的全是六角板水泥块，高一块，低一块，如果有辆解放牌汽车从街上通过出了故障不能再前行，那么任何一个骑自行车的都别想过得去。再加上它附近多的是坟场，东一堆西一堆，远远看着，就像癞子头上的疤瘌……

幸好改革开放带来了吉州的城市建设，于胡源也正好怀揣资金回来成立公司。公司刚成立，很快中标成为这片地方的房地产开发商。不到几年，这里变了样，当初自己常来的地方，现在居然分不清哪是哪了！

于胡源到处张望，就是找不到他要找的小饭馆。他曾经听老板说过，店名永远不变，地方永远不变，无论逢年过节，他都不会在大年三十关门，他要为所有需要他的人服务——今天大年三十，林媛走了，不能不过除夕，他想起那个老板曾经说过的话，便和儿子约好，中午到雅苑饭庄吃饭。可他凭着印象找了好久，就是没看见“雅苑饭庄”的招牌，急得他摸出手机就要给儿子打电话。正好，于轩和吴剑光从前面过来，说找到饭庄了。看见吴剑光，于胡源暗愣以后，马上高兴地表示欢迎。吴剑光有意看了于胡源几眼，似乎想从他身上看出点什么，结果什么也没看出来。

于胡源满心狐疑跟两个年轻人来到一家饭馆前。

于胡源左看右看，门上方的招牌是“雅苑老饭庄”，可看里面，原来那老旧的墙，老旧的灯，老旧的照片，全都没了，那些老旧的人也没有了，一切全都是新的。因为大年三十，整个饭庄笼罩在淡淡的红色灯光中，显出一种喜庆和雅致。来饭店吃饭的人很多，但全都温文尔雅，连说话都是轻声细语的——就像饭庄名字那样。

“店名怎么改了？”于胡源前一只脚刚踏进门，后一只脚马上向后退。吴剑光、于轩从后面轻轻一推，他进来了。

刚刚站定，两个漂亮小姐马上围上来，莺莺靓语，格外好听：“先生，请，在大堂还是雅座？”

于胡源不答话，两眼四处打量。见没人搭理，漂亮的女经理亲自上前，恭恭敬敬地说：“几位先生，这边请……”说罢马上前面带路，径直来到“精酿造”雅间。

于胡源却驻足不前，他想找人问问，于是问：“请问，这饭馆还是二十年前的‘雅苑饭庄’吗？那老板呢？”

女经理笑了，说：“表叔，我们地方不变，店名基本不变，大年三十不关门！先前老板是我爸爸。之所以叫‘老饭庄’就是告诉大家，我父亲把饭馆交给我了。”

于胡源醒悟似的“哦”一声。

于轩看着他笑起来，对女经理说：“你看看我爸，是他提出要来这里的，可来了他却怀疑！”

于胡源依旧站在那里说："真是物是人非，变化太大，反而叫人不认得。看来我是老了，总想着过去……"

女经理笑起来："表叔，您哪里老哦！"

于胡源记得白珊花把于轩送还他的那天，他带着他们母子来这里吃过饭，憨厚的老板上前笑嘻嘻地问："老板，这是你的夫人和少爷？"

当时他感到人家问得有些唐突，但还是点点头，白珊花却恶狠狠地说："不是，你不要乱说！"

白珊花的话令他满脸通红，却只得打着哈哈问："老板，怎么样，现在生意好做吧？"

店老板高兴地说："那是自然，等这里建设好了，以后生意更好做了……"

"以后这里全变了，你会走吗？"

"不会，无论什么时候，我不会变地方，不会关门，大年三十照常营业！"

言之凿凿，令于胡源很感动，说："好啊，以后我大年三十就来你这吃团年饭！"

"真是求之不得！您真有福气……"

可他当时心里却不以为意：说话好听，你哪能说到我的心里？也许正因为此，后来他再没来过这里，但把"雅苑饭庄"这个名字记得很牢，一晃二十多年了，想忘也忘不掉。

明天正好大年三十，他突然想起这个地方，先来看看，果然还在，只是街面房舍全不一样，店名也不一样了。嗨，怎么自己公司建的都不知道？唉，幸好找到了。不过，要是林媛现在也在的话那该多好啊，肯定有种特别的情趣。还好，今天林媛说过她很快会回来。林媛离开家时给他说的话——"老于，你一定要好好跟珊花谈谈……"他明白了林媛的这次离开不仅仅是去省城看望她的舅舅、舅妈，而且给了他虽然有限的时间！是的，他得在林媛回来之前尽快把这段陈年旧事解决清楚。

可是，吴志国临死前的托付同样扰得于胡源不得安心！

于胡源明白吴志国的意思，如果他愿意，就希望他和白珊花以后能生活在一起。这怎么可能呢？就算这样，又怎么对得起林媛？

吴剑光一边往雅间里走，一边不以为然地说：“表叔呀，你们人老了就是这样，稍有一点变化，就不知变通，反而认为是理所当然……”

于胡源听了心里不免伤感起来：“小轩，你还记得小时候我带你们来这里吃饭的事吗？”说完也进了“精酿造”雅间。

“哦？”于轩早忘记了，“你怎么问这？什么时候的事？”

于胡源故作轻松回答：“触景生情，睹物伤人。你忘了，当年你来到我身边，我请你们在这吃饭呀？”

“哦。”

于轩想起来了，他看看吴剑光，吴剑光正好也问：“哦？你们？还有谁？”

于轩看看父亲，将差点要说的话咽下肚——还是顺其自然好了！

于胡源落了座，十分自然地说：“还有谁？就是你现在的妈妈白珊花啊！”

这回该是吴剑光看于轩一眼的时候了，他很不客气地质问道：“她？请问表叔，北欧真是你和她的亲生儿子吗？是因为当初她不好你才离开她的吗？你是怎么知道北欧是你的亲生儿子而于大哥不是？北欧会认你吗？……”一个问比一个问声音高，语气一句比一句重，就像一根根铁棒砸向于胡源的头。

于轩明白了吴剑光的来者不善，马上制止道：“剑光，不可这样！他是我爸！”

吴剑光依旧连珠炮似的把话甩出来：“你爸？你爸怎么样？一切祸根都是他引起的，没有他的当初，就不可能有我和娆娆的现在！现在他倒优哉游哉，而备受折磨的却是我！爸没了，突然间多了北欧和娆娆两个既不同天，又不同地的兄长妹子。多好啊，以后可以坐收渔利了……”

于轩急了，站起来一拳击在桌上，从来没有过的怒色布在脸上，大声训斥："吴剑光，你太过分了，上辈人之间发生的事自有原因，为什么要这样？"

于胡源没有生气，反而抬起两手向下按按说："小轩，算了，不怪他，不怪他，他说得对，现在所发生的一切都和我当年的不负责任分不开，所以我必须承担一切后果。至于还应当说些什么，还是让小轩告诉你吧。好了，先吃饭，你们说，今天吃点啥喝点啥啊？"

于胡源不说，吴剑光也不勉强，但刚才发了一通牢骚后，心里倒还轻松了些。他说："反正都不愉快，哼！今天就好好地喝一喝，要'一醉解千愁'，吃什么无所谓，我就想喝酒——来点啤酒吧？喝了酒好说话！"

于轩就不一样了，他的心情很复杂，所以他说："爸，你做主吧，我们听你的。"

于胡源点了八个菜，四荤四素，要了一箱啤酒，三只高酒杯。吴剑光等不及了，急忙撬开三只瓶盖，本以为"砰砰砰"，酒沫子会像放纵的孩子直往外冲，结果却平静无事。于轩要往杯子里倒，吴剑光却说："不用，我看就这样喝吧。"

于胡源好多年没有这样喝过啤酒了，既然吴剑光如此不痛快，他也只好奉陪。于是说："好啊，今天咱们一醉方休！谁也不许耍赖！"说罢，便将瓶口对着嘴，"咕嘟咕嘟"，一口气就喝下半瓶。

于轩担心父亲呛着，急忙制止说："爸，天还冷，别喝太急太多……"

吴剑光却冷冷地说："没事，表叔五十多岁正年轻，身体好着呢。"

于胡源这一起头，吴剑光更加豪爽，干脆一口气吹个瓶底朝天，喝得直打嗝，巨大的啤酒味从鼻孔冲出来，差点流下眼泪。于轩只好跟在后面比拼着。情之所至，桌上的菜却一点没动，酒倒喝得不少，一会儿工夫，竟然喝掉六瓶！

这回是于轩开瓶，干脆把另外六瓶全开了！每个人的心里都有事，可都不愿说出来，只有酒才能解决问题！喝吧，喝吧！大家开始晕乎，看什么都是双的，但“酒醉心明白”，每个人心里都十分清醒。

忽然，吴剑光问于胡源：“表叔，你知不知道，娆娆走了，不要我了……”

于胡源装作不知道，说：“你，你说什么？娆娆不要你？不会吧？你们不是结婚了吗？”

吴剑光难过地抱着头说：“她……她不喜欢我，她……她走了……”

于轩却打断他的话说：“别听他的，你以为我不知道，是你把娆娆赶走的！”

“你胡说！哪有刚结婚就把新娘赶走的？还不是因为北欧那浑蛋！”

于胡源没有吱声，但心里很不满意吴剑光的自以为是。于轩趁着酒劲说：“剑光，没有你这样对待自己爱人的！”

“老兄，她是我的爱人吗？可能是你的爱人吧？你是什么出身我不知道，但我就是不喜欢她的耻辱出身！”

于胡源不好再装糊涂，但他不能直接去批评吴剑光，便开个玩笑说：“那……好啊，正好……让她……嫁给我们小轩吧。”

于轩生怕引起吴剑光误解，急忙对吴剑光说。“你听……我爸说……胡话了……”

吴剑光十分豪爽地说：“行……啊，我不要的，只要老兄……能追得上她……”

于轩睁开眼看了看于胡源，开玩笑问：“爸爸……明天我们去省城找林妈吧……”

“胡说！”于胡源打他一下，说，“她要我去找白珊花谈事情……”

吴剑光眯瞪眼睛看着于胡源，问：“表叔，你告诉我……你和我妈还能走到一起吗？”

于轩心里一惊，他突然有种冲动，说：“剑光，你别逼我爸好不好？”

于胡源低下头，难言之极：“剑光，北欧是我和你妈的……”

等他说完，吴剑光不满地叫嚷：“北欧配得上是你的儿子？”

于胡源摆摆手，继续喝他的酒。吴剑光虽然完全明白了发生在当年的事，但还是继续问：“表叔，我爸走前跟你说了什么没有？”

于胡源还是摆手说：“不说……不说……好。”

人人心头都涌起一股股酒意，渐渐地，什么都看不清了。蒙胧中，每个人心里的痛苦竟然冰消雪融，充满了幸福和欢乐：林媛兴奋地叫着于胡源的名字，从远处跑来，投进他的怀抱；李佳靓在洞房里点燃红蜡烛，扑向吴剑光；于轩抱着辛娆娆一刻不放松……

好久好久，忽然，三个人同时大叫一声，叫的什么，他们谁也没有听清，但在他们的脸上，却洋溢着获得幸福的笑容……

69

已经是正月初一的凌晨，三个人才踉踉跄跄离开“雅苑老饭庄”，搭辆的士回到“菊香园”。

今天早上，一个个都起不来。每个人想起昨夜的事，不禁有些吃惊：昨晚自己有没有失态？说没说不该说的话？特别是于胡源和于轩更是担心。于胡源担心自己这么大年纪，让两个小的看见自己失态，将如何面对他们。于轩担心吴剑光听见自己对辛娆娆的深情呼喊，而发现自己果真爱上了辛娆娆而心生愤懑，以后兄弟都没得做了。至于吴剑光，他担心的是他在朦胧中和李佳靓恩爱时的表现引起他们嘲笑。

其实他们的担心都是多余的，他们都沉浸在自己的幻觉中，谁也没有看见谁做了什么，谁也没有听见谁呼叫了什么。

不知道吴剑光什么时候走的，待于轩起床后下楼看客房，床上乱七八糟，连个人影都没有。于轩先到厨房煮了两个鸡蛋，热了两盒牛奶，然后上楼去看父亲起来没有。开了门，却见父亲只穿件保暖衣坐在床上发愣。他急忙将羽绒衣给父亲披上，轻声说：“爸，起来洗洗用早餐吧。”

于胡源看一眼，便动手穿好衣服，自顾自地问：“小轩，今天正月初一，你去杨老师家一趟？”

于轩马上明白，父亲叫他去杨廷玉家不为别的，就是想让他去看看杨廷玉的女儿到底怎样。于轩不愿意，听父亲一说，感到很为难。问：“爸，你说呢？”

于胡源侧过脸看儿子一眼，说：“嗯？这是你的事，怎么问我？公司的事你都能决定，这事就不能决定啦？”

于轩张了几下嘴，终于说：“我不去……”

“你小子，你以为我不知道你心里想的什么？从云台山出来，我就知道你心里想的什么了。告诉我，是不是真喜欢娆娆？”

于轩不想承认，反问道：“谁说的？”

于胡源探过身，从床头柜里拿出一支竹签来。于轩明白了，马上低下头红了脸。

“我看你当时不言语，就知道你的签并不太好，于是我暗中要过签，一看，就知道你相信签上的话了。因为在你心中，已经有了一个你喜欢的女孩，但这个女孩现在还属于人家，要想得到这个女孩，你有困难，得有时间。所以我猜这个女孩不是别人，就是娆娆！对吗？”

于轩不得不承认，而且心里佩服得不得了，但还问：“爸，您是怎么猜出来的？”

“你每天和什么人打交道，我一清二楚，女孩除了娆娆，没有第二个和你接触过……”

于轩只好什么也不再说，实际是默认。见儿子这样，于胡源知道他的话起作用了，又说："不过你要注意，娆娆虽然没有和吴剑光成为实质上的夫妻，但他们毕竟是有法定婚姻关系的，吴剑光是你的同学，又是你的朋友，你可要处理好。既然竹签上说了你的姻缘还没有到，那你就得忍耐克制，千万别做什么出格的事来……如果以后娆娆真和吴剑光分了手，那时你再追也不迟，吴剑光也不会说什么。"

于轩心悦诚服，老老实实说："是，爸，我听你的……"

等父亲穿好衣服，下床趿上拖鞋，于轩又说："爸，虽然林妈刚走，但还是给她去个电话吧。"

"刚才她给我来了电话，说她正在医院里陪护她幺舅，老人家回来不习惯……"

于轩很快拨了林妈的手机，但奇怪的是林妈的手机也正忙！于胡源一边整理被子，一边说："一会儿再打吧，免得她着急。两个大男人还管不了自己？"

"是啊，没有林妈，真不习惯。"于轩一边说，一边看父亲有没有什么可洗的东西，"今天正月初一，吴剑光可能不会来了……中午年饭就我们自己吃吧。"

"好啊，初几头我得抓紧时间去乡下，爸不在家，你得照顾好自己……"

于轩心底感动极了，说："爸，如果以后林妈和你不可能，我就跟林妈生活……"

"胡说八道些什么？"于胡源马上不悦，说得很直白，"你知道我想的什么？……我只想尽快解决为好……"

于轩不敢再说什么。

忽然，座机电话响了——连着所有房间的分机也响了。于轩一看，是省城的。他提起电话放到耳边，就听到一个熟悉的声音："小轩啊，新年好！我是林妈，我刚才忘了告诉你爸，过了年下乡去可得穿厚点，别冻着……"

"新年好！林妈，我正想听你说话呢。刚才我说以后跟你一块过，爸狠狠吼我，说我胡说八道！林妈，你明白吗？林妈，你什么时候回来呀？我想着你呢！”

林妈在那边笑了说道：“你还小啊？刚来就回去？你舅爷爷正在医院躺着呢！你要好好给你爸做事……”

于轩赶快问：“林妈，要不要我和爸去趟省城看望他老人家？”

“现在不用，等开春后再说吧。”说完电话就挂了。

于轩奇怪地放下话机，自语道：“为什么要等开春啊？”

于胡源听了，打趣于轩说：“这都不懂？开春后我的事处理好了，我们不就成为真正的一家人了吗？”

于轩的眼睛湿润了，他看着窗外，心里翻腾着。

鸡叫山下早已是全新的模样。那一山脚一田湾之间，幢幢别墅般的新楼房连成一片，几条玉带般的水泥道路把新楼房分成几列，整齐划一。每家每户院里院外花草树木精神抖擞，正候着迎接春天。水泥道路旁，间或停放着摩托、汽车，仔细观察车身，可见车龄不长。不远处几口大水塘里喷着水帘，水珠洒在水面上，形成微微波纹，一个接一个，直到岸边，给垂钓者以安详。坡上一大片一大片灰绿的油菜苗已经长得很高，正含苞怒放，更远处还有静候季节信息来临的果木林……全是真真切切的“新农村”。白珊花的家就在“新农村”的最边上，正好和“新农村”合为一体，只是她家的楼房还是二十三年前从于胡源那里拿的钱建造的，不过，一点都不落伍。

母亲去地里摘菜，白珊花一个人坐在大门口，一边逗着不太熟悉的狗狗“小白”，一边和过来过去的左邻右舍打招呼。

张家幺嫂曾不少挖苦过白珊花，多少年不见，上回也没见着。今天见着，竟大吃一惊，看着白珊花的衣着打扮说：“花妹子？真是你？终于回来了！这回该住些时候了吧？”

白珊花看着这个比她大不了多少岁，曾经她最恨的张家幺嫂特别吃惊，怎么老得不成样子？连忙说：“张幺嫂，我不走了，回家来陪陪老母亲，要不，我就对不起她老人家了。”

张幺嫂想想，还是问了一个白珊花不想回答的问题：“花妹子，我记得你可说了，你要嫁个有钱的男人给我们看看，现在看你这身行头，一定在城里当富太太了……”

白珊花很吃惊，自己早已忘记的话，经张幺嫂提起，怎么全都像昨天说的？她再次想起过去，想起曾经痛不欲生的日子！她说：“幺嫂，你怎么哪壶不开提哪壶啊？那些陈芝麻烂谷子的事还提说干什么？”

张幺嫂顺手打自己一个嘴巴，然后说：“花妹子，对不起。嗨，村里人都说你福气真好，不但有个上了大学的儿子北欧，还嫁了个有钱男人，而且现在还那么年轻漂亮。你看，我俩差不多大，可我满脸都是皱纹，不晓得你家男人怎样对你好哦……唉，人比人气死人呀！”

白珊花不敢造次，只好顺着人家的话说下去：“哪里，儿大不由娘啊，再说，家家都有本难念的经……”

“哎呀，你家那本经总比我家的经好念多了，对了，北欧快回来了吧？以后又生没有？你男人没跟你回来？让我们看看好不好？”

白珊花再没法说啥了！她再说什么呢？说“我男人死了，死于癌症”？说“北欧根本不认我，养大一个别人生的儿子，眼看也保不住”？算了，家丑不可外扬，多说也无益，还是少说为佳！她朝张幺嫂笑笑，露出一口整齐的白牙，说：“幺嫂，你先忙，我妈不在，我得做饭了，以后到家来走动走动……”说完，她赶快提了凳子进了大门，匆匆走进底楼厨房。

张幺嫂继续招呼道：“花妹子，那些年我不懂事，胡说八道，你原谅啊！”

白珊花躲进厨房没再出来，可并没做饭，而是坐在角落里思前想后，越想越难过。受不了，赶快回到楼上房间，抱着吴志国的骨灰盒流泪……

志国，你听见了吗？乡邻们知道我嫁了你，个个都羡慕我，说我的命好，说我有福气，他们总想看看你的样子，可他们哪里知道，你已经走了，再也回不来了。怎么办？我对他们说还是不说实话？如果不说，他们总是见不着你，会不会怀疑我真嫁过你这么一个男人？要是说了，他们会不会背地里说我守不住福气，说我的命硬，把你的命早早催走了？志国啊，为了我，你巴心巴肝把娆娆和剑光往一起捏。可是，你知道吗？婚礼当天，娆娆就走了，是被小光赶走的，到底什么原因不清楚。我的娆娆太可怜了，小光为什么会这样？他不是爱娆娆的吗？如今你走了，北欧不认我，娆娆也走了，更不用说小光了。我叫他和我一起来乡下把你安顿好，可他不愿意，我劝他把娆娆接回来好好过日子，可他却说娆娆不是良家妹子，自己却暗里去和那李佳靓鬼混！志国呀，我把他从小拉扯大，现在居然这样对我。我和你一块回到乡下永远守着你，原本以为可以心静如水，可以忘记过去的一切。哪知道我还是想起过去，想起你对我的好。今天大年三十，我们一起过年吧，晚上我会给你盛饭、夹菜、倒酒，还要给你装个大红包……什么？你要那姓于的来这里？不行，我绝不答应……志国，我们不能总想着自己，还得想想人家林媛啊……

70

春节已经过去五天，假日已快过完。

今天，于轩意外得知公司的上市申请没有通过，还需有关机构予以调研。为此，于轩翻来覆去就像贴在锅底，浑身毛焦火辣，翻过去是烫的，翻过来也是烫的，最后只有坐起来，披着毛毯，看着窗外雾雾的夜空，煎熬着……

于轩不是怕人家调研，而是他的时间很紧。怎么办？他已答应正月十五后去市政府办手续，现在公司这件最重要的事情竟然没办好，他感到对不起父亲。他想劝父亲赶快把北欧叫回来，可又不知怎样开口才好。他想找父亲谈谈，但说什么？说“爸，我要走了，公司上市的事我没时间办了，你自己办吧。”说“爸，你要愿意，就把北欧叫回来吧。反正我迟早都要走的。”

喔喔喔……十一点钟！时间已晚，手机也在报时提醒他赶快睡觉，可他一点睡意也没有。看看窗外影影绰绰，于轩随手拿起手机，随意摁了一连串数字——正要按拨通键，忽然想起这是娆娆的手机号——原来他想和娆娆说说话！他急忙关了手机，埋怨自己：难道你忘了送她那天自己的莽撞？他马上把手机扔到床上，不断敲打头，然后手脚并用，把席梦思床垫打得“扑扑”闷响，不料被刚从门前过的父亲听见了。

“怎么？不舒服吗？”于胡源进来，见于轩一副疲惫相，知道他最近为了公司上市的事情烦心。他走到床前安慰儿子：“小轩，别这样，别跟自己过不去。你已经尽力了，以后会有机会的。”

“爸，我想在我走前把它完成，可……”

于胡源看着儿子，犹豫好久才说：“不走行吗？”

于轩轻轻摇头，为难地说：“我已经答应了人家。昨天人家电话来，说最迟不能超过一个月，那边很多事情等着……”

于胡源无奈叹口气：“小轩，要因为北欧，你就错了。”

于轩突然发现父亲很憔悴，才多久啊，他的脸上竟然布满了许多忧愁和沧桑，他不知如何回答才好。的确，他并非因为去市政府才决心要离开公司的，可以说都是因为北欧。如果他不离开，北欧就不会回来。北欧不回来，跟着刘妍很难不出事。他摇摇头，虽然想马上给娆娆去个电话问问北欧的情况，但又不希望娆娆多心。再说，眼皮好像沉得睁不开，终于有了睡意。

于胡源关上灯，轻轻走出卧室关上门。于轩很快从床上摸起手机，熟练地摁出那一串数字，再摁下绿色键……终于有人接了。他兴奋而小声地叫道：“娆娆，娆娆……”他一直叫着，好像生怕辛娆娆听不见一样。

果然辛娆娆听不清，电话里声音十分吵闹，有人在划拳，有人在吆喝，有人在敲碗筷，有人在叫老虎杠子虫子……辛娆娆并不在休息，而是在外面吃东西。

于轩的声音很急切：“娆娆，娆娆，是我……你在干吗，声音好吵！”

辛娆娆使劲叫着：“于大哥，我在吃饭，和北欧哥在一起……”

于轩急得哀求道：“什么……我听不清……你换个地方好吗？我想问你……”

也许辛娆娆终于感到于轩喉咙里堵着什么吞不下也吐不出似的，急忙走到一边，安静多了，她不安地问：“于大哥，你怎么啦？身体不舒服？”

于轩听出娆娆并没有不快，顿时，他心里那股欲吐不能，欲咽又不下的难受劲猛然像泄堤的洪水哗啦啦地往外冲：“娆娆，你告诉北欧了吗？我想知道他的想法是什么，我已经决定了，十五后去市政府上班，就等他回来……”

辛娆娆一时没有回话，一秒，两秒，三秒……

于轩急了，又问：“娆娆，你告诉北欧了吗？你说呀……”

过了好一会儿，辛娆娆才轻声回答：“没有，现在我不想给他说……”

“为什么？”于轩泄气了。

忽然，远处传来一个叫声，那是北欧的声音：“娆娆，谁来电话？有多少话说不完，快过来，大家等你喝酒呢！”

“好，好，我来了！”过一会儿，辛娆娆放低声音，悄悄说：“于大哥，我现在不想给他说，我害怕。这事还是缓一缓吧。”

于轩有些犹豫了，他想说句“娆娆，我想你”，但又恐怕吓着娆娆，再说也不妥，只好赶快挂了电话。

然而，他越发睡不着，干脆起来穿好衣服下楼来，打开灯，却见父亲披着羽绒衣坐在沙发里。于轩吓了一跳，问：“怎么？你没睡？”

“你怎么没睡？”于胡源反问道。

于轩老老实实回答："刚才我给娆娆去了电话，想问问……"

"糊涂蛋！告诉你别这样，别这样，你就是不听！"

于轩从来没有听到过父亲骂他，更别说骂得这样难听。但他知道父亲都是为了他好，想想，父亲说得也很有道理。他马上说："爸，对不起……"

于胡源也意识到自己的口不择言，很快对儿子说："小轩，这事急不得，再说，解铃还须系铃人，等我把这边的事了了后，再亲自去省城……"

于轩点点头说："行是行，可我这边等不得呀。"

"你再等等，相信我会很快处理好这边的事。而且我会向市政府那边陈述情况的。"

于轩还能说什么呢？

省城的夜幕中，因为灯光效果，省城的宽巷子显得格外迷人，相比其他城市的偏街小巷，多了几分缠绵和情韵，特别那些全靠夜生活发财的商家火锅超市、小吃店，一群群男女来来去去，进进出出，一张张桌子杯盘狼藉，喝多的、喝得不多的都趁这个机会尽情发泄，倒上不同的酒，相互间扯着喉咙划拳打码：哥俩好啊，五魁手啊、四季来财啊，该你喝啊……把个巷子胀得满满当当。也有一些男女寻机溜出来，悄悄钻进道旁树荫下紧紧拥抱。

辛娆娆无意间看到这样的情景，脸上顿时发烫。她将手机放进呢子大衣口袋，准备回到桌前。却见北欧走过来，一边啃着鸡脚，一边问："娆娆，谁给你来的电话？该不会是那家伙吧？"

辛娆娆心里七上八下，带着一种情绪说："不是，是于大哥。"

北欧放低声音，问："这么晚了，他还来电话，有什么事吗？"

辛娆娆支吾着："也……没有什么事……"

辛娆娆虽然嘴上说没有事，但心里却多少有些不安：于轩这么晚来电话，一定不会仅仅为了北欧哥是否已经知道自己才是于胡源亲生儿子的事，一定还有别的——娆娆不由再次想起她离开吉州时于轩的异常行为——她从不认为于轩行为轻佻，再说于轩从来就不是一个轻佻的男人！于轩深爱自己！她没有猜错！突然，娆娆想起了云台寺里于轩那支签上的四句话，不由哑然，难道真有所指？

看看手机，娆娆竟然奇怪，当初吴剑光送她东西的时候，她得想想什么能接什么不能接，这次于轩又一次给她买了更好的手机，她竟想都没想问也没问，更不感到奇怪就接过来了。难道这是心有灵犀？

不过，娆娆不敢想，心里不断念着：我只能是于大哥的妹妹，对他只有仰视和崇拜！

北欧走到娆娆跟前，问："娆娆，告诉我，于大哥打电话找你到底有事没事？"

辛娆娆只好撒个谎，说："问你情况怎样，他不放心。"

"骗人，要这样，为什么他不给我打电话，却给你打？"

辛娆娆愣了，是啊，为什么？不过，她很快圆了下一个谎说："他不知道你马上成为公务员，又怕刘妍听见不好，所以只给我电话。不行吗？"说完她狡黠地看一眼北欧。

北欧全相信了，他由衷地说："还别说，于家父子对我们真是不错，嗯，要是你当初听我的话跟他好，就不会有现在的事情发生了……"

辛娆娆噘嘴做了个怪相说："北欧哥，你呀，认准事就是不回头，你以为婚姻像是买菜？价钱可以就行，还得看看缘分！再说，我只有尊敬他的份，哪敢有嫁他的想法？真那样，可能连我自己都看不起自己了。"

北欧见妹妹说出许多来，不好再说什么，但他提醒道："娆娆，那姓吴的既然那样对你，你就没有必要和他继续下去，分手算了……那样，哥还少恨他一点！"

辛娆娆知道他说的是真话，便故意试探他说："要是于大哥追我怎么办？"

“好啊！”北欧旁若无人提高声音，“你要是真跟了于哥，那你这辈子就算进了幸福窝了！”

辛娆娆不禁笑了，说：“那么看好？我真不敢有那种想法，我哪里配得上他？”

“不听？哼，到时你可别后悔！”

“我才不会后悔！那成什么话？一个还没搞清楚，又来另一个，不叫人耻笑才怪呢！”心里在想，唉，要是吴剑光能像于大哥那样，那该多好？对了，现在他在干什么？娆娆忽然有些不忍，想给吴剑光去个电话，但刚拨了两个数字马上停下，心说：算了，还是让我们都冷静一下，待平静一段时间再说吧。

正好，北欧回头对她说：“娆娆，快走，提醒你，等会那个游关长可能要你喝酒，你不能喝，就说你不会。”

辛娆娆皱皱眉，心下不舒服了，说：“哥，刘妍很快走了，你也成为公务员了，我劝你以后再别跟那帮人混在一起……”

北欧冷笑道：“当个公务员算啥？我还有比当个公务员更重要的事要做呢。”

71

辛娆娆不高兴，十分反感喝酒的那些人，特别对刘妍和那个什么游关长的，说不出一种什么感觉。她嘟囔一句：“北欧哥，我怎么不喜欢跟你喝酒的这些人呀？”

北欧愣了，过一会儿才反应过来，说：“娆娆，你以为我喜欢呀，不过刘妍也是好意，她希望在她走后我在省城多有几个朋友。今天是哥请客，你就忍一下，啊？”

“哼！真不晓得她用了什么办法……”

“你呀，她走了不是更好吗？我还嫌她在我面前晃呢。”

“可你们这算是什么呀？”

“什么什么呀？她的确帮我不少，她走后就什么都不是了……”

“唉！”娆娆不再说什么，跟在北欧后面，朝火锅店走去。

两兄妹一前一后刚刚坐下，刘妍斜着眼瞪了北欧一眼，仿佛警告他不准多管闲事。北欧没理她，给娆娆夹了块牛肉，放到她的碟子里说：“你尝，很嫩，还可以吃。”

刘妍朝娆娆客气点点头，然后悄悄在身边的游家同大腿上掐了一下，别有用心地说：“家同，你不是说要敬我娆娆妹妹一杯吗？来，我给你倒酒！”说完抓起啤酒瓶就往她早准备好的几个酒杯里倒。

对刘妍和游家同的暧昧，北欧装作不知道，就当那是一场恶作剧罢了，反正再过几天，她很快就要去凉阿地区基层锻炼去了。但他却不愿意刘妍伙着游家同对付娆娆，更何况，他是娆娆的亲哥呢？于是，他压抑着内心的不满对刘妍说：“行了，你别给游关长出难题好不好？他能让娆娆和他比酒量吗？”

游家同没有答话，只是笑，但是两只眼睛却时刻不离辛娆娆。在他眼里，辛娆娆果真是个高学历、高智商、有气质、有才华的美女，比她的名字还要美十分，要是刘妍能这样就好了，可是刘妍哪能比啊！

今天，刘妍叫他多约上几个重要的官场朋友到火锅店来喝酒，说她很快要走了，北欧成为公务员，为了感谢她，要给她饯行，请大家吃顿火锅。他知道刘妍此举不过是“醉翁之意”，都是为了推销北欧，好在她走后大家给予北欧关照，于是推托有事来不了。后听刘妍说起北欧的妹妹也来了，他不仅马上答应一定前来好好陪陪，而且还把几个他认为十分重要的官场朋友都叫来了。难怪刘妍在电话里向他介绍辛娆娆的时候，语气中醋味很浓，还一再告诫他不可吃着碗里还看着锅里的，必须得给她办事。他明白了今天晚上一定有十分刺激的节目等着他去剪彩！

果然，看了辛娆娆他才知道，他经历过的女人不少，没有一个连，也有一个排。但学历高的，却不漂亮，漂亮的但学历不高，学历高又漂亮的，却没有高智商。对于娆娆这种女孩，他还没有碰到过，更没有拥有过。现在他心里正在狂跳：如果能把这个叫娆娆的搞到手，那才是“宁在花下死，做鬼也风流”！别说是游家同，那几个，哪一个见了娆娆不发出“相见恨晚”的感叹？

游家同端起两只酒杯，绕过刘妍，走到辛娆娆面前，殷勤地递过一只酒杯给娆娆，说：“娆娆妹妹，真是有幸认识你，同北欧相处许久，却不知他竟然有你这样一个优秀的妹妹……来，我借花献佛，不，借花献美女，来，干一杯！”

辛娆娆虽有不愿，但为了北欧哥，面带歉意而为难地说：“游关长，对不起，我喝酒皮肤过敏，如果允许我以茶代酒的话，我就谢谢游关长！”

一旁的刘妍开玩笑说：“不对吧？上回我在吉州时，你不是和他们一起喝了很多吗？”

辛娆娆不悦，北欧也不高兴地瞪着刘妍。可刘妍满不在乎，还一个劲地夸娆娆酒量好，酒德高。听她这样说，那伙官场男人一同凑上来，一个说“娆娆小姐不喝我的就看不起我啦”！一个说“娆娆小姐是真人不露相，喝了再说”！一个说“娆娆小姐如果不喝，那就是我们这些铜臭男人不配与小姐为伍了”……

游家同趁势说：“好了，北欧马上要吃财政饭了，请你们看在北欧的面子上，不要为难娆娆妹妹了，干脆，我们让北欧替她喝，这样，北欧能喝，她也不为难。”

辛娆娆以为游家同发了善心，十分感激地对他笑笑，露出一口洁白整齐的牙齿，差点令游家同不能把持自己。北欧听游家同一说，迫不及待地接过游家同手里的杯子，一饮而下。然后，又接过那几个人的酒杯，一一喝了下去。

刘妍很不高兴，心疼地说："这样不行，他一个哪能喝得完？还是娆娆自己喝吧！"说完马上又倒了几杯，推到娆娆面前。

几个男人马上端起来，个个冲着娆娆，笑得十分暧昧："娆娆小姐，还是你嫂嫂公平。再来一杯，这次我们陪你喝！"

北欧很不高兴，还是坚持替娆娆喝，刘妍瞪了他一眼，只好坐下不说话。北欧喝完这杯，那杯又来，接二连三地喝了好几杯。娆娆见北欧哥一次又一次为她解围，虽然感激，但又怕北欧哥喝醉伤了身体，于是，她夺过酒杯一仰而下，连续喝了三杯，呛得她剧烈地咳嗽。

游家同十分关切地伸出手在她背上轻轻拍着，背后的刘妍悄悄捅了游家同一下，什么意思只有刘妍才知道。接着那伙人形骸放浪，也是别有意味地哄笑起来，惹得旁边的吃客惊异地看着他们，好像看西洋镜。北欧知道刘妍使坏，不动声色地拉过辛娆娆坐到他身边。见北欧护着辛娆娆，刘妍恨不得咬他两口，心里直骂他"狗咬吕洞宾，不识好人心"！今天她不就想用娆娆拉近他和官场中重要人物之间的距离吗？可他却偏偏护着辛娆娆，生怕辛娆娆受到伤害。

游家同见好就收，马上提建议道："好了，咱们不要为难娆娆妹妹了，喝酒是咱们男人的事情。现在，你们两个女的看着我们喝，谁要耍狗熊谁就不是男人！"

北欧见几个当官的都一致拥护，只好说："行，只要她俩不喝，我奉陪到底！"

啤酒源源不断地来，又源源不断地喝下，终于，几个男人都趴下了。其他客人都走了，桌上的菜晾在一边，小吃店的伙计守着他们，站着站着都要打瞌睡。

辛娆娆十分着急，她对刘妍说："刘妍姐，我怕晚上学校关门，想现在走了。"

刘妍却说："我们走了，他们怎么办？不能把他们留在这里吧？"

"你可以开车呀，你先把他们送回去，然后来接北欧哥不行吗？"

刘妍想想，点头说："好吧，我先把他们三个送走，然后再回来接你们三个。"说完就去埋单。然后刘妍叫了两个伙计扶起那三个进了小车，一溜烟跑了。半个多小时后，刘妍又开着车回来了。她和辛娆娆一起扶起北欧上了车前座，然后回来又扶游家同上了车后座。

辛娆娆要回学校，说："你们走吧，我去街口搭车。"

刘妍不答应，生气说："不行，到时你出事怎么办？我可负不起这个责。上车！一会儿我送你回学校。"

辛娆娆只好上车坐在后面。刘妍上了车，挂了挡，车飞般离开火锅店。游家同坐在车上，开始还老实，睡得像死猪一般，然而只有一会儿，他便开始"哼哼唧唧"，坐不是，躺不是，干脆倒下来，整个人压在娆娆大腿上。

辛娆娆紧张地叫起来，可是刘妍却说："坚持一会儿，马上就到了。对了，娆娆，今晚就住我那里吧，反正你哥也在那里，你就放心住吧！"

辛娆娆虽不情愿，但已经半夜三更，这么晚回去恐怕影响不好，所以她只好点点头说："好吧，就这样了。"

进了小区，到了刘妍楼下，两个人把北欧扶起来，半扶半拖地进了电梯。进了屋，把北欧放在沙发上，刘妍马上出门，说："我得去把游关长送回家。你照顾一下你哥。"说罢把门关上。

只有一小会儿，刘妍回来了，可她却把游家同扶着进了屋。辛娆娆吃惊地问："你不是把他送回家吗？怎么带到家里来了？"

刘妍把游家同放到另一个沙发上，对辛娆娆说："他死活都不走，说是他老婆不准他喝酒，见他这样晚都不回去，一定把门反锁了，不让他进门。人是我请的，酒是我买的，只好负责到底，把他带回家里来了。"

辛娆娆看北欧倒在沙发上，一点反应都没有，而游家同却比他好得多。突然娆娆发现，游家同好像并没有醉，他的眼睛在灯光下眯缝着，时而闪出幽幽的光。

辛娆娆欲赶快躲开，说："那我该睡了，你看怎样安排？"

"你睡你哥那间屋，你哥睡我那里，游关长就让他睡电脑房吧……"

刘妍指给娆娆北欧那间卧室，辛娆娆自去了，借着窗外的灯光，将门关上，和衣躺在床上。娆娆喝了点酒，很不舒服，翻来覆去，许久后才睡着了。忽然她做了一个噩梦，看见游家同悄悄进了她的卧室，狰狞着大眼，饿虎扑食般向她扑来……

辛娆娆大叫起来："啊！谁？谁？救命啊……"

睁开眼一看，分明一个大男人向她扑来，叫道："娆娆，我太喜欢你啦！"

真是游家同！果然没安好心！幸好娆娆和衣而睡，要不，差点就让他得逞！

辛娆娆迅速爬起来，趁着暗光，呵斥道："流氓，下流胚子，你不怕我告你吗？"

游家同眼里闪着幽幽的光，涎着口水说："女人不就是给男人玩的？你告什么？谁能证明？告诉你，我搞过的女人不说一个连，也有一个排，你就是为了你北欧哥，也得委屈委屈。要不……"话没说完，他又向娆娆扑来。

辛娆娆拼命地挣扎，嘶声叫道："北欧哥……"

游家同顺手抓起枕巾，欲塞进辛娆娆嘴里，用力撕扯娆娆的裤子，辛娆娆奋力挣扎，狠狠咬了他一口。

"哎哟……"游家同痛坏了，提上裤子溜了。辛娆娆不敢大声哭，她怕北欧哥醒来为了她去拼命！娆娆这才知道，北欧靠刘妍，刘妍靠游家同，游家同利用他的关系网，最终要她辛娆娆用身体来埋单！

"什么国家干部？什么清水衙门？什么帮忙办事？全是一伙败类，国家的蛀虫！"

辛娆娆不顾全身疼痛，悲愤地下了床，穿好衣服，蹬上鞋，下了楼。沙发上只有北欧哥，而刘妍和游家同早已不见影子！

“北欧哥，你好自为之吧，这一路你一定要走好，妹妹走了……”娆娆流着泪默念道。

天已经开亮，虽然还很模糊，但总算离天明近了，街上的人多起来，各忙各的事。娆娆上了一辆出租车，司机问她到哪里，她说：“你先绕着城转吧……”

72

辛娆娆任出租车在省城穿来穿去，透过车窗，她看到许许多多名贵树种，就是没有看到梧桐树！辛娆娆居然得出一个结论：对，梧桐树太平凡——省城不会有梧桐树的！

就连北欧哥到了省城都变了，变得可能连他自己都不认识自己，那么之前自己决定来省城后再作回不回吉州市的答案已经明确了——回吉州！至少吴剑光并没有像北欧哥那样与那些道貌岸然的人交往，只是为自己想得多一点；放弃对吴剑光的成见，与吴剑光和好如初，成为他今生今世离不开的妻子吧！

现在辛娆娆对北欧哥的不仅仅是失望，而且是严重担心了，她预测到不知什么时候，北欧哥一定会出事，而且出事的根源就在刘妍引他进去的那个圈子。本来想趁刘妍不在跟前的时候劝劝他，但他从早到晚总像忙得不可开交的样子，哪有时间说啊，或者即使说他又听得进去吗？对，北欧哥听于大哥的，得赶快回吉州与于大哥商量，看看用什么办法赶快把北欧哥从省城拽回吉州，与他父亲相认，并一起管好公司。

辛娆娆现在后悔还没有亲口告诉北欧哥他的亲生父亲是谁，于大哥为他的回家作出了怎样的决定。不过，她又庆幸没有告诉北欧这一切。否则，他得知这一切后，一定会马上奋不顾身奔回吉州，与于伯父和于大哥清算，再次闹得天翻地覆！

由此，辛娆娆再次想起白珊花，她真是个命运不济而执意追求个人幸福的女人，所以当年才执意追到穷山村小学许身于胡源，才在孤苦无着的情况下什么都依从吴志国，嫁与吴家，成为吴剑光的继母。现在，她赖以幸福生存的男人死了，一手带大的吴剑光会不会待她一直都好？唉，不管怎样，她是自己获得原始生命的唯一源泉。她以前那样对北欧哥和自己，也有说不出来的苦衷，看得出她对这一切已经后悔不已。还是原谅她吧，这次回去与剑光和好如初后，就当她是吴剑光的亲生母亲，好好待她吧。

辛娆娆怀着痛苦和复杂的心情回到学校招待所，一头扎进被子哭泣……她为自己是一个私生女而哭，为差点失去最宝贵的清白而哭，为北欧与一伙不是良善的人在一起而哭，为不敢告诉北欧他才是于胡源亲生儿子的真相而哭……

辛娆娆住学校招待所，是罗老师安排的。现在，辛娆娆准备离开省城，要不要给罗老师打个招呼？当初来省城的时候，她不想去刘妍那里找北欧哥，因为在省城，北欧哥什么也没有，一切都是刘妍的，所以她来后首先给罗老师电话。辛娆娆是罗老师的得意门生，听说她来到省城，很是高兴，马上电话联系学校招待所，安排她入住，并和她约定，等罗老师从老家回来后去家里做客。

现在辛娆娆准备离开省城，还是给罗老师去个电话道别吧。

令辛娆娆没想到的是罗老师竟然不要她走，说刚得到消息，学校正在研究选拔聘用本校优秀毕业学生，他已向学校正式推荐娆娆。辛娆娆略微有些吃惊，一时没有反应。罗老师以为她不同意，便向她推心置腹，说他这是最后一次向学校推荐学生，下月他将去省政府办公室任职。辛娆娆好惊讶，她居然不相信酷爱高等教育的罗老师舍得离开为之付出十多年的学校，更没料到罗老师说现任的副省长游儒贤曾是他的恩师，游儒贤的儿子游家同是他的好友，罗老师进省政府任职就是游家父子帮的大忙。

辛娆娆没有听完就把电话挂了：与游家同那种人是好友的罗老师可能也不会好到哪里去。变了，变了，过去那个令人崇拜的罗老师已不复存在，不听也罢！对，给林妈电话，去她那里看看，问她什么时候回吉州。

人民公园，虽有冷意，但青竹依旧婆娑。茶客们神情悠闲，一边说聊，一边端起盖碗茶送到嘴边抿一小口，似乎吝啬到怕茶很快喝完了。其实这只是表象，因为从他们的眉宇间可以看出，他们对现在的富足日子感到特别惬意。

但在另一角落，辛娆娆紧挨林媛，低头小声哭着说着。林媛抚摸她的头说："娆娆，还好，你十分勇敢，没让坏人得逞，以后，你就得这样！"

辛娆娆轻轻摇头："林妈，我真不知道北欧哥为什么一定要和刘妍在一起。我担心，他以后的路会越走越窄……"

林媛轻轻叹口气说："我想，你于伯父很快会来把他找回去。"

辛娆娆抬起头，哭过的眼睛有些红。她问："林妈，你不想于伯父吗？"

林媛既不点头也不摇头，但脸却红了，说："哪能不想？不过，他要去白珊花家……"

"嗯，她会不会原谅他？"

"不知道！"

"如果不原谅，你们怎么办？"

林媛没有回答。忽然，林媛看着辛娆娆的眼睛问："娆娆，告诉我，你还恨你妈吗？"

辛娆娆一惊，迟疑着。她不知道林媛为什么这样问她，她又该怎样回答，一时竟然没了话说。又过了好久，辛娆娆好像对自己说："其实想来，当年她也怪可怜的……如果是我，也许……"

林媛高兴了，说："娆娆，你真是个好姑娘。我也是这样想的，当年的事也不能全怪你妈，虽然她做得狠了点，但她内心其实十分煎熬。你想想，自己的亲骨肉不能带，带着人家的孩子能不想你和你哥？”

“林妈，你说北欧哥能和于伯父相认吗？”

“娆娆，血浓于水，就算仇恨也改变不了事实！不过，你告诉他了吗？”

“没有……我怕，还是以后于伯父亲口告诉他吧。”

“是啊，还是再等等吧……娆娆，你回去真要和吴剑光和好吗？”

“嗯，我已经决定……”看着林媛不舍的目光，娆娆小心回答。

“娆娆，咱俩手机一个品牌！”林媛惊叫起来。

“哦，我的手机剑光摔坏了，这是于大哥重新给我买的。”

林媛点点头说：“哦，哦……我想知道，你对小轩有无感觉？”

“于大哥？”娆娆又想起于轩那不可思议的举动，急忙摇头，“林妈，我喜欢他，但从来不敢想，他太优秀……”

“……娆娆，你先回去，等你于伯父的事情办完了，我也该回去了。”

“不，我想先去南高住几天，去周妈妈坟上烧烧纸，跟周妈妈说说话……”

听说辛娆娆走了，北欧顿时感到天花板在往下落，厅里的东西在摇，就连自己屁股下的沙发也像在剧烈地掀动。“啊！”他大叫一声，冲进自己那间卧室……

娆娆为什么不辞而别？刘妍的话是什么意思？坐在床上，北欧的心里乱极了。他很为娆娆担心，到底发生了什么？她为什么不对自己说？难道哥是外人吗？忽然，他发现一个不良信号：娆娆对他已经不信任了！在她眼里，能和刘妍走到一起，无疑，和游家同最终也会走到一起。他后悔了，后悔他不应当因为吴剑光那小子的张牙舞爪而愤懑，不应当因为白珊花是他亲生母亲而怨恨，不应当因为一时的不满足而离开于轩。一句话，他不应当离开吉州和娆娆！

可现在为时已晚！

娆娆为什么走？难道今夜趁他醉酒刘妍把娆娆推进了游家同的怀抱？忽然他想起刘妍说的话：没有钱权色交易，想打天下，谈何容易？娆娆既然是你的亲妹妹，为你的未来发展做点牺牲有何不可？难道她真这样做了？不行！她可以靠着她的副厅长舅舅袁罡正、海关副关长游家同及他的副省长父亲游儒贤，去一个北欧无论如何问不出来的地方挂职锻炼。他可以什么都不要，却不能没有娆娆！

乌蒙蒙中，又像第一次，刘妍从卧室出来，轻手轻脚走进他的卧室，上了他的床。他推开刘妍，质问说："告诉我，你和游家同到底对娆娆做了什么？"

刘妍不买他的账，同样质问道："你说说，我和游家同到底会对她做什么？"

"我打电话问娆娆，如果你们对她真做了见不得人的勾当，你想走？没那么容易！"说完，丢下刘妍走出房间，马上给娆娆电话，但娆娆手机关了。

刘妍跟出来，趁势说："你问吧？要没什么我跟你没完！你别忘了你的公务员是怎么来的！"

话是这样说，其实她也害怕过。虽然她并不确定游家同对辛娆娆到底怎样了，事后游家同也竭力声明他并没把辛娆娆怎样，但她还把游家同狠狠骂了一顿。在她心里，她赞同辛娆娆能为了北欧去吸引游家同，但不赞同游家同真把辛娆娆搞到手。很快就要走了，这一走，还不知道什么时候才能回来！于是她十分诚恳地说："欧啊，游家同不敢，如果有事，娆娆会放过他，你会放过他吗？"

北欧恶狠狠地说："哼，要真那样，我会咬碎他的骨头！"

"好了，上次人家给你的好处还少吗？尝到甜头了吧？以后别让娆娆来省城就是了。对了，听说下次的利润更高……我舅舅说你的工作来得太不易，以后我走了，你要和单位同事搞好关系。"

"哼！你为什么一定要走？不走不行吗？"

“我还不是为了我们的未来稳定？”

北欧想想也是。不过，他不想再住这里了。

他说：“刘妍，既然你要走，我就没有必要住在这里了，明天我搬出去。我可不愿在这里吃软饭！”

刘妍不悦说：“啊？为什么啊？我把小车给你留下，以后上班方便。”

北欧于心不忍：“我不要！我还是搬出去的好。不过你放心，既然我已接受你为我的女人，我就要向你承诺：无论你今后怎样，除你以外，以后我身边再不会有第二个女人。除非你在外有另外的选择。”

刘妍有点感动，想对北欧说什么，犹豫了好久，才说：“欧啊，我不会。而且我相信你，其实我不该在这个时候走，应当帮着你，但是有些事情来得太突然……”

北欧淡淡笑笑说：“你走你的，我一个大男人本来就应当靠自己！”

刘妍动情了，提醒北欧嘱咐说：“我走后，你要多长点心眼，我看这次搞完后，最好别去惹汽车的事了，还是等待上班吧，只要你多听我舅的，他会帮你的。那个游家同……你要防着点……”

“我知道该做什么……”

“我就担心为了钱，你被人当枪使！”

忽然北欧的手机响了，北欧急忙接上电话：“娆娆，你叫我好担心啊，你怎么不和我说一声呢？要是出了事，哥怎么对得起你啊？……好……好……我听你的……只要没出事就好了……你千万要爱护自己……哥的事好了……你知道？那就先干着看吧。……只有这样了，你的事你也看着办吧……我不再逼你了，必须要让那小子服服帖帖的……就这样……以后再说……好，挂了……”

电话刚完，刘妍问：“娆娆还好吧？我看她那么机灵，肯定不会有事的……”

北欧没回答，到厨房里洗个手，准备煮面了。就在厨房那一会儿，北欧急速地转动脑子，很快的，两个打算已定：以后暗中保持和战勇、尹媚的联系，只要有可能，在单位上班的同时，跟他们学习经商之道，为今后自己独闯商海铺平道路；借袁罡正之名，广泛接触省里各级官员，学习他们的为官术，成为省城名人。

就从这时候起，北欧开始彻底改变他的人生！

73

几天来，吴剑光其实并不高兴。今天早上吃过饭，他没告诉李佳靓他要去哪里，便一人来到吉州城外的东岳庙，一路走过岱宗殿、梧桐林……然后一屁股坐到石坎上看着长江想着令他不高兴的事……

继母白珊花捧着父亲的骨灰回乡下那天，李佳靓说亲眼看见于轩搂着娆娆亲吻，他心里就埋下不悦的种子。他怀着恼怒心情送走继母，心急火燎追到高客站，本想给于轩和娆娆来个措手不及，结果哪里见到娆娆？只好答应跟于轩同去和于伯父喝了个酒瓶朝天，然后跌跌绊绊去“菊香园”昏睡一气。酒醒后才想起几个人喝酒时的谈话，他大吃一惊，原来，北欧才是于胡源的亲生儿子！

当年丢下身怀有孕的女人就是他——自己一向尊敬的表叔于胡源！也就是说，一直以来，于轩不但“鸠占鹊巢”，而且从于家及其公司获取了大量的财富。吴剑光想不通，按时间算，继母嫁给父亲进入吴家之时，正是于轩进入于家之日！那时于轩至少也应当有七八岁，难道他当时不知道自己并非于家亲骨肉？就算他是继母为报复于胡源故意把他找来替代北欧的，可他在于家能心安理得地当人家不是亲儿子的儿子吗？为什么他不说？难道仅仅因为那时年龄小？诚然他年龄小，那么十多年后，去美国读书以前他为什么不说？前些时候也为什么不说？

顿时，于轩在吴剑光眼里变了颜色，原来他也是个并不光彩的人——一个不管别人幸福，只管自己安乐的小人！亏自己近二十年里把他看成好同学、好朋友、好大哥！如果说他吴剑光不怎么样，那于轩就更不算什么！居然还好意思整天以兄长身份对他循循善诱！

就此推论，于轩并不值得他吴剑光相信和敬重！那么和于轩相处的所有日子里，他对自己说的每一句话，又有几句是真的？

忽然，吴剑光再次想起李佳靓亲眼看见于轩在车内亲吻娆娆之说，他开始了实实在在的怀疑。在高客站没看见娆娆，并不能说明他们先前不在一起，只是他没碰到罢了。既然这样，过去他一再对自己表示的——为了同学、朋友、兄弟，他会把喜欢辛娆娆的心深深埋在心头，绝不向辛娆娆表露出来——现在看来未必，他不仅表现了，而且表现得十分淋漓、赤裸。原来，他对自己的一切好都是装出来的！这种人实在是太可怕了。

可是，当初几个大人间到底发生了什么事情，自己是如何被白珊花找来成为报复于胡源的事，于轩自己也不知道？可以肯定，他不说自己的真实身世，直到长大也不说，是他不想失去来之不易的亲情和家庭温暖。如果不是北欧、辛娆娆的身世被揭开，他还以为自己是永远的幸运儿呢。

唉，君子坦荡荡，小人长戚戚，这句古人的话到底用在他们当中的哪个人身上合适？

似乎想得非常清楚，吴剑光决定和辛娆娆继续婚姻，绝不能让于轩得逞，要让于轩光眼馋却够不着！

提起辛娆娆，吴剑光心里远不是味道。虽然一直以来都和李佳靓在一起，少不了颠龙倒凤，但心里、眼前总是闪着辛娆娆的影子。对此，他曾想竭力否定，心里默念：辛娆娆哪里赶得上佳靓？但事实就是事实，辛娆娆在他心里始终没有消失，他无法忘记，难道自己还爱着辛娆娆？或是李佳靓并不像自己所想的那样好？如果真如此，那么在对待辛娆娆的态度上，一直以来，自己肯定错了！

回想起来，和李佳靓的共同生活只有一段时间，可就在这段时间里，吴剑光耳边最常听见的总是李佳靓那几句话："你给娆娆打电话，叫她回来你们离婚吧，否则，我们现在这个样子到底算哪回事了？""你不想离婚可以，那你给我买个电梯楼房，我把我父亲接来，你没了父亲，我也总不能把父亲丢下不管吧？""我跟你了，以后还上班吗？以后你每个月给我多少零花钱呀？""给我也买个车吧，我去考个驾照，没事的时候，我可以带我爸到处玩玩。""银饰店里有一款套餐金品，不贵，我好喜欢哦，给我买吧？""你过去送过娆娆钻石项链，可到现在，还啥都没送过我"……

如此种种，吴剑光开始并不以为意，只想既然两人走到一起，自己也有条件，就是给她买个什么也是应该的。但是，如果她整天说道这些，全都需要花钱，而且不是一点小钱，似乎除此之外，再无别的谈话内容。特别是她从来没有关心过他刚刚去世的父亲，心情怎样，以后公司应当怎样运作才能健康发展，今后的家庭需要怎样建立和营造，那就不得不令人猜测和费解。

是的，以前为了追辛娆娆，送过她一只昂贵的钻石项链和一枚廉价的胸针，但她无论如何都不收，最后在他的恳求下，她只收下了胸针，而且还十分无奈。定下关系以后，辛娆娆从来没有向他或父亲提出过任何关于经济物质方面的要求，更没有提出过要什么，还要什么。直到现在，她从吴家得到的，就只有那朵标注"新娘子"的红花了。可见辛娆娆和李佳靓的需求观完全不同，一个追求精神，一个追求物质！当然，辛娆娆这样毫无要求或许也是因为生他的气，尽管答应了，并办了证，却什么都不要。忽然，吴剑光觉得有点对不住辛娆娆，不管怎样说，辛娆娆虽然走了，但和他的婚姻关系还没散呀。

李佳靓呀，你再怎么也得矜持一点，要什么最好别太露骨，否则就太过功利心，会让人产生不良感觉。再说，本来就有那么大一座房子立在那里，今后就算结婚，住不下吗？即使今后两人生下两三个孩子，房子也够宽绰的，为什么一定要再买房呢？而且现在还没有正式嫁进吴家，竟然一会要买房，一会要买车，那么今后如果真嫁给吴家了，岂不是想要天上的星星？

吴剑光不禁认为自己走了眼，后悔当初赶走辛娆娆，直到现在，也不知道她的情况如何。是得给她去个电话，问问她情况，对，顺便给她道个歉，可是她还有手机吗？突然，吴剑光三步并两步奔向李佳靓宿舍，他要让李佳靓懂点什么。

吴剑光拿出手机给娆娆打电话，可是刚把数字摁上，还没摁下通话键，李佳靓过来了。她高兴地问："亲爱的，你叫她回来离婚？太好了！"

吴剑光条件反射般把手机揣进衣袋，没有说话。李佳靓不解，催促道："你打呀！快刀斩乱麻，各走各的路，谁也不耽误谁！"

吴剑光哪里是随便被人主宰的主？他气恼了，"豁"地跳起来吼道："你，你以后少管我的事，别以为你已经是我的女人，就什么都要过问！"

李佳靓还以为他从她身上还没得到满足，便想偎过来，想让他再一次得到快感。哪里知道吴剑光心有不满，顺手将她一推，说："少来这一套，你把我当成什么了？"

李佳靓觉得吴剑光委屈了自己，便委屈地说："你还有什么不满足的？我一个黄花妹子随便你折腾，从来都随叫随到，一呼百应……"

吴剑光无视她的哭泣，更无怜惜之心，反而说："你少做给我看，以后老老实实做好你该做的事情就可以了。以后，娆娆回来，你该说则说，不该说不准说，否则我们就分手！"

李佳靓好吃惊，问："你是说你还要跟娆娆继续，不同我结婚了？"

吴剑光将脸侧向一边没有回话。

"那不行，你必须说清楚，否则我不管你以后做什么，我都不放过你！"

吴剑光听李佳靓如此说话，脾气来了，横着脸说：“那好，今天我去乡下，回来以后再说。”

“你回乡下？你不是不回去了吗？”

“我不回去，我爸的骨灰如何安埋呀？”

“不是有你妈吗？”

“哼！”

李佳靓赶快放低身价，向吴剑光俯过去，低声温柔地说：“你去吧，我等你，不过，我想提醒你，你如果要和娆娆继续，你就得接受你妈，否则娆娆不会同意，人家毕竟是亲生骨肉……”

“不用你说，我早知道！”

“还有啊，你父亲走了，家里还有多少钱，你清楚吗，是不是有必要问问她，或者让她拿出来……”

“我怎么好问？”

“你就说你公司需要增容要扩大，需要钱，她会不支持你吗？”

“哼，这几天除了这一句话算人话，其他的都是狗屁！”

李佳靓完全没搞明白，问：“哪些话？”

“哪些话？你自己忘了？什么买房买车买金品，要怎么怎么的……”

李佳靓相当聪明，知道自己不该太急了，她笑了，说：“哦，小气鬼，原来你是为了这些话不高兴啊？我是说笑的，那些东西都不重要，我只需要你这个人……”

“我问你，要是娆娆不同意离婚，愿意跟我继续，你会像以前说的那样，心甘情愿做我的女人吗？”

李佳靓心里不悦，但脸上依旧笑着说：“是啊，一切都依你。只要你不离开我，对我好，我是不会有意见的，而且永远！这下该满意了吧？”

吴剑光这才笑了，他张开双臂，让李佳靓扑进怀里。他一边亲吻着，一边说："宝贝，这样就好，只要娆娆同意离婚，我就娶你，如果她不同意离婚，我就和她继续，你还是我的女人，我一辈子对你好……"

李佳靓伸出幺拇指刮着吴剑光的脸说："羞不羞，还享'齐人之福'呢！"

"我就要享'齐人之福'怎样？现在我先享享你的福……"吴剑光一个翻身，把李佳靓按在身下……

顿时，小小屋子里全是放浪的笑声……

74

这几天，父亲下乡去白珊花家了。

眼看正月十五即将来到，杨廷玉无数次电话催促于轩，要他赶快把上市资料全部弄好，然后抓紧时间去市里办理有关手续。于轩只好一遍一遍回复杨廷玉，他正守在公司亲自带领团队准备上市资料，等父亲回来后一定抓紧时间去市里完成手续，令杨廷玉很不高兴。他说："上市资料，对于你来说，应当不是问题吧？怎么会不合要求呢？过年也不来我家，难道让我女儿上门找你吗？"说完就挂了电话。

于轩稍稍不悦，心说：聪明人就当知道我不到你家就说明一切。你以为上市是上街？

于是他只好不回家，一直守在公司督促上市资料。今晚还好，不到九点就可以下班了。回家的路上，他在路边小店吃点东西，到家后哪也不去。在公司忙，里里外外除了工作其他什么都没时间想，然而，只要回到家，很多事情就自然而然涌上心头。总之心情很不好。

他很想知道父亲和白珊花谈得怎么样，不知是否乡下信号不好，每次去电话，不是"无人接听"便是"无法接听"，于是他很着急；他牵挂辛娆娆在省城无着落，想劝吴剑光去省城接回她来，又担心吴剑光根本听不进去，更何况自己心疼辛娆娆还想自己去？

现在，他真想找人倾诉，可找谁呢？也许小时候林妈把他照看得过于小心，也许是他特殊的个人经历，自然养成他不爱和别人打交道，做事总爱独来独往的性格，有什么事不愿对别人说。初中时是这样，高中时也是这样，之所以能和吴剑光成为朋友、兄弟，而且一交那么多年，正是因为吴剑光能说会道。要说吴剑光是最合适的倾听对象一点也不夸张，可现在情况不同了，他对娆娆已经产生了难以克制的感情冲动，此时站在吴剑光面前，心中难免有愧。虽然那天没承认而且在喝酒过程中敷衍过去，但至少理亏，现在难以找吴剑光倾诉了。

如果林妈在就好了，只要把烦恼说给她听听，即使她不能给他一点意见或劝导，他也会好过些的。可林妈白天要忙里忙外照顾她的舅舅，晚上若是再给她电话，一定会使她分心和不安；给娆娆电话，又担心自己拿捏不好分寸，给她带来不必要的干扰和麻烦，或者遭到她的反感。

唉，父亲什么时候回来？临走时，父亲对他说："小轩，你别急，既然我答应了你，我就会很快回来的。凭着我这身板，再干几年也还可以，只是你必须得马上完成你应当完成的事情，包括公司远景规划、上市资料和团队建设，几年来公司的运作情况汇报……只是，我回来后还得去一趟省城……"

这些于轩都知道，他只是希望进行得快一点。唉，再过些时日，他就要离开公司，到另一个地方谋食去了，从此后，公司的一切都将和他没有关系，那是父亲的，是北欧的！

父亲对他说过："小轩，你永远都是我的儿子，我实在不想你离开公司。但北欧也是我一块心病，我反复想过，决定还是叫他回来接替你。这些年你为公司做了许多，挣得不少，按比例你应得多少拿多少，千万别亏自己。"

他却回答："爸，我什么都不要，你只要让我永远叫你爸就够了，这是什么都买不来的……”

就算报答吧，无论如何我不能拿钱，不能占据着本来不属于自己的财产！如果白珊花一定要和父亲再走到一起，那自己就与林妈永远以母子相称，如果还有娆娆，那就组成一个幸福家庭吧——于轩想，那一定是十分幸福的家庭。

那天和娆娆热拥，他真的难以忘怀。只要想起来，他的身体便立即感到一种异样的——从来没有过的冲动。虽然他不说，也不能说，但是他从来没有停止过对娆娆的思念！白天事情多，他没时间想，到了夜晚，娆娆的身形、笑容、话语，无不在他面前耳旁显现和萦绕！梦中的娆娆拥抱他，亲吻他，缠绕他，忽而羞涩，忽而大方，忽而轻悄悄，忽而软绵绵……他从来没有这样强烈地思念过一个女子！但他知道，这种强烈的思念只能放在心里，不能对娆娆说，更不能对吴剑光说。无论如何，娆娆现在还是吴剑光的妻子，他只能克制自己！

看看时间，正好十点半，于轩信步走出家门，突然发现刚进入春天的“菊香园”傍晚好安静，没有虫叫，没有鸟鸣，没有人潮……他心里一动，何不出去兜兜风，让心里好过些？

果然，车驰出去，于轩马上感受到一种快意！幢幢建筑披绿挂红的霓虹灯，还在一闪一闪，向路人倾诉着对春的追求，在这色彩缤纷的喧闹声中，人们正在从不同的角度感受生活给他们的恩惠……于轩心里顿时产生了一种剧烈的冲动，他要在目前少有人车来往的开发区大道上飞奔，像赛车手那样驾着车闪电似的飞奔！他要在大道的尽头宣泄，像那些粗犷豪放的歌手那样大叫！

于轩对准前方大道，迅速上挡，正要驶去，忽然他看见灯光下一个熟悉的男人——杨廷玉站在路边，正和谁说话！他急忙下挡停车，从车上下来，走过去打招呼：“杨市长……”

杨廷玉有些慌乱，急忙转过身，看是于轩，才松了口气，回应道：“哦，是于轩啊，这么晚了，你兜风啊。”

于轩这才注意到，不远处是个女人，正低头正踢着什么。杨廷玉笑笑，对于轩解释说：“于轩，你看看她是谁？她是我老领导的女儿，马上要去阿凉地区锻炼，专门从省城来看我，我正带她来参观参观我们吉州的开发区……”

于轩看着那个似曾熟悉的身影，微露吃惊地问：“哦？刘妍？”

“是啊，是啊……刘妍，你过来。”

刘妍走过来，看于轩一眼，大方地说：“于总，你好！”

于轩这才看清楚，刘妍今天的打扮完全跟以前不同，穿着深色的薄羽绒服，脖子上围着一条黑色丝巾，不同的是她的鼻梁上居然挂着一副眼镜——让人一眼就能看出她一定是哪级政府或哪个部门的重要女干部！

老领导的女儿？过去怎么没有听说过？她不是和北欧在一起吗？怎么突然间去阿凉地区锻炼？北欧呢？一连串的问号不断浮现在于轩脑海里，但他没有表现出来，还是客气地回答道：“哦？现在不知道应当怎样称呼你……不知道北欧现在怎样？”

刘妍闪着狡黠的目光，看一眼杨廷玉，只就后一个问题回答于轩：“哦？你问北欧？……应当很好吧？”从刘妍语气上猜测，似乎北欧的情况她并不知道。可能吗？真是此地无银三百两！

于轩不禁问道：“怎么，你也不清楚？”

刘妍见杨廷玉正在注意听她和于轩的谈话，便笑笑说：“他是请我帮忙了，而且我仅仅是帮了忙，具体什么情况我也不清楚。怎么？他和你们没有联系吗？”

于轩摇摇头说：“他走后，只和我联系了一次，可娆娆去了他那里，再没和我联系。我希望他回吉州来。”

刘妍吃惊问：“娆娆去了他那里？我不知道呀？为什么你希望他回来？”

“他马上到市政府任职……”杨廷玉不待于轩回答，自己抢着回答了。

刘妍脸上马上现出吃惊：“哦？你是想让他管理你的公司？”

于轩直截了当地说：“不，应当是他的公司。”

“怎么回事？”刘妍虽然这样问，但她并不急于知道，现在她所关心的事情不在北欧那里，而在杨廷玉这里，她接着问：“哦，那得看他怎样想了。”

于轩不想再说，便问杨廷玉：“杨市长，你们还要到哪里去，我送你们。”

杨廷玉摇摇头说：“不了，就在这里转转。”

于轩提议说：“要不，我带你们去兜兜风，反正我没事情做。”

杨廷玉同意了，但刘妍却摇头说：“不了，我马上得走，要不你们去转转？”

杨廷玉马上附和说：“好啊，于轩你走吧，我再陪她一会儿。”

于轩突然问道：“杨市长，你说我去当那个副主任到底做什么呀？”

真是恰到好处！杨廷玉马上一脸严肃，回答道：“做什么？要做的可多了，到各个企业去调研，给政府提供数据，提出合理的建设性建议，评估企业的生存和再生能力，组织专家讨论企业破产和重组方案——纯是政府的智囊团！你呀，如果发展得好，将来说不定做市长助理，当市长……”

刘妍马上应和说：“呵呵，那于总今后前途不可限量哦。”

于轩一听，慌了说：“杨市长可别这样说，我又不是在党的人……”

杨廷玉却一本正经地说：“你到的是市政府，又不是市委，再说，你以后不可以争取在党吗？”

于轩灵机一动，转向刘妍问：“刘妍，你在党吗？”

刘妍略显得意，说：“我？刚刚入党了。”

于轩很惊讶，他想马上离开他们，特别是眼前这个女人。他向他们点点头上了车。为了更安全，于轩准备重新选择一条城乡大道，这条路通向“第一山”，到晚上的时候很少车行，对于一个需要整理思想的人来说，无疑是个最理想的选择，他马上掉转车头。

75

已经快近子夜，于轩才回到“菊香园”，他将车驶进小区车库，一路拍打着衣服向家走去，心里还在想着刘妍和杨廷玉为什么那么晚了还在外面。

忽然，于轩看见厨房内亮着灯。他吃惊了，临走前没有开灯呀，怎么现在亮着灯呢？难道爸回来了？他急忙紧走几步，大门敞开着，里面也是灯火亮堂！他赶紧三步并作两步，冲上台阶，跑进屋里——果然父亲什么时候回来了，睡在沙发上，面前茶几上摆着一只盛方便面的纸碗。

于轩很心疼，想叫醒他，但看他疲倦的样子，又不忍心。他赶快到客房拿来一条被子，搭在父亲身上，然后坐下来，仔细地打量父亲，看看在他脸上有没有喜悦留下的痕迹。可左看右看，不但没有看见他所想看到的，反而看到的是父亲的衣服被什么撕扯过，上面竟有破损。父亲脸上比走的时候苍老，而且凄凉。于轩全都明白了，父亲此行一定不顺，无论他作出多大的努力请求原谅，白珊花一定没有答应！于轩不禁为父亲感到悲哀，为什么非得那么执着？为什么早已事过境迁之后，为了心安，还要去苦苦争取那一声原谅？

可能动作太重，父亲警醒过来。见是于轩，马上揉揉眼睛，嘶哑地说：“你怎么搞的？出去连门也不锁……”

于轩略显埋怨：“爸，您该给我电话啊，几天时间，给您打电话不接，也不打电话回来，可回来该有电话吧？”

于胡源两眼充血，似乎从来没有睡过觉：“你的电话在什么地方？恐怕连你自己都不知道吧？”

于轩这才发现，出去时不仅没锁门，就连手机也忘带了。他自嘲道：“爸，看来我们父子俩都遇到问题了……”

“什么问题？”

“你想得到原谅，我想想清楚问题！”

“唉！我的确没想到，人家就是不原谅我，而且根本不想见我。好在最后她留下话来，我才稍稍心安……”

听了父亲的叙述，于轩才知道父亲这几天是怎样熬过来的……

于胡源走进村子，抬头向上望，鸡叫山的坡上，已经铺满热情的阳光。他很高兴，祈愿着此行顺利。不过，看着连成片的房群，他迷茫了，白家在哪里呢？

正好对面来了个半百的妇女，见了于胡源略微吃惊。于胡源见对方注意自己，便友好地问：“大姐，请问白珊花的家在哪里？”

对方更是满眼现出狐疑，问：“你找珊花？你是她什么人？”

这句问话于胡源倒不知该如何回答，一时出不了声。对方见他如此，马上很不友好地说：“怎么？答不上来了吧？你是什么女婿姑爷啊？多少年了，从来没见你来看望过你丈母娘，倒是珊花回来才几天，你就赶着来了！原来你只要婆娘，不要丈母娘啊！”

于胡源开始有些丈二和尚摸不着头脑，现在才明白，对方是把他当成吴志国了。看来吴志国直到死，都没有来过鸡叫山！唉，于胡源心里不由得埋怨起吴志国来：吴兄呀，你有些过分了。就算珊花不怎样，可你娶了她，就是人家的姑爷女婿，为什么从不来看望？不过，珊花，对不起，这里面我也有错啊！

于胡源没有任何解释，反而向对方笑笑说：“是啊是啊，我知错了，今天就是来赔罪的……”

对方以为真的，便马上暖回眼神，给于胡源指点着白家在哪里。

于胡源兴致勃勃来到白珊花的家。虽然院门开着，但门侧两米远拴着一条大狼狗，对着他“汪汪”狂叫，拼命奔着铁链向他扑来，发出金属碰击的声音。他不敢过去，两手拢着嘴远远向里喊着“白珊花”。

果然，白珊花从屋里出来喝住狼狗，正眼一看是于胡源，先是一愣，马上回过神将身一侧，面对墙壁，冷冷说：“你是谁？我不认识你，请你离开，我家的狗咬人！”说罢过来就要关院门。

于胡源急忙跑过去用身体抵住院门，不管大狼狗如何咆哮，如何抓扯他的衣角，他都不放过这个机会。他对这个他多年深感有愧，而且到处寻找不着却近在咫尺的女人不断地说：“珊花，当初我不该那样对你，我自私，无情，该死，你恨我一万年都不多！我要早知道你在吴家，肯定早就去向你道歉了，谁知看见你时，你又遇不幸。今天，我不敢说来兑现吴总的临终嘱托，只想亲自来向你道歉，希望得到你的谅解。”说着用力向里推。

大狼狗奔着铁链跑过来跑过去，狗嘴里不断发出“呜呜”的喘气声，积蓄着力量，准备再次向于胡源扑去。白珊花一边拼命抵挡，一边喝住狼狗，但就是不让于胡源进去。她气喘吁吁，脸涨得通红，但终归不敌于胡源的推力，只好眼睁睁看着他进来，说道：“你别拿志国说事，我就不想见你。你当初害得我人不人，鬼不鬼，要不是志国，我早就成了孤魂野鬼，哪里还有你今天上门讨债的机会？”

于胡源站在白珊花面前，像个犯了错，又知错认错的小学生，低头轻声说：“珊花，怪只怪我当年觉着委屈，只想着自己一走了之，给你带来不幸，我早就知道错了，你就原谅我吧，以后我不会丢下你不管的。我会找回北欧，善待娆娆……”

白珊花咬牙切齿地斥责他：“我们不需要你管，善待你的林媛吧，难道你还想像当年对我那样对待她？要是那样，那你更不是个男人！全世界的人都会鄙视你！滚吧，别让我再看见你！”说完丢下于胡源一路小跑上了小楼。

于胡源一趔趄差点坐到地上。大狼狗趁势扑过来，若不是铁链，它早奔过来了。外婆从屋里出来喝住狼狗，看一眼于胡源，气愤地指着他骂：“你果真不是什么好东西，跑到这里来干什么？滚滚滚！”

又一阵“汪汪”大叫，大狼狗好像明白自己的职责，再次冲向于胡源，而且蹦得很高，如果再用点力气，它一定会挣断铁链把这个不速之客咬个稀巴烂！于胡源赶快爬起来，躲大狼狗远远的。他猜到这个老人一定是北欧的外婆，白珊花的母亲，就在远处给老人家跪下磕头，一个，一个，又一个。然后向老人求饶，说了许多好话，并说自己就是北欧的生父于胡源，当年为了自己抛弃了白珊花孤儿寡母，让她母子吃尽了苦头，做出了不是男人做的事情，现在专门来求白珊花原谅。外婆再次打量于胡源，看出他不像负义寡情的男人。好几十岁的男人跪在地上求饶，让左邻右舍看见不好，外婆只好叫他起来进去，让他进了底楼正堂屋。

一会儿，左邻右舍听说白珊花的男人来了，一个个来到院门口，想看看白珊花的男人到底长个什么样，为啥这么多年从来没来过。看着空空的院子，邻居们一个个指指点点小声议论。

于胡源在正堂屋里坐着，先是不敢说话，心里直打鼓。外婆不理他，只顾自己手里的活，于胡源盼着白珊花下楼来，准备想到哪里说到哪里。于胡源不管外婆理不理他，只管讲着他和白珊花的过去，讲他当时的委屈，当时的失望，讲他现后来和现在的内疚……左等右等，白珊花就是不下来，里里外外就只有外婆一个人在听。

说完了，于胡源看看白发苍苍的外婆，只等着她发话。

外婆不看他，只顾手里的活，说：“这几天花花身子不舒服，她不想和你说话……”

于胡源着急站起来：“是吗？我马上带她去医院看医生。或者跟我回城里……”

外婆不看他，只是摇头说：“我问过，她从此不再回城。再说她也不会跟你去的，我给她搞个小偏方吃吃就行了。”

“这，这，怎么行呢？”于胡源只好不再说话，等待外婆发落。院外的邻居们见不到人感到很失落，没办法，只好散去回家。

天黑了，外婆留于胡源吃了饭，住下，直到第二天，白珊花还是没有从二楼下来，也没有带过一句话给他。于胡源只好离开，先去镇上买了好多常用药，然后去招待所住下。第二天，他赶快提着那些药又去，院门已被紧锁。还好，大狼狗被挪到五六米远的地方，对他这个不受欢迎的人，只能“汪汪”吼叫而无可奈何。于胡源在门外等到中午，还是不见人影，只好把药包挂在院门上，回镇里吃完饭又回来。

他在院门外面走来走去，周围邻居终于看到了他，上前跟他搭讪。或向他打听，才知道于胡源是白珊花先前的男人，是北欧的亲生父亲，一个个开始义愤填膺起来，纷纷以白珊花当年的不幸谴责他。

于胡源这才知道许多发生在当年的事，才知道白珊花当年未婚先孕所遭到的不幸，以及北欧在成长过程中的孤独和沉默，更知道吴剑光来到乡下与白珊花大吵一架的事，他才确确实实感到自己对白珊花母子的伤害有多大。他没想许多，只觉得自己应当尽快弥补自己的过失——就算白珊花要跟他破镜重圆，他定然义不容辞！

第三天，白珊花还是没有下楼，不过她让母亲带话下来，对他说：过去的事情她不想再提，更谈不上原谅，如何处理与北欧、娆娆的关系是他们之间的事，她不想过问；她现在唯一要做的，就是守着吴志国的骨灰，在乡下安安静静地过完后半生，请他以后不要再来破坏她的心境。

于胡源听了，心下更是不安。他对外婆说：“老人家，我是真心的，请你转告她，只要她愿意，我一定真心对她。”

外婆没说话，但从表情上看出老人家有难言之隐。于胡源主动问：“吴剑光是在这儿过的年吗？有没有经常来电话？她想不想见到北欧和娆娆？”

外婆没有回答，但于胡源看得出，他的话是说到外婆心里去了。外婆认真看看于胡源，突然问：“听说你和花花的同学早就好上了，就是因花花，你就不和人家办证结婚？”

于胡源愣了，一时开不了口。

外婆说：“花花说原不原谅你是她的事，你跟人家结不结婚是你的事，如果你还是男人，就不能害了另一个女人。”

于胡源十分羞愧：是啊，当初害了白珊花，现在为了弥补过错，不又要害了林媛吗？他全明白了，白珊花虽然口头上没有表达对他原谅，但心里头对他的恨已渐渐冰消雪融。他只好离去，临走的时候，他给外婆留下十万块钱，说：“老人家，当初我没有向你尽到孝道，今天补上，请老人家收下。”

没等外婆拒绝，他已经快步走出院门。等他上了村边公路，回头张望，二楼之上，模糊的白珊花正在看他。

76

白珊花站在二楼阳台上，远远看着于胡源的背影，直到看不见为止。她终于松了一口气。二十多年啊，她虽然得到吴志国最充分的爱，但心里总是隐隐约约闪现出于胡源的影子，只是这个影子给她的感觉是仇恨，是伤口！每每这个时候，细心的吴志国总是宽慰她，说事情早已过去，就别再去回想了。她答应得好，可是能不想吗？人的一生只有几十年光阴，最灿烂的年龄莫过于十七八岁的时候，如花的年龄啊，哪个女人被她心爱的男人抛弃后心里不恨？

不过，对于胡源的到来，白珊花早有预感，而且知道只能有这样一个结果：她不见，也不当面应允，更不直接原谅，就让一切顺其自然！

自从吴志国临终时当着她的面托于胡源照顾她的那一刻开始，她对什么都看开了：人一辈子不就是平平安安，身体健康，与人友好相处吗？为什么自己非得跟过去较劲，总把自己陷入仇恨的泥潭？是的，想起过去自己所受的罪，以及对北欧和娆娆的错误做法，于胡源的确令人恨得咬牙切齿，但正如志国说的：我们也有错。他说得对，如果当年她不任性，就不会对于胡源死缠烂追，于胡源就不会受到处分；如果于胡源不受处分，就不会有后来丢下她一走了之，她也不会受那么多的苦和罪，更不可能生下娆娆后便狠心扔掉不管。如果当年她对于胡源不存报复之心，就不会“狸猫换太子”，把北欧丢在乡下，竟在二十来年漫长的日子里不与儿子见面。如果当时理智一点，她好好把北欧送到于胡源身边，他一定会健康成长，或许得到比于轩得到的还要多、还要优质的教育，至少在心胸个性上与现在不同……当初志国身体好的时候给她说这些，她并不爱听；志国请求于胡源从此照顾她的时候，她也并不爱听；而当志国已经变成骨灰，盛在骨灰盒里的时候，她多想再听志国说一遍！

志国，你听见了吗？我想对你说，你对整件事情的分析，我全都同意，我不能总怨别人，自己也有责任，而且我得承担这责任带来的后果！于胡源，你也不用再苦苦自责了，当初的事情，不能全怪你。最近，我感到身体有些不舒服，我已别无他求，只想在乡间陪伴志国！我们之间过去的事情就算已经了结了吧，只希望你能亲自去省城把一切告诉北欧，为我也是为你求得他的宽恕，最好让他回到你身边，让他们兄妹重新感受到亲情！同时，你要对林媛好，看得出，她是你的好女人，好妻子！

志国，小光从过年到现在，都快十五元宵节了，到现在还没来，好像他变了！唉！毕竟是我把他带大的，我倒是希望他赶快来，我们一起给你换个新家，从此后，我安安静静地陪着你，不离不弃……

什么时候，老母亲站在白珊花身后，目光中透出怜悯。她实在不希望女儿这样总沉浸在对往事的回忆中。但见珊花并未察觉身后有人，便轻轻一咳嗽，白珊花急忙转过身来，一看是母亲，马上松懈下来说：“我的妈哟，怎么不说话，我还以为姓胡的又回来了，把我吓得……”

老母亲见珊花脸色煞白，不由得鼻子发酸，轻轻摇头说：“花花，你站多久了？既然已经了断，就轻轻松松多好……”

白珊花苦笑笑说：“妈，我知道，以后我会好的。只是，你老人家这样大岁数，女儿我不但没能尽孝，反倒烦你。真是过意不去。”

老母亲拉着她的手，拍拍她的手背，说：“花花，正好妈也需要你在跟前陪着，就当你对妈尽孝吧。”

白珊花流泪了，好久没有流泪的眼睛经不住眼泪的冲刷，这时显出明亮来。

老母亲继续说：“花花，村里的人都没见过志国，这回那姓于的来，大家都以为他就是你现在的老公，不断问我，你这次回家，是不是跟老公生气吵架自己跑回来了……”

“你怎样回答？”

“我说不太清楚……他们还说，花花的老公真不错哦，无论花花怎么不理睬，人家总是一遍一遍来家里，这样的男人真是世上少有……”

白珊花叹口气说：“他们哪里知道，正是他们以为是我老公的男人，当年竟然……”

老母亲怕她再次陷入仇恨，马上制止说：“不说了，不说了，又要扯远了。”

可她却笑了，说：“妈，我只是说说，我不会再去恨了，这生我得到志国已经心满意足，还去企求什么呢？你说是吧？”

“可是，花花，志国跟你回来已经许多天了，总这样也不是回事，得让他入土为安吧？”

珊花点点头说：“是，我正在想，十五之前，小光无论如何肯定会来。等他来过了十五，我们就把志国安葬了。”

“我们是不是去请阴阳道士来看看风水，给志国选个好地方，也算是给小光积一点阴德？”

白珊花这回才算真正笑了，她伸开双臂抱紧老母亲，在她耳边说：“妈，谢谢你，下辈子还做你的女儿……”

老母亲将心意传递给珊花，说：“花花，妈只望你以后天天高兴……”

白珊花松开双臂，又说：“妈，我想好了，关于志国已走的事，还是向关心我的左邻右舍大哥大姐们明说吧，至于于胡源，就明确地说他就是北欧的亲生父亲，过去的事就不提了。你说好吗？”

“好啊！早就该这样了！”

人说母女间总有一点是相通的，白珊花和老母亲之间是这样，那么辛娆娆尽管不在白珊花跟前，其实她和白珊花不能说一点没有相通之处，毕竟她们是亲亲母女。

在南高孤儿院，辛娆娆和那些失去父母的孩子们一起玩耍，开心极了。下课后，孩子们散去，其中一个小女孩贴在娆娆身边，默默地看着辛娆娆。辛娆娆很意外，以为这个小女孩一定有什么事需要她帮助，便蹲下扶着她的两肩，和蔼地问：“韭韭，你有事需要姐姐帮忙吗？”

小女孩眨巴眨巴明亮的眼睛摇摇头，说：“大姐姐，你真好看。”

辛娆娆感到意外，问：“你也好看呀，是不是？”

小女孩又摇头，说：“不，我不好看，我妈好看。”

辛娆娆见这个叫“韭韭”的小女孩只有五六岁，便问：“韭韭，你来这里多久了？”

“听阿姨说，我来的时候还不会哭……”

“那你妈妈？”

“她死了，生我的时候死的。”

辛娆娆不敢再问下去。因为她已经知道，韭韭的妈妈一定在生她的时候难产去世了。可她的爸爸呢？看着韭韭圆圆的脸蛋，娆娆本想问她，可终于没有问。因为凡是孩子们来这里，都必须有个起码的条件：无父无母，无直系亲属！不言而喻，韭韭的出身也是非常不幸的。

辛娆娆油然而生一种同病相怜的感觉。她站起来，很快解开衣领，从颈脖子上取下那串周妈妈曾为她精心制作的麦粒项链，挂在指上，举在空中，透过春日阳光，金黄色的麦粒项链似乎亮晶晶，似乎晶莹剔透……

辛娆娆又蹲下身，指着项链问韭韭："你喜欢它吗？"

韭韭笑了，说："好好看哟，喜欢！"

"你要喜欢，我就送给你，不过有个条件——"

韭韭不晓得什么是条件，又眨巴眨巴眼睛，看着娆娆。

辛娆娆慢慢说："姐姐一会儿给你戴在颈脖子上，今后无论如何，你都不能随便取下，更不能扔在一边，要爱它，它会给你带来好运气……"

韭韭似懂非懂地点点头，说："姐姐，你送我的，我不丢，一定不丢！"

"去玩吧。"

看着韭韭，想起曾经的自己不也跟韭韭差不多吗？所不同的只是韭韭的妈妈还没见过自己的女儿长什么样子就死了，而自己的妈妈还在。她曾经为了追求幸福的爱情任性到极点，满以为得到她所爱的男人就得到一切，却没料到她所爱的男人因为她的任性失去了最好的工作机会，最终以怨恨抛下她远远离开，最终她的幸福像肥皂泡，缤纷的色彩瞬间逝去。不幸之后遇歹人致使怀孕，分娩之时遇幸福来临。千不该万不该，为了来之不易的机会，竟狠心抛弃亲生骨肉，将亲生儿子丢在乡下，二十多年啊，如何叫人不恨？

可是，韭韭虽然从来没有见过妈妈，却认为妈妈长得好看。可见在她幼小的心灵里，妈妈永远是好看的，伟大的，值得儿女骄傲的！

辛娆娆忽然觉得自己似乎不如一个小小的韭韭！

唉，不知于伯父去乡下没有？他向她道歉是否真诚？她是否对他仍然怀恨在心？他准备为她作出怎样的弥补？她又如何决定自己的未来？对，于大哥说过，希望北欧哥回吉州，他们又是怎样商量的？至于自己，没有也不会有任何改变，就当没有曾经的那件事，如果能和吴剑光再入洞房，她愿意侍奉她如侍奉婆婆！

辛娆娆看着天空，想象着一些她最想看到的图景……

77

吉州的斜对角，长江的上游，是南蜀著名的旅游胜地、国家非物质文化遗产所在地、抗战文化展示地——宁庄。如果不从新区那边的“长江大桥”上过去，就在涪溪口乘坐渡船。下了船上了坡再往上走就是“互映双塔”，一座“吉南塔”，一座“州南塔”，为元、明、清先后所建。因塔龄不同，吉州人称“吉南塔”为“老塔”，“州南塔”为“新塔”。“老塔”粗犷凝重，古朴沧桑，就像威武的男人顶天立地；“新塔”挺秀俊美，极具风韵，就像俊丽的女子恬静温柔。两塔东西互望，永不分离，相映生辉，于是有人说它们是一对“夫妻塔”。因为两塔之间的开阔地多绿、清爽、幽静、恬适，所以，宁庄便成了吉州许多人每到节假日必来的地方。

今天正月十五，那些老人孩子，帅哥靓女，在温暖的阳光下围坐竹桌。手头一杯清茶，眼前一份小报，耳边一曲美乐，远处一首放歌，相互一个眼神，彼此一抹微笑，促膝一阵聊天……好一幅融融生乐图！东向而望，长江虽非横无际涯，却是碧水接蓝天，一个浪，一个波，一滴水，一座航标，一艘轮船……好不清晰剔透浑然！

幸福在人们脸上荡漾。

然而，吴剑光和李佳靓虽坐得很近，一个脸上全然没有甜情蜜意，一个满脸忧心忡忡。李佳靓猜测：要是以前，吴剑光绝对要叫上于轩，或者于轩不等他叫，自己也会主动给他打电话，更不用说辛娆娆了，可好多天了，他们俩似乎再没有交集。她猜测，难道是因为那天她告诉他于轩和辛娆娆亲吻之事，他们之间已经有了芥蒂吗？

来之前，她问吴剑光：“亲爱的，我们去宁庄，是不是叫一下于总啊？”

“于总，于总，叫得多亲切！要叫你叫，我不叫！”

“不叫就不叫吧，何必那么凶？”

“受不了？受不了请便！”

李佳靓再不敢吱声。是的，李佳靓猜得不算错，吴剑光相信了于轩在他和娆娆矛盾之时乘虚而入，心里对于轩十分不了然起来。他还在意辛娆娆，心里丢不下辛娆娆，因此当李佳靓说“亲眼看见于轩和辛娆娆热烈接吻”的时候，他很是在意，虽然于轩并不承认，但他也很难像以前那样敬重于轩。所以现在只要提起于轩，他心里就不舒服。何况昨天在鸡叫山窝了一肚子火现在还没有消？

在李佳靓的提醒下，吴剑光昨天早上去了鸡叫山，下午就气冲冲走了！

本来白珊花和母亲看见吴剑光来了，非常高兴，满以为他一定过了十五才回吉州，连忙请隔壁张二姐去镇上割肉，请王大哥来家帮忙宰鸡宰鸭，请刘四妹去请道士来家看风水阴地做道场，好热热闹闹送吴志国进阴宅，也顺便好好吃个十五团圆饭。可他们都不知道吴剑光到乡下不是为了看望继母外婆，安葬父亲，而是为了弄清父亲到底给家里留了多少财产，临终前还给继母留了多少钱，还有哪些财产是他所不知道的。

吃过饭，还没收拾好，吴剑光就追上楼去问：“妈，父亲到底留下多少财产？”

多久了？第一次叫妈！白珊花很是吃惊，怎么不关心如何安葬父亲之事，却问起这个来了？但她还是回答说：“小光，家里多少财产你不都清楚吗？”

“我是想问，父亲临终时给你交代了些什么？给你另外留了多少钱？”

白珊花更诧异，心有不满，便不客气地问：“小光，你这话什么意思？难道我会背着你私吞你爸的钱，霸占吴家财产吗？”

吴剑光冷着脸说：“我没这样说，我只想知道家里的你手里的钱加起来，一共有多少？”

“你今天来这里不是为你父亲，而是为了钱？”

“你在我们家这么些年，私房钱也会不少吧？你是我妈，可不能吃里扒外！”

“小光，你真没有良心！二十多年来，我一手把你养大，现如今竟然跟我算起账来了……要是你父亲地下有知，他会怎样想？”

“少说这些，我公司增容，需要钱，你总不能看着不管吧？”

“如果公司需要钱，你好好说，别动不动就拿你父亲到底留了多少钱给我说事！”

“一句话，你到底给不给吧？”

白珊花从箱子里摸了半天，马上扔给吴剑光一张银联卡和密码纸，生气地说：“家里到底有多少钱都在你公司账上，我这里不多，你父亲也没专门给我留过钱！拿去，从此再别到乡下来烦我，我的生死与你没有任何关系！”

外婆上来了，见娘俩吵得厉害，便说：“小光，你妈一辈子把心思都放在你身上，你可别做对不起她的事……”

“我走了，既然你不希望我来，那我以后再也不会踏进这个家门一步！”说完就扬长而去，至于如何安葬父亲一事，倒像与他没有任何关系。

白珊花抱起吴志国的骨灰盒，一屁股坐到床上，痛哭起来：“志国，你听见了吗？这就是你的儿子小光，你走了，他不会管我了……”

吴剑光赶回吉州，马上去银行柜员机查询，一看才十几万，不由怒从心生。他不相信父亲只留下这点钱，一定是白珊花留了后手！吴剑光听父亲说过，他的爷爷是名南下干部，曾是南蜀地区供销合作社主任。因为包办婚姻他同北方妻子离了婚，本想在吉州重新成家，却因为他长相不佳，性格过于耿直，所以一直单身，直到重病在身。他把吴剑光的父亲接到南蜀，安排他在吉州商业局干临时工，可不久他就死了。爷爷死后，父亲便从商业局出来在外租了门面自己做起小生意。五年后才与同做生意的母亲恋爱结婚，两年后才生下吴剑光。

吴剑光不相信爷爷没有留下遗产，更不相信父亲只给了白珊花这点钱！

李佳靓见吴剑光心事重重的样子，十分不安，但又不敢说。虽然李佳靓跟了吴剑光，但还不是他的妻子，事事都得顺着他，什么都得听他的，只能暗中对他的一言一行一神色十分关注，但她从来不知道吴剑光心里还想些什么，也不敢问。只有在床上，她才知道吴剑光需要什么，也只有这个时候，她才能在吴剑光面前柔情娇憨，尽情发挥，把他伺候得熨熨帖帖。但激情一过，便什么都不是了。

她害怕，害怕到时候吴剑光不要她，如果真到那时，她怎么办？她必须一步不离地跟着吴剑光。所以她大年三十回家，正月初一就回来了。她父亲问她这么慌里慌张干什么，她说公司里有事离不开，她得回公司值班。父亲信以为真，只好依她。幸好回来了，她刚回出租屋，就接到吴剑光的电话，让她把东西收拾好，准备去吴家别墅。可是，刚刚准备好，他又变了，说以后再说吧。问他为什么，他却不说一句话。

李佳靓终于下了决心，吞吞口水，小心问："亲爱的，你怎么啦？"

吴剑光仍然沉浸在自己的思想里，没有听见李佳靓问他话。李佳靓怯怯地看他一眼，又问："你在想什么？"

吴剑光听清楚了，但他只看了李佳靓一眼，没有回答。他心里想的什么，他是不会给李佳靓说的，何况“财产”是个十分敏感的话题，他怎么会讲给李佳靓听？吴剑光吐了口气，做出轻松的样子说：“想什么？除了想我俩的事，还会想什么？”

李佳靓以为真的，高兴得直拍手，说：“你要和辛娆娆离婚？天啊，我早就想听到这句话了。”

吴剑光假笑两声，说：“可她要不同意离呢？”

李佳靓眼珠一转，计上心来，神秘地问：“给她打电话，试探一下，行吗？”

“我才不呢？而且，她也许根本不开机。”

李佳靓近乎哀求地说：“那不一定，这么多天了，难道她不和北欧、于总通电话？亲爱的，试一下嘛。”

见吴剑光默许，她拿出吴剑光给她买的手机，真给娆娆拨去了电话。果然，辛娆娆接了电话。不等辛娆娆“喂”，她便朗声朗气说道：“喂，老板太太，你真可以，嫁了人就跑去省城了，把你老公搞得人不人，鬼不鬼……”

“……佳靓，出了什么事？”好一阵辛娆娆才说话，鼻子嗡嗡的，好像感冒一般。

“什么事？我以为你都知道呢……”李佳靓眼睛看着吴剑光，嘴里胡乱编着吴剑光和公司的故事，“家里没人，他总是有一顿，没一顿的，公司的姑娘们都一个一个邀他，他又怕你回来知道了。我呢？想帮你，又怕你多想……”

辛娆娆听了不吱声，过了一会儿，她才发颤说：“佳靓，我，我现在孤儿院……我感冒了……”

“啊！原来是这样！我知道他为什么了。可能他都是为了恋你，思你，才成这个样子的。我说，娆娆姐，如果你不爱他了，就赶快回来办离婚，然后我好嫁给他！”说完朝吴剑光夹了一眼，得意地笑笑。

“……好吧，你告诉他，等我回来再说……”说完挂了电话。

过了二十分钟，吴剑光的手机响了。吴剑光一看，是辛娆娆的，看一眼李佳靓，他走到一边，刚“喂”一声，辛娆娆就把电话挂了。过了一会儿，手机又响了。这回吴剑光没说话，手机里响起娆娆软软的声音：“剑光，你……好吗？”

吴剑光听出了娆娆的柔软，眼里闪出光芒，兴奋起来：“你，也好吗？”

李佳靓见吴剑光这个样子，不免吃醋，鼻子一酸，流下了眼泪。吴剑光眼前不再有李佳靓的身影，他再走更远，大叫着：“娆娆，你再不回来，我就要死了，你赶快回来吧。”

“……我……我……”

“娆娆，我的好娆娆，你回来吧，我不该那样小心眼，我一定改正。”

“……好吧……”

辛娆娆这个电话，无疑像一支兴奋剂，极大地鼓舞了吴剑光。他迅速满脸笑意，跑过来拉着李佳靓的双手转两个圈子，全然忘记了他和李佳靓是种什么关系。而李佳靓心里虽然发酸，但脸上带着笑意……

李佳靓没想到她试探的结果是这样，她心里恨得要死。她巴不得辛娆娆马上和吴剑光离婚，她好去顶“新娘”这个缺。她原不敢说和吴剑光办证结婚的话，只要吴剑光能每夜睡在她身边就行了。现在她怕什么？不就怕吴剑光不要她吗？可只要辛娆娆知道她和吴剑光早已睡到一起，她就绝不可能再走进吴家门。比起辛娆娆，她虽然能力不强，也没娆娆漂亮，但既然已经成了吴剑光的女人，她就有权为自己讨得公道。她不敢得罪吴剑光，但只要她略施小计，辛娆娆败在她手里不在话下。

吴剑光和辛娆娆之间到底能不能继续，她不知道，但新婚之夜，吴剑光跑到她的出租屋与她上床，就证明他们之间不可能顺畅。早就把处女贞给了吴剑光的她，自然绝不会放过这个机会，于是她百般迎奉，让吴剑光从她这里得到穿透心灵的最大快感！她已经得到吴剑光的男童之身，难道辛娆娆还回到他身边吗？若那样，她李佳靓岂不成了世人的笑柄？

她必须马上“怀孕”！

78

于胡源从乡下回城以后，因为于轩等不得，也不放心北欧，决定尽快去省城。

周末下午，于胡源终于登上去省城的动车。于轩说用小车送他，他不让，他知道这几天于轩的事情很多，特别是公司那一摊子。于轩不放心，说陪他一起见北欧，他不让，他怕有些话当着于轩不好说，同时也怕有些话于轩听了多心，所以他准备无论如何都要一个人去省城，无论结果如何，他都要面对。哪怕北欧骂他，他也能理解。

他和于轩约定：三个小时以后，于轩亲自给北欧电话，只告诉他于老伯去省城找他有事。至于说到底有什么事，他先不要说，北欧不会有怀疑。如果事先说明于胡源去省城是为了认亲生儿子，北欧一定会大动肝火。

现在，于胡源坐在软椅上闭目思考：去后，见了北欧第一句话应当说什么？

——北欧，于老伯想你，来看你了？原本两人并没有什么感情上的交集，北欧相信吗？

——北欧，我来省城办事，顺便来看看你！哦，这句话倒很自然，可是会不会因为“顺便”二字，让北欧看出其中的勉强？

——北欧，你在省城好吗？老伯不放心，来看看。好像没什么，关心嘛，可是你不放心什么？有必要吗？北欧要问起来怎么回答？

——干脆说，北欧，大概你想不到我是你的亲生父亲吧？今天我来向你赔罪，任打任罚听你的便……

于胡源不断给自己设置问题，又不断否决这些问题设置。唉，只好走一步看一步了。既然事情已经明摆了，还遮遮掩掩做什么！

回想鸡叫山那几天，虽然白珊花并没答应他任何解决方案，但他总算知道了她的心已“死”了，已经原谅他了。在吴志国和他于胡源两人相比之下，人家吴志国对她绝对是一心一意，令人所不满意的倒是吴剑光。听外婆说，那吴剑光在白珊花回乡后，竟然一直没有去过。问小轩，他却含含糊糊说吴剑光变了。

想到这里，于胡源摇头了：看来这个小子连于轩的小脚趾头也赶不上！他怎么不想想，他妈死后，要没有白珊花，他家能有现在？难怪北欧跟他一个钉子一个眼不对付！不行，回到吉州后得跟于轩好好商量一下，每个月给白珊花打入生活费、身体保养费、人亲来往费……如果有可能。这次也跟北欧提出这个问题，不管他同不同意，他于胡源都要坚持到底！哪怕翻脸！对了，事情办完后，还得跟林媛打个电话，说想她，希望见见面，最好和他一起回吉州……

突然，手机响了。于胡源拿起一看，是于轩的。

他问：“爸，快到了吧？”

于胡源看看手表说：“快了，快了……”

于轩又问：“需不需要让北欧来接你？”

于胡源想都没想就回答：“不用，不用！还不知到时候会怎样……”

于轩那边一时没说话，好久好久。于胡源以为他挂了，正要拿开手机，于轩却问：“爸，你是不是很想见到北欧？”

于胡源知道于轩为什么这样问，他在担心什么？难道我有了亲生儿子就把他给丢掉？不可能，亲生儿子是没得选，但是如果把北欧和于轩放到一起做单一选择，他肯定要于轩而不要北欧。因为什么？不是血缘，而是亲情、感情！自从于轩来到身边，于胡源和林媛无时无刻不关注于轩的成长。他的每一点进步，每回长高，他和林媛都非常在意。可以说，于轩所有的一切，他和林媛都付出了心血，都了如指掌。

但是北欧就不同了，可是怪他吗？于轩轻声问："爸，您去看看林妈吧，我，我想她……把她接回来吧。"

"我知道……好了，你给北欧打电话吧，别到时太突然。"

"好……"

北欧突然接到于轩的电话，得知于老伯要到他这里来，感觉真有些意外。他果然不明白于老伯为什么专程来省城看他，难道仅仅是因为他和于轩是好朋友，是哥们儿？北欧已从刘妍家搬了出来，在一个小楼里租了两间房，一间做卧室，一间做厨房。看看挺好的，可于老伯来了住哪呀？不管了，既然人家专程来看他，他就得亲自去火车站接一下，否则以后怎么向于轩交代呀。于是，他赶快租了个车先赶到银行，去取了三十万块钱，放到一个不显眼的旧皮挎包里，然后赶到火车站。

这几天，北欧赚得不少。其实也没做什么，只是跑了几家公司，车来了，把它们分下去就得了。

忽然，北欧想起于轩电话中所说的几句话："北欧，这次我爸专程去省城，不光是看看你。到时他老人家若有什么唐突的地方，你一定要包涵，原谅他，理解他……"

于轩这话到底是什么意思？难道于老伯来省城看他并非他的真实目的？于轩为什么不把话说得明白一点？兄弟间有什么不能说的？

他赶到车站。正好火车到达。北欧给司机嘱咐两句，便飞快地往出站口跑去。刚刚到出站口，于胡源提着一只小包正好出来。看见北欧，他慈祥笑笑。北欧接过小包，热情说道："于老伯，谢谢您来看我，我真有点受宠若惊哦。"

于胡源看出于轩并没把他来省城的真实意图告诉他，放心地拍拍北欧的肩膀，说：“怎样，省城习惯吗？”

北欧不好意思笑笑：“刚刚好些，主要认识的人太少。不像在吉州……”

于胡源开玩笑地说：“那好啊，那就跟我回吉州吧……”

北欧以为开玩笑，便信口回答：“好啊，到时我还到您公司……”

于胡源却当真了，回答说：“真的，那我就放心了。”

到了北欧的住处，于胡源一看，家徒四壁，除了一桌一椅一床一灯……

于胡源有些伤感，问：“北欧，你就住这？我们公司的宿舍也比这强好多啊。”

北欧倒不以为意，说：“老伯您取笑了，您那再好是您的，这可是我每个月交了房租水电费是我自己的。老伯您坐，我们聊一会儿，到外面去吃饭。今晚您就跟我挤一夜，明天回去就可以弥补了……呵呵……”

于胡源坐在唯一的椅子上，北欧坐在床沿上。两个人对看一眼，居然没有话说。北欧忍不住问：“老伯，您找我有事吧？”

于胡源一惊，只好点头承认：“那是，那是……”

北欧认真问：“老伯，您说吧，需要我做什么事？只要是于轩哥的，我一定认真对待。”

于胡源倒不好开口了，迟疑片刻才说：“北欧，是这样的，你于轩哥马上就要去市政府报到，我又几年没管公司，加上年纪大了有些力不从心，我想，想请你回吉州管理公司，一切待遇跟以前轩儿的一样……你看？”

北欧以为这才是于胡源来省城找他的真实目的，放开心来，说：“于老伯，不是我不给您老面子，当初我走时你们就挽留了我，我都没有答应。因为公司是你们的，我不想永远给人打工……”

“那你在这里当老板了吗？”于胡源心下不悦，问道。

北欧顿了顿说：“没有，但我离当老板的距离越来越近，只是有些话我不好说得太明白……”其时北欧心下正在说：您老哪里明白，我这才几天，不带工资，就已经挣了五十多万了。想罢，他把身边皮挎包一倒，一搭搭百元大钞滚到床上。他捡出十搭，把其余的推到一边，说：“老伯，这是我来省城时于大哥借给我的，现在我手边有钱了，请你老人家把这钱带回去还给于大哥……”

于胡源真是吃惊了：“啊，省城的钱真好挣？不，不，这是你和轩儿的事，我不参与，还是你以后回去亲手还给他吧。”

北欧见于胡源拒绝了，以为他不相信自己能挣到钱，脸上便流露出一丝不悦来。他把钱拾起来重重地放回皮挎包，悻悻说：“那好吧，以后我给他寄回去。”

于胡源却摇头说：“北欧，不用，他刚去市政府，你突头突脑给他寄去二十万，别人会咋想啊？”见北欧不说话，于胡源只好进行下一步——他最真实的目的了，但要循序渐进。他看看北欧，温和地问：“北欧，你见着娆娆了？”

北欧难受了，没有提起倒好，只要提起娆娆，他便心里难受。他想想才说：“见着了，可能她对我离开吉州不高兴，过了年就走了。她没回吉州吗？”

于胡源摇摇头说：“不知道，可能他们没让我知道吧，我回去看看……你给她打过电话吗？”

“没有，我一天到晚太忙了，等闲时再打吧。”

“这要多少时间？对了，你还恨你妈吗？”

“谁？我妈？谁是我妈？”

“白珊花啊……她不是你妈？不承认也是你妈啊。”

北欧咬牙切齿：“哼，不提她倒好，一提我就来气！我没有妈，请老伯永远别在我面前提起她！”

于胡源叹口气说：“当年的事也不全怪她，应当怪你亲生父亲，他是男人，却丢下人家自己跑了。”

北欧看一眼于胡源，小心问："于老伯，您，认识他？"

于胡源只好顺口打哈哈，说："认识，认识……"

"他是谁？我跟您回去找他！"

"这……"于胡源本已下了很大决心，这时似乎有些动摇了，他咬咬牙试探说："北欧，如果这个男人是我，你会怎样？"

"您？开什么玩笑？不过，如果是您，我肯定不会客气的。"

"真的？"

"真的！于老伯，您可不知道，我曾经设想过千万个场面，但绝对没有像现在这样的场面……"

于胡源低下头痛苦地说："孩子，北欧，告诉你，我就是你的亲生父亲，还是吴剑光的父亲死时，看见你妈我才知道的……可是，已经晚了……"说完拿出吴志国死前给他写的那封信放到北欧面前，看看他，希望他发作。

果然，北欧突地站起来，握紧拳头，两目怒睁，脑袋里却一片空白……于胡源老泪纵横，边说边哭："北欧你动手吧，爸能承受住……都怪爸当年做事轻率、鲁莽……"

北欧清醒过来，瞪大血红的眼睛，一手张开，一手指着门口，一个字一个字从嘴里挤出来："你——给——我——滚——出——去——"

"北欧，我和轩儿商量了，你跟我回去，把公司交给你……"

"我不稀罕，滚出去！滚不滚？真要我动手？"

"北欧……"已经到这个份上，于胡源只好拿起小包一步一回头走了。北欧抓起那封信，还没看完，几把撕了个稀烂！他大吼一声："滚——都是王八蛋——"

于胡源刚下楼，就见几个公安干警向他走来，问："老伯，有个叫北欧的在这里住吗？"

于胡源大惊，瞪大眼睛，问："你们找他有事？"

一个干警说："哦，我们找他了解点事……"说完，也不等于胡源回答，就径直上了楼。

于胡源站到一边，犹豫着跟不跟着上楼的时候，楼上传来北欧不屈的反抗声："你们干什么？我没犯法，凭什么抓我？"

很快，一行人押着北欧从楼上下来。于胡源忍不住叫道："儿子……北欧……"

北欧双手戴着手铐，那个装钱的包挂在他颈上。北欧满眼仇恨瞪着于胡源，叫道："你给我滚！我没爹没娘，我不想再见你们……"

于胡源看着远去的背影，伤心了，流泪了。他想对白珊花说："对不起，这一切都怪我……"

79

省城人民公园。

于胡源从小车上下来，差点绊了一跤。林媛见他满脸发白，知道事情很紧急，赶快紧走几步上前扶着他。于胡源在林媛的搀扶下坐到竹椅上，又怕人家听见，只好向林媛小声而断续地说着……

林媛听后很着急，见于胡源不堪忍受的痛苦样子，心里更是着急。她生怕于胡源因为北欧而陷进沉溺的泥潭，便劝道："老于，你一定要冷静，要挺住。事已经出了，还是先想想这事要不要告诉珊花？要不，先告诉小轩和娆娆？或者，先不告诉珊花和娆娆，我担心她们听到这件事会受不住的……"

于胡源双眼紧闭，牙关紧咬，嘴唇发乌，只是摇头，摇头。他用右手摁着左胸，努力抑制住痛苦的折磨。眼前的于胡源与之前的于胡源简直判若两人。这个于胡源孱弱无力，那个于胡源矍铄旺盛，就更别说前些年的于胡源如何意气风发了！可见，北欧在他心里的重要性毋庸置疑，北欧出事对他来说是何等的打击！怎么不是？白珊花的怨恨，北欧的仇视都在其次，更主要的是作为父亲的他，为当年的出走造成今天的后果深感自己责任的重大和男人应有的担当！

北欧，你到底因为什么事被公安机关抓走？

林媛见于胡源像一堵墙即将坍塌，“轰”一声，突然间老了十岁，心疼极了。她急忙抓住于胡源，随即用另一只手在他胸前抚摸，并轻轻叫着他：“老于……老于……”

好久好久，于胡源睁开眼睛，长长呼出一口气，似乎才醒过神来。他摸索着抓住林媛的手说：“小媛，赶快先给小轩电话，告诉他北欧出事了，看能不能想想办法……”

林媛很能理解于胡源的心情，但她却清楚地知道，北欧才来省城不久，居然在很短的时间内被抓，出的一定不是小事！也一定不是小轩所能解决的。她轻轻地说：“老于，给小轩说可以，但是我们还不知道他到底因为什么事被抓，你让他想啥办法？”

于胡源突然想起那个挂在北欧颈脖上装钱的袋子，猛地睁大眼睛说：“钱，一定是钱！”

“什么钱？”林媛不知于胡源到底在说什么，问，“钱怎么啦？”

于胡源终于平静下来，说：“小媛，一定是钱的事……”

“他来省城时，小轩不是给了他二十万吗？”

“可是……可是小轩给他的是银联卡，要还的话就还银联卡，何必换成现金呢？再说，小轩给的是二十万，我看他倒出来的不止……我听他说话口气很大，完全是自豪的口气……”

“你是说他的钱来路不正？”

“我怀疑。”

很快，林媛建议说：“要不，给娆娆电话？她走前跟我说，要不是她反应快，就被北欧所结交的人毁了。娆娆一定知道点啥！”

于胡源点点头，催促道：“快打，快打……”

林媛打通辛娆娆的电话，没有绕弯，很快将北欧的事说给她。辛娆娆听完，马上就说：“林妈，我早有预感，北欧哥跟那些人在一起，一定会出事的，只是没料到出得这样快。”

“你当初没劝劝你哥？”

“劝了，可他哪听？这也是我一定要离开省城的原因之一！”

“娆娆，你看……”

“我还在孤儿院，时间已经不早了，一会儿我打车赶到省城。对了，你们给于轩哥说了没有？还是马上告诉他吧，我想，他知道了肯定比我们还急……”

“好吧……”

林媛给于轩打完电话，继续给于胡源抚摸胸口，委婉地说：“老于，这事急不得。你想想，省城这样大，你知道是哪一级哪一个公安局办的案子？再说，就算现在知道，可人刚刚进去，人家会不会让我们见？”

于胡源点点头，说：“这些我都知道，就是心里急……”

果然，天快黑的时候，于轩和辛娆娆先后来到省城。于轩二话没说，就要把父亲送进医院住院观察。于胡源说没事，却意外地做出另一个决定：买上礼物，先去探望林媛的舅舅舅娘！说来意外，其实一点不意外，特别是林媛更清楚，于胡源早该主动去见见她娘家的亲人了！于轩拍手称好，辛娆娆自然不会有异议。

大家坐上于轩的车，很快进了医院的康复疗养部病房。

大家向二位老人问好后，于胡源虽然受的打击很大，精神还是不济，但因为这是他第一次以女婿的身份去看望林媛的舅老丈人老夫妻，所以他强打精神，一直主动跟两个老人说话。

“舅舅、舅娘，真惭愧，作为你们的女婿，竟然从来没来见二位老人，实在有愧，请二老原谅……”

舅舅看看于轩和娆娆，说话很幽默：“是啊，你看你们的儿子都娶媳妇了，女婿竟然没见过老丈人，说来都是笑话。”

老人两句玩笑话令于轩和辛娆娆的脸红到了耳根，想申明又觉不妥。还是林媛会说话：“舅舅，您要说就说老于的不是，就别说两个年轻人了。”

于胡源领会林媛的意思，但他看了看两个年轻人，故意顺着老人的话说：“小媛，话不能这样说，我没来看二位老人，他们小两口也应当来啊。舅舅、舅娘，你们说是不是？”

舅舅“呵呵呵”笑起来，又说：“行了，我到底亲眼看见媛媛一家了，这回我要把你们舅娘带回台湾，以后，你们有机会到台湾来看我……”

大家只好应承着，特别是于轩，把两个老人说得开开心心：“舅公、舅婆，你们就别回台湾了。您是知道的，我们南蜀在长江边，那可是老人修身养性的好地方，干脆就到我们那去怡享天年！”

舅舅乐得哈哈大笑，指着于轩对于胡源说：“这个孩子像小媛，就是说话也像，让人听起来就是那样安逸。媛媛、小于啊，你俩的福气比舅舅好啊！”

于胡源和林媛互相看看，连忙异口同声说：“舅舅，我们有你们两个老人，才叫福气好呢。”

于胡源站起来，说：“舅舅，对不起，我们和哥嫂约了，一会儿在外面吃饭，就不打搅你们休息了……就按小轩说的，以后到南蜀走走，去我们吉州看看……行吗？”

舅舅呵呵笑了，说：“好啊，那你们忙吧……”

于胡源从于轩身边提过大包小包的水果营养品放到桌前。舅娘则说：“怎么这样客气？”

林媛笑说：“舅娘别说，这是他应当做的。二老先休息，我跟他们出去，一会儿我叫哥嫂给你们带回省城最好吃的东西……”

“你不来了？”舅娘问。

林媛不好意思地开了个不大不小的玩笑说：“你女婿来了，我不得陪他一晚上吗？”

林媛的话把老老少少都逗乐了，随后，大家高高兴兴出了病房，出了医院。

大家上了车，林媛对于轩、娆娆说：“我们先和舅舅、舅妈吃个饭，然后去宾馆商量北欧的事。小轩，你要向你爸学习，为北欧的事，差点起不来，但为了见你舅公，他硬是撑着，直到现在……”

辛娆娆心头的确着急，但知道林媛的话也是对她说的，便顺从地说：“林妈，我知道。只是你们一会儿别再乱点鸳鸯谱了，搞得人家怪不好意思的！”

坐前面的于胡源知道娆娆在说自己，不想辩解，只看着前面淡淡地说：“我也是第一次上门看舅老丈人……”

开着车的于轩自然不说话，但他心里着实并不意外，只是他不想说出来，他担心说出来后让娆娆难堪。他悄悄正正头上的镜子，想看看后面，但外面亮车内暗，到底看不清……

和哥嫂吃完饭，林媛让哥哥、嫂嫂给两个老人去买最好吃的“燕窝丝”，自己则带着大家去宾馆……

开好房进了房间，于胡源竟然又像患了软骨病似的，一屁股坐到床上，站立不起。于轩和娆娆以为他生病了，连忙问他哪里不舒服。可林媛知道，于胡源先前一直紧绷，现在没了外人，精神一放松，人便立刻软了。对于一个受到重创，而又必须装出强大的男人来说，需要多大的把持和毅力？她说：“没事，小轩，给你爸脱了鞋，娆娆，给你于伯父把浴缸清洗清洗，然后再放一缸热水，一会我帮他泡泡，按摩按摩，他会好的。”

于轩给父亲脱了皮鞋，把他顺着放到床中间躺好，然后问：“林妈，真没事？”

林妈一边打开被子，一边说：“没事，这么多年，我还不知道？”

于轩见父亲闭上眼睛，好像在回忆之前所发生的事。心想：父亲这回受到的打击比任何一回都狠，看来，当个真正的父亲是一件多么不容易的事！自己一定得帮他翻过这一个坎，便说：“爸，您先休息一下，然后给我和娆娆说说北欧的事，我一定要尽最大的力量把事情办好。您放心吧。”

辛娆娆洗好了浴缸，她问：“林妈，现在放水吗？”

林妈看看于胡源，说：“不，让你于伯父休息一会儿吧。”

辛娆娆过来刚坐下，就听见于胡源开口叙述事情的经过，定睛一看，他的两眼依然闭着，只是眼角渗出不算浑浊的泪水。随后，辛娆娆也把自己到省城后的重要经历一一说出，特别提到刘妍和游家同……

于轩突然闪现出那天晚上见到与杨廷玉在一起的刘妍，想起她已经在党，马上要去阿凉锻炼，没有和北欧在一起的话，心里很快构出一个解决问题的办法来……

80

“老兄，娆娆回来了！”

快天黑了，吴剑光给于轩来了电话，说话间溢出兴奋和释然，似乎本已丢失很久的天下最昂贵的宝石终于瞬间失而复得。对此，于轩并不惊讶，因为娆娆是和他跟父亲、林妈一块回的吉州。他感到惊讶的是吴剑光已经好久没给过他电话，现在因为娆娆回来了而主动给他打电话了，难道仅仅因为娆娆回到他身边？以前吴剑光可不是这样，平时他比于轩轻松得多，所以不管于轩再忙，每天他总要给于轩来几个电话，不是说这就是说那。虽然于轩说的不多，但他总把于轩当成他的语言收容器。可自从那天一起喝了酒，第二天一大早离去后，好像突然间少了他这么一个人，于轩再没接到过他的电话，自然也见不着他这个人。于轩呢？也因为一时的冲动亲吻了娆娆而自觉愧疚，也不好给他打电话，而一天天为赶着去市政府报到忙得不亦乐乎！

当然，于轩从吴剑光的兴奋和释放中看出，辛娆娆在他心里还是重要的，他舍不得娆娆真的离他而去！现在娆娆回来了，而且即将回到他的身边，可想而知，那种激动和狂喜除了于轩，还有谁能理解？

但是吴剑光不知道，为了北欧，辛娆娆并不想马上回吉州，她想守在省城，天天去公安局要求与北欧见面，她要亲口问问北欧在省城到底和别人做了些什么坏事，用不用马上请律师为他准备打官司的材料！为了劝辛娆娆先回吉州，于轩同她进行了一场怎样推心置腹的谈话？

首先，于轩向辛娆娆真诚赔礼道歉，批评自己冲动，对不起北欧的托付，枉自为娆娆尊为大哥，并表示今后一定注意自己的言谈举止，再不会放纵自己的行为……

辛娆娆听完，好久没说话。正在于轩担心的时候，她突然问："于大哥，给我说实话，你曾经是喜欢过我还是爱过我？"

于轩吓了一跳，一时竟不知如何回答。要说喜欢吧，没有爱热烈；要说是爱吧，自己是否太一厢情愿？只好说："娆娆，这有什么区别吗？"

"怎么没有区别？喜欢是不会随意亲吻女孩子的，只有爱，才会那样。"

于轩试探道："娆娆，如果是后者呢？"

"如果说是后者，于大哥，我只说，我从来没有认真想过。虽然你曾提醒我说，考虑婚姻对象时也把你包括进去，我也只能认为你在开一个善意的玩笑。因为在我心里，你严谨周到贴体人，你只是我崇拜的大哥，却从不敢把你当成我可以追求的爱人。虽然北欧哥一再对我说，你是值得我托付终身情感的男人，但我认为这对我很难，如果有，那只能是奢想……”

“哦？娆娆，真不知道在你心中我原来是这样一个呆头呆脑的木头人。不过，虽我不信命，但我总是忘不了云台山上那签上的几句话。”

“几句话？”辛娆娆早把这事忘了，便问。

于轩看着别处，随口念出：“秀木一支逢春晚，如今还在暗中掩。宽心且待风霜退，还君娇娘迟姗姗。——你记得还给我解过……”

辛娆娆想起来了，当时她还恶作剧地乱解一番，但于轩并没生气，反而对她说：“哪个最适合你就选哪个……当然，当然，这里面也包括我……”

天啊，原来于大哥对我真是……辛娆娆不敢想下去，但还是问：“于大哥，你为什么不早说？”

“我说出这些不为别的，就是想解释我那天为什么对你无理，而且这也是我找出来的最好理由，希望你原谅……”

“事情过了……”

事情是过了，但于轩要劝劝娆娆。说：“娆娆，既然事情都过了，那你还是考虑一下如何挽回与剑光的婚姻吧。虽然你们之间闹了不愉快，但你和他有感情基础，没有根本的利害冲突。不就是北欧吗，不就是他母亲吗？要知道，你们能走到一起真不容易。所以你应当好好想想我的建议，还是先回吉州，回到剑光身边……要不，你一个人在省城，我怎么能放心得下呢？”

辛娆娆终于点点头。不过于轩又提醒道：“有两件事你是否也考虑一下，一是北欧的事，二是你在刘妍家里的事，要不要给剑光说？”

辛娆娆没有回答，但心里却在想：既然要做夫妻，那就得彼此信任，否则，岂不同床异梦？

……

吴剑光还在等着于轩的回应。于轩马上高兴地说：“剑光，真是件好事，祝贺你！不过，兄弟我提醒你，这回再不能犯臭脾气了！对娆娆，你爱她就得心疼她。”

“哪里会呢？老兄，我知道，你放心吧！”

现在于轩不得不再次整理思考北欧的事了。

听完父亲和辛娆娆的叙述，再联想到刘妍的家庭背景、为人表现和身份上的急剧变化，于轩可以肯定：北欧去省城后，在刘妍的引荐下，进入了一个他梦寐以求的交往圈子。这个圈子里，有干部子弟、官员、商人……所有人都因为共同的利益聚到一起。这个共同利益是什么呢？而且，刘妍的舅舅是省里一个什么厅长，至于那姓马的，姓罗的，姓周的几个，不都是游家同的兄弟朋友？北欧没有任何背景，刘妍把他送进去想达到什么目的？后来又为什么丢下北欧自己却走掉？那个叫游家同的是省海关的副关长，还是副省长的儿子，之所以让北欧进入他们那个圈子，想必是应刘妍所求。既然这样，他为什么明目张胆对娆娆如此下作？难道他不怕北欧翻脸，难道刘妍不知道？

一切的一切看起来令人费解，但从辛娆娆所说可以得知，他们纠结一起，一定在做一件外人不可能知道的事情；父亲分析得对，北欧的钱一定来得不正，否则，他不可能一下子就有几十万块钱。是为了显耀？是需要花销？但北欧以前并不是个大手大脚的人，现在为何这样？北欧被抓，会不会是被人利用，或被人设陷报复？

想来想去，于轩觉得自己在省城构想的处理办法很好：返回吉州后，抓紧时间把以上情况和分析写成文字材料传给省城的市公安局，并介绍北欧在吉州的工作情况和去省城的初衷以及渠道，请求公安机关彻查北欧在省城这段时间的交往和经历；十五天后，由辛娆娆和于轩亲自上省城公安局，要求面见北欧了解情况，随后给北欧请大律师打官司。当然还有很重要的一点，为了父亲和北欧，也为了公司的建设发展，他决定不去市政府，继续留在公司。

于胡源听了儿子的安排和决定，高兴之余，不由担心杨廷玉那头不高兴。于轩说：“就是已经就职的，还有辞职的可能，我这算啥呢？他总不能把我绑着去吧？您老就放心吧。”

随后，于胡源才安安心心与林媛回家休息。

但是于轩却不知道，辛娆娆回到吉州城，只给吴剑光打了个电话，说她准备回家，却没有直接到吴剑光家里，而是先回到自己的那间小屋，足足睡了差不多十个小时，醒来时已经是晚上六点多了。估计公司下班了，她马上打电话给李佳靓，想从她口里了解她离开吴剑光后的一些情况。李佳靓接到她的电话后，急忙给吴剑光发个短信“娆娆在公寓，快想办法”，然后去面食店买了两份燃面，打好包急匆匆赶到娆娆那里。

辛娆娆看似平静地坐在椅子上，面前的电视机里正在播放有些搞笑的韩剧《乞丐王子》，但她脸上没有一点笑意。李佳靓看出来了，别看她十分悠闲地看着电视，其实她心里在想着事情呢！

“嗨！”一个搞笑的镜头令李佳靓叫出声来，把正在沉思的辛娆娆吓了一跳。她正要上前拥抱李佳靓，但李佳靓突然弯下腰，呕吐不已，一张脸涨得通红，清口水从嘴里流下来，淌到地上湿成一片。辛娆娆没见过这种情况，急了，忙问：“佳靓，怎么啦？你受凉了吗？”

李佳靓不好意思说：“我也不知道为啥，这几天总是胃里翻腾，闻到什么气味都是这样……”

辛娆娆哪里会想到李佳靓这时正是故意在她面前做出如此状态的？她问：“你去医院看了没有？要不要我送你去医院？”

李佳靓摇头，红着脸说：“不去……对了，那天电话里说得不清楚，现在你得告诉我，结婚那天，你和老板之间到底发生了什么事情？”

看着李佳靓满眼的焦虑，辛娆娆产生了错觉，以为她什么都知道了，便说："怎么？剑光没有对你说吗？"

"他对我说？唉，要说了还好办点。一天到晚神情恍惚，问十句他回答的还没有三句……真是急死人了……可能是你给他来了电话，一下子像充了气的皮球，蹦得可有劲了！幸好你回来了，要不，我看他的气也管不了多久……你呀，对老板太不公平，也太狠了，差点毁了他，也毁了公司……"

说话间，李佳靓眼神中流露出对吴剑光的心疼，对娆娆的不满。辛娆娆看出来了，小心地问："佳靓，你老实告诉我，你认为吴剑光这个人到底如何？"李佳靓想，反正也没什么好瞒的，干脆说了看她怎么办？于是她说："娆娆姐，我一进公司我就爱上了他，如果我能有你的学历水平和姿色，我早抢在你的前面了……"

"你的意思是说他这个人很好，值得女人去爱？如果我和他分手了，你一定会追他的。是吗？"

"是啊！他和于轩都是优秀的男人，只是他们一个外向，一个内向，表现形式不同。根据我这个性格，我喜欢剑光多一些！"话语间，看得出李佳靓满心里都装着的吴剑光。

辛娆娆认真地看着李佳靓，似乎想看透她的心里到底是不是这样想的，但她相信了："你不是问，我和他之间发生了什么事吗？"

不待李佳靓回答，辛娆娆几句话把前后发生的事说完，又说："事情过去了，我想通了，如果他愿意，我还是跟他好好过日子吧。"

李佳靓故意把两只眼睛瞪得像两只水晶球："天哪，发生在你们之间的事情简直可以写本小说啦！你不相信，说不定不久的将来，北欧或你的亲生父亲一定会浮出水面……"

"北欧的父亲就是于轩哥的父亲。"

"啊？原来老板的妈妈当年的男人是于总的父亲？"

辛娆娆点点头随即又摇头说："我是不可能了。哪一个强暴过女人的男人会站出来承认自己曾经做过的坏事呢？何况还有一个女儿？”

李佳靓又吐了，这回吐得更厉害。辛娆娆不安。突然她想到什么，急忙问：“佳靓，你像人们说的怀孕了？”

“啊？”李佳靓故意惊慌道：“真的？不会吧？”

辛娆娆看李佳靓并没否认，连忙问：“佳靓，告诉我，是谁的？”

李佳靓大大方方笑了：“谁的？以后你会知道的。”

电视里的乞丐王子们并不因为友情而失去爱情，大家在愉快的气氛中成双成对……

81

晚上九点多钟，吴剑光来了！辛娆娆见他浑身上下收拾一新，喜庆之色全在眉眼之间。他背着双手，不说话，看着辛娆娆只是笑。李佳靓走到他身后一看，惊讶说：“哎呀我的妈呀，你这是真的浪漫啊，娆娆姐，你要不要？不要的话，我接过来了……”说罢就要动手。

吴剑光将手一扬，灯光下，一簇巨大的火焰般的东西迅速呈现在娆娆面前——火红的九十九朵玫瑰，把辛娆娆的脸映成粉红色。吴剑光单腿跪到地上，手举玫瑰，仰着头对辛娆娆说：“亲爱的，这九十九朵玫瑰已经绽放，还有一朵在我心里盛开，求你答应跟我回到洞房之中，成就我们至死不渝的爱情吧！”

辛娆娆不知所措，但深深感动了。李佳靓又是突然一阵呕吐，并重重地捅了捅娆娆，辛娆娆才像明白什么事情更重要。辛娆娆欠了欠身，点点头，红着脸说：“对了，剑光，李佳靓好像怀孕了……”

“啊？谁的？”吴剑光霍地站起来，脸猛地变绿，声音也变了，看一眼辛娆娆，问李佳靓："告诉我，真的吗？"

李佳靓十分委屈地流下泪来，苦着脸说："好像，好像是真的……娆娆姐，我不扫你们的兴，先走了……"说完看了吴剑光一眼，随手把玫瑰花塞进娆娆手里。

辛娆娆十分感激地说："李佳靓，谢谢你，我不送你了……"

李佳靓飞下楼，楼道里很快响起一支优美的歌曲，可吴剑光的脸又变灰了。

辛娆娆有点怀疑，但马上提醒自己千万别乱想。她说："剑光，我们走吧……"

吴剑光没动，娆娆放下玫瑰花，走近他，双手挽在他脖子上，踮起脚，吻他的唇。这是第五次吻，是辛娆娆主动的！

第一、二次的吻虽被动，但充满好感，从第一眼看到他，辛娆娆的心就为他阳光般的形象剧烈跳动；第三、四次的吻也被动，但看着躺在病床上的吴剑光父亲，辛娆娆不愿拂了老人的美意，虽不情愿，但想到之前，她也接受；这一吻是主动的，为她需要爱情，对爱完全发自内心的渴望！瞬间，辛娆娆忘记了北欧，忘记了于轩，也忘记了所有与她和剑光远去的人和事。在她心中，希望现在有天籁般的安静，希望只有心在跳动，只有情和欲，灵与肉！

哪知，吴剑光却被动地应付着，娆娆的吻是热的，他的唇是凉的，心是乱的。本想述说自她离去后自己的彷徨、孤单、痛苦、沉溺、堕落，本想准备说"娆娆，你走后，我才知道你是我心中的女神，我要给你世间上最美好的生活……"然而，现在，他什么也说不出来，只是双唇在复杂中颤抖，而且心更加慌乱。

李佳靓怀上了他的亲骨肉！他不能让自己的亲骨肉变成人家的儿子！

辛娆娆没有意识到此时此景对她来说是美好的，对吴剑光来说却是残酷的。她差点忘记了于轩的提醒，在吴剑光的惶惑之中，辛娆娆向他尽情诉说外面世界的光怪陆离，官场中的险恶阴暗，外表像君子内心却淫猥的高官子弟，发誓一辈子再不离开他，愿意一辈子做他的小娘子！

“剑光，我不求钱财，不求权力，只求我们像歌词里面唱的：一起到老……”

吴剑光无神地看着娆娆的眼睛，有一句没一句地听说，本想轻轻地抚摸她的脸，嗅她的发丝，闻她的香气。不知怎的，他的嗅觉坏了！浓烈？清淡？甜香？是丁香？玫瑰？桂花？白兰花？梅花？荷花？到底是什么，他不知道，满脑子里全是李佳靓俯身呕吐的样子！

辛娆娆闭上眼，希望吴剑光像以前那样传递给她更多的爱，她要深切感受阵阵温柔的涟漪向她漫过来，她要晕眩！

然而吴剑光并没有动，突然问：“你在省城好吗？”

本来辛娆娆回答一声“好”就行了，谁知单纯的她完全忘记了于轩的提醒，迟疑了，转而吞吞吐吐：“好什么呀？我不想对你有任何隐瞒……”

“出了什么事？”吴剑光急切巴望辛娆娆会出什么事，连忙问道。

辛娆娆流着泪把游家同差点成功强暴自己，以及北欧哥被抓的事情全说出来，满以为吴剑光会同情安慰自己，哪知他瞪大双眼，像不认识她似的：“你，你，原来和你哥都像你妈一样……”说罢，他迅速从床上抓起衣服冲出去。辛娆娆蒙了，这才想起于轩的提醒。

“哇……”

这是清醒的哭声，感情的分水岭！辛娆娆完全明白了，吴剑光之所以这样，不仅仅是她说出发生在自己和北欧身上的事情，更主要的是李佳靓肚子里怀的就是他的孩子，原来他们早就在一起了！

辛娆娆停止哭泣，尽量使自己坚强起来。好久好久，忽然，手机响了，只好接听。手机里传来于轩温和的安慰：“娆娆，我知道了。别难过，相信于大哥，天是会再蓝的，草是会再绿的，花是会再开的。于大哥愿意等你，直到永远……等着我……”

辛娆娆什么也没说……

待于轩赶到，辛娆娆已经不见了！只有桌子上放着一张书写工整，并签好字的“离婚协议书”。除此而外，辛娆娆的东西一件也没留下……

“糟糕！”于轩好惊骇，一个转身，离开宿舍，大步奔向楼下。

一年之后。

这是一座年久失修的小石桥，桥面和桥栏东倾西斜，桥下没有水，桥边长着两人多高的竹林，一阵春风吹来，竹叶子沙沙作响，就像一支美妙的乐曲。不远处，曾经的建筑工地民工住房还没拆去，几条已经被雨水冲刷尽红色的横幅不肯离去，依稀可见上面“保证古街原汁原味，打造南蜀民居典范”“安全是建房保证”“吉州吉祥、安康”的字样。离工地很远的路边停着一辆黑色奥迪，奥迪旁是一排高大的梧桐树！

一个衣着极其朴素的年轻女子头上顶着一条蓝色纱巾，手里提着一只皮箱，心虚地东张西望，生怕突然间蓬蓬沙沙的竹林里跳出一个坏人，或是一个怪物。她小心地提防着，走一步停一下。忽然，一个晃眼，右脚踩进一个石窟窿，卡得好紧好紧，想拔也拔不出来。使劲挣扎，但小腿骨的疼痛令女子低着头轻轻呻吟着，皮箱丢在一边，孤零零的。

这时，一个男子走过来，站在女子面前，对着她的脚那么歪着头看过来看过去……三十来岁的样子，身材颀长，平头长方脸，白皙中透出成熟，显得儒雅，一身运动装……

女子抬头一看，“啊”！她三魂丢了六魄，把头低得更低！但疼痛使她不得不皱起眉头咧着嘴吸着冷气。

“娆娆？是你吗？”男子突然像发现瑰宝似的蹲下身，惊喜抓住女子的双肩摇着摇着。

果真是辛娆娆！

辛娆娆一震，终于再次听见这个浑厚中带有磁性的男中音！但她咧着嘴小声呻吟。

“一年了，你为什么不露面？我到处找你，去宜南，去南高，找遍你都不见。去省城找，公安局说你去找他们好多回，办完事就走了，但就是不知道你具体在哪里？问北欧，北欧说他不知道。去孤儿院找，说你没去。你到底去了哪里？你知道你这一走会给我带来什么吗？”一连串的问话像连珠炮般向娆娆射去，她有点措手不及，只好深深地低下头，但脚下仍痛得她直吸冷气。

“我在乡下，为北欧哥写好材料，然后到处递送……哎哟……”

于轩心疼极了，命令道：“别动！你忍忍，我来！”说罢马上挽起袖子，弯腰扳开石窟窿周围的石块。见干活不得劲，立马脱掉运动衫，露出强健的胳膊。辛娆娆的脸红了，悄悄打量他的每个动作。

“哎呀……”突然，随着最后一块大石猛地翻转，辛娆娆尖叫一声，身体一弹，向一边猛烈倒过去。于轩双手下意识一抱，把她拉进怀里，意外触到两只浑圆的软体。顿时，一抹特殊的气息窜进他的鼻息，窜进五脏六腑……

于轩抱着她，看着她的眼睛轻声说：“现在看你往哪里跑……”

辛娆娆低眉顺眼，任于轩抱着，轻轻回答：“我回来，再不跑……”

“你，你为什么那么傻？本应两个人做的事，为什么你非要一个人去做？”

辛娆娆弯腰捡起运动衫，给于轩披到肩上，说：“……谢谢你为北欧哥做了许多……”

“你也一样！真的，我们的努力没有白费，北欧的事牵出了很多的人和事，听说，市长杨廷玉已经被隔离审查双规了。快了，北欧很快就出来了。”

辛娆娆脸上马上浮现笑容。

于轩看着眼前这双依然美丽的眼睛，看着她脸上因奔波留下的沧桑和疲倦，动情地说：“娆娆，别再离开我了……好吗？”

辛娆娆没回答，她抬起伤脚，准备将跑鞋的带子系好。可于轩很快蹲下身，脱下她伤脚上的球鞋，把她的腿放到自己腿上，两手轻轻地搓揉她的小腿骨和脚踝骨……

辛娆娆默默地接受着他的体贴，温暖点点渗进久旱的心田，不由自主地多看了他几眼，眼睛湿润了。十分钟后，于轩给她穿好鞋系好鞋带，扶她慢慢站起来，犹如欣赏一份杰作："现在怎样？要不，我背你，咱们回家吧？"他送给辛娆娆两束温柔的目光，十分体贴的建议，随手提起那只箱子。

"家？我有家吗？"娆娆喃喃自语。

"你有家，家里有你于伯父，有你的林妈，那是我们两个，不，还有北欧共同的家！"

"你还要我吗？"

"我说过，我爱你，我愿一直等下去！唉，老天真眷顾我，终于又让我遇到你这个失踪一年的傻丫头……"

"我想去乡下看看她……"

于轩马上明白了，说："我正想对你说，你妈妈生了重病，吴剑光不管，父亲和林妈要我去乡下把她接来……"

凉爽的风真叫人舒畅！辛娆娆伏在于轩背上，感受着这个一直爱着她的男人满身的阳光。

尾声

吴剑光终于得知李佳靓借怀孕之名，迫使自己和她结婚，从而激起内心严重不满，又怕鸡飞蛋打，只好结婚。然而，婚后两人感情不和，经常吵闹，对生重病的继母白珊花不闻不问，更拒绝接纳照顾，遭到舆论谴责，严重影响公司经营。

于轩拒绝吴剑光恭贺，和辛娆娆放弃蜜月旅行，亲自前往乡下双双叫“妈”，接来白珊花送吉州医院手术，两人轮流前往细心照顾。出院后，已经正式结婚的于胡源和林媛将其接到“菊香园”家中，精心照顾与调理，鼓励其生活信心，并一同前往看望狱中的北欧，鼓励儿子深刻反省，争取提前出狱。白珊花走出阴影，与于胡源夫妻友好相处。

北欧参与走私集团走私活动，因属胁从，被判两年刑期。出狱后回吉州，与于轩共同管理公司，苦干实干，公司终于上市，业绩显著，名声远扬。对生父于胡源和生母白珊花情感逐渐加深，终于开口叫“爸”叫“妈”，虽心中已有所属，却绝口不提婚姻之事。

辛娆娆代表公司出任“幸福怡乐广厦”副院长，主抓管理工作。因管理充满人性，老人小孩幸福指数超高，因而深得民心，远近闻名。

游儒贤、袁罡正、游家同、杨廷玉、刘妍，目无党纪国法，买官卖官，贪污受贿，中饱私囊，权色交易，勾结黑社会走私贩私，受到党纪国法的严惩。战勇、尹媚外逃落网。不思悔改的张晓天、齐帮贵也再次落入法网。

几年后，刘妍出狱之时，北欧亲自迎接，大家终于明白他不结婚的理由就是为了等待刘妍。

后记

本人退休后，凭仙源福土历练，借长江慧水润养，变愚钝为聪慧，移懒惰为勤奋，终其所能，写成长篇小说《最是梧桐暖》《尊严》《随手牵来的传说》和其他中短篇小说、散文、诗歌两百多万字，以作亲人朋友同窗茶余饭后之消遣。

相对其他作品而言，《最是梧桐暖》是我用心最良苦，修改最多的作品，也是故事最精彩，情节最曲折，感情最复杂，表现力最强的作品。我力图使作品一直在情感的跌宕起伏中延展，通过每一个鲜活的人物刻画，以及每一个令人揪心的事件，更集中地反映出情感在人的生命中的复杂、多变和难以驾驭。并做到清晰、逻辑地把握主题的走向，尽量做到杂而不乱，繁而不琐，使每一个枝枝丫丫，都围绕着“真情永恒”这个核心主干伸展。

作品原题为《风落梧桐》，后改为《最是梧桐暖》。之所以改动，是因为前者意蕴表浅，范围窄小，仅反映男女之小爱，后者意蕴厚重，范围宽大，不仅反映个体小爱，还反映社会大爱。梧桐不仅指女性心仪的男子形象，更主要指充满大爱的地方，就是作品中故事的发生地、展开地——吉州，一个我现正生活着的地方。小小地方，无数的人们每天发生着无数的故事，每一个故事无不与“爱”相关，不仅有小爱，更有大爱。男女之爱、友情之爱、亲情之爱、物我之爱、家国之爱——为什么不离去？因为我对这片土地爱得深沉！

从来喜与年轻人为友，因此作品中所塑造的人物形象多为中青年人，而且创作中文笔力求“文若其人，莫过于真实；人若如文，莫过于美丽”。目前正创作新作品《我问槐花几时开》，可望明年完成。

按说写作生涯已久，从新疆开始，时有散文、诗歌发表。后练习写短篇小说，多投于南京《青春》文学杂志社，虽未得发表，但屡得杂志小说编辑指导。调回原籍宜宾市南溪区后，为站稳脚跟拼命工作，在繁重的教育教学面前暂时放下创作，但创作之心不死。在作文教学工作中，每每“下水作文”均和学生优秀作文一道成为评讲“范文”，对提高农村中学生作文水品起到了良好的示范作用。

写作之初只为乐趣，从未期待成名成家。不想以后渐渐入迷，时有成品。却为自得其乐，不思投放，故众多作品宅守书房，或自阅，或与友人赏析。

2013年，应南溪区文联相邀，进文学杂志《南溪文艺》编辑部做文学编辑，同时创作散文、小说至今，现为南溪区作协副主席。

一路走来，自觉无愧于生命，无愧于社会，所创作品，岂能不记乎？所历人生，焉能忘乎？拙笔淡默，只为文字沧海一粟，折射人间百态一烁。

马艳芬

2016年12月